山河倒影录

THE PRECIOUS MEMORIES
OF JOURNEY AND FOOTPRINT

金奕

中国建材工业出版社

图书在版编目（CIP）数据

山河倒影录 / 金奕著 . -- 北京：中国建材工业出版社，2021.8
ISBN 978-7-5160-3132-2

Ⅰ. ①山… Ⅱ. ①金… Ⅲ. ①杂文集－中国－当代 Ⅳ. ① I267.1

中国版本图书馆 CIP 数据核字（2020）第 250316 号

山河倒影录
Shanhe Daoyinglu
金奕　著

出版发行：中国建材工业出版社
地　　址：北京市海淀区三里河路 1 号
邮政编码：100044
经　　销：全国各地新华书店
印　　刷：北京印刷集团有限责任公司
开　　本：710mm×1000mm　1/16
印　　张：34.5
字　　数：600 千字
版　　次：2021 年 8 月第 1 版
印　　次：2021 年 8 月第 1 次
定　　价：168.00 元

本社网址：www.jccbs.com，微信公众号：zgjcgycbs
请选用正版图书，采购、销售盗版图书属违法行为
版权专有，盗版必究。本社法律顾问：北京天驰君泰律师事务所，张杰律师
举报信箱：zhangjie@tiantailaw.com　举报电话：（010）68343948
本书如有印装质量问题，由我社市场营销部负责调换，联系电话：（010）88386906

自序

"倒影"一般是指景物在水面上由于光的反射或折射而形成的影像,尤其是在静止的水面之上,更有诗意。如果再有一些绿叶浮萍,或是花蕊脂粉,就更容易产生诗情画意,让人浮想联翩。因而把自己在祖国锦绣山河之间的感受称之为"倒影"是非常贴切的,或者说这种感受就是山河在脑海中的影像,形成了"倒影"文字、"倒影"记录。

这是一本旅游文集,文体上有点像散文,也有点像杂文,大体上记录了自己前后约二十年,在名山大川、人文景物前的感受。不同的季节、不同的年龄、不同的处境、不同的精神状态、不同的情绪,面对同样景物时,会有不相同或者完全相反的感受,这也是旅游对人有吸引力的原因之一、魅力所在。

愈是读书人、文化人,愈是喜爱旅游。我们可以从流传下来的文字间更多地了解时间长河中发生在山川大地上的人和事,更容易在脑海中产生"倒影",因而更容易引起共鸣。殊途同归,不管是研究历史、文学、社会学、法律、经济、心理学的学者,还是自然科学的工学、医学、冶金、地质、机械、农业、林业等,都不免要与文字打交道,都需以文字的形式记载看到的、想到的,并用文字进行交流、沟通,最关键的是用文字进行思考,这也是文字的重要性以及用文字记录脑海中"倒影"的特殊意义。

好在我们有从殷墟开始,老祖宗在龟壳、竹简上为我们后代创造的文字,得以了解眼睛视野以外在时间和地理上都非常遥远的世界,从而使读书人获得更多精神上乃至生活、生命中的乐趣,也许这也是古往今来,那么多人埋头于文字、书山之间的道理。在滚滚商潮与窗外同样滚滚的车流之中,静下心来,思索一番,感悟一下,记录自己的感受,并从中获得文字上的陶冶,也是难得的享受。古人云"诗以达意"。诗经也罢，唐诗、宋词、元曲，还有自由体诗，如果没了"意境"，再好的格式、词牌、韵律也就没了意义，意境是文字的灵魂。因而文字作为记载工具，只要能准确地记载事物、景物、经历、感受，也就有了价值，至于言辞的华美则是锦上添花的事。如果把老祖宗创造的文字只用于撰写合同、应聘材料、财产分割协议、招标文件、管理办法、工作总结、审判记录等，则无法尽显文字之美。

人类社会有几千年的历史，在山河与时间面前，人生八十年的生命周期只是短暂的一瞬，所谓"弹指一挥间"，或是佛经上讲的"刹那"。作为一个普通人，能够在高山大川、文化古迹面前驻足，留下一丝倒影也是很难得的事情。"逝者长已矣"，很可能我们的后代与我们一样，同样会在山川河流等巨大的存在面前驻足、观望、感叹，而那时我们可能已经同亿万伟大或渺小的历史长河中出现的人物一样，飘逝遥远，成为硕大的银河系或者黑洞、或者宇宙中完全看不见的一粒尘埃。愈是这样想，愈是觉得写下一些文字还是有价值的。

"倒影"是光学上的效果，而"共鸣"则是声学上的反应。映射在个人脑海里的"倒影"能否引起诸位读者的"共鸣"，因人而异。但是想来，面对同样的高山大川、人文景物，每个人，多多少少会有一些感触，会在脑海里产生一点点"倒影"，或许会产生些许"共鸣"，果如是，则吾慰矣。

记得有位专家讲"怀才就像怀孕，时间长了就看出来了"，很通俗，也很有哲理。我以为"再没用的东西多了，也就有价值了"。每次有机会出外旅游，便努力地多写，硬着头皮写，既然不能像王之涣写一首《登鹳雀楼》、或是王勃写一篇《滕王阁序》、或者范仲淹写《岳阳楼记》、或者白居易写《琵琶行》一样名垂千古，干脆就多写，以数量"取胜"。"多"也是生存的一种办法，最初想定名为《蟑螂文集》，因为蟑螂是恐龙时代的生物，传承至今，同时代的生物大都灭绝了，只有蟑螂顽强地生存下来，虽然人们竭尽努力、不遗余力，依然"斩不尽杀不绝"，这与同样是恐龙时代的大熊猫形成鲜明的对比。蟑螂虽然令人讨厌，但人们也不得不对蟑螂"肃然起敬"。但后来感到《蟑螂文集》实在不雅，好像是蟑螂写的诗文，虽然对蟑螂"不敢蔑视"，但到底还不愿"同流合污"。冥思苦索，终于有了《山河倒影录》这一书名，应该说还是比较准确地表达了自己的想法。

据说一只东北虎的生存范围有数十平方公里，为占有山间林地，东北虎要在自己领地周围留下身体的痕迹，排尿或是留下身上的毛发，以"刷存在"。有时候，感觉人到处旅游并写下诗文或是题写墨宝，大概也是这样的生存基因的遗传与嬗变。虽然人已经高度进化并早已步入文明时代，但孔老夫子言"食色，性也"，不管人类怎样进化，最基本的需求是永恒存在的。在浪迹天涯、眠山宿水之后，留下一些文字的记录，也应该是与"食色"一样，顺理成章的事。面对同样的景物，或许会想别人是怎样感悟的？怎样体会的？自己也想身临其境，在紧张繁忙的工作之余，找机会去前人体验过、感悟过、吟咏过的名山大川、人文景物，总会有所收获，并获得精神上的愉悦、审美上的享受。

近年来，"诗和远方"一词非常流行，大约体现了人更高程度的精神追求，这与马斯洛需求层次理论有点不谋而合。但是如果以李白、徐霞客、玄奘、张骞的标准，很多人谈不上去远方，而以白居易、陶渊明、李清照、苏轼的标准，更多的人则无法作诗，可见"诗和远方"只是相对的概念，没有绝对的标准，不同人有不同的"诗和远方"，就像不同的人脑海里有不同的"林妹妹"。以此而论，尽管水平、能力、条件有限，自己能够在祖国大地之上，到处走走、转转、看看、写写，也应该属于"诗和远方"的一部分，或者一种，尽管很难登上大雅之堂。

即使不考虑"诗和远方"，家里的孩子可以读一读这本《山河倒影录》，体会作文带来的乐趣，培养对中国历史的兴趣；家里的老人也可以读上几篇，回忆自己以往的经历；忙碌一天之后，你可以静下心来，看一看曾经去过的景点在书中是如何描绘与记录的，或者看一看你没有去过，甚至没有听说过的景点，用文字与想象在脑海里勾勒些许痕迹，从而带来精神上的享受和满足。

还望自己不断积攒、耕耘的文字，以及阅读这些文字以后在脑海中形成的"倒影"，能够给各位读者带来收获，自得其乐。

初稿于 2008 年 2 月 27 日
定稿于 2020 年 9 月 1 日

目录

- 山水赋 / 1
- 胡杨礼赞 / 2
- 夜色月光下的什刹海 / 4
- 登岳阳楼记 / 5
- 登武当山记 / 8
- 重游五台山记 / 11
- 奥林匹克森林公园感悟 / 13
- 雾中游西湖 / 15

- 再次登顶长白山 / 18
- 追寻诗仙李白的旅程 / 20
- 追寻圣人孔子的旅程 / 27
- 在河西走廊思考中国历史 / 33
- 北戴河鸽子窝观鸟记 / 36
- 穿越大兴安岭到漠河 / 38
- 光雾山游记 / 39
- 游陇南宕昌官鹅沟 / 42

游偏关老牛湾 / 44

贵州小七孔游记 / 46

漫步蜀南竹海 / 47

清明节，长白山滑野雪 / 48

四川、云南、贵州自驾车全记录 / 54

十省穿越杂记 / 69

凤高台 / 75

北海在北京的地位 / 77

北京作为都城的必然性与偶然性 / 78

在东北大地上对中国历史的思考 / 83

边城朝阳游记 / 84

翻越巴郎山、夹金山 / 86

冬游蓬莱仙境蓬莱阁 / 89

寻找丁村遗址 / 91

本溪红叶谷、天桥沟赏红叶记 / 92

观汶上佛牙舍利记 / 94

额济纳胡杨之旅 / 96

绩溪游记 / 98

谒韩城司马迁祠 / 99

开平雕楼游记 / 100

河北赞皇嶂石岩游记 / 101

川藏线探路到理塘 / 103

野性黑龙江嘉荫茅兰沟 / 106

大同探火山记 / 108

- 夜宿青山关 / 109
  - 奉节天坑、地缝游记 / 111
  - 黑瞎子岛、珍宝岛游记 / 113
  - 木格措赏野生杜鹃 / 115
  - 独游黄姚古镇 / 117
  - 夜宿窑湾古镇 / 118
  - 鄯善探沙漠记 / 120
  - 实地体验豫西天井窑院 / 121

- 塔里木寻胡杨记 / 122
  - 挑战秦岭太白鳌山滑雪场 / 124
  - 游广州增城白水寨 / 125
  - 终于到了霍尔果斯 / 126
  - 五台山驼梁赏金莲花 / 128
  - 在雅安蒙顶山品茶 / 129
  - 游桓仁五女山城 / 130
  - 游福建九龙漈、白水洋 / 132

- 领略兴义马岭河瀑布 / 133
  - 在乌鲁木齐滑雪 / 135
  - 漫步华中理工大学 / 137
  - 游焦作云台山 / 140
  - 游荆州熊家冢 / 142
  - 游克孜尔千佛洞 / 143
  - 长相依 / 146
  - 游成都金沙遗址 / 147

- 辽上京寻古幽思录 / 148
  - 游洛阳千唐志斋 / 152
  - 太行山大峡谷郭亮村游记 / 153
  - 景忠山游记 / 154
  - 莒国故城游记 / 155
  - 漫步沂蒙山顶 / 156
  - 凭吊诺门坎战役遗址 / 157
  - 三门峡品黄河鲤鱼 / 158

- 探石钟山记 / 159
  - 天柱山游记 / 160
  - 雾中游三清山 / 161
  - 昔阳大寨游记 / 162
  - 寻访千童古镇 / 163
  - 游韩城芮国遗址博物馆 / 165
  - 游江油窦团山 / 166
  - 游岭南四大名园 / 167

- 雨中夜宿华山 / 169
  - 辽北怀古 / 170
  - 游宁武万年冰洞 / 171
  - 探綦江新彩虹桥记 / 173
  - 游深圳大鹏所城 / 175
  - 游红山文化牛河梁遗址 / 176
  - 游微山岛南阳古镇 / 177
  - 游四川通江诺水河溶洞 / 179

游恩施大峡谷 / 181

探房山石花洞记 / 182

游蔚州古城及飞狐峡大峡谷 / 184

游康定海螺沟 / 187

探秘阳江南海一号 / 189

实地探访中国古桥 / 191

游河北滦平金山岭长城 / 193

感触殷商文化，遐思古代文明 / 194

游吉县黄河壶口瀑布 / 196

扎龙、五大连池游记 / 197

冬游黄河碛口古镇 / 199

恩阳古镇游记 / 201

湛江硇洲岛游记 / 202

坐大巴从西安到成都 / 204

盘锦红海滩 / 205

游大九湖湿地公园 / 206

张掖马蹄寺游记 / 208

游江西吉安钓源古村 / 210

游宜宾兴文石海 / 211

苏州听评弹记 / 212

探寻"锁龙沟"记 / 213

镇江品锅盖面 / 214

凭吊湖北随州曾侯乙墓 / 216

游张掖丹霞地貌 / 217

- 游灵宝函谷关，品老子《道德经》/ 218
  - 探访房山金陵 / 219
  - 游怀柔箭扣长城 / 220
  - 游成都大邑西岭雪山 / 222
  - 绥德寻找扶苏墓记 / 224
  - 环游西湖留念 / 225
  - 巴中南龛坡游记 / 227
  - 神秘龙游石窟 / 229

- 光雾山小巫峡游记 / 230
  - 品味福建土楼 / 232
  - 山东栖霞牟氏庄园游记 / 233
  - 游四川大邑刘文彩庄园 / 235
  - 游保定腰山王氏宅院 / 236
  - 游河南巩义康百万庄园 / 236
  - 蛇口寻访宋少帝陵记 / 238
  - 游雁荡山记 / 239

- 契丹祖籍地平泉、滦州游记 / 240
  - 再游秦淮河 / 243
  - 探秘泸沽湖 / 245
  - 游江西鹰潭龙虎山 / 247
  - 翻越秦岭太白山 / 248
  - 南浔、乌镇游记 / 250
  - 江南水乡周庄纪行 / 251
  - 感悟新疆 / 254

汉中怀古 / 256

塘沽出海捕捞记 / 257

夏游白洋淀 / 259

西安怀古 / 260

游乌鲁木齐天山大峡谷 / 262

许昌怀古 / 264

游白鹿原记 / 265

游泉州清净寺记 / 266

游勉县陕南武侯祠 / 267

游南岳衡山 / 268

游西安曲江遗址公园 / 269

游徐州龟山汉墓 / 271

雾中游崆峒山 / 272

游张家界黄龙洞 / 273

游长沙岳麓书院 / 274

在山西博物馆感悟山西历史文化 / 275

感受镇远古镇的气势 / 276

惊叹贞丰双乳峰 / 278

重阳节游定都峰记 / 279

享受广东五华泥浴 / 281

重游青海湖 / 282

寒光曲 / 284

走笔山东 / 285

神农架散记 / 294

西行散记 / 300

巴中散记 / 306

重游西藏纪行 / 312

感悟中国佛窟 / 322

追寻恐龙的旅程 / 332

梵净山游记 / 335

泡温泉的记忆 / 336

追寻温泉的旅程 / 339

体验滑雪的旅程 / 345

长途自驾的旅程 / 364

青冢吟 / 382

谒武侯祠记 / 383

游寒山寺记 / 385

坝上游记 / 387

精美的苏州园林 / 389

临淄古车 / 391

千山游记 / 392

威风凛凛九门口 / 394

微山岛散记 / 396

谒包公祠、包公墓记 / 398

承德避暑山庄游记 / 400

颐和园雪景 / 402

虎丘怀古 / 404

东北黑土地 / 405

沈阳怪坡与四星级饭店 / 406
飞机上读诗 / 408
游河北满城汉墓 / 410
游文殊院记 / 411
本溪水洞 / 413
沈阳故宫与关外三陵 / 414
胶州、胶莱河怀古 / 417
铁岭龙首山游记 / 419

游长白山天池 / 420
澳门、香港印象 / 422
走进西藏 / 423
风烟曲 / 429
感触地域文化 / 430
凭吊历史，缅怀先人 / 435
感悟地理、地质对文化、社会的影响 / 440
宿水眠山的记忆 / 457

旅途中的五味杂陈 / 500
抗震记忆 / 510
吟诗作赋的旅程 / 514

《山河倒影录》编后记 / 530
2020年再编辑版后记 / 532

山水赋

浩浩乎苍山巍峨，渺渺乎水天一色，倚天接地，一柱擎天。望苍茫大地，闻风声呼啸，磐石覆体，绿树披肩。容万千沟壑，养天地生灵，穿时空隧道，观代代英雄。雄其为山者，必万仞高耸，绵延千里，百鸟朝凤，万蕊争容。仰止于高山之前，踱步于绝壁深渊。不登峰峦之巅，无以瞰众山之小，不入云端，又怎看红日升天。山阳水阴，柔语无声，点点细流，水滴石穿。汇江河奔海，摧万枯以拉朽，造万亩平川，积水为渊，烟波浩渺水气云天，云遮雾荡。波光潋滟中锦鳞跳跃其间，轻舟飘荡处渔歌唱晚，更几盏摇曳灯火，映水面涟漪无边。山崖高耸，水哮其间，浪花翻滚，声鸣幽潭。惊涛拍岸，更卷起千重雪。一泻而下，飞流入海，如千军万马，奔涌向前。苍山如海，残阳如血。望高山才知人之藐小，观沧海方晓地阔天宽。江山柔美多娇，引代代强弱英雄竟折腰。烽火狼烟，剑影刀光，玉玺金殿几易其主，时光飞逝，王者安在兮江山依旧。观苍山一隅兮已近暮年，望长江一流兮时过境迁。古人不见今人山，今山曾经醉古人，感山水之依旧，叹光阴之荏苒，俯卧于高山之前，顿首无语，闻江水之涛声，放歌天边。观宏湖之浩荡，叹芸芸之众生，词不达意，唯江山之永驻。

2009 年 2 月 26 日

胡杨礼赞

自序：在新疆塔里木河边的库车见到了久闻大名的"胡杨"。尽管在照片中也曾经见过胡杨的身影，但在颠簸了十几个小时之后，在实地亲眼看见胡杨树，依然很是震撼。不免记起上学时学过的茅盾先生的名篇《白杨礼赞》，便提笔随作一篇，以为纪念。

汽车在一望无际的戈壁上行驶，面前纤细的公路像一条柔软的丝带，缥缈地通向天边。只有在新疆，只有在这时才真正知道什么叫辽阔，什么叫宽广，什么叫无垠，什么叫浩瀚。车窗外满是荒凉的戈壁，没有一点儿生机。灼热的太阳，毫不留情地把热量宣泄到没遮没挡的戈壁上，把所有的生机烤得没有了踪迹。荒芜的田野，随风流动的砂粒，以及几簇艰难地生长的野草，构成了全部的风景。没有绿色，没有阴影，没有一点水的痕迹，更没有一丝生命的迹象。

这里的地面曾经是深深的海底，也曾经波涛滚滚，也曾经碧浪遮天。但沧海桑田之后，逐渐隆起的海底上升为宽广的陆地，而远离大海的环境，使得雨水成为稀缺之物，阳光和灼热成为这里的主宰。地面的上升使得这里的地面仿佛距离太阳更加接近，不得不忍受更加野蛮的灼烧，而肆无忌惮的照射把大地带进了无边无际的荒凉。

忽然，在戈壁与沙漠的边缘，豁然看见一簇一簇的树影，越来越大，越来越分明，这就是赫赫有名的胡杨。沙丘依然连绵地伸向天边，无边无际，戈壁依然坚硬地笼罩地面，毫无生机。而就是在这样黄沙与荒漠中，赫然而立的是骄傲的胡杨。头顶是骄阳似火的天空，脚下是烟尘飞扬的黄沙，胡杨坚强地挺立在寂静而毫无生机的荒野之上。

刚刚滋生的胡杨是一簇簇的细枝，像是从沙土中钻出来，四散开来，晃动着还不很坚硬的枝杈。蹒跚学步，咿呀学语一降生就要面临这样严酷的环境，没有呵护，没有灌溉，没有滋养，有的是肆虐的狂风，飞舞的沙石。严酷的环境，恶劣的气候，蹂躏着娇嫩的细枝，只有忍耐，坚韧地忍耐，才能换来一点生的希望。一束束的细枝，毫无希望地摇曳，在烟尘笼罩中找寻着一丝缥缈的希望，寻觅着一线微弱的生机。

中年的胡杨，领略了酷热的严寒，脚下的根系早已深深地扎在地下，顽强地找寻着依稀而微薄的水汽。这时的胡杨，已经不再见风流泪，已经不再哀叹命运的悲惨，早已没有了悲伤的眼泪，早已没有了无用的懊悔。艰辛与严酷已经成为习惯，困苦与挫折变成了家常便饭。再不会奢望甘霖的眷顾，再不会企盼肥沃的光临，脚下就是干涸的土地，头顶就是灼热的骄阳，没有花匠的呵护，没有灌溉的滋润，这时的胡杨顽强地挺直了腰杆，把每一根枝杈都披上星星点点的嫩叶，把自己的根深深地向着微薄的水汽伸展。这时的胡杨，经过顽强的努力，证明了自己的能力，躲过了自然严酷的淘汰，带着骄傲的自信，巍然屹立在辽阔而荒凉的沙漠上。

　　日出又日落，一个个春夏秋冬，曾经纤细的嫩枝，生长成参天大树。壮年的胡杨，遮天蔽日，一棵棵连接成片，相偎相依。这时的胡杨，是沙漠的主宰，是大地的精灵。胡杨可以蔑视一切，而一切不敢蔑视胡杨，在这荒野之上，能够生存，能够感天知地的只有这些足以蔑视一切的胡杨。

　　粗大坚硬的树干，纹丝不动地屹立在荒野之上，支撑着如巨伞般的树冠，而这宽大的树冠在沙漠上留下巨大的阴影，留下一片片清爽的阴凉。树冠之上，是骄傲地轻轻摇动的树叶，这些树叶早已经历了无数风吹日晒，狂风与骄阳成为最好的伴侣，酷热与风沙逍遥相伴。由于久经狂风，胡杨的面孔已经变得斑驳陆离，夸张的表情，狂放的自我表现把每棵胡杨雕琢成各自的模样，有的面目狰狞，像是诉说曾经经历的荒凉；有的仰天长笑，像是酒醉的行者，潇洒地呼唤苍天的眷顾；有的转体弯腰，像是表现自己奇特的体型。

　　荒野之上，是千奇百怪的胡杨，左摇右摆，前呼后拥。走在参差不齐的胡杨林中，你似乎感受到战马的嘶鸣，仿佛看到刀枪剑戟铿锵之后的血雨腥风。又似乎时光倒流，看到舜帝的铁骑与秦王的刀戟。走近胡杨林，感到一阵阵的阴森，像是诸葛亮布下的八卦阵，又像是听到岳家军的战马嘶鸣。扑面而来的似乎不是一动不动的胡杨，而是蒙古铁军的战阵。而随风飘逝的不是树叶的婆娑，而是荒野之上昭君墓中的呻吟。秦始皇一统天下时，胡杨挺立着；汉武帝平定匈奴时，胡杨挺立着；文成公主孤独地走向西藏的时候，胡杨挺立着；虞姬悲凉地拔剑自刎的时候，胡杨挺立着；康熙皇帝在圆明园中巡幸的时候，胡杨挺立着；而慈禧太后狼狈地逃往西安的时候，胡杨依然挺立着。变换的是城头飘扬的旗帜，更迭的是此朝彼代的名号，而时光长河中永远挺立的是顽强的胡杨。

　　尽管饱经沧桑，尽管观唐望汉，但暮年的胡杨也难免苍凉，枯枝败叶凌乱地披挂在胡杨树上，树皮剥落，树叶凋零。风声中再没有回天的力量，挣扎中只有越来越短的寿命。终于有一天，宽大的枝体轰然倒地，枝杈散落在灰飞烟灭的地上，曾经粗大的树干，化成零散的碎片。阳光依然无情地照射在大地上，狂风依然裹挟着沙粒，四处飞舞。残存的枝干，掩埋在飘飞的沙粒中，慢慢地与灰黄的沙漠融为一体，你中有我，我中有你，大地成为胡杨的归宿，而胡杨成为大地的一部分。

尽管这样，胡杨依然不愿离开它曾经生长的土地，依然顽强地证明着自己的存在。在浩瀚的沙漠上，你可以看到一棵棵早已枯死的胡杨，树枝散尽，只有树干顽强地屹立，顽强地在时光的长河中诉说着曾经的辉煌。像是雕塑，像是废墟，像是废弃的皇宫，又像是曾经辉煌的古城。

荒野之上，只有死而不倒的胡杨。

2010 年 10 月 31 日

夜色月光下的什刹海

自序：晚饭后与媳妇同游什刹海。水光灯影中忽然记起朱自清先生著名的散文《桨声灯影里的秦淮河》，感觉环境很像。就想，如果也能写出一篇散文，千古流芳，入选学生课本，该有多好，多有成就感！但细一想，实在太困难了，甚至非人力之所为，尽管很难做到还是硬着头皮写下一篇，以为纪念。

当疲惫的太阳带着懒散的睡意慢慢地走回家休息之后，悄然而至的夜色带着湿润的空气凉爽地笼罩在什刹海的水面之上。飘渺的雾气与暗淡的光线搅在一起，凝结成清凉的扑面而来的凉意。曾经肆虐了一天的炎热知趣地躲了起来，而隐藏在水中的湿气静悄悄地升腾起来，成为夜色的主宰。盛夏的热浪轻而易举地脱去了人们身上厚重的衣服，轻盈地露出自然的身型，姑娘们更是各显其能，曲线毕现，百花齐放，尽情而欢快地展示着夏天特有的美丽。靠水边的树荫下，店家摆上竹椅、圆桌，点上蜡烛，打开啤酒，食客们伴着拂面的微风，静静地品尝着夜色中水面上的灯影。临街的酒吧间灯影绰绰，从窗户里飘飘地传出轻柔的音乐，间或还有女歌手轻描淡写的歌声，好一派盛世旺城的美景！

不经意间，太阳不知不觉地完全消失，夜色完全地成为大地的主宰，将曾经喧嚣的整个城市完完全全地笼罩在宽大的暗影之中。这时水边店铺的幌子、霓虹灯、蜡烛等通通变成摇曳的灯光，倒映在水面上，形成飘摇荡漾的光影，一串串，一排排，一片片，飘飘洒洒，在水面留下清晰的印记。随后就有小船吱吱咯咯地划过水面，轻摇的双桨，在平静的水面上留下微动的四散而去的涟漪，紧跟船舶后，形成扇面形状的波纹。小船上除去四外张望的乘客外，还有同样点燃而摇曳的蜡烛，以及低垂着头，轻弹琵琶的船娘。桨声、水声和那低鸣的琵琶声汇合起来，在本已嘈杂的空气中弹奏着别样的乐章。

水边的小房高矮不齐，在黑暗中现出昏黑的轮廓。屋顶天际线联成锯齿般的线条，高低错落，像用稻草编织的项圈，随意地套在湖面之上。几乎所有房间都亮着灯，明暗相间，星星点点。若明若暗的灯光不经意地在晃动的水面洒下成串的光的线条、光的斑点。这些光点、光斑随着微风以及水面上游船的尾浪而轻轻地摇晃，似隐似现，若有若无，又像是在湖面上涂抹上一片一片明亮的光环。

两块湖水最窄的地方是银锭桥，就是著名的燕京八景"银锭观山"的银锭桥。夜幕之下难以看见西山的伟岸，但此时更突显出银锭桥的自豪与存在。桥的两边是鳞次栉比的酒吧，装饰得夸张而光艳，散发出诱人的光线。灯光簇拥下，夜幕中的银锭桥越发昂起了头，昂扬而亢奋，不知疲倦地迎接着桥面上红男绿女的人群。

"清风何处神仙在，夜色醉人当自嗟"。水泥森林、高楼大厦的城市中实在难以寻觅这样轻盈而飘逸的潇洒之地，紧张竞争的工作后更难得享受这几乎静止而又温柔的光阴，时光流逝，美景难持，几番夕阳，几番日落，又有多少美好光阴。灯光与水影中交织的是悠扬的歌声，人影嘈杂与喧嚣之后是巨大的城市和紧张的生活。唯有这永恒不变的水面，寂静而宁静的夜色，和煦而轻柔的微风，带给人清新的享受。

2010 年 5 月 29 日

登岳阳楼记

用"久仰大名"来形容"岳阳楼"是再贴切不过的了。十数年前，从人手一册的中学课本上读到"政通人和，百废具兴，不以物喜，不以己悲"，以至"先天下之忧而忧，后天下之乐而乐"之时，禁不住在头脑中用想象勾画出"衔远山，吞长江"的岳阳楼的雄姿。

虽然也见过故宫的宏大，长城的雄伟；虽然也登蓬莱而观海市之奇妙，攀泰山而览日出之盛景，但到底也难以想象雄居江南四大名楼之首的岳阳楼究竟是什么样子。这一次仰着头，带着久仰的大名，来到湖南岳阳，来到屹立在八百里洞庭之滨的岳阳楼。在微微起伏、郁郁葱葱的山峰的簇拥下，宽广的洞庭湖烟波浩渺地平躺在长江边。从岳阳市里穿城而过，转个弯便一眼看到水天相连的洞庭湖，湖边一片开阔的高地上，赫然耸立着大名鼎鼎的岳阳楼。

这是一座三重屋檐，檐角高翘，敦实、结实、威严的木质建筑。从上向下逐层扩大的屋檐，在泛着黄色光泽的琉璃瓦的映衬下，显得光泽耀眼而威风凛凛。面对烟波浩渺的洞庭湖，大有一将当道、千军莫开的气势。四角高翘，指向苍天的样式，又将它与常见的庙宇、殿堂等建筑区分开，映出几分烂漫、自信、轻快与自豪的气势。南方特有的气候，滋润着四周的嫩草，浓密而挺拔的树丛，恰到好处地将岳阳楼团团围住，烘托出简洁、明快、热情的气氛。就像欧洲文艺复兴时期的雕塑与绘画透出轻盈与自信的气氛，岳阳楼潇洒、飘逸的外形将其所蕴含的盛世之情表现得淋漓尽致。

登上岳阳楼，凭窗远望，但见水天一色，泛着微波的水面与雾气升腾的蓝天相交在遥远的地平线上，你中有我，我中有你，让人感到这天是水的升腾，而这水是天的倒影。涟漪微动的湖面上时而泛起一片片鱼鳞似的波纹，遥远的目力可及之处有几只小船斑驳的暗影，长空一片，水天一色，微波荡漾，百舸争流，渔舟唱晚，国富民乐，好一幅水天泽国难得的画卷。威严耸立的岳阳楼正定睛明目地注视着这幅画卷，在烟云飘渺中与水天泽国的美丽画卷融为一体。正如古代诗人描述的那样"登楼以望，可以仰三楚长天，揽洞庭秋波，吊汨罗骚客，抚湘祠斑竹"。壮美的河山，璀璨的人文故事，为岳阳楼注入了经久不衰的韵味。

使岳阳楼闻名遐尔的不仅是它的造型与气势，更是范仲淹的那篇千古绝唱《岳阳楼记》。正如向范仲淹求记的岳阳太守、督建岳阳楼的滕子京所言"窃以为天下郡国，非有山水环绕者不为盛，山水环绕者非有登楼观览者不为显，观楼非有文字记者不为久，文字非出于雄才巨卿者不为著"。范仲淹的一篇记，将"山、水、楼、记"珠联璧合地融为一体，串联成灿烂的一簇明珠，在中国浩浩的历史长河中闪烁着明亮的光芒。

"余观夫巴陵胜状，在洞庭一湖。衔远山，吞长江，浩浩汤汤，横无际涯，朝晖夕阴，气象万千……至若春和景明，波澜不惊，上下天光，一碧万顷，沙鸥翔集，锦鳞游泳；岸芷汀兰，郁郁青青，而或长烟一空，皓月千里。"站在洞庭湖上，凭窗远望，沐浴着耳边掠过的温暖而湿润的微风，观览洞庭湖山水盛状，回味着范仲淹近千年前所作，令人叹为观止的精彩诗篇，体会上下几千年悠久的历史，的确是难得的享受。

世界上的事情非常奇妙，美国女子游泳队的教练不会游泳，却训练出世界冠军。范仲淹挥笔写就《岳阳楼记》的时候，正在今天的河南邓州做官，与岳阳楼相隔千里，而且范仲淹从来就没有到过岳阳楼。但范仲淹生长在与洞庭湖情景相同的太湖，在四处周游期间，到过鄱阳湖等地。当他收到好友滕子京的书信后，调动头脑中贮存的记忆，结合自己在朝为官的体会，一挥而就，完成了千古不朽的名篇。这样说来，《岳阳楼记》并不是简单的景物描写与记录，而是对祖国大好河山高度的概括与浓缩。范仲淹用岳阳楼为载体、为支点，描绘了自己脑海里的江山美景。同时以江山为背景，抒发了自己的胸怀，这也正是《岳阳楼记》能够使众多文人学子感物伤怀、引起思想共鸣的原因。

千年历史，沧海桑田，数不尽英雄人物，述不完春夏秋冬。工业化的发展，若干科技浪潮，把人类历史推进新的世纪。飞机翱翔，卫星上天，深海里核潜艇巡游，宇宙中火星探测器飞速前进，计算机网络、生物芯片摩肩接踵，人类社会正以几何级数的速度飞快发展。然而岁月流逝，更显得岳阳楼光彩照人。它所蕴涵的，用于造就与支撑岳阳楼的中国人民的智慧与勤劳以及丰厚的文学底蕴，在历史的长河中依然散发着夺目的光芒。而"先天下之忧而忧，后天下之乐而乐"的精神境界，早已变成支配人们勤劳的动力，使中华民族这个地球上悠久而古老的民族，在努力之中走向光明而美好的未来。

登斯楼者，揽古而知今；登斯楼者，澄目而清心。感先人之圣，叹岁月之逝，宠辱皆忘，其意洋洋者矣。登斯楼者，见天地之宽；登斯楼者，明矢志之不渝。唯奋发而图强，效先圣之人，尽全力而为之。

从岳阳楼走下来，坐在洞庭湖边浓郁的树荫下，近千年的历史画卷仿佛一幅幅地展现在眼前。刀光剑影，烽火狼烟，英雄辈出，此起彼伏。在辽阔的中国版图上，上演着一幕幕激动人心的剧目。而不管怎样的惊心动魄，不管怎样的生离死别，不管怎样的场景，怎样的结局，岳阳楼总是带着它温文尔雅的雄姿，映衬着水天一色的气势，吟唱着那篇千古绝唱的不朽诗文，巍然屹立在辽阔的洞庭湖边，在历史的长河中长久不衰地向一代又一代的人们展示着它的存在。

登斯楼者，宠辱皆忘，把酒临风，其意洋洋者矣。

2008年2月21日

登武当山记

古人云"仁者乐山"，很多时候古人是对的，古人是聪明的。根据古人的提示，努力着先后登上五岳之中的泰山、华山、恒山，又找寻着登上黄山、九华山、普陀山、千山、医巫闾山、韶山、崂山、青城山、峨眉山、祖山、白云山、苍岩山、麦积山，只是没登过武当山。这次到湖北，下定决心，登登这座道教名山。

古人还说过"耳听为虚，眼见为实"，又是非常正确的。山形水势，非亲临不足以彻查，非亲眼不能明察，尽管在图片上、录像中多次见过这座名山的姿态，但到底是只有亲身经历之后才能真正领略名山的真实面目。

记得还是在大型纪录片《故宫》中看到介绍明成祖朱棣倾全国之力营建武当山庙宇的故事。据史料记载，明成祖用相当于建故宫的银两，动用近三十万人力，修建武当山金殿等建筑。为何大动干戈？若不是亲临武当山，真晓不得其中的缘由。首先是如何在万山之中选定这样一处居所，作为玄武大帝的庙宇。古人对山形地势的研究独具匠心，在交通很不发达、技术手段落后的时代，于千山万壑之中选定神仙居住的场所，确实十分困难。武当山山形奇特，与华山、嵩山、泰山完全不同，连绵的群山之中，耸立着海拔1600米的天柱峰，尖耸直立，直插天际，四周更有数十座各色山峰，臣服于主峰脚下，无一例外地向主峰倾斜，形成"万峰来朝"的奇特意境。主峰与群峰就像金銮殿上的君臣一样，在云雾缭绕之中尽着主仆之礼。远远望去，四周耸立的山峰同样长着茂盛的树木，又有成片的白云，摇摆飘浮，恰似仙境一般。倾向主峰的山头，又像是玄武大帝赐给诸位神仙的居所，确有天宫仙境、飘飘欲仙的感觉。

除去山势以外，武当山给人印象很深的还有精美的古代建筑群和通向金顶的青石路。带有皇家色彩的黄红相间、飞檐斗拱、重檐绿瓦的建筑，深深地透着皇家的威严与气势。门楼、牌坊、大殿、石栏、木柱，材料考究，气势辉煌，将不可一世的皇家气势展现得淋漓尽致。由于明成祖下令保护武当山，所有建筑材料都是从远处运输而来，巨大的条石，如椽的巨木，雕刻精美的青砖，闪着光亮的琉璃瓦，让人感叹建筑宏伟的同时，又为其构筑之艰难产生深深的感叹。更让人称奇的是，这些建筑极巧妙地与周围的山形地势融为一体。从院落向外看，背后、左右的山峰成为巨大的屏风、影壁，成为互为左右的卫士。从远处望去，院落恰当地散落在山间的平地上，紫霄宫背后有尖顶的高山，左右有龙形山脉护卫；太子坡依山势散布院落，与周围地势相依，舒展而平顺；南岩宫凿山而建，临深渊而面金顶，气势森然；琼山道观背依天柱峰，面临逍遥谷，两侧高山夹峙，气势威严。武当山古建筑散落山间古地，似隐似现，似有似无，再加上绿树掩映，白云陪衬，缥缈虚无，飘飘欲仙，更有人间仙境的意味。与其他名山上的建筑不同，武当山的建筑是皇家建筑，明成祖朱棣想把武当山建成自己的家庙，因此建筑气势宏伟，造型大气，用料精致，又加之建在这样路途遥远、地势险峻的高山之上，不免令人肃然起敬。

还有就是近十公里的青石铺成的山路，山路的气势非亲自攀登不足以感受。在古木参天、水声如吼、云雾缭绕的山林之间，古人用整齐、规矩、坚硬的青石铺成整齐的山路，沿山势蜿蜒曲折，顺山坡扶摇直上，险峻之处装有精致的云型栏杆，或笔直，或曲折，人走上去，安稳、舒适，全不记起是在陡峭的高山之上，有仙路、天路的感觉。最大的一段几乎近三十度，连续向上的石梯竟有370级之多，笔直向上，没有丝毫弯曲，一气呵成，让人走上去深深感到自身的藐小与卑微，金顶、金殿的高深莫测。要知道，所有这些条石铺砌的石阶、护栏都是从上千公里以外运输至此，再逐级铺至山顶，其中的艰难实在难以想象。

从南岩宫向上，沿着青石路攀爬，两个半小时后才走到朝天宫。这里是人间和仙境的分界线，步入朝天宫后便进入了神仙的居所，进入了仙境。尽管知道此时距离武当山金顶已经不远了，但远没有那么容易。本已疲惫之极，却还要向上走，一天门、二天门、三天门，每个天门过后都有一小段下坡路，而后又是长而陡的坡道，把你最后一点力气彻底用尽，彻底击溃原本还有的一点雄心壮志，而让你完完全全、彻彻底底地臣服，只有经过这样几次磨难之后，才能到达武当山的山门。

在接近顶峰的山腰上，依地形山势，蜿蜒地建有用条石砌筑的坚硬的城墙。由于明成祖下旨"建城勿动山势，且万万年不毁"，而山腰上的城墙用一米多长的整齐的条石砌成。条石依地势开凿，深深地嵌入山腰的岩石中，城墙顶部窄、底部宽，两侧成圆弧状梯形布置，异常坚固。为了不破坏山形地势，有些条石居然凿成曲线形，且铺砌得严丝合缝，可见匠心之独具。紫禁城虽然有四道城门，但只有南门可以进入，其余三座门只是装饰。从空中俯瞰而望，武当山天柱峰恰似一只巨大的乌龟，而依山势修筑的起伏的城墙，正是巨龟的裙边。是偶然的碰巧，还是精心设计，不得而知，只是为武当山神奇的山势添上了精彩的一笔。

登到山顶便看见气势辉煌的金殿，仔细观察，铜制的金殿雕琢得精美绝伦。屋顶、屋檐、屋脊、窗格、神兽精雕细刻，不差分毫，即使是在现代，制作这样的宫殿也是困难之事。很难想象古人是怎么想出来的，要在这样险峻的峰顶建这样一座精致的建筑，没有巨大的信仰的力量做支撑，没有强大的国力做后盾，做这样的事是不可能的。

再次感叹武当山建筑的雄奇，建造的艰难之后，乘缆车下山，觉得轻松了很多，背后是越来越远的金殿的峰顶，周围是倾斜着朝向顶峰的群山，山涧的水流扶摇直下，云雾似隐似现地飘荡在高耸的山间，绿色的树木，红色的庙宇，绿色琉璃瓦的屋顶，白色的云，构成一幅清新淡雅、轻描淡写的写意山水画，超凡脱俗，天人合一，恰如其分地展示出道教的真谛。

在武当山上感山叹水，我总在想为什么明成祖要动用如此大的力量，在距离北京如此遥远的地方建这样的建筑？又联想起上个月在河北迁安青山关对长城的同样的想法，在那个经济很不发达的年代，利用建筑把众多民众集中起来，在建筑工程的同时，集中了全国的人力，也就集中了全国的权力，统一了中央的号令，同时也消减了民间各种敌对势力的活动，具有巩固政权的意义。对连绵万里的长城，其防御作用是非常有限的，稍微哪个地方被攻破，则整个长城都没有作用，即使非要建长城，也没有必要建在险峻的山峰顶端，退后一点建在山脚下作用是一样的，难道皇帝不晓得其中的道理？想来其中是有政治道理的。古罗马的驰道，古埃及的金字塔以及秦灭六国以后的秦直道都有安顿投降士兵，稳定社会的作用。想来耗费如此人力、财力的武当山也不乏这样的原因。

从武当山上下来，雄奇险峻的山峰，精美绝伦的建筑依然飘摇地萦绕在脑际。

2008 年 5 月 10 日

重游五台山记

  自古道：天下名山僧占多。大凡知名的山峰，总有僧道等高人占据，建庙堂，燃香火，引得无数信众顶礼膜拜，在没有工业的时代，聪明之人无从施展，只有研究高深的佛教、道教，也算是当时高级知识分子的一种归宿。

  在众多的山峰中，五台山是非常著名的，与南方小巧玲珑的山峰不同，五台山以粗犷、雄浑而闻名，偌大的山峰，甚至找不出一处标志性的山峰，只有众山环抱之中的白塔，成为五台山的标志。因为从印度传入的佛经上有文字记载"东方有国名震旦，其北有山，形似莲花，乃文殊菩萨讲经说法之地"。于是，五台山成为四大佛教名山之一。站在白塔旁边，环顾四周，但见山峰如团，宽大而平坦，林木青翠，点点红墙黄瓦点缀其间，背衬团团的白云，缕缕的香烟，完完全全一幅佛国禅寺的画卷。攀登一千零八十阶台阶，登上"黛螺顶"，可以望见山峰环绕下错落的寺院，星星点点，白塔与琉璃瓦金顶相映成辉。

  放眼望去，北台高耸，像是挺着肚子的罗汉，凝神而望，西台连绵，漫长的天际线，连接着从北台到西台，在蓝天之下映衬出缥缈的寺院的轮廓，似有似无。而南台与中台依稀可见，恰到好处的五座山峰，均匀而悠闲地分散开来，簇拥着山间凹地中的白塔，构成天然的优美画卷。

  五台山的香火极盛，据说文殊菩萨是掌管智慧与学习的，因此升学求知的人都要来这里拜拜文殊菩萨。更有据说是龙王五子从北台高峰上请下来的"五爷庙"，成为众多朝拜者的云集之所。还有在历史上，最后安家于浙江普陀山的"不肯去观音"，也是从五台山请去的，还有清朝不当皇帝当和尚的顺治帝，更为五台山添上皇家与神秘的色彩。

  五台山最有名的是汉传佛教与藏传佛教并存，从青藏高原上远道而来的喇嘛，披着明显有别于汉传佛教的大红袈裟，在五台山上游走，更有极为虔诚的信徒，一步一叩地丈量着"等身叩"，从拉萨来到五台山，还要一步一步地拜遍五台山的五个台顶，实在是意志坚强。对于人类，在物质世界之外，确实存在着同样很有力量的精神世界，在人的生活中，在社会的生活中发挥着巨大作用。

  由于区域小气候的影响，五台山的植被明显有别于周边地区，山外是贫瘠的土地，而山里则郁郁葱葱，植被茂盛，寺庙掩映在绿色之中，构成优美的图画。在中国四大佛教名山之中，九华山险峻而通天，只有沿着陡峭的山路，才能登临山顶寺庙；普陀山是小巧的，像个袖珍的模型，镶嵌在东海的波浪之中；峨眉山有点像四川人，是清幽的、悠闲的、享受的，人们可以在山上生火做饭，享受生活；而五台山是粗犷的、粗野的，甚至有点儿野蛮，有点儿像西藏的山脉，粗大的山脉环绕着白塔的寺庙，构成非常独特的构图。

建在塔院寺中的白塔是尼泊尔匠人的作品，外形有点像北京北海的白塔。进得寺院，但见白塔体形硕大，直刺蓝天，气势丝毫不逊于周围的山峰，只是在巨大的山峰的映衬之下，显不出高大，有点英雄生不逢时的感觉。殊像寺中有骑着狮子的文殊菩萨的雕像，面容温和，给人平易近人之感，眼神中透出智慧的目光。五爷庙中始终烟雾缭绕的香炉，披着各种衣服的"五爷"，静静地承受着众多香客的跪拜。菩萨顶建在五峰环绕的高台之上，五进院落，铺满明晃晃的琉璃瓦，在阳光的反射中透出闪闪光亮，因为乾隆皇帝来五台山朝拜，住在菩萨顶，使得这片建筑透出皇家的威严。

据说来五台山朝拜要走遍五座山峰，朝拜完五尊文殊菩萨像，但皇帝是不可能走遍五座山峰的，僧人们在寺庙东边的小山包上建有"黛螺顶"，供有五尊台上文殊菩萨像的复制品，当皇帝登上"黛螺顶"，也就算是拜完五台了。站在"黛螺顶"上，台怀镇中的寺庙群一览无余，是个观景的绝佳场所。五台山最出名的还有顺治皇帝出家的故事，执拗的顺治皇帝离开辉煌的紫禁城，来到五台山的清凉寺，在幽深的山林中，在寺庙的钟声中度过生命的最后阶段，也是中国历史上的一段奇闻。

由于路途遥远，来到五台山已经筋疲力尽，而还要登临"五台"朝拜，更是艰辛异常，在巨大的大自然面前，人们更深深地感到自身的渺小，自然而然地对寺庙中的佛像产生敬畏，不免跪拜于地下，顶礼膜拜。虽然以前来过五台山，但重登五台山，依然赏心悦目，心胸豁然开朗，在深厚的佛教氛围中思考历史，品味人与自然的关系。虽然人已经成为地球的主宰，虽然人类制造了汽车、飞机，虽然人类的发明与制造能力足以创造崭新的生活，但巨大的自然界，巨大的山脉，巨大的五台山，以及五台山中一百多座寺庙，似乎更骄傲地向后人宣告着它们才是真正的永恒。很多时候，在巨大的自然面前，人类的活动都显得微不足道，甚至一个人九十年的生命历程也只是短暂的一瞬，所谓"弹指一挥间"，而更为永恒的、更为永久的是像五台山一样巨大的山峦。

在悠远深邃的思考中结束了此次五台山之旅，重新回到车水马龙的闹市。

2011 年 8 月 27 日

奥林匹克森林公园感悟

几乎看不见的细细的雨丝从天而落，像一张无边无际的大网罩住整个大地。缥缈的细雨轻柔地洒在偌大的公园里，笼罩在茂密的树林、草地上，树叶在雨滴的洗礼中越发摇曳，地面泥土的芳香也飘飘然弥漫在空气中。在干热中挣扎多日的植物，经过雨水的浇灌，焕发着勃勃生机，叶面上积攒了晶莹而明亮的水滴，一闪一闪的，像是一颗颗的钻石，镶嵌在嫩绿的树叶上。树林中的小鸟也格外欢快，布谷鸟不停地吟唱着"布谷、布谷"的欢歌，而喜鹊不停地从一个树冠飞到另一棵大树的枝头，不时地抖动羽翅，抖掉从天而降的雨滴。

高大的钻天杨，低沉的槐树，张扬的银杏，飘逸的柳树，以及无数地面上不知名的嫩绿的乔木、灌木，全都欢快地、高兴地享受细雨纷纷的过程。甚至泡在水塘里的芦苇，也同样摇曳着挂满水滴的苇叶，兴奋地聆听着鸟儿们的欢歌笑语。只有水面下的金鱼，依然不紧不慢地游动，似乎这飘飘而下的雨与它们没有什么关系。

曾经的无数年前，可能是三万年前，这里曾经是森林覆盖的大地，或许就是眼前这样的情景，那时的大地被茂盛的森林覆盖，阳光透过树叶随意地倾泻到地面上，露出斑驳的痕迹。那时的大地，是植物的大地，是动物的王国，没有人类的侵扰，植物、动物们过着悠然自得，轻松而自然的生活。阳光、雨露、嫩草、绿树构成整个的世界。随后人类这个直立的两脚行走的动物降临世界，再往后是刀耕火种，是母系氏族，随后建立国家，进而发明车马、火药，扩大生产，大片的森林被砍伐，大片的草地上建起了房屋，人类以所向无敌的姿态，向森林宣战，成为大地的主宰。跃马扬鞭，手指处森林荡然，战火中，所有植物化为灰烬，人类以征服者的姿态统治地球，统治整个世界。

大树无语，绿草无声，默默地忍受着降临的苦难，忍受着迁移到艰苦环境的生活。一年又一年，开花吐蕊，落地生根，树木、花草、植被，坚毅地、顽强地、无奈地、一言不发地完成着简单而重复的繁衍的使命，把自己的遗传基因传给后代，坚持着在大地上的存在。

岁月流逝，光阴荏苒，人类出现了空前的繁衍，涌现出统一国家的强大的君主，开始发明制造瓷器、丝绸、火药，随后马车、汽车，甚至高速列车在大地上驰骋，飞机甚至宇宙飞船扶摇上天，人类以主宰的姿态，以征服者的形象，昂然屹立。斗转星移，地球这个硕大的星球，绕着太阳这个不知疲倦的发光体，一圈圈地旋转，不知道转了多少圈。然而树木依然顽强地生存着，与恐龙同时代的灌木，依然枝繁叶茂，甚至人类都不得不牺牲自己的土地，把树木、植物请进来，精心地呵护，建成硕大的奥林匹克森林公园。

默默无语中，坚毅忍耐中，顽强繁衍后，植物赢得了胜利，它们没有生杀予夺的权力，没有高声叫喊的声音，更没有威力巨大的武器，它们有的是默默的祈祷，有的是牺牲后的顽强崛起，有的是多年持之以恒的保持，不放弃，不改变，相信自己，相信自己的后代，相信自己传递给后代的能力。

植物胜利了，它们取得了最后的胜利，人类，多少个曾经强大的君王早已变成泥土，只有颓废的陵墓，诉说着曾经的存在，尽管取得了巨大的成绩，但人类面临拥挤，面临人口的膨胀、资源的匮乏、战争的阴云，面临更多的问题。而植物，依然如旧，依然一年年栉风沐雨，享受着阳光的抚慰、雨露的滋润，享受着摇曳的自由，以及繁育后代的快乐。笑到最后，才是笑得最好，这些植物，曾经看着硕大身躯的恐龙横行于世，曾经感受到霸王龙、独角龙、飞龙的巨大存在，而时至今日，这些庞然大物早已不知去向，只留下巨大的遗骨，让人类感受到它们曾经巨大的存在。

和风细雨中，树木在摇曳着树冠上的嫩叶，灌木伸长脑袋寻找树影中斑驳的阳光，而小草不知疲倦地、贪婪地吸吮仅存的光线，在无声无息中，植物静静地生活着，它们默默无语，但又坚定地相信，它们将要生活得更加遥远，远远超过现在生活在地球上的人类，甚至是这些人类的后代子孙。细雨之中似乎听到风声中树叶婆娑的声音，似乎听到以次声波传出的声音，感受到巨大的、坚强的存在。树叶依然摇曳着，雨滴依然降临到树叶上，滚落到地面上，鲜花依然艳丽，似乎从来没有发生什么，只有思绪从遥远的过去，飞临面前的现实世界，又飘飞到更加遥远，深不可测的未来。

在思绪的飞舞中结束了奥林匹克森林公园之旅，坐上刚刚通车的地铁八号线，重新回到车水马龙的闹市。

2014 年 5 月 24 日

雾中游西湖

"上有天堂，下有苏杭"，苏州最有名的是园林，杭州最有名的是西湖。早上起来，大雾弥漫，几乎伸手不见五指，完全看不见对面的建筑以及路上的行人，江南的雾不像北方的雾，浓厚而久远，只能在浓雾中摸索着向西湖而去。从地铁上来，街道上已经是车水马龙了，似乎很难相信，西湖就在身边，近在咫尺。几乎不用找寻，随便穿过一条街巷就可以通向西湖，走出不远便看见了浓雾掩映下的西湖。由于湖中心被浓雾覆盖，看到的几乎不是一座湖，而是一条水带，沿着湖的岸边镶嵌的一条纤细的水带，若隐若现，其余的部分，完全被浓厚的白雾所遮盖。

对于西湖，据说有"雪西湖""雨西湖"之说，在雨中赏西湖，斑斑点点，淅淅沥沥，别有风味，而在雪中赏西湖，更是积年少见，片片白雪点染山峦，西湖呈现出不一样的美。而在雾中赏西湖，几乎是没有记载的，因为雾中西湖实在没有什么好看的，只是眼前像丝带般的一条水带，更谈不上审美的情趣。忽然想起将要出嫁的新娘，大约都是用丝巾遮住脸庞，并不让人看见，似隐似现，似有非有，给新郎很大的想象空间，倘若新娘穿比基尼出嫁，可能完全没有了美的意境。想象可能产生更大的美感，想象中世界的美甚至大于现实世界，这样想着，浓雾掩映中的西湖或许别有风味。

西湖边更多的是悠闲晨练的老人，间或有几个在地上用扫帚般的笔写字的老人。冬季里几乎光秃秃的树，懒洋洋地歪躺在湖边，只有水面上轻轻涌动的波纹，不知疲倦地翻荡着，不情愿地述说着西湖的存在。浓雾遮挡下的西湖，以及湖边的山峦全都见不到踪影，只是恍惚间，似乎湖面上几个摇摇的船影，在浓雾中的水面上摇曳，无声无息地宣告着它们的存在。

西湖的美更在于周围的环境，山与水的融合构成美的图案，南屏晚钟、峰塔夕照，不远不近的山峦，成为西湖恰到好处的背影，与宽广的湖面相得益彰，构成优美的图案。北京的颐和园同样采用了借景的手法，扩大了视野，把西山构图在图画之中。同样邻近城市，武汉的东湖、徐州的南湖，甚至更为广大的洞庭湖，因为没有山，而显得黯淡无光，只能以烟波浩渺而孤芳自赏，显得形单影孤。山与湖的恰到比例的融合，是西湖名扬天下的重要原因。当然西湖的成名绝不仅仅是有山有湖，贵州的湖，四川的湖，湖与山相关联的景致实在太多了，可谓数不胜数，西湖之所以成名，可能更在于生活在西湖周边的人，以及这些人演绎的如歌如泣的故事。

从遥远的河姆渡文化开始，到良渚文化，在西湖附近的松软的黑色泥土上，诞生了古老的人类文明。与遥远的赤峰红山文化，陕西的半坡村文化，甚至四川的三星堆文化相比，西湖附近的文化毫不逊色，成为中华大地上早期先民首选的生活之地。优越的地理环境，诞生出早期的渔猎、农耕文化，人首先要解决吃的问题才能生存，才能谈得上文化，而江浙一带纵横的水网，厚重而肥沃的泥土以及茂盛的植物，构成人类赖以生存的基础。河姆渡文化在将近八千年前诞生了中国最早的水稻，随后受到长江流域楚文化的影响，江浙一带诞生了繁荣的文化，直至两汉时期，三国鼎立，吴国以强大的实力在杭州、南京一带建立政权，形成足以鼎立魏、蜀的国家政权。

杭州生产的瓷器、丝绸，更是让杭州登上了中国手工业的顶峰，茂盛的桑树上蠕动的蚕蛹，提供了精美的丝绸，而同样精美的瓷器，成为那个时代人们追崇的对象，这种追崇，一直延伸到遥远的罗马、巴黎、伦敦，甚至整个欧洲，最终，创造出同样出名的丝绸之路。在宋朝，杭州的生产达到了顶峰，经济总值甚至占到了世界的一半以上，达到了其他国家难以企及的程度。

也许正是杭州优厚的自然环境条件，人们居住在杭州可能更注重于享受，享受阳光、茶叶、美食，甚至在这些基础上产生的美女、歌舞。与此同时，穷则思变，在自然环境比较严酷的环境中生活的人们，不满足于现状，试图通过武力改变生活状态，一次次地从边疆地带入侵中原。匈奴大举入侵，尽管从秦始皇开始便修筑了长城，汉武帝时期更是大量和亲，但还是没有挡住匈奴人的入侵。随后，五胡乱中原，同样是艰苦环境的人们对于优越环境的改变欲望，导致了社会的动乱、变迁，直到金，更是直接发动战争。尽管出生于汤阴的岳飞奋力抵抗，但是生于优厚的中原人，很难抵挡生于苦寒之地的凶悍的金兵，终于，金兵占领开封，曾经辉煌的宋朝，只能勉强维持，南迁至杭州，这时的杭州，已经不是完整意义上的国家的首都，而是偏安的首都，临时的避难的首都。江南人的暗弱，江南人在体力上的缺憾使得杭州完全没有力量抵抗，只能委曲求全地生存下来。

随后扫荡欧洲的蒙古军队，更是所向披靡地横扫杭州，把南宋皇帝赶到福建、广东沿海，彻底结束了宋朝的统治。生活在严寒条件的蒙古人，养成嗜杀成性的生活，茹毛饮血是他们正常的生活，或者说生存的状态，战争成为生活甚至生命的一部分，成为日常的生活方式和存在的方式。凶悍的蒙古军队，从高原上一路征服各地，甚至打到了罗马，以及那时候还没有的巴黎，终于，在几乎横扫欧洲之后，蒙古军队似乎更认为中原的土地更适合生存，挥师南下，轻而易举地占领了江南。只是江南太温顺了，太有利于生存，很快蒙古军队在歌舞升平、声色犬马，以及不断的享乐之中，锐气被消耗殆尽，蒙古军队稀少的人数，被广大的中原人所溶解、所消耗、所同化，蒙古人用武力开创的国家，并没有延续多少时间，这之后蒙古人建立的元朝被中原土生土长的朱元璋建立的明朝所取代，可能也是必然之事，也是早晚的事。

  不管时代怎么变化，西湖依然静静地荡漾着，荡漾在雨中、在雪中、在雾中。江南湿润的空气，浓密的植被，就像被柔软的丝绸包裹着，周围回荡着同样轻柔的丝弦，更有无数窈窕的美女，构成江南优美的图画。人灵地杰之后，便产生了饱读诗书的学者，选人、用人的标准也从北方的彪悍，转到了江南的才俊，正是在这样的背景之下，苏东坡、白居易得以驰名杭州。仅仅依靠写诗，而成为地区的领导，甚至领导人们修建西湖中的大堤，并且以自己的名字命名，这在今天是难以想象的，而在西湖，白堤、苏堤已经永远地耸立着，成为历史的痕迹。江南对于文化的推崇，对于思维的尊敬，在西湖显现得淋漓尽致。沿着湖边的小路，很容易地走上白堤，平时总是人头攒动的断桥，由于雾的原因，几乎没有人，而湖中小山，也就是"孤山寺北贾亭西中"的"孤山"，甚至完全看不见踪影，至于平湖秋月、三潭印月、花港观鱼，更是完全被大雾所覆盖，不见一丝踪迹。只是湖边歪倒着的荷叶的枝干，让人想起著名的诗句"留得残荷听雨声"，以及"残荷渡鹤影"，还有在浓雾中似隐似现的摇摇摆摆的小船，朦胧地映现着它们的存在。

  太阳逐渐升起，浓雾慢慢褪去，远处的雷峰塔，隐隐约约地显出踪影。随便拐个弯，便上了苏堤，更是绵长的河堤，两旁的绿草依然青翠，远处的山峰依稀可见，眼前的湖面，涌动着不停的纹路，像是凝结的果冻，更像是平铺的丝绸，不停地涌动，宣示着西湖的存在。温湿的空气弥漫四周，着实让人感觉懒洋洋的，西湖边上浓雾掩映着城市，完全看不清附近的高楼大厦，甚至恍惚地让人感觉可能生活在宋朝或是唐朝，生活在宋东坡与白居易的年代，烟雨朦胧，歌舞蹁跹，所谓的太平盛世，只是时过境迁，时代已经完全不是那时的样子，人们的生活方式、生产方式、思维方式大相径庭，后工业化时代，网络成为人们的生活方式，只是西湖依然如旧，依然荡漾，依然宁静，西湖周围的山，依然一动不动地守卫在西湖边上，用寂寞无语的态度，用坚贞与忠实，守护着西湖的存在。

江山依旧，时过境迁，似乎只有大雾中笼罩的西湖，才是真正永恒的存在。

2016年1月17日

再次登顶长白山

曾经在夏季登过一次长白山，记得是乘坐奔驰越野车上去的，而且还走了很长的路，那次十分幸运，亲眼见到了长白山天池，据说由于云雾遮盖的原因，人们很难见到长白山天池的真面目，即使在山下没有雾，上山之后也可能被大雾覆盖，因此见到长白山天池是很幸运的事。由于时间久远，记忆已经变得模糊了，这次春节期间到长白山滑雪，原本没有计划登顶长白山，但是由于在北大湖滑雪实在太累了，只能休整一天再去滑雪，于是换个方向，从西坡登顶长白山。

在池西区旅客集散站等车的时候，几乎没有人，由于是春节期间，游客很少，只是遇到一对来自荷兰的夫妻，算是少见的乘客。先是乘坐考斯特中巴车，在林海雪原的树林中走了将近三十公里，来到长白山西门，下车后换乘通往山顶的车，还要走二十公里。这时的景物完全变换了模样，地上覆盖着厚厚的白雪，挺拔的松树也是被白雪覆盖，树枝上积存着厚厚的雪花。很快就可以望见长白山主峰的岩石，像一堵墙，直立着，面目狰狞地立在山顶，岩石上同样覆盖着厚厚的白雪。由于阳光的照射，白雪的反射非常刺眼，岩壁反射出明晃晃的光亮，甚至整个树林，都像是映射出足够的光亮。很快汽车开到山脚下，再往前就是更陡的山坡。长白山不同于内地的山峰，长白山是火山喷发形成的山，山腰上有平缓的台地，非常宽大，慢慢地过渡到地面，应该是火山流凝结而成，山峰并不是很明显，甚至感觉可以步行走到山顶。

从车上下来，明显感觉到寒冷，山顶上风很大，与山下完全不是一个感觉，风吹打在脸上，冷飕飕的，非常冷。换上雪地摩托，一个司机只能带两个乘客，很快，在轰鸣声中雪地摩托飞快地开上山坡。开始还是在树林中穿越，感觉没有什么，只是两旁的树林在飞快地向后掠去，很快便开始沿着山边的小路飞驰，明显感觉到危险，摩托车很快，感觉就像贴在山崖边行驶，地上全是雪和冰，没有传统意义的道路的模样，道路曲折，转弯很多，明显感觉到身体倾斜。更为严重的是寒冷，随着海拔的增加，温度在明显下降，同时呼啸的大风，更降低了体感温度，让人感觉十分寒冷。手上的棉手套很快冻透了，手指与外界一个温度，手指很快从指头尖开始失去知觉，慢慢地扩展到整个手掌，寒冷同时扑面而来，脸上、耳朵上，明显感觉到严寒。摩托车停在山顶，向上也就只剩下三米的高度，但是迈步艰难，台阶上全是坚硬的冰雪，冻得硬邦邦的，耳边的风呼啸而过，吹得人有些摇晃，站立不稳。摇摇晃晃、战战兢兢地走到山顶，便可以看见白雪覆盖的天池的冰面，周围是同样白雪覆盖的山峰，山峰并不高，面目狰狞，坚硬的岩石与同样坚硬的冰雪交相呼应，构成严寒笼罩的世界。

  天池边立有中国国界的界碑，红色大字在白色的世界中格外显眼，明晃晃的。沿着天池的边缘，在堆砌的雪堆中间，开凿出一条雪中隧道，隧道边有观察孔，可以清晰地看到严寒之中天池的全貌。由于大风和低温，在山顶上冻得人哆哩哆嗦，感觉受不了，时间再长一点身体就要失温，甚至出现危险，这时才理解为什么登山经常发生事故，甚至致人死亡，在严寒的大自然面前，人是非常微弱的，人的心脏供血产生的一点点体温，在严寒面前非常的暗弱，几乎不值一提。稍微在外面看一眼，赶紧回到雪堆中的隧道，里面没有刺骨的山风，感觉缓和很多，手上不停地哈着气，赶紧拍照片，很快相机、手机都冻住了，电池无法供电，不能工作。从隧道的窗口看出去，天池一片死寂，冰面上覆盖着厚厚的白雪，与两边山坡上的雪连成一片，完全是白色的世界。山峰背后的空气似乎也是白色的，雾气腾腾，由于寒冷，雾气似乎凝固在那里，静止不动，与山峰贴在一起，构成静寂、孤独的世界。已经坚持不住了，赶紧下山，身体裸露的部位已经失去知觉，手指几乎完全不听使唤，抓紧摩托车的扶手都成为很困难的事。摩托车下山的路，显得非常漫长，比上山的路要长几倍，山风的穿刺，身体的失温，手指的僵硬，脸部皮肤的僵硬，使人完全没有心情欣赏周围的美景，而是只想着快点下山，快一点回到温暖的房间中。人类的生存条件很苛刻，高温、低温、干旱，人都难以生存，适合人生存的温度几乎是上帝的恩赐，从某种程度讲，是温度养育了人，养育了地球上的植物与动物。在严寒的情况下，一切生命将被扼杀，一切将归于寂静。终于，摩托车到站了，赶紧下车跑进温暖的小木屋，身体慢慢恢复了知觉，但是被冻过的脸、手指，依然火辣辣的疼痛，寒冷在身体上留下了明显的痕迹。这时，回头眺望长白山山顶,似乎更加了解,更加清晰,走过的路,看过的天池,就在眼前,印象深刻,经过严寒的洗礼,更增加了对长白山的了解,同时也增加了几分敬畏。

2018年春节,又一次登顶长白山,领略冰天雪地的美景,感受严寒的侵袭,实在是不可多得的经历,寒冷而孤寂的长白山留在深深的记忆之中。

2018年2月25日

追寻诗仙李白的旅程

之一:在江油感叹诗仙李白

江油应该算是李白的故乡,但并不是李白的出生地,李白号"青莲居士","青莲"就是江油与绵阳之间的一个小镇,历史十分悠久。这里西边靠近岷山山脉,山脚下有水流不断的涪江,颇具山水气势,也算是山清水秀之地。

李白的祖先在隋炀帝时代获罪,遭到流放,被迫迁移到中亚,就是现在哈萨克斯坦的碎叶。五岁时随父亲回到四川江油,居住在青莲镇。二十五岁时出三峡远游,从此浪迹天涯,游历四方,饮酒赋诗,出入朝廷,写下了很多精彩的诗篇,获得了"诗仙"的美称。人们发明文字,本来是记录的符号,比结绳记事更有效、更方便的一种符号,但后来逐渐发展到"文学",这其实并不是文字的功劳,而是人们精神世界丰富的原因,文字只是精神世界的记录,尤其是诗歌。想来小小的点、横、撇、捺组合而构成的中国汉字,由于组合就变换出多少不同的含义,不同的内涵,又有多少读书人在寒灯之下对着文字苦读,梦想着通过科考改变命运,而李白把文字变成了艺术,变成了吟咏的诗篇,成为千古不朽的人类的精神作品。

李白曾经游历很多地方,在河北蓟县的独乐寺还有李白的题词,李白经历了动乱的时代,自己的经历也起伏跌宕,时而升到唐玄宗身边,一人之下,万人之上,俯瞰天下;时而又受到迫害,濒临死亡边缘,被贬到遥远的夜郎。特有的动荡、跌宕的经历给李白以特殊的人生感受,这时饱读的诗书和天才的思维结合在一起,伴着奇特的人生经历,造就了伟大的诗人。

从唯物主义的角度讲,人是环境的产物,不仅人的遗传基因是百分之百父母遗传物质的结果,而且人的经历、感受都是物质的结果。但物质的转变或者反映对每个人是不同的，因此也就产生了"伟人""天才"等，李白就是这样的人。云游四方，品味天下，呼朋唤友，吟诗作赋，是多少读书人崇尚的人生目标，但远不是什么人都能做到的，即使有相同的经历。如同农民像磁石一样牢牢地吸附在土地上一样，读书人也被说不清的东西牢牢地吸附着，远不能"随心所欲""挥洒江山"，美丽的大好河山只能是偶尔改善生活的调味品。即使能够偶尔云游四方，也很难留下什么精彩的诗文，乾隆皇帝条件多好，又很爱写诗，到处题诗，写出上万首诗，多么希望"文章传天下"，但事与愿违，没有一首诗能够流传下来。这更是让人感觉诗人李白是仙来之笔，是神人。"举头望明月，低头思故乡""桃花潭水深千尺，不及汪伦送我情""蜀道难，难于上青天""五花马，千金裘，呼儿将出换美酒，与尔同销万古愁"。这些诗文看起来很简单，好像谁都能写出来，但仔细品味，才感觉真是神来之笔，并不是个人努力能够写出来的，这时才感觉到李白的伟大。像"大漠孤烟直，长河落日圆""姑苏城外寒山寺，夜半钟声到客船""白日依山尽，黄河入海流""昔人已乘黄鹤去，此地空余黄鹤楼"等，很多精彩的诗句都是神来之笔，好像非人力所为，成为经典。这样想，在李白故乡品味、感慨、感叹李白以及李白神来之笔的诗歌也是很有意义的事。

2008 年 5 月 30 日

之二：再感李白

由于地震的原因，江油李白纪念馆没有开门，只在门口买了一本《李白诗酒人生》，仔细看了一遍，对李白的生平有了比较清晰的了解，也更加感叹李白的神奇。首先是所处时代的特殊，李白的父辈在隋炀帝时代受到流放，发配到遥远的中亚的碎叶，位于今天的哈萨克斯坦，经历了相当于流放的时代。李白五岁时回到四川江油，在山川秀美之中参禅悟道，感受着中国道教、佛教的教诲。唐朝是中国历史上比较开明的时期，经过社会动荡之后，百姓渴望和平，皇帝努力治理，国家呈现蒸蒸日上的状态。这时的国家治理需要大量人才，好学的李白本应当走科举的道路，求得功名，谋得一官半职，求得社会地位，但李白桀骜不驯，不愿走这条路，扶仗出行，云游四方，像历史上的侠客一样，呼朋唤友，走着与众不同的道路。

好在他家还有一些财产，还能勉强支撑，"千金散尽还复来"，换来一时的快乐时光。但再好的文章、再大的志向，也需要社会地位来支撑，没有社会地位，在山林之间是很难实现自己伟大抱负的。李白凭借自己在诗歌方面的特殊才能，通过自己结交的道士朋友的帮助，通过举贤得到了唐朝皇帝的垂青，也算是英雄得志，小有成就。但李白毕竟是李白，狂放的性格使得他没有在朝廷中保留或扩大自己的位置，而是沉湎于长安的酒肆歌厅之中，蔑视权贵，蔑视小人，最终害得自己失去了皇帝的宠爱，只能愤愤地离开长安。虽然在江河山川中游览，寄情于山水之间能够得到一时的欢乐，但自己的胸怀大志很难得到施展，正是"抽刀断水水更流，借酒消愁愁更愁"。

李白在现实中像在他的诗歌中一样天真地烂漫起来，这下可吃了大亏，严酷的政治斗争没有丝毫浪漫可言，只有你死我活，诗歌只有在战胜对手之后才能用以记载和炫耀自己的辉煌战功，而一旦失败，只有沦为阶下囚，哪怕能够写得再好的诗篇，这时的诗也变得毫无意义。很快，李白被发配夜郎，尽管在李白经过三峡时获得大赦，"千里江陵一日还"，喜悦溢于言表，但毕竟受到了很大的打击，再不像年轻时那样潇洒。在随后的时光中，李白虽然也多有诗作，但远没有青春得意、临天子而观天下的文章那样豪情四射，晚年的李白甚至有些消沉，有些凄凉，最后郁郁而终。

在中国农业文明、君主专制的漫长历史中，文人的地位总是不那么理想，由于没有工业革命的支撑，作为思想承载者的文人没有自己独自的地位，而只有依附于皇帝或权贵，来获得自己的生存地位，这使得有独立思考的文人很是难受，中国没有出现西方的思想家、启蒙主义者等具有独立地位的人群。科举可以实现文人社会地位的满足，少数人可以"飞黄腾达"，可以"光宗耀祖"，但却严重制约、压制了大多数文人们的思维，读书的所得和读书的目的之间产生了巨大的矛盾，李白正是这种矛盾的典型产物。

能够随心所欲地梅妻鹤子、悠然南山、指点江山，自然令人向往，但严峻的现实生活和刀光剑影，总是把许多诗人的美梦打得粉碎，李白也面临同样这样的结果。也许，中国历史上还应当有更多的李白，但或者是被压抑住了，或者是已经看到李白浪漫无果的下场，大都变得现实起来，或者消磨了志向，成为聪明的看客。这也是李白成为少见的诗仙，或者说中国历史上只有李白一个人成为诗仙的原因。

2008 年 6 月 21 日

之三：三感李白

从李白的故乡江油回来，坐在宽敞、平稳的动车组列车上，回想着产生伟大诗篇的山川河流，感慨颇多，仿佛从历史的一个时代跳跃到另一个时代。在中国悠久的历史上，文人、诗人用文字留下了更多的痕迹，卷籍浩瀚，汗牛充栋，所谓"彪炳后世"，而工程技术人员、科技人员像张衡、祖冲之、黄道婆等，根本上不得桌面，所谓的"巫医乐师百工之人"，在有些朝代，社会地位甚至排在妓女之后。

宋朝的李师师就是高级交际花，梁山好汉也不得不向她行贿，用燕青自身的美色做诱惑、做交换，而李白再有本事也难免得罪贵妃娘娘。中国古代由于没有现代工业，技术人员作为匠人，被称为"巫医乐师百工之人"，像制陶的、纺织的、炼铜的，都是匠人，土木工程师最大的用途可能就是为皇帝选址并营建陵寝，其社会地位远在诗人、文人之后。

其实仔细想想，李白又干了什么？不过是记录、表现，不过是写一些字，黄鹤楼是李白造的？杜康是李白酿的？千斤裘是李白织的？五花马是李白养的？什么都不是，诗人、文人、骚客，事实上只不过到处转转，走走看看，发些感慨，做些记录而已，自己的生活靠的还是附庸统治阶级，被普通百姓所供养，其他文人也不过如此。

曾经遇到过一位老领导，已经过世，他就讲，应当限制文科类的大学而发展理工科大学，理工科大学生哪怕再差，不会造发动机也会修个汽车，多少有点用处，说得很有道理，这也许是北洋时期洋务运动的动机所在。从这个角度看，感觉李白很是"悲哀"，也没有"太大的作用"，肩不能挑担，手不能劈柴。黄河就是黄河，长江就是长江，你怎么吟咏它们也没有作用，奔流到海也罢，慢慢流到海也好，几乎一样，在长江两岸，即使李白不写诗，两岸的猿声也依然鸣叫不停，还不如研究水利，如何发电、如何防洪，有点实际的意义。

古人有话讲"百无一用是书生"，就是这个道理。中国不能没有李白，但也不要过于崇拜李白，多一些制造汽车的、织布的、造手机的、盖楼的要好得很。如果牛顿、爱迪生、诺贝尔、李四光、詹天佑、茅以升都去写诗，或是去写更多的《红楼梦》，我们的生活恐怕还要落后很多。萝卜、白菜各有各的用途，某种程度讲，每个人都是伟人，完全不用为自己写不出"千里江陵一日还"而懊恼，也完全不用为自己不懂得晏子使楚的故事而自卑，在某种程度上，任何一个人也不比李白差，甚至要强很多。

这就是从江油李白故乡归来的第三次感叹。

2008 年 6 月 18 日

之四：游济宁太白楼

  如果不是亲自来到济宁，也不知道李白曾经在这里住过十七年。李白二十岁出川之后，曾经住在安徽宣城，在那里结婚，但是婚后很不顺利，妻子是个泼妇，经常吵架，很痛苦，休妻之后来到济宁，在此住了十七年，度过了绵长的单身的时光，再往后去的西安。更为难得的是，杜甫的老丈人是济宁人，于是杜甫回家探望老丈人的时候，在济宁曾经和李白有过交往，一同出游，一同吟诗，写下很多诗篇。

  太白楼就是为了纪念李白而建的。楼不大，坐北面南，有点像缩小了的前门楼子，周围都是很高的楼房，塞得严严实实。李白的一生很奇特，所处的历史环境也很特殊，富于变化，在那个非常推崇文字的时代，人们对能写出漂亮文字的诗人是非常推崇的。没有工业文明，人们把更多的精力投在了研究文字方面，因此，诗歌非常盛行，又赶上唐朝的盛世，天才的李白写下了很多优美的诗篇。在中国浩瀚的历史上，还很少有人能与李白媲美，成为诗歌之王。现在人们忙了，忙各种各样的事，没有精力去读诗了，写诗的人也就没了市场。

  可见，时势不仅造就英雄，也造就诗人。

2015 年 5 月 2 日

之五：再游济宁太白楼

  李白是很特殊的人物，要知道在中国古代，无数的读书人在捣鼓中国的汉字，而成为诗歌流传的，有些人只有一两首，乾隆写了几万首诗，但几乎没有流传下来的。而李白随便一写，就令人称赞，实在了不起。济宁古称任城，李白在此住了十余年，在此地生养了女儿、儿子，在此地会见了当时同样出名的诗人杜甫。李白游历了几乎山东所有名胜，几乎是有山必登，山东的山水，给李白留下了很深的影响，太白楼里有一个简单的展览，展示了李白从四川江油，到中亚的碎叶，到安徽宣城，到济宁，到巫峡，到西安的人生经历，最后死在安徽当涂。

关于李白名字的来历，展览室这样写的，李白三岁时，父母作诗，差最后一句，写不出来，这时李白作了一句"李树怒放一夜白"，父亲大加赞赏，为儿子起名"李白"，也不知是否如此，但也算此次游览太白楼的不小的收获，几乎很少有人知道李白为什么叫李白的，不管李白儿时作诗的故事是真是假，却非常有意思。

2015 年 2 月 10 日

之六：游蓟县独乐寺感叹李白

很早就学过"渔阳战鼓"的诗句，到蓟县后才知道蓟县就是古渔阳。这是一座靠近山脚的城市，北边是著名的黄崖关长城。还是很有点古城的味道，像平遥、宣化或是兴城的古代城池，只是多了一些新建的仿古建筑，但也很有特色，有点儿古色古香的味道。早就听说有"独乐寺"，寺内有辽代的最高的木制观音佛，亲眼所见，还是很精彩，高大的佛像罩在高大的建筑中，显得辉煌而令人素然起敬，游人如织，倒多了很多商业的味道。

挂在大殿上的匾居然是李白题写，李白生于碎叶，居然也到过遥远的河北蓟县，真有点不可思议。即使在现代的条件下，我们要走遍李白曾经到过的地方也是很不容易的，何况那时的人。还有就是在大殿旁边的小院里有一个小巧的四合院，清朝皇帝到东陵祭祖曾经住过这里，能到这里也是不虚此行。有机会到盘山、黄崖关看看，感受一下先人的足迹，也是很好的去处。

2008 年 4 月 5 日

之七：关于诗的画的意境

所谓的诗一定要有意境，否则就是流水账，就是大白话，就是文字的堆积，就不叫诗了。好的诗要有图画感，要有油画或者水墨丹青的感觉，要有立体感与层次感，要有韵味，要让读诗的人能够想象、用脑海勾画出一幅画的感觉。"大漠孤烟直，长河落日圆"，很简单的几个字，有很明显的油画的感觉，举凡到过沙漠的人，便会在脑海里产生油画般立体的感觉，甚至可以说，每个人有各自不同的画面感，每个人有每个人的体验，这种感觉并不是相同的，这就是诗歌的再创造。"孤舟蓑笠翁，独钓寒江雪"，完全是一幅画面，山林与石块，构成画面的主要内容，而且是经典的画面，给人清晰的感觉。

"大雪满弓刀，单于夜遁逃"，大雪飘扬纷飞的感觉，加上飞驰的奔马，甚至产生油画的动感。"乱花渐欲迷人眼，浅草才能没马蹄"，浅草与马蹄之间，完全是画面的动感，而花的色彩感、质地，更给人清晰的印记。"两岸猿声啼不住，轻舟已过万重山"，巨大的山峦，两山之间的缝隙，一叶小舟，飘然而过，在波涛中飘荡，给人轻快的动感，非常明显的画面感。"云想衣裳花想容，春风拂面露华浓"，李白的想象力更强，在想象力之上更有画面感，而且画面是舞动的画面，带给人审美的享受。

"银烛秋光冷画屏，轻罗小扇扑流萤"，古色古香的房间之中，羽衣华丽的美女，百无聊赖的境界，表现得淋漓尽致，完全是动态的画的感觉，可以有很大的想象空间。"二十四桥明月夜，玉人何处教吹箫"，虽然二十四桥几个字，不过是简单的数字，略显直白，但是完全是画面的感觉，尤其是到过扬州瘦西湖的人，一定有清晰的感觉与体验。最典型的还是"姑苏城外寒山寺，夜半钟声到客船"，完全的灯光倒影的油画感，非常的清晰，而且船的漂移，有明显的动感。"春潮带雨晚来急，野渡无人舟自横"，舟自横，是一幅典型油画，可以让别人想象出来带给人明显的画面感。"孤帆远影碧空尽，唯见长江天际流"，更是气势磅礴的大画面的感觉，有一定浓墨重彩的山水画的感觉与气势。"数丛沙草群鸥散，万顷江田一鹭飞"，画面之中的动感，正是诗的最高追求与境界。"晴川历历汉阳树，芳草萋萋鹦鹉洲"，有些诗是简单的白描，轻轻线条，寥寥几笔，或者说只是简单对画面的平铺直叙，但是却是诗的境界与意境，给人深远的想象空间。"曲径通幽处，禅房花木深"，同样是寥寥几笔，有点水墨画的感觉，简单的场景描述，便可以把眼睛看到的景物加以传递，达到传神的效果。"举杯邀明月，对影成三人"，更是立体的画面，画面中插入了人的因素，插入了参与者的身影，给人清晰的印记。

当然描述画面并不是诗的唯一功能，抒情、抒怀、感慨、哀叹，都是诗歌的表现内容，但是画面感是诗的基础，是诗的灵魂，尤其是与场景相关的诗，一定要有画面感。很多人写诗，缺乏画面感，一个重要原因是没有身临其境的体验，没有触景生情的体验，即使同样的环境，温度、雨雪、浓雾与闪电等，都是不同的图画，不同的感受，还有就是作者的心情，作者的境况，对环境的感觉等，都是不同的。另一个原因是没有读相关的诗，没有仔细体验相关的诗句，熟读唐诗，就是要烂熟于心，能够构思成画面的感觉，才能够写出优美的诗句。

总之，画面般的感觉，是诗的很重要的内容，也是诗追求的境界。

2018 年 9 月 7 日

之八：真的，好羡慕中国古代那些行吟诗人

尽管我们有了高铁，可以日行千里，但是有的时候，真的很羡慕古代那些行吟的诗人。要知道，唐朝以前只有几千万人口，除去城市很多地方是森林，农户稀少，想开多少亩地都可以。到处是森林，森林里的鹿、野猪、兔子、野鸡随处可见，河里到处是鱼，鲜花遍地。诗人们只需背上干粮，不用带矿泉水，到处是矿泉水，走上路，天是湛蓝的，没有污染，没有雾霾，大片的白云，燕子成行飞行，森林中小鸟不停地鸣叫，像是悠扬的乐曲。走累了坐下来，随便从河里打出水，清澈而纯洁，没有污染。可以在鲜花丛中安然入睡，睡不着觉，可以仰面数一数天上的星星，干粮不够了，可以水中捞鱼，路边树上摘果子充饥。

走上好远，才能遇上一户人家，草棚竹栏，或许主人还能款待一壶热酒。而走到城镇了，便是书声朗朗，大堂之上，官员出口成章，往来无白丁，遇到官员，侃侃而谈，谈天说地，更能获得大家的尊重，倘若写出好诗，众人喝彩，酒席宴请，歌舞升平，曲水流觞，泼墨丹青，甚至可以得到君王的敬重，事实上，李白就是这样生活的，甚至比这还要好。

因此，真的有些羡慕那些古代行吟诗人的生活。

2010 年 5 月 10 日

追寻圣人孔子的旅程

之一：重游曲阜纪行

汽车从泉城济南出发，绕过横亘于胶东半岛号称"五岳之尊"的泰山山脉，驶向两千五百年前鲁国国都故地曲阜。车窗之外映现出一条大河，河水在泰山脚下缓缓地流动，静静地滋润两岸宽广的土地，河畔就是新石器时代

的大汶口遗址，那是我们遥远的祖先曾经生活的地方，大汶口人不断发展，随后迁徙，演变成殷墟人，创造出甲骨文。阳光、土地、河水构成古人生活、繁衍的环境，中华民族的祖先在这片生机盎然的土地上生活着。

太阳升起又落下，春去秋来，花开花落，当大汶口人在地下酣睡了数千年之后，在这片富饶的土地上产生了影响中国文化的文明古国"鲁国"。鲁国人民勤劳耕作，养桑种植，造屋修路，娶妻生子，鲁国的都城商铺云集。在熙熙攘攘的人群中，踱步着一位面容奇特的年轻人，他大耳垂肩，颅骨凸显，双目炯炯有神。他精于品尝美味佳肴，却从不下厨房做饭，他熟悉商朝的礼数，面对耳闻目睹的世象，面对天下纷争的战势，时常若有所思，他精于作诗、弹琴，谙熟红白喜事及国家大典的各种规则，他就是孔子。

汽车驶进曲阜，孔子故乡的气息扑面而来，城外是环城而绕的护城河，拐个弯就看到晨钟暮鼓的钟鼓楼，楼前面一片琉璃瓦的房舍便是孔府、孔庙。孔子生前并不得意，为母守孝三年之后，便去周游列国，四处宣扬他的学说。虽然殚精竭虑，但并不为各国重用，只能返回故里，在华盖般的杏树下著书立说，穷口舌之道，竟未成之事。尽管孔子弟子三千，桃李满园，但他死后只留下茅草屋三间，屋里堆着一大堆诗书。孔子死后，鲁哀公有感于孔子的言德，命以孔子的茅舍为庙，祭祀孔子。在这以后的数千年中，摇笔杆子、动嘴皮子的孔子，做梦也想不到他会在中国大地上几起几落，时而跃上至高无上的巅峰，时而跌入人人嘲讽的深谷，几度沧桑，几番沉浮。十分有趣的是，每次孔子跌倒再爬起来之后，他的社会地位总会有所提升，以至家庙不断扩大，建起了仅次于紫禁城的龙柱环绕的"大成殿"。孔子后代也蒙受天恩，由阙里故宅搬入宽大、阔绰的孔府，一代代孔姓族人繁衍生息，逐渐发展成"天下第一家"。

当每个朝代希望巩固政权，维持已有的社会秩序的时候，总要尊孔、祭孔，把孔子说成是天尊、至圣，孔子一次次地被拥上大殿中的太师椅上，为无数人顶礼膜拜。而当人们试图打破已有的秩序，更新换代时，便把孔子说成是阻碍社会发展的桎梏，甚至看作罪魁祸首，大加批判。

尽管人们不断考证、修订、立传，试图展示孔子的本来面目，但宋朝的孔子，唐朝的孔子，明朝的孔子更多地被打上宋、唐、明的烙印，远不是鲁国时的孔子，所谓"秦时明月汉时关"。人们享受美味佳肴时，便模仿着孔子说"食不厌其精"，懒于动手时便说"君子远庖厨"，留恋美色时，自吟"食色性也",而正人君子时会说"唯女子与小人难养也"。年轻女子痛骂孔子耽误了她们的青春,而老年之后又幸福地享受儿女们的孝顺,正是"成也萧何,败也萧何"。

孔子以及他所宣扬的思想就是这样,伴随着两千多年的血雨腥风,随着动荡的风云流传至今。我们认识孔子时,只是听说孔子四体不勤,五谷不分,声称"仁者爱人",却残忍地诛杀了少正卯,他总想着复辟,倒退到明朝的模样,按照这样的逻辑,人们岂不要倒退到周朝不成,于是大加批判。

面对森森然的孔庙,面对半部书就可以治理天下的《论语》,脚下踩着印有孔子足迹的土地,回想起中华历史上的英雄人物,风云变幻,不禁感慨万千,"江山如此多娇,引无数英雄竞折腰",这就是我们生活的世界。中华民族在黄河、长江的摇篮中生存成长,苍苍大地之上,一代代至圣贤人孜孜不倦地思索与探寻主宰、支配世界的哲理,在大脑的支配下,通过一代代人的艰苦努力,改造人们生活的世界。在漫长的悠悠岁月中,胡人、蒙古人、旗人入侵中原之后,大都为中华文化所同化,各民族在以中原文化为主的精神中统一成为强大的大一统的国家,在古罗马、古埃及、古印度与中国四大文明古国中,只有中国在思想上、版图上,持久不衰,延续至今,成为少有的历史传承的国家。中国历经数次劫难而归于统一,这其中很大程度受孔子思想的影响与作用,儒家文化对于中国的发展,有着不可取代的地位。

在孔府、孔庙中漫步游览,无边的思绪在两千年的时光中尽情游荡,感慨一番之后,走上曲阜的大街。身后,一个满脸皱纹的中年妇女,追着我们走出好远,询问之后,是在等着我们喝水后的矿泉水瓶,好去卖钱,赶紧喝完,把瓶子给她。随后又围上几个年轻一点的妇女,挎着包,神秘兮兮地问,要不要毛片,绝对刺激的。顿时,思绪从大成殿中集天下之大成的孔子身上回到真实的现实世界,重新记起政治经济学中讲过的基本原理,物质决定意识,什么样的物质决定什么样的意识,便是在意识非常发达,堪称意识之乡的孔子故里,也无非如此,世界最终还是物质的世界。

在物质世界的思绪中结束了此次曲阜之行,曲阜,留在永久的记忆之中。

1995 年 5 月 6 日

之二：再游曲阜记行

虽然曾经多次到过曲阜，但每次到这里都依然很有感触，毕竟作为曾经统治中国近千年的思想家的故乡，对读书人的精神世界还是有很强的刺激作用。周围是大块肥沃的良田，无旱无涝，在远没有工业的时代，拥有这样的土地就有了良好的生存的基础，就可以有精力与时间去研究哲学、思想等抽象的内容，就可以去周游列国，关心天下大事。孔子正是这样的环境的产物。从现代科学的角度讲，孔子是哲学家、社会管理学家、心理学家、教育家、伦理学家，又由于那时没有先进的印刷技术，惜墨如金，孔子的弟子们用最短的语句描述、记载他的思想，不像现代教授枯燥的长篇大论，孔子的语录言简意赅，让人回味无穷。

由于得到皇帝的支持，孔庙的建筑很有皇宫的气势，辉煌而大气，体现出唯我独尊的态势。而在孔庙旁的孔府则显得小巧精致，进门是审理案件的大堂，这是所有家庭的院落没有的，还有就是院子后面的后花园，很有故宫后花园的意味。像大门不出二门不迈、冷板凳、大路朝天、鲁壁藏书等故事典故都出自这个府邸。由于皇帝尊孔，孔姓家族成为"天下第一家"，传承近千年。对于调节个人、家庭、国家、社会中人的关系，孔子提出一整套观点、理论，制定了严格的规范、等级制度，这些观点得到各朝皇帝的认可，并用这样的观点去治理社会、国家，从而在社会实践中实现并提升了孔子的价值。现在的曲阜，发展很快，高楼林立，远没有残破的景象，而孔府与孔庙在四面相围的建筑中依然显得森森然，体现着沧桑的历史。

在孔府的后院，遇到一位在扇面上用人名作诗的艺人，让他为我用名字作诗一首，诗云："金马玉堂福禄长，奕发神采兆其祥，博学广见春熙永，雅量高怀五世康。"感觉很好，很吉利，也很有韵味，让他把我昨天晚上也就是圣诞夜写的一首诗写在扇子的另一面《圣诞游曲阜》"圣人贤地柏森森，风烟涤荡历千年，圣诞之夜游故地，浮云略日人成仙。"用以上两首小诗作为再次游历曲阜的记录。

2011 年 4 月 10 日

之三：曲阜感孔子

虽然到过曲阜几十次，但每次到曲阜还总是很有感慨，总记得第一次看到像故宫一样威严的孔府大殿时的震撼感受。由孔子引起的文字符号，以及社会实践的痕迹实在太巨大了，在中国乃至世界历史上都是巨大的存在，堪称绝无仅有。这样想来，来到孔圣人或孔老二的老家还是很有感慨的。

孔子是巨大的客观存在，对中国文化，对中国历史，对每一个中国读书人，都是巨大的存在。以方块字为载体的孔子的观念、思想、价值观、标准，通过巨大的家天下的皇家集权统治灌输到每一个中国人的头脑里，根植于各级官吏的判断标准、行为规范中，最终在大地上留下很深的印记。

由于有头脑，有思维能力，人们除去"食、色"以外，还有林林总总的思想、教义、学说，但成为统治工具、标准的并不多。相对于佛教、基督教、道教等带有神秘的宗教性质的统治思想，孔子的儒教相对来讲更具有自我认同的意义，有更多的说服人的含义，而不是由于入教而必须遵守的教义。这样看"儒学"似乎比同样占有统治地位的各种宗教更令人尊敬，更不容易。就人而言，不管是坐牛车，还是乘航天飞机，不管生产手段、生活方式有多么大的变化，生老死别，长尊贵卑，家庭关系，人的学习等问题总是客观存在的，一代代人都将面临同样的问题，每一代人都可以从孔子曾经思考的问题并从孔子的言论中获得启发、帮助，由此孔子得到很长时间的尊敬、怀念、感怀，甚至批判。就孔子而言，存在两个并不相同的孔子。一个是生活中真实的肉体的孔子，另一个是被后世，包括他的学生以及历朝历代文人、学者、统治者出于各自理解与目的塑造出来的孔子，就像一个人在照哈哈镜，镜中现出各种不同的影像。

真实的孔子早已消失在漫长的时间长河中，也完全没有那么伟大，甚至如何出生说也说不清楚，毕竟时间太久远了。而被雕塑、塑造的孔子却在人们的头脑中，尤其是在文化人的头脑中被一次次认知、扩大、加工，形成各自头脑中的各种孔子的模样。由于对文章，对权力，对通向权力的科举制度的渴望，孔子在人们脑海里的形象被一次次加强，形成巨大的存在。即使不来曲阜，从浩瀚的典籍书册中，从森严的宫殿中，从通向科举的道路上前赴后继的人们的成功形象以及累累白骨上，人们都能感受到孔子的巨大的存在。这时候的孔子像个无处不在的幽灵，监视着所有人的生活，又像力量巨大、法力无边的神灵，以其巨大的力量威慑着人们的生活。

只有来到曲阜，在肉体的孔子生息、繁衍的土地上，感受孔子冥思苦想的空间，呼吸孔子曾经呼吸的空气，观望孔子曾经同样观望的山川、河流的时候，才能真实地感受到曾经的孔子的存在。这也是很多人第一次来到曲阜，看到孔府、孔庙、杏坛、孔林时强烈的感受，越是读书人，这样的感受越强烈，毕竟，孔子达到的位置是多少人所期盼而不能企及的，是多少读书人根本就不可能实现的梦想。由于多次来曲阜，这种震撼的感受已经变得很模糊了，没有了惊讶与震撼，反到更可以心平气和地感受一下似乎更真实的孔子。

孔子母亲年轻漂亮，父亲六十岁的时候才遇到他二十岁的母亲，孔子的父亲是周朝贵族后代，母亲是曲阜人，在母亲上面还有两房太太，生了孔子以后母亲受大太太、二太太的欺负而搬回曲阜，从此孔子由她年轻的母亲抚养成人。

由于孔子的母亲也是读书人的后代，更有不服输、改变命运的理想，便咬紧牙关让孔子去读书。那时的读书主要是学习历史，学习春秋战国发展中各国的成败兴衰史，从童年开始孔子得到了很好的历史学的教育。由于春秋战国是乱世之秋，孔子从小就向往大一统的国家形式以稳定发展国家经济，最终在"儒""修身治国"等方面找到了答案。孔子的理论大都是针对统治阶层的，所谓"礼不下庶民，刑不上大夫"，他想从约束最高权力者开始来改变国家混乱，相互争斗的局势。对普通民众最好从墨子的理论中去寻找精神支柱。

尽管孔子抱负高远，但由于身处乱世，很不得志，在鲁国也没有当多大的官，开始管仓库，后来管过建设，还有海关，最辉煌的是管了一段时间司法，就是后来批孔子的杀少正卯的事件。孔子在鲁国不得志，就去周游列国，但还是四处碰壁，几次险些遇害，最终回到家乡搞教育，杏坛讲学。由于孔子有很好的历史基础，又生活在乱世，还周游过列国，终于在教育岗位上找到了自己的用武之地，培养出七十二位贤人，弟子三千。而正是这些受孔子教诲、衷情于孔子的弟子，在孔子死后的十年间写下了记载孔子语录的《论语》，成为传世之作。

这就是孔子的一生，他的思想、政治抱负也没有在他在世的时候得到实现，应当讲是个"理论家""教育家"，而非政治家、军事家。即使在孔子死后的相当长的时间，孔子也没有得到重视。像中国很多知识分子一样，只是在自己的文字中存在于历史的长河中，所谓"修身、齐家、治国、平天下"只是理想的状态，在某种程度上讲也是自我安慰、自我麻醉，以为写几本小书就能"平天下",是很幼稚而天真的想法。

但孔子很走运,终于得到了机会。当封建王朝的统治者想维护自己的政权时,便想找到一种理论来安抚知识分子,想取得知识分子的支持而坐稳天下。这时候,孔子就被派上用场,得以翻身,被装饰一翻,粉墨登场。这时的孔子已经远不是生活中沮丧、四处碰壁的孔子,而是意气风发、指点江山、全知全能、大智大勇的孔子。一代代的统治者找来找去,还没有找到更好的手段,即使是完全依靠马上征战取得江山的清朝八旗的后代,也把孔子作为尊宠的对象。孔子一次次地被推上空前的高峰,成为"万世师表",孔子的作用远不是一个教育工作者,而是管理国家、家庭、个人的总管。

经过两千年的时光,到了今天由中国举办奥运会的时代,机械、科技、航天飞机,光怪陆离的生活,似乎孔子离我们很遥远了,"非礼莫视,非礼莫闻"的教诲,"君君、臣臣、父父、子子"的戒律似乎成为很过时的东西。在因特网的时代,人们很容易地接受来自世界各地的思潮,在中国历史上,我们经历的今天是难得的"盛世",是一个十分开放的时代。

尽管这样,孔子的思想、学说依然存在着,依然在人的生活、实践中不时迸发出点点火花。如果你来到曲阜,又可以亲身感受孔子真实生活的环境,更能真实地感受到真实的孔子的存在。

2008年6月25日
作于由曲阜到青岛的列车上

在河西走廊思考中国历史

四川阿坝的丹巴美人谷,据说是党项人后代逃难之后选择的生存之所。凶狠的成吉思汗兵临银川城下之前,党项的贵族已经开始逃离被包围的银川,他们逃到了曾经是他们的故乡,成都平原西部的大山峡谷之中,在阿坝州金川一代定居下来,成为后来美人谷的先民,羌人的祖先。

古代的羌人很可能是春秋时期楚国人的后代,楚国是相当文明的国家,实行早期的民主制度,冶炼青铜器,手工业也达到了相当的水平,随后楚国被可能是与西胡人混血的秦人所灭,一部分楚人逃到了云南、贵州一代,成为苗人,另一部分楚人逃到了阿坝州的大山之中,成为羌人的祖先。羌人在深山之中生活一段时间后，从高高的大山上向东北迁移，来到河西走廊，在祁连山与贺兰山围绕的黄河边上，建立了属于自己的国家西夏。羌人成为党项人之后，经过不断的繁衍、扩大，在唐之后，中原的战乱与衰败之中，党项逐渐成长壮大，在赵匡胤黄袍加身建立宋之后，党项建立的西夏，甚至成为与辽、宋平分天下的大国。

西夏的地理位置十分特殊，河西走廊在祁连山的山脊之下，向西连接辽阔广大的新疆，连接更为辽阔的西域各国。向南经过六盘山，便几乎一步就可以跨越到曾经是秦国的首都西安。尽管宋的首都在开封、洛阳，但曾经的古都西安，依然十分重要，而且从西安望洛阳，只有潼关，几乎无险可守，可见西夏对于宋的重要。虽然宋与金是主要的战争，但是西夏几乎是悬在宋朝头上的利剑，时时刻刻威胁着宋的存在。

与此同时，不断与宋朝的联系、交流，使得处于遥远荒漠边缘的党项人学习了中原的技术与文化，虽然西夏的环境几乎与新疆一样，同样是高寒缺雨，同样是面临冬季的寒风与风雪，但是西夏的国家体制、技术能力、农耕水平、手工业制造等，都是相当的先进。西夏与吐蕃、高昌、回鹘，甚至与蒙古匈奴，完全不在一个水平上，甚至高了一个相当的层级。

尽管这样，西夏依然保留了彪悍、独立、顽强的个性，西夏创立的西夏文字，尽管与汉字相当相似，但完全认不出来，保留了西夏鲜明的个性。这种完全独立的个性，与同样是边疆民族的鲜卑形成鲜明的对比，形成巨大的反差。崛起于大兴安岭的鲜卑人，在辽宁朝阳建都之后，进一步向中原靠拢，在今天的山西太原，当时的平城，建立了新的都城。由于地理上更接近中原，鲜卑人有更多的机会了解汉文化，甚至完全接受了汉文化，完全放弃了自己的文字、语言。北魏孝文帝完全采用了汉语，彻底放弃了鲜卑的语言、文字，随后鲜卑人进一步迁徙到了洛阳，逐渐与中原人通婚，完全地融入了中原汉文化，鲜卑人成为历史上曾经的存在。

与鲜卑人的轨迹完全不同，西夏顽强的党项人，坚持自己的文化，固执地坚持自己的文字，这种坚持可能也为党项后来的悲剧埋下伏笔。在能征善战的蒙古骑兵面前，党项人的坚持、固执、顽强，让党项人付出了难以承受的沉重的代价。成吉思汗的骑兵，在屡次攻击党项受挫之后，坚定地认为要全歼党项，在成吉思汗可能是被党项派来的刺客杀害之后，这种全歼党项人的意念得以变成现实，在历史上存在了189年的西夏，在蒙古铁骑的刀光剑影之下，遭到了屠城的悲剧，党项人被全歼。

曾经在河西走廊辽阔大地上辉煌的党项人，被残酷地屠城了，党项人顽强的自强，在暗弱的中原人面前，非常奏效，并引以为自豪，甚至党项人成为中原人的威胁。但是，在更为顽强，更为凶残，更为强大的蒙古人面前，党项人的固执，却成了悲哀所在，成为被全歼的诱因。两强相遇强者胜，而失败的悲哀是残酷的，是难以接受的，蒙古人把曾经在建筑、工艺、手工艺方面创造辉煌成就的西夏，从大地上抹去，彻底消除了西夏的痕迹。

蒙古人灭掉西夏，以及蒙古人随后灭辽、灭宋，在一定程度上改写了中国历史，尽管蒙古人横扫中国，主观上并不是帮助中原人，但是客观上，帮助了中国的统一。西夏、辽、金，广大辽阔的土地，彪悍的民族，远不是农耕民族的宋所能打败的，换句话说，如果没有蒙古人的横扫，宋与西夏和辽与金的对峙，可能还要持续相当长的时间，甚至可能不会出现后来明成祖朱元璋称帝的情况，中国很可能还要分成几个独立的国家。这种长时间的分割，长时间的独立，在语言、文字上的独立，或许可能长久地坚持下来，中国的历史将被改写，甚至完全不是今天的模样。

中国的统一很大程度上是长江、黄河作用的客观结果，具有很明显的客观因素的结果，由于需要上下游共同抗洪，长江、黄河流域的各省很难分裂，必须统一，只有这样才能面对每年都可能出现的洪水，可以说长江、黄河是中国大一统的重要地理因素。

但是西夏、辽、金的势力范围，并不在长江流域范围，尽管西夏面临黄河，但是河套地区的黄河，并不凶悍，反之很温顺，造就了银川附近的千亩良田。完全不在长江流域的边疆民族，并不受长江统一作用的影响，并没有统一的地理上的基础。在这种情况下，蒙古人的横扫，客观上帮助中国统一了外围地域，最终融合于中原文化的蒙古人，在建立大元的同时，帮助中国完成了本来相当困难的统一过程，从这个角度讲，蒙古人做出了巨大的贡献。

这种贡献与结果，是以党项人付出民族灭亡的代价来实现的，从这个角度讲，党项人是为中国的统一做出了巨大的牺牲。在党项人被全歼之后，曾经横扫中亚，甚至欧洲的蒙古人，从中亚带来大量的工匠、商人、回族以及伊斯兰教在中国开花结果，大量的回民进入曾经是西夏人的土地，在被蒙古人灭族的土地上生存繁衍，今天的宁夏回族自治区，就是在西夏人的土地上建立的。

在炎热、空旷的河西走廊上，感慨曾经的历史，曾经的辉煌、血腥、残酷，深深地感受到历史的存在，以及历史巨大的作用。

2016 年 6 月 21 日

北戴河鸽子窝观鸟记

曾经多次到过北戴河的鸽子窝，这是一块突兀在海边体量巨大的岩石，岩石最高处有一个精美的亭子，檐牙高琢，俯瞰岩石下面宽广的海滩，红色的亭子立在岩石上，伴着海风遥望着辽阔的渤海海湾。站在高耸的岩石上，可以清楚地看见辽阔的渤海湾，海滩很大，宽阔而平缓，滩涂退潮之后总有很多鱼虾、贝壳、海蚯蚓、小螃蟹集聚，海滩上经常有大量海鸟聚拢捕食，或是围绕着盘旋飞行，或是俯冲下来，或是在海滩上来回走动，成为著名的观鸟之地，盛夏时节到北戴河避暑，鸽子窝是个不错的景点。

当年曹操出兵征讨赤峰以北大青山的乌桓，大约是鲜卑人、契丹人的祖先，得胜之后班师回朝，经过北戴河并留下著名的诗篇《观沧海》，诗云：东临碣石，以观沧海。水何澹澹，山岛竦峙。树木丛生，百草丰茂。秋风萧瑟，洪波涌起。日月之行，若出其中；星汉灿烂，若出其里。幸甚至哉，歌以咏志。当时曹操只有五十一岁，正是意气风发之时。1954 年，毛主席来北戴河开会，写下著名诗篇《浪淘沙·北戴河》，诗云：大雨落幽燕，白浪滔天，秦皇岛外打鱼船。一片汪洋都不见，知向谁边？往事越千年，魏武挥鞭，东临碣石有遗篇。萧瑟秋风今又是，换了人间。据说这首词就是毛主席站在鸽子窝附近的岩石上写下来的。

尽管以前多次到过北戴河的鸽子窝，但还从没有见过如此多的海鸟，海鸟数量之多超出想象。据说这里之所以叫鸽子窝，是因为当地人把海鸟叫作海鸽子，于是出现了"鸽子窝"的用语，与一般家养的鸽子并没有什么联系。真的没有见过如此多的海鸟，难以数计，密密麻麻，铺天盖地，一个挨着一个，颇有点密集恐惧症的感觉，从远处看去，这些密集的海鸟，更像是沙滩上散布的石块，只有仔细看，才能看清楚是一只只海鸟。这些海鸟是候鸟，从遥远的江苏盐城，或是更遥远的鄱阳湖、或是更遥远的越南，千里迢迢来到这里，在河海交汇处补充营养，恢复体力，可能还要继续北上，飞到盘锦，甚至飞到黑龙江的扎龙，度过夏天。

　　这里是河与海的交界面，大量河水中夹杂的营养养育了海里的小型软体动物、螃蟹、海蚯蚓、贝类等，它们在沙地下生活，钻入沙滩保护自己，接受来自河流的养分，这些小动物为海鸟提供了食物充足的来源。河流中富集的养分，与依靠这些养分生活的海洋生物，以及这些高高在上的海鸟，构成完整的生物圈，不断地循环着，演化着，海鸟们在这里停留数日，补充养分之后再踏上遥远的路途。大量的海鸟紧密地排列在沙滩上，非常整齐，肉眼很难看清楚是不是海鸟，只有从望远镜镜头望过去，海鸟的个体才清晰可见。它们有的在整理羽毛，有的在休息，有的在沙地里啄食，不时有一只或者几只海鸟飞起来，在大量的鸟群上空盘旋，又重新落下，在水面上激起一片声响，更多的情况只是几只海鸟飞起，大群的海鸟还是静静地停在沙地上。

　　忽然间，不知道什么原因，不知道它们收到什么信号，海滩上大片的海鸟腾空飞起，像一卷凉席，从大地上卷起，在半空中形成黑乎乎的一片，海鸟群不断升起，随之四散开来，这时沙滩地面上几乎没有剩下几只海鸟，绝大部分的海鸟已经腾空而起，飞翔在空中，这样的场景实在不多见，有时要等上几个小时，甚至一整天才能看见。海鸟群腾空的一瞬间，尽管很认真地看，还是应接不暇，左顾右盼，完全看不过来，海鸟飞翔的速度很快，瞬间腾飞，大片地跃起，随后是逐渐扩大范围，逐渐变得稀松，鸟群散开，零星的鸟飞舞在高空中，星星点点，鸟的腾飞尤其是鸟群从地面上腾飞的瞬间，给人留下深刻的印象。

　　由于人类生活场地的扩张，鸟类的活动空间被大量压缩，好在今天的人们有了足够的环保意识，有意识地为这些大自然的精灵留下一定的空间，同时也为人类了解这些同样生活在地球上的精灵提供了条件。尽管有观赏这些鸟的可能，并不是什么人都有机会观赏这些美丽的精灵的，需要有足够的时间与耐心，还需要有机会和运气。记得还是在大庆扎龙湿地，第一次看到腾飞而起的丹顶鹤，将近两米宽的翼展，平铺地展开，优美而潇洒地飞翔在人的头上，覆盖在人的头上，带给人极大的视觉震撼。这时才明白紫禁城金銮宝殿前面，为什么立着一只精美的仙鹤，才明白古人的审美取向，才能理解仙鹤带给人巨大的安慰，以及由此产生的精神力量。

　　站在北戴河海边，凝视着辽阔、波翻浪涌的渤海，眼前是飘摇、摆动的烟云，似乎忘记了车水马龙的城市、喧嚣的街道以及水泥森林的城市，而在这海天一色之中的，是这些腾飞的属于海的精灵。世界上很多的精美画面，非亲临不足以描绘，非目睹不足以了解，海里的精灵、天空翱翔的飞鸟，以及更多的由于生物进化而演变的千奇百怪的生物，给这个地球带来勃勃生机。

能够有机会在北戴河海滩上，看到这些腾飞的海鸟，不仅是享受，更是大自然慷慨的馈赠。

2019 年 4 月 7 日

穿越大兴安岭到漠河

从满洲里出来，沿着额尔古纳河边上的中蒙边境公路，深度领略了内蒙古草原苍茫的景色，这里的额尔古纳河似乎更像是散落在地面上的水塘，并没有明显的主河道，水流也并不湍急，而是平缓地流动，有点像地质学上讲的"辫状水系"，河水松散地散布在宽广的地面上，河流的枝汊密布在草丛之中。由于河水水质清澈，加之空气透彻，天空中的蓝色映射在水面上，河道中呈现出蔚蓝色晶莹的图案，美轮美奂，把草原上河流的美貌展露得淋漓尽致。

本想沿着河边一直走到室韦，著名的俄罗斯风情小镇，但是不小心走错了路，经过额尔古纳市来到了根河，与室韦擦肩而过，这是一个森林中的城市，曾经非常繁忙，近年来禁止砍伐森林，城市变得冷清。由于气候寒冷，街道显得空旷，有些孤寂的感觉，经过根河可以翻越大兴安岭到达中国最北端的城市漠河，也算是中国边境上必去的打卡地，加满油便开始翻越大兴安岭。原以为大兴安岭也像南方的山一样险峻，开上去以后，才知道大不相同，大兴安岭是巨大的山地，但是走上去就像是平地，由于地面曲率很大，你感觉不到是在翻山，就像是在平地上行走，道路边上虽然也是河道，但是很平缓，河道时宽时窄，河水缓缓地流动，没有悬崖峭壁，没有危险感。很快便完全进入森林之中，大兴安岭的森林很特殊，可能是由于寒冷的原因，这里的森林只有松树和桦树，这两种树都是笔直地生长，树叶在顶部连接成片，遮天蔽日，树林中的地上积满厚厚的树叶，树叶腐烂与泥土融为一体。松树与桦树为共生林，树根分泌的物质互相提供营养，互帮互助，并肩生活在大兴安岭上。这里冬季气温要低于零下四十度，只有极其耐寒的树种能够得以成活，地表的植被、鲜花只能在夏季短暂绽放，冬季则是一片孤寂，只有坚强挺立的松树与桦树，在严寒之中护卫住属于自己的领地。

　　由于严寒的原因，冻胀产生变形使得路面坑洼不平，开车走在上面，极其颠簸，有时不得不绕开巨大的炮弹坑，道路上车辆很少，有些低洼的地段铺满黄色的松树的针叶，密密麻麻，道路与树林融为一体。很快天色暗下来，森林中更加昏暗，有点辨不清方向，还好前面有一辆当地的车，便紧盯着前车的尾灯，跟车前行，这时天完全黑了，看不清周围的情况，跟着前面的车，来到大兴安岭中部的小镇满归。这是森林中的小镇，很多房间是用木材建造的，由于寒冷，满归镇屋内的暖气管道很粗，屋内暖洋洋的，在满归吃到正宗的呼伦贝尔牛排，厚重而鲜美。第二天继续在森林中穿行，松树与桦树的混交林覆盖整个山头，看多了，便有些审美疲劳，没有了惊讶的感觉，只是蓝天在树枝间透出清澈的蓝色的光亮，构成优美的图案。

　　终于翻越大兴安岭，来到了中国北方最遥远的城市漠河，同样是森林中的城市，而作为景点的黑龙江边的漠河，还要在北边六十公里。继续前行，终于来到黑龙江边，已经开发出很大的旅游区，在江边可以看到滚滚的黑龙江江水，对面便是俄罗斯的国土。黑龙江江水昏黑而暗绿色，水面不宽，水流湍急，真的有点像是黑色的一条龙在不停地游动，不知道是不是黑龙江名称的来源，两边的树林寂静、空旷，大片的土地没有人类活动的痕迹，这是原始的田地，呈现出原始的美，人们只能偶尔来到这里，并不适合人类生活。

　　历经艰辛，穿越辽阔的大兴安岭，终于来到了中国最北的城市漠河，领略了辽阔带来的美丽，为中国的辽阔、博大而折服，大兴安岭漠河之旅，留在永久的记忆之中。

2013 年 10 月 11 日

光雾山游记

　　几乎很少人知道光雾山，即使是距离光雾山很近的陕西人或是大部分四川人。光雾山是米仓山的一部分，而米仓山是平行于秦岭，从四川青川绵延到陕西安康、湖北十堰的巨大山脉，由于山势巨大几乎人迹罕至，成为蜀汉交界的界山。当年诸葛亮试图伐魏，几次出山未果，最后葬在汉中的五丈原。米仓山脉山高林密，由于秦岭的阻滞，大量的雨水降下，又由于山体的岩石很容易剥落而成为泥土，因而植被茂盛，山体被大量雨水冲刷，形成很深的峡谷，山体则成陡峭的石壁，难以逾越。由于长期水漫云罩，倾倒的树木、枯草在地上形成瘴气、毒气，外来动物以及人类很难适应，导致张飞的军队在穿越米仓山的时候，大量士兵染病而亡，这也是米仓山特有的屏障作用。

从汉中向南不多远便开始翻山，经过一个叫"喜神坝"的村镇，便进入了完全没有人烟的原始山区。光雾山所以得名，是因为常年笼罩山峰的大片云雾，由于成都平原暖湿气流，以及青藏高原向下漂移的积雨云的原因，在海拔3700米秦岭的阻隔下，大量的降雨落在光雾山一带，形成团团的白雾，光雾山雾气之大，不身临其境实在难以想象。整座山完全笼罩在白雾之中，什么也看不见，大团的雾气几天一动不动，没有一丝一毫消退的迹象。即使从曲折的山路走到深深的谷底，也完全是雾。光雾山的雾含有大量水分，落在树枝上、树叶上，到处是湿漉漉的，仿佛水洗一般，一片的湿润。正是由于降雨与浓雾，光雾山的植被覆盖率有将近百分之九十六，甚至垂直的岩壁上也满是青草，而谷底的溪水边则满是青苔。

由于路途遥远，道路崎岖，很少有人来到光雾山，山路上只是偶尔有几辆当地农民的农用车，几乎没有别的车。从汉中一路爬到山顶，垭口处立着一座山门，夹在两山之中，雄伟而坚固，一边是"蜀门"，一边是"汉界"，由于汉蜀之间道路艰难，只有这样一处关隘可以通行，在历经艰难，甚至是冒着生命危险之后，看到这座巍峨的山顶雄关，威严之感油然而生，让人感受到真正的威严。过关后便开始下山，光雾山有三处比较有名的景点，一处是"桃园"，一处是"大坝"，一处是"十八月潭"。桃园是两山间的一处溪流，由于水量大，多年的冲刷，溪水清澈而透明，再加上地表各种岩石粉屑的颜色，溪水似乎变换出各种颜色，五彩斑斓，两侧的山壁是茂盛的植被，凸凹的岩石构成精美的图案。由于这里地处深山，人迹罕至，几乎没有居民，更没有污染，完整的原生态，难得的纯自然的风景。从桃园到大坝有五六十公里，开车要两个小时，"大坝"是山间的一块空地，非常宽阔，大块的平地让人意识不到是在高高的空中，平地的北端，是将近十公里的一条深沟，名叫"黑熊沟"，沟内有将近十米的巨石，大量的水流的冲刷，在石块上留下巨大的凹槽，沟边长满各种植物，秋天的时候，落叶散布在溪水边，金黄一片，构成优美的画卷。"十八月潭"是一条巨大的山沟，多重叠水，到处是瀑布与溪流、深潭，交相辉映，呈现出动态的水的世界。

如果说光雾山的红叶是中国第一，很难说哪里是第二。几百公里长的山脉，几乎垂直地长满金黄的树叶，团团点点，色彩绚丽，由于完全是野生的，自生自灭，只有最具有生命力的植物才能存活下来，只有最艳丽的色彩才能够得到繁衍，再次呈现，实在是大自然对人类慷慨的奉献。从大坝到十八月潭，是将近六十公里险峻的山路，完全开凿在半山腰，只能一辆车通过，一侧是深不见底的盘龙峡，峡谷的曲折让人难以置信，近六十公里的山路，要走将近三个小时，路上几乎没有一个人，也完全没有指路牌，汽车的导航上也没有标示，地图上也只是一条虚线，路面上满是枯萎的树叶，山壁上是不断的流水，不时还有湍急的瀑布，完全不知道前面有没有塌方、落石，更害怕峡谷一侧路面塌陷，车辆坠入悬崖，光雾山道路之险峻，非亲临其境不足以想象。

由于光雾山景区庞大，甚至游玩一个景区就需要一整天，尽管两次开车到光雾山，也只去了两个景点，还有到十八月潭的山路，同样是六十公里，道路同样崎岖艰难，难以企及。如果不是亲临，很难想象还有这样人迹罕至的原始山，也很难想象山势之陡峭，峡谷之深邃，以及水量之大，雾气之浓重。好在从汉中正在修建通往四川的高速公路，其中一段隧道穿越光雾山，隧道长度超过十三公里。隧道开通后，从汉中到光雾山只有不到六十公里，那时到光雾山就容易多了。在光雾山南麓，还有一处名叫"小巫峡"的景区，从米仓山山顶下来的水，冲刷出峡谷两侧陡峭的山岩，更有奇特的圆洞石，让人感觉似乎在外星球上看到的形状，水量大，植被茂盛，岩石怪异，是小巫峡的特点。从光雾山崎岖的山路上艰难地下来，脑海里似乎还回映着一路的风景，很难想象，还有如此原始的地方，如此奇特，同时深深地感叹，地球之上还有多少从未被人感知的奇山异水，散布在广袤的地球上，即使我们穷一生的气力，也未必能够亲身感受，不免留下多少人生的遗憾。

在感慨之中结束了此次光雾山之旅。

2015 年 10 月 19 日

游陇南宕昌宫鹅沟

从网上看到消息，说中国唯一一处敢与九寨沟比肩的景区就是甘肃宕昌的宫鹅沟，自己心里总是放不下，总想一睹真容。中国有太多的沟壑，深藏在深山之中，毕棚沟、黑竹沟、燕子沟、措普沟、米亚罗，由于路途的遥远，道路的险峻，很难一睹真容，甚至成为平生的遗憾，终于下决心，抽时间去看看大名鼎鼎的宕昌宫鹅沟。

从青川往北在木鱼镇便上了高速，完全是两山之间的山沟，甚至高速公路也是双层的，要穿过很多隧道，最长的一条穿越秦岭隧道，竟然有九公里长。过青川不久，便翻过四川与甘肃的界山，也是秦岭的主峰之一。非常奇怪，一出四川，山地的景状便发生很大变化，没有了绿绿葱葱，而是光秃秃的，民居也由四川的开放式变成低矮的封闭式，山上完全没有了青绿的植被，只有稀疏的耐旱植物，气候变化导致植被差异很大。高速公路一直通往陇南，陇南县城是山间相当大的一块平地，建有很多的建筑，从陇南开始便没有了高速，只能走国道，基本是沿着一条江修建的道路，这条江就是白龙江，是嘉陵江的重要支流，河水昏黄，十分湍急，河滩上正在修建高速公路，条件非常艰苦，令人敬佩。过陇南以后山势越发险峻，左边是岷山，右边是秦岭，都是巨大的山脉，事实上宫鹅沟就是岷山山脉向北的一个沟壑，向南就是著名的九寨沟，只有巨大的山脉才能产生巨大的汇水区域，才能产生由水带来的美景。

道路继续沿着两山之间的河岸边穿行，似乎并不险峻，走在山谷的最低处，两边是高耸的山峰，脚下并无悬崖，只是道路崎岖，不时穿越村庄，行驶速度很慢。穿过一个峡谷，两山之间的水流上，建有一座原木伸出拼接而成的悬臂桥，名叫邓艾桥，三国蜀魏相争之际，蜀将姜维进兵攻到宕昌，被魏将邓艾父子击败，退回四川，邓艾父子在此地用砍伐的原木，采用悬臂结构，修建了木桥，使军队通过了天险，邓艾桥又名握手桥，沿用了藏区常见的悬臂桥的结构，位置特殊，桥型挺拔，成为大山中的美景。令人惊讶的是，距离桥不远，有一个村庄，名叫"邓艾村"，在桥梁历史与文化中，非常独特。走过一个岔路，一边通向舟曲，一边是宕昌，舟曲位于岷山山脉的山坡上，更加陡峭，再加上降雨量巨大，很容易发生特大泥石流。继续向宕昌，曾经是羌族的领地，甚至在汉朝这里还独立建国，至今已经没有了踪迹。没进宕昌城，向西拐进沟中，这是一个非常开阔的山沟，巨大的冲积扇，冲积扇上面甚至还建有大量民居，临近一处面积很大的积水池，里面是清澈的河水，河面非常的宽，一片片绿色的图案，大门购票，五十五元，应该说比九寨沟还是要谦虚很多，九寨沟据说是全中国最贵的景区门票。

  乘大巴上山大约二十公里，两边可以见到像九寨沟"海子"一样的水面，碧绿湛蓝，更有几处瀑布，水流成白色浪花。汽车停下，已经是水声滔天，巨大的声响，表明这里水流之大。抬头看，两边的高山上浮云飘荡，已经开始变黄的树插在山头，蔚为壮观。溪水曲折而上，时而是山坡上倒下的巨大的岩石，感觉宫鹅沟与九寨沟最大的差别是水的不断流动，冲击的水流，是宫鹅沟的特点，似乎上下左右都是水，空气中弥漫着浓厚的水的气息。九寨沟的水更加静谧，更加清幽，而宫鹅沟，感觉到的是水的流动，水的跳跃，水的舞动。流水不断冲击，构成瀑布般画面，同时带来巨大的声响，在峡谷中回荡，时而震耳欲聋，时而欢呼跳跃，水的声音构成立体的画面。

  与九寨沟宽阔、平展不同的是，宫鹅沟沟谷两侧布满奇峰怪石，面目狰狞，有些路段，岩壁直上云天，甚至从近百米垂直而下的瀑布，像一条白丝带，从空中挂到深潭之中，垂直的瀑布是九寨沟所没有的。如果把景区比做人，九寨沟更像是女人，妩媚、妖娆，不断变换色彩和装束，而宫鹅沟更像是男人，凶猛、彪悍、刚毅，勇往直前。同样发源于岷山的两股水流，在各自特殊的地理、地形、岩石、土壤的条件下，发育成不同的形态，像银链般挂在岷山巨大的山体两侧。

  从宫鹅沟出来，见门口的指示牌上还有其他也叫作宫鹅的沟，同样也是景区，只是未对游人开放，想来巨大的岷山山体中，肯定还蕴含着大大小小的沟壑，藏在深山人未识，由于道路的遥远，高山的阻隔，这些美景很难为世人所见，而随着时间的推移，这些美景也在不断变迁，发育或者消逝。不管怎么说，能有机会，有精力与时间，克服路途的遥远，山势的险峻，欣赏到宫鹅沟大自然鬼斧神工的美景，也是难得的享受。

2009 年 10 月 10 日

游偏关老牛湾

还是多少年前，在呼和浩特偶然听人说偏关黄河的老牛湾很值得看，便一直有去看看老牛湾的想法。从榆林走高速，过神木，道路非常顺畅，沿途全是空寂的石山，没有一丝生机，更没有人烟。从府谷下高速，一转弯便看见黄河，这里的黄河没有进入山西黄土高原，河水并不黄，非常清澈，河面宽阔，高速公路的高墩桥雄伟地跨过黄河。府谷有点像鄂尔多斯，城市里建有很多高楼，但没有人住，显得孤寂而空旷。从府谷到保德，道路便非常难走，要爬很大的坡度，很快便全是运煤的大车。也不知道哪里来的这么多的运煤车，一辆接一辆，没头没尾，道路被重车压得支离破碎，道路两边是厚厚的煤灰，别说汽车，就是麻雀从这里经过可能也要变成黑色。

天很阴，间或有一些雨滴，裹着煤灰的雨滴落在地上，漆黑而泥泞。很远的路上才有一户人家，道路上全是运煤的车，不停地超车、并道，道路漫长，似乎没有尽头。到了一个叫"三岔"的地方，拐上218国道，路况稍微好一些，但依然是运煤的大车。临近偏关的地方，变成大片的黄土丘陵，道路在山谷与山峰之间蜿蜒，大片的梯田，以及在山体上开凿的窑洞，倒有点陕北黄土高坡的风格。偏关镇很小，但据说是长城的四大关隘，一块很大的山坡顶上，建有一座宝塔，登上宝塔，可以看见周围同样起伏的山坡。偏关位于长城与黄河的交汇点，向西便是浩瀚的内蒙古草原，长城大约是游牧民族与农耕民族的分界线，不仅仅是抵抗与防御，生活方式的不同，导致文化的差异，甚至导致了对抗。从偏关县城出来，还要走上十六公里的山路，同样是曲折而蜿蜒，远远地便看见远处高山顶上的一座塔楼，高耸在起伏的山丘之上。很快便看见了黄河上的万家寨水坝，这是一座高度一百多米的大坝，两侧是几乎直立的石壁，这里的岩石全是沉积岩，一层层暗绿色，并不是十分坚硬。水坝建在两侧直立的山壁上。令人惊讶的是，万家寨的黄河完全不是黄的，而是墨绿色，清澈而明亮，几乎没有杂质，由于隐藏在山谷中，河水幽暗又暗淡，给人阴森的感觉。从万家寨水库向上，走九公里，便到了山顶，沿山脊是已经颓废的长城，只有烽火台还有一堆堆的黄土，这里的长城是用黄土堆成的，年代久远，已经完全看不出模样，只是一条土岗，越过残破的长城遗址，便看见了黄河老牛湾。世界上的美景往往在于出乎想象，而大自然的美景很多的在于其巨大的体量。西藏的布达拉宫背后巨大的环形山脉，衬托出宫殿的壮观，与背后的山脉相比，布达拉宫所在的小山，几乎就是小土丘，而走近之后，才能感觉出布达拉宫的巨大，与人相比的巨大，从而更感觉震撼。

黄河老牛湾也是这样，巨大的山体，悠长的河道，只有在巨大的山体的映衬下，才能感觉出老牛湾的巨大。由于万家寨水坝蓄水作用，黄河水面陡然上升近一百米，两侧是直立的峭壁，而S形的峡湾，体型巨大，大约要有十几公里长，大坝憋起很高的水面，形成巨大的拐弯，硕大的半圆形的河道似乎在地面上划出巨大的弧线，真的像是天上的神牛在地面上犁出的痕迹。周围的山体起起伏伏，圆形的山顶以及纵横的沟壑，构成大地的轮廓，不断凹陷的地面，在阳光下留下巨大的阴影，而正是在这样的大地上，墨绿色的黄河画出精美的连续的圆弧曲线，构成老牛湾壮美的景观。"神牛耕地到边关，牧童遥指老牛湾"，站在山顶的塔楼前，面前是巨大而曲折的峡湾，直立的岩壁，绿色的河水，构成精美的图画。与江南小镇的精细美相比，老牛湾只有简单的构图，粗犷、巨大、辽阔、浩瀚是这里的特色，简单而凝重，宽阔而浩大，在这样的大自然面前，个人更觉得渺小，这样的景观完全不是人力所能完成的，甚至是人难以想象的。

绵延千里的黄河从念青唐古拉山，从荒凉孤寂的可可西里发源，绕过宁夏的沙漠，进入内蒙古草原，在内蒙古画了一个优美的圆弧之后，进入内蒙古与山西交接的峡谷中，穿山越岭，在无数峡谷中奔腾而下，在老牛湾这个弯曲的峡谷中停下来歇歇脚，随后就要进入晋陕峡谷，汇合陕北黄土高原的黄土，冲击而下，造就黄河下游的广阔平原。黄河是中华民族的母亲河，古老的半坡村文化、殷商文化、晋文化，均发源于黄河流域，可以说正是黄河孕育了中华民族。在老牛湾背后的山坡上，耸立着几处孤零零的长城烽火台，长城的直线与黄河的弧线在老牛湾交汇，构成历史与自然的交汇点。站在这样的交汇点上，感受自然与历史的力量，感受巨大的存在，更让人体会到大自然的浩大，以及历史的凝重。

黄河老牛湾，是典型的大自然的精美画卷，实在不虚此行。

2014年12月16日

贵州小七孔游记

从北到南，中国各地的水景也是看了不少，从九寨沟的宁静到官鹅沟的流动，从黄河壶口瀑布的喧嚣到神农溪的清幽，从老牛湾的辽阔到千岛湖的荡漾，从黄果树瀑布的雄伟到马岭河谷瀑布群的壮观，但是到了贵州荔波的小七孔更加感到了大自然水世界奇妙无比的存在。

大片的植被茂盛的山林中孕育了小七孔景区，充沛的降雨、辽阔汇水地域更为小七孔提供了充足的水源，水与植被，水与岩石，水与树林构成奇妙的存在，静态平静的水面，欢快跳跃的水流，山岩上飞流直下的瀑布，树林间密布的湖泊，在小七孔精妙地组合在一起，串联在一起，构成完整的水的世界。

小七孔水景最大的特点是绿，反射到水面的绿，根植在水底的绿，融化在水中的绿，散发在空中的绿，浓重的绿色包裹这里的一切。一进景区大门，首先看到的是两边山沟中狭长的水塘，一道半圆形的拱坝，像帘子一般的水流挂在拱坝前，水流均匀，在拱坝的岩壁上激起点点白色的浪花，令人惊奇的是在拱坝上游的水塘，水面完全平静没有一丝波纹，从拱坝上滚落的巨大的水量似乎完全没有影响池塘内的水面，依然一动不动，似乎没有水的流动，同样跌落到坝前水塘中的水也是纹丝不动，水面没有一丝波纹，只有镶嵌在高低两个水塘中的白色水帘，不断地流动。水塘里的水完全是绿色的，清澈的绿，简单的绿，没有一点杂质的绿，水塘底是青苔铺地，水塘的水中可能蕴含着绿的元素，更有两旁石壁上反射的绿色的光斑，汇集成墨绿的颜色，上下两个池塘有如童话般地展现在眼前。

这时才理解为什么说来贵州一定要到小七孔，同样是水，确实不同，确实有独到之处，令人叫绝。继续向前走，经过茂密的树林，沿着时宽时窄的水面来到一处开阔的湖面，湖面很大，靠近湖边的地方生长着茂盛的植物，高大的树木上缠满藤条，坐在小船上，眼前完全是生长在水中的密林，湖岸边全是树，很难看到陆地岸边，似乎整个湖面被树林包裹着。水面同样是深绿色的，几乎没有透明度，可能是落叶融化在水中或者是湖底的苔藓反射出浓郁的绿色，湖水没有浪花，平静地伸展在树林中，在岸边行船甚至要在树林中穿行，适合植物的生活环境，造就了各种各样茂盛的植物。

已经很令人惊讶了，走到岩石树林的时候就更是惊讶了，这是一片很长的开阔地，稍微有一点坡度，地面由坚硬的岩石构成，大量的水流在地面铺开，在岩石的缝隙间欢快地流动、跳跃，在岩石缝隙中生长着顽强的植物，根茎完全浸泡在水中，枝干坚硬，一束束挺立在流水中，任凭浪花飞溅的水流在脚下流动，树木盎然地生长着，这是一片长在流水之中的树林，这是一片石块缝隙中的树林，物竞天择，树林与流水和谐地生长在一起，构成奇妙的景观。人走在树林中，能够明显感觉到脚下的水带动地面上的石块在不停地滚动，又感觉背后有一股风，推动着后背，脚下是不时隆起的石块，石块周围是白色浪花飞溅的水流，这个动态的画面与前面完全静止的湖面构成鲜明对比，很难想象同样的水流，竟然有动与静两种完全不同的形态。

走出流水的树林，抬头便看到一束瀑布，从半山腰的岩壁上喷涌而出，贵州有很多暗河，在地下冲出河道，而这条地下暗河，刚好冲到断崖处，形成半山腰的瀑布，蔚为壮观。继续向前，还有几级宽大的瀑布，平展展地铺在巨大的岩壁上，同样构成动态的水的环面。景区的最后是简单的不能再简单的七个半圆拱的石桥，以前并不是景区，只是一般的交通道路，七个半圆的拱圈，构成"小七孔"景区的名字，颇有点天降神韵、神来之笔的意味。七孔桥上长满了厚厚的青苔，从水面一直爬满墩台，爬到桥的护栏上，整个七孔桥像是一个放大版的毛绒绒的玩具，又像是被遗忘的史前的遗迹。

前后长度将近五公里，大山之中绵长的幽谷中的绿水，构成"小七孔"景区独特的水的世界，在对水的感叹中，离开了贵州荔波小七孔景区。

2017年11月5日

漫步蜀南竹海

蜀南竹海位于四川宜宾的南部，尽管在四川各地已经见过很多竹林，但是没来蜀南竹海之前，完全想不到有这么多的竹子。出宜宾没有多远，便已经感受到竹林的存在，道路两边的房舍被竹林包围着，很长的一段道路完全被竹子包裹，密密实实，车走在竹子围合的隧道之中，见不到阳光，满眼全是翠绿的竹子。尽管这样，到了蜀南竹海依然被完全是竹子的世界所震撼了，彻底进入竹子的世界，目力所及之处全是竹子，道路两旁，高高的山上，河边溪水边全是竹子，由于阳光和雨水适合的原因，这里的竹子生长得非常饱满、健壮，绿色的嫩叶与绿色的枝干，没有一点杂色，通体碧绿，整个竹林几乎完全是同一个颜色，只有从竹林中透出的蓝天，呈现出白云的白色以及蓝天的湛蓝。

竹林非常茂密，在竹林中是走不通的，遍地生长着竹子，遍地都是散碎的竹叶，还有不时从地面钻出来的竹笋，完全不能行走，只能沿着人工开凿出的石阶，一步一步地爬上山。乘坐缆车，可以在竹林上空回荡，这时看到的竹林真的有如海洋一般，一浪一浪的，只能看见竹叶在摆动，完全看不到地面，甚至看不到竹子的枝干，放眼望去，大地之上几乎全是竹子的海洋，无边无际，一直绵延到天边，这时才觉得用"竹海"来形容，是再贴切不过的。

竹子是排他性很强的植物，竹子的根部可以分泌出特殊的物质，妨碍其他植物的生长，这样竹子便可以扩大地盘，霸占整个可以生长竹子的区域，正是这样的原因，在合适的温度、土壤、日照的情况下，便形成大片竹林的存在。在蜀南竹海，可以吃到鲜嫩的竹笋，可以用竹荪做汤，可以坐竹椅，可以睡在竹床上，竹子提供给人生活的帮助，甚至提供当地人生活的经济来源。微风吹来，透过茂密的竹林，带来丝丝凉意，更使得大片的竹海波翻浪涌，风声夹杂着竹林的摩擦声不绝于耳，有如万马嘶鸣，又恰似山泉溪流，带给人强烈的动感。

大自然总是在不经意间，给人创造了奇景，千奇百怪，美不胜收，难以想象，蜀南竹海正是这无数大自然奇观中的一个，站在竹海之中，更让人感叹大自然神奇的力量。

2012 年 5 月 12 日

清明节，长白山滑野雪

甚至在开车走上京哈高速公路的时候，还在犹豫，不停地犹豫，来回地犹豫，反复地犹豫，下不了决心，去还是不去长白山？此时已到了清明节，北京已经可以穿衬衫了，颐和园的玉兰花甚至已经凋零，心急的姑娘已经穿上了裙装，似乎北京转瞬之间就到了夏天，而在这时还想去滑雪，确实有点匪夷所思，甚至天方夜谭，实在犹豫。还有就是雪场开不开？气候如何？有没有风、雾？等等，还有就是1200公里的距离堵不堵车？相当的遥远，实在难下决心。找了好几个朋友，甚至是非常喜爱滑雪的朋友也难以成行，大家好不容易休小长假，孩子、老人、媳妇，事情一大堆，哪能够说走就走的，实在找不到同伴，只有硬着头皮，单人独骑，像关云长千里走单骑一样，开着路虎驶上京哈高速。

　　春节期间，为实现到北大湖滑雪的想法，曾经自驾车到北大湖，随后又从北大湖到了长白山，原本是想在万达长白山雪场滑雪，但是人多无法滑，阴错阳差地上了长白山西坡，上去的时候，只是想去看冬季的天池，并不知道西坡上面有滑雪场，在乘雪地摩托上天池的路上，看到了长白山西坡的滑雪场，是真正的天然粉雪，天然的雪场，宽大的山坡，平铺在长白山天池高大的主峰之下，非常壮观。只是当时没有准备，天气太冷，零下二十几度，在山顶几乎冻僵，没有能力去滑天然雪，但是这次登顶长白山西坡，登上了长白山，天然雪的境况深深地印在脑海中。

　　随后到长春讲课，天赐良机，又一次滑了北大湖的雪道，非常熟悉，非常舒服。乘缆车上山，坐在轿厢里，吉林的雪友说清明节还可以滑长白山的野雪，而且温度不是很低，非常适合滑雪。于是，便在脑海里不断合成、想象长白山西坡野雪的境况，算计着什么时候可以滑一次长白山野雪，直到清明小长假的到来。事实上，到吉林长白山滑雪，并不是很容易，从北京出发，首先是1200公里的距离，长途驾驶很困难，至少需要两个整天的时间，还有一个问题就是寒冷，每年十二月、一月，零下二十几度的温度，在野外滑雪是很冷的，难以适应，而且长白山地区容易下雪，在寒冷的天气下，一旦下雪，道路上的雪不会融化，道路很难走，甚至要封路，因此在冬季驾车来长白山滑雪是很困难的。还有就是时间安排，仅仅是周末时间不够，别的时间也只有春节、新年，也并不是很多。工作安排也很困难，有时难以控制时间，最后是自己的身体，一旦有什么病，就难以成行，而且随着年龄的增长，甚至没有了滑雪的冲动和动力，更难以成行。

　　经过多年艰苦的锻炼，好不容易掌握的滑雪的技术，享受了工业文明的成果，但是滑雪总是想挑战新的雪道，总是想冲击更加高级、更加困难、难度系数更高的雪道，因为不掌握技术，是难以在高级道上滑雪的。经过努力滑了长白山万达滑雪场、吉林北大湖滑雪场、黑龙江亚布力滑雪场、乌鲁木齐丝路花雨滑雪场，国内较大的滑雪场几乎走遍了，只是没有滑过野雪，而且也很少有地方有野雪。上网查，长白山西坡滑雪场是中国仅有的天然滑雪场、粉雪场，最适合双板滑，高海拔、大坡度、较深的降雪等，成为滑雪者的崇拜之地。只是过于艰难了，时间、距离、身体等等成为制约，使得到长白山滑雪成为非常困难的事。

  不管如何，滑一次长白山野雪，感受一下自然的环境，体验一下，是必须的，也是值得的，具有很大的诱惑力，也多少有一点成就感。紧张地安排工作，腾出时间，修车保养车，收拾家里的东西，上网查，联系滑雪场，上网查看天气情况等等，做精细的准备。即使这样，在出发的最后一刻，还是犹豫了，甚至担心出现各种意外情况，一个人难以处理。在反复地犹豫，艰难地做出决定之后，开上京哈高速之后，也就无悔了，只有向前，一路到长白山。

  上路不久，天色渐晚，到山海关的时候已经黑了，在晚上开车，实际上也很容易，高速公路的标线、护栏，平整而封闭的道路，保证了可以高速行驶，平均速度可以超过一百公里每小时。事实上，没有高速公路，长距离自驾车是难以想象的，只有在高速公路的条件下，才有可能在晚上行驶四百到五百公里，过锦州之后，似乎就快了一些，很快就是盘锦，由于地理位置熟悉，也就没有什么生疏的感觉，过盘锦之后，感觉就很近了，到沈阳只有一百多公里，原本想住在抚顺，但是在进沈阳的时候，走出了高速路，出了收费站，便直接走进沈阳城区，也只能住下，好在即使住在抚顺，到长白山还有将近五百公里，在晚上九点以前是肯定到不了的，只能路上用掉一天时间。

  从抚顺出来很快就进山了，过了清王朝的祖陵之地新宾便全是山了，很快便看到了雪，道路旁的农田上、村舍上，有很多雪，山间的凹地更是积满了雪，很快天上便开始下雪，由于天气热下的似乎是冰的颗粒，下在地上很快就融化了，从几乎炎热的北京，开车一千公里，终于见到了漫山遍野的雪。过通化后，便全是林区，白桦林茂密地生长在山坡上，一片一片，两边全是林地，没有了村庄、田地，全是茂盛的林地。雪时有时无，有的时候雪很大，大片的雪挂在前挡风玻璃上，有的时候又几乎没有雪，也不知道山顶上雪况如何，只有默默地祈祷了，过了通化县，很快驶上长抚高速，不一会就到了抚松。

  抚松是东北著名的人参之乡，县城建在松花江边上，由于长白山降水的原因，松花江的水量很大，在山间婉转曲折地流动，在河床上激起片片浪花。在抚松吃到正宗的延吉烤肉，街道上依然是很大的雪，地面上甚至有了积雪，很难想象在北京下这样的雪，对于滑雪者来讲，真正是天堂，只是当地人不太关心滑雪。抚松的城市近几年没有什么变化，门脸依旧，很容易找到，整个城市就是几条街道，只是在松花江边正在建设观光步道，算是较大的变化。找个旅馆住下了，好好休息一下，调养身体养精蓄锐，为明天的长白山滑野雪做好体力上的准备。

在抚松的街道上转了两圈，感受到明显的人参的气息，人参大厦、人参广场，甚至还有人参娃娃的雕像。县城并不大，紧邻松花江而建，松花江的水明显流动的痕迹，水量很大。早上起来，空中飘着雪，天空灰蒙蒙的，几乎看不到天空，赶紧联系雪场的服务人员，说暂时不开放，八点半以前停止下订单，更加犹豫不决，抚松距离长白山西坡景区五十公里，不管野雪场开还是不开，还是决定到西门看一下。开车走上高速公路，空中飘着雪，地上也是雪，高速公路上完全没有车辆的痕迹，道路上是平整的雪，更是犹豫，也不知道五十公里的路能不能走通。艰难地在时断时续的雪地上前行，小心谨慎地驾驶车辆以避免事故，完全是在小雪中行进，也不晓得长白山上面是什么情况。经过松林河镇，经过长白山机场，经过通向二道白河的森林公路，在高速公路的尽头，省道接近长白山西门，拐过弯，十公里便是长白山西门。

停车场的服务人员说山顶的天池不开，暂时不卖票，感觉非常遗憾，1300公里的遥远的路途，还是不能滑雪，多少有些遗憾，山的气候就是多变，一会一变，好在太阳逐渐升起，阳光的照射或许能够驱散雾霭，或许可以开放雪道。驾车返回，在一片人参园地的门口，停下车欣赏森林中的雪景。由于已经下了一整夜的雪，树枝上完全是轻盈的积雪，甚至可以看清楚雪花的纹路，每个细小的枝杈上都积存着雪，树的轮廓清晰可见，只是没有融化并没有形成雾凇的景观，只是软软的白雪，积存在纤细的树枝上。用一百毫米的微距，可以拍出很精彩的雪的照片，清晰而洁白，美轮美奂。

重新开车回到山门，很高兴，说是滑雪场开放了，只是天池登顶没有开放，赶紧到大厅中买票，一天960元的滑雪票，可以不限次地乘坐雪地摩托，还有观光车的票，总计1015元，应该说也是不菲的费用，只是绝难得的长白山野雪花1015元也还是值得的，何况1300公里路途，花费更多。买完票扛着雪板，拎着雪鞋，乘环保车上山。道路两边的树林完全是雪，地面上是松软的雪包，随地形起伏，形成圆润的曲线，树枝上、树冠上满是薄薄的积雪，轻盈而绒软，不时有积存的雪从树枝上落下来形成雪片。大约一个多小时，四十公里的山路，才来到办理滑雪的小木屋。木屋虽然小，但是设施齐备，可以提供雪板、雪鞋，换上雪鞋，出门一看，是更大的雪，长白山的山完全笼罩在白雪之中，什么也看不清楚，白茫茫一片。很快就有雪地摩托从山上下来，一辆摩托只能乘坐一个滑雪者，确实有点奢侈。摩托车在满是雪的树林中穿行，爬上很陡的坡度，一直往上，便到了一块开阔的山坡，视野开阔，满是积雪，人在雪中只是小小的黑点。山的尺寸很大，比例很大，人在山中显得十分渺小。从摩托上下来，便踩在松软的雪上，大约有半米到一米的积雪，如果不是压雪车压过，完全踩不到硬地。

滑野雪与滑雪道雪完全不同，在滑雪场，表面松软的雪，经过滑雪板的碾压，在寒冷的环境中会结出一层坚硬的薄壳，雪板就是支撑在这样的硬壳上。由于雪很厚，雪板、小腿都是被雪包围着的，这使得用滑雪板调整方向变得很困难，还有就是粉雪的摩擦系数很低、很滑，不容易停下来。如果是很陡的坡，向下滑的速度很大，在雪道上经常使用的双板平行斜滑降，在野雪地完全派不上用途，只能转角度向上方滑，才能停住，降低高程变得很困难，甚至有越滑越高的感觉。只是茫茫的松软的积雪，可以自由驰骋，完全不用担心压到地面的石头。从山坡上滑下去，很快就进入了树林，两侧的树林上挂满了雪，银装素裹，分外妖娆。远处的大山也同样积满了雪，山坡上的松塔林坚强地挺立在雪中。春节期间这里的环境都是零下二十多度，没有足够的保暖衣服，是很难度过严寒的。而清明节时间，环境都在零下十度以内，并没有感觉寒冷，实在是滑雪的最好时间。在树林中穿行，很快滑到上车点，前面十几个人在等摩托，四周是满满的白雪，覆盖得满满的，不时有勇敢的滑雪者从陡峭的，几乎直立的山坡上滑下来，冲起点点雪花。第二次上山时坐的是压雪车，一次可以坐十几个人，滑雪板放在车后面，人爬到车上去，由于寒冷，大家都穿得很厚，还有就是穿着结实的滑雪鞋，爬上车都非常困难，满身是汗。乘坐压雪车上山，感觉不到乘坐摩托的危险，只是速度很慢，刚好可以休息。十几名滑雪者穿戴很厚，车厢里挤得满满的，大家都戴着头盔，有点士兵突击队的感觉。

从压雪车上下来，换上滑雪板，再滑野雪道就感觉比较适应了，毕竟有艰苦训练的基础，很容易滑下山坡。地面上是松软的雪，雪板压在雪道上，发出丝丝的声响，在平整的雪面上留下深深的凹痕，构成一条条弯曲的痕迹。众多的滑雪者前呼后拥，风驰电掣，很快就把山坡上的雪像犁地一般翻了个遍。好在这里的山体型巨大，依然有大片的处女地。身边还在下雪，落在地上，把比较浅的痕迹掩埋掉，重新铺成平整的雪地。由于雪很松软，速度稍微慢一些便产生摩擦力，足以使滑雪板停下来，甚至身体向前来个趔趄，一旦停下来，便很不容易启动，只有以一定的速度，均匀滑行，才能轻松滑下山。稍不注意，便摔了个跟头，跌倒在将近一米深的雪中，站起来很费劲，因为你找不到支撑点，手、肘都没有支点，压在雪里越陷越深。只能平躺，用身体把周围的雪压结实，然后才能勉强支撑站起来。由于山坡的海拔有2100米，动作大的时候气喘吁吁非常艰难，好不容易站起来，穿滑雪板也非常困难。为了站起来使劲压雪，在鞋底上便积存了雪，由于环境温度很低，鞋底的雪形成坚硬的薄层，夹在鞋与板中间，穿不上滑雪板，还有就是脱落器中，也容易积存雪，只有彻底清除才能穿上滑雪板。

再次上山的时候，太阳出来了，山顶的雾已经消散，压雪车把我们带到了更高的山顶，四下望去，已经站在山巅，四面是望不见边的山坡，同样白茫茫的，完全分辨不出方向，给人孤寂的感觉，如果不是跟着巡逻队走，甚至完全找不到方向。周围的景色实在太美了，大美之美，辽阔之美，山顶上的雪，给人柔软的感觉，似乎山峰是人柔软的肌肤。从山顶下去，完全是没有人滑过的松软的雪，可以肆无忌惮，可以四处回转，辽阔而平整，实在是大自然的杰作。从山顶上滑下去的雪道很长，非常舒服，可以充分地领略纯天然野雪的感觉，细腻而柔软，非常奇特的体验。只有很少的人能够有这样的体验，一天只有一百八十人能够上到山顶，一对一地乘坐雪地摩托才能享受长白山滑雪的魅力。

大约滑了五六次的时候就能够很好地适应野雪了，可以自如地在树林中穿行，只是这样的滑野雪的机会太少了，很难锻炼成熟练的程度。反之，如果在这样的雪上滑熟悉了，在人工的雪道上还有可能不适应。想一想人造雪的可怜劲，长白山的雪实在是上天的赐予，而且赶上降雪后的条件更是难得，物以稀为贵，正是因为滑野雪的难得才使得到长白山滑雪成为难得的高级享受。很快下午三点了，只有最后的一趟就要收工了，从山顶一直滑到小木屋，一路上穿越树林，跨越高台，经过林间的小路，风景优美，流连忘返，徜徉林海雪原中，完全置身于大自然的杰作中，给人完美的享受。非常恋恋不舍地滑下山，换上鞋，乘坐观光车下山，辽阔的长白山高山滑雪场留在后面，成为清晰而回味的记忆。

下山之后的路上还是下雪，可见长白山地区雪量之大，雪是很神奇的东西，晶莹而轻盈，有着精美的形状，雪可以变成水、变成冰，但是很难把水变成雪，从物质不灭的角度讲，雪是不会消失的，雪是转换的，不断调整的，在循环中得到永生。从长白山西坡到抚松,几乎全是下雪,走在山路上非常的害怕,过抚松之后翻过一道大山,便明显的雪小了,到通化之后便几乎没有雪了,一路下坡,山势明显减小。从海拔2600米的长白山,逐渐过渡到沈阳浑河冲击的平原,经过新宾后,便没有山了,到抚顺距离沈阳只有40公里了。

经过顽强的努力,下定决心,只身一人,长途自驾车,单程1300公里,来到长白山,非常幸运地在三月份,享受了难得的长白山野雪,在高山之上,在真正的原始的林海雪原中驰骋,把滑雪的技术和能力发挥得淋漓尽致,享受了大自然的杰作,享受了工业文明带给人的乐趣与享受。

在感慨之中,结束了此次长白山野雪的滑雪之旅。

2019年4月15日

四川、云南、贵州自驾车全记录

山川、河流的壮美,很多时候,必须亲自体验,尽管我们可以从电视、照片、书本中看到更多的画面,得到更多的信息,但是与真实的身临其境的感受,还是有相当大的差距。虽然迪士尼、世界大观园等人工项目,可以模拟相关的场景,但是与大自然真实的景观相比有巨大的差距,甚至南辕北辙。

中国幅员辽阔,山川纵横,从青藏高原到江浙平原,地形变化很大,跨越很多纬度,气候、水文条件变化很大,也为自然景观的产生创造了有利的条件。古人云:读万卷书,行万里路。在对山川、历史的感受中,可以获得更多的知识,甚至是震撼,可以受到心灵的启发,同时得到精神上的陶冶。

由于各种条件的影响,如工作生活的压力,经济条件、身体条件的限制,人的活动半径的限制,很难按照自己的想法规划生活的轨迹,只能在完成必需的活动之后,才能有机会领略祖国的河山。加之路途遥远,道路艰辛,社会治安等因素的影响,长距离的旅游活动还是比较困难,长途自驾更是困难。感谢高速公路的修建,感谢汽车工业的进步,使得长距离旅游成为可能,尽管有可能,但也要克服各种困难,甚至要冒较大的风险,尽管如此,努力去领略祖国的山河壮美,亲身感受大自然神奇的力量。想一想古人,徐霞客、李白、杜甫、张骞,在没有现代道路、车辆的情况下,游历江山大川,是多么的艰辛,古人对于山川地理的把握,是我们的榜样、楷模。

从北京出发，大约 1000 公里以内，南边到达武汉，西边到达西安，北边到达沈阳，几乎是一片平原，没有什么大的景观，山也是一般的山，而只有越过中国南北的分界线秦岭，南方与北方的差异才能真正体现出来。从北京出发，走京昆高速，要穿过太行山脉，经过黄河到达西安，大约 1200 公里，从郑州过黄河，经过武汉到达宜昌这座山边的城市，大约也是 1200 公里，这些冤枉路是必须跑的，才能看到中国真正意义上南方的山。

这次走的是宜昌，经过宜昌以后很快便进入山区，长江在大山之中穿过，在长江北岸修建了沪蓉高速公路，在长江南岸修建了沪渝高速公路，两条临江高速公路的修建，使得穿越长江边的崇山峻岭成为可能。山越来越大，而且雾气腾腾，山上的植被明显变得非常茂盛，山涧的河流、溪水也越来越多，过宜昌之后，经过跨越长江的特大桥，巨大的跨径与粗大的悬索成为长江上的风景。快到野山关的时候，经过了目前中国最高的桥"四渡河大桥"，在山谷之间，跨越通向长江的河流，蔚为壮观。长江南岸的高山一直延伸到巴东，向南与张家界的山峰相连，形成巨大的山脉，在翻越长江边的高山之后，山的另一侧是清江，清江曾经是长江的主河道，宣泄了大量洪水进入长江，而今天的清江非常清澈，在五峰地区甚至存在着中国最清澈的河水。

恩施曾经是土司的地盘，由于山川的阻隔，在山区经常存在着事实上独立于中央政权的地方区域政权，比如宕昌一代的羌族政权，恩施一代的土司，丽江一代的木府，小金一带的土司，主要的原因还是山川的阻隔。中央政权不需要地方政权，而地方政权也影响不到中央政权，两者相安无事，距离的阻隔在以前的年代，是壁垒，把地域割裂开来，形成相对独立的文化，甚至民族。

在恩施参观了土司庄园，庄园很特别，没有明显的风水要求，这里似乎也分辨不出来东西南北。土司庄园建在一条河的山沟中间，远处是高大的山峰，背后有雪山，面对大山，可能也是对风水的理解。土司庄园沿用了汉族传统的对称、依山而建的理念，但建筑完全是自成体系，自成风格，建筑大量使用当地盛产的木材，由于降雨较多，采用了明开天井的结构，收集更多的雨水。尽管四边都是山峰，依然在山峰下修建了整体的围墙，构成坚固的防御体系。与内地宫殿不同的是，在庄园中居然建有储存粮食的粮库、储存金钱的库房，典型的当地土豪的风格。

土司的制度，建立在对当地百姓的统治甚至欺压的基础之上，因此，土司建立起强大的武装，包括私人武装。在物质贫瘠、生产力落后的情况下，对百姓的欺压是很严重的，这使得百姓的生活更加凄苦。由于中央政权的存在，地方政权需要得到中央政权的认可，需要对中央政权进贡，可笑的是，对于土司的进贡，可能是不对皇帝的胃口，或者是贡品过于简陋，明朝皇帝不仅没有看上，反而认为是蔑视皇帝，甚至问罪，在强大的中央政权之下，地方政权是很难存在的，随后的改土归流，也就是朝廷派官吏的制度，彻底削弱了土司的权力，地方政权难以苟活。

由于地形的限制，恩施很难建设，狭小的街道，起伏的道路，限制了城市的发展。从恩施出来，很快就是巨大的山脉，武隆一带的高山以及山间的浓雾，白白的雾气笼罩在山顶，飘荡在山间，形成精彩的水墨画，加上山峰中浓郁的树木，与北方的山脉形成明显的对比。

从恩施到武隆、奉节的山实在是高大，其间降雨很多，冲击出大量的溶洞，甚至是地下暗河，全国最深的小寨天坑、地缝。以及5000米深的沐抚大峡谷、腾龙洞，都在这片山里，其中的沐抚大峡谷垂直高度近700米，远胜于美国科罗拉多大峡谷，恩施大峡谷甚至比科罗拉多大峡谷还要好，因为气候的原因，恩施大峡谷可以种植，甚至植被茂盛，人们可以很好地生活在大峡谷中，从这个角度讲，要优于科罗拉多大峡谷。

在地理上，有一种说法是长江最早是从恩施的清江进入长江的，因此冲积出巨大的峡谷，茂盛的植被，浓雾笼罩的山脉，使得长江北岸的高山显得很神秘。很难想象，人们竟然在长江的两岸分别修建了一条高速公路，使得交通十分通畅，从恩施到重庆完全是下坡，经常是十公里以上的下坡，临近重庆的时候植被更加茂盛，郁郁葱葱。重庆给人的感觉是很拥挤，道路起伏，经过近年来的大规模建设，重庆已经发展成大都市，但是起伏的地形依然限制了重庆的发展，相对于平原城市，重庆的发展更难。好在有长江黄金水道，由于三峡大坝的修建，宽阔的长江水面提供了便捷的运输条件，为重庆的发展创造了条件。

从重庆过长江继续向南，山变得越来越小，出现更多的平地，更多的耕地，人口也越发密集。在沿长江的地带，建有很多古镇，李庄古镇曾经是西南联大的所在地，同样木里古镇也是水陆码头的所在地。由于当时船运的缓慢，经常要在江边上停靠、休息，很多古镇应运而生，旅馆、仓库服务业发展起来，甚至还要休闲、娱乐、戏楼、酒楼大量修建，这些古镇保存在大山之中，远离战火的烟云得以保存，徜徉其中可以领略、感受到历史的曾经。

从泸州出来，经过宜宾便到了乐山，乐山的地理位置很奇特，三条江汇合的地方便是乐山大佛，乐山市由于乐山大佛而出名，乐山大佛甚至比乐山市还有名。在乐山大佛景区修建了巨大的街道，仿古建筑绵延数百米，延续到大佛脚下，乐山大佛几乎是世界上最大的佛像，巨大的体量与大山融为一体，构成壮观的图画，更壮观的是山脚下的湍急的水流、宽广的河道，从岷山宣泄下来巨大的水流，在乐山大佛脚下汇集，更凸显出大佛的宏大与威严。

乐山往雅安的路上经过著名的峨眉山、瓦屋山，峨眉山是断崖山，特殊的位置，浓郁的植被，大量精美的佛教建筑，给峨眉山增添了神秘的色彩。由于靠近成都，峨眉山几乎就是城市中的山，成都人可以很轻松地来到峨眉山，更由于峨眉山巨大的体量，可以在山中住宿、休闲，更使得峨眉山成为适合佛教发展的名山。

从重庆沿泸州、乐山、宜宾到雅安，几乎就是沿着四川盆地的边缘，忽高忽低的地形，连绵的山脉，构成主色调，最为明显的是茂盛的植被，这是北方的山，比如太行山、大兴安岭所望尘莫及的，这也是四川的独特之处。四川之所以成为休闲之都，成为天府之国，很大程度是由于独特的地理环境、气候环境，大量的农副产品的生产，有条件精雕细作，有条件挑剔地享受美食，而温暖没有严寒大风的气候条件，使得四川人更安逸地生活，在农耕文化的福荫之中逍遥地生活。

雅安位于四川通往云南、西藏的咽喉要道上，雅安的地理位置很奇特，地形也很奇特，四周几乎都是高山，而且向西、向北越来越高，雅安刚好处于高山边缘的围合盆地上，特殊的地形，造成大量的降雨，雅安的雨甚至成为雅安的代表，雅雨、雅鱼、雅女，成为雅安三绝。雅安碧峰峡的大熊猫是雅安的骄傲，特殊的地形以及潮湿的气候，使得箭竹生长茂盛，大熊猫得以存活下来。而从雅安通往西藏的318国道，更是很多人向往的风景与挑战之路，也使得雅安成为重要的咽喉。

雅安附近有大片的茶园，也曾经是茶马古道的重要起点，从云南、四川生产的茶，通过遥远的崎岖的山路，运送到高寒高海拔的西藏，链接起两种文化的生活。蜿蜒的茶山曲折徘徊，构成巨大的风景，有点像云南的元阳梯田，只是建设这些茶山的人们完全没有想到是在制造风景，不过是因山势建设的生产天地，不经意间就成了风景。雅安的廊桥是由于多雨，多雨的气候使得人们可以在廊桥中休息、交流，而这种廊桥成为美丽的风景。雅安东边山脚下的周公山温泉，据说是诸葛亮在这里梦见周公而得名，硫黄味浓厚的温泉，给人非常舒适的享受，只是设施有点老旧，有些浪费了温泉资源。由于出产各种农副产品，雅安的美食很讲究，当地人口味也很刁，更是色香味俱全才能获得市场，雅安的美食是一种享受，甚至即使是早点，简单的馄饨，也有很多种，味道迥异，有些甚至成为非物质文化遗产。

从雅安出发向南，就是著名的雅西高速公路，通向云南高原城市西昌，这条路几乎是全国最艰巨的高速公路，同是也成为最美的景观高速公路。出雅安后很快就是高山，由于浓雾的覆盖，大山掩映在云雾中，飘渺摇曳，时隐时现，有如仙山。向西是著名的海螺沟，四川最高峰贡嘎山巨大的山体终年积雪，冰川浩瀚，海螺沟的冰川是距离城市最近的冰川，蔚为壮观。从天全方向下高速，不远处就是著名的牛背山，海拔3500米，据说是观赏云海、雪山的世界级观景平台，只是由于路途的艰辛，难以身临其境。继续向前便到了汉源，是两边高山之间夹的一块平地，山上的雪水融化，浇灌出适合耕种的土地，形成人类的聚居地。同长江边的情况相同，在汉源的山地上，有很多年代遥远的古镇。青溪古镇就是其中之一，由于山路的阻隔，青溪古镇的居民甚至还保留着几百年前的生活传统，青瓦铺的屋脊构成跨越时空的图画，把人带回到遥远的过去。由于路途遥远，这里很多人还沿用古老的生活方式，手工的木桶，剃头的挑子，甚至现场铸造的铁锅，向人们展示着活灵活现的历史上的曾经。在这样原始的古镇上行走，似乎感觉大城市并不存在，时光几乎停滞在这里，工业革命带来的机械、钢铁远没有融入这里的生活，人们依然停留在农耕文明的生活之中。

汉源城前有巨大的汉源湖，大约是山间汇水产生的高山湖泊，巨大的水面，甚至高速公路也要从湖面上修建。雅西高速上有很多长度十公里的隧道，高一百米的桥梁，以及凌驾在水面上的桥梁，让人感觉到工程的巨大与艰巨。过汉源以后经过安顺场，这里是红军渡过大渡河的地方，大渡河从康定走来，在两座大山的夹持下向下流淌，由于山体的巨大以及降雨量很大，大渡河的水流速度很快，导致人们很难过河。当年石达开就是在安顺场被清军击败的。出生于广西的石达开与洪秀全分裂，从南京出发，辗转来到安顺，试图北上渡过大渡河，但是被阻隔在安顺场，激战之后全军覆灭，被俘的三千余名起义军被杀于汉源，石达开被押到成都后凌迟处死。

在安顺场看到一块巨大的开阔地，上面布满了被河水冲击成圆粒的河卵石，上面有各种花纹，非常漂亮。可能是水量不大的原因，现场似乎并没有太大的水流，似乎过河并不困难，很难想象当年的水流是怎样的湍急。在大渡河河谷中看到两岸高耸的山峦，山势巨大，上面似乎有滚落的岩石，非常危险。

从安顺出来便要爬升高程，一段高度很高的地段要爬升五百米的高度，于是螺旋形隧道被发明出来，巨大的钢管桥墩耸立在山谷中，非常醒目，同样的地点，转了一圈，垂直的高度就上升了二百多米，实在是伟大的发明，伟大的工程。经过螺旋道路的爬升，便到了云南的高地之上，这时的天气豁然开朗，阳光普照，与雅安附近的川西雾气腾腾，大不一样，完全是另一番模样，周围的山势也变得更加巨大，植被变矮，以灌木为主。

距离西昌一百公里的地方，是著名的彝海，一片森林中的高山湖泊，就是刘伯承与小叶丹歃血结盟的地方，从高速路下来，要走八公里曲折的山路，山脚下有一些彝族的村寨，可以看到很多盘头发的彝族妇女，清一色的黑衣黑裤，脸上布满皱纹。彝海周围的山满是松树以及叫不上名字的树木，给人阴森森的感觉。开车爬坡很久才开到山坡上，很难想到彝海有很大的面积，甚至看不到边，彝海的水完全是周围山上汇集而成的，清澈而干净，周围没有人家，非常的安静。很多植物没有见过更叫不上名，样子很怪异。彝海旁边建有巨大的展览馆，菱形的外形，红色涂装，清晰醒目，展览馆里讲述着彝族的生活情况以及与红军结盟的情况。

继续向西昌走，高速公路上的车变得很多，两边有一些矿场、工厂，逐渐有了人烟。路途中下高速参观了灵山风景区，虽然只是两座山的山沟，但这里的山体巨大，长度很大，与北京边上的灵山完全不是一回事。

进入西昌就是熟悉的城市生活，人群熙熙攘攘，车水马龙，完全的城市模样。从西昌市中穿城而过，便到了著名的邛海，邛海实在很美，尤其邛海的边缘之上，是巨大的山脉，似乎邛海不属于自己，而是属于周围的高山。邛海边上有辽阔的湿地，大片的水草摇曳在水塘边。邛海的海拔大约1600米，已经令人感到高原反应，呼吸困难，不想吃东西，感觉很难受，甚至举步维艰，尽管这样依然有很多成都人，从云雾浓重的成都，来到高原领略难得的阳光。

邛海边有邛山，非常陡峭，植被很茂盛，开车登到山顶，可以看见邛海的全貌。由于邛海是高原湖泊，天空非常的晴朗，视野开阔，给人心胸开朗的感觉，仁者乐山、智者乐水，在宁静的水面，或许可以感觉到安静与安详并得到审美的享受，尤其是在西昌这样的高原。也许正是因为高原的原因，西昌建有我国的卫星发射中心，只可惜时间关系没有目睹。

邛海边的半山腰上，建有"彝族奴隶制博物馆"，门前是巨大的彝族民众的雕像，更有成群结队的猿猴，从游人手中抢夺食物。彝族生活在大凉山一代，山高林密，又加之高原，生活环境非常艰苦，同时环境非常封闭，与外界缺少接触，彝族成为在艰苦条件下演变的奴隶制社会。艰苦的生活环境，低下的生产力，简单的生活方式，艰难的生活，构成彝族生活的全部。尽管解放后彝族的生活从奴隶制向现代化迈进，但是由于遥远的距离，艰难的道路以及自然环境的限制，彝族的生活还是相当落后，制约着社会的发展。

从西昌到泸沽湖的路是明显的山路，中途要跨越凶险的雅砻江，两岸的山势非常险峻，河流也曲折，处于横断山起伏地带，山峦褶皱很大，河流也显现出明显的山谷形状，与平原的河流有很大不同。路经盐源，由于日照很大，高原气候日照充分，使得这里的苹果非常甜，而且很便宜，买了一大筐带在路上吃。一路走一路看变化的山势与流水以及不时出现的瀑布，还有精美的藏式房舍，下午三点左右，到达泸沽湖景区。

泸沽湖景区进口在一大块冲积扇前面，冲积扇面积很大，上面长满水草，继续向里面走，道路两边的建筑，更多的店铺与民宿，继续走就到了湖边，沿着湖边的路走上一段，找到旅馆住下。泸沽湖是山间盆地中的湖，水面很宽大，周围都是山，先是沿着湖开车，走到里格半岛又返回来，天已经很黑了。第二天起来，先是找到一处摩梭人的村寨，参观了摩梭族的博物馆，又找到长长的走婚桥，正是建在冲积扇上面，周围是茂盛的水草，湖水水面高的时候，水面会漫过水草，形成泄流，而一般情况下，刚好把水围在湖中间。开车往回走，找到一处通往亚丁景区的小路，就是传说中的"泸亚线"，只是没有敢往前走，据说非常的艰险。当年美国探险家"洛克"走的就是这条线路，步行穿越并写下了《消失的地平线》这部小说。

继续向前走到里格半岛，沿着湖边走上半岛，坐船沿着半岛走了一圈，才发现泸沽湖的水非常清澈，几乎清澈见底，没有一点杂质，水草的枝叶都看得清清楚楚，不时还有一股一股的泉水，从湖底的碎石缝隙中冒出来。环顾四周并没有常见的补给河流，也没有从山上冲刷出来的沟槽，这时才明白泸沽湖是完全的渗出水汇聚而成的湖泊，正是因为如此，湖水才这样清澈，才终年保持不变的水质。对于泸沽湖面积而言，需要多么大的汇水面积，多么精巧的地层过滤构造，才能创造出如此的湖泊。正是周围连绵的雪山以及充沛的降雪，加之融化汇聚的湖水，才造就了泸沽湖的神奇。这与九寨沟有点类似，都是在巨大的山脉之中，补给水源变换出的神奇景观，只不过九寨沟是动态的水源，而泸沽湖是静态的水源，只有身临其境，才能感受到大自然的神奇。

泸沽湖畔的摩梭人，不知道什么原因，依然保留着走婚的习俗，可能是远离闹市，远离人群，比较淳朴、简单，维持着原始社会的纯洁的生活方式，用走婚保留家族的财产，保留以家族为基础的生活方式，并传承下来，成为人类社会的活化石。

从里格半岛出来，沿着湖边公路爬上山，接近山顶垭口的位置，可以看到整个泸沽湖的面貌，非常宁静，非常平和，晶莹而又安静地躺在四周山峰环绕之中，度过漫长的岁月。从泸沽湖到丽江古城，要翻很多大山，经过宁蒗以后要跨过金沙江，山势非常陡峭，山峰连绵不见边际，新修建的公路比较好走，但也尽是弯道，巨大的山坡，巨大的落差，翻山越岭非常辛苦，快到丽江的时候，开始有一些平原，背后是巨大的玉龙雪山。

丽江古城几乎完全是地理的产物，玉龙雪山融化的雪水穿城而过，分成很多的细流，流经街道旁的房舍，颇有点江南小桥流水人家的模样。与江南水乡不同的是，丽江的水是流动的，而且水流很大，很干净，冲刷在坚硬的石块上，激起很大的声响和阵阵水花。位于茶马古道的咽喉要道，也是进入西藏大山之前休息、补充的重要地点，丽江古城逐渐繁荣起来，成为商人的集散地。

距离丽江不远，是同样古老的束河古镇，更是明显的商旅集散地，宽大的院落，可以容纳更多的马队，宽大的街道以及坚硬的石板地，似乎回荡起马队的铃声。古镇位于高原，阳光充裕，而阴凉地方很舒适，是很好的休憩场所。从束河古镇向上，可以参观白水台景点，从玉龙雪山下来的巨大的水流，冲刷出宽大的瀑布，以及巨大的浪花，构成明快的水声，这时你才能理解为什么丽江城内会有如此巨大的水流。这些水都是从玉龙雪山融化下来的，先是经过白水台，再经过束河古镇，随后进入丽江城，最后汇聚到金沙江。完整的水的渠道，充足的补给水源，串联起人类的生活点，串联起历史的岁月。

从丽江到大理是宽阔的高速公路，两边的山不是很高，更多的是宽阔的河滩地，逐渐地就可以看到白族的房舍，尖尖的围墙，白色的墙面，给人清晰的印象。接近大理的时候，就可以看见宽广的洱海，以及洱海边上的苍山，风花雪月。住在大理城中，夜晚走进灯火辉煌的大理城，各种摊位、吃食，以及酒馆，演奏的乐曲，构成浪漫的气氛，在洱海边吃到河鲜，鲜鱼的美味给人清晰的印象。

从大理往瑞丽，一路下山，明显地感觉海拔高度慢慢降低，但是也是高大的山脉，如果没有高速公路，走这样的路实在困难，好在有高速公路，似乎高山不再是障碍。经过保山的时候下高速公路，转过几个弯路，找到滇缅公路上的要道保山，保山山势巍峨，一夫当关，万夫莫开，保山山脚下是澜沧江，环绕而过，只有一个渡口在保山脚下，控制了保山，就可以切断这个渡口，切断了滇缅公路。第二次世界大战期间，日军占领了中国沿海地区，美国的武器补给，只能通过滇缅公路，从缅甸的仰光运到昆明再运到重庆，保山成为重要的战略要地。保山上植被密布，地下还有当年的战壕的痕迹，在山脚下建有巨大的战士雕像、陵园，纪念曾经发生的战争。

从保山到腾冲，要跨越巨大的澜沧江大桥，中国北方的省份，分界线往往是山脊，而在南方分界线往往是峡谷中的河流，巨大的河谷难以逾越，成为省与省、县与县的分界线，跨越河谷修建了巨大的悬索桥，展现了现代工业的成就。桥梁跨度很大，云雾缭绕，时隐时现，带给人惊险的感受。

腾冲边上有著名的和顺古镇，大约是当时乡绅们在外面挣了钱，回家修建的宅院，有点像广东的碉楼。古镇依山而建，街道曲折，前面是大块的水稻田，便于耕种。古镇建筑很有特色，鳞次栉比，院落相连，在如此遥远的地方，竟有如此精美的汉式建筑，令人称奇。古镇中有寺庙、祠堂等建筑，满足人们聚居生活，满足人们维系宗族、社会的需要。

腾冲最著名的还是温泉，在一条宽大的峡谷中，已经开发成度假村，最大的温泉是大热锅，不停地冒着滚滚的蒸汽，夜晚在树叶茂密的温泉中泡温泉，实在是难得的享受，腾冲温泉谷有浓郁的硫黄的气味，给人烟云缭绕的感觉，地质构造明显。腾冲城外有一片片的火山口，火山岩质地很轻，充满空隙，火山口里面同样长满了青草与绿树，郁郁葱葱。从火山下来，参观了一处地下暗河，非常神奇，水量很大，湍急而充满浪花，由于与地下暗河相通，瀑布中还有很多活鱼，不停地跳跃。南方的水量充沛，更有看不出走向的地下暗河，给人扑朔迷离的感觉，与北方的河流有明显的差异，在北方是看不到的。

从腾冲返回，重新上高速公路，便一路下山，很快就可以看到丘陵以及平原，便到了平原地区，房舍逐渐增多，道路变得平坦，温度也明显升高，很快就到了畹町。这是一个边境城市，植被茂盛，边境界河的桥上有很多缅甸牌照的卡车，装满货物，卡车的装饰花花绿绿，明显的异域风情，虽然是边境，但似乎并不神秘，两边的百姓平静地生活着。

从畹町到瑞丽几乎是平原，由于雨水充沛，植被很茂盛，很多南方特有的植物茂盛地生长着。瑞丽有明显的傣族风格，傣族妇女的筒裙很有特色，也很优美，尤其是在树林中行走，或是在水边行走，给人飘逸优美的感觉。瑞丽附近建有巨大的金光闪闪的塔，明显的缅甸风格，下面很大的圆形，上面是巨大的尖顶，金灿灿的，与内地的佛塔有明显的差异。

仔细察看了地图，本来想从瑞丽到临沧，地图上看起来并不是很远，中间只有一座大雪山，但是走上十几公里，就完全不能通过，金沙江巨大的深切河谷，道路非常陡峭，非常狭窄，越走越害怕，终于走到一处洪水冲垮的路面便完全不能通过，只能原路返回。云南的山似乎比四川的还要巨大，导致两边山的村庄人无法通过，长时间的隔断便产生不同的语言、不同的习俗，甚至出现不同的民族。而云南的气候很适合生活，雨量充沛，阳光充足，即使在两山的河谷上也可以种植茂盛的庄稼，也可以维持人们的生活，人们在山峰两边生活下来，形成不同的民族。新疆的民族，是因为距离的遥远，沙漠的阻隔，导致两个聚居点的居民难以往来，久而久之，慢慢演变成民族，而在云南，则是由于大山的分割，构成民族产生的地理基础，地理与地质对于人类社会产生巨大的作用。

重新返回大瑞高速，一路走高速公路，六百公里左右来到昆明，经过大理以后的山峰明显减少了，出现大片的山间平地，出现定居点，出现城市，临近昆明的时候，出现大块的平地。昆明被称作春城，四季如春，植被茂盛，鲜花盛开，鲜花饼是特色美食，还有很多叫不出来的美食。开车来到滇池边，大群的海鸥来回飞舞，红嘴鸥据说最早是从俄罗斯飞来的，见到这里水面开阔，食物充足，便停下来住在这里，成为滇池的常客。经过多年的治理，滇池的水质变得很清澈，碧波荡漾，给人带来美的享受。乘坐缆车可以上到滇池边上的山峰，很奇特的山峰，不是很高但是岩石坚硬，登上山峰，可以看到滇池的全貌，视野极佳，给人心旷神怡的感觉。

在昆明参观了云南博物馆，细致地了解了昆明的历史，云南在秦朝时就有修建的道路，从内地蜿蜒地通往昆明，所谓"五尺道"。三国时代诸葛亮曾经带领队伍打到云南，七擒孟获，奠定后方稳定的基础。近代，法国人从越南进入修建了滇越窄轨铁路，成为对外开放的口岸。从昆明出来经过抚仙湖，经过聂耳的故乡来到建水，同样是相当古老的古城，古城中有巨大的花园，建筑风格明显是西洋风格与中式风格的结合，与内地的大院有很大的区别。

在建水城外参观了著名的双龙桥，中国著名的古桥，很奇特的造型，并不对称，很随意，中间建有楼阁，拱桥与水面形成明显的倒影，构成优美的造型。建水古城中还有很多古代建筑，风格比较开放，有很多变形，随心所欲，没有更多的约束，给人丰富多彩的感觉。在这片适合生存的土地上，也曾经发生很多惊心动魄的事件，经历了历史的变迁。

从建水返回昆明，继续向北，计划参观著名的红土地，这是一片在金沙江南岸的土地，临近云南与四川的分界线，由于地面蕴含各种矿藏，所以呈现红色。但是道路实在太艰难了，曲折而狭窄，加之满是大雾，地面泥泞，总是走不到头，也没有几个人，给人很害怕的感觉，相当的遥远，只是开车走了一趟，没有看清哪里是主要景点，很多陡峭的山路让人惊吓，只能原路返回，出云南往贵州方向。

经过云南与贵州边界的时候，高速公路边上立着广告牌，标明贵州县县通高速、建设花园省的宣传广告。很难想象贵州的发展，以前总是认为"天无三日晴，地无三分平，人无三分银"，加上山路的艰难，贵州给人落后、遥远的感觉。开车在贵州走，感觉完全不一样，贵州的山并不是很高，而是几乎一般高，山峰一层层的，绕过山就是很大的平地，还有一个特点，贵州的山是坚硬的石头山，加上贵州的雨水很多，冲刷土壤，几乎没有泥土，因此河流是非常清澈的，滚滚水流流过坚硬的岩石上，声音很大。进入贵州便全是高速公路，一直开到兴义。兴义有两个景点，一个是万峰林，另一个是马岭河谷。感觉兴义的城市很干净，街道整齐，店铺宽敞，很多食材叫不出名字，特殊的植物、特殊的动物，给人很新奇的感觉。

万峰林是新开发的景点，其实在兴义周围有很多像万峰林一样的山峰，山峰不高，也就不到一百米，像土堆一样立在地面上，一个接一个，有点密集恐惧症的感觉。山峰上植被茂盛，郁郁葱葱，山峰中间的平地上，开垦的水田，建设的房舍，星星点点，风景画一般。山峰中间还有地下溶洞，汇集地面径流，在地面上冲击成一圈一圈的图案，构成很优美的图画。景区的山峰比较集中，可以乘车登高远望，很难想象这样的山峰连绵成片，浩浩荡荡，延续到很远，非常奇特的地质奇观。

到马岭河谷主要是看瀑布，很难想象如此多的瀑布，如此充沛的水流，首先乘电梯下到谷底，便全是水流激起的雾花，弥漫在空气中，充满河谷。沿着河谷，有十几处水流，跌落谷底，水量很大，沿着河谷两侧修建的栈道，可以从下面看到瀑布，浩大的水流从岩石边缘倾斜而下，酣畅淋漓，给人震撼的感觉，在北方很难想象有如此大的水流，中国南北方的差距实在太大了。

从马岭河谷出来，不远就来到贞丰，很小的小镇，清净而安宁。贞丰最著名的是双乳峰，要走到一个恰当的位置才能看清楚，最为奇特的是颇像乳房的山峰上，有几块尚未风化的岩石，非常逼真，把大自然鬼斧神工的能力展现得淋漓尽致。

从贞丰出来，往贵阳方向经过著名的晴隆二十四拐，滇缅公路最为艰险的路段，旁边有美军的建筑，有一些美式吉普车的道具。第二次世界大战期间，史迪威将军为了保证滇缅公路的畅通，派兵驻守在这里。从山顶上边看，路的形状还不是很清楚，走到对面的半山腰，就可以看得清清楚楚，曲折的山路，蜿蜒地盘旋在山坡上，构成迂回的图案，非常优美，难得一见。当年运送战略物资的卡车，就是在这样的道路上爬行，一点点地运送物资，特殊的地貌，特殊的地形，构成特殊的存在。

临近贵阳，顺路参观了著名的黄果树瀑布，以前曾经来过一次，但是已经完全没有印象了，几乎重新看一遍。黄果树瀑布位于河道转弯的位置，刚好有七十多米的落差，巨大的水流构成水帘，挂在山顶，在河谷中激起巨大的浪花。景区建得很好，有便捷的通道，走不远的路，有巨大的观景台、廊道，还有盆景展示，人流鼎沸，声响很大。贵州有很多瀑布、溶洞、天坑等地貌，喀斯特地貌发育强烈，很有观赏性。

从黄果树瀑布出来直奔贵阳。贵阳是座山城，城市中间甚至还有山峰，从城南边到北边，需要穿越山洞。贵阳中心城有个甲秀楼，是贵阳标志性的景点，不高的阁楼，旁边是中式跨院，前面有很宽的河，同样流淌着湍急的河流，像大多数贵州的河流一样，河水清澈而明亮，几乎没有泥土，岩石坚硬，水流在上面哗哗声很大。

小七孔景区在贵州的东南部，大约与马岭河相对，从贵阳到荔波全是高速公路，其间路过都匀、独山，到达荔波的时候天已经黑了，便住下，一早起来游览小七孔景区。尽管已经看过介绍，但是还是难以想象景区的模样，河流、瀑布、树林，以及宽阔的湖面，基本是以水为基础，水的各种变化，各种存在的状态，构成风景。这里的水非常绿，可能是其中含有微生物的原因，有点凝滞的绿色，而在流经瀑布的时候，又是碎裂的，白晃晃的。最令人称绝的是长在水流中的树林，水流很急，而树丛就生长在水流中，很难想象是如何存活的。景区最后是一处几乎平静的开阔湖面，上面有一座七个孔的石块拱桥，上面长满了青苔，给人厚重的时间感，似乎时间凝滞在那里固定不变，七孔桥是小七孔景区的标志性建筑，经常出现在各种宣传画中。小七孔景区是若干个景区的串联，完全是天然的，没有人工的痕迹，通过水景的变幻，给人带来审美的享受。

从小七孔出来，开车十几公里，便到了大七孔景区，与小七孔完全不同，大七孔景区是巨大的跌落形成的天坑，非常巨大的体积，上面有流动的河水，冲刷岩石，塌落，形成天坑，构成曲折而巨大的空腔。可以想象水流的巨大，冲击坚硬的岩石，构成巨大的体积，甚至让人感到有点害怕。除去体积巨大之外，大七孔不像小七孔那样具有审美的观赏性，只是让人感叹大自然力量的巨大。

从大七孔景区出来，天已经黑了，走夜路找到西江苗寨景区，非常迂回，新修的高速公路，但是分不出东西南北，高大的山，几乎没有人家，很难想象，这样的深山之中，会有人数众多的苗寨。终于找到了景区的进口，还要乘坐观光车才能进到景区，观光车开了很久，转过几个山口，才看见面积很大的西江苗寨。

大约是在一个巨大的山间凹地上，中间有一条河，沿着河岸全是木制的阁楼，鳞次栉比，一层接一层，灯光照射中，很是优美。很难想象如此多的苗族，是如何在这样的山间盆地中生活的，大约环绕山峰有很多可以耕种的土地，有流动的河水，可以饲养家畜，于是简单的能量的平衡达到维持一定人员生活的情况，便产生了聚居的村寨。至于现在的旅游景区，则是人为运输的结果，与原始的生活方式大相径庭。晚上住在苗寨，见到很多黑衣的苗族妇女，吃到了各种特色食品，还有介绍苗族历史的展览。夜晚登到最高处，可以看见稀疏的灯光，点点滴滴，非常好看。

苗族很可能是秦始皇攻打楚国后，逃离的楚国人，贵州、云南的地形与湖北很相似，有很多水田，还有更多的降水，以种地为生的楚国人，完全可以在这里找到生活的基地，而不必与秦国人拼个你死我活。历史书籍中也没有记载秦攻楚有多么大的战役，很可能楚国人逃到，或者说找到贵州、云南等地，定居下来。由于路途艰辛，且每一个地块有足够的生活来源，于是各不往来，形成众多的少数民族。在西江苗寨，可以感受形成村寨的条件，以及产生这种生活的自然与物质的基础。

　　从西江苗寨出来，往梵净山的路上，经过石阡温泉，以前从来没有听说过贵州的石阡温泉。看过介绍才知道早在汉代，这里就有温泉，晚上在石阡泡温泉，感觉非常独特，虽然在全国各地也到过很多的温泉，但是这里的温泉还是很特别，由于周围都是坚硬的岩石，没有一点泥土，这里的温泉异常清澈，据说是全国唯一可以直接喝的温泉。在一米深的水中，扔进一枚硬币，真的可以看清正反面，非常的神奇。像很多南方的温泉一样，四周有很多植被，郁郁葱葱，给人难得的享受。泡过石阡温泉，天已经完全黑了，赶夜路走到梵净山下，找到山脚下的农家小院住下来。

　　第二天起来，非常不巧，漫山遍野全是雾，还有零星的小雨，由于难得来一趟，硬着头皮，买门票登上梵净山。梵净山最大的特点是植被茂盛，到处都是浓郁的绿色，郁郁葱葱，山谷里不时有湍急的溪水。不巧的是遇上大雾，覆盖整个山峰，甚至一米以外的地方都看不清楚，沿着山路走到凸起的山脚下，在照片中看到了过梵净山代表性的两座凸起的山峰，以及上面的两座建筑。由于全是大雾，以及到处都是雨水，湿漉漉的，甚至有点不想向上攀登了，这时，遇到几位来自上海的登山者，一问，已经八十岁了，还在艰苦地攀登，令人敬佩。只能咬着牙，手扶湿滑的铁链条，艰难地、一步步地爬到山顶。由于是大雾，几乎看不到周围的景区，也就没有辽阔的感觉，完全包裹在雾气中，只是在两座小庙中走了走，还好山顶上几乎没有游人，比较清净，随后同样在雾气与雨水中走下山。

　　从梵净山出来，开车在山间高速公路上走不多远，就到了贵州与湖南交界处的著名古城镇远，相当有历史的古城，舞阳河穿城而过。古城临河而建，河流建在两山之间，地势非常的险峻，曲折的河边，建有很多建筑，鳞次栉比，一栋接一栋。良好的气候以及物产，使得人们可以聚居下来生活在城中。镇远是湖南进入云南的必经之路，当年没有高速公路，商人、官员只能乘船经过镇远，进入云南，并在此休息，镇远由此发展起来。河上有几座很有特色的廊桥，由于雨水很大，贵州有很多廊桥，即使是沿街的建筑也有防雨的廊道。镇远开发旅游，街道建得很整齐，旅游的人可以住在古城里，感受特色的美食，各种不同风格的服装、建筑。如果有时间在古城中多住几天，也是很不错的享受。镇远附近还有很多景点，有贵州特有的河道漂流，只是时间的原因，不能亲自享受。出镇远的公路边，正在建停车场、收费站，可能不久进入镇远也要买票了，开发成独立的景区。

从镇远出来，往湖南方向，本来没有计划看凤凰古城，因为以前看过了，只是路过，经过古城的时候一问，古城不收门票了，于是停车，住在古城外。走不多远就把古城全看完了，非常漂亮的古城，独特的造型，古城倚水而建，有城墙、城门，古城里面都是各种特色商店。凤凰古城最好看的是夜晚，灯光在水面投射出倒影，波光粼粼，给人带来审美的享受。由于以前来过一次，感觉没有第一次那样强烈，也就是一般的古城，如此遥远的古镇，重走一遍也属不易。

从凤凰古城出来，一百多公里就到了矮寨大桥，这是湖南通往重庆高速公路上重要的大桥，很难想象峡谷有这么大的跨度，从谷底向上看，大桥犹如挂在天上。先是游览了在大桥下面名叫德夯的大峡谷，有几处苗族的村落，鸡犬相闻，抬头看，上面就是横跨大峡谷的矮寨大桥。从峡谷走上来走到桥头，可以看到整个大桥，标准的悬索桥，巨大的桁架从遥远的山海关运到这里，拼接到峡谷上，暗红色的桁架在雾气中显得非常鲜艳，给人震撼的感觉。

从矮寨大桥出来，山势变得小了，经过一处叫作"桃花源"的地方，据说是陶渊明曾经耕作的地方，已经开发成旅游景点，阡陌交通往来如画，带给人遥远的农耕文化的生活场景。继续向前便到了烟波浩渺的洞庭湖，湖边是黄色屋顶的岳阳楼，两翼向上飘着，潇洒、自然，面临浩大的洞庭湖构成优美的图画。

从洞庭湖出来，一路全是下雨，南方的雨实在太大，北方不能想象，经过李自成最后遇难的湖北咸宁通山县，依然全是雨，在雨中一路走到黄山，开到半山腰，找到著名的黄山温泉，很多国家领导人都来过这里。温泉掩映在半山腰，植被茂盛，高低错落的温泉泡池给人很大的享受。泡在池子里，可以看到远处的山峰、树林，以及下面流动的溪水，非常难得的山间温泉。

第二天本想上黄山看看，但是不巧依然全是大雾，非常浓厚，什么都看不清，在上山的缆车门口等了半天，大雾也没有散去，没有办法只能打道回府。从黄山下来，很快就经过淮河，属于中国南北的分界线，淮河的分界很明显，淮河两岸植被、房屋的样式完全不同，明显的区别，差异很大，随后就是一马平川。经过泰山的时候，找到了泰山温泉，在泰山的背后，也是建在山间的温泉，只是山势更加开阔，更加巨大，泡在池中，非常的舒适、惬意。随后穿越泰山下面的徂徕山，很大的山体，全是坚硬的花岗岩，道路在山间穿过，很长的路几乎没有人，不是自驾车，很难想象泰山脚下还有这样大的山峰。从徂徕山下来，渡过黄河便是华北平原，周围的景点已经去过多次了，便不再停留，经过德州、天津，直接回到北京。由于走了很多次长途，从济南到北京的五百公里很漫长，没有什么想看的，只能一路驰骋。

一路自驾，经过河北、河南、湖北、重庆、四川、云南、贵州、湖北、湖南、山东、天津，最后回到北京，共用时23天，总行程18000公里，参观了近四十个4A级景点，领略了山川的变化，文化的差异，了解了各个地方人们的生活、环境、建筑、服装、饮食，泡了各地的温泉，在紧张中得到很大的享受，完整地享受了自驾车的乐趣。时间在流逝，很多记忆逐渐模糊不清，坚持着用文字把以上经历与体验记载下来，也算是这一次长途自驾活动的痕迹与印记。

2016年11月24日

十省穿越杂记

很特殊的一次经历，完全乘坐公共交通工具，走了十个省份，用文字把沿途的经历记录下来，作为日后回忆的依据。从北京到太原将近五百公里，如果没有高铁，四个小时是不可能到的，即使是开车，从石家庄到太原要穿越太行山，也是非常的艰难。高铁非常平稳地穿越太行山，经过刚刚经历洪水的河北井陉县，从车窗中倒是看不出洪水肆虐的痕迹。从北京到石家庄基本上就是沿着太行山边缘，而从石家庄开始就不断翻山，经过阳泉便到了太行山腹地，而临近太原的时候，已经完全是平原了。

太原在中国所有省会城市中排名是靠后的，山西人很精明，最大程度地获得房屋的使用面积，造成很多建筑没有外立面造型，方方正正，简简单单，与城市不相符合。太原的街道也不规范，只有火车站前的迎泽大街还算宽阔，虽然汾河穿越太原的两岸进行了绿化、美化，但是别的地方仍然破旧，尤其是城乡接合部，非常混乱。

清徐距离太原不远，著名的是清徐醋，甚至是山西醋的代表。临近吕梁山的清徐，完全是个县城，大量的工业企业把空气搞得烟云笼罩，空气中弥漫着浓重的粮食发酵的味道，让人感到憋闷。晋祠就在通往清徐的路上，秦之前的晋文公，在吕梁山脚下建设了晋祠，成为山西建筑的鼻祖。在山西各地有很多古代建筑，由于路途艰险，这些建筑得以保存，成为历史遗迹。从南边晋中的皇城相府、永济的永济寺，到山西中部的乔家大院、平遥古城、忻州的阎锡山故居以及大名鼎鼎的五台山，到最北边的悬空寺、应县木塔、北岳恒山，山西大地上散布着各种古代建筑，看中国古代建筑，来山西是最合适的。

中国商人最著名的是晋商与徽商，徽商似乎更注重制造什么东西，而晋商更擅长到遥远的地方去做贸易。北方人的坚毅、顽强，在晋商身上得到体现，经过遥远的杀虎口，晋商甚至把生意做过了贝加尔湖，做到了黑海边上。晋商赚钱以后便在自己的家乡修建深宅大院，享受着妻妾成群的生活，这便是乔家大院的来历。

从太原到吕梁，要经过交城，要经过文水，文水是武则天的老家，也是刘胡兰的老家，两位不同寻常，甚至迥然的女性，在历史长河中留下各自清晰的印记。吕梁是由三条山沟组成的城市，周围遍布着黄土覆盖的大山，由于缺少水，山上只能生长一些耐寒抗旱的植物，如小米、红枣、核桃等，由于没有足够的工业，经济比较落后，尽管近年来修建了高铁站、机场，但依然很难摆脱落后的面貌。从吕梁出来，可以看见山坡上大大小小的窑洞，人们依然生活在简陋的环境中，在坡度很陡的山坡上从事种植业。经过柳林之后便跨越黄河，黄河似乎并不宽，典型的黄河，完全的黄色，与两岸黄土的颜色非常相似。黄河在进入山西、陕西之前并不黄，在内蒙古境内甚至叫清水河，事实上也并不是黄河汇集黄土，而是汇集到黄河的各条支流，把更多的黄土带进了黄河干流。如果不是亲临其境，很难想象巨大的土山中蜿蜒的河水以及巨大的黄土充盈的河流。与贵州的河流完全相反，山西、陕西的河流几乎就是浑汤，完全看不清水下的情况，浑黄的河水似乎并不流动地挂在山谷中，经过延安以后，有一些大山，明显的高山，有很多的隧洞，随后就逐渐进入关中平原。

很快八百里秦川展现在眼前，由于地势平坦加之雨水增多，关中平原的植被非常的茂盛，树叶很宽大，大片平坦的庄稼地铺满整个大地，秦川是秦国得以强大的基础，由于庄稼丰产得以养活更多的人口，而更多的人口可以更多地生育人口，从而建立强大的军队，可以说秦得以灭六国统一中国，八百里秦川的庄稼功不可没。很难想象在陕北的荒原上会有秦国的崛起。秦国的崛起与称霸中国，有两个原因，一个是秦国或多或少地借鉴或者直接引进了胡、匈奴的军事技术，甚至人员，还有一个原因就是八百里秦川的地形以及丰沛的物产。秦灭楚之后，中原便没有秦的对手，统一中国是早晚的事。集权制是秦能够统一中国的重要原因，也是以后中国社会的基础，大一统、中央集权、家天下等概念，都是秦的发明，并在很久的时间影响着中国。

关中平原的优势在于粮食生产，这个优势在农耕时代发挥得淋漓尽致，把秦国推向中国农耕文化的高峰。而在工业时代，陕西似乎有些落后，观念上的落后，地理位置上的落后，行为上的落后，使得陕西成为中国落后地区的象征。在满足温饱之后，陕西人似乎更热衷于咬文嚼字，很多文学作品都带有几分没落的感觉，仿佛在被拆迁的破旧的残垣断壁上的故事，给人昏暗的感觉。

从西安穿越秦岭到重庆，秦岭几乎直立在关中平原南部，很陡的山坡便进入高山区，秦岭的山势远不是太行山、吕梁山能够比的，相当的陡峭，山连山，很有昆仑山的气势。秦岭是中国南北方的地理分界线，高大的秦岭阻隔了成都平原上升的湿气，使得秦岭的南坡湿润温暖，植被茂盛，秦岭也是黄河与长江的分水岭。经过秦岭之后，可以看到短暂的汉中平原以及最后流向长江的汉江，随后便是四川盆地边缘的大巴山脉，大巴山脉的山相比于秦岭已经小得多了，平缓的山峰，可以居住农民，也可以开垦耕地，几乎没有空地。

看到大巴山的山，植被茂盛，很难想象陕北的山，四川人以为世间所有的山都是像四川的山，都是山有多高水有多深，都是山上有人家，家家有竹林。四川人很难想象黄土覆盖没有一点水的山，也很难想象全是坚硬岩石的山，更难以想象内蒙古草原上肆虐的狂风。由于秦岭的阻隔，四川盆地雨水充分，没有大风，冬季没有严寒，植被茂盛，使得四川的物产非常丰富。由于四川周边重山阻隔，道路艰难，四川人利用他们物产丰富的资源，如蔬菜、鱼、鸡鸭、牛羊，精雕细刻各种美食，大量的食材以及大量的时光，使得川菜成为中国首屈一指的菜系，各种味道、各种方式做菜，不厌其烦，吃成为人生的享受、成为生活的目标。

临近重庆的时候，可以看到嘉陵江，很难想象嘉陵江的曲折，在崇山峻岭中蜿蜒，嘉陵江与其说是江，不如说是狭长的水库，由于落差不大，加之补给水很大，嘉陵江更像是在山间的蓄水池，储存着巨大的水量。像长江水系的很多江河一样，嘉陵江最终汇入长江，完成自己遥远的旅程。重庆正是嘉陵江与长江的汇合地，这有点像武汉，武汉是汉江与长江的汇合地。重庆更多的是坚硬的岩石，能够抵抗水流的冲击，经过重庆之后，长江就要穿越三峡。长江在四川盆地是沿南边流淌，经过泸定到达宜宾，在宜宾长江与金沙江汇合，金沙江与嘉陵江完全不同，由于落差很大，金沙江水流湍急，气势磅礴。

重庆人与成都人还是有很大的区别，重庆人火爆，带有三峡山区农民的特点,而成都人温文尔雅,讲究生活情调,仔细品味,还是有很大的区别。重庆火锅似乎只能代表重庆,而不能代表成都,成都的火锅完全是另外的风格。从重庆到贵阳是一路向上,逆綦江而上,綦江的水同样发源于贵州高原,因而水流湍急,而綦江的"北渡鱼"非常的有名,鱼很大,一条鱼甚至六个人才能吃完。从綦江向上,要经过连绵的山,开始进入云贵高原,这里的山杂乱无章,没有规律,也没有山脉,东一个西一个,但由于降雨充沛,这里的山长满植被,郁郁葱葱。山上的植被同样杂乱,品种很多,叫不出名,再加上大量的降雨,冲成万千沟壑。沿着老的渝黔路,要经过著名的"七十二拐",就是七十二个道路转弯,完全是为了爬坡,升到山顶,只是这里的山植被茂盛,适合居住。在七十二拐的两边,居住着大量的人口,甚至还有可以居住的农家乐。在汽车时代,遥远的路途也可以成为风景的一部分,在山顶可以欣赏曾经经过的七十二拐的艰辛。

经过夜郎镇,便完全到了贵州,夜郎镇是典型的贵州山区,高大的山峰,几乎独立在大地上,四周全是崎岖的山路,正是由于路途的艰难,使得这里自立为王的人以为就是世界的中心,以为世界就是这个样子,乃至夜郎成为目光狭小的代名词。在贵州,稍微一块平地可能就是一个城市,桐梓、遵义就是这样的山间平地,再小一点的平地就是村镇。尽管贵州多山,但是贵州的物产也十分丰富,尤其是山区的特产,中药材非常丰富,还有就是贵州随处可见的野生鸡,实在令人眼馋,完全散养在林间,甚至是吃草丛中的虫长大,让城市人艳羡。

娄山关横亘在遵义与桐梓之间,实在是一夫当关、万夫莫开,只有两山间的一条小路,两边是高耸的山峰,几乎无路可走。在清代娄山关上就建有军事工事,地理位置十分险要。经过娄山关便到了遵义,遵义是大块的平地,面积相当大,各色的建筑,人流密集,在贵州这样的地方,能有这样的平地实属不易。贵州的西边就是赤水河,著名的国酒茅台就产自这里,赤水河蜿蜒曲折,是贵州与四川的界河,郎酒也同样产自这里,温湿的气候是酿酒的必备条件,也是盛产美酒的原因。从遵义往贵阳,同样是大山,如果没有高速公路,这样的距离要走一整天。经过高山间的峡谷,看到著名的乌江,乌江的水量很大,水流湍急,同样蜿蜒曲折,在重庆与长江汇合。贵州的山大都是坚硬的玄武岩,属于典型的火成岩,因而乌江河水清澈,甚至看上去发绿,在大山间蜿蜒,如今各种桥梁已经把贵州的路变成坦途,几百公里的道路也可以一日返回。

由于多山，自然多湖，而由于降雨量很大，贵州的湖水面积很大，贵阳附近的红枫湖就是巨大的水面，甚至水面间掩映着植被茂盛的小岛。由于水多，贵州多鱼，酸菜鱼可以算是贵州菜的代表，体型巨大的鱼，构成贵州菜的主体，吸引着人的胃口。"地无三尺平，天无三天晴"，可以说是贵州的典型地貌与气候。从贵阳向南可以看到几乎是一样高的无数的山，山间蜿蜒的河流以及黑颜色的苗寨、侗寨。在明朝初年，朱元璋平定了贵州地方武装，便从内地大量移民，建立"军屯"，从内地迁移人口，住在贵州交通沿线，形成内地文化与当地文化混杂的局面，更加偏远的地区成为少数民族的居住地，而交通要道被汉族移民所占据，贵州的历史成为贵州多元文化共存的基础。穿过大量的山，逐渐进入平地，山变成丘陵便到了湖南，很明显地见到大量的水稻田，以及田间的堰塘，明显的湖南农村的田园生活，村庄越加密集，农田更加方正。湖南是很特殊的省份，湖南人的坚毅、顽强、强悍，甚至成为中国的顶梁柱，所谓"湖南不亡，中国不亡"，日本侵略中国的时候，在长沙、在湖南遇到顽强的抵抗，损失惨重。而更早的太平天国，也是在湖南湘军的打击下被击溃的，湖南人非常自豪地在岳麓书院的门前写出了"惟楚有材，于斯为甚"的大胆的表白。

经过大块的水田，很快便穿越湖南进入江西。江西的雨量更加丰沛，河水宽阔，赣江从赣州一直沿着江西中央地带流向九江，最后汇入长江。赣江水面很宽，有点烟波浩渺的感觉。江西的植被更加茂盛，其中樟树被称为"中国中药之都"，樟树周围都是不高的山，很容易生长中草药，江西中部的吉安更是植被茂盛。江西很多土壤是很容易分化的红土，大量的风化岩，更容易植被生长。江西南部的井冈山位于罗霄山脉，与湖南接壤，而龙虎山位于江西北部，是典型的丹霞地貌，直到长江边上的庐山，江西的山大都青翠、茂盛、郁郁葱葱，这也是江西的特征。从江西北上，要经过大量的河流，在洪水过后，很多村庄都淹没在水面以下。似乎安徽人对洪水也见多了，并不以为然。临近长江边便到了东至，据说陶渊明在此居住，长江北岸多山，但山并不高，东至就在这样的山间盆地上。

从东至到合肥要经过安庆，安徽就是安庆与徽州的总称，安庆曾经当过安徽省的省会，在太平天国时代，在安庆曾国藩的湘军与太平军发生过激战，陆战、水站、大战一片。长江极宽，可谓水天一色，从重庆跨过长江，经过贵州、湖南、江西，在安徽又跨回长江北岸，长江的巨大存在穿越了整个中国的版图。徐州是四省交界处，向南是安徽的灵璧，向西是河南，向东是山东的枣庄，徐州的物产也十分丰富，临近微山湖，大量的湖鲜以及蔬菜使得徐州的菜量很大，让人应接不暇。据说历史上徐州产美女，可能是物产丰富的原因。距离徐州四十公里，是汉高祖刘邦的故乡沛县，沛县是一片平地，典型的农耕文化，当年的刘邦只是个亭长，也就是个科级干部，随后在萧何、韩信的帮助下，击败项羽，取得了秦始皇创立的中央集权制的大权。随后在西安建都的西汉，以及随后王莽篡权后的光武中兴，建都洛阳的东汉，使得汉朝成为代表中国的朝代。

不知道什么原因，汉朝的皇帝大都很短命，二十几岁就命丧黄泉，于是汉朝经常是宦官当政，导致后来的黄巾军的起义。随后是各地豪强的壮大，中央权力真空，导致后来魏、蜀、吴三国割据的局面，起兵自沛县的刘邦，可能也不知道他所创建的汉朝最后是什么样的结局。发自于秦的汉、唐、宋，可以说是中原农耕文化的代表，而元、清则是边疆民族的崛起，对中原的占领，还有辽、金、党项、鲜卑、契丹等边疆的民族，基于游牧文化的民族，对统一中国同样有巨大的作用。中国的历史可以说是农耕民族与游牧民族共同谱写的历史。令人惊讶的是，鲜卑、契丹、匈奴、满等民族，最后都逐渐融合了中原的儒家文化，都沿袭了秦始皇创建的大一统的国家体制，使得中国成为将近两千年维持国家体制、管理方式基本不变的国家。

借助于中国人引以为自豪的高铁，从燕国出发，经过晋国、秦国、蜀国、夜郎国、楚国、吴国、鲁国、赵国，回到幽燕之地的北京，颇多感慨，江山如此多娇，引无数英雄竞折腰。从北京出发，经过河北、山西、陕西、四川、重庆、贵州、湖南、江西、安徽、江苏、山东，游历大半个中国，品味历史，感受地方风情，品尝各地美食，实在是令人难得的经历。

2015 年 9 月 10 日

凤高台

自序：本人自驾车游四川，夜宿嘉陵江边山城广元。见一山顶高台，名"凤凰台"，乃为当地政府为纪念武则天而建。广元是武则天的出生地，有祭祀武则天的祠庙"皇泽寺"，而武则天是中国历史上唯一的女皇。因想起大唐宫殿上的鼎食钟鸣，莺歌燕舞，又仿佛看到深墙内的血雨腥风，刀光剑影。随而记起在泰山峰巅上体形巨大的"无字碑"，伊水河边雍容温祥的"卢舍那"佛像，以及黄土高原上赫然突兀的乾陵，陵前无头的石人像，更感觉则天武后的巨大存在。面对武则天曾经洗褪脂粉而流向浩浩长江的嘉陵江，不免感想颇多。回得家中，重读一遍厚厚的《武则天传》，更加感慨万千，乃撰一长诗，取"凤栖高台"之意，名"凤高台"，以为回味这段曾经辉煌、凄凉、缠绵、激荡、血腥、空前绝后又诸多非议的历史的印记。全诗凡168行，共1176字，不求褒扬、闻达，但求诸位读之不至昏昏欲睡，而为谈笑之资，则深慰矣，是以为序。

山清水秀峡江长，凤鸣高台望斜阳；手托秦岭联巴蜀，脂粉残屑飘长江。
青春年少多欢爱，鼎食钟鸣在高台；瑟弦笙鼓余音绕，长袖飘逸舞翩跹。
武家有女初长成，青山绿水出芙蓉；九乡八里人称叹，语惊四座味不同。
鹤鸣高台雾升腾，翻山越岭奔京城；极目远眺天地阔，桃花粉面掩娇容。
商贾云集有闹市，仙音神乐欲舞迟；龙车凤辇烟尘起，凝眸远望人将痴。
磨镜添粉梳花黄，浓彩艳抹试新装；一朝安卧君王侧，锦衣玉食梦还乡。
初为才女人欢喜，百花园中见稀奇；凭窗而立读经史，前朝风云览遗迹。
孤灯独影寒夜长，君王不幸空欢畅；青丝褪色人渐瘦，欲哭无泪春心凉。
先君驾鹤鸣归西，自叹薄命空悲泣；辞别暖阁进古寺，佛灯禅影秋风急。
晨钟暮鼓诵佛经，摒心净气修身性；曾经风火凌云志，烟消云散万事宁。
忽闻新君登王位，旧情难望美人归；青云平步坐东阁，奕奕神采荡春辉。
再进宫殿人欢喜，察言观色留心计；龙颜难觅昙花现，千载难逢待天机。
春宵苦短夜语长，翻云覆雨睡龙床；瓜熟蒂落得王子，凤随龙行燕成双。
慢拢轻弹抹复挑，长袖飞舞尽逍遥；柔语轻吟夜无眠，青纱帐软享天娇。
已得龙颜又耐何，碎语残言清坎坷；跃上龙门登凤位；位极权倾望天河。
独霸龙体清君侧，烹妃蒸嫔斩新得；凤眼环顾寒光闪，六宫粉黛无颜色。

从此君王不浪漫，鸳鸯戏水随凤转；呼风唤雨几多情，万千崇爱集一身。
妇唱夫随治天下，皇恩浩荡惠万家；盛世祥和无饥馁，天朝威名传天涯。
龙凤同行登泰山，百官朝拜受天禅；凭栏而望重山小，烟云浩渺水潺潺。
共享太平同欢乐，月宫桂香染银河；人间仙境无忧愁，万人之上作天歌。
难料世事风云变，君王早逝自成仙；风起云涌杀声起，檄文天下惊面颜。
挥师南下荡金陵，弹指挥间伐声宁；笔墨书生不足虑，金戈铁马保太平。
大权在握振朝纲，呕心沥血建盛唐；雌凤一唱天下白，指点江山人自强。
冷血凶光杀重臣，凤衣褪尽戴龙冠；执掌天下发号令，百官跪拜坐金銮。
前朝风火云烟事，软意柔心后悔迟；斩草除根清政敌，剑光刀影血染石。
遍观天下无杂音，驾驭酷吏聚人心；顺我者昌逆我亡，临朝听政事恭亲。
夜归深宫难成眠，暮鼓晨钟虚掩门；觅得新宠多欢爱，情天恨海杳无边。
不求死后万人敬，遍撒春心享太平；佛海无边回头岸，青春永驻人多情。
世上只有藤缠树，凤栖高台也缠藤；三皇五帝登王位，慈母为怀受胎生。
我行我素戴龙冠，临朝听政度难关；但得春风化春雨，青史留影美名传。
从此百姓盼生女，寒风散尽得春雨；百鸟朝凤望高台，雌凤高鸣如天语；
统览天下尊佛祖，西天礼佛一梦收；伊水河边开石窟，慈眉善目解忧愁。
荣归故里青山翠，远望巴蜀人已醉；嘉江水拍云涯暖，青丝无语染尘辉。
踏遍九州无敌手，百鸟朝凤又何求；典籍千卷无颜色，脂粉如墨写春秋。
翻手为云覆手雨，江山指点朝天阙；深宫春寒衾被暖，风烟散尽人自虚。
苦思冥索造奇字，巨碑无语望天河；佛光普照天地阔，转世无名又如何。
黄土垒上造陵墓，石人石兽伴蹉跎；身前身后阴阳事，是非功过任人说。
眼望青天无耐何，人生苦短与谁说；龙床金殿人寿短，万福享尽过阴河。
江山代代周郎现，凤栖高台人为先；空前绝后多奇事，前朝遗物在眼前。
览物思情空感叹，城门旌旗换新颜；曾经沧海难为水，未得正果也成仙。
后辈芸芸度时光，泰山极顶味不同；前浪入海后浪起，凤衣龙冠再无双。
燕瘦环肥几多事，感天悲地人笑痴；眠山宿水观天地，编词联句得长诗。

    2008 年 11 月 6 日初稿于北京到福州飞机上
    2008 年 11 月 7 日完稿于福州闽都酒店
    2008 年 11 月 8 日定稿于莆田延秀山庄

北海在北京的地位

公元907年，发源于内蒙古高原哈拉木伦河的辽人在赤峰以北的巴林左旗建立了自己的首都，随后在今天的北京建立了南部的都市，也叫南陪都。陪都的位置大约在今天的永定门南一带，耸立至今的辽代天宁寺塔，就是那个时期城市最北端的建筑。出于对中原道教文化的崇拜，辽人对于神秘的蓬莱仙境以及生活在仙山上的仙人非常崇拜，他们在城市边上的郊区，开挖水系，堆土成山，建设了北海，模仿蓬莱仙境，在堆土成山的山顶修建了一座宫殿"大宁宫"，成为金朝郊区的行宫。至顺治年间（公元1652年）聘请了来自尼泊尔的工匠，建造了风格独特的白塔。

至公元1125年，在发源于呼伦贝尔草原额尔古纳河的金人以及渤海国人、高丽人、蒙古人的联合打击下，辽被金所灭。金人在哈尔滨附近的阿城建设了都城，但由于完颜亮杀了堂兄弟夺取了政权，不愿意在阿城继续生活，加之当时气温降低，东北寒冷而难以生活，在完颜亮的主持下，金举国迁到北京。金进入北京之后，继续在辽人建设的城池中生活，只是加强了建设，扩大了城池的规模，今天西客站附近的莲花池就是金的蓄水池，还有就是修建了著名的卢沟桥，沟通通向开封、洛阳附近的道路。大约公元1140年前后，清人补充修建了北海的很多建筑，完善了包括团城在内的建筑，使得北海成为金的皇家园林。在几百年后建设的圆明园、颐和园，可以说就是沿承了金建皇家园林的衣钵，都是皇家休闲避暑的场所。

于是北海赫然挺立在北京，成为北京的制高点。至元代，在北京建设了用土堆砌起来的城墙，建设了元大都，把北海圈进北京城内，使北海成为城中园林。这期间，服务于元的汉族水利学家，邯郸人郭守敬，在北海的基础上修建了什刹海、中南海、通惠河等重要的水利设施，奠定了北京河道、水系的基本格局。而当明藩王朱棣从南京决定迁都北京的时候，军师姚广孝在定都阁上规划北京的时候，紫禁城的北边界，就是以北海为边界的，而南北的中轴线，就是参照北海的白塔为基准的，只是南北的中轴线由白塔向东偏移了几百米，确定了紫禁城的基本位置，随后根据紫禁城的位置，规划了有九个城门的北京城的位置。可以说紫禁城、中轴线乃至北京城的定位，都是以北海为基础的，是以北海为定线基准点的。

至于以后的民国、中华人民共和国成立以及随后北京的建设，无不围绕紫禁城展开，从中轴线的确定，到建筑高度的确定，到环路的设计，都是在北京城、紫禁城的基础上展开的，因此从某种意义上可以说，是北海确定了今天北京的地理坐标，确定了北京的地理位置。

这就是北海在北京的历史地位。

2015 年 5 月 28 日

北京作为都城的必然性与偶然性

北京是世界上少有的，或者说唯一的不临水的大城市，国家的首都，换句话理解，北京并不像伦敦、巴黎、东京、莫斯科、纽约、广州、南京、武汉一样，是先有人类聚居而后逐渐发展成为城市乃至首都的地方。作为泱泱中国的都城，北京有很大偶然性与必然性，其中必然性更大的原因是在地理、地质上，在气候上，而在偶然性方面，更多的则是历史的变故，个人的选择方面，可以说北京作为都城，必然性占百分之八十，偶然性占百分之二十。

中国版图浩大，但可以使用的面积并不是很多，来自印度板块与亚洲板块的碰撞，使得青藏高原隆起，很大的面积并不适合人类居住，但同时也为接纳、储存来自孟加拉湾的暖湿气流创造了条件。而来自赤道附近的暖湿气流，带来大量的降雨，在青藏高原以雪的形式沉积下来，冲刷下来，构成串联中国版图的大河黄河与长江，两条河携带的泥沙、黄土，构成冲积平原，构成中国大片的可耕地，也是中国农耕文化的基础。而内蒙古高原，相对海拔较低，并没有大量的可耕地，年平均降雨 400 毫米以下，且风沙很大，使得这片土地只能放牧牛羊，只能养育彪悍而随处迁徙的游牧民族。而白山黑水的东北，虽然土地辽阔且肥沃，但由于气候寒冷，只能在一年中一半的时间生产、生活，也不可能大量繁衍人口。

江淮平原、长江中下游平原，非常适合人类生活，大量的人口不断繁衍、聚居在这些地方。但是，这样的平原地带，气候温和，适合生存，很容易消磨人的努力而沉湎于享乐，以杭州、开封、南京、苏州为代表的中原城市，在经济、文化、艺术上取得了辉煌的成就，但是在军事上很难有建树。边疆的民族，契丹、女真、蒙古，都可以轻而易举地攻陷中原地带，历史上攻陷中原的军队,往往只有很少的数量,但却取得了胜利。

中国历史上的朝代更迭,很多情况下是边疆民族为了生存与中原民族发生的战争,更多的是生存原因,而不仅仅是意识形态、文化、宗教冲突的原因,甚至仅仅是因为气候的缘故而发动战争。连续几年的低温严寒,使得东北、内蒙古的游牧、半游牧的民族无法生存,他们组织起来,以民族整体参战的形式,侵略内地。没有退路的边疆民族,拼死战斗,很容易占领中原而获得更多的生活资料,金、元、清是这样的情况。而即使是中原,由于相对容易繁衍,人口大量增加,造成人口与土地面积不匹配,从而产生以粮食为主的物资的匮乏,因而导致发生战争,事实上,中原地带为争夺土地、粮食而发生的战争,远远多于游牧民族因为气候而进行的掠夺性的战争。从春秋战国开始,中国内地朝代的更迭,大都是因为土地分配的不均衡,从而产生失去土地难以生存的游民,游民的组织产生战争,战争导致朝代更迭,进而产生土地重新分配,而产生新的社会平衡,以及一段时间的社会稳定。

当社会经历动荡之后,任何强权力量能够统一国家,能够带来新的平衡,都会受到臣民的欢迎,而获得短时间的繁荣。即便是像朱元璋这样出身贫寒,或是像隋炀帝一样暴虐的君王,只要能够统一国家,减少战争与杀戮都会受到人民的欢迎。由于农耕生产方式的延续,中国的历史往往惊人地相似,似乎是在进行着循环、重复,甚至惊人地发展成历史上曾经的模样。

由于地理的原因,中原民族几乎没有欲望、没有动力去侵占边境民族的土地,他们也不愿意到那里去生活,无法耕种,中国历史上几乎没有内地对边疆的战争,少量的战争也是为了防止边疆民族的侵扰,而不是消灭或占领边疆。明朝永乐帝派大军到南洋、中东,目的是寻找失踪的建文帝,而不是开拓疆土,而张骞出使西域,最初的目的是想联络大宛国、月氏国攻打匈奴。较大的国土面积,比较适合生存的环境,使得中原民族放弃了扩张,而更关注在自己的土地上享受,发展生产,或是相互争夺。而边疆民族,从秦始皇时代的羌,到发源于红山文化的契丹,到发源于大兴安岭嘎仙洞的鲜卑,青藏高原的吐蕃,到茫茫草原的匈奴,以及后来发源于白山黑水的女真、满,都没有放弃对中原的觊觎,都没有放弃使用武力占领中原。一旦时机成熟,或是有气候变化等足够动力的时候,边境民族便开始出动,进而轻而易举地占领中原。岳飞抗金只不过是抵抗,从大的趋势看,难以生存的民族对于容易生存的民族的侵略,是难以阻挡的,所谓穷则思变。游牧民族可能是出于对故土的眷恋,或者是不适合中原的气候，当辽、金灭掉开封的宋以后，并没有移民占领，而是班师回朝，重新回到自己出生的地方，建设城市。即使是在更恶劣的草原生活的蒙古人，在攻陷开封后，依然千里迢迢把开封宝塔的木料，艰难地运回多伦草原的元上京，模仿着建设宝塔，而在沈阳盛京，清朝贵族精心建设的皇宫，甚至比北京的紫禁城还要精细。正是以上的原因，在历史上，边疆民族征服中原后，并没有在征服地建设自己的都城，也正是在这样的背景下，北京得以成为首都，被选择作为自己的都城，成为中国当仁不让的首都。北京背山面阔，一望华北平原的气势，更容易控制广大的平原地区，而北京背后广袤的草原，以及联通河西走廊，进而联络西藏、新疆的位置，使得雄心勃勃的皇帝，有了安全感，有了控制全境，雄霸中国的感觉。

尽管新疆、青藏高原由于缺氧、寒冷，并不适合种植与放牧，甚至人类生活，但居高临下的气势，使得新疆、西藏成为维系中国的命脉，成为中国版图不可分割的地理单元，还没有哪个皇帝，想过失去青藏高原、新疆而能够安稳地在中原生活。控制新疆、青藏高原、内蒙古高原，以及遥远而寒冷的东北，成为作为中国都城的城市的重要使命，在这方面北京当仁不让，具有天然的优势。因此北京成为首都，在很大甚至更大程度上，是由于地理因素的存在。即使客观上北京具有扼守京畿，控制全国的咽喉位置，但从曾经建都的过程中却有很多偶然因素。最初的北京大体上有两个位置，一个是房山琉璃河一带，曾经是繁华的春秋时期的城市，遗存至今的大葆台汉墓便是佐证，直到汉代，可能北京的位置还不如保定，这也是在河北满城出土在当时已经是世界第一的金缕玉衣的原因。还有一个位置是在今天的蓟县，以独乐寺为代表的建筑，述说着曾经的存在，蓟县的名称来源于蓟草，陈胜、吴广发配的大泽乡，就是蓟县一带，可见在很长的秦汉时期，今天的北京可能还不如蓟县或是琉璃河一带繁华。曾经鼎盛于红山文化土地的契丹，并不青睐北京，以游牧为主，辽把都城定在了草原之上的巴林左旗，而对于北京仅仅是辽的陪都南京。今天广安门外的天宁寺塔，是辽在北京留下的痕迹，但辽并没有通过北京占领中原的意图，甚至对于水草丰盛的东北以及渤海国、高句丽更感兴趣，一百多年之后，辽被金所灭。

最初定都北京的金主完颜亮，可能也没有想到定都北京，一种原因可能是由于哈尔滨阿城一带的寒冷，使得完颜亮产生迁都的想法，另一种原因是他篡夺了堂兄弟的皇位，并把亲兄弟杀死，而想避免故地所感，长途跋涉迁徙

1500公里，来到荒草丛生的北京，建设金中都。在完颜亮的时代，可能只是想到北京比阿城好，而并没有想过利用北京控制青藏高原、广西、福建，但正是完颜亮的这一决策，为以后的朱棣、忽必烈、努尔哈赤等做出了榜样。在称雄北方一百年之后，金被蒙古所灭。横扫欧洲的成吉思汗即使攻占银川，把党项族灭掉后，也决然没有想到定都北京，以四处征杀为人生目标的成吉思汗，在扫荡中亚各国，甚至横扫今天的俄罗斯、法国、罗马之后，目光并没有停留在其中的某一个城市，甚至蒙古统治者认为城市是泯灭军队斗志的东西而把城市全部毁掉，可以肯定的是，成吉思汗没有想过在哪里建设都城，更没有想过在北京建都。而历史的偶然发生了，原本可以继承成吉思汗皇位的蒙哥，在合川钓鱼城被顽固坚守的宋的遗民用大石块砸死，而远在匈牙利的几个同父异母的兄弟将要回来继承汉位，忽必烈没有时间在内蒙古的荒地上建设都城，赶忙用泥土在曾经的金的都城之地上建设了元大都，北京再一次偶然而幸运地成为中国的首都。可以肯定的是，忽必烈在北京建设都城，是在匆忙中几乎临时做出的决策，并非深谋远虑，只是北京，又一次幸运了。尽管被定为都城，但凶悍的蒙古人很快被中原生活所腐蚀，所融化，沉湎于享受与安乐，放弃了金戈铁马的辉煌，一百五十年之后，轻而易举地被各地的农民起义军所灭，侥幸逃脱的一部分蒙古人，虽然屡次骚扰明朝，但到底没有构成威胁，更没有能力恢复成吉思汗的威风，元朝只在北京留下元大都的土城。

  与完颜亮非常的相似，明成祖朱棣，也是在篡夺了侄子的皇位后当上大明的皇帝的，南京的潮湿以及篡位的阴影，使得朱棣最终放弃南京，而重新选择北京作为首都。很难想象，如果朱元璋把皇位直接传给朱棣，会是什么结果？很大的可能，朱棣会选择在南京继续父皇的皇位，而把明十三陵选在南京的紫金山，中国历史将被重新改写。正是朱元璋传位发生的问题，使得北京又一次极其偶然地成为中国的都城，而在这一次成为都城的过程中，由于朱棣在北京生活十几年，对北京位置的了解，对中国版图的了解，选择北京作为首都，成为更接近今天北京城的决策。明末的中国摇摇欲坠，而女真后裔的满族崛起在东北辽阔的白山黑水之中，与内蒙古的草原相比，东北的土地除去冬天的寒冷以外，更适合农业耕种，更适合文化的发展，更适合大一统为基础的集权制的产生，而在这种情况下发展起来的满族，更适合中原地理环境，同时更适合接受与享受中原的文化，这也是满族比蒙古人更觊觎中原，更适合侵占中原的原因，同时也为满族全面接受中原文化，最终融入中原文化埋下了伏笔。终于，这样的机会由米脂人李自成送来了，当李自成的农民起义军给摇摇欲坠的明王朝最后的致命一击之后，清朝凶悍的八旗挥师进入，由于李自成的农民军最初只是因为灾荒造成的饥饿而起义，目的很简单，远不是有组织的八旗的对手，因而清八旗轻而易举地占领了北京，进而占领了中原，尽管遭到明末势力的顽强反抗，但依靠武力征服与文化怀柔，满族终于成功统治了中国。由于满族与蒙古人的关系以及对于辽阔的青藏高原、新疆的了解，使得清朝的皇帝更坚信不疑地选择了北京，对于清朝皇帝而言，控制东北老家，内蒙古以及辽阔的西藏、新疆才是最要紧的，而中原，不过是囊中之物，这也是康熙一直以在新疆用兵以及在承德建设联络内蒙古、西藏宗教人士的外八庙为自豪的原因。在这时，北京成为清朝唯一的都城的选择，成为必然的选择。随后的近代，军阀混战，中国没有形成真正意义上的统一，直到第二次世界大战以后，在刚刚结束内战之后很难有更好的选择，在不可能选择南京的基础上，更没有时间选择一个新的地方重新建设都城，北京再一次几乎偶然地变成首都。

在现代意义上，由于交通的改善，通信的发达，即使要控制新疆、西藏、内蒙古、东北，地理上占优势的北京已经不再像以前的朝代那么重要。换句话说，北京地理上的实际作用，并不是那么的珍贵。随便的哪个城市，比如保定、廊坊，只要建设了四通八达的铁路、公路网，建设了机场，一样可以成为国家的中心，这时北京作为首都的优势已经不那么明显，但这时曾经的偶然发挥了重要作用，完颜亮、忽必烈、朱棣的决策，使得北京成为永久的都城，大量铁路终端的修建，机场的修建，城市基础设施的修建，大型建筑的修建，南水北调工程，使得北京变得越来越厚重，越来越无法移动，即使是今天或者以后的决策者产生迁都的想法，巨大的物质存在已经成为北京厚重的成本，使得北京作为中国都城的地位难以撼动。

很难想象，如果没有历史上曾经的偶然的选择，北京现在是什么样子？最悲观的估计，是一片荒原，或者是种植的农田。然而历史在偶然的选择间，几乎令人难以置信地走到了今天，巨大的基础设施投入，八百年稳固帝都的历史，使得北京变得越来越厚重，作为都城的位置越来越难以动摇，今天，两千六百万人的城市，大量的食品、蔬菜、水果、商品的运输，支撑着北京这个燕山脚下的古城，在历史的时空隧道中，继续地走下去。

2014 年 9 月 13 日

在东北大地上对中国历史的思考

东北大地辽阔而浩瀚，白山黑水养育了众多民族，但东北大地的寒冷也同时是东北的特征，在中国历史上，东北的土地有着举足轻重的作用。曾经大举入关的清朝，统治中国几百年。清朝的崛起与朱元璋的兴起有很大关系，原为安徽农民的朱元璋，对于商人有着很大的反感，他认为商人不创造财富，只是取利，便采取了遏制商人的政策，内地与东北地区的贸易被禁止，甚至采取了封关的政策。同时由于朱元璋是土地上的农民出身，对于边疆不是很了解，更谈不上重视，朱元璋轻视山海关以外的土地，采取闭关的政策，客观上造成了建州女真的崛起，努尔哈赤正是在明朝忽视东北管控的情况下，才逐渐发展壮大起来的。

清朝的入关事实上得益于李自成的起义，正是李自成占领北京，触发了清朝入关的决心，很难想象，如果明朝没有被李自成的农民军推翻，或者是李自成的农民军站稳了脚跟，在北京建立了自己稳固的政权，清朝的军队还能进入关内么？那样，中国的历史会是什么样子？从清在沈阳建的盛京故宫看，精雕细刻的故宫似乎表明清更愿意在沈阳长久生存，并没有一心一意地进攻中原，可以肯定地说，清入关与明朝的衰落有直接的关系，如果明朝足够强大，清会不会入关，则是另外的结局，历史或许将重写。而另一方面，正是因为清的进入，强化与加强了中国大一统的版图。清是边疆民族，清的统治者深深了解边疆地区稳定的作用，与此同时，清与蒙古贵族，甚至与西藏的贵族都有紧密的联系，相对于中原的统治者更了解边疆民族，与边疆民族更有共同语言。康熙坚定不移地控制东北地区，控制蒙古，控制新疆、西藏，经过对包括大小金川，对准格尔部等边疆民族的征战，康熙创建了中国历史上最大版图的国家，相对于汉、宋，清朝对于新疆、西藏、内蒙古的实际控制力度是最大的，是最有力度的，这也是清入主中原对中国扩大版图客观的贡献与结果。

与此同时，清入主中原后把东北当作龙兴之地，采取了不允许普通百姓居住，不允许开垦种植的政策，用柳条织成防护网，把辽河以北变成了荒地，正是这样的政策，使得东北没有了居民，甚至没有了边防军队，这时俄国人乘虚而入，流窜于中国曾经的土地，这也为后来《瑷珲条约》《尼布楚条约》《北京条约》的签订，割去大量中国土地埋下了伏笔。清朝的功与过，大体上与东北的地形特点、气候特点,与当时中国总的人口,与中原民族固守土地的生活习惯相联系,可以肯定地讲,历史的进程似乎更多地与地理、气候相关联。在清之前,在东北的土地上还有曾经相当发达的高句丽、渤海国。在桓仁县边上的五女山城,在集安的高句丽古城,可以看到高句丽国的痕迹,只是由于东北艰苦的环境,严寒的气候,制约了高句丽的发展,最后高句丽迁移到朝鲜半岛。

东北严寒的条件,逐水草而居的生活方式,比较强悍的民风,野蛮的杀戮,使得东北没有条件产生像曲阜一样的能够传递长远的文化符号,这也是东北的渤海国、女真、金、室韦等民族、政权没有像中原一样传承下去的原因之一。令人惊奇的是,边疆民族进入中原后,并没有改变中原文化,而是自己主动融入中原文化中,金、元、清,最后都融入了中原文化,无一例外地采用了秦始皇创建的管理国家的模式,采用科举制、官员官吏制度,甚至原样复建了江南园林,这样大范围融合保证了中国大一统国家的存在,这在人类历史上也不能不说是个奇迹。

东北的民族没有形成独立的国家形态,很大的原因是气候的原因,寒冷的气候,使得东北只能半时间段地发展,而不能整体独立地发展,即使在东北建立国家,统治者也不得不面对难以发展的问题,也很可能要处心积虑地想着进入中原地区,而一旦进入中原地区,更容易的结果是全面接受中原文化,最后导致他们融入中原。同样的情况还发生在鲜卑、蒙古族、匈奴、党项等边疆民族上,可以说正是自然地理和气候的条件造成的边疆民族的发展情况,同时也造就了大一统的中国的情况。用更简洁的语言表述,大一统的中国的形成,很大甚至最重要的原因是中国的地理情况,是中国客观上存在的地理上的围合结构,最终造就了大一统的中国。

这就是在东北大地上对中国历史的思考,不一定准确,只是一种感觉,一种思考。

2014 年 10 月 12 日

边城朝阳游记

朝阳在辽宁省的最北部,几乎很少有人知道。秦灭六国,最后灭掉的是燕国,燕国的国王太子丹逃到朝阳附近,秦王听从谋士意见,没有派兵征伐,果然朝阳当地土皇帝觉得还是讨好秦王为好,不愿得罪秦王,便杀掉太子丹,将其头献与秦王，在自己头脑中对朝阳的印象仅此而已。

　　早上起来在朝阳见一座佛塔，晚上曾经看到，灯光灿烂，非常壮观，白天去看才晓得是著名的古迹。以中原人的观点，蒙古、匈奴等地都是外邦，所以有岳飞"精忠报国"的故事，但从建都朝阳契丹、鲜卑、金的角度看，他们觉得自己也是中国的中心。而且由于地理环境的原因，相对艰苦的环境造就了草原游牧民族特有的彪悍的性格，他们作战更加凶猛，更加顽强，更加残酷，这使得苦寒之地的民族可以很轻松地击败中原的武装，在冷兵器时代尤为如此，导致金、元以朝代的形式入主中原建立王朝。朝阳是鲜卑人的根据地，曾经是拓跋氏的天下，出于对佛教的推崇，他们在朝阳建立了高耸的佛塔。这座佛塔是四方的，有三十多米高，在塔的底部有一个地宫，而在塔的顶部也有一个储藏圣物的天宫，里面有很多佛教物品，甚至还有佛舍利。战争和争权的斗争使得朝阳充满血腥味道，一代代最高统治者用刀剑实现自己夺取最高权力的梦想。东北人的性格可能也受到地域文化的影响，在艰苦的自然环境中，在风沙弥漫的荒漠之上，不可能产生吴侬软语，也不会有非常繁复的双面苏绣，朝阳的这座古塔也许是中国北方历史最遥远的塔，在那个年代建这样的塔也还是相当不容易的。

　　朝阳曾经是北魏的都城，几乎相当于首都，很可能这里曾经是水草丰美、林木茂盛的地方，朝阳地区曾经产生数量众多、种类繁杂的动物、植物化石，可能是当时的地貌环境很好。这里成为中国北部的中心城市，当时北京还没有形成城市的格局。但由于游牧民族的文化水平很低，导致杀戮、夺权很多，这里的文化没有像曲阜的孔孟文化一样发展传承下来。事实上，远在玄奘去印度取经之前，北魏便从朝阳派遣和尚奔赴遥远的印度，取回佛教经典，并把佛教在朝阳传承开来。朝阳南部的凤凰山，很快成为佛教圣地。尽管凤凰山并不很高，但依然是周围起伏的山脉中最高的山峰，山峰之间环绕着一片洼地，周围山峰围成环状，很有气势。进凤凰山，要走很远的路，要坐电动车，山势不是很高，但道路遥远，在山峰间的凹地上建有三重的寺庙，庙里面有一尊从缅甸运来的玉佛的雕像，背后的山脊上建有高大的佛塔，塔的形式和规制与朝阳城中著名的南塔、北塔完全一致。

　　近年来，为开发旅游，现在的人又在最高的山峰上建了一座巨大的白色观音像，观音伸着手，遥望着连绵的山峦。登上顶峰，周围的山豁然见小，但见山脉起伏、连绵，有点像海底的波浪，很可能这片土地曾经是波涛的海水。中国的名山大川实在太多了，凤凰山实在是算不得什么，以至在国庆黄金周也没有太多的游人，没有摩肩接踵的感觉，倒显得很清闲，很幽静。在就要接近内蒙古浩瀚辽阔的沙漠的地带，能有这样的山峰，已经是很雄伟了，还有冬天漫长的寒冷与积雪，更是这个地方特有的气候，在朝阳附近有这样的高山，也是很不容易的，人们在山顶修建寺庙，香火环绕。

朝阳出名的还有化石，朝阳化石之多，数量之多，着实令人叹为观止，实在是奇迹。化石博物馆坐落在山坡上，视野极其开阔，有不高的小树，一进门是一个保存良好的考古坑，可以清楚地看到地层的情况，以及化石埋藏的原始状况。在里面的展览馆里，有大量化石，记载着大约两亿年以前的历史。有大量的植物，包括多叶植物、阔叶植物、针叶植物等，脉落清晰可见，还有大量鱼、鸟的动物化石，丰富多彩，几乎可以记载一个完整的生物链。化石是在火山喷发后形成的，但如何能有这样多的花石，有如此多的动、植物被火山灰裹住，真是个奇迹。也说明当时的地球环境是非常适合动植物生存的，是个繁华茂盛的世界。从这些化石上可以看到遥远的世界，清晰可见而又非常可信，可以让人们了解遥远的历史，是极其难得的地球给人类的礼物。

也许正是这些化石代表的植被茂盛，在朝阳与赤峰间的大地上诞生了红山文化，大约八千到一万年前，古人类在这里生存，与遥远的良渚文化、仰韶文化同样辉煌，构成中国大地上古老文化的起源。漫步朝阳，天苍苍而野茫茫，虽然荒凉，但是曾经孕育着繁盛的文化，令人肃然起敬。

2008 年 11 月 23 日

翻越巴郎山、夹金山

甚至在开车到巴郎山脚下的时候，也没有想过要翻越巴郎山。从广元经青川到了九寨沟，1990 年，从成都去九寨沟，还要在松潘住一宿，道路非常艰难，二十多年以后，竟然自己开车来到了九寨沟，实在是进步，社会的进步，个人的进步，工业化的进步。从九寨沟出来，一路开到了汶川，看过汶川地震遗址，便往四姑娘山方向，由于自己从北京开车到了九寨沟，感觉水平不低了，也没把前面的路当回事，径直向前。

很快的山就变得陡峭，道路在两山间的狭小的缝隙中前行，两边是陡峭几乎直立的山峰，中间是湍急的溪水，实在没有想到路况是这么的差，全是大石块，车几乎是在完全的颠簸中前行的，非常担心车的减震被颠坏，甚至有点想打退堂鼓往回走，只是几乎找不到掉头的地方，只能硬着头皮往前走。剧烈颠簸之后终于走上了铺装路面，便到了卧龙，两边的山植被更加茂盛，大山深不见顶，非常陡峭，一般人是爬不上去的，正是大熊猫良好的生活环境，也是大熊猫能够在这里存活下来的原因。

继续穿过山沟，便豁然开朗，山势变得很大，没有了植被，只剩下光秃秃的山，随着海拔的升高，以及降雨的减少，再加上岩石构成的山地，植物难以生存，冬季的严寒更是覆盖掉一切生机，只剩下巨大的山峰。尽管也走过中国很多的山峰，从大兴安岭到长白山、太行山、秦岭、光雾山，甚至重庆到恩施的大山，但还是这里的山大，大得一望无际。更多的白雾盘旋在山顶，远远望去，一片雾的海洋似乎游走在雾气之中，眼前以及身后的公路像纤细的丝带，飘挂在山坡上，似隐似现，看不到尽头。虽然山势很大，但是道路并不险峻，只是漫长，来来回回地在山坡上盘旋，上升海拔高度，经过漫长的盘旋道路，终于来到了山顶。

对面的山顶上全是雪，真正的冰雪的世界，洁白的雪与黝黑的岩石形成鲜明的对比，在阳光的照射下，分外分明。山顶上立着一块巨大的石块，长条形，有五六米高，上面写作"巴郎山——熊猫王国之巅"。这里是巴郎山的最高点，四下望去全是山，连绵不断，这里的山并不陡峭，只是不尽的山峰。随后开始下山，同样是蜿蜒盘旋的山路，山路在巨大的山坳里画出巨大的圆弧，一层层的，像抖开丝带，挂在山坡上。山体的巨大得以亲身体验，浩大、辽阔、无垠，似乎很难找到合适的词汇来形容巴郎山，似乎只有身临其境，亲自走一下弯曲的山路，才能够体会巴郎山的浩大。

快下到沟底的时候，路边立着一块指示牌"猫鼻梁"，这里是观赏四姑娘山最佳的角度，四座有如金字塔一样的山峰，排成一排，错落有致，给人欢快的动感，确实像四位妙龄的女子，在山间起舞。再拐过一个弯，就到了四姑娘山脚下的日隆镇，典型的藏族村寨，建筑很有特色。

第二天在山脚转了一圈，没有进四姑娘山，而是直接去了小金县城，道路沿着湍急的河流，明显的山势陡峭，山体更加高大，很多山坡完全爬不上去，几乎直上直下，更无法种植，虽然山很大，但是无法利用，只能在山脚下狭窄的地块中，构筑零星的房舍。从小金又到了金川，参观了著名的甲居藏寨，典型的高山峡谷地貌，两边的山有几百米高，藏式建筑建在山底的河谷边上，谷底的海拔1700米，这在大山之中，已经是很适合生活的地方了。

从小金返回来到达维，路边立着一块纪念碑，是红四方面军与红一方面军会师之地，同样是在狭窄的山沟中，只是两河交汇处地势稍微的宽阔。这时已经是下午四点了，走到岔路口，一边通往日隆，另一边通往夹金山、宝兴、雅安方向。没有认真考虑，便奔向宝兴方向，只是不想走回头路，同时更好地感受蜀山的浩大，按理说应该住下，完全没有料想到山体的巨大，有点失算，天将黑的时候是不能翻越大山的。

开始还算顺利，两边是松树林，感觉很好，有点在森林公园中穿行的感觉，但很快就不是那么回事了，道路变得坑洼不平，只能来回地躲避地面上的大坑，随后就开始有积雪，尤其在道路转弯背阴处，积雪很厚，还有坚硬的冰块。有点害怕，半天没有一辆车过来，更是害怕，不知道前面的路是什么样子，但是后退也困难，这个时候翻越巴郎山要天黑了，返回小金县城，第二天还要返回，事实上当时返回小金住下是正确的选择，当时没有察觉继续前行。

道路上的坑越来越多，积雪的路面也越来越长，只能小心翼翼地驾驶，慢慢通过积雪路面，不免胆战心惊，慢慢地走了很久，终于见到前面来了一辆小货车，已经非常高兴了，想问一下路，当地的司机完全听不懂，也说不清楚，只能作罢，继续向山顶进发。终于到了山顶，这时的天已经暗下来，有点看不清远处的景物，大片的浮云笼罩在很远的山坳里，覆盖着周围的山峰，浮云连接成片，构成壮观的云海，真正的云海，在遥远的云海的边缘，是隆起的蜀山之王贡嘎山，尖尖的山峰，兀立在云海之上，给人深刻的印象。山顶的垭口上风很大，呼啸而且寒冷，十月初并不是最冷的季节，到冬季冰雪覆盖的时候，很难想象这里的寒冷。

天已经开始黑了，而且黑得很快，赶紧下山，同样是望不到头的山路，盘旋在山坳中，来回的拐弯，反复的回转，降低坡度，逐渐下到山底。路边一片开阔地，停下车，是一块巨大的石雕，展示了当年红军翻越夹金山的情景，毛主席的诗《七律·长征》，描写了红军翻越夹金山的情景"红军不怕远征难，万水千山只等闲。五岭逶迤腾细浪，乌蒙磅礴走泥丸。金沙水拍云崖暖，大渡桥横铁索寒。更喜岷山千里雪，三军过后尽开颜"。身临其境，可以感受当年红军翻越夹金山是多么的艰难、寒冷、缺氧、饥饿带来难以想象的困难，红军最后成功翻越夹金山，是多么的不容易。

这时的天已经几乎完全黑下来了，更为危险的是在山路的拐弯背阴处有很多暗冰，冰面光滑，稍不注意就容易车轮打滑，路边上就是悬崖，非常危险，有些冰面只能下车查看，或是找一些沙土，洒在冰面上面才能通过。很快就完全看不见周围的景物了，天黑得很快，呼啦一下子就黑了，只有两道车灯的光亮，在巨大的山间摇曳。这时感觉到了害怕，前不着村后不着店，没有车辆，没有人影，往回返是完全不行的，时间不够，只能硬着头皮往下走，好在是下坡，走一点少一点。

慢慢地开着车，几乎屏住呼吸，一车人的性命就在方向盘下面。周围漆黑一片，伸手不见五指，完全看不见，只能看见车灯前面的道路，又害怕混凝土路面下面被水冲刷成空洞，只能擦着山边行驶，稍微安全一些。越是盼着到山底，路越发的长，来回的弯，黑乎乎的，着实吓人，这时才深深地感到在达维路口应该返回小金，下午四点贸然翻越夹金山是错误的决定，这里的山与内地的山完全不同，实在是巨大。在惊恐、懊恼、后悔、祈祷之中慢慢地开车下山，终于前面可以看见一点村庄的灯亮，悬着的心终于放了下来，回想起来依然非常后怕。

这是一个藏族村寨，房间里弥漫着十分浓重的酥油的味道，与藏族老大妈交流，基本听不懂，只能用手势比划，终于谈妥价格，住了下来，吃上正宗的藏餐，已经感觉很幸福了。晚上住下，躺在床上，脑海里依然回荡起白天翻越夹金山的情景，尤其是天色昏暗的时候，苍山如海残阳如血的景色，以及黑暗降临时的恐惧，颤颤巍巍走在道路上的状况，已经快睡着了，似乎还在开着车，还在翻越连绵不断的山脉。

有惊无险，巴郎山、夹金山终于翻过来了，留下深刻的，彻骨铭心的记忆。

2016 年 10 月 20 日

冬游蓬莱仙境蓬莱阁

道教是中国土生土长的宗教，大约起源于汉代。相对于外来的佛教、基督教、伊斯兰教，道教更加贴近自然，更加贴近生活，更加贴近百姓，现实生活中的山、水、田园、人物都是道教思维的源泉，中医更多的是道教的产物。道教把中国哲学与宗教融合起来，把人与自然融合起来，形成独特的意识，对世界的理解以及处世哲学。蓬莱仙境是道教的重要场所，蓬莱阁更是在海边的薄雾与波浪中，有一种仙境的感觉，蓬莱阁面前是蔚蓝色的大海，海面的波浪呈白链，一浪一浪的，连绵不断，一块巨大的山体，兀立在海边，从陆地向海边，逐渐升高，到海岸线边缘上形成最高点，有点像乐章，逐渐形成高潮，在山顶的岩石上，建有一组宋代开始建设的建筑，一处两层的楼阁，上书"蓬莱阁"。

像中国很多阁楼一样，两层的蓬莱阁背北而面南，与众不同的是，蓬莱阁的背后是碧波万顷的大海，面前是逐渐降低的建筑，独特的气势构成蓬莱阁海边仙境的造型。蓬莱阁旁边有一座六角形的灯塔，塔的高处是四面透光的玻璃，在灯塔里面燃上火，便可以为海岸边的渔船导航。灯塔的光亮给渔民带来希望，也为旁边的蓬莱阁增光添色，给渔民带来精神上的寄托。道教文化中的几位仙人，很可能就是民间大仙的化身，铁拐李、吕洞滨、何仙姑等，很可能就是身边普通的百姓，被神化成仙，赋予了超凡的本领，成为人们崇拜的对象。在生产力低下的年代，个人的能力有限，人们只能把更多的希望寄托给超凡的力量，以希望他们给人们带来生活上的慰藉与帮助。蓬莱阁最为奇特的景观是海市蜃楼，由于海水的蒸发作用，加上特殊的光照条件，在海平面上形成反射的倒影，有可能是高楼大厦，有可能是车水马龙，还可能是沙漠驼队，人世间的各种景状反射在宽阔的海面上，令人惊奇。只是并不是什么时候都有海市蜃楼的，只有特殊的时刻，或者说只有有福之人，才能看到海市蜃楼的奇特景观。

由于是冬季，景区基本没有人，登上蓬莱阁，可以看清这里是一片城池，四周有很长的曲折环绕的城墙，中间有四进院落的清朝总督署，更有一处通向大海的水道，可以把战船从大海之中退回到城里。大海边岩石上兀立的蓬莱阁，一边是大海，一边是城池，这种布局正体现了道教的人与自然的融合，在大海边交汇，人实际就是自然的一部分，可以说是自然的精灵，但是人也是自然的一部分，蓬莱阁似乎成为大海的一部分。

从对道教的思索中离开蓬莱阁，结束了此次蓬莱仙境的冬季之旅。

2014 年 12 月 27 日

寻找丁村遗址

在临汾附近参观了刚刚开馆的晋国博物馆，建在开挖的遗址上，保留着完整的车马坑的残骸，公元前一千多年，曾经是晋国国王家族的陵墓，一千多座各种规格的墓葬，向人们展现出中国古代的辉煌。秦始皇陵兵马俑为世人所熟知，然而在这之前的六百年，晋国的国王同样埋葬了大量的车马，浩浩荡荡，让人怀疑秦始皇是不是仿照晋国国王的规制，建设了自己的兵马俑？

中国在秦之前，事实上已经相当辉煌，各地的诸侯国已经发展到很高的水平，韩城附近的芮国制造出精美的青铜器，山东半岛的莒国也发达，临汾的晋国在这些诸侯国中是较大的。展览馆中还有各种青铜器，造型夸张，装饰精细，表现了晋国贵族生活状况以及他们的追求。关于青铜器的起源，很难说到底是哪里发明的，尽管在宝鸡、咸阳一带出土了更多的青铜器，但是在晋国、楚国的地域，同样出土了很多青铜器，很可能各地同一时期掌握了青铜器的制造，或者是在不断更迭中，达到青铜器的最高水平。展览馆中大量生活器皿、祭祀器具、战争装备，清晰准确地展示了春秋战国时期的状况，展示了那个时代贵族的生活，这些历史上真实的遗存使得《史记》中文字记载的事件、人物跃然纸上，活灵活现地向今天的人们展示了中国的历史。

从晋国博物馆中出来，脑海里回荡着古老的图案，幻想着战国时期的烽火狼烟，想一想遥远的年代生活在汾河两岸的人们，勾画着先民的生活画面。一路向北来到丁村遗址，很可能是晋国人的祖先，大约在八千到一万年前，汾河岸边便有人居住，并已经开始种植庄稼，饲养家畜，大约与河姆渡文化、良渚文化、仰韶文化一个时代。开车找到在一个村庄之中的丁村遗址，村庄已经很破旧，几乎没有人居住，很多房舍已经残破，更多的麦秸杂乱地堆在房角下，遗址已经没有了形状，只有一个黑漆的碑，孤零零地立在土地上。四周没有人，残破的村舍，似乎有点像是古人的遗址，但是八千多年，又难以相信。在古老的中华大地上，曾经的先民挑选适合生活的场地，大多是临水之处，开垦土地，种植庄稼，组建家庭，开始了最原始的农耕生活。曾经的丁村人，可能就在这样的土地上生活，或许他们并不知道还有仰韶人、红山人、河姆渡人同样努力地生活着，他们更不知道若干年以后，晋国的国君在他们曾经生活的土地上，建立起辉煌的国家，他们更不可能知道，将近八千年以后，会有生活在高铁与因特网时代的人,来到古老的丁村遗址,遥想曾经的先民。历史的长河,串联起不同时代的人,用历史遗迹把人们联系在一起,并将继续地把今天的人和以后的人,和遥远的未来联系在一起,构成遥远的存在。

虽然丁村遗址没有像晋国遗址一样得到很好的保护,但是都是历史上真实的存在,在历史的遗迹上更加真实地感知了鲜活的历史。

2015 年 3 月 15 日

本溪红叶谷、天桥沟赏红叶记

自驾车穿越长白山,领略了森林密布的长白山,驾车返回北京。见路边一块高大的广告牌,上面写着"本溪红叶谷,天下第一红叶观赏地",感到很好奇,曾经去过四川、陕西交界处的光雾山,几百里红叶覆盖的山峰,给人留下深刻印象,而这里的红叶竟敢说是天下第一?将信将疑,随后开车下高速公路,拐了几个弯,便来到景区门口,六十元一张票,好像是刚刚新建的景区,比较简陋,东北人的"粗犷"随处可见。随后上了观光车,是普通的中型面包车,也同样很简陋,很快便开上山坡,沿着七拐八歪的山路开上了山头,道路两边是密不透风的树林,完全看不清周围的景物。汽车开到山顶,下车的时候也还是没有看见红叶,感觉很是奇怪,汽车关上门就开下山了,一群人满脸狐疑地四下张望。

很快看见了下山的路,两边同样是浓密的森林,走了一段,看清楚这是两山之间的峡谷,曲折而蜿蜒,山路正是建在山谷之中,很快便看到了红叶。首先看到的是地面上掉落的红叶,散乱地铺在地上,厚厚的一层,在水边甚至堆积出薄薄的一片。大部分叶子昏黄,浓郁的黄色似乎在地面染上黄色的颜料,地面也流露出昏黄的颜色。不经意间抬头,惊讶得说不出话来,满目皆是各色的红叶,枝权连接的树干,纵横交错地连接在一起,构成天罗地网的形状,纤细的枝权之上满是各色的红叶。这里的红叶很特别,随着发育的时间,呈现不同的颜色,刚刚从青叶演变的叶子,是深红色的,甚至有点焦红,红里透黑,完全透不出光线,随着叶子的发育,鲜红的颜色慢慢显现出来,很快叶子变得通红,有点像颜料漂染过的红旗,满是红色,随后叶子的红色慢慢衰褪,变成淡红的颜色,更有一些演变过程的红叶,一半是绿色的一半是红色的,各种变化进程的红叶交相辉映，可以清楚地看清楚红叶的演变过程。

放眼望去，满山都是红叶，浩浩荡荡，铺天盖地，从山顶到谷底，把整个山谷塞得满满的。这里的树几乎没有几棵是笔直的，大都是七扭八歪的，有的贴着地面、水面生长，张牙舞爪，粗狂而夸张，而几乎所有曲折的树枝上都是红叶，大大小小、零零散散的红叶，各种姿态挂在树枝之上。树的高矮不同，有些树参天地生长着，浩浩然，而高高在上的树尖上，同样是满满的红叶，贴近地面的地方也同样长满矮矮的树，同样密布着各色的红叶，构成立体的红叶的世界。

阳光从天而降，倾洒在层层红叶之上，透射出斑斓的色彩，树枝上的红叶实在太多了，层峦叠嶂，甚至很难看到天空，只偶尔有很小的一片空隙，透露出白色的光亮，整个天空，完全是红叶的海洋，被红叶染成了猩红的颜色。沿着山路向下走，不同的角度，由于光线的不同，头顶上的图案不停地变幻，时而光影闪闪，时而红光璀璨，构成绝美的画卷。走在整个山谷中，头顶上、身边、脚下全是红叶的世界，立体的图案，构成立体的红叶的世界，唾手可得的红叶活灵灵跳跃地立在眼前，几乎随处可见，到处都是，完全没有顾忌，可谓肆无忌惮，你尽可以随手采摘，取之不尽，这时才知道这里为什么敢说是中国红叶第一谷。

慢慢地沿着山路走下山，非常遥远，走得很累，中间停下休息几次，还是没有走到山下，东北人干什么都是这么猛，一整就是大的，还一定要把游客带到山顶，放在山腰也一样观赏，但是东北人一定要整大的，整猛的，一定要把你带到山顶，让你看到完整的红叶，才算作罢。很快，美丽的红叶也审美疲劳了，已经看了很多的红叶，似乎也没有更多的惊奇，只是沿着山路下山，很少人抬头看红叶，更没有人照相了。走出山门，回头望一望掩映在山谷中的红叶谷，在外面看不到什么，很难想象出红叶谷里面的景况，只是真正地相信了这里是中国红叶第一谷。

看过本溪红叶谷，确实感到名不虚传，也算是看到了中国最美的红叶，返回高速公路，走不远，又看见一块广告牌，上面写着："双桥沟红叶，不看真遗憾"。因想到已经看过了红叶谷的红叶，还能又比红叶谷更好看的红叶吗？于是非常疑惑，便下了高速公路，走到景区门口，这时天色已经暗了，东北的天黑得很快，只能住下。在路边的村子里找到一个农家，住在正宗的东北土炕上，吃到东北农家饭，与房东聊天，才知道双桥沟最好看的是水面上的红叶，与红叶谷完全不是一样的风景，尽管这样，仍然满腹狐疑。

第二天，天亮得很早，赶紧进入双桥沟景区，四下望去，果真景色大不一样。双桥沟是两条淌满水的水沟，曲折地横卧在高大的山沟中，山沟并不很陡峭，平缓而曲折，形成很多水湾、水塘，而在水边欣赏红叶才是双桥沟的特色。同样五颜六色的红叶散乱地分布在山谷中的水边，从最低处蔓延到山腰，像是铺上猩红色的地毯，又像是把大把的各色颜料，挥洒在山坡之上。水边的长满红叶的枫树同样七扭八歪，散乱地挂在水边，纷繁而凌乱。只是水边的树杈在深暗的水面上留下红色的倒影，有时水面流动，掀起阵阵波纹，把铺在水面的红色搅得翻滚而动荡，构成动态的图画。原本各色的红叶已经很漂亮了，有流水的加入，更点染了红色的色彩，增加了靓丽的颜色。动态的流水与静态的树叶，构成完美的图画，构成动静相连的图画，带来韵律的节奏，似乎有断断续续的乐章在山谷中轻轻的回荡。

这时想起了在四川光雾山十八月潭景区看到的景色，也是流水的点染，带来生动的图画，光雾山在南方，大约是秦岭阻隔的雨水，构成流水的来源，而双桥沟是在北方，干旱与缺雨是常见的景况，而在北方深山中，竟然有这样像南方的水景，竟然有如此大的水流，着实令人惊奇。从山沟端部走下来，一弯一弯的水塘，不断变换的画面，各种角度的画面，水面与红叶交相辉映，美轮美奂。

同样是红叶，双桥沟的红叶更温柔，有点像女性的娇美，而红叶谷的红叶更加刚毅，更加粗犷，更加狂野，更加无拘无束，像是男性的伟岸与雄伟，双桥沟与红叶谷相得益彰，阴阳互补，构成红叶的世界，构成精美的画面。

完整地领略了东北红叶的风景，不虚此行。

2015 年 10 月 12 日

观汶上佛牙舍利记

佛教在中国曾经昌盛一时，几度成为"国教"。唐朝在法门寺修建的佛舍利塔，据说存有释迦牟尼的真身佛指骨舍利，在朝为官的韩愈对皇帝礼佛有点看法，认为应该限制规模，收敛一些，节省一点，写了篇《谏迎佛骨表》，受到了皇帝的斥责，丢官贬职。更有《西游记》将玄奘和尚西天取经的故事神话，成为中国四大名著之一。对耸立在长安附近的法门寺，知名度很高，几乎家喻户晓，而对于山东济宁附近汶上县与法门寺同样重要的汶上佛牙舍利，则少有人知晓。

汶上县位于济宁大运河边上，土地平旷，水土丰饶，又处于交通要道，曾经繁盛一时。在汶上县县城中央有一座宋代古塔，塔下有一寺庙，在古塔的地宫中存放着一颗据说是佛祖的真身舍利。据史料记载，公元790年，一个叫车奉朝的僧人远赴西天，从古丝绸之路来到印度，礼佛学经，求得国王赐予的一颗佛祖真身舍利，带回国，进献给唐僖宗皇帝。皇帝大喜，赐车奉朝法号"悟空"，这便是西游记取经唐僧的原型，只是后来吴承恩把"悟空"的名字安在了保护高僧的小僧的身上，因而有了妇孺皆知的名字"孙悟空"。后来遇到黄巢起义，僖宗皇帝带着这颗佛牙舍利来到四川，后来又带到洛阳，最后带到当时的宋朝首都开封，公元960年，赵匡胤黄袍加身，建都开封，便把佛舍利供奉在了开封。

此后遭遇战乱，金兵大举入侵，战火中开封被毁，看管佛牙舍利的官员碰巧是汶上人，便把这颗宝贵的佛牙舍利带到汶上，汶上不是很出名的地方，得以躲避战乱，使佛牙舍利保存下来。中华人民共和国成立以后，曾经有人建议像西安的法门寺一样，建设规模宏大的佛城，开发成旅游景区，由于历史的原因没有获得批准，因而汶上的舍利远离人们的视野，默默无闻，静静地保留在大运河边富饶而肥沃的土地上。

宗教是人类历史上非常特殊的文化现象，在人的短暂的生命周期中，完全用唯物的观点解释一切事物，有一定的困难，在生产力低下的年代，产生唯心的宗教也是有客观上的必然。因此不能用现代物理学、材料学、生物学的角度去研究佛舍利，而只是从历史的轨迹中，从映射在佛舍利上的历史事件、历史人物上去品味上千年的历史，从这个意义上讲，佛舍利是很有意义上的事。在中国漫长的历史进程中，历史事件就像是项链中的珠子，而历史遗迹，包括寺庙、墓址、文物、佛牙舍利有如串联珠子的线，使这些独立的事件得以贯穿、完整地保留下来，成为历史的再现，呈现在后人面前。相对于文字、图画，先人的实物尤其是保存完整的历史实物，对后人有强烈的吸引力，很容易在人的脑海里产生共鸣，产生震撼，这也是佛牙舍利引人注目的原因所在，这时佛牙舍利的物质属性或者真实性则显得不那么重要，而对历史的回味与感触则通过这些历史遗迹变得清晰而生动，历历在目。

怀着崇敬的心情，在鲁南大地的平原之上，观赏了不太出名但是同样著名的汶上佛牙舍利。

2014 年 5 月 6 日

额济纳胡杨之旅

虽然在新疆塔克拉玛干、塔里木河、库车等地亲眼看过胡杨，但是内蒙额济纳的胡杨始终是挥之不去的梦想，毕竟名声太大了，网红的打卡地，不去看一眼，总是不甘心。只是路途实在太遥远了，难以成行，还好最近开通了沙漠中的 G7 高速公路，可以走高速到额济纳，而且一年之中只有"十一"前后的几天可以观赏胡杨，反复犹豫终于下决心，克服困难，去一趟额济纳，去看一看大名鼎鼎的胡杨。

从北京出发经张家口到包头，看了美岱召，以及包头的公主府，到巴彦淖尔已经是晚上了，只能住下。从巴彦淖尔出来，很快便进入沙漠地带，将近七百公里的高速路全在沙漠之中。巴彦淖尔位于黄河边上，在黄河拐弯处，有很多精美的地质景观，由于时间关系，只能直接去往额济纳旗，沙漠之中只有高速公路，一眼望不到边，当年修路的人真是辛苦，历经艰辛，修筑了沙漠之中的公路。公路两旁的沙坡正在治理，网格化种植耐寒的植物，但是很艰难，且成本很高。有专家讲内蒙古沙漠甚至陕北黄土高原都是新疆干热气流吹过来的沙土，地球上大气循环是难以想象的，据说非洲撒哈拉沙漠的黄沙可以吹到阿根廷、智利一带，很难想象。中国南方雨量很大，如果有什么力量能够把南方的降雨弄到干旱的内蒙古、陕北该有多好，可见随着能力的发展，人类可以做的事情还有很多。

将近七百公里完全是沙漠，没有人烟，没有村镇，甚至没有植被，似乎看到一些零散的野骆驼。几乎快到额济纳了，油表指示灯亮了，不敢贸然前行，只能在路旁唯一的一个加油站加油，排很长的队。晚上到了额济纳，这是一个沙漠中很小的镇子，没有多少人家，平时的时候也没有多少游人，只是到了观赏胡杨的时候，人群聚集，人满为患。找了半天，居然没有地方住，只能和另外的几个不认识的人，搭伙住在私人家里，一个房间四百元，可见胡杨的吸引力有多大。

第二天早起，赶早赶到胡杨景区门口，已经是人山人海了，停车场很难找到车位，要走很远，天南地北的游客，赶在这几天，不远万里前来观赏胡杨。核心景区是屹立千年的胡杨，确实非常神奇，胡杨粗大的树干，生长出茁壮的嫩叶，让人难以相信，各色怪异的树干构成的身躯，显示着胡杨的桀骜不驯，更有水中不断变换的金黄色的倒影，显示着胡杨的存在，大片的胡杨临近水塘生长着。这里的河水是从祁连山雪水融化流下来的，古称黑水河，是中国仅次于塔里木河第二长的内陆河，很快就要流到居延海，沙漠中的湖泊、河流就消失了，正是在这样的水边，生长着大量的胡杨。

　　只是景区人实在是太多了，人挨人、人挤人，几乎没有照相的角度，随便哪个角度，照到的人都比胡杨多，顺着河流的走向，拐过几道弯，全是胡杨，完全天然的胡杨，大都生长茂盛，顽强地生长在沙漠之中。从北京开车走了七百公里，沿途没有见到植物，而在这遥远的黑水之滨，才看到了胡杨，真正的额济纳胡杨，伫立千年的胡杨，确实神奇。从景区后门出来，乘坐景区的观光车返回前门，自己开车又沿着景区周边的公路开上一圈，详细地了解周围的地理地貌，了解胡杨生活的环境，实在令人惊奇，没有规律的河水，漫无目的地在沙漠上流动，随意停下来，散布开来，形成水塘，而胡杨也同样随心所欲地生长在水边，即使干旱时节，也顽强地生长着，用顽强淘汰了其他植物，使自己成为这片土地唯一的主人。

　　从景区出来往酒泉方向，驶过黑水城遗址，看见路边一处刚刚开发的胡杨林景区，同样在黑河的故道上。进入景区，非常惊奇的是这里几乎没有人，可能是大巴车团队的旅游团安排在额济纳、居延海、黑水城，没有安排这里，故而没人。宽大的景区，坐落在河道围合的小岛之上，河道边是茂密的胡杨林，树林里甚至还曾经有人家，跨过吊桥，走上小岛，就可以看见大片胡杨的残骸，形态各异，七倒八歪，胡杨白色的骸骨上积满厚厚的灰尘，显得更加沧桑。河水边有很多刚刚长出来的胡杨的嫩芽，摇曳着嫩绿的叶子。黑河的水量很大，很难想象祁连山上要有多少雪水，正是这样的冰山融雪的水，滋养了世世代代的胡杨林，在如此艰难的环境中存活下来，实属不易。

　　临近嘉峪关的时候参观了金塔胡杨林，这是一片新生的胡杨林。相对于额济纳古老的胡杨林，孕育着勃勃生机，这是上世纪五十年代植树造林建设的大片的林场，随着胡杨长大，可以观赏到胡杨的风采，这是年轻的胡杨，精力旺盛，茂密地生长着，在河道边、湖边，迸发出勃勃生机，屹立上千年的胡杨，这时只是婴幼儿阶段，但是已经散发出胡杨特有的魅力，金黄色的身躯，在大地上留下清晰的痕迹。

虽然路途遥远，虽然时间短暂，但是不远千里，终于看到了鼎鼎大名的额济纳胡杨，了却了心愿，也得到了精神上的享受。

2016 年 10 月 10 日

绩溪游记

像皖南的很多村落一样，绩溪这个黄山背后皖南的小村落非常平静，这里的地形起伏，山虽不高，但看上去也算是层峦叠嶂，一层一层的，很有层次感。由于雨量丰富，山峰中总是雾气腾腾，烟云弥漫，有点神秘、飘荡的感觉。

在中国传统文化中，"风水"是很神秘又很重要的内容，皇帝身边观察、解释风水的大臣是很重要的岗位，有时甚至能够左右皇帝的决定，而家族、族谱也是同样重要的内容，规范着社会的基本组织结构。在距离绩溪不远的现在叫"龙川"的小村子就是同时具有风水和宗族两个重要因素，是典型的风水与宗族的交汇。龙川是个很小的村子，但村子的南侧有弧形的很矮的山脉，北侧的村边有同样弧形但相反方向的河流，山脉与河流围合成一个船形图案，小村子就坐落在这片船形土地上，船有扬帆出海，远方得财的含义，船形土地是风水中的福地。河对岸是远远的山峦，名叫"龙须山"，山形曲折迂回，交错成形，环顾左右，的确很有风水的气势。在村子中央建有"胡氏宗祠"，是一座体量很大的木质建筑，粗大的木柱，发黑、发暗精雕细刻的木雕、砖雕、石雕，很有点古色古香的味道，胡氏宗祠的位置刚好在船的驾驶舱的位置，很有点船老大领航掌舵的意味。

胡家有很多支，拥有二十多个博士学位的胡适博士就是其中的一支，这里的"胡家祠堂"供有很多胡家先人的牌位，胡家出了不少大官，在全国各地做官，声名显赫。胡家祠堂的椽木十分粗大，像是产在云南的树木，还有就是精美的砖雕、木雕、石雕，造型别致，图案精美。建造这样的祠堂，就是在现代也是很不容易的，要花费大量的金钱，更何况是在遥远的年代，可见绩溪胡家还是很有根基的。在胡家祠堂旁边有一个很小的"丁家祠堂"，房间很小，有点陪衬的味道，当中挂着一块匾，上写"邦家之光"。

这个村子很早以前就叫"龙川"，原因是周围的山脉很有龙的起伏的气势，有点像众龙相聚的味道，因此得名"龙川"，后来由于龙的称谓涉及皇帝专用名号，改地名叫"坑口"，最近又恢复了"龙川"的名字，也是很有意思的变化。小村旁有一条蜿蜒的溪水，水不深，但很宽，水色幽深，有暗绿色的感觉，很幽静，溪水边有几棵粗大树冠如伞的大树，如华盖般的树冠在墨绿色的溪水上流下深深的暗影，又有几分古色古香的韵味。安徽的房子大都刷成白色，又有锯齿状的封火墙，在嫩绿色的稻田和墨绿色的溪水的映衬下很有画的意境。背后是起伏如龙的山脉，又有随雨水升腾缥缈不定的雾气，更有几分神秘的感觉，自然地势的风水学在这里得到充分体现。

穷山恶水出刁民，山清水秀多灵秀。环境以及经济条件对人有很大的影响作用。这里是徽商的老家，无数精明又能吃苦的安徽商人就是从这样的一个个山坳顺着溪水走向新安江，走向富春江，走向天堂杭州，甚至走向世界。留在溪水边的是他们的儿时山清水秀的记忆，以及在幽深的祖宅中望眼欲穿的名义上的妻子。也不知道在这片大地上还有多少这样的风水宝地，肯定还有很多，中国的文化遗迹历史太深远了，令人崇敬。

在感叹与回味中结束了这次黄山脚下的绩溪之旅。

2008 年 5 月 19 日

谒韩城司马迁祠

《史记》在中国历史中占有重要的地位，为无数读书人树立了楷模，由于有《史记》的记载，中国悠远的历史得以用文字清晰地记录，并一直持续下来，成为中华文化源源不断的注解。

穿过山西，在龙门附近跨越黄河便来到韩城，这是一座黄河边黄土高原边缘的城市，历史悠久，城外不远处的一处高台上，耸立着司马迁祠。沿着高高的台阶爬上去，视野极佳，黄河以及附近的滩涂、田地清晰可见，祠堂是围合结构，里面的展览详细地介绍了司马迁的一生。应该说是非常传奇的一生，早在秦始皇时期，司马迁的祖先就是宫廷中的官员，主管炼铁，到了汉代，司马迁的上辈就是史官，这使得司马迁在少年时期就得以阅读大量书籍，更为可贵的是，司马迁在二十岁前有机会游历各地，拜访屈原、孔子、齐桓公的故地，实地感受历史上风起云涌的故事，这也为他以后撰写《史记》打下了坚实的基础。进入宫廷之后,司马迁得到机会,随皇帝巡游云南、四川各地,更加丰富了自己的阅历。由于为将军李陵辩护,卷入宫廷斗争,受到残酷的宫刑,这以后回到家乡韩城,忍辱负重,效法历史上的左思明,忍辱撰写《史记》,详细地记载了自三皇五帝之后的中国历史,描绘了社会各方面生活的画卷。在中国历朝历代的读书人之中,司马迁的经历可谓传奇,司马迁的功绩可谓卓著。

站在司马迁曾经生活的土地上,小时候读过的生涩的《史记》感觉就在眼前,活灵活现,一代人的时光实在短暂,而把一代代人串联起来的,很重要的就是历史的记录,历史就像项链,串联起各个时代的珍宝。自从殷商人发明了在甲骨文上的刻字,随后秦始皇统一六国确定了统一的文字,中国独特的方块象形文字就生生不息,连绵不断地传承下来,记录了苍茫大地上发生的故事。在中国众多读书人之中,司马迁是悲壮的,司马迁也是幸运的,能够用自己的大脑,用自己的笔记录下洋洋历史大观,得到后世无数人的崇拜,也是读书人最大的梦想。

带着对中国历史,对司马迁的崇敬之情离开司马迁祠,离开司马迁曾经生活的韩城。

1999 年 10 月 10 日

开平雕楼游记

在炎热的阳光下,田地里到处是浓郁的绿树、绿草以及各种叫不出名的植物,郁郁葱葱。绿树掩映下田地边是一个个独立的显得破旧的砖楼,大都是方型,灰白色外墙已经剥落,砖楼前面是不大的池塘,这就是广东开平著名的雕楼,据说是广东省唯一的世界文化遗产项目。

由于靠近海洋的原因,广东人、福建人很早就有漂洋过海寻求发展的习俗,对美好生活的向往,对财富的追逐,造就了很多海外华人,出现了很多华商,在经历一代又一代艰苦努力之后,华商中的少数成为富翁,衣锦还乡。中国人特有的落叶归根的文化情结使他们对家乡产生无限眷恋,他们拿着从海外赚到的钱,在家乡修建了各种大大小小的雕楼,作为自己养老之所,仅仅在开平就有将近两千座碉楼。时过境迁,这些昔日曾经风光的雕楼已成为历史的遗迹，基本没有人住，空在那里，与荒草为伴，或是供游人参观。

由于碉楼的主人从小便跑到国外接受了西方文化的教育，开平雕楼具有明显的西洋风格，这与诸如山西大院、北京四合院、苏州园林等建筑有着很大差别。碉楼的建筑造型，选用的材料，细部结构都有明显的西方文化的痕迹，在日常生活用品上也是西装革履，甚至安装了电灯、电话，时髦且前卫。即使在现在，把孩子送到国外读书也是一件很困难的事，花费很大，更何况在那个没有飞机，没有电话的年代，看到这些代表两百年前先人所取得的成绩的建筑，也还是很有崇敬的感觉，毕竟只能有少数人达到这样的境界，大多数华侨都是在异国他乡苦苦挣扎，有些还永远倒在美国铁路的路基底下。南方特有的气候，使人们可以散居，不像北方的村庄，村民团聚在一起，这里的村庄没有围墙，一家一户自成院落，也可能是为了预防盗匪，雕楼都建得很坚固，非常高大，有些碉楼上面还有射击的枪眼，在那个兵荒马乱的年代，也是无奈的自我保护措施。

为了开发旅游，人们找到碉楼主人曾经用过的家具、器皿、服饰，更加逼真地还原了曾经的年代，有的碉楼里还有钢琴，更多的是西洋的用品，包括彩色玻璃，这里是最早接触到西方文化、西方生活方式的地区。由于地理上的围合结构，中国相对封闭，自给自足，不像欧洲的国家，相互联系紧密，中国的封闭很大程度是四周地理环境作用的结果，这也使得开平碉楼在中国更加稀少，更加特殊，带给中国人对遥远世界的认识，带来新的观念、技术、生活方式。

不管怎样，开平碉楼在中国都具有一定的地位与意义。

2010 年 5 月 10 日

河北赞皇嶂石岩游记

嶂石岩位于河北赞皇县，而赞皇位于石家庄以南六十公里，这是临近太行山脉的农业县，大片的高粱地、玉米地，几乎都是旱田，距离赞皇县不到十公里就是嶂石岩景区，并不是很出名。在地质学上有很多地貌的名称，如雅丹地貌，是指风蚀形成的不规则的独立的岩石，名称来自我国新疆罗布泊，原意是雅尔丹，维吾尔语"土丘"的意思，翻译成英语变成了雅丹，成为这类地貌的名称。而喀斯特地貌指岩溶区溶洞，因为最早发现于南斯拉夫的喀斯特地区而得名。丹霞地貌，指红色砂岩形成的立体图案，因形状而得名。总感觉这些地质名词十分遥远，晦涩难懂，地质上的数字似乎仅仅比天文数字小，都是很遥远的事。然而就在身边，距离北京不到三百公里远的嶂石岩，竟然有以这里的地名命名的地质学上的地貌，确实十分神奇。

晚上到嶂石岩的时候天已经全黑了，什么也看不清，第二天早上一起来便看见了巨大的红色山脉，清晰而高大，山脉很大，一眼望不到边，平展展的山峰几乎垂直地直立在眼前，高大而魁梧，阳光倾斜着照射在岩壁上，反射出明晃晃红色的光亮。往山脚下走，不多远就看见红色的岩石，嶂石岩岩石最大的特点是水平分层，非常齐整，几乎完全是水平的，一层压一层，一层摞在一层之上，像薄薄的纸叠落在一起，大多数岩层是暗红色的，红色岩层之间夹着少许白色的沙砾，从地面上到很高的高处都是同样分层的岩石，简单而清晰，这就是嶂石岩地貌，完全水平的分层构造，平展而绵长。

嶂石岩是典型的海相沉积岩，在远古时代这里很可能是大海的海底，多年陆地上冲击而下的泥沙不断沉淀，泥沙中含有黏结质材料，在海水巨大的压力下产生固结，固结之后硬化，形成分层的岩层，不断重复，年复一年，日积月累便形成厚度很大的岩层，而随着沧海桑田的演变，海底不断隆起，形成山脉，断裂后的岩壁呈现水平分层的结构，很可能因为这里的岩石非常有特点，或者是最早在这里发现，与之相同的地质结构、地貌被称作嶂石岩地貌。

沿着开凿在岩壁上陡峭而崎岖的山路，手脚并用地爬上山，一路全是几乎一模一样的岩石，岩石的分层即使细到毫米级也是水平的，似乎像是放置多年的纸张黏接在一起。断裂下来小块的岩石也是一层层的，顽强地表现着自己的特征，非常规则，像是人造的一般，大约三百米高的岩壁，全是同样的岩石，爬上山顶，可以看到山脚下大片的庄稼地，零散的农民的房舍，翻过山就是著名的山西省昔阳县大寨的地界。

相对于更多常见的火成岩、变质岩之类的岩石，嶂石岩是明显的沉积岩，岩石更加温顺，更加简单，不急不躁，透着一股清幽的气息，有点我行我素、与世无争的味道，特立独行，在千百年的岁月中以自己独特的方式表现着自身的存在。重新沿着狭窄的山路走下山，看到的依然全是水平分层的红色岩石，似乎整个世界就是这个样子，似乎记不起褶皱的岩石是什么样子，平展的岩层一直延伸到看不到尽头的天边，像静静的流水，无声无息地存在着。

小时候学习地理、地质，只是对着书本学，最多也就是看照片、录像，老师可能也没有实地看过，这种学习方式很难对实体的地质情况有很好的了解，像闪长岩、灰绿岩，用文字、定义很难讲清楚，其实看一看实物就全明白了，还有瀑布、溶洞、沙漠、峡谷、大雾、风暴、大雪、冰山等自然景观，只能亲临实地才能有真正的感受，很多内容并不是书本能够讲明白的，只是在小的时候很难有机会和条件亲临实地地进行学习，应该说是地理学习的遗憾。

走下水平分层的嶂石岩构成的岩壁，绝对清晰地记住了什么叫嶂石岩地貌。

2002 年 6 月 10 日

川藏线探路到理塘

应该说，多少年前到西藏的时候，完全没有想过自己会有可能自驾车到西藏，毕竟路途遥远，山川阻隔，能够乘飞机、火车进西藏，已经非常满意了。近些年中国经济持续发展，小汽车逐渐进入家庭，长途自驾也成为一种全新的旅游方式，尽管可以自己开车走到漠河、瑞丽、霞浦、二连浩特、黑瞎子岛，到达祖国的边陲城镇，但是对于遥远的西藏，依然不敢贸然成行。

随着年龄的增加，自驾车到西藏的机会越来越少，而越是困难，越想实现这个想法，看过很多有关西藏的游记、路书、地图，详细了解川藏线、滇藏线、新藏线，以及越野圈里名气很大的丙察察线，但是到底没有成行，想着退休之后，用两到三个月的时间，慢慢地走一下各条进藏线路，详细体会一下遥远、神秘的西藏的景色以及人文环境。

先去探一探进藏的路线，终于找到一个多星期休假的机会，下决心走一下川藏线，探探路，为退休后更大范围、更长时间的进藏做准备。飞机飞到成都很快，两个多小时，非常方便，随后朋友开车直接到雅安。雅安是川藏线进西藏的必经之路，大约在青藏高原边缘地带的边角，年降水量很大，青衣江波翻浪涌，雅安的美食令人痴迷，大盘小碗独具特色。

从雅安出来，很快就进入山区，大约经过荥经就开始钻隧道，很难想象雅安到康定的高速公路几乎全部是在隧道中修建的，尤其是从泸定到康定，几乎全是隧道，见不到天际，两座隧道连接处只能看到狭窄的缝隙。曾经艰难无比的二郎山，如今非常容易通过，甚至让人感觉不到二郎山的高大，很快就到了泸定。毛主席的诗"金沙水拍云崖暖,大渡桥横铁索寒"的诗句,使得大渡河上的铁索桥非常的出名,铁索桥建在两山之间的深谷中,横跨大渡河,由于大渡河上游水量很大,加之河床坡度很大,水流湍急,无法在河道中心建设桥墩,只能用铁索桥跨越河道。走在铁索桥上,河水带着巨大的声响,激流而下,有若带起阵阵的风声,随着桥面的摇晃,似乎风声更大,把人吹得摇摇晃晃。

在泸定参观了刚刚建成的川藏第一桥大渡河大桥,红色的桥塔,直刺云天,优美的悬链线索缆,轻盈地跨越大渡河的江面,柔美的桥体与两边坚毅的岩石构成优美的图画。近些年中国长大桥梁的建设,取得飞速发展,跨越山谷、河道的大桥,沟通了两岸人民的交通,也在大地上留下人类伟大的工程痕迹,真的很为桥梁建设者感到自豪。

重新上路,很快就钻进隧道,相当长的隧道,一个接着几个,印象中好像从泸定到康定,一直在钻山洞,走出隧道就到了康定。老的康定城就在两山之间的谷底,中间是水量很大的大渡河,从青藏高原上融化的雪水,降雨的雨水,汇集成宽大的水流,在两山间的县城中穿城而过。从康定县城出来,很快就开始翻山,山势变得很大,道路曲折、漫长,翻过折多山就到了真正意义上的藏区,但还是在四川境内。路上的车很多,并不会感到孤单,似乎也不是很陡峭,路的边上并没有深渊,更没有悬崖绝壁,只是漫长的路,平铺在起伏的山地之上。在山顶的垭口,可以看到周围雪山的轮廓,连绵起伏,远处是一个个尖尖的山顶,由于空气清澈,几乎透明,可以看到很远的山峰,不时有金黄色的阳光穿过白雪覆盖的山峰,日照金山的景观非常壮观。垭口的风很大,刮得人站不住脚,非常寒冷,几乎穿上带来的所有的衣服,也还是冻得手脚冰凉牙齿打颤。

翻过山,不远就到了著名的摄影天堂新都桥,这是很大的一片山间平地,甚至感觉不到是在海拔 3300 米,四周都是不高的山,像起伏的飘带,镶嵌在平地边缘之上。新都桥面积很大,有很多藏式的住房,开发出大片的旅馆区,住宿非常方便,各种藏式火锅、涮肉、川菜馆,应有尽有。餐馆里人头攒动,只是不时脚下有大团的牛粪,踩上去软软的,提醒你是在真正的藏区。

尽管没有感到明显的高原反应,还是坚持吸氧气,非常管用,稍微头疼,或者恶心,赶紧吸氧,很快缓解。瓶装的氧气二十元一瓶,每天要用掉五瓶,甚至夜里起夜后也要吸上几口氧气,才睡得踏实。记得第一次进西藏后脑袋像炸裂开似的,浑身无力,关节剧痛,只能躺在床上,还吃不下去饭,对于高原反应印象深刻，随着年龄增长，对于高原反应更敏感，只能不断吸氧，抵抗高原反应带来的痛苦。

从康定到塔公草原，是著名的摄影之路，被称作"摄影天堂"，可能是来的时间不合适，并没有感到有什么特别美好的，只是道路两边的藏式房舍、寺庙，给人深刻的印象。尤其是藏式的寺庙，金色的金顶，高挂的经幡，以及红色的墙壁，白色的塔身，与背后蔚蓝色的天空以及碧绿的草场融为一体，不时有片片白云掠过，随便哪个角度，都是优美的图画。辽阔也是一种美，有别于压抑、憋屈，开阔的草场，辽阔的天空，此起彼伏的山峦，山间闪着白色浪花的河流，构成完美的大自然的画卷，陶冶着藏族人民的情趣。

路边的山坡上，不时可以看见面积巨大的石块构成的方阵，石块有大有小，圆圆滚滚，几乎每块石块上都有刻有藏文的标注，暗红色的颜色镶嵌在石块上。成片的石块挂在山坡上，似乎还在向下滚动，似乎像瀑布一样，随时可能流下来，有明显的动感，石块数量众多，有如古代战争的方阵，蔚为壮观。塔公草原很平展，甚至有些感觉不到是在高原，唯有藏区特有的经幡与牦牛，映射出浓郁的藏族草原的风情。

从新都桥到雅江，要翻越海拔4700米高的剪子弯山，刚出新都桥就要爬上著名的天路十八弯，开车到山顶，停在观景台上，可以清楚地看到下面很多的弯道，盘旋而上，但是似乎并不凶险，只是漫长，没有更多惊险的感觉。在山顶上，通过卡子拉山口，明显感觉到寒冷，风很大，浓厚的雾气笼罩整个山口，雾气飘荡很快，抓不到手里，吹在身上硬邦邦的，站不多一会儿身体已经僵硬，赶紧回到车中。临近雅江的时候，是一段很长的下坡道，大部分是高架桥，在山谷中回旋修建了降低高程的高架桥，一圈圈地盘旋在山谷中，似乎只有在西藏才能见到这样的高架桥，下了高架桥很快就到了雅江。

雅江的海拔只有2300米，是进入西藏很好的补充、休息之所，一般人进藏都要睡在雅江，补充氧气。同样发源于青海的雅砻江，在两岸面目狰狞的岩石山峰中穿行，雅江县城就建在两山之间窄窄的深谷之中。"雅江"藏文原意是渡口，两条河交汇，构成交通要道，逐渐发展成城市，两岸各有一条狭窄的街道，很难找到停车的地方，由于场地狭窄，临街建造了高耸的楼房，几乎与山岩并列，直上云霄。雅江盛产松茸，甚至街边小店里也有松茸面，松茸乃山珍之首，一路上经过的高大的原始森林，充沛的降雨，温湿的河谷气候以及地表的植被、腐殖土等特殊地貌，创造出松茸生长的环境。

从雅江出来，沿着河谷，重新翻上山，很快就是辽阔的理塘高原，比较平坦的山体，覆盖着绿色的草，曲折蜿蜒，连绵不断，有点像放大了的丘陵，慢慢地伸向天边。这是西藏较好的牧场，但是冬季依然被大雪覆盖，牧草的生长期短，也不能养育更多的牛羊，尽管这样，相比而言，在西藏的环境中已经是相当不错了。

在理塘草原上开车，并没有太大危险感，两边都是平地，只是路途遥远，有点犯困，还有就是明显的缺氧，只能不停地吸氧气才能打起精神。经过漫长的无人地带，便到了理塘，真正的高原之城，海拔4015米，世界最高的县城。虽然是高原，理塘坐落在很大的平地上，很远的地方才是山，看上去似乎不高，只是镶嵌在盆地边缘。理塘最出名的人物是格桑嘉措，格桑嘉措的故居在成片的藏式住宅"仁康古居"之中，典型的藏式风格，黄色的土墙，古朴而庄重，围绕着佛塔，散落在街道两旁。理塘城的西部，山脚下是著名的理塘寺，又名"长青春科尔寺"，明显的藏式寺庙的风格，黑色的窗棱，白色的经幡以及金色的法轮，在广阔山地中蔚为壮观。

因为海拔太高了，没敢在理塘住下，往回返住在新都桥。虽然路途遥远，终于自己开车来到了理塘，来到了海拔最高的县城，但是还是在四川境内，还没有进入西藏境内，川藏线已经走了一半，应该说自己开车进入西藏没有问题，剩下的只是时间的问题，只能等退休之后，有充足的时间，详细体验青藏高原的辽阔与雄浑。

离开理塘，结束了此次川藏线探路之旅，直接开车到机场，很快坐飞机回到北京。

2019年10月15日

野性黑龙江嘉荫茅兰沟

乘飞机到伊春降落的时候从舷窗中就可以看见大片的森林，真正的森林，连绵不断，开车从伊春到嘉荫，道路两边都是森林，伊春本身就是森林中的城市，以林业生产为主业，小兴安岭的密林严严实实地覆盖在起伏的山峦之上。在汤望河镇附近，参观了森林公园，高大的杉木，垂直地生长着，一棵挨着一棵，密不透风，为了便于游人观赏，当地人在树梢之上，修建了观光栈道，用高大的支撑钢管把人行栈道支撑到树梢之上，走在摇摇晃晃的栈道上，似乎走在扶摇的海面上，脚下是涌动的树叶，无边的森林像是山峰的头发，密密麻麻地生长着，又像是晃动的波浪，这是只有在东北才能见到的林海的景观，从树梢上甚至看不到树林的地面，宽大的枝杈与树叶完全遮挡住视线，树枝努力着吸收森林中每一点光的能量。

完成小兴安岭森林树梢之旅，从高空栈道下来，走在森林中，脚下满是多年积存的树叶，这里的冬天大雪覆盖，落在地面上的树叶被积雪覆盖，很难腐烂，一年又一年飘落的树叶堆积在一起，踩上去软绵绵的，有点飘飘欲仙的感觉，稍不注意，还要摔个跟头。树林中还有很多绿草顽强地生长着，没有道路，只有可能是野兽走过留下的痕迹，在茂盛的树林里很难辨清方向，阳光被树叶遮挡，看不到太阳在哪个方向，四周的树林几乎一模一样，无法区别，在这样的森林中迷路是很危险的。

嘉荫位于中国最北边的国境线上，是黑龙江边上的一个小镇，对面就是俄罗斯的土地，嘉荫城市很小，没有多少建筑，建筑物也不高，街道宽阔，建筑之间的距离很大，有点像摆在地面上的玩具。由于冬季很冷，房屋的窗户很小，屋面是尖顶的，便于除雪，街道上也没有多少人，有点冷清寂寞的感觉。宽阔的黑龙江在城边流过，河水宽阔，水流湍急，阳光的照射下看上去黑乎乎的，河水确实明显发黑，不知道是不是叫黑龙江的原因。

所谓的"茅兰沟景区"，就是嘉荫城外的一个山沟，原来就是个野山沟，俗名叫"猫狼沟"，经常有野狼与黑熊出没其间，为了开发旅游，改了个文雅一点的名字"茅兰沟"。山沟很大，深而宽阔，山沟里面还有小沟，沟套沟，谷连谷，整个山沟覆盖着茂盛的植被，森林生长在山沟中，有的时候甚至感觉不到是在山沟之中。沟底是一条溪水，像很多地方的溪水一样，在岩石的缝隙间跳跃。沟内不时有崩塌下来的巨大的石块，石块相互堆积在一起，下面就是空洞，很可能曾经在这里生活的棕熊、野狼、野猫、野狗就在这样的石块下生活，或者冬眠，度过东北严寒笼罩的冬天。不时有一棵棵倾倒的枯树，树干上爬满藤条，长满嫩绿的青苔，树的躯干横七竖八地叠落在一起，为动物提供了良好的避难场所。

沟底的溪水两侧修建了木制的步道，走在上面很轻松，不时有游人穿过，已经完全没有了动物的踪迹，人类的发展逐渐侵占野生动物的巢穴，甚至远在黑龙江边遥远的人迹罕至的嘉荫，也开发了"茅兰沟"这样的旅游景点，人类的力量实在太大了。也曾经去过中国的很多山沟,梵净山附近贵州的山沟,松潘附近四川的山沟,太行山大峡谷中河北井陉附近的山沟,清远附近广州的山沟,屏南附近福建的山沟,康定附近西藏的山沟,这次能够来到祖国边陲小镇,遥远的黑龙江嘉荫,领略东北的山沟,印象深刻,算的上是一次真正的郊野之旅。

2014 年 8 月 2 日

大同探火山记

从五台山下来,走大同回北京,由于大同已经去过很多次了,云冈石窟、华严寺、九龙壁、古城墙已经看过,想去看看新的内容,刚好路边广告写着"大同火山群",便驱车前往。

大同火山群位于大同正北,大约三十公里,先是上了一道很高的土坡,随后就是大片的开阔地,没有人烟,远远的便可以看见几个黑色的小点,大约就是火山群。中国并不是火山高发的国家,好像火山也不多,与印度尼西亚、日本不同,中国并不多见火山,也没有更多火山喷发的记载,但是长白山是真正的火山,体积非常巨大,云南腾冲的火山也非常有名,还有就是黑龙江五大连池,五个相连的火山口,但是在距离北京如此近的大同也有火山口,还真没听说过。

汽车走下铺装路面,便在碎石路面上行驶,车身之后是大片的灰尘,四周的田地起伏不平,这里临近 400 毫米降雨线,又无法浇灌,只能靠天吃饭,庄稼也稀疏地生长着,并不茂盛。汽车七拐八歪地在丘陵地上行驶,俗话说望山跑死马,看着很近的火山口,也还要走上很远。终于开到没有路的地方,前面尽是碎石,有陷车的可能,只能弃车步行。满地都是碎石,昏黑的颜色,非常坚硬,典型的火成岩,曾经流动的岩浆冷却之后形成密度很大的岩石,没有一点缝隙,岩浆流动的痕迹清晰可见,一层层的。继续向上走,又看见很多松散的岩石,更多的空隙,蜂窝状,同样是黝黑的,比重很小,拿在手里扎手但是很轻,扔在空中似乎会飘起来。山坡上的岩石缝隙里已经长满了杂草、灌木,但是草根下面的岩石依然很坚硬,草生长在坚硬岩石表面覆土上,更高一点的灌木则是生长在岩石的裂隙之中。

爬到山顶已经很累了，可以看到明显的火山岩，山顶呈圆环状，由于雨水的冲刷已经不是十分明显，但是依然能够看到碗状的火山口，火山口里淤积了很多泥土，植被茂盛。环顾四周，大地之上零散地分布着几十个大大小小的火山口，没有规律，但都不是很高，有的已经与地面持平，几乎看不出来是火山口。也不知道这里火山的喷发有多少年了，如果史书上没有记载的话，可能就要上万年前了，中国的历史文字是很厉害的，各级官吏重要的一项工作就是记载当地发生的大事，如果大同曾经有火山喷发，一定会有文字记载，可能还会有给皇帝的上报，但是来过很多次大同似乎没有听说过，可见这里火山喷发的时间已经相当久远了。

如果不是身临其境，很难了解火山的实际情况，尽管可以从照片、视频中了解，还是现场的印象更清晰、更准确，岩石的颜色、纹理、硬度都只有亲眼看到或是拿在手里，才能了解清楚。记得在云南腾冲，艰难地爬上很高的火山口，记忆深刻，由于火山灰富含的养分，火山口植被茂盛，一座座相连的火山口串联起来，清晰地表明了火山的存在。而黑龙江的五大连池火山口，同样兀立在东北平原的黑土地上，平地出火山，印象明显，而长白山深邃的火山口湖泊，至今流水源源不断，更令人感到不可思议，不知道山顶湖泊中的水是从哪里来的。而今天，在距离北京三百公里之遥的大同，看到了真实的火山口，尽管搞不清楚什么时候喷发的，也是对火山这种剧烈的地质构造运动直观的了解。走下火山，捡了几块孔隙密布，比重非常轻却又非常坚硬的火山石带回家，也算是一点纪念。

从大同火山群返回北京，身后的火山越来越小。

2012年5月25日

夜宿青山关

长城绵延千里，从山海关老龙头开始，跨越山岭、沙漠、黄河，浩浩荡荡，对于长城的气势与威严更多的是观看图片带来的感受，而亲身住在长城之中，更能够感受到长城厚重的存在。

青山关位于北京与唐山之间，戚继光曾经在此屯兵，作为指挥所统领山海关到古北口长城之间的兵马，抵挡关外敌军的侵扰。青山关在历史上曾经扮演过重要角色。从北京到迁西附近下高速，沿着山路前行就可以到达青山关，到的时候天已经全黑了，沿途的路上没有人烟，只有庄稼地，临近青山关是坡度很大的山路，费力地开到关内。黑灯瞎火地住下，没有看清楚关墙的样子，第二天起得早，太阳还没有升起，大团的浓雾笼罩山峦，这才看到整个青山关的模样。

这是一个完整的古代边关关隘，有着完整的规划，四方的围墙，几重院落，围墙就是城墙的形状，上面可以供几匹马行走，宽大而厚重，关隘之中有完整的设施，办公用房、马房、仓库、水井、旗杆应有尽有，足够一支部队的需要，高大的关墙巍然挺立着，护卫住里面的建筑。青山关位于两山之间的凹地，建在最低处，扼守住两山间的咽喉要道，两边是顺着山势修建的长城，像张开的两翼，慢慢爬上山顶，在山顶建有威严的敌楼。沿着宽大的城墙向高处走，逐渐看到周围地势的全貌，实在是兵家必争之地，青山关立在山间占据最佳地势，若想从关外进入关内，只能面对坚固的青山关，别无他路。这时太阳逐渐升起，起伏的大地很快清晰可见，大片的农田起伏跌宕，绿色的植物像海浪涌动其间，青山关像一位武士，巍然屹立在两山之间。

农耕文化的中国，为了维护自己种植、收获的权利，保护土地，为了世代的生存、繁衍，花费了大量人力、物力，在陡峭的山峰之间修筑了长城，用艰苦的劳动抵抗草原民族的强悍与勇猛，为自己以及后代争得生存的机会。当年戚继光带领戍边的将士，在这山峦之中等待与进攻的敌人厮杀，浑厚的城墙成为人生的伴侣，战马的嘶鸣成为耳畔的音乐，暴雨倾盆，狂风呼啸，大雪笼罩山峦，戍边的将士都住在青山关里度过漫长的时光。山不是很高，很快就爬到了山顶，站在最高处的城楼上，可以看到关外辽阔的山脉，青山环绕，绿草茵茵，曾经的战火已经成为往事，如今的大地之上人们辛勤耕耘，经营着自己的生活，只有青山关依旧耸立，忠实地执行着自己亘古不变的使命。

在长城中重要的关隘中住上一宿，体验一下戚继光曾经的生活环境，感受一下长城戍边将士的生活，更增加了对长城的了解，对于中国的国宝长城，更加的亲切和熟悉，更加珍爱。

2012 年 9 月 10 日

奉节天坑、地缝游记

　　走到奉节的时候，还没有开通长江北岸的沪蓉高速公路，也就是说从奉节到恩施是没有路的，如果走宜昌方向，只能在大山里绕，走乡间小路，三峡地区几乎是中国最大的峡谷地貌，道路曲折、艰难，小路更加艰难。认真研究地图，发现有一条从奉节到恩施的路，地图上看并不是很远，大约一百多公里，由于从汉中翻越秦岭、米仓山，进入四川，"蜀道难"的道路也已经走过，感觉也可以走这条路，应该问题不大，于是决定从开车奉节往恩施方向出发。

　　很快就发现山势发生了变化，山变得非常大，并不是简单的陡峭，而是巨大，难以描述的巨大。汽车来回地绕着山开，只是在翻越高度，平面位置并没有移动，开了好半天，向下望去，仍然可以看到自己开上山的路口。还可以看到巨大的峡谷，深切峡谷，岩壁高耸，有些地方几乎直上直下，汽车在山坡上只是一个很小的白点，微乎其微。路上几乎没有人，也没有村庄，很远的地方才有一户零散的房舍，也没有人活动的迹象，这时才真正地感受到三峡地区山势之大。

　　在高山之中来回开了好一会儿，来到了天坑景区，奉节小寨天坑，中国第一深度的天坑，垂直深度将近七百米。从停车场似乎看不见天坑，天坑的边缘同样是茂密的树木，遮天蔽日，完全看不到天坑，走到近处，俯下身才能看到很大的天坑，四周是连绵的群山，同样郁郁葱葱，巨大的天坑掩映在连绵的绿色之中。天坑的边缘是垂直的岩壁，坚硬的岩壁几乎直上直下，岩壁上有几道地面流水的痕迹，散布在岩壁上，走到坑边上，才能看到坑底，阳光照不到坑底，昏黑一片，岩壁上曲折地修建了供游人上下的坡道，一折一折地盘旋着伸到坑底。

　　起初并不打算下到天坑底部了，长途开车很累，但是想到遥远的深山之中的天坑，恐怕很难有机会再来一次，如果这次不下到坑底，留下遗憾，或者再来一趟，更难受，只能咬着牙，一步步走下坑底，完成任务，了却心愿。一路之上完全没有人，只有一个送东西下去的农妇，不紧不慢地走着。从上面向下走，感觉还可以，一是还有体力，二是向下多少省力，慢慢地往下走，很快就完全地置身在天坑中了。走到大约一半的时候，回头向上望，天就是一个圆孔，阳光很明亮地从孔中宣泄下来，完全看不到其他景物，再往下走，头顶上的圆孔越来越小，下到坑底，就只能看到一个很小的圆洞了。记不得走了多少级台阶，终于下到了坑底，七百米，几乎现有的所有人工建筑物都可以放在坑里面，还出不了头，实在太深了。坑底面积很大，布满了碎石，甚至还有一些长满草的地块，最底下有一条小河，两边岩壁上有进出水的洞，河水湍急。这时忽然想起一篇文章讲，长江在很早的时候，一部分水流是从恩施走清江流到宜昌的，如果三峡不能宣泄洪水，整个四川盆地可能就是一个大湖，李白的诗中似乎有这样的描写。或者一部分水流在奉节到恩施的大山中流动，地下的暗河冲击可溶性岩石，不断崩塌，塌陷逐渐联通到地面，形成天坑，这需要不断的水流反复冲刷，还要有一定松软的碳酸钙成分的岩石，才能形成巨大的溶洞，巨大的天坑，七百米垂直高度的天坑，要有多么大的山体才能形成，不免令人惊叹。

　　下坑容易上坑难，七百米的垂直高度，折返的梯道可能要有两公里，而且是向上爬，实在是艰难，如果能够像张家界一样，修建垂直的观光电梯，该有多好。没有电梯，只能一步步向上爬，一个折返的梯道是十五阶左右的台阶，刚好休息一下，喘一口气，沿着梯道走到下一个转弯处，停下来休息，也记不得休息了多少个转弯，终于艰难地爬到坑口，再往下望去，幽深的天坑深不见底。

　　离开小寨天坑，继续前行，同样是高大的山，同样没有人烟，走了大约四十公里，来到地缝景区，地缝下面的河道与天坑中的水流是相同的，全部是地下河，只是在地缝的位置河道上面的岩石裂开了缝隙，便形成地缝。地缝的长度有几公里，最窄的地方只有几米，甚至岩石覆盖着上面的天空，走在地缝中，阴森森的，四周很大的凉气，脚下是湍急的水流，激起很大的声响，岩壁夹住的缝隙曲折地向前，形成一条通道，周边的岩壁上积满露水，湿漉漉的。不知道要经过多少年，才能冲出这样一条深沟，水滴石穿，流水的作用实在是巨大，在地缝中游走，感到很压抑，令人恐惧，似乎真的陷入缝隙而不能自拔，似乎真的没有出头之日，比在天坑中还要恐怖，没走多远，就爬到地面上来，感觉豁亮多了。在地面上甚至看不到地缝，感觉不到地缝的存在，地面上全是绿树，覆盖着本来就不宽阔的地缝的边缘。如果不是亲自下到地缝，甚至不能相信有如此长的缝隙，如此大的水流，再一次感叹大自然的力量。

　　继续向前，同样是大山，来到山中间的小镇兴隆。兴隆是重庆周边著名的避暑之地，镇子不大，有很多旅馆，本来想继续前行，距离恩施已经不远了，但是向前走不远，在一个叫太阳河的地方遇到了塌方，岩石塌落，道路完全被阻隔了，无法通行，由于从奉节往恩施也无法同行，如果不向前走，只能原路返回汉中，要多走一千多公里，令人沮丧，只能返回住在兴隆镇里。向当地人打听，说还有一条小路，从龙桥河也可以通往恩施，决定第二天走小路前往恩施。

小路十分狭窄，只是当地人的田间小路，完全没有人烟，只有山间的浓雾，道路也时隐时现，这里有很多暗河，地面上的河不知什么时候就消失了，也许又冒出来，非常特殊的地质构造，有些害怕，又总是担心再遇到塌方，提心吊胆的，也没有顾得欣赏龙桥河景区，实际上是很大的一处景区，在紧张之中，穿过峡谷密布的龙桥河景区，在浓雾笼罩的大山中盘旋很久，终于走出了大山，前面就是恩施，结束了此次奉节天坑、地缝的旅行。

2019 年 10 月 10 日

黑瞎子岛、珍宝岛游记

中国的版图过于辽阔，个人到达中国版图边缘的机会很少，最北端更是少有机会到达，飞机从北京飞到佳木斯，然后去往黑瞎子岛、珍宝岛。佳木斯位于松嫩平原上，城市旁边有宽大的水面，明显感到凉爽，北京到佳木斯的飞行距离是 1400 公里，佳木斯城市路很宽，明显的东北风格。出佳木斯之后还是平原，大片的平原，路上车不多，沿着著名的同三高速公路，路面质量很好，同三高速，同江到三亚，很少有人知道同江在哪里，更很少人去过。高速路两边是大片的农田，很少看到人家，还有成片的森林。东北并不缺水，路边有很多水洼、河流，很快就经过北大荒，完全是宽阔的田地，大片的庄稼田地，很多地名是以农场命名的，像"751 农场""胜利农场"等，保留着浓厚的历史的痕迹。高速路走到头，就是同江，著名的同三高速的起点，同江更是地广人稀，更是空旷，过了同江之后就是省道，道路很窄，只能并排两辆车通过，但路面很平坦，道路蜿蜒起伏在辽阔的黑土地上，过同江后道路两旁就有很多的树林、松树林、白桦林，密密麻麻，树林里漆黑的，地上是茂盛的绿草。

接近抚远的时候可以看到黑龙江的江面，江面上闪着明亮的光，明显的阴冷,这还是九月,如果在冬季,可能要零下三十多度。抚远是黑龙江江边的一个小镇,镇上的建筑有明显俄罗斯的建筑风格,贯通全城的十字街道,同样宽阔,山坡的最底部是松花江,河边的坡度很大,甚至整个抚远城都是建在坡上的。这是中国最北、最东端的城镇,甚至很少有人知道。在抚远城东边,有一处小山,山上是茂盛的树林,茂盛而幽深,甚至有点让人害怕,不知道有没有叫黑瞎子的棕熊,登上山顶,可以看到整个抚远城,平展地建在黑龙江边,城市平整,街道宽阔。城市边上就是著名的黑龙江,江面宽阔,肉眼就可以看到黑龙江与乌苏里江的交汇点,那就是中国地图雄鸡图案的最北端,几乎到了天尽头。交通的发展,使得人们到如此遥远的地方成为可能,也得以领略祖国边陲小镇的精彩风景。

  黑瞎子岛地理位置非常特殊,黑龙江、乌苏里江两江汇合,围出一个岛屿型的平地,两端尖,中间宽,呈纺锤形。江对面是俄罗斯的领土,岛的一半是中国领土,沿着中苏边界有一条铁丝网,间或有高耸的岗楼。岛屿面积很大,甚至有点荒凉,茂盛的植被中有大片的水洼,水面上还有野生的飞鸟。两江汇合处中方一侧新建了一块很大的观光平台,上面有一个高达三十米的建筑,四面都是汉字的"东"字,表示这里是中国的最东端。站在平台上,对面就是俄罗斯的村庄,明显的人迹稀少,远没有中国抚远建筑的稠密。几乎看不到行人,空空荡荡。岛的中央正在建设一座高大的中式塔楼,号称东方第一塔,还在建一个巨大的温室,里面种植热带植物,在最低温度零下四十八度的地方,建设室内温度二十几度的温室,实在是个大胆的想法,也表明中国经济的实力。连接岛的道路已经改建,跨中国边境一侧的松花江上新建了一座斜拉桥,红色的塔柱,耀眼而辉煌,汽车上岛要通过五十吨的浮桥,由武警把守,江边建有威严的部队营房,高大的观察哨,登上观察哨,整个岛屿的面貌一览无遗,两条宽阔的大江汇合而东去,蔚为壮观。对面幽静的俄罗斯森林更给人神秘的感觉。

  可能是曾经有棕熊的原因,岛的名字叫"黑瞎子岛",很不雅。如果改一个名字,叫翡翠岛、珍珠岛、仙女岛等,可能更有吸引力。由于特殊的地理位置,这里很可能成为旅游景区,更多的人会跨越遥远的路途,来看一看这片中国最东、最北的土地。

  从黑瞎子岛出来,同样在密林中穿行,走了很远才来到珍宝岛,曾经的年代,珍宝岛成为全国关注的地名。从苏联烧过来的战火,似乎把国家带入战争的边缘，而战火的起点，就是珍宝岛。历史在时间的长河中已经消失得烟消云散，似乎什么也没有发生过。而驱车千里，来到曾经全国关注的珍宝岛，也不免令人激动。从虎林下来就全是森林，这里的森林很密，大多是松树，枝杈连着枝杈，甚至密不透风，见不到阳光。这里的山几乎不叫山，但全是起伏的高地，起起伏伏，看不到前面的路，在高地与森林中穿行，转过很多的弯才看到珍宝岛边的乌苏里江。

　　珍宝岛原来并不是岛，只是乌苏里江边的一片低地，由于河水的冲刷，冲出了一条河道，便形成了两河中间的狭长小岛。由于《中俄瑷珲条约》规定两国的边界是河道中心线，导致产生争议，甚至战争。渡河只需要三分钟，登上岛便可以看到那个时代的军营遗址，最初建的军营矮小，随后新建，又再次新建，军营方正而结实。走过军营遗址，不远处就是曾经的战壕，战壕不宽，也就容纳一个人，间隔有一个个掩体。由于多年没有战争，战壕外边是茂盛的森林，看不到江对岸。战壕边上，有几个雕塑，讲述曾经发生在这里的激烈的战斗。

　　据历史记载，在珍宝岛的战斗造成我国和苏联军队伤亡，我国军队引以为骄傲的是从冰面上拖回了当时苏联最先进的坦克，作为战利品，陈列在北京军事博物馆中。乌苏里江的水流很湍急，甚至有大片的漩涡，江边的居民悠闲地游泳、钓鱼，与别的村庄没有差异。时间有时是解决一切问题的钥匙，随着时间的推移，发生在人与人之间的故事已经消失了，而大地上的岛屿、河流、森林，水中的鱼，林中的鸟依然不知疲倦、日复一日地生活着，构成优美而安详的画卷。

　　登临黑瞎子岛、珍宝岛，终于来到了中国的最北端，浩渺的江水，辽阔的土地，大片的森林给人留下深刻的印象，实在不虚此行。

2012 年 9 月 15 日

木格措赏野生杜鹃

　　已经是第二次来康定木格措了，景区在康定城北边，雪山脚下的一片高山湖泊，上一次专程来康定游贡嘎山，木格措当然是必去的景点，这一次是从里塘探路回来，路过康定，原本没有计划去木格措，听康定当地的朋友讲，木格措的野生杜鹃很好看，十一刚过，正是野生杜鹃最好的盛花期，便决定第二次进入木格措。

乘坐景区的观光车一路开上山，已经可以看见山沟里到处绽放的杜鹃了，只是很远，看不清，只见像朵朵雪花覆盖在山崖上。车上到山顶，看到的是雪山脚下巨大的海子，温度很低，水面上漂浮着浓厚的云雾，由于已经来过一次了，便远没有第一次看到海子时那种震撼的感觉，便向下走径直去看杜鹃。

沿着溪水边的木栈道，走不多远就看到了一簇簇的杜鹃，头顶的山岩上，水塘边的岩石缝隙里，甚至湍急的水流里，到处都是杜鹃，令人惊奇的是，这里的杜鹃五颜六色，真的是什么颜色都有，纯红色的光彩艳丽，透着雍容华贵，而纯白色的秀气嫩雅，玲珑剔透，像是青春的少女，还有杂色的，斑斓的花朵上各种颜色混杂，色彩纷呈。溪水水量很大，沿着山谷欢快地跳跃，杜鹃花散乱地分布在山谷中，很多临水的杜鹃弯着腰肢，大朵大朵的杜鹃花挂在水面上，随着水流不停地舞动，在水面上留下清晰的倒影。在水流激荡的地方，杜鹃与流水激起的浪花相映成辉，跳跃地比赛着各自的艳丽，而在水面静止的水塘，杜鹃花的倒影清晰地映在水面上，又像是对镜梳妆的少女。

杜鹃是多年生木本植物，有的可以长到几米高，树冠张开遮住天空，遮天蔽日，有如散开的烟花，而刚刚生长的杜鹃，从岩石侧缝隙中顽强地生长出来，同样开着娇艳的花朵。木格措杜鹃谷的位置非常适合杜鹃生长，温湿的气候、适宜的土壤以及没有人类侵扰的环境，大量杜鹃生长在山谷里。山顶上的岩石缝隙中，骄傲地钻出几棵杜鹃，迎接着阳光，傲视着山谷中众多的兄弟，溪水旁的岩石旁，见缝插针地长出一束束的杜鹃，四散开来，在顶部展开花朵。争奇斗艳，各种颜色，各种姿态的杜鹃花让人目不暇接，不停地拍照。水塘中散落着大片的杜鹃花，漂浮在水面上，在阳光的映照下呈现出斑斓的影像，还有沉到水底的杜鹃，水浅的地方，可以看到水底杜鹃的身影，像是躺在水底睡觉，这里是杜鹃的世界，是杜鹃的海洋，是千奇百怪的杜鹃生长的地方，行走在杜鹃谷中，似乎是沉浸在花海之中，似乎世界中本来就是连绵的花海，就是缤纷的颜色。空中静静伫立的杜鹃，与脚下不停流动的溪水，构成完整而立体的图案，动与静，平铺直叙与天女散花，构成精妙的组合，构成立体的图画。

木格措杜鹃谷很长，漫长的步道散布在山谷中，曲折迂回，走在步道上，两边全是杜鹃，甚至看得有点审美疲劳了，经过溪水、水塘、嶙峋的怪石，大大小小的杜鹃树，眼球已经被杜鹃撑满，脑子里也满是杜鹃的婀娜身影，在充满杜鹃的世界中结束了此次木格措杜鹃谷之旅，杜鹃花的影像留在脑海之中。

2019 年 10 月 8 日

独游黄姚古镇

南方湿润的天气与北方大不相同，由于空气中湿度较大，有明显的蒸桑拿的感觉，七月份正是最热的时候，所谓七月流火，在桂林欣赏了象鼻山的美景之后，在阳朔乘坐竹筏，在山水画般的漓江中漂流，风景十分优美，只是实在太热了，完全受不了，一出门就是一身汗，两只手拿着矿泉水不停地喝，进旅馆第一件事就是冲水洗澡，广东人叫冲凉，晚上不开空调几乎无法入睡。

这是第二次来桂林了，震撼与惊讶的感觉有所下降，也就没有心情再去欣赏已经看过的山水，查找周边的旅游景点，发现有一处黄姚古镇的景点，还没有游览过广西的古城，便想去看看，旅行社一日游报价三百元，于是报名。第二天早上，旅游大巴来酒店门口接，上去一看，可以坐四十个人的大巴车，只有我们两个人，大巴车又开到一家酒店，上来两个外国人，便再也没人了，一路开往黄姚古镇。

路上问外国人，是一对来自美国的夫妻，专程来桂林旅游，也是从旅馆的介绍上看到了黄姚古镇，好大的大巴车只有四个人，着实有点浪费。下车便看到古镇，周围山势宏伟，据说有九条山脉，两条小河围绕古镇，很有山水的气势，河上建有几座石砌的拱桥，河边有几处堰塘，河水平缓地流进堰塘，分割成若干块，人们在其中洗衣、洗菜。古镇地势并不平坦，高低起伏，各处的建筑依地势而建，镇门口是一座很大的山门，有点像缩小版的城门，进城门之后，就是石块铺砌的曲折的小巷，曲曲弯弯，两旁的院落有大有小，大都很残破，零零散散地分布在小巷两旁。

黄姚古镇历史悠久，在汉代时就有人聚居，由于地处偏僻，在各个朝代遇到战乱时，大城市的人便来到这山岭重叠的小镇躲避灾难，桂林、南宁、广州都有人来此避难，汉之后的唐、隋、五代十国，每每遇到战乱之时，有更多的人来到此居住、避难，社会安定了，人们便外出经商，到广州等地发展，某种程度黄姚古镇成为人们发展的根据地。和平时期，南来北往的客商在小镇上休息，交换信息，交流经验，构成古镇存在的客观条件，各种文化在此碰撞，各种美食在这里得以传承，只是随着城市化的进程，更多的年轻人到城市中发展，古镇中只是一些老人故土难离，人口锐减，古镇更加斑驳、破旧，给人残破的感觉。

在古镇中走了一圈，河流、堰塘、寺庙、院落、石拱桥，与很多古镇大同小异，还有南方特有的大榕树，树冠宽大，枝条垂挂到地面上，密密麻麻，遮天蔽日。古镇不大，走了几圈很快就把古镇看完了，天气太热了，一身的汗，坐在宽大的榕树下乘凉，这时同来的两个美国夫妻还在看，看得非常仔细，几乎一个院子一个院子地看，一个不差，如获至宝，残破的房子，没有人住的房子也在看，不停地拍照，实在难以理解，大巴车一直等着，等得让人心烦。

回过头一想，中国的古迹太多了，中国人见怪不怪，美国能有多少古迹，几百年的建筑已经相当古老了，也难怪美国人看得如此痴迷，还有美国人来中国一次也不容易，千里迢迢，感觉与中国人肯定不同，也难怪他们如获至宝，毕竟物以稀为贵，很可能美国人最不理解的是建于汉代的古老的古镇，为什么至今还有人居住，为什么这些人还愿意生活在汉代开始建设的残破的街巷中，或许美国人百思不得其解，这可能也是美国人看得非常仔细的原因。

等了将近两个小时，相当于在大汗淋漓中蒸了两个小时的桑拿，满身大汗，头昏脑涨。美国人终于看完了，上了车，大巴车的空调实在是舒服，很快结束了黄姚古镇之旅，重新回到风景秀美的桂林。

2014 年 7 月 10 日

夜宿窑湾古镇

在没有高速公路的年代，人们更多地用船来运输，最先发展起来的城镇大都是临水而建，窑湾古镇就是这样的城镇，京杭大运河贯穿南北，在窑湾古镇穿越骆马湖，而东西方向自徐州、连云港方向到郑州、西安方向，刚好在骆马湖畔与船队相遇，货物交换带来人流聚集，骆马湖畔便逐渐建起了规模庞大的会馆、店铺、码头，鳞次栉比，鼎盛时期在鲁南地区首屈一指，被称作"小上海"。窑湾古镇历史悠久，秦汉时期便在这里设置官窑，烧制各种宫中用品，在骆马湖的港湾中布满窑坑，被称作"窑湾"，这个名字一直传承至今。

沿着骆马湖边环湖公路，开了很长时间的车，一边是水天一色的骆马湖，湖面宽广，看不到边际，路的尽头便是窑湾古镇，晚上住在古镇里，住在明清时期的馆驿中，仿佛时光穿梭，把人带回到遥远的岁月，垂花的大门，迎面是雕刻的影壁，木格的窗棱，最大程度还原着古镇旧日的风貌，在门口还有下马石、拴马桩，甚至还保留着喂马的石槽。站在二楼看见古镇的屋顶，黑色的瓦片，在夜色中闪着黑黝黝的光亮，街巷门口悬挂的灯笼，随风摇曳，灯光照射在街道的石砌地面上，反射出星星点点的光亮。出门走出街巷，几乎没有行人，十字街中央的钟楼高高地耸立着，几排曲折的街巷黑森森的，给人幽深的感觉，大门紧锁，只有门口悬挂的灯笼，在黑夜中闪闪发光。由于没有游人，完全没有往日的繁盛，没有车水马龙，有的只是冷清与寂静，毕竟时过境迁，古镇原有的集散功能已经消失殆尽，只剩下观光的游客，在古镇的建筑中，体验着往日的辉煌。

住在窑湾古镇中，非常的安静，似乎来到另外的世界，木格的窗户中不时传来湖水的回声，轻描淡写地回荡在耳畔，随着地方经济的发展，人们有精力复建曾经的古镇，重温曾经的繁华，在住惯了水泥森林的楼房之后，人们更希望回归自然，回到没有机器的手工时代，感受一下手工建造的古镇。住在这样的古镇，小时候读过的连环画似乎映在眼前，似曾相识的场景立体地展现，身临其境，感受到古人的生活，窑湾曾经商贾云集，车水马龙，南来北往的客商在古镇中休息，交换货物，品尝美食，欣赏表演，从简单、原始的生活中获得乐趣，古镇成为社会生活的舞台。

早晨起来，沿着古镇走上一圈，古镇不大，走不多远便到了街巷的尽头，很多店铺后面就是河道，联通骆马湖的河道可以把货船从客栈送到骆马湖，进一步送到京杭大运河，非常方便，车马运输与船舶运输得到沟通，形成南北通衢大道。只是随着时代发展，高速公路、高速铁路完全改变了人们的生活，曾经的古镇只能作为旅游场所。整个古镇没有几个人，也没有几家商店开门，有点冷清，只有几个当地农民，孤零零，辛勤地打扫着街道。

窑湾古镇像中国众多古镇一样，述说着曾经的历史，曾经的辉煌，只是窑湾古镇镇守着骆马湖的河道，连接宽大京杭大运河，构成精妙的存在。

2018年10月26日

鄯善探沙漠记

来到乌鲁木齐,办完事只剩下一天的时间,当地朋友推荐去鄯善看沙漠。没去之前,便用脑海勾勒沙漠的景象,应该说全国的沙漠去过很多,似乎变化并不大,甘肃的腾格里沙漠、内蒙古的巴丹吉林沙漠、新疆的塔克拉玛干沙漠、陕西的毛乌素沙漠都去看过,茫茫的沙海给人单调、冷寂的感觉,并没有山川、瀑布、湖泊的景色变换,似乎没有什么好看的,对鄯善的库姆塔格沙漠也没有寄予太大的希望,只是顺路去看一看,打打卡。

晚上住在鄯善县城,四下走走、看看,已经感觉到明显的差异,街道上行驶着马拉的车,车上铺着手工编织的毛毯,路边的行人随时可以坐上去,也可以随时下来,两块钱,自助公交车,好在县城不大,马车慢慢地走也就可以了,感到很新奇。晚饭吃的是正宗的新疆馕坑肉、烤包子,是用厚厚的泥土膛制成瓮状的空间,用炭火把泥土的四壁加热,储存进热量,随后把腌制好的牛羊肉挂在瓮的正中央,与四壁并不接触,利用周围泥土中贮存的热量把肉烤熟,与韩国烧烤、北京涮肉,以及一般意义上的烤肉完全不同,肉受热更加均匀,温度更高,烤出的肉冒着滚滚的热气,不时翻滚一点气泡,非常诱人,吃在嘴里更是味道极佳,入口即化,说不出的滋味,还有烤包子、烤馕,正宗的新疆美食,味道极香。

第二天一早,赶早起来,在沙漠边缘的村庄转了一圈,整个村庄坐落在树林之中,树荫密布,非常凉爽,院子里的葡萄架下,放着很大的床榻,凉风吹过,消夏纳凉的好场所。走在村庄里完全感觉不到是在沙漠边缘,甚至没有西北干旱的感觉,墙边甚至长着草,家家户户的院子里都生长着茄子、葱、黄瓜等植物,甚至有点江南水乡的味道。然而就在一墙之隔,就是完全的沙漠,寸草不生,昏黄而孤寂,满是黄沙的沙丘连绵不断地立在眼前,有一种铺天盖地的感觉,撑满整个视野,浩渺无边,黄沙细腻而均匀,像是铺在地面上的纱巾,平滑而圆顺,曲线柔顺,阳光之下圆润的阴影一片片地铺在地上,构成精美的图案。

出得村来,仔细审视,才发现这里的奥秘,这是天山脚下的村庄,村庄北边的天山山脉,融化出源源不断的雪水,但是水量不大,刚好能够满足村庄的需要,雪水顺着地下的空隙从高处留下来,刚好汇集到村庄里,提供人们生活的水源，而长年累月只有从北向南吹的风，这样的风刚好把沙漠的边缘固定在村庄边，使得沙漠停滞在那里，于是浩瀚的沙漠与茂密的树木，与人口稠密的村庄和谐共存，在沙漠边缘构成绝美的景观，天人合一在这里得到完美的体现。

走进库姆塔格沙漠，脚下是灼热的沙粒，松软而富有弹性，完全看不到尽头，寸草不生，阳光毫无保留地倾洒在沙漠上，没有一丝生机，甚至完全分不清方向，到处都是起伏的沙丘，给人阴森恐怖的感觉。而在沙漠的边缘，一簇绿洲，一片村舍，几点田园，点点炊烟，点缀在沙漠与高山之间，独特的自然环境，良好而奇特的平衡，给人带来生活的绿洲，带来一代代繁衍和生息的土地。

非常独特的沙漠，非常独特的地理构成，鄯善的库姆塔格沙漠，不虚此行。

2015 年 10 月 15 日

实地体验豫西天井窑院

中国各地的民居各有特色，东北的平房、北京的四合院、上海的石库门、湘西的吊脚楼、陕西的窑洞、金川的碉楼，我认为最为奇特的要算是福建的土楼与河南西部的天井窑院。

在河南三门峡附近的黄土高坡上，有大片黄土构成的土丘，当地人称之为"塬"，像是山的形状，但是山的顶部是平坦的开阔地，非常的辽阔，同样生长着庄稼，从下面看像是山，上到山顶便完全感觉不到是在山顶，而是大片的平地。在这样的黄土地上，人们开挖四十米见方的直立的土坑，大约五六米深，然后向四面开挖，上边是半圆形拱，开挖长度大约有六到十米，然后在内壁涂上白漆，条件好一点的家庭，还可以在四壁贴上瓷砖，就形成了窑洞，窑洞距离地面很深，不影响在上面的土地上种庄稼，可以说是充分利用自然条件的设计。

这就是所谓的"天井窑院"，这种建筑冬暖夏凉，不占耕地而且环保、节能，非常实用，站在天井中看到的是方的天空，很高远，非常有特色，在窑洞中居住，很有与世隔绝的感觉，找机会在三门峡天井窑院中住上一个晚上，体验一下身居其中的感觉。

住在窑洞里,最大的感觉就是安静,由于周边都是非常厚实的原状土体,外界的声音完全隔绝,完完全全的安静,窑洞里没有一丝声响,甚至有到了另一个世界的感觉,不敢仔细想,仔细想有身处地宫的感觉。还有就是温度合适,不冷不热,有厚厚的土体隔绝大地气温,更适合冬天居住,严冬寒冷之时,在窑洞里点燃一点点炭火,热量就会散布在空间中,由于有土壤的围护,热量不会散发,更适合居住。冬天的时候,当地村民是不会住在人工砌筑的房子里过冬的,他们都会居住在天井窑院之中,躲避严寒。住在窑院中,半夜醒来,四周完全的漆黑,真正的漆黑,没有一点光亮,恍惚间记不得住在哪里,似乎忘记了喧嚣的世界,完全与世隔绝的感觉,似乎身处另外的一个世界。

因地制宜,因势利导,只有这里的土壤能够这样开凿山洞,不塌且不透水,属于特殊的土质,湿陷性黄土。这里的人可能是全国最不受房价影响的人,因为只要你需要,只要有力气,就可以尽管地挖,想要多大就多大,完全"按需分配"。和福建土楼相比,天井窑院似乎更容易建造,也更实用,实在是很有特色。

很少有人知道豫西的天井窑院,更很少有人住过天井窑院,能够亲自住上一晚,感觉一下,应该说是不错的体验。

2009 年 4 月 27 日

塔里木寻胡杨记

辽阔的新疆,很多地方散布着星星点点的胡杨林,靠近河道、水塘的边上,总能看到胡杨的身影,而最好看的胡杨,还是塔里木河的胡杨林。看胡杨很不容易,不仅路途遥远,道路艰辛,而且一年之中,只有大约十天的时间可供观赏,别的时候胡杨林是绿色的,没有黄色的美感。只有十月末,随着寒风的降临,胡杨的树叶变成金黄色,随着风飘落在地面上,满地金黄,再过几天,树叶散尽,便只有树的枝杈,便失去了观赏性,只有短短十天的时间,使得欣赏胡杨成为十分难得的事。还有就是每年胡杨变黄的时间不是固定的,树叶的颜色与气候、温度相关,变化很大,还要向当地人了解实地情况,才能订机票,克服路途的遥远,才有可能在塔里木河边欣赏到胡杨。

　　从乌鲁木齐坐硬座到库尔勒,再换乘越野车,开车一个多小时便来到塔里木河边,很快就可以看到罗布泊人村寨,古朴自然,捕鱼狩猎为生,逐水草而居,生活在塔里木河两岸。沿着河边的巡河道开出去不远,就可以看到散落的胡杨,河道两边都是满满的黄沙,铺天盖地,起伏而连绵,塔里木河是季节性河流,天山深处融化的雪水,沿着河道流下来,一年之中更多的时候,河道干涸,同样是满满的黄沙,在这样的环境中,其他植物难以生存,只有胡杨能够保存水分,在干旱的沙漠环境中顽强地生存下来。

　　很快就可以看到大片的胡杨,散布在山坡上,如果是临水的凹地,便会生长着成片的胡杨。来的刚好是时候,胡杨的树叶已经变黄了,更多树叶是金黄的,在阳光的照耀下,闪着亮闪闪的光,灿烂多彩,斑斓多姿。胡杨树有高有低,千奇百怪的身姿,世界上没有两棵胡杨是一模一样的,更有胡杨枯萎的枝杈,倒伏在地面上白色的有如恐龙骨骸的树枝,散布在黄色的沙坡上,多少有些凄凉。河道边有很多河汊,形成大大小小的水塘,河汊与水塘边的胡杨更是令人惊羡,飘洒的黄色的胡杨树的叶子,在碧绿的水面上留下清晰的倒影,甚至可以透过水面映衬出水下黄色的沙。胡杨树在水面上的倒影格外好看,一簇簇,一团团,千奇百怪,随便从各个角度看,都是绝美的图画,背后是无边的起伏的沙丘,阳光照射下,阴影的轮廓清晰可见,浑圆的曲线,漫无边际地挂在沙丘上,同样构成精美的图案,蓝天与白云挂在山坡上,形成远近相得益彰的图画,随便哪个角度拍摄,都是精美的画面。水边的胡杨更像是纤弱的女子,轻盈而娇羞,苗条而秀美,水面的倒影则美轮美奂,不同的图案的组合,不规则的图案,把胡杨桀骜不驯的身姿展现得淋漓尽致。

　　离开河道,越野车加大油门冲上沙丘,随后就只能步行,一脚踩下去,黄沙埋到膝盖,费尽很大气力才能前行,只能一步步艰难挪动脚步,才能爬上最大的沙丘。来到沙丘顶部,可以看到整个河道,在下面看很大的胡杨,像散布的盆景,洒在塔里木河两岸,树叶的深黄色与黄沙的淡黄色连成一片,镶嵌在深绿色的水边,胡杨毫无规律地散布在水边,肆意妄为,随遇而安,潇洒而夸张,像是画家绘画时泼出的墨点,不经意地撒布在绵长的塔里木河两岸。太阳隐藏在深深的云朵背后,在大地上留下昏暗的阴影,不时云开雾散,直射的阳光毫无保留地照射在胡杨遍布的河滩上,更加清晰地显现出胡杨黄色的树叶,显得光彩斑斓。

胡杨、沙漠、河流、云朵、阳光，完全的大自然的世界，完全的大自然的存在，构成立体的、真实而优美的画面，这里是胡杨的世界，胡杨是主角，甚至是这里的主宰，而人们只是过客，只有胡杨，深深地扎根在沙漠上，生存在沙漠上，永久地存在。

2018 年 10 月 15 日

挑战秦岭太白鳌山滑雪场

春节期间，开车回媳妇老家四川，在车上带了一副滑雪板，想在沿途滑一滑雪，经过河南三门峡的时候，找到伏牛山滑雪场，实在太小了，没有滑，到了四川，更是难以找到滑雪场，据说西岭雪山滑雪场更多的是小孩子玩的，用汽车轮胎的内胎，孩子坐在里面滑下来，完全不是高手玩的，很郁闷。回来的时候，在汉中找到留坝滑雪场，同样是小孩子玩的，而且人巨多，只能放弃，只是不经意间参观了汉留侯张良的庙宇，出生于徐州沛县的张良，帮助刘邦得天下后隐退，隐居于此。

只能往回返，走的是褒斜道，从汉中出发穿越秦岭，基本是沿着江走的，到了江的尽头，就到了山顶，看到了太白县城。很难想象秦岭的山上有如此面积巨大的平地，几乎感觉不到是在山上，太白县是著名的慢城，可以在夏天避暑，体验慢节奏的生活。开车经过太白县城，本来想住在山下的眉县，但是刚刚开出县城，便看见半山腰上挂着的滑雪场，开到门口一问，是新建成的太白山鳌山滑雪场，有高级道，山势很大，颇有点喜出望外的感觉，功夫不负有心人，可谓上天的赏赐，赶紧掉头返回太白县城住下，准备第二天去鳌山滑雪场去滑雪。

晚上在太白县城吃饭，真的很冷，比山下冷很多，可谓寒风刺骨，赶紧找了一家火锅店，暖和一下，想来夏天在这里一定是很舒服的。第二天赶早起来，赶到滑雪场，在半山腰上，背后是秦岭的主峰。秦岭是中国少见的东西走向的山脉，是地理上中国南北的分界线，长度超过五百公里。秦岭有两个主峰即太白山、鳌山，两个主峰的连线，就是著名的秦岭穿越线路鳌太线，很多徒步旅行者走过此线路，甚至有人付出生命的代价。

鳌山滑雪场是新建的，以前这里是军事禁区，不对外开放。宽大的雪场平铺在秦岭的山坡上，面积很大，很平展，这里并没有明显的主峰，多条雪道一字排开，平铺在山坡上，雪场两边有缆车，可以互通，雪道很长，可以感受风驰电掣的感觉。从山上看，雪场很开阔，雪道上是快速移动的滑雪者的身影，大厅门口更是聚集了很多游客。乘缆车上山，从东到西把几条雪道滑了一遍，用雪道串联起东西两个缆车，感觉很好，背后的山坡上还在建设更高的滑道，是黑色标识的滑道，更加陡峭，由于是背阴的山坡，避免了阳光的直晒，雪道质量很好，相当不错的滑雪场，这里距离西安大约一百四十公里，还有来自宝鸡、汉中的游客，更多人可以享受滑雪带来的快乐。

下午两点下山，还要赶路，可能要住在韩城附近，大约还有三百公里的距离，换好衣服，开车出来，走在路上，可以清楚地看到鳌山滑雪场的全貌，有如瀑布一般挂在倾斜的山坡上的滑道，点缀在山林之间，清晰而分明，再回头看一眼，告别了秦岭鳌山滑雪场。

2019年2月25日

游广州增城白水寨

到广州附近的增城是为了泡温泉，据说增城温泉是广东山地温泉之首，确实很不错，位于半山腰的温泉，分散在山石之中，绿树掩映，视野开阔，在半山腰上可以享受温泉的热度，同时俯视辽阔的田野，实在是很好的享受。意料之外，在增城吃到了特色荔枝木烤鸡，味道极佳，尤其是酥黄的外皮，脆香爽口，荔枝木烤鸡做法特殊，有点像新疆的馕坑肉，用厚厚的胶泥膛成炉壁，用荔枝木把膛壁烧热，烧成红色，储存热量，然后灭掉柴火，把腌制好的鸡挂在炉子中央，用储存在四壁的热量把鸡烤熟，这样的做法热量均匀，没有明火烧烤，烤熟的鸡味道鲜嫩，在南方的城市，居然吃到了新疆的味道，令人叫绝。

路边的指示牌上写着"白水寨景区"，驱车前去参观，进门之后便看见地面上的水流，呈扇面形分布，几个积满水的水塘散布其间，继续前行，便进入峡谷，两边是人行栈道，中间是激流的溪水，水量很大，在大块的岩石上激起很大的浪花，继续向前就要爬山，岩石坚硬，在岩石上开凿的阶梯非常陡峭，很多时候要手脚并用，上山的步道旁始终是向下流动的溪水，湍急而欢快，溪水在树林中不时回荡起水塘，不时散布开来，形成大片的瀑布。只有在南方才能感受到水量的巨大，靠近印度洋、太平洋，巨大的蒸发导致充沛的降水，海洋性气候造就了各种热带植物，水量充沛令北方人羡慕。

沿着山坡有几十处瀑布，大大小小，最大的瀑布有三十米高，几乎悬挂在头顶上，流水从天而降，在空中完全是白色的浪花，飘飞的水滴在空气中集聚成雾气，浓重的雾气笼罩在头顶上，充斥着整个空间，置身其中，感觉像在桑拿房中，只是落到身上的水是冰冷的。山谷中的瀑布一个接着一个，陡峭的山岩上铺满水流，更多的时候水流在岩石上流动，同样是散开的白色浪花，星星点点，不停地涌动，激起巨大的声响。上山的路一直沿着岩壁，一点点爬到山顶，眼前是一座宽阔的水库，景区的水流正是水库的溢洪道，通过河道的水流冲到悬崖边上，构成白水寨的景观。水库汇水区域很大，水库中湖水宽阔而平整，似乎感觉不到是在高高的山顶，或者说山脚下只是一个沟壑，南方的地质很令人吃惊，很多特点是与北方相反的，颠覆人的一般认知，在如此高的山上竟然有如此大的平原，有如此大的水库，着实令人惊讶。

山谷里的岩石非常坚硬，由于火山喷发凝固成各种曲线形状，大量的凹槽、坑洞密布岩石表面，有些则是由于常年水流的冲刷，形成滚圆的形状，似乎到了遥远的星球，各种面目狰狞的岩石，在水流的冲击下，形成斑斓多彩的图案，给人带来审美的享受。

在山谷中顺原路沿着山壁走下来，溪水在身后依然欢快地流动，给寂静的山谷增添了动感，所谓"山水"，山水之中没有水的山是难以成为风景的，这也是北方的山与南方的山的最大的区别。继续向下，陪伴左右的是不断的流水，在流水的陪伴下，结束了广州增城白水寨之旅。

2017 年 11 月 3 日

终于到了霍尔果斯

曾经在河南灵宝参加连霍高速公路的建设，连霍高速公路从连云港到霍尔果斯，几乎是中国东西方向最长的一条高速公路，在新疆境内就有两千多公里，连云港去过，霍尔果斯没有去过，总想着找机会看一看霍尔果斯。霍尔果斯几乎很少有人到过，甚至不知道在哪里，从乌鲁木齐出发，道路几乎是平行着天山山脉伸展在辽阔的新疆大地上，道路两边是大块的棉花田，白花朵朵，有如浪花，时而是大块的晾晒辣椒的田地，一片腥红，新疆之大，之辽阔，似乎只有在田地大片颜色的变化中才能得到最充分、最淋漓尽致的体现。经过漫长的遥远的旅途，已经昏昏欲睡，经过赛里木湖的时候，给人眼睛一亮的感觉，连绵的雪山包围的湖水，波光粼粼，在雪山的映衬下闪着明晃晃的光亮。湖水面积宽大，远不是杭州西湖或是武汉东湖能够相比，尤其是雪山的倒影，像是白色的裙边，镶嵌在赛里木湖辽阔的水面上。

　　一过赛里木湖便很快进入果子沟，果子沟是穿越天山的巨大的沟壑，蜿蜒地盘旋在天山之中。由于山体高大，从山顶融化的雪水形成湍急的溪流，冲刷在山沟中，甚至还有从山顶高坡倾斜下来的瀑布，挂在山腰之上。山坡上有大片的草地，由于山谷背风，绿草生长茂盛，甚至还有成片的枫树，秋天的树叶摇曳着金黄色，还有类似胡杨的灌木，大片地生长在山坡上，构成优美的图画。在最高的山涧间，是斜拉的大桥，钢桁架梁，飞架在两山之间，与周围的雪山构成优美的图画。从桥上下来，转过山坡走到桥下，很快就出沟了。在果子沟沟口有"果子沟村"，位于山的阳面，种植着大片的庄稼，与山的阴面形成鲜明的对比，大片的庄稼田告诉人们来到了著名的伊犁河谷。汉景帝时代开始和亲，从杭州远道而来的杭州王刘建的女儿细君公主，远嫁到了伊犁，并与当地的国王生活在一起，受到汉景帝的表扬，这位出生于杭州的细君公主，从时间上远早于远嫁匈奴的王昭君，开创了中国和亲历史的先河。

　　伊犁河谷位于天山南坡，承受着来自遥远地中海的海风，由于雪山融化构成的伊犁河，滋润着河谷地带，植被非常茂盛，庄稼密集，大片的果树以及大片的葡萄园。霍尔果斯位于伊犁河谷中间，山间的一块平地，紧邻中国国门一侧，建设了一个完整的小镇，街道、商店、旅馆与中国的内地县镇没有两样，临近国门的地方，有体型巨大的商业城。由于霍尔果斯的地理位置，国门附近建有观光区，介绍新疆的历史，著名的历史人物，玄奘、张骞、左宗棠、林则徐等都曾在此留下足迹，路旁有详细的介绍。从霍尔果斯通过狭窄的瓦罕走廊，可以连接到中亚五国，这些高山之中的国家与霍尔果斯相连，构成丝绸之路的重要部分。

　　中国版图辽阔，边境线上有很多地理点，漠河、珲春、满洲里、二连浩特、丹东、成山头、涠洲岛，都是这样的地理点，而霍尔果斯是这些地理点中最难到达的，经过长途跋涉，经过遥远的路途，能够来到霍尔果斯，相当不容易，也算了却了多年的夙愿。

2014 年 7 月 10 日

五台山驼梁赏金莲花

五台山去过很多次，甚至还曾经登顶环绕五爷庙的五个高台，着实地感觉到五台山的宽广、高大。返回京城的路上，看到路边的广告，介绍"驼梁"景区，上网查了一下，驼梁是河北与山西的界山，上面有大片的高山草甸，尤其是金莲花，一年之中只有七月末的十几天可以看到，完全是野生的，刚好赶上金莲花盛开，天赐良机，于是驱车前往。

下了高速有很长的小路，完全是在荒野里，大约是一个几乎荒野的山沟，没有人烟，只有杂草与灌木，间或有几块玉米地。道路曲折，没有铺装，坑坑洼洼，不是越野车还很难走，尤其是几个山坡上的急转弯，坡度很陡，轿车开上来会很困难。这是一处很小众的景区，游客不多，道路也没人维修，基本就是农耕道，来到半山腰，道路到了尽头，只能把车停下，换乘缆车。从缆车上望下去，很大的山沟，茂密的植被，高大的树林，郁郁葱葱，缆车要开很久才到山顶，下得缆车，豁然开朗，完全是另外的景色，成片的松树密密麻麻地堆在一起，全是同样的树种，可能是耐寒、耐风的原因，没有别的树种，再就是地上的野草，漫山遍野，草地很大，覆盖整个山头，一眼望不到边际，随着山势起伏，嫩绿的草地覆盖着整个山头，像是盖上一层毛毯，草深的地方甚至可以到腰部，小路在草丛中蜿蜒穿行，随时可以坐在草上休息，很干净，柔软而舒服。继续走，便惊讶地看到大片的金莲花。金莲花有七个花瓣，金黄色的花朵不大，有点像一元硬币，数量非常之多，星星点点，也有几簇金莲花开在一起，花瓣挨着花瓣，抱在一团。可能是因为风大的原因，山顶的草很矮，也就刚刚到脚踝处，但是很平展，很密实，每一寸土地都被绿草覆盖，没有空地，铺满地表的草丛中，均匀地分布着黄色的金莲花，随处可见，点染在嫩绿的草丛中。

山顶上立着一块巨石，有五米多高，上面写着"驼梁"两个大字，山顶面积很大，连接着远处的山头，再往前走，翻过山头就是河北地界，可以下到河北天生桥景区，虽然是盛夏季节，但是山顶一点都不热，山风徐徐吹来，反而有点寒冷的感觉。四周到处是绿草，山沟里是黰黑的松树林，除此之外什么也没有，如此高的山顶，已经没有人居住了，冬季更是大雪封山，而正是这纯天然的环境，造就了大片的天然草场，更造就了如此艳丽、灿烂的金莲花，没有人打扰，金莲花尽情地开放着，享受着阳光雨露，等待着又一年的夏天。

很难想象，在如此高的山顶，有如此大面积的草场，有如此大片的金莲花，盛开、怒放的金莲花并不因为人们的到来而绽放，而是自由地、随心所欲地绽放在属于自己的高山之上。

1993 年 7 月 25 日

在雅安蒙顶山品茶

以前曾经听说过"蒙顶山上茶，扬子江心水"，总是不知道什么意思，这次来到雨城雅安，当地的朋友带着上了蒙顶山，品尝到正宗的蒙顶山茶，算是知道了其中的缘由。雅安的位置很特殊，大约位于青藏高原的边缘，不远就是二郎山或者是攀枝花等高原地带，特殊的地理位置，造成雅安降雨充沛，同时也造就了周围独特的植被条件。雅安周围植被茂盛，甚至生长着可供大熊猫食用的箭竹，雅安碧峰峡一带成为大熊猫天然的乐园，而其他平原地区也同样植被茂盛，生长着茂密的各色植物。

蒙顶山并不高，没有尖耸的山峰，更不陡峭，山坡是很大的平台，即使是山顶也是平台，不过是海拔高一些，车可以直接开到山顶，从山顶向下望去，满是茶树，茶树并不高，一朵一朵的，圆球状，成排地排布在山坡上，随着地势，起伏跌宕，远远看去有点像龙脊梯田的模样。蒙顶山上有几棵树冠很大的银杏树，遮天蔽日，甚至不时还掉下几颗银杏果实，银杏树下有许多茶座，典型的四川竹椅，坐在竹椅上沏上一杯蒙顶山出产的清茶，很快茶叶尖浮上水面，漂在碗的边缘，茶杯里的水慢慢地变成了淡黄的颜色，喝在嘴里有一股清香的味道。

蒙顶山雨水很多，雨多升云，云腾成雾，雾漫则生烟，置身山中，层峰交织，烟雾环抱，如梦幻似仙境，正是如此的雨雾蒙沫，才得名"蒙山"。据说蒙顶山的茶在汉代就有了，作为贡茶供给皇宫，最早的茶树是野生的，山民们摘来沏水，发现味道清纯，逐渐发展起来，自己种植，这样蒙顶山的茶成为中国茶叶的鼻祖。随后人们大面积种植茶叶，贩运到西藏高原，由于茶叶里特有的茶碱，可以很好地消化油脂，茶叶成为雪域高原必备的食品，高原的人用马进行交易，茶马古道由此诞生。所谓的茶马古道，一条是从丽江进入西藏，大约走的是今天的滇藏线，运送的茶叶大都是云南、贵州一带生产的，而四川生产的茶，就是从雅安进入西藏的，大约就是今天的川藏线，而位于川藏线起点的雅安，也同样生产茶叶，供给西藏人食用，雅安也算是正宗的茶马古道的起点。

成都平原的地理位置很特殊，完整的盆地，四周高山，阴湿多雨，没有大风，没有干旱，很适合植物的生长。由于高山的阻隔，很少受到战乱的侵害，只要勤劳耕作地里就可以长出庄稼，百姓便可以安居乐业，这样想来，最早的茶叶出产在四川也是应该的，人们只有在解决了温饱之后，才有更多的闲暇，品茶饮酒，享受惬意的生活，也只有温润的环境才能生长出茶叶，物产与气候形成茶叶产生的物质基础。在蒙顶山上沏一杯清茶，虽然不是用的扬子江心水，但是味道已经很好了，清新爽口，味道醇厚。成都平原温润的微风吹拂在脸上，柔软而轻柔，与茶水的滋味相得益彰，轻轻的时光在茶香中淡淡地流过，似乎让人感觉出光阴流逝的味道，在光阴的通道中，更加品尝出茶的清香。

蒙顶山上茶，味道很不错，能够实地品尝蒙顶山上茶，也是不错的享受。

2012 年 3 月 5 日

游桓仁五女山城

东北的白山黑水曾经养育了众多的人口，形成众多的民族与社会形态，其中很大一部分最终的结果都是往中原发展，寻找温度更适合生存的场所，鲜卑、女真、匈奴、蒙古都是这样，锡伯族更是遥远地迁移到新疆伊犁，曾经渤海国、新罗国、百济国短暂地存在之后，消失在历史中。与这些民族不同，还有一个民族建立了国家形态的政权，就是高句丽，也曾经较长时间存在于东北白山黑水之间。

辽宁本溪附近的桓仁县，可能是靠近长白山的原因，山势越发高大，人烟更加稀少，森林更加茂密，从桓仁县出发，不多远就到了五女山城，并不高的山峰，植被茂盛，沿着几乎直线的上坡路，一路可以走到山顶，临近山顶的地方是一块很大的山顶平台，面积非常大，这是几个山头之间的平地，山路上立着一座古老的城门，用原状的石块砌筑，大部分已经垮塌，只剩下两边的石头垛子，没有了上面的城门，碎石很不规则，散乱地堆砌在山腰上，石块上长满青苔。通过山门之后，依然是石块铺砌的山路，只是路边不时有同样是石块砌筑的建筑的遗址，在山顶的平地上，有几处建筑，说明上讲是粮仓、库房、指挥所，但是在现场看已经没有区别，只是一堆堆杂乱的石块。也难说，这里的建筑大约是公元37年所建，那时中原还是汉代，至今已经将近有两千年历史了。

史书记载，公元前37年（汉元帝建昭二年），扶余国在五女山城建立都城，国名高句丽，为区别于公元918年李氏建立的高句丽，汉代的王氏高句丽，当年可能是为了防止东北地区其他国家的入侵，在易守难攻的五女山建立城池，屯兵存粮，想来也十分热闹，随后不断发展壮大，迁移到集安建都。王氏高句丽存在了七百年，至公元688年，被唐朝所灭。在集安可以看到很多这个时期高句丽的遗存，有类似金字塔的将军墓，有宫殿遗址，还有道路、桥梁的遗迹。尽管高句丽对外称国，但毕竟势单力孤，还是依附于中原大国，在汉代曾经作为中国的附属国，期间多次遭到蒙古的攻击。至于明代大约公元918年在朝鲜开城建立的李氏高句丽则是另外的国家，至公元1392年李氏高句丽灭亡。

站在五女山城上，四处满是石块砌筑的建筑遗址，这里的石块甚至没有打磨，圆滚尖锐，与武当山真武大殿的石块完全不是一个水平，甚至有点史前遗址的感觉。从山沟里捡来各种石块，码放堆积，就成为房屋，可见当时建筑的简陋。曾经的五女山，在汉代也曾经聚集了相当多的人口，形成国家形态，管理、治理着周围的一方土地，只是时间久远，在经历战火之后，这里的文明没有完整地保留下来，而是融入各种新的文化形态之中，只有这些石块，顽强地存在着，诉说着历史上高句丽国曾经的存在。

2013年10月5日

游福建九龙漈、白水洋

从霞浦出来去福州，本可以沿着海边走，但以前还没有在福建的山里走过，决定向西拐一下，想去看一看福建的山区。福建多山，且很多山区岩石坚硬，无法耕种，更多人聚集在城镇里，或者干脆出国谋求生路，形成福建特色的城镇居住区。一路都是山，但是并不高，与川西的山相比很矮，山上长满植被，基本没有人家，到处湿漉漉的。首先去的是宁德的九龙漈，"漈"这个字以前从没有见过，第一次见，在北方没有用过，大约是瀑布的意思。下了高速走很远的省道，便到了景区。路边的一个小门，没有游人，买票进去后空空荡荡，走了一段路，媳妇就不走了，坐下来休息。一个人继续向前走，完全是平地，看不出什么模样，似乎不像是景区，有点郊野的感觉，走出去很远，转过弯才看到景点，所谓的"九龙漈"就是九条瀑布，一层层跌落，挂在岩石壁上，不过这里的瀑布是从地面向下流去的，流向深潭，不是从高山顶上流下来的水流，或许就是为什么叫"漈"的原因。

北方的省界、县界很多是以山脊为分界线，而南方贵州、云南、四川的很多边界是以河流甚至深谷为分界线，高大的河谷阻碍了人们的交往，也形成各自的区域，甚至省界。沿着石阶不断向下走，基本都是挨着瀑布的边缘行走，一截一截的瀑布不停地流动着，水流砸在下面的石块上，激起很大的浪花，声响如雷，很远的地方都能听到。

跌落的水流在岩石表面冲出很大的坑，形成水塘，幽深而昏暗，水塘的水继续向下流动，又构成另一级的瀑布，就这样在很大的山谷中，可以看到九级梯状瀑布，这在北方还确实少见。终于走到最底下的水塘，面积很大，再往下流，就没有落差了，形成平缓的河流，流向远方，这里漈的水量很大，一年到头总是有源源不断的水流，长年不断地冲刷把岩石雕琢成光滑的表面，露出深黄色的岩石，构成精美的图画，完全的纯天然，镶嵌在绿树遮挡的大山之中。从谷底向上返回，从由下向上看的角度完整地欣赏了九龙漈，这是一个相当大的半圆形深谷，稍微拐了个弯，水流挂在山谷中央，形成跌水，形成所谓的漈，这时才明白为什么叫"漈"，以及漈与瀑的区别，世间山水只有亲身体验才能明白，才能有真正体验与感悟。

出九龙漈景区，向屏南县城方向，找到白水洋景区，门口有两个山包，挡住后面的景物，什么也看不见，买票后乘坐电瓶车走了很远，大约是在山谷间行走，拐了几个弯，车停下来又步行，忽然眼前豁然开朗，几座山峰中间夹杂着一块很大的平地，有几千平方米，更令人惊讶的是，这块山间平地的地表居然是一块巨大的整块的岩石。岩石表面坚硬、平整，其上密布着褶皱、坑洼、凹槽，从上面山谷中流下来的水流，均匀地散布在巨大的岩石表面，水流很大，在岩石的表面激起片片白色的水花，水不深，也就刚刚没过脚踝骨，但是水量很大，源源不断，巨大的流水不停地冲击岩石表面，激起大片的白色的浪花，有如海洋一般所以叫"白水洋"。

如果不是亲临实地，实在难以想象，难以相信，尽管前一天已经在电脑上看过照片，但是还是想不清楚，只有身临其境才有所了解。租了一双雨鞋，走在岩石上，非常滑，岩石表面布满青苔，要小心翼翼地才能通过，四周全是白色的浪花，不停地流动，随便哪个角度都是风景，整块的岩石平展地铺在三座山峰之间，刚好有一定的坡度，同时又有充足的补给水源，才恰到好处地构成白水洋的美景。绕着整个岩石转了一圈，国内恐怕还没有第二个类似的景点，也完全不是人工能够制造的，大自然的鬼斧神工，在深山之中留下绝美的痕迹，实在不虚此行。

即使是旅游达人，到过白水洋的也不是很多，甚至没有听说过，亲自来到福建，看过了九龙漈、白水洋，对福建的山山水水有了更加深刻的印象。

2017 年 10 月 20 日

领略兴义马岭河瀑布

在云南北部金沙江边寻找红土地，找了半天也没有找到，穿越临近金沙江的大山，山路曲折，雾气弥漫，只能悻悻而回。开车进入贵州，向南到兴义，奔着著名的马岭河瀑布，有些犹豫，心想会不会同云南的红土地一样令人失望，带着满腹的疑惑来到马岭河谷。先是坐电梯垂直下到谷底，大约四十米深，走出电梯，马上被眼前的景物惊呆了，眼前的河谷确实让人感到震撼。

马岭河峡谷其实是一条巨大的裂缝，地裂谷，大地裂开了一条巨大的缝隙，两边的石壁几乎垂直地升到地面，从下面看上去，蓝天只是一条狭小的缝隙，裂谷很长，呈半月牙圆弧状深切于地下，像是镰刀在地面割开的缝隙。更令人惊讶的是，在深谷一侧从天而降的水流，大约有十几束，像倒灌似地从悬崖的边缘垂直跌落下来，水量很大，在空中联成厚重的线条，像是很大的绳索，重重地砸落在沟底的岩石上，激起一团团的水花，水流在空中四面飘散，在空气中充满白色的雾气，弥漫在峡谷中，整个峡谷水汽升腾，浓郁的水汽飘上去，又降下来，四散开来，在峡谷的空间中回荡。不断跌落的水流砸在石块上，激起很大的声响，似乎大雨瓢泼，又似乎河流拐弯处的冲击，巨大的回声充斥整个峡谷，流水溅落的声音在峡谷两侧岩石壁上不断地反射、回荡，充斥整个峡谷的空间，震动耳膜，几乎听不到其他声音。沿着悬崖边上的小路向前走，头顶上满是瀑布的激流，不时要钻到瀑布后面开凿的石洞中，才能穿过瀑布，这时人可以站在瀑布后面，眼前的瀑布像是密密的水帘，挡住视野，一片白茫茫，冲击而下的水流满满地挡住视线。经过一条条瀑布，峡谷最前面是一处最大的瀑布，水流几乎是倾斜而下，只能远远地观望，水流激起大片的浪花，吞噬着下面的岩石，完全无法靠近。

很难想象马岭河谷有如此大的补给水源，源源不断，需要多大的汇水面积，才能产生如此大的水流？看介绍，马岭河大峡谷的瀑布来自乌蒙山区，而乌蒙山是贵州北部最高的山脉，充沛的降雨，坚硬的玄武岩，使得大量的水流形成地表径流，不断汇聚，来到马岭河峡谷，在最低处跌落到断裂与地表的峡谷中，形成瀑布群，长年不断的水流在地缝式的河谷，遇到坚硬的岩石，遇到峡谷，连绵不断的水流跌落到峡谷中，前赴后继，构成壮观的带状瀑布群。置身在峡谷底部，头顶、身上、视野中、耳膜中被巨大的水流以及水流的撞击声所包裹、覆盖，罩得严严实实，这里完全是水的世界，流动的水带来流动的雾气，带来弥漫的水汽，充斥空间，侵蚀岩壁，把一切变成水的俘虏。很难想象，在甘肃缺水地区，陕北黄土高原以及浩瀚的沙漠是怎样的缺水，而在这里是大量的水流，富集的水流浩浩荡荡，源源不断，似乎世界上没有缺水，没有沙漠，没有干旱的田地。贵州的降雨在全国是出名的，而汇集的流水更是出名，形成散落各地的瀑布，大大小小，高高低低，而这些瀑布中最大的，最具代表性的，最狂野的就是兴义的马岭河瀑布，远在贵州边陲，不停地流动着，在岁月的时光中，在时间的长河中，永不停歇地流动着。

感觉没有失望，非常难得的景观，值得一看，不虚此行。

2018 年 11 月 5 日

在乌鲁木齐滑雪

据说中国滑雪最早起源于新疆的阿勒泰地区,大约是在汉代,这里的牧民就开始滑雪了,当时牧民滑雪的目的是追逐猎物,并不是体育娱乐,牧民用马尾巴上的鬃毛绑在桦木板上做成的滑雪板,应该说是世界滑雪板的鼻祖。由于特殊的地理位置,充沛的降雨和高海拔,阿勒泰成为中国最好的滑雪场之一,滑雪者甚至可以坐越野车、直升机上到山顶,完全地滑野雪。

虽然很憧憬到新疆滑雪,但毕竟路途遥远,难以成行。滑雪有一个特点,就是喜欢变换地点,挑战不同的山峰,似乎更有成就感,更有野性,更能显示出滑雪者的能力,更过瘾,在滑过东北长白山、北大湖、亚布力的滑雪场之后,一心想去新疆滑雪。还好,临近三月底雪季结束的时候,得到机会到乌鲁木齐出差,办完事挤出一天时间,买的晚上七点的返程机票,滑一趟乌鲁木齐天山丝路花雨滑雪场。

住的酒店在乌鲁木齐的南边,就是下边,到丝路花雨滑雪场打出租车要一百五十元,一路上出租车司机说滑雪没有什么好玩的,很冷,还危险,不如在家里喝酒。司机更不理解,像我这样大老远从遥远的北京跑到乌鲁木齐滑雪,完全的不可思议,连连咂舌。说实话,滑雪在中国实在太小众了,并不普及,如果人的基本生活需要没有满足的情况下,是难以享受滑雪的快乐的。我们这些六零后,小的时候完全不知道什么叫滑雪,四十多岁才接触到滑雪,可谓大器晚成,更是稀罕,只是学会了滑雪,总想打个卡,也算是了却了一件心事。又想起墨子的话:子非鱼,安知鱼之乐也?滑雪、潜水、飞伞、滑板冲浪、翼装飞行、攀岩、洞穴探险这些小众的运动,只有少数人能够有机会参加,这其中滑雪应该说是最简单的,最容易接触的。由于条件的限制,不可能尝试所有的项目,能够滑滑雪尤其到不同的地区滑雪,也是很好的享受。

由于到了雪季结束的时候,滑雪大厅中几乎没有人,雪道上的雪已经开始融化了,感觉不好,很多高手已经收板,只有几个滑雪教练懒洋洋地在大厅中走来走去。问了一下,可以买团体票,八折,于是换上滑雪板,走出大厅。确实气温高了,地面上已经有很多融化的雪水,雪也是很松软,滑不了几天了。

乘坐缆车,直接到了山顶,这是在山坳里的滑雪场,缆车停在半山腰,停车站的位置刚好在路线的最低点上,后山也有滑道,要窄一些。缆车下口左右各有滑道，左边的要宽大一些。顺着滑道滑下去，雪道上没有人，由于只有自己一个人，没有人帮助，坚决不能出问题，为确保安全只能不停地减速，之字形很缓慢地滑下去，先要适应一下环境，活动一下身体。雪道很长，其中有一处很大的陡坡，甚至比万龙滑雪场的"大奔头"还要陡，更糟糕的是雪面上有很多大颗粒的雪块，硌在滑雪板下面，稍不注意就要人仰马翻，一点一点尝试着滑到山下，回头望一望山上的滑道，很高、很陡，还是非常吓人，初学者是很难滑下来的。

重新上山，沿着缆车站左侧的小雪道又滑了一趟，坡度不是很高，弯道很多，回转腾挪，很有乐趣，同样几乎没有人，可以适当冲一下坡。随后又沿着山后的雪道滑了一趟，雪道在背阴处，因此雪面很硬，甚至有整块的冰面，雪道两边是陡峭的直立的岩石，面目狰狞有点吓人，硕大的岩石上长满松树，天山脚下的植被还是很茂盛的，山坡上郁郁葱葱。很快滑了所有的雪道，打了一遍卡，也算是了却了到新疆滑雪的夙愿。不同年龄有不同的需求，五十五岁了，已经不能追求滑雪的速度，只能追求滑更长的距离，重要的是不要摔伤，也就是慢慢地滑一下，感受一下，照照相，纪念一下，炫耀一下也就是了。乘缆车来到山顶的木屋，沏上一杯咖啡，静静地坐在外面木制的观景平台上，欣赏天山山脉的风光。

放眼望去，这里是真正的大山，真正的天山山脉，大片的山脊，生长着成片的松树，直直地伸向天际，无边无际。雪道只是山坡上一点很小的痕迹。天山确实太大了，横亘六百余公里，截断了空中飘荡的水汽，变成降雨，滋润着天山脚下的绿洲，甚至发育出塔里木河，新疆是中国距离海洋最远的陆地，可以说没有天山，很难想象新疆的模样。山风徐徐吹来，面前是视野开阔的雪场，只有几个滑雪客，红色的斑点在雪道上驰骋，暗红色的滑雪服，在白色的雪道上，画出长长的弧线，融化在天山的山坡上。头顶上不时有战斗机高速飞过，传出巨大的轰鸣，随后就是一片宁静，辽阔的宁静，宽广的宁静，无声无息的宁静。跨越千山万水，在遥远的新疆，在连绵的天山山脉，独自一人享受滑雪的乐趣，实在是难得的享受。休息过后，重新上雪道，大约把每条雪道又滑了一遍便下山，毕竟年岁大了，安全是第一的，在山脚下照了几张相，也算是来乌鲁木齐滑雪的纪念。

从雪场出来没有公交车，等了半天也没有出租车，只能走出很远，在岔路口等，还是没有，只能拦百姓的私家车，拦了半天，终于有一辆车停下了，谈过价钱，送到酒店。赶紧换衣服，退房，着急忙慌地赶到乌鲁木齐地窝铺机场，还好，时间还够，吃了一碗新疆大拌面上飞机，结束了此次乌鲁木齐滑雪之旅。

这时又想起了滑雪起源地阿勒泰，从乌鲁木齐到阿勒泰，还有1200公里，需要换飞机才能到达，阿勒泰距离喀纳斯景区不远，找机会把两个景点一次走完，真的很想去阿勒泰滑一次野雪，只是路途太遥远了，难以成行。会滑雪的好处在于能够有更多的念想，更多的欲求，能够有冲动去遥远、陌生的地方，于是努力去争取机会，争取时间、身体、金钱，去实现自己的欲念，同时能够在遥远和艰苦中找到城市生活难以找到的乐趣，开拓视野，锻炼身体，得到身体与精神上的享受。

飞机起飞的时候，天已经完全黑了，完全看不见天山的博格腾峰，三个小时之后，回到北京。

2018年3月25日

漫步华中理工大学 *

初到华中理工大学的第一印象是：说不清它是公园中的学校，还是学校中的公园；说不清它是社会中的学校，还是学校中的社会。确切地讲，华中理工大学坐落在一片繁茂的树林之中，坐落在一片有山、有水、有草、有湖、有树的公园之中，校园之大，只有亲临才能感受。走进校园，给人印象最深的就是那一棵棵、一片片、一簇簇、一排排、一行行各色各样的树。有冲天的松树、有斑驳的白桦树、有枝叶尖挺的槐树，更有大量叫不上名字的绿树。绿树扑面而来，遮阳蔽日，构成一片片浓密的树林。树林中生长着同样嫩绿的青草，油嫩嫩像地毯一样平平整整地铺在地上，给整个的校园涂抹上一片富有生机的绿色，这泼洒在地上的绿色与半空之中摇曳的树叶交相辉映，相应成景，构成一幅美丽的图画。

微风轻拂之后，悬挂在头顶的树叶随风飘落而下，散布在地上，薄薄的一层，有些地方甚至是厚厚的一层，踩上去轻盈而柔软，极富诗意。南方得天独

---

* 华中理工大学现称华中科技大学。

厚的自然气候条件，使树与草四季长青，随时随地把嫩绿的色彩与清新的空气奉献给其中的人们，相对于北方半年的枯草季节，这常年的绿色的确是上帝对人的恩赐。这一片片的树林将教学楼、宿舍、小路掩映在弥漫的绿色之中，时隐时现，随风飘曳，真有一点"世外桃源"的韵味，的确称得上是一所公园中的学校。

据说华中理工大学有两万名学生，再加上教职员工将近三万人，这三万人生活、学习在同一区域内，学校校园之中商店、银行、书店、修理部、小学、中学、出版社应有尽有，可谓五脏俱全，或许除去火葬场以外，社会生活的各个方面、社会结构的各个部分一应俱全。人们购买商品、食品获得能量，参加活动，将由太阳能转变而成的二次能量转变成以文字、语言，以思维为载体的高级能量，并将这些能量转移、传播、复制到年轻一代身上，艰苦卓绝地进行着能量与知识的转换。校园之中，各年龄的学生、年老年轻的教员、教员的孩子以及退休的老人随处可见，从小到老，从生到死，将人生的各个阶段一览无遗地展现在眼前，有若一幅立体、活动的清明上河图。

市场经济的发展，为小商小贩们提供了得天独厚的条件，校园中商铺云集、小贩成群，尤其是下课的高峰时间，小贩们将各种价格低廉的生活、学习用品带进校园，摆开地摊让学生们挑选。在教员生活区，甚至建有相当规模的自选商场、自由市场，俨然活脱脱一个小社会。教育的拨款、学生的学费、学校三产的创收，转变成支撑这个小社会的动力，转变成人们生活的能量，提供着所有活动的源动力。在校园之中走来走去，很难分辨是在校园之中建的社会、还是在社会中建的校园，也许这正是区别大学与学院的一个重要方面。

华中理工大学是中华人民共和国成立初期为数不多的理工科大学之一，涵盖了工业生产的各个领域，为华中地区、为全国培养着人才。工业是社会生活的基础，而基础教育又是工业发展的基础，这方面华中理工大学贡献不小。对于广大考生而言，能考上这样一所大学，也是一件很不容易而且非常值得骄傲的事了。可是读起书来非常不易。随着社会的发展，社会生活变得越来越复杂，人们享受现代生活快乐的同时，不得不付出相当的代价去发展生产。频繁闪烁的电视节目、飞转的车轮，使得"采菊东篱下""禅房花木深"的意境显得越发遥远。进入信息时代，各个学科在原有本来就相当复杂的基础之上，又不断地增加了大量的信息，计算机的应用，更使这种信息的增加如虎添翼。学生们面对扑面而来的各种信息，承受着相当大的压力，能够较好地完成学业，达到自己预期的目的并非易事。在华中理工大学的校园中随处可见背着书包急匆匆行走或是一丝不苟伏案苦读的学生，清晨的树林里、山坡上，到处都是起早背诵外语的学生。告示牌上的各种讲座，书摊店铺中的各类辅导书，将树林与社会中的校园笼罩在浓郁的学习气氛之中。

据说华中理工大学的学风很好，有"学在华中、玩在武大、爱在武师"之说，其实学、玩、爱都是必须的，只是所占的比例有所区别而已。对于理工科而言，在某种程度上是相当枯燥乏味的，远不如文学课、历史课、艺术课有意思。那些复杂的公式、代码、图表，难以理解与想象的定义、推理、分析，着实让人感到头疼。看到夜晚教室里年龄不大的女学生，架着厚厚的眼镜埋头趴在同样厚厚的书本里，绞尽脑汁地理解与思考"直排卡式锅炉硬质保温体发热及炉胆中间层结垢的原理"或是"负温半超导状态下非金属物质磁性可逆变化的分析趋势"或是"大规模瞬时离散分解电流对电源控制点稳定的附加影响"等问题，真不理解她们是怎样的一种心境。很难想象年轻的学生们将对化妆品、时装、歌舞的兴趣转变成对电流与热效应的孜孜不倦之后，面对汹涌澎湃的商品经济的大潮，他们如何调整与平衡自己的心态？从这种角度而言，刻苦攻读的学生们同在市场之中苦苦挣扎的芸芸众生一样，也同样值得敬佩。

现在的大学生，远不同于八十年代天之骄子的时代，他们面对相当大的学习压力与工作压力。虽然"天下兴亡，匹夫有责"，但更重要的是学好学业，在投身社会之后能够找到一席立身之地。作为一般大学生，在毕业之后五至十年内能够很好地适应工作环境，建立家庭，生儿育女，有一些存款已相当不易。也许只有这时，他们才能真正体会到在马克思主义哲学中曾经学过的"存在决定意识"的英明伟大，更能体会到曾经为他们轻描淡写的"生存权是基本权"的深刻内涵，才会对"夸夸其谈""华而不实"有清楚而明确的认识。

"指点江山，激扬文字"固然可敬，"谈笑间，樯橹灰飞烟灭"的确让人艳羡，"举案齐眉，红袖添香夜读书"引人垂涎，硅谷之中一蹴而就的百万富翁更绝对让人心动，然而毕竟还有一段或大或小的距离。对广大的学生而言，维系与延续自己的生活与生命，才是摆在面前非常现实的题目。不想当将军的士兵不是好士兵，听起来有些道理，但毕竟这世界上还没有一支全部由将军组成的军队。柴米油盐酱醋茶，在某些时候显得比核电站泄漏、人口控制、UFO、珍稀动物保护、地球温室效应、古文化精品收藏更加重要，这也许就是理想与现实之间确实存在着的巨大差距的原因。

学习生活是艰苦、困难的，这不仅体现在学业方面，而且更直接地体现在经济方面。身体的成长发育，物质世界的诱惑，学生们不时觉得"囊中羞涩"，城市中的学生尚且好些，来自农村的学生则显得相当困难，这从学生们的衣着、膳食之中可见一斑。然而学生是充满希望的人群，未来尚不确定的生活，经过努力可能取得的成功，给他们带来巨大的希望，这希望给他们带来朝气，冲淡了各种困难，使整个校园充满勃勃生机。在这种公园式的大学中作为教师应该说是个很好的职业。几乎生活在世外桃源、与世无争、充满生机的环境之中，平心静气地读些书，品味一下纷繁的世界，静下心来研究一些精细学问，确是一件十分惬意的事。"天下名山僧占多"，虽然僧人们在山水之中享受到静寂与安谧，但远离现代生活，物质相对缺乏，生活也就难于幸福。而生活在大学之中，静寂与安谧并存，同时享有现代化的生活设施与最新的信息，面对教不尽嗷嗷待哺的学生，生活中充满新鲜与激情，普天之下哪有左于其上的好事。真不知这些大学教师是怎样的体味，或许很多人并没有意识到这些，那才真是身在福中不知福，躺在蜜罐里找糖吃。

短短半年的校园生活，走马观花，多少对华中理工大学有了一些印象。在脑海里的浪翻波涌之中不时可以见到浓密的树林、绿的青草、俯瞰东湖的珞珈山、生龙活虎的篮球场、狼吞虎咽，人头攒动的餐厅、窃窃私语的湖边树林、激情昂扬的讲坛、书山文海的图书馆、引人入胜的原版电影、汹涌而来的托福强化班以及无数难以用文字描述与记载的信息与感觉。

相当不错的大学。

2000 年 5 月 15 日　写于华中理工大学

游焦作云台山

适逢"五一"小长假，看到电视里播放云台山风景区的广告，便开车前往。从北京到云台山七百公里的高速公路，要走一整天，住下之后就感觉人多，相当的多，进山的时候更是满满的人，拥挤不堪，开发旅游在大门口设置了现代科技的磁条卡，刷卡进入景区，事实上人们到景区希望看到的是自然风光，并不愿意看到更多人工的痕迹，只是很多景区把旅游当成产业，进行包装、打造，增加了观光车、索道，门票变得很贵，令人遗憾。

云台山是太行山脚下的山谷，而太行山是中国为数不多的南北方向的山脉，大量的红色沉积岩蜿蜒地盘旋在山谷中，曲折环绕，这种红色的砂岩造型奇特，凸凹不平，构成各种奇形怪状的图案。在太行山脚下修建了几道拦水坝，积存的清水反射出红色砂岩曲折的形状，几条栈道开凿在山脚下，从栈道上走过，头顶上是悬挂的岩石，面目狰狞，颇有些风险，景色还是可以的，体现了太行山大峡谷的面貌，只是人太多了。焦作位于河北与河南交汇处，东西南北道路通畅，河南又是人口大省，过多的游人拥挤在"五一"小长假之中，从大门就开始拥挤，到临水的栈道上拥挤达到高峰，几乎寸步难行，在一个位置可能要停留几分钟，前后都是一动不动的人流，只能抬头望着眼前的山景，重复地看同样的风景，着实令人烦躁。挤满游人的队伍前后看不到头尾，半天时间几乎完全不动，人声嘈杂，再好的美景也失去了味道，应该控制游人数量，或者干脆避开"五一"假期，过于拥挤的环境给美景打了大大的折扣。

　　山坡上悬挂着几条瀑布，白色的流水从红色砂岩山坡上流下来，也很壮观，只是打听了一下，有人说流下来的水是用管道抽上去的，为了景观需要，北方与南方差别很大，很难有充足的水源，只能勉强为之，只是听到这样的说法，感觉景物的美感大打折扣，有点令人失望，对于人们追求审美的努力，令人敬佩。

　　云台山位于太行山南麓，面临广阔的平原地带，山高谷深，其中多条峡谷与沟壑，很多天然的峡谷非常具有观赏价值，只是路途遥远，藏在深山人未识，而云台山经过开发能够接待游客，应该说也是好事，只是"五一"小长假，过多的人流涌进景区，影响了旅游的观赏性，给人带来遗憾。毕竟中国人旅游的积极性实在是高涨，随着经济水平的增加，出门追求诗与远方的人可能会更多。真不希望在如此拥挤的环境中旅游，而是希望融化在山水之中，清心寡欲，在宁静之中享受旅游带来的乐趣。

2015 年 10 月 5 日

游荆州熊家冢

　　陕西西安的秦始皇陵兵马俑一经面世便震撼世界，成为中国古代社会巅峰的标志，各国国家元首频繁光临，更使得兵马俑成为中国历史文化的代表，成为中国的名片。遇到一位荆州籍的湖北人士，他不屑地说，兵马俑算是什么，看看我们荆州熊家冢，那才叫历史悠久，才叫震撼，于是"熊家冢"这个名字便留在脑海里，总也挥之不去，总想找机会去实地看看。这次出四川走的是宜昌，沿着长江北岸的高速公路，经过万县、巫溪，穿越三峡的崇山峻岭，来到平原地带，江河宽广，长江两岸农田肥沃，令人心胸开阔，精神为之一振，有机会去看看大名鼎鼎但是鲜有人知晓的"熊家冢"，更是令人兴奋。

　　从荆州古城中出来就是农村的乡道，路上全是运货的卡车，尘土飞扬，道路坑洼不平，长江冲刷、淤积的江汉平原不愧为鱼米之乡，大片的稻田，一个挨一个的鱼塘，整个田地几乎没有一块空地。在坑洼的地面上走了很久，到景区大门的时候甚至还是同样的村镇，不像很多经过开发的景区，熊家冢似乎完全在荒地之中。景区没有人，停车场只有我们一辆车，四周到处是茂盛的杂草，荒凉而冷寂。新建的网架建筑罩在开挖的土地上，进入展馆才觉得眼睛一亮，宽大的大厅，黄泥土的地面上几十个坑，里面都是埋葬的骨骸，令人吃惊的是熊家冢更多的是车马的残骸，有几十具之多，整个车马埋在黄土中，被泥土裹覆，时间久远，已经固化成坚硬的形状，马的肉体已经消失，只有少量骨骸的残骸，而车的轮廓依稀分明，轮廓清晰可见。一片一片的残骸覆盖在黄土地上，有点像两军阵前的方阵，活灵活现，这些车马似乎还在战斗之中，给人震撼的感觉。在春秋战国时期，马拉的战车几乎就相当于今天的坦克，是国家权力的基础与象征，也是一个国家实力的体现。

　　经过考古学家考证，熊家冢埋葬的是春秋时期楚国国王的陵墓，熊氏家族的墓穴，早在秦始皇之前，楚国已经非常发达，相对于集权的秦国，楚国实行更多的民主的体制，更多地发挥臣民的积极性，楚国的建筑、漆器、诗歌、饮食、舞蹈都达到了相当的水平，在战国七雄中，楚国文明程度甚至远在秦国之上。那时的楚国人已经掌握开采青铜器的技术，在武汉、汉中附近都有楚国开采青铜器的矿藏，青铜器被冶炼后用在刀枪剑戟上，用在车轮外边缘，很大程度上提高了战斗力，在当时居于领先水平。很可能秦国是觊觎楚国的实力，或者害怕楚国有朝一日进攻秦国，先下手为强，在秦国集权的攻击下，楚国民主政体显得力不从心，难以有效地集聚更大的力量对抗秦国，楚国人在强大的秦国的攻击下，四散逃命，或许逃到广西、云南，成为百越先民的始祖，辉煌的楚文化彻底消亡。

  只有这浩大的车马坑，记录着楚国曾经的繁华与实力。是不是秦国人看到楚国国君陵寝的气势，才下决心建设规模更大的兵马俑？非常值得研究。在熊家冢中有大量的殉葬的人和马的残骸，而秦国需要人作战，为保存人力，设计建造了用泥烧纸的兵马俑，这样的可能性是很大的。在临淄也可以看见齐国的兵马坑，也有大量殉葬人的骨骸，那个时代战车是君王的追求，也是死后希望带走的最重要的物品，真的很可能秦朝的兵马俑是借鉴，或者吸收了战国时期各国国王陵墓建设的经验而建设的，这种可能性很大。整个熊家冢景区没有别的游客，感到很孤单，这样悠久的历史还不为外界所知，不是很出名，多少有些令人遗憾，中国的历史太悠久了，人们面对比秦始皇陵兵马俑更早的兵马坑，也并不为之震撼，如果放在美国，真不知道会是什么结果。江汉平原暖湿的空气笼罩在身上，脚下沉睡两千多年的车马坑无声无息地存在着，周围大片田地上，农民像他们的祖先一样耕种、收割、养鱼，几乎以同样的方式生活，远在千里之外西安的秦始皇陵兵马俑，摩肩接踵的人流，与熊家冢空寂的场景形成鲜明的对比。跨越时空，穿越历史，荆州熊家冢就这样静静地存在着，只是今天，增加了一个感慨的游客，时间依然流逝着。

2014 年 11 月 12 日

游克孜尔千佛洞

  从库车出来，开车走了将近三个多小时，四周都是沙漠，满目荒凉，偶尔几束杂草，零散地长在沙丘之中，大片的沙漠带给人孤寂、凄凉的感觉。汽车停在一处河道边上，这是一处河湾，半圆形的河道在旁边的山崖脚下留下些许绿色，显示出一点难得的生机，河岸边的山崖同样是弯曲的，高高地耸立在河边，山崖高大，几乎直立而上，在阳光的照射下呈现暗红的色彩。

走不多远，见到一处黑色的鸠摩罗什的雕像，弯着胳膊，有点像罗丹著名的雕像"思想者"，只是手里拿着佛教标志性的戒杖。过河之后便可以看见山崖上的洞窟，大大小小，里出外进，已经很残破，有的洞口塌陷，有的被雨水冲刷出沟槽。以前总是不明白为什么会在山上出现洞窟，在敦煌就感觉到四周戈壁上没有可以住宿的场所，只能在山崖上开凿洞窟，为往来的人提供栖身的场所，来到克孜尔千佛洞，更加清楚地印证了最初的想法，这座位于水边的山崖为往来的客商提供了住宿、休息的场所，大漠荒野之上，过往宾客也只能在洞窟中居住，冬季大雪封山，更是只能栖身其中，久而久之发展成固定的栖身场所。很可能居住其中的人，在大雪封山之后，在洞窟中展示自己的想象力，显示自己的才华，在墙壁上涂鸦，逐渐发展成壁画甚至雕塑，这种可能性极大。

克孜尔千佛洞的洞窟没有明显的规律，洞口的形状、洞的深度、开凿的方式、洞内的尺度差异很大，明显是不同时期开凿的，而洞内的壁画甚至有七层之多，一代代的佛教信徒，在前人的绘画上铺盖上自己的绘画，层叠交错，在石壁上积存厚厚的一层。与内地佛教绘画相比，克孜尔的绘画更加原始，更加直接，更加自由，各种绘画风格得到不同的体现，早期的绘画甚至还有欧洲罗马的风格，更多的是伊朗波斯的风格，传统飞天的形象甚至有基督教天使的味道，可以想象，在遥远的年代，来自遥远希腊、意大利的客商，在洞窟里画上他们熟悉的图画，东西方的文化在这里得到交融。

洞窟中的仙女画像有些甚至是裸体的，与传统的佛教大相径庭，从印度传到中国的佛教，在早期更加平民化，这种宗教最初的表现方式与各种宗教是相同的，逐渐正规化的佛教更加严谨，产生出各种规制，形成对信徒的约束，早期的佛教更多的是表现、是宣泄，是在记录生活与想象的情景，这也是克孜尔千佛洞最大的特点。与之类似，后期重庆大足的石刻也更加平民化，大量场景表现了世俗的生活场景，更加贴近百姓生活，这可能也是佛教发展的一个趋势。由于年代久远，很多洞窟已经垮塌，石壁剥落，破旧不堪，还有很多洞窟被放羊的牧民居住，生火取暖，毁坏了精美的壁画，着实可惜。

龟兹曾经是丝绸之路上重要的交通节点，曾经人口稠密，鸠摩罗什出生在龟兹，母亲是龟兹国王的公主，而父亲来自天竺国，九岁时随母亲到印度学习佛法。最终自幼研习佛教的鸠摩罗什成为佛教的传播者，被礼聘为国师，在张掖讲经布法，甚至引发战争，是一位传奇的历史人物，克孜尔千佛洞正是在鸠摩罗什的年代达到鼎盛水平。在遥远的年代，在遥远的地方，来自中原、印度、大食、地中海、草原的文化在这里交汇，各种思维、观念、语言、信仰、绘画、饮食、饰品把当时地球上鼎盛的文明融汇在一起，多种文化的叠加，构成多文明的精神文化成果，在当时的世界上占有明显的地位。

从北京到库车将近四千公里，来到克孜尔千佛洞，领略了历史的遗迹，欣赏了几乎是中国最早的佛教洞窟，更加了解了新疆，更加了解了新疆在中国历史上的巨大存在。

2012 年 7 月 8 日

长相依

自序：在盛京沈阳游览大帅府，见气势宏伟的帅府前有一四方小楼，两层，名"赵四小姐楼"。楼内陈设雅致，有钢琴、舞池。昔时赵四小姐赵一荻在天津舞场中与少帅张学良邂逅，一见钟情，来沈阳后便寓居于此，以张的英文秘书相称。后避日本战火于古城西安，西安事变后，双双被囚于息烽，相伴终生，一直未分离。最后客死他乡之后，同葬于太平洋波翻浪涌的夏威夷岛的山坡之上。赵四小姐原是北洋政府交通部副部长的千金，少年风华，远渡重洋，在浪漫之都巴黎求学，中西兼学，后回天津，飘逸于上层社会，尽享荣华富贵。偶遇青春年少的少帅，一见倾心，遂委以终身，不要名分，不求地位，浴战火，同飘零，熬铁窗，共安葬，演绎了一幕悲壮而令人叹惋的人生画卷。大千世界，芸芸众生，随波逐流，又有多少人能把握自己的命运，又有多少人能够达到精彩人生的顶点。不免颇多感慨，乃摹仿古人，作长诗一篇，以为记录。凡一百二十四行，一气呵成，不求闻达于世，只记一时之兴，是为序。

苍天后土造精灵，岁月烟云伴潮生；雨露滋润阳光灿，童言无忌心性宁。
严父慈母多欢爱，鼎鸣钟食心花开；遍观世界览万物，精明清秀人称才。
十五桃花面似粉，陶然自得舞翩跹；窈窕淑女多欢乐，回眸一笑愁云散。
万里飘洋飞过海，大千世界一望开；浪漫巴黎读西书，中西合璧酿奇才。
青春飘逸心花放，白马王子入梦乡；柔情似水观世界，凤栖梧桐有幻想。
学罢每被秋娘妒，归心似箭回家路；津门烟雨海河宽，家人团聚度中秋。
十八美女出芙蓉，风姿飘洒现骄容；蜜语甜言热眼望，敖视群雄味不同。
身姿轻盈下舞池，曲音袅袅若有失；眼光一亮见奇男，桃花粉面欲语迟。
白马王子三千梦，少帅风采伴终生；郎才女貌花落地，月光如水有柔情。
悱恻缠绵盼日落，心花初放夜语多；浪迹天涯得芳草，激情四溢心似火。
黑山白水天地阔，雄踞一方国中国；指点江山青春梦，挥枪舞剑斩阎罗。
燕尔新欢归盛京，凤飞龙舞享太平；帅府门前新房立，金屋藏娇望倩影。
琴声清柔如仙乐，金戈铁马花前月；大地万物人如云，但得知己身将醉。
位极权倾不足说，绝代佳人度蹉跎；知音难觅千古事，人生路长再无求。
春梦未醒杀声起，城门烟火展旌旗；杀父之仇气难平，血染黑土万民泣。
辞别故土遁他乡，丧家之人愁断肠；秦都阿房梦难圆，黄土垄上酒不香。

灯红酒绿成旧梦，异域风情过眼影；相依相偎黄土湿，残杯剩盏寄衷情。
人间自有真情在，飘零天涯别富贵；面面相视再无语，昭关愁发鬓毛衰。
惊天动地风雷起，剑指金銮荡杀机；一心北上收故土，归心似箭马蹄疾。
为表衷心赴南京，身陷囹圄志难成；孤燕单飞哀鸣急，挺身事君雁成双。
铁窗幽深石板寒，虎落平阳度熬煎；两心相映苦中乐，月鸣星稀夜阑珊。
辗转颠沛无出路，空熬岁月愁白头；鸳鸯戏水多欢乐，寒泪拂面度春秋。
曾经风华凌云志，灰飞烟灭谏语迟；长夜漫漫心意冷，亲离众散剩相知。
人生得意当尽欢，世事难料梦难圆；残火孤灯烟灰尽，满腹愁云赴阴关。
人间已为比翼鸟，客死他乡路遥遥；厮守终生同衾葬，枕山面海望波涛。
桑海苍田刹那间，芸芸众生几多仙；苍凉悲壮人生画，弹指挥手事如烟。
前人不见今人月，今月曾经伴前人；我望小楼多感慨，信马游缰作诗篇。

2008年10月22日初稿于沈阳天都饭店
2008年10月23日终稿于朝阳燕都国际酒店

游成都金沙遗址

　　原本想去广汉的三星堆，因为那里有很独特的眼睛凸出的纵目人的面具，或许有可能是外星人造访地球时留下的痕迹。但时间不够了，朋友说可以去成都市里的金沙遗址，也很好，便前去观览。这是一片很大的地域，刚刚建成的很现代化的建筑，黄色的色调，很现代的造型，公园占地面积很大，绿树成荫，甚至还有一条弯曲的小河。成都平原潮湿温润的气候为植物的生长提供了很好的条件，绿草与树叶都是青翠的嫩色。古蜀国是十分神秘的国度，曾经创造了璀璨的文明，但又淹没在时间的海洋中。李白有诗云"蚕丛及鱼凫，开国何茫然。尔来四万八千岁，不与秦塞通人烟"。

　　走进金沙遗址，有一种意料之外震撼的感觉，首先这里是出土文物数量之多，令人难以想象，金器、玉器、雕器、象牙等非常之多，有点眼花缭乱，应接不暇，像进了工艺美术品商店而不是考古场所。其次是宫殿、房屋之多，之复杂，很难想象是三千多年前的人类所为。还有就是陶器、祭祀用品、装饰品制作精美，令人叫绝，其精美、精致程度堪与今天美术大师的作品相媲美。大量的动物祭祀化石说明在古代蜀国平原一定是植被茂盛，动物出没其间，大量的野猪、麋鹿、狼、大象等为人们提供了丰富的食物来源。在遗址上有很多殉葬的墓坑、骸骨，说明那个时代已经是等级森严，人们有固定的社会结构，也许就是中国奴隶制的早期形式。

最让人感到震惊的是这里出土的金器与玉器，金器像"太阳鸟神饰""金冠带""金面具"等，厚度仅有 0.2 厘米，真不知道古人是怎么做出来的，太阳神鸟的尖锐花纹是怎样雕刻出来的，真让人感到震惊而又非常神奇。在大量的玉器中居然有缅甸特产的翡翠和天山上的玉石，甚至还有玉扳指，和清朝大臣手上戴的扳指几乎一模一样，玉器的品种非常多，有玉琮、玉璋、玉璧、玉狁、玉戈，古人对玉的崇爱以及对玉的想象力在这里得到充分的展现，在三千年前那个很不发达的社会，我们的祖先竟然创造出如此灿烂的文明，着实令人感叹。在立体电影馆看了模拟古蜀人生活的电影，在成都平原高大茂盛的树林下，人们打猎、建屋，面对闪电雷鸣、洪水，人们对天祭祀，逐渐产生了氏族领袖，产生了阶层，产生了人的组织结构，人们在族长的带领下，从事建筑、狩猎、耕地、手工业、祭祀等活动，古蜀国一派欣欣向荣的景色。奇怪的是，这样的文明居然没有任何文字，要知道，那时的人寿命也就四十岁，如何能够在这样短的时间内传承、学习这样复杂的文明？包括三星堆也没有文字记载，而与之同时代的殷墟则有非常详细的甲骨文记载，这不能不说是古蜀文明的一大疑点。若干年之后，也不知道是什么时候，曾经辉煌灿烂的古蜀文明烟消云散，没有与后代的文明有任何联系，只在这地下留下难以计数的文明的遗迹。

在中华大地上，还不知道有多少这样的文明，我们的祖先，祖先的祖先，还不知道享受着多么文明的生活，这足以使生活在华夏大地上的人们充满自信，在对祖先的崇拜之中去努力创建更加灿烂的文明。

2008 年 3 月 17 日

辽上京寻古幽思录

中国在历史上很多时候并不是一个完整的大国，而是多个相互独立的小国构成的整体。由于路途的遥远，以及当时人口稀少，很多时候并没有严重到发生大规模战争的状况。春秋战国就是很多个国家，相互独立，甚至在秦始皇灭六国以后，也还存在过许多小国家。至于在贵州、广西、湖南、四川深山中的小国，就更是难以计数。

在汉、唐相对统一的国家之后，中国存在两次大规模的分裂，就是所谓的五代十国以及南北朝，分裂的原因是中央集权疏松，而边疆民族强大，他们需要更大的生存空间。而外来文化同样在中原留下很明显的印记，这其中比较明显的就是辽在北京建都，以及金在北京建金中都，可以说这两次建都，奠定了今天中国行政的大体格局。

现在北京遇到的问题，堵车、空气污染、南水北调、"北漂"等，某种程度上可以说都是辽、金在北京营建都城的结果，辽、金的历史在中国历史上留下浓厚的一笔，有着非常的意义。实际上，辽在北京建的是陪都，或者说是边界城市，不过是比较大的城市。辽在北京保存下来的最辉煌的建筑是广安门的天宁寺塔，至今依然屹立。辽是发源于草原的游牧民族，契丹大致位置在今天的赤峰以北，到巴林左、右旗，到锡林郭勒一带。这里有水量充沛的阿拉木伦河，围绕着阿拉木伦河，辽建设了相对定居的城市，辽上京位置就在巴林左旗东南。如今在宽旷的草原上，已经没有了城池的痕迹，只有一个高高的土台，曾经是宫殿的位置。

游牧民族进入中原，还有一个重要的原因是气候条件，赤峰一带曾经气温很高，且风沙没有今天大，水草丰盛，很适合养牛羊、马匹。在辽宁朝阳到赤峰一带在3000到5000年前曾经产生著名的"红山文化"，已经经过女性氏族社会，进入到比较发达的社会形态。由于气候的原因，红山文化没有传承下来。在气温降低很大的时候，游牧民族就开始寻求进入中原，以获得更好的生存，辽就是这样，发源于辽宁北部的金，也同样是受到气候的影响，还有蒙古的元朝。游牧民族本来是很适合草原的，草原提供了足够的牛羊，可以使民族得到发展，没有必要去攻占农耕民族的耕地，因为耕地上是长不出供牛羊吃的草的。但是温度降低了，牛羊的生存也成了问题，有研究表明，元代之时，蒙古地区的温度曾经降低了十几度，导致牧草死亡，牛羊死亡，再待在草原只有等死，于是蒙古人烧毁了蒙古包，大举入侵中原。

辽代，可能也是这样进入到山海关以里的，但由于当时人口很少，从沈阳到巴林左旗，到北京，到渤海边的地盘已经足够大了，马背上的契丹民族安顿下来，开始营建固定的居所，他们在巴林左旗建设了"辽上京"，作为首都，而把处于上京南部的今天的北京建成较大的边关城市，作为陪都，即辽上京的南京。辽上京是公元612年建的，北京大约也是在这个时代。在此之前，发源于黑龙江一带的拓跋鲜卑族，已经在辽宁朝阳建立了都城，即北魏。大约在公元426年，由于鲜卑人拓跋氏比较欣赏、崇拜并认同中原文化，随后鲜卑人把首都迁到了今天的大同，当时叫平城，并且控制了包括洛阳在内的广大中原地带。鲜卑人崇拜中原文化，在大同建的城池、院落完全沿袭了中原的建筑风格，并从攻占中原的战俘中挑选了很多能工巧匠，参与大同的建设。随后，北魏皇帝孝文帝进一步汉化，在全国取消了鲜卑语，完全融入中原文化，公元496年，北魏再次把都城迁到了洛阳，并要求鲜卑人与汉族人通婚，慢慢地完全融入中原文化之中。鲜卑北魏与中华文化的融合，在历史上有独特的意义，也是很少见的现象。看看现在的世界，由于语言、文化的差别，有多少国家还在水深火热之中，还真有必要让他们学学北魏的生存之道。

引人深思的是，很可能是北魏鲜卑人最早把佛教从印度引入中国，在辽宁朝阳的时候，北魏就派僧人经过遥远的丝绸之路，到印度取回佛经，并在朝阳建佛塔。随后，进一步开凿了著名的、引领中国佛教的大同云冈石窟，以及后来的洛阳的龙门石窟，开创并引领了中国佛教的发展，随后唐朝的法门寺，以及武则天时代崇尚佛教，都受到北魏的影响。至于洛阳的白马寺、嵩山的少林寺，更是佛教历史的印记。在中国中原文化主体上是孔孟之道，强调秩序，强调真实，不讲崇拜，后来发展成程朱理学。还有就是土生土长的道教，只讲今生不讲来世，这两种文化对于佛教是抵制的，是不相容的，因此可以说，没有北魏的努力，佛教在中国不可能得到如此大的发展。

草原游牧民族对于佛教的崇拜是有原因的。原因是本来游牧民族嗜杀成性，对于杀牛、杀羊都很娴熟，对于杀人也没有什么困难的，甚至比狩猎更容易，当游牧民族与中原农耕民族发生战争的时候，在冷兵器时代，游牧民族借助马匹，有很大的优势，可谓所向披靡。这种情况下，暗弱的农耕民族，只能在没有战争的情况下，一点一点，历尽艰辛地修筑长城，用艰苦的劳动，抵御来自草原游牧民族的进攻。甚至屈辱地为游牧民族送上自己的女儿，以换来一时的安宁。正是由于游牧民族的大规模的杀戮，导致人口减少，这种背景之下，北魏的高层下决心引进限制杀人的佛教，佛教的引入可以有效地组织社会，稳定社会，形成相对稳定的生活秩序，游牧民族得以发展，这就使佛教进入中国的北京。

契丹建立的辽，同样引入了佛教，才有了今天耸立在北京天宁寺的辽塔。

当时的北京，相对于辽是边关，而此时，中原大地上围绕皇权的争夺还在上演，要知道，当时中国全国的人口也就三千到四千万人，中国曾经的争夺，更多的是皇权的争夺，而不是对于土地等资源的争夺。

也正是有了辽在北京的建都，使得在草原上生活的游牧民族尝到了甜头，发源于白山黑水的金，竟然干脆把首都建在了北京，大约在广安门一带，就是著名的金中都，距今已有八百多年的历史。后来发源于呼伦贝尔草原额尔古纳河的努尔哈赤统一了草原上的蒙古部落，逐渐强大，相继灭了西夏、辽、金，最后灭掉了宋，在北京建立了元大都，就是今天北土城一带的土城墙。正是由于以上历史，在北京当藩王的燕王朱棣，在发动了攻占南京的清君侧的战争之后，把自己的首都建在了金、元曾经的都城，并仿照唐、汉宫殿的模样，采用中国传统道教的理论，建设了世界上最庞大的宫殿紫禁城，紫禁城一直保留到今天，成为北京乃至中国的象征。

在世界各国的首都中，还没有一个像北京的，由于紫禁城的影响，北京中心区没有高大建筑，北京的整个城市像个大碗，非常特殊。而更多的人要围着大碗转圈，形成交通拥堵，而北京的环路，北京的地铁，全部是以紫禁城为中心的。也正是由于辽在北京建的陪都，使得北京今天的人口达到接近三千万，几乎接近于魏晋时代全中国的人口，也才导致全国优秀的人才进入北京，才产生了"北漂"，才产生了可以和世界各大都市媲美的高房价。由此而论，辽在北京建陪都，是多么的意义非凡。有了辽的陪都，才有金中都，才有元大都，才有今天的北京，看到北京的高楼大厦，更多的是历史的痕迹，因为现在这些大楼和遥远、悠久而又影响重大的历史相比，是多么的短暂、渺小和微不足道。

在对历史的幽思中，站在曾经的辽上京的土包包上，不免感触颇多，历史像一条大河，我们只是其中的一粒沙子，河永远是河，河永远存在，而沙子甚至石块将难寻踪迹。

在对历史的幽思中离开辽上京遗址，踏上更为遥远的旅程。

2013 年 10 月 9 日

游洛阳千唐志斋

洛阳位于中原地带，六朝古都，周围有大量适合种植的土地以及充沛的降雨，在很多朝代成为重要的城市，由于风水以及黄土山便于开挖的原因，邙山在历史上成为历朝历代达官贵人们追求的长眠之所，从汉代开始便有人埋葬于邙山。古人一定要在自己的墓中刻石碑记载自己的人生经历，记载自己的功绩，逐渐积累，大量碑刻深埋于土中，成为历史的遗迹。民国时期，曾经参与孙中山护国军的张钫是洛阳铁门人，掌握军政大权之后，把洛阳附近散落在民间的各种碑刻收集起来，运回自己的老家铁门镇，建立了特殊的博物馆"千唐志斋"。

中国历史悠久，几乎每一个读书人都要思考以前的古人是怎么生活的，都要从古代文献中了解曾经逝去的年代，正史中也有很多文字，但是更能体现社会百态、人生状况的便是各种墓的碑刻，清楚地记载了当时人们的生活，千唐志斋收集了中国已经出土的唐代碑刻的三分之一，保存完整、清晰、准确地反映了中国历史的演进以及社会中各色人等的生活。

走进千唐志斋的阙门，视野之中满是石碑，大大小小的石碑，长短不一，宽窄不同，有些已经打碎，被重新拼接在一起，有些墓碑上的字迹已经难以辨认，更多的石碑用上面凸凹的文字，讲述着历史上真实的故事。这些石碑的主人包括各种人等，上至达官贵人，下至贩夫走卒，甚至还有妓女、乞丐的墓碑，用浓缩的简单的语言，讲述着历史上曾经鲜活的一个人的一生，一生的境遇，一生的经历。秦始皇命李斯统一全国的文字，把大约起源于殷墟的甲骨文变成秦朝的官方语言，自汉代开始人们便把文字雕刻在石碑上，以求流芳千古，至唐朝演变为社会推崇的风尚，历史的痕迹被记录并长久地保留下来。

千唐志斋收藏有将近两千块碑刻，大部分是唐代的碑刻，清晰地展现着历史上的存在。可以这样地想一下，任何一个人，在唐朝都要有四个有血缘关系的人存在，并且要结婚生育，才能够有今天的某一个人。任何一个朝代，这样繁衍的链条都不能断裂，才能把一个生命延续到今天，某种程度讲，任何人都是历史链条的一环，甚至可以说任何人都是一个奇迹。

千唐志斋不仅把唐代以后的历史展现在人们眼前，同时还展现了中国特有的书法艺术、石刻艺术，以及文字的演变，把想象中的历史变成真实的存在，变成立体的石刻，更让人感到中国历史的悠久，以及作为中国人的自豪感。

在感慨中离开了洛阳铁门镇的千唐志斋。

2010年7月10日

太行山大峡谷郭亮村游记

太行山有很多峡谷，高耸入云，难以穿越，即使如此，顽强的人们依然在绝壁之上，开垦属于自己的生活的田园，在遇到战争、乱世的时候，更有很多人逃到深山之中，在凌绝的山顶找寻生存的空间。好在太行山的海拔并不高，又有充足的降水，适宜的环境提供了人们种植、养殖的环境，即使在很高的山上，也可以开垦种植，也可以过上自给自足的田园生活。郭亮村就是这样一处位于太行山大峡谷中高山之上的村庄，人们通过开凿在绝壁上的隧道，与外界相连。

从华北大平原上向山上开车，不远就开始进山，太行山更多的是红色的沉积岩，很可能多少年以前这里是汪洋大海，巨大的红色岩体高耸在眼前，几乎垂直的岩壁直耸入云，只是两山之间的峡谷，被多年的水流冲击成巨大的缝隙，形成峡谷。转过几个弯，不断爬升高度，便来到一处没有路的山崖边上，这是一片完全直立的峭壁，大约有五百米高，红色的砂岩直立在峡谷两边，道路到了岩壁边，便完全没有上升的通道，这时拐个弯，便进入石壁边上的隧道中。非常简陋的隧道，由于岩石坚硬，隧道只是进行开凿，没有衬砌，开凿隧道的痕迹清晰地留在隧洞四周，凹凸不平，道路也很崎岖，很小的转弯半径，只能以极慢的速度行驶，在临近山涧的石壁上，间隔十几米开凿有很多面向峡谷的漏窗，透进阳光，可以清楚地看到山谷中的景色。道路坡度很陡，很快就爬升了高度，看不见谷底，只能看见峡谷中的天际。

人类的力量实在是令人惊叹，人类的生存能力实在是顽强，在这样巨大的山体中，仅仅凭借简单的工具，几乎完全依靠手工力量，竟然开凿出如此巨大的隧洞，令人佩服。也许当年开凿隧道的人，只是为了自己的生存，也许他们更羡慕居住在平原的人，但是客观上，他们创造了奇特的景观，创造了堪称奇迹的人工隧道，现在来这里的人，都不是为了生活，不是生活所迫，而是猎奇、探险、观光，感受与享受大自然以及人类力量带来的奇景。

沿着近十公里的隧道，终于盘旋着开到山顶，很难想象在山顶有大片的平地，峡谷两侧的山体连接在一起，大片的平地可以耕种，人们在山顶上面开荒种地，建筑房舍，饲养家畜，享受着农耕文化带来的生活。峡谷之中，开车上山走的路线清晰可见，隧道在岩壁上开凿的天窗像一个个巨大的斑点，镶嵌在红色的岩壁上，清晰地展示了道路的走向。山顶上清风徐徐，往来的游客四处游览，不时向峡谷中张望，似乎忘记了是在凌绝的高山之上。

自驾车走了一次太行山大峡谷的郭亮村，体会了峡谷中道路的艰辛，也更加清晰地感受到太行山大峡谷的壮美。

2014 年 10 月 2 日

景忠山游记

清朝皇帝为了统治中国，很大程度上沿袭了传统的文化，对于中国历史上的人物采取了继承、传承的方式，最大程度地笼络汉人之心，在北京建有历代帝王庙，祭祀中国历史上各个朝代的皇帝，而在通往东北的路上，在唐山附近的景忠山，修复了明朝的庙宇，祭祀历史上的忠臣。

景忠山位于唐山与迁西之间，山并不高，也就六百米高，但是位于平原地带，在大片的平原之上突兀而起，在山顶原有明朝修建的寺庙，祭祀着诸葛亮、岳飞、文天祥三位历史上忠君的大臣，取"欲人景行仰止"之意，命名为"景忠山"。顺治、康熙两位皇帝多次登临景忠山，在山上休息、祭奠，召见各地官员。由于位于平地之上，虽然山只有几百米高，但山势依然高大，大约六百多级石阶盘山而上，沿路树木高大，不时可以看到四周的田园，登临山顶，更是可以望见辽阔的渤海湾，时隐时现。山顶建有景中殿，祭祀着中国历史上三位忠臣，以清朝的观点，能够允许祭祀岳飞，应该说还是进步的，也许是时间久远的原因，毕竟从白山黑水走来的清朝，与完全的中原文化还是有一定的距离。山上还有一座碧霞元君祠，道教普通的教义带给普通民众精神的安慰，也带来百年的烟火。

登高望远，似乎隐约地可以望见山海关外大片的土地，似乎可以看见宏伟的燕山山脉，而帝都北京也在咫尺之遥，这里是进入山海关以后又一道重要的防御要道，戚继光曾在这一带部署重兵，抵抗关外铁骑，景忠山上最早的建筑就是他主持修建的，很可能也寄托了戚继光忠君报国的拳拳之心。

时光荏苒，岳飞抵抗的金朝，已经不存在了，中国更多地融为一个大家庭，清朝入主中原之后，加强了与中原的联系，沿袭了传统的文化，甚至逐渐放弃了满文，曾经的存在成为历史，融合与包容成为主旋律，时至今日，中国逐渐强大，曾经皇帝登临的景忠山已经成为普通百姓休闲的场所，带着遥远的历史，屹立在东北通往关内的咽喉要道上。

2012年6月8日

莒国故城游记

春秋战国时期在中国历史上占有很重要的地位，多种思想的碰撞，多种文化的交融，为以后中国形成大一统国家奠定了基础，也为中国博大精深的文化创造了发展的基础。在秦始皇灭六国建立大秦帝国之前，事实上还有很多小一点的国家，或者以国家形态存在的社会结构在中国存在并发展，河北卢龙一带，产生了伯夷、叔齐的故事，陕西韩城附近的芮国已经发展出相当规模的青铜器，河南三门峡一带的虢国，也发展成相当的规模，同样，在山东半岛边缘的莒国，也是春秋时期相当规模的古国。

莒国的位置就在今天的莒县，这是一个很普通的山东农业县，县城不大，一条笔直的大街两侧布置各个政府部门的建筑，十字街两旁是剧院、商店，非常普通，在莒县城外的一处高地上，残存着大量莒国时期的遗址，由于年代久远，这些遗址已经很难看出完整的样子，昏黄的泥土显示出莒国官殿建筑的基础，残存的破碎的瓦片，显示着曾经的存在。在历史上莒国曾经非常强大，占据山东半岛大片的疆土，甚至扩展到日照附近的渤海边上，燕国进攻齐国，齐国国王曾经来到莒国避难，尽管如此，莒国没能保存下来，在弱肉强食的吞并中，被齐国所灭，消失在历史长河中，直到秦国大军攻陷齐国，整个山东被纳入大秦帝国的版图。

莒国古城的遗址位于高山上，树林稠密，颇有点水泊梁山的气势，临近鲁国、齐国，齐鲁两国的国王、大臣经常光临莒国，留下很多故事。从山坡上向四下望去，田野上长满茂盛的庄稼，绿油油的，非常喜人，正是山东半岛宜人的环境，造就了春秋战国中齐国、鲁国的辉煌，只是深谙孔孟之道的人民，没有抵抗住来自三秦大地强悍的秦国军队，中国得以形成大一统的国家格局。

春秋战国时期全中国的人口也就不到三千万，人们有很大的选择权，只有生活条件好的地方才能发展人员稠密的聚居区，发展成国家。莒国所处的位置正是适合人类居住的地方，才能养育众多人口，才能发展成国家，只是在近代工业革命的浪潮冲击下，传统的农耕方式受到限制，简单的种植业已经难以满足发展的需要，曾经的好地方变得有些残旧，有些受到冷落，但是在曾经的历史上，莒国也相当的辉煌，有着举足轻重的地位。站在莒国的土地上，更可以清晰地感受到春秋战国的烽火狼烟，触摸到中国悠久的历史。中国文化令人惊奇的一个重要原因是几千年的历史，通过文字完整地保留下来了，使得几千年前的时间仿佛就在眼前，尤其是站在曾经的土地上，感受曾经发生的惊心动魄的历史事件，更加亲切，更加逼真，似乎古人就在眼前，似乎那些历史事件就发生在昨天。

离开莒国故地，依然回味着春秋战国那段荡气回肠的历史画卷。

2016 年 9 月 11 日

漫步沂蒙山顶

到沂蒙山原本是想参观孟良崮战役遗址，并不知道还可以住在沂蒙山山顶。淮海战役的主战场在孟良崮附近，大军团作战，相当激烈，孟良崮纪念馆气势恢宏，全景地展现了淮海战役的历程。孟良崮附近的红嫂村，古朴而小巧，保留着石块砌筑的院墙、房舍，解放战争中红嫂慰问伤员的故事更是令人感动，至今红嫂居住的山村依然保持着许多年前的状况，似乎在诉说着这里曾经发生的故事。

参观完孟良崮战役纪念馆，往回走，见一块路牌，标注有沂蒙山庄，画面上是山顶的图画，非常吸引人，便开车找到山庄，这是一处专门设计的度假村，两层的房子，分散布置在山顶，树木掩映，实在是上佳的设计。住下之后天已经完全黑了，品尝了当地特有的"光棍鸡""炸蝎子"，味道很特殊，散养在山坡上的鸡味道鲜美，相当不错。

早上起来，推开窗户，便看到逶迤的沂蒙山山脉，并不是很高，但是浩浩荡荡，连绵不断，高低错落的山脉覆盖着整个视野，给人江山万里的感觉。山顶并不陡峭，很平整，沿着林中小路，可以很轻松地走过山峰，并没有明显的主峰，起伏的山地连接在一起，构成山顶的地貌。在山间修建了木栈道，走上去很舒服，鲁南大地尽在眼前，苍山如海，只是没有见到残阳如血。相对于青藏高原的山脉，沂蒙山是可以居住的山，是可以生存的山，由于海拔不高，加之充沛的降雨，沂蒙山养育了众多的百姓，为人们提供了生活的来源。勤劳的沂蒙山儿女在浩瀚的山脉中开垦种植，饲养家禽，享受着大自然的馈赠，享受着农耕文化带来的美好生活，更有很多沂蒙山的儿女，努力着走出大山，走向更为辽阔的世界。

漫步沂蒙山顶，树林稠密，翠鸟声鸣，露水滋润着林间的花草，树林掩映着林间的小路，空气中弥漫着清香的气息，山风吹来，轻柔而舒缓，带给人难得的享受。意料之外，在沂蒙山顶住上一晚，全景地欣赏沂蒙山的雄姿，也是一段难得的经历与体验。

2012 年 9 月 12 日

凭吊诺门坎战役遗址

从阿尔山到满洲里几乎完全是草原，很平整的草原，一望无边，所谓"风吹草低见牛羊"的草原场景，说的就是呼伦贝尔草原，草高羊肥，这里几乎是中国最美的草原。离开阿尔山不久，便可以看到诺门坎战役的遗址。从阿尔山流淌下来的老哈河，静静地流淌在平整的草原中，由于草地平整，老哈河蜿蜒回荡地流淌在草地上，在浓厚而平展的草地上画出很多优美的曲线，掩映在河岸边的绿草之中。很难想象，在这样安静的地方，曾经发生了惊天动地的战役，几万人在这里厮杀，将近两万人长眠在无垠的草场上。

日本军国主义发动了对外侵略的战争，在东北的关东军更是狂妄，在占领中国东北之后，悍然发动了进攻苏联的战争，日本军队在阿尔山脚下与苏联军队正面较量，二战中陆军地面战斗的经典战役在诺门坎打响。辽阔无垠的草地成为战场，被武士道精神武装的日本军队开挖战壕，试图抵抗苏联红军的进攻，而以坦克、火炮为主要作战武器的苏联红军，利用武器的优势，先是用火炮轰击，随后大量坦克冲上战场，碾压战壕里的日本军队，而此时的日本军队，尽管在装备上处于劣势，依然拼命抵抗，战斗从中午打到傍晚，在夜色之中落下帷幕，以日本军队的彻底失利而告终。

正是由于苏联红军强悍的攻击，摧枯拉朽的打击，使得狂傲的日本关东军受到重创，甚至放弃了从陆地上进攻苏联的计划，转而南下，进攻夏威夷。而苏联方面，正是由于诺门坎战役，堵上了东方战线的缺口，可以把更多的精力放在抵挡纳粹的东部战线，从而很大程度地改变了二战的进程，可以说诺门坎战役在二战历史中有着举足轻重的地位。

在无垠的呼伦贝尔草原上建有诺门坎战役纪念馆，曾经的坦克、火炮、钢盔、枪支，散落在地面上日本人的旗帜，尽管上面没有血迹，依然诉说着曾经残酷的战争环境。在人迹罕至的草原上，几万人拼命厮杀，昏天黑地，血流成河，该是多么凄惨的境况。而今的呼伦贝尔草原，已经愈合了伤口，大地上重新长满牧草，开满香花的嫩草随风摇曳，平整的草地上看不到一点战争的痕迹，平和而安宁，似乎这里从未发生过激烈的战争，微风拂面，似乎时光在脸上留下痕迹，又似乎时光的鞭子不停地抽打在脸上，又似乎低鸣的风声诉说着难以听懂的语言。

西风烈，残阳如血，从头跃，苍山如海。回望曾经的战场，空旷而辽阔，静静地伫立在永恒不变的时间长河中，如歌如泣，带来永恒的宁静。

2016 年 10 月 12 日

三门峡品黄河鲤鱼

站在华山顶峰上，可以清楚地看到山脚下蜿蜒的黄河，黄河宽广的河面在大地上画出一条优美的弧线，环绕着高耸的山峰，蔚为壮观。下得华山，径直来到黄河岸边，抬眼望去，更加感觉到黄河河面的宽广，大有水天一色的感觉。乘摩托艇，在河面上飞驰，来到停在河道中央的大船上，这时两边的黄河看上去，就像是一个类似洞庭湖、鄱阳湖的巨大湖泊，水面昏黄，甚至看不到岸边的陆地。

用作餐厅的大船用锚固定在黄河中央，船舷边的河水流速很快，站在船边上，能够感到明显的水的流动，甚至感觉到黄河水冲撞在船舷上的声响，由于水流速度较快，似乎感觉船是在慢慢地向黄河上游移动，流动的河水与平静的湖水有着完全不同的感觉。船后边的渔网里养着正宗的黄河鲤鱼，个头大，鳞片闪闪发光，从水中捞出来，鲤鱼不停地摆动身体，力度很大，砸在胳膊上感觉生痛。鲤鱼炖在锅里，四周弥漫着浓郁的香气，鱼香四溢，充盈着整个船舱，刺激着味蕾。

举目四望，黄河从两山夹峙之中喷薄而出，浩浩而来，三门峡得名于人门、鬼门、神门，故名三门峡，黄河经过三门峡便结束了穿越晋陕峡谷的旅程，随后进入河南冲积平原地区，这里的黄河更加宽阔，更加肆无忌惮，没有了高山峡谷的约束，黄河更加潇洒大踏步地流向下游，流向渤海。

天色完全变暗，一天之中最后一片霞光笼罩在山峦之上，在黄河宽广的水面上激起片片光斑，像是在水面上洒下金黄色的鳞片，很快黄河岸边的高山便只剩下暗黑的轮廓，山峰与河水同样笼罩在夜色之中。船舷边是连绵不断的水声，虽然达不到惊涛拍岸的程度，却也是声鸣不断，带有韵律的有明显节奏的水声，在宁静的夜色中传出去很远，像是大自然伴奏的音符，给人带来美妙的享受。

船舱中灯光在水面上留下明晃晃的倒影，炖熟的黄河大鲤鱼端上来了，满满的一大盘，大块的鱼肉，很快充盈味蕾，美味如歌，不可言传。坐在黄河中的船上，品味正宗的黄河大鲤鱼，融化在真山真水之中，享受着大自然的馈赠，感受着山水的气势，实在是一次难得的经历，美妙的享受。

2010年9月10日

探石钟山记

还是在上中学时学过苏轼写的《石钟山记》，苏轼写道：彭蠡之口有石钟山焉。士大夫终不肯以小舟夜泊绝壁之下，故莫能知；而渔工水师虽知而不能言，此世所以不传也。游历四方编写《水经注》的郦道元通过这篇文章告诉我们，要亲临实地去了解情况，去分析，去得出结论，不要人云亦云。上中学时学过这篇文章，对于石钟山印象深刻，但到底是没有去过。

终于自驾车来到了位于长江边上的石钟山，一定要去探个究竟。这是一座不高的石头山，也就有五十米高，但是在浩瀚无边的长江边上，已经是很高的山峰了，石钟山的位置很特殊，刚好在鄱阳湖通往长江的水道边上，扼守住通往长江的咽喉要道，登上山顶，便可以看到辽阔的鄱阳湖以及宽广的长江，浩渺的长江江水浩浩荡荡从上游飘来，构成宽广、巨大的水面，水边便是小巧的石钟山。

石钟山的岩石有点像太湖石，坚硬而多空隙，多孔洞，外表凹凸不平，或许正是这样的岩石造成了古人的疑惑，传说石钟山总是有巨大的鸣响，吼声如雷，很多人说是由于石钟山的石头有孔洞，用锤子敲击，便产生声响，并把这样的结论记录在书中。郦道元并不轻易相信，亲临实地，在夜晚听到江水冲撞岩石，产生巨大的回音，这才搞明白为什么会有巨大的响声。沿着郦道元走过的山间的小路，可以走到长江江边，但是由于没有风，江面上也没有浪涛，江边非常平静，完全没有声响，如果不是坚持等到大风卷起大浪的环境，很可能也就相信了敲击岩石的说法。看来，即使来到江边，也不一定能够判明声音的来源，古人认真探究的精神还是很值得学习的，但是很难做到。石钟山不大，几乎每座山崖上都建有亭子，堆满整个小山，历代文人、官员来到这里，观察环境，品评声音的来源，重复郦道元曾经做过的观察，回味大自然的神奇。同样的地点与环境，更能够感觉古人的良苦用心，更能够体验古人的智慧与思维。

浩瀚的长江，望不到边的鄱阳湖，水天一色的风景给人深刻的印象，在古人曾经逡巡的小山上，了却了上中学时的疑惑与心愿，也算完成了相当重要的任务，感到非常满意，在心满意足之后离开了长江边上的石钟山。

2004 年 8 月 12 日

天柱山游记

黄山在中国众多山峰中居于首位，所谓黄山归来不看山，黄山的美集合了山峰的各种审美形态，雄奇险峻，其中造型巨大的岩石，给黄山增色不少，事实上在黄山附近地区，存在同样类似的山体结构。安徽南部潜山的天柱山就是这样一座以巨大造型石为主的奇山，所谓的南天一柱。潜山镇很小，知名度并不高，是一个传统的农业小镇，很少有外来人。从潜山镇出来不远，就到了天柱山的大门，几乎没有游人，南方特有的植被覆盖着整个山脉，到处都是郁郁葱葱，这与北方的山有很大不同。

沿着山路不断向上攀爬，很快就可以看到各种奇形怪状的岩石，天柱山的岩石最大特点就是造型夸张，各种形状，各种造型，千差万别。大约是火成岩构成的岩石，黄岗岩的岩石表面细腻，颗粒紧密，质地紧密，随着岁月的雕琢以及雨水的冲刷，巨大的石块呈现各种形状，令人充分发挥想象，幻想出千奇百怪的图案，更有成堆的石块杂乱地堆积起来，零散地拼在一起，看上去很危险，似乎摇摇欲坠，但却历经千百年巍然不动。

沿着曲折的盘山路向上攀登，面前两块巨大的岩石跌落在一起，挡住去路，只在下面留出一条狭小的缝隙，将将能够通过一个人，还只能弯着腰通过，走在岩石下面，真是有点"运交华盖欲何求，未敢翻身已碰头"的感觉，一个人在巨大的岩石的映衬下，显得十分渺小，彷佛随时可能被压扁，这时更能感觉到山体的巨大。一路上要经过几处怪石滩，面积很大，遍地都是各种形状的怪石，走在上面要跳跃着才能通过，给孩子们带来惊喜。

　　经过大约两个小时的攀登，终于到了山顶，看到了天柱山的主峰天柱峰，天柱峰非常奇特，是一个圆锥形的巨大的岩石，有三十多米高，略呈圆形，顶上是一个尖尖的凸起，下面呈圆柱形与整个山脊相连。天柱峰的表面不规则地裂开，山体上挂满巨大的缝隙，缝隙四裂开来，呈鱼鳞状，斑驳陆离，但是整个岩石巍然屹立，一动不动，带给人一柱擎天的感觉，这也是天柱山得名的由来。山峰脚下的岩壁上有各个朝代文人们的题字，吟咏着天柱山的雄姿，描述着人们在天柱山前的感叹与感悟。

　　形成这样的柱状岩石，只有坚硬的岩石才能做到，历经千百年的地震、雨雪、大风而不倒。从汉代起天柱山就被人们重视，甚至在汉武帝之时被封为南岳，取代后来的衡山，巨大而坚硬的混合花岗岩构成天柱山的基础，构成天柱山雄奇的山体。想来汉武帝在巨大的天柱山前也是多有感慨的，恐怕最大的感慨就是自己能不能像天柱山的岩石一样永久地长存于人世之间。

　　不管汉武帝是如何感慨的，天柱山以及天柱峰依然巍然地屹立在安徽南部的大地之上，在时间的长河中长久地存在下去。

2012 年 5 月 10 日

雾中游三清山

　　令人奇怪的是，到很多名山的时候总是遇到大雾，记得在贵州的梵净山、甘肃的崆峒山、安徽的黄山、四川的光雾山都遇上大雾，由于时间有限，不可能等到大雾散尽，只能在雾中登山，或者干脆放弃，留下很大的遗憾。这次来到三清山又是遇上大雾，浓雾严密地笼罩住整个山峰，像是给山峰披上白色的面纱，厚重的浓雾使得人完全看不到山的影子，高大的山峰只是一点暗黑的轮廓。尽管如此，还是决定登一登三清山，毕竟来一次不容易。

三清山是道教名山，道教的仙人总爱选择山势奇绝的山峰，更显得有仙气。三清山的山峰直立高耸，坚硬的岩石撑起笔直的山峰，垂直插入云端，给人神奇的感觉，沿着几座山峰，在半山腰的岩壁上修建了人行步道，游人几乎在半空之中走遍整个山峰。不仅有雾还有雨，细雨朦胧，把栈道、岩石、植被弄得湿漉漉的，脚下湿滑，手上冰凉，又没有游人，有点与世隔绝的感觉，又有点飘飘欲仙的感觉。三清山的标志山峰是金蛇狂舞，造型奇特的山峰孤傲地耸立着，恰似一条长蛇，立在山峰之间。在恩施大峡谷中也有类似独立的山峰，叫"一炷香"，近七百米高的岩石直立着，似乎摇晃而积年不倒，成为奇特的景观。三清山中有很多高耸的山峰，能够保存下来的山峰，岩石坚硬，而四周的岩石相对脆弱，已经剥离，形成高耸的孤峰，形成这样的景观，要经过长时间的冲刷才能形成，给人带来审美的享受。

　　由于大雾，山谷中的景物完全看不清，这样似乎也感觉不到峡谷的深渊，也就没有什么危险的感觉，似乎在平地上闲庭信步，只是身边坚硬的岩石，提醒你是在大山之中。不断翻滚的浓雾时断时续，雾少的时候，隐约可以看到更远处的山峰，以及山脚下的田地，但只是短暂的瞬间，很快大山又被浓雾遮挡，严严实实地遮挡，能够看到的就是身后的栈道。三清山的栈道很长，但是很平整，几乎都是在岩壁上设置的，没有上下的坡度，走起来很舒适，只是由于大雾，看不到山清水秀、林木葱郁的景观，多少有点遗憾。

　　沿着三清山整个走了一圈，大约三个多小时，几乎没有遇上别的人，相当于自己包下整个三清山，这可能也是大雾中游三清山带来的一点收获与惊喜，在惊喜中走下三清山，结束了大雾中的三清山之旅。

2013 年 10 月 15 日

昔阳大寨游记

　　还是在上小学的时候，总是听到"工业学大庆，农业学大寨"的号召，大人们大都会去大寨参观，但是大寨到底没有去过，只是从文字上有所了解，后来参加学农，在庄稼地里干活，摘玉米、挖土豆、刨花生，更加接近了农村的生活。近年来修建了太行山高速公路，穿越太行山可以很方便地开车到大寨，从阳泉出来便往南边走，路牌上指示是往左权方向，左权市的地名是以八路军牺牲的将领命名的。

汽车在山谷中穿行，不多会儿便到了大寨，大约是山间的丘陵地，有点像陕北的丘陵，北方的山与南方的山最大的不同便是缺水，还有就是寒冷，这使得北方的山并不适合耕种，原本只是生长一些树木，而农民大多聚居在一起，形成村落，抵御寒冷。由于人口不断增加，不得不开垦山地以满足人们的生存需要，土地问题是近代中国最大的问题，在这种背景下，大寨人脱颖而出，成为一代中国农民的典范。

进入村口是保留完好的村委会的办公室，还有几排长长的建筑，用泥土烧制的砖墙，记载着那个时代人们的生活。村子建在山脉的背风处，村子后面的山坡就是著名的虎头山，沿着山腰的等高线，开垦了圆弧状的梯田，用石块摆放在边上，挡住泥土，尽管这样，高处的田地仍然无法灌溉，只能靠天吃饭。低处的田地上修建有引水渠，庄稼长势更好。经过顽强地与山斗争，大寨人提高了粮食产量，不仅能够自己吃饱，还能够为国家提供粮食，在那个年代，已经是很了不起的事了。中国的古话讲"民以食为天"，只要能够吃饱，天下就太平了，吃饭是人最基本的需求，是维持人生存的最低的条件，别的还能忍受，吃不饱，就要出乱子。中国历史上很多次农民起义，主要是因为吃不饱肚子，揭竿而起的，在这个意义上讲，大寨人的努力不仅为吃饱肚子，也是为国家稳定做出了贡献。

在村委会旁边，有大寨历史展览，记录着众多的国家领导人、外国元首来到大寨参观的图片，林林总总，数量众多，发黄的报纸，讲述着曾经的故事。近年来中国的粮食已经连年有余，不知道大寨的山坡上是不是改种了果树，北方干旱的环境似乎更适合果树生产，时过境迁，曾经作为中国农村的代表的大寨，更多地留存在永久的历史中，留存在人们的记忆之中。

2012 年 5 月 8 日

寻访千童古镇

盐山位于渤海边上，可能是由于常年海水倒灌、侵蚀的原因，这里的土地盐碱化，庄稼产量很低，只能种植枣树，农民收入很低。从盐山县城出来，不多远，路边一座破旧的院落，并不是庙宇，也不是官府，而是很特殊的"千童祠"，由于位置偏僻，很少有人光临，五块钱的门票，很可能是中国景点中最便宜的。

院子中央一块空地，四面是几排铁制的旗杆，刀枪剑戟的形状，只是这些器具由于临近渤海，腐蚀严重，锈迹斑斑，最为奇特的是院子中央立着几根高大的铁杆，上面放着同样铁制的椅子，还有几根铁杆上，竟然是顽童形状的人偶，有男有女，站立在铁杆顶端。进入正房，墙上画着粗糙、简陋的壁画，用乡村农民的画法描绘了遥远的历史故事。秦始皇统治时期，方士们进言在海上有仙山，有蓬莱仙境，有神仙居住在上面，有长生不老药，随后秦始皇派遣徐福带领童男童女各五百人入海求仙，大约这些仙童就是从沧州附近征召的，画面上人物的面容有明显的河北人的特征，同时征召的还有各种工匠、船工、服务人员等等，这些人在这里集结、训练、准备，筹备充足的粮食、衣物、各种物品，很可能要准备几年以上，还要建造大型海船，想来这里一定热闹非凡。

公元前209年，徐福奉秦始皇之命，率千名童男童女及能工巧匠从山东半岛启航，漂洋过海，从此这些人再也没有回来，也完全没有音信。汉高祖五年，即公元前202年，于此置县称"千童县"。没有人知道徐福带着五百童男童女到了哪里，最大的可能是漂到了日本，也可能到了琉球群岛，或者菲律宾，更多的人可能已经葬身大海。尽管没有明确的记载，日本人却深信不疑徐福带的童男童女是他们的祖先，以至于经常有日本人前来千童镇祭奠先人。

很可能徐福出海之时就知道根本没有神仙居住的仙山，又怕秦始皇追究责任，为避免杀身之祸，只能铤而走险，将计就计，带着年轻一点的男女，出海闯荡一番，也许能找到一条生路。也可能这些童男童女真的漂流到日本，并生活下来，繁衍生存，把中国的文化、习惯带到了日本，只是时间遥远，并不可考。可能盐山周边百姓出于对自己孩子的思念，每年在千童镇祭奠先人。为了能够看到遥远的大海那边，人们用铁杆撑起椅子，登到椅子上让家人坐在高处，凭高远望，或是把孩童也放在高处，召唤他们出海的同伴。

时光荏苒，将近两千五百年的岁月，有多少童男童女出海，是不是到了日本，他们后来的生活如何，已经不重要了，盐山的人们依然生活着，只是把祭祀活动当成一种传统，把千童祠当作汇聚场所，在历史的长河中讲述着可能或者曾经的故事。

2015年10月15日

游韩城芮国遗址博物馆

中国的青铜器体现了早期文化的最高水平，甚至远比青花瓷更古老、更具魅力，但是青铜器是如何起源的？哪里最先制造出来的？有点说不清楚，陕西宝鸡出土过很多青铜器，但是临汾一带也有不少青铜器，先后顺序很难说清楚。在陕西韩城附近参观了芮国遗址，同样看到了大量青铜器，繁复程度令人称奇，感叹于古人的智慧。

韩城位于黄土高原的边缘，晋陕大峡谷的端点就在韩城附近的龙门，黄河出龙门便是一马平川，尽管处于边缘，韩城也还是典型的黄土高原沟壑纵横的地貌特点，高大的土坎称之为塬上，同样建有大片村庄，芮国遗址正是在这样的塬上。在秦始皇统一六国之前，首先是吞并周围小一点的诸侯国，这些可能由氏族社会逐渐发展起来的诸侯国，已经发展成相当的规模，具有一定的文化基础。事实上，这些诸侯国的水平甚至比秦国还要高一些，也许正是秦国觊觎各国的实力，下定决心吞并各个国家，随后芮国在秦国的征讨中被消灭，剩下的可能成为秦国人，参与了对其他小国的征讨。

新建的芮国遗址博物馆很大，设施齐备，展出了从棺椁中取出各种珍宝的过程，展览馆中珍宝之多，令人惊讶，各种青铜器、金器、玉器充盈视野，做工之精湛，造型之精美，令人叹为观止。真的很难想象，将近三千年前，在这片贫瘠的土地上，能够诞生如此丰富的文化产品。栩栩如生的青铜器、玉器、金银器皿，似乎古人就在面前，就生活在古人的环境中，古人推崇的造型同样吸引着后人，为后人所推崇，一代代人不断传承，竟然传递了三千年。

可以肯定的是，在秦国之前，各诸侯国的文化已经相当的发达，已经有足够的精力去享受、去欣赏、去追求精神上的满足，即使是平民也达到一定的生活水准，很可能这也是秦始皇发动战争的原因。在精细方面秦国人肯定不如内地人，临汾、太原、杭州一带的文化很可能比秦朝更为先进，更为发达，秦国的入侵大约是边疆民族对内地侵掠而最终融合的开始，在芮国墓地遗址更能够感觉这种地域差异的客观存在。千年时光，挥手而过，春秋时期的国家早已不复存在，只是秦始皇建立的大一统的国家制度，依然延续着其中的生命力，在时间的长河中传承下去。

离开芮国故址，真的有点为芮国人，甚至为六国人打抱不平，多少有一些遗憾，但是大一统的中国已经成为历史的事实。

2018 年 11 月 12 日

游江油窦团山

还是在 2008 年四川汶川地震之后，来江油参加抗震救援工作，才知道江油有一座号称四川五大名山之一的窦团山，而且李白曾经在山里学习，并在此受到道教文化的影响，当时由于抗震工作的原因，不能前去游玩，多少有些遗憾。这次自驾车来到江油，首先品尝了江油特产肥肠，印象深刻，随后便去攀登窦团山。

江油原本是养猪的集散地，为成都平原提供猪肉，生猪屠宰之后，猪的下水无人问津，江油人便想办法加工，逐渐演变出肥肠的各种美味，在美食如林的四川占有一席之地。很难想象江油肥肠的各种做法，品种之多，数量之大，超出想象，入口即化的肥肠、炖煮的肥肠、炸成片的肥肠，各种肥肠制作的美食争奇斗艳，带给人美食与美味的享受。

窦团山位于江油城的西北方向，最高处有三座凸起的山峰，形似柴垛，故名窦团山。距离江油城市并不远，山势也不是很高，车可以直接开到大门，从大门的牌楼进去，便是石砌的台阶，多层台阶盘旋而上，随着高度上升，可以清楚地看到山脚下的涪江冲击出的大片农田，由于常年气候温和，四川的农舍都是散居的，不像北方集中居住的农村，散布在绿色田园中的农舍，墙上涂刷上白漆，在稻田中显得格外显眼，大量的房舍星星点点，散布在大地之上，有如浓墨淡彩的水墨画，一幅典型的四川农村田园风光的景色。

沿着山路走不多远便到了山峰脚下，大约三十米高的三座山峰，几乎笔直地立在山顶，有点像梵净山的顶峰，只是体量要小很多。手脚并用地沿着开凿在山体上的栈道爬到山顶，三座山峰上各有一块不大的平地，建有庙宇，三座山峰用粗大的铁索相连，可以通过，走在上面颤颤巍巍的，有点害怕。由于山峰直立，导致视野开阔，俯身向下望去，山川、河流、道路、桥梁、村舍星罗棋布，正是阡陌交通，往来如画，颇有几分陶渊明桃花源的味道。想来年幼的李白登临窦团山，一定也会多有感慨，也许为以后吟诗作赋打下基础，四川平原温湿的空气弥漫在窦团山山头，凉风习习，带给人舒服的感觉。古人喜欢登高望远，抒发情怀，很有道理，想来李白肯定曾经多少次站在这里的山头上，俯瞰大地与苍天，这样想着，脚下的山头多少有些诗意。

人是环境的产物，人的精神也是环境的反映，江山如画，更能振奋人的精神，也才能够刺激诗人的灵感写出优美的诗篇。不知道李白出名之后是否再次登临窦团山，如果能够再次登临，不知道李白能够写下什么样的诗篇，流传千古。感觉不是很累，就结束了窦团山之旅，印象深刻，不虚此行。

2012年10月4日

游岭南四大名园

提到园林，不自觉地就会想到江南园林，巧妙的构思、精细的工艺、繁茂的植物，构成农耕社会中绝美的生活之所，方寸之间实现了文人人生的梦想。江南精美的园林深深地感染了来自白山黑水的女真人的后代，清朝统治者调集全国的人力、物力，仿照江南园林修建了在世界上居于前列的皇家园林，成为中国传统文化在建筑上的重要遗产。更多人不知道的是在遥远的岭南，也还有同样精美的岭南园林，与江南园林遥相呼应，散发着迷人的魅力。由于路途遥远，岭南园林很少接触，利用自驾旅游的机会，把岭南四大园林一次看完。

几乎所有人都知道东莞，特殊的地理位置，特殊的经历使得东莞非常有名。个园位于东莞边缘地区，一片很大的水塘连接到城市边缘的河道，个园就建在这片水塘边上，相对于规制严格的建筑，个园的建筑更加随意，没有明显的轴线，没有对称的要求，随心所欲地布置房屋。又由于南方的气候，更加开敞的房屋成为可能，大飘窗、高大的采光天井使得房间与环境密切结合，水边的亭台融化在室外环境之中。个园中最高的建筑很像长城的烽火台，四四方方，高高在上，俯瞰整个院落，登上最高处，四下是交汇的屋脊，错落的院落，平展的水塘绵延在院子边上。由于广东更多地与国外联系，个园中采用了很多进口的材料，大片的彩色玻璃、西洋镜、照明灯，给中国传统园林打上浓重的西洋色彩。民间园林大多是逐渐发展起来的，没有最初统一的规划，院落布局、新旧程度体现出不同时期的建筑特点，分散而不是紧密，零散而不是统一，是岭南园林的特点。很难想象，那个时代的人是如何集聚如此众多的财富，集聚各种材料、工匠，完成如此复杂的工程。

现存的佛山梁园已经不是当时完整的园林了，大部分被拆除，只是保留了部分院落，一进门是明显的三重院落，等级分明，有点像是山西大院的模样，一家人按照尊卑长幼，生活在各自的院落中，可能是主人后来积攒了财富，在三重院落之外建设了戏台、楼阁，开挖了大片池塘。城市的发展与扩建，使得残存的梁园周围全是高楼大厦，站在院子里，四面都是玻璃幕墙反射的光泽，完全没有了田园风情，曾经的园林建筑，只能为人提供一点点线索，让人回味曾经的岁月。

春晖园位于顺德城市中心，是岭南四大园林中占地面积最大的园林，也是最精美的园林，最初是明代状元的宅院，至清朝发展到顶峰，春晖园很可能也是逐渐建成的，院落套着院落，最大的院子中开挖了巨大的水塘，模仿苏州的拙政园，在水塘边修建了书房、客厅，水边曲桥、临水平台应有尽有，高大的松树，气势威严，给人感觉明显的苏州园林的味道。不同时期修建的院落连在一起，风格不同，布局差异很大，明显西洋风格的建筑与典型的中式建筑融合在一起，相得益彰，甚至用玲珑的石材在院子中堆砌了高大的假山，曲径通幽，山重水复疑无路，体现了中国造园术的风格。

与其他园林不同，番禺的余荫山房完全建在郊区，周围是水稻田，与居民区分开，最初可能是家庙，两座器宇轩昂的庙宇式建筑立在河边，家庙两边各建了一片园林建筑，左右两翼展开，连绵一片，非常有气势。与很多园林建筑一样，余荫山房的主人是清朝同治年间的举人，入朝为官，在刑部任职，告老还乡之后，在家乡兴建园林。令人难以理解的是，简单的做官，如何积累如此的财富完成复杂的园林建设，可见当年广东地区经济已经非常发达了，才能积累如此众多的财富。

中国的园林建筑，在清朝发展到高峰，形成完整的理论体系，标准、样式以及各种材料、做法，各种工匠应运而生，带来相当的繁盛，留下众多的遗迹，在岭南看到的四座各具特色的园林，正是这众多园林建筑的代表，在历史的遗存中显示着中国园林曾经达到的辉煌。能够有机会一次性扫荡式地实地欣赏岭南四大园林，更深刻地理解古人的意境与心愿，了解他们的生活环境，实在是一次不可多得的经历。

2018 年 11 月 3 日

雨中夜宿华山

　　第二次登顶华山，原本没打算在山顶住，只是因为路上堵车，乘缆车爬到顶峰已经是下午四点了，天渐渐黑下来，已经没有再往山上来的游客了，下山也看不清楚山路，只能住在山顶。找到一家道观旁边简易的旅馆，房间简陋，设施简单。办好入住手续，在山顶上走了一圈，在北侧的岩壁边缘，能够依稀看到山脚下的黄河，蜿蜒流淌，对面是山西中条山的余脉。华山古称花山，大约是山顶的山峰像是张开的花朵的意思，山顶不大，但是非常开阔，让人感觉不到是在山顶。粗大的树木高耸入云，淅淅沥沥的雨滴把山顶的一切都弄得湿漉漉的，低洼的地方还有涓涓的水流，山顶上风很大，树叶摇曳，风声在树梢顶上传出很大的声音。

　　很快天就黑了，几乎看不到什么景物，只有道观中燃烧的香烛摇摇晃晃地发出点点光亮，微风吹来，带着山谷中回荡的声音，传出轰轰的声响，在耳膜上产生共鸣。漫步华山山顶，感到幽静，非常的幽静，由于山势高大，周围几乎没有任何建筑，没有一点人为光亮，没有一点阴影，完全的寂静，只有天空中的星光，格外清楚，这时似乎有一种羽化升天的感觉，山脚下的大地朦胧一片，只有依稀的萤火虫一般的灯光，散布在辽阔大地之上。

　　在旅馆中吃完饭出来，但见天空中星光点点，华山的海拔大约两千米，由于没有地表空气的污染，在山顶上看到的星空格外透亮，星星似乎使劲地发着光亮，天空似乎也被星光照亮，呈现出通透的蓝色光芒。北斗七星清晰可见，还是小时候上天文课的时候见过同样光亮闪烁的北斗七星，更有许多遥远的星星，尽管光点很小，但是亮度很大，明晃晃的刺眼。硕大的天空犹如一只倒扣的碗，罩在整个头顶上，站在山顶上的人，似乎融化在天空中，头顶上只有几棵高大的树冠，昏黑的暗影融化在蓝天的背景之中。

　　淅淅沥沥的雨依然下个不停，空气中弥漫着浓重的水汽，脚下的积水汇集成溪流，流向四周的山谷，水流与岩石的碰撞，传出有节奏的声响，似乎像是回荡在树林间的乐曲，抑扬顿挫，在细雨朦胧中回荡在空旷的山顶。回到旅馆简单的床铺上，四周格外的宁静，空旷而寂静，远离都市的喧嚣，远离世俗的纷扰，也难怪那些寺庙建在凌绝之处，享受与上天交流、沟通的感觉。

阴错阳差，无心插柳柳成荫，偶然的机会，在华山山顶的细雨中露宿，带来特殊而奇妙的感觉。

2012 年 7 月 10 日

辽北怀古

从铁岭向北，大约八十公里，经过老旧的蒸汽机博物馆，便到了调兵山市，这个地名非常奇特的城市，直接来源于金兀术调动金朝的军队，进攻宋朝军队的地方，因历史事件而得名。像东北很多城市一样，调兵山城市建设在起伏的丘陵上，而调兵山市西边有一座馒头形的山峰，孤耸在平原上，在山峰脚下有一处仿古的城池，模仿的就是金兀术当时的城池。城市前面有一尊金兀术的雕像，骑在高头骏马上，手持大刀，怒目圆睁，凝望着广阔而遥远的南方。

从内蒙古高原草地下来，便到了辽北这片土地，大多是丘陵，没有更多的森林，冬季的严寒使得这里一年之中只能种一季庄稼，由于这里的丘陵比较平缓，很多河流河道很宽，散布在平原之上。辽阔的平原以及开阔的河道，构成东北独特的景观，大约也是辽宁称之为辽的主要原因。

生活在这样地区的人，最初只是种植与养殖相结合的生活方式，不管是满族、蒙古族、锡伯族，很多是逐水草而居，由于天气严寒的关系，这里很难种植足够维持生活的植物，只有稀少的水草，能维持牛羊的饲养，用以维持生活所需。更是由于严寒的关系，生活在这里的人，更觊觎内地的繁华和物产，富足的生活，辽、金、清、元，多次从长城以外打进中原。宋朝与辽、金的僵持，是这种对峙的典型代表，金兀术正是在调兵山市集结人马，侵入中原并成功占领开封，并掳回宋徽宗、宋钦宗两位皇帝的。经过遥远而艰难的路程，徽、钦二帝以及众多的妃嫔、佣女，被悲惨地带到调兵山脚下的小村庄，徽、钦二帝被放在深井中，故此小村叫作锁龙沟村。

从调兵山仿古城中出来，不远处找到锁龙沟，这是一个典型的东北山村，平顶的房舍，房顶上放着一些庄稼秸秆、玉米，与众多东北农村没有任何区别，问了村子里的几个村民，也不知道当时锁住宋徽宗、宋钦宗的井在哪里，历史的长河淹没了一切的存在。

从中原人的角度讲，小时候听评书《说岳全传》，感觉金兀术很可恨，面目狞狞，侵略中原抢掠财物，因此非常支持岳飞，尤其是岳飞的《满江红》，器宇轩昂，甚至希望岳飞能够带兵直捣黄龙府，但是从更广大的角度看，从后来同样融入中原的满、蒙古等民族来看，这些生活在艰难环境中的民族，在经历严寒、风暴之后，是多么渴望舒适的生活环境，多么希望舞榭歌台、声色犬马的生活，散居在草原、丘陵的民族，汇聚起来，骑上战马，浩浩荡荡地冲向中原，冲向他们希望的生活，从这个角度看，草原民族似乎也同样值得理解，似乎宋与辽的隔河而治，更能体现当时的境况，而不是谁吞并谁，谁战胜谁。战争的根本还是生存的需要，是更多的人争取更好的生活，更容易繁衍后代的生活，从这样的角度讲，战争的双方都是值得同情与可怜的。

令人奇怪的是，居住在草原上的民族似乎并不是想占领中原，占领汉族人的地域，因为从生活方式上讲，他们并不适合种植或者河道中养鱼的生活方式，另外从气候上讲，他们并不适应江南湿热的生活，很多情况下，进攻以后他们又退回到曾经生活的草原，在他们熟悉的环境中生活。历史上从汉代开始的多次匈奴进攻中原，很多情况下，可能是因为连年的严寒、低温，导致羊羔无法成活，游牧民族难以生存，才对中原进行抢掠。元朝在占领开封后，不辞劳苦，竟然在开封拆除古塔，把建筑材料运回遥远的库伦，希望在老家建塔立庙，只是由于时间的紧迫，元朝才不得不在金南京的基础上建设了今天北京的元大都的城池。

从二连浩特平展的草原到希拉木伦河辽阔的河道，再到朝阳附近的大黑山，以及金兀术曾经屯兵的调兵山，以及更遥远的大兴安岭、额尔古纳河，长白山以及抚顺附近的萨尔浒，只有在辽阔的内蒙古平原上，感受天苍苍野茫茫的草原，才能更了解在这片草原上曾经发生的故事，才能了解烽火连天的历史。

辽北草原，一片空旷、辽阔、茫茫的大地，给人深刻、清晰的印记。

2020年2月20日

游宁武万年冰洞

世间很多奇景，都是地质作用的结果，广义的地理、地质甚至可以包括岩石、土壤、植被、气候、光照、温度，甚至地震、洪水、陨石撞落等各种自然因素、自然力量，这样的力量构成绚丽多彩而又神秘莫测的世界，构成人类生存的基础，也构成很多奇妙的景观，山西宁武万年冰洞就是这样一处奇特的景观。

万年冰洞位于山西宁武芦芽山，而芦芽山是汾河的发源地，山上植被茂盛，山体巨大，融化的雪水，汇集的雨水，构成涓涓细流，汇聚成贯穿整个山西的汾河，山西的母亲河。芦芽山位于内蒙古高原的边缘，向北就是浩瀚的沙漠，地理位置临近四百毫米降雨带，冬季更是冰天雪地，正是这样特殊的地理位置，正是这里特殊的地质构造，才有了万年冰洞的奇景。

很难想象在盛夏之时，北京已经酷暑难耐，这里竟然还有天然的冰洞，终年不化。冰洞在半山腰，要开很长的山路，还要走一段石阶路，才能看到冰洞口，洞口掩映在茂盛的绿草之中，几乎看不到洞口，并不显山露水，并不张扬，只是走进冰洞内部才能感受到冰的存在。进入洞口之前已经能够感觉到从洞中吹出来的寒气，扑面而来，可谓寒气袭人，刚刚进洞还看不到冰块，只是感到明显的降温，向下走一小段路，才看到四周石壁上的冰挂，在洞口是零散的，在洞里面是整块的。冬季的时候，冰洞是冻满的，全是冰块，下不去人，完全是冰的世界，只有在盛夏之时，才在洞的中央融化开来，形成通道，人可以下去，而大块的冰块依然挂在洞壁上，包裹起来，构成狭小的通道。

没有人准确地知道冰洞是怎么形成的，可以肯定的是周围山体的岩石在冬季很冷，岩石温度很低，可以吸收热量，降低洞内的温度，而洞的四周有一定的补给水源，或者是冷凝水，在山体降温的作用下，水气积聚起来，凝结成冰块，积存在岩壁上，形成冰洞，夏天温度升高，冰洞中央融化，但周围的热量又不足以融化所有冰块，冰块依然冻在洞壁上，构成特殊的景观。一定的高程，一定的温度，冬季严寒带来的温度下降，山峰四周的温度升高产生的能量刚好被岩石中的冷气所消耗，形成微妙的新的能量平衡，构成产生冰洞的特殊地质情况，这才有了万年冰洞。

为了开发旅游，人们在冰洞中央安装了钢制爬梯，可以很轻松地下到冰洞底部，爬梯四周都是白色的冰块，可能是由于凝结的原因，或者是岩石中含有的石灰粉，四周的冰块非常厚重，有一种凝结的质感，有点像冰冻起来的牛奶，摸上去湿滑得很，不时有滴水落下来砸在脑袋上，冰冷一片。沿着爬梯一直走到底部，最下面是两个互相连通的大洞，有点像大厅，里面同样是厚厚的冰块，各色彩灯把光线投射到冰块上，透过晶莹的冰块，反射出五颜六色的光，更给幽深的冰洞增添了神秘的色彩。

也不知道冰洞是什么年代产生的，商代的时候有没有？秦朝的时候有没有？什么时候被发现的？历史的文献中有没有记载？更不知道别的地方有没有这样的奇景，可能南方地区很难有这样的情况，只有北方地区，临近内蒙古高地，特殊的位置，冬季降温造成山体储存的能量刚好满足夏天保存冰块的需要，极其特殊的能量的平衡，加上极其特殊的水的循环与补充，才构成万年冰洞这样的地质奇观。

人工是很难或者说不可能制造这样的奇景的，假如没有现存的万年冰洞，可能人们也想象不到如何在大山之中，在盛夏之时，制造一个充满冰块的冰洞，大自然的鬼斧神工甚至超出了人的想象力。在冰洞之外，也不知道在浩大的地球上，还有多少像万年冰洞这样的地质奇观，肯定还有许多，甚至还有的至今并不为人所认知，更别说土星、木星、冥王星以及更为浩瀚的宇宙之中，还会有多少大自然不经意之中的作品，在感慨与惊叹之中离开万年冰洞，结束了此次难得的冰洞之旅。

2013 年 7 月 15 日

探綦江新彩虹桥记

汽车从重庆出发，便全是山，重庆的山并不高，也并不陡峭，只是面积很大，连绵而层峦叠嶂，重重的山峦笼罩在雾气中，显得若隐若现，有如浓墨淡笔的山水画。这里的山还有一个特点，在山脚、山间、山顶，稀疏地建有很多农舍，白颜色的墙掩映在绿色的草丛林木中，非常显眼，如果不是收入低，这里的农村倒是绝佳的休闲场所。

车行大约四十分钟，就到了綦江，下了高速公路，就是明晃晃的渔村的招牌，提醒你这里是河边的城市，綦江不大，房舍沿河布置，分为两个城区，东西城区，一条笔直的江，把城区分成两半。綦江河道不是很宽阔，大约五十到六十米宽，但两边是比较陡的山，且岩石坚硬，不宽的綦江横亘在两山之间。连接高速公路的是四川很常见的敞肩石拱桥，利用强度大于六十兆帕的岩石的抗压强度，构成弧形的桥型，曲线有如彩虹，连接两岸，上面是小拱，这种桥型充分运用岩石的抗压性能，完全按照力学曲线布置石材，在满足受力条件之后，形成优美的造型。罗马的水道、伊朗的拱门等古代建筑大量采用了这种拱型受力结构，罗马的天主教甚至把这种体系应用到教堂的穹顶上，构建了精美的教堂的穹顶。

距离石拱桥下游大约 500 米，耸立着新的彩虹桥，新建的彩虹桥是钢筋混凝土拱型刚构桥，两段采用了分叉结构，像四个支腿，支撑住整个桥体。由于河面通航要求，还有就是河水的深度，彩虹桥采用了一跨结构，单跨跨越綦江，大约跨度有 40 米，尽管这样，40 米的跨度，简单的人行荷载，在桥梁中也是小菜一碟，简单而平凡。彩虹桥出名的还是因为原桥的坍塌，以及造成 42 人死亡的轰动全国的事件。原彩虹桥是一座中承式钢管拱桥，用两根钢管承受竖向荷载，桥面平坦，与两边的道路相差不大，应该说原彩虹桥的设计比现有拱型桥更科学、更合理，减少了人的上下攀爬距离。但不幸的是，建成于 1995 年的中承式钢管拱桥，在 1999 年，使用不到五年后的一天早上，突然坍塌了，桥面上卖菜的小贩，过路的行人以及走在桥上的 12 名武警战士，瞬间掉落綦江中，当时桥面水量较大，水流很急，造成 42 人死亡，轰动全国。

当时过桥的武警有 13 人，一个人在岸边系鞋带，因而幸免于难。粗制滥造，对结构的不了解，焊接质量差，加上桥梁设计安全系数较低等原因，构成坍塌的原因，在事故调查中，还发现副县长收受贿赂等问题，千夫所指。令人难以置信的是，钢管拱中竟然没有充满混凝土，使得钢管与混凝土不能共同作用，混凝土甚至成为附加荷载，桥面吊索的疲劳影响，导致吊索疲劳破坏，脱落，造成桥梁整体荷载的偏载、失稳。还有钢管的焊接接头，采用的是钢板对焊，而没有采用缀板联结等，较低的安全储备，加上施工的缺陷造成瞬间桥梁的垮塌。

不遵循科学规律，不了解受力结构，不了解桥梁的力学体系，对桥梁缺乏检验，责任心的缺失等，是造成彩虹桥坍塌的原因。最终经过开庭审判，几个人被判刑。1999 年，面对突如其来的灾难，难以理解，难以相信，又很难用简单的认识解释，甚至很难获得真实的现场信息。

本人作为桥梁工程的从业者，不免思索分析，并不是简单的受贿而导致桥梁坍塌，受贿是违反了人为的规矩，只是间接原因。事实上，即使一座非常好的桥，也存在同样受贿的可能，直接导致桥梁坍塌的，还是力学原因。力学是客观存在的，是因为巨大物质存在而产生的万有引力而产生的，是地球试图束缚所有上面的物体而产生的，对此，人类只能认识，只能抵抗与克服。至于用什么语言，什么信仰，什么宗教，什么政治观点，什么货币，并不重要，只要不符合力学结构就要受到惩罚，綦江彩虹桥的坍塌就是违背力学结构的典型结果。

将近十五年了，可能全国都没有几个人关心什么彩虹桥，再没有人关心遥远的深山之中的倒霉的彩虹桥，甚至认为与出过事的桥合影是不吉利的事。修桥补路是积德行善的大好事。但是，如果没有修好，浪费了钱财，没有作用，甚至伤人命，则是罪过。做桥梁的人一定要懂得这些，不能一门心思赚钱，要经得起时间的考验，其实其他行业的职业操守也是一样的。在两山间的綦江，静静地思考桥梁存在的环境，感味在时间的长河中流淌的桥梁的存在，别有风味，似乎时间凝滞在这里，而似乎什么都没有发生过，也许藏传佛教的轮回是正确的，那些失去的生命，可能重又轮回到綦江的两岸，重复着同样的生活，这样地想着，似乎有了一些安慰。

在思索中离开綦江，很快就投入两江中的人声鼎沸的重庆。

2013 年 6 月 19 日

游深圳大鹏所城

印象中深圳是个新兴的城市，更多的是高楼大厦，是现代化的建筑，似乎没有什么历史古迹，在深圳品尝完精美的粤式早茶，便上网查询，说是有个古迹"大鹏所城"，历史悠久，值得一看，深圳又名"鹏城"就是得名于大鹏所城，于是辗转找到长途公交车前往大鹏所城。路途非常遥远，经过大梅沙、小梅沙、华侨城景区，便在海边山崖上的公路上行驶，其间还经过了几条隧道，坐的人昏昏欲睡，公交车大约开了五十公里才来到大鹏所城。

这是一处已经开发得很完整的旅游景点，可能是深圳经济发达的原因，有足够的支撑力，虽然是古城，但是并不像内地很多残破的古城，这里的古城修缮得很好，保留着明清时的原貌，却又蕴含生机，给人明快的感觉。进入古城，是弯曲的石块铺砌的道路，沿着山势起伏不平，很可能是雨大的原因，街道的石块都很坚硬，表面磨得锃光，体现出历史的悠远。街道两边更多的是店铺，间或有几个大宅院，院门很小，里面套着几重院落。

这里临近海边，在海边隐约可以看见香港岛的轮廓，而陆路位置又卡在海边与山之间，有点像山海关的老龙头，古人在此筑城，扼守交通要道，同时屯兵，虎视海上的香港、澳门。大鹏所城山势威武，恰似大鹏展翅，故名"大鹏"，又因为镇守山海之间的咽喉要道，故名"大鹏所城"，真的不知道在新开发的城市深圳，也有这样悠久历史的古镇。

大鹏所城的中央是一块大空场，面积不大，后面是官府建筑，广场大约是用来集会、练兵，广场边上有一排石块砌筑的粮仓，已经空空如也。以广场为中心，分布着很多街巷，依地势起伏而建，街巷两侧有很多宅院，最大的宅院甚至可以与山西的乔家大院媲美。令人惊讶的是，尽管在遥远的广东沿海，这里的大院全是完整的四合院建筑，方方正正，规规矩矩，似乎是把内地的建筑原封不动地搬到这里，并没有岭南建筑的风格，循规蹈矩的建筑格局，在不经意间传承着文化，成为历史与文化的载体。

城墙围合之中，院子连着院子，很多院子已经没有人居住，有些院落、房间已经改造，手工坊、咖啡屋、音乐茶座，把古老与现代有机融合。深圳的经济发展很快，更多富裕起来的人们追求精神上的享受与满足，各种创意工坊点缀古城之中，弥漫着现代的气息。大鹏所城中游人穿梭，挤满街巷的游人到处观望，到处拍照，人们在感叹古代建筑遗迹的同时，感悟曾经的岁月，遥想着古城中曾经发生的各种故事。

年轻的城市深圳附近，距离北京遥远的深圳，竟然有一处如此历史悠久的古迹，清晰、准确地记载了历史的痕迹，在遥远的南海之滨，在蒸蒸日上的现代化的城市深圳，给人带来遥远的遐想。

2016 年 10 月 10 日

游红山文化牛河梁遗址

人们很自然地会想到人是从哪里来的？人的祖先是如何生活的？远古时代冥不可考，三皇五帝也是有文字以后，《山海经》的记载，在没有文字以前的洪荒时代，人是怎样生活的？在中国巨大的版图上，五千年左右的文化已经比较发达，尽管没有文字记载，但是石器、玉器、陶器、建筑等，标志着这时的文化已经相当的发达。同时期的文化，比较完整的有发源于杭州一代的良渚文化，发源于陕西、河南一代的半坡村文化以及发源于朝阳、赤峰一代的红山文化。

古代文化一定发源于水草丰茂，动植物容易生存的地方，那时的人们更依赖于自然环境而生存。可以想象，那时朝阳、赤峰一带远比现在条件要好，温度可能更适合，河流、湖泊纵横，植物、动物丰盛，才能产生人类赖以生存的环境。红山文化由于最早发现在赤峰的红山而得名，而在辽宁建平、凌海之间的牛河梁文化是比较完整的遗址地点，经济的发展，使得社会有能力建设相当规模的博物馆，用以记载与回味我们的古代先民。在那个物质条件很不发达的时代，牛河梁的先民制造了大量的石器、木器、玉器，修建了相当大的建筑，并和许多古代文化一样，对苍天、神灵顶礼膜拜，进行祭祀活动，甚至产生了独特的女神头像。

那个时代的文化是割裂的，相互没有联系，独立发展，人们的聚居区之间被茂盛的森林覆盖，在居住区以外是巨大的河流湖泊，以及人们逐水草而居的生活区。尽管经历了沧海桑田，环顾四周，田野依然茂盛，凹凸的田野上覆盖着茂盛的树林，各色的植被。由于人口稀少，自然地貌得以完整地保留，清晰地展现了先人生活的环境。

人的一生，相对于漫长的历史，实在太短暂了，几乎是沧海一瞬，曾经原始的先民和开着汽车的现代人同样生活在同一块土地上，生息繁衍，演绎着精彩的生活画卷。

2012 年 10 月 12 日

游微山岛南阳古镇

中国地域辽阔，历史悠久，历史上人员聚居之处，往往能够保留下一些古镇，更多的古镇得以保留是因为位置偏远，没有被改造利用，而中心地区的古镇则已经被改造了，重新建设成新的城镇。位于山区、偏远地带的古镇虽然保留下来了，但是交通不方便，生活条件差，使用价值并不大，更多的是在山区，建在岛上的古镇还很少遇到，尤其是在北方，位于微山岛的南阳古镇非常罕见。

在没有高速公路的年代，京杭大运河是中国南北重要的交通干线，南方生产的粮食、丝绸、砖瓦都要通过大运河运到北京，运到更遥远的北方，而南下的官员、商人、军队需要通过大运河到达南方，乾隆皇帝下江南，到扬州、杭州，走的就是京杭大运河。长度将近一百公里的微山岛是京杭大运河中重要的中转站、驿站，微山湖烟波浩渺，水面辽阔，芦苇荡茂密，是北方最大的淡水湖泊，湖中央有一个面积很大的微山岛，南阳古镇就坐落在岛上。从岸边乘船，十几分钟就到了岛上，宽阔的地面，沿着岸边修建的街巷，可能最初的目的是南来北往的船舶停靠休息，岸边的街道上建有粮仓、旅馆、饭店以及管理的官衙，明清两代的建筑鳞次栉比地建在岸边的街巷旁，似乎走进遥远的时代。尽管明清两代在北京定居，但是皇帝与官员似乎更喜欢江南的建筑，在颐和园、圆明园中大量复制了江南园林，更有江南的丝绸、稻米、手工艺品、笔墨纸砚等，维持着庞大帝国首都管理活动的需要。想当年千帆竞渡，舟橹密集，穿梭往来大运河上的船舶，运送着粮食、丝绸，运送着到京城办事的官员，进京的举子，南下任职的官员，甚至林黛玉进贾府也是走的大运河，各色人等，各种船舶在运河航行，旗幡招展，船舶停靠在微山岛的南阳古镇补充休整，人们住在古镇上交流、宴请，欣赏表演，各种饮食、剧目、方言在小小的南阳岛上交汇，四面环水的小岛弥漫着浓重的文化的色彩，浪漫的光影，独特的生活环境，构成南阳岛在历史上的存在。

走在青石铺砌的古镇上，眼前是宽广的湖面，巨大条石铺砌的河岸，岸边是高高低低的建筑，大都很破旧，街道上不时有摆摊贩卖水产品的村民，挂着幌子的餐馆没有更多的食客，摆在街道上的鱼干、贝壳似乎无人问津，手工制作的糖饼、炸糕也有些过时，很难吸引人的胃口，镇上的年轻人大都出外挣钱，古镇上只有老年人故土难离，依然坚守。尽管古镇环境优美，水面开阔很有特色，但是游人很少，很难用旅游业支撑发展，只能维持一般的发展，残旧的街道更多的只能提供记忆上的回顾，而难以提供现代化的生活享受，毕竟历史已经翻开了新的篇章。

时过境迁，隋炀帝组织开凿的大运河，逐渐失去了往日的光鲜，大运河上运输的船舶逐渐退出历史舞台，河道也淤塞而狭窄，人们不再把目光与力量投在运河上，昔日辉煌的南阳岛也逐渐失去了光环。时光飞逝，太空中组网成功的北斗卫星在太空中飞舞，无人驾驶汽车正在道路上尝试，更多的是高速公路上飞驰的车流，很少人关注曾经的南阳古镇，而位于湖面小岛上残破的古镇正诉说着历史的存在与曾经的辉煌。

2015 年 6 月 5 日

游四川通江诺水河溶洞

　　由于位于大山深处，道路遥远的原因，这个据说是亚洲第一大的溶洞很少有人知晓，即使知晓了要想来一次也非常困难，从通江县城出发要走将近八十公里的山路。而通江对很多人来说，包括四川人都是遥远而偏僻的代名词，从重庆、成都开车到通江要走一整天的路程，更别说其他更加遥远的城市，从巴中出发，要走七十多公里才能到通江。道路还是很好，六米宽的沥青路面，危险的路边还有防撞护栏，还算安全。四川山区最大的特点是多高的山上都有绿树，都有庄稼，都有人家，因此放眼望去，满目郁郁葱葱，非常养眼。但越往通江走人家越稀疏，山也越来越高大，到后来的山上就没有了人家，没有了庄稼，而只有高大的树木，变成了森林覆盖的野山。

　　通江是银耳的产地，纯粹的野生银耳。县城建在河边，比巴中还要小很多，从中央繁华的街道穿过很快就走出城。随后的八十公里路都是在大山中沿通江而行，道路边上是几乎垂直的岩壁，陡峭而险峻，经过一处比较平坦的坝子就到了诺水河镇。在这片方圆五百平方公里的山里，有很多溶洞，被人认识的有二百余条，还不知道有多少没有被认识的。这些溶洞形成于2.9亿年前，经过了漫长的天文数字的年代。最大的洞子叫"中峰洞"，一进洞口就觉得非常的巨大，有三十米高，数百平方米的洞口，从洞里向外望去，天空只是很小的一个小口。洞中顶部有明显的岩石剥落的痕迹，剥落的岩石有十几平方米，厚度均匀，有一米厚，明显的是从洞顶剥落到底，再经过水的冲刷、搬运而形成巨大的洞体。

　　再往里走要坐十几分钟简单的单轨矿山车，基本是沿着自然形成的洞体行驶，也有一小段人工开凿的隧道。随后就到了一个宽阔的大厅，给人以豁然开朗的感觉，灯光照射之处，是令人叫绝的钟乳石石柱组成的壮观的画卷。中峰洞所在的山有1600米高，洞的总长度有六公里长，洞有三层，最高处距山顶还有三百余米，有很多支洞，错综复杂，有很多通向山崖的洞口，与外界相通。洞穿过巨大的山体，甚至通到了遥远的陕西境内。形成山体的溶洞要有很多条件，其中水是很重要的条件，必须水量大，常年有水，才能形成冲刷。因而溶洞大都形成于中国南方。还有就是岩石的构成，必须有溶于水的钙质成分，有明显的夹层，有碎石、碎屑夹层，才能在水的作用下形成洞体。由于岩石钙化的结果，总会形成石笋、石柱等溶洞景观，据说这样的钙化岩石要三百年才能生长一厘米。眼前的石柱大都是一端小一端大，从岩石顶部悬下的，上边大下边小，像倒挂的竹笋，而下面会有底下大，上面小的尖笋，如果时间长了，上下悬挂的石笋连接到一起，形成石柱，或是更粗大的像雕像的模样，还有形成瀑布状的、山峰状的、树林状的等，实在是千姿百态，很难用文字描述，只能亲眼领略与享受。

世间奇伟之景观大都在险峻遥远的地方，非历经艰辛和危险不能有所感受，所谓"无限风光在险峰"。而这些奇伟的景观，靠听别人描述，甚至看照片、光碟，是完全不能感受的，因为照片只能显示形状，而对比例、体积等无法描述，而温度、声音、质量、硬度、光线等情况更是语言、图片无法描述的。对于这些奇伟的景观只有身临其境，用自己的眼睛、耳朵等感觉器官来感受才算有所体验。再往洞的深处走就更感觉洞的庞大，有时要经过宽大的洞穴，深处黑暗，看不到边缘；有时要经过明显水冲刷痕迹的一层层的曲折的岩洞，曲曲弯弯；有时要经过只能通过一个人的狭小的洞体，不得不低头弯腰；时而又是一个宽大的像礼堂一样的大厅，数十米高。洞内总有潺潺的流水，弥漫蒸发，导致洞内水汽很重，有时能听到隆隆的流水的声音，有时是滴滴哒哒的水声，在水的流动下，空旷的洞体显得很有生机。尽管洞内黑暗一片，居然有正在飞翔的蝙蝠，它们依靠声纳辨别方向，生活在暗无天日的洞穴里。不时有阵阵冷风吹来，是上下层洞穴的连接洞，而如果感到热风吹来，那就是遇到了与山体外面相连的孔洞。如果没有灯光的照射，洞里没有一丝光线，黑暗到底。即使有灯光的照射，也还有几分恐惧的感觉。洞连着洞，洞中有洞，没有导游带路是很难走出洞的。

大自然在漫不经心地和人类开着不大不小的玩笑。有句成语叫"水滴石穿"，在这里是"水滴山穿"，柔软的水滴一点点形成水流，汇聚成涓涓细流，一刻不停地在大山体内流动，一点点把硕大的山体冲刷成鬼斧神工的模样。用不停歇的流水把水的冲刷、腐蚀、搬运作用发挥得淋漓尽致，在经过漫长时间的不知疲倦的作用后，在大山深处构成精美的图画，构筑出让人类叹为观止的洞穴。

天文数字带给人的是只能够想象而不能亲眼看到的浩瀚，而地质数字却在我们面前展示了实实在在的存在。在这六公里长的洞穴中漫步，让人心悦诚服地感叹地质数字的巨大存在，感受到造物主的伟大。只有身临其境才能有这样的感觉，而更多的感觉是无法用语言来记载与描述的。从接近山顶的出口出来，沿着开凿在山崖上的栈道走下来，山脚下是流动的完成了自己冲刷任务的诺水河，身后是巨大的有着很好植被的山体，如果不是刚刚看到，有谁会想到或是相信在这庞大的山体中竟然有这样奇伟的山洞，而在周围的同样庞大的大山之中还有多少这样神奇的山中洞穴！

2008 年 9 月 28 日

游恩施大峡谷

  千里迢迢来到美国的科罗拉多大峡谷，颠簸的道路已经让人感到十分疲倦，而眼前的大峡谷寸草不生，坚硬的红色岩石，裸露在直射的阳光中，甚至可以感受到从山谷中冒出的阵阵热气。乘坐直升飞机，下到峡谷底部，昏黄的河水不情愿地流淌在光秃秃的岩石上，给人空旷、荒凉的感觉，这时才记起曾经到过的恩施大峡谷。

  开车走到恩施大峡谷景区，直立在面前的是垂直高度将近七百米的岩石，坚硬的火成岩，岩壁几乎直上直下，耸立在阡陌交织的农田中，直插云霄。沿着开凿在山坡上的石阶，走到半山腰，走上长长的栈道，这是一条人工开凿在岩壁上的栈道，一边是冰冷的岩石，石壁上透出浓厚的水汽，另一边便是万丈深渊。俯身望下去，田地上的油菜开出大片的黄花，有如花的海洋，回望来时走过的小路，有如纤细的丝带，飘洒在花田之中。点缀在花海中的几间白色的房舍，传递出生活的气息。

  栈道很长，曲曲弯弯，仰头望上去，看到的是蓝天包裹的山峰，高高低低的山峰像一柄柄短剑，伸向半空之中。拐过弯之后，走出栈道，来到两山夹持的山谷中，两边的山峰陡峭地耸立着，中间的峡谷像是被挤压成一条缝隙，缝隙之上，是窄条状的蓝天。几座山峰之间是恩施大峡谷的标志山峰"一炷香"，与其说是山峰，不如说是一根石柱，只是石柱过于巨大，竟然有几百米高，坚硬的岩石顽强地耸立着，远远看去，似乎有些摇晃，又似乎随着笼罩的雾气不停地晃动。"一炷香"十分纤细，像一根拐杖，又像是修长的竹子，更像是庙宇前的香烛，立在山峰之间。如此高的岩石历经多年而不倒塌，实在是地质的奇迹，非人力而可为。山峰中不时飘来成团的白雾，时隐时现。白云飘来之时，感觉山峰像是被隔断开来，山顶飘浮在白云之上，有点仙山的感觉。而随着雾气飘散，巨大的山峰展现出本来面目，有的雄奇威武，有的面目狰狞。相对于游人如织的黄山、庐山、泰山，恩施大峡谷的山更加狂野，更加粗犷，似乎没有约束，我行我素，各种造型的山峰倾斜着立在大地上，臃肿的山峰、连体的山峰比比皆是，显示出与众不同的形状。

南方降雨充沛，只要有泥土的地方，就一定生长着绿草，甚至岩石的缝隙中，也顽强地滋生出树木、绿草，偌大的山峰似乎被绿草覆盖，山顶上也生长着不少的树木，郁郁葱葱，峡谷中依然生活着几户人家，鸡鸣狗吠，为空寂的峡谷增添了生活的气息。而峡谷周边的田地，庄稼茂盛，为周围的百姓提供着生活的来源。只是可以生活的峡谷，不仅仅是观赏品，生活在其中的本地人，甚至感觉不到峡谷的存在，他们更关注庄稼的产量、鸡鸭的数量。只有不辞辛苦，跨越千山万水，来到恩施大峡谷的游人，才能更多地感受到峡谷的雄奇、俊美，带来复杂的审美的精神享受。

尽管中国地大物博，全国各地有很多的峡谷，恩施大峡谷几乎是首屈一指的，不管在深度、景观、体量等方面，都名列前茅，带给游人惊喜与享受。即使你到过很多大峡谷，当你来到恩施大峡谷，依然会感觉到视觉上的震撼，心灵上的激荡，这就是恩施大峡谷。

2001 年 7 月 15 日

探房山石花洞记

很难想象，在距离北京四十公里的群山中，有如此巨大的溶洞，经过上亿年的演化，大山内部发育成千奇百怪的钟乳石溶洞，蔚为壮观。大凡溶洞的形成，必有两个条件，一个是有可溶解的岩石，最典型的是钙质石灰岩，另一个必要的条件是，要有足够量的水源，充足的水流。水在岩石中有两个基本作用，第一是"剥蚀作用"，水流冲刷在岩石上，以及水蒸气充盈洞内达到饱和状态时，对岩石产生剥蚀作用，导致岩石剥落。第二是"搬运作用"，流水不停地流动，把剥蚀下来的岩石裂隙搬运、冲碎，搬运出洞，最终产生联通的水平节理的溶洞。辽宁本溪的水洞，是水平溶洞的典型，岩石水平层间结构，形成三公里长的水平的本溪水洞。

水流继续作用，导致溶洞不断扩大，在形成水平延伸的同时，在溶洞顶部产生大面积的剥落，产生体积巨大的空腔，形成大厅。溶洞向四外扩张，产生联通的洞穴，形成网状洞穴，发育成大面积的溶洞群。在溶洞基本剥蚀到坚硬岩石，比如玄武岩、石英岩、花岗岩等之后，洞穴停止发育，岩石缝隙中的溶液聚集，产生钟乳石，从洞顶垂下来，连接到地面，形成石柱、石笋等各种形状的凝结物，从而构成洞穴千奇百怪的形态。洞穴进一步发育，如果上层的岩石不够坚硬，产生塌陷，就会形成天坑，天坑往往是洞穴发育后期的结果，广西乐业的天坑，重庆奉节的天坑是我国著名的天坑，深度最大达到七百米，构成巨大的实体存在。

中国南方的洞穴发育较多，主要原因是有充足的水源，而在北京很难想象有如此多的水源，因此房山石花洞非常罕见。石花洞的水来源于与河北接壤的拒马河的补给，水源地最高峰在霞云岭一带的高山，形成拒马河的水源，从而导致石花洞的形成，仅仅是房山一带的局地降雨，是难以形成如此洞穴的。剥蚀、搬运是形成洞穴的基本条件，但并不是所有的溶洞，都仅仅是这两个因素构成的。比如广西乐业天坑，在流水的剥蚀、搬运作用之外，还有一个重要的作用，就是青藏板块的隆起。由于印度洋板块与亚洲板块的碰撞，产生隆起，形成喜马拉雅山脉，高度8000米，而广西乐业处于喜马拉雅山后地带，海拔超过2000米，地面岩石荷载较轻，导致隆起加剧，地面在不断隆起的过程中，天坑不断加深，水流在同样标高发挥冲刷作用，而天坑加深了，这就是广西乐业天坑数量多且深的原因。

而重庆奉节天坑巨大的原因，还与长江改道有关，现有奉节一带的降雨水量，远远不足以冲刷出现有的天坑，而历史上，长江并不是或者说并不是全部水量都从三峡流出的，而是向南从奉节流到湖北恩施，经清江到宜昌，最后入海。奉节一带地下石灰石岩层很多，巨大的水流形成地下暗河，冲刷出地下暗洞，最后洞穴顶部坍塌，形成体量巨大天坑，应该说奉节的天坑，很可能或者说肯定是长江水流作用的结果。

世界的复杂性不仅远远超过我们的认识，甚至远远超过我们的想象，人类只能不断地认识已经存在了几亿年的世界，并适应这个世界，以获得生存。

2014年6月28日

游蔚州古城及飞狐峡大峡谷

从北京出发，沿着通往北京最高峰灵山的109国道，经过门头沟，翻越灵山，大约二百公里，就到了蔚州。蔚州有着悠久的历史，是北京北部的边关重镇，蔚县的地形很特殊，四面环山，山不是很高，但连成片，像一堵墙立在蔚县四周，最高的山峰是西南面的小五台山。山间的地势很平坦，开阔地的中间是一座古城"蔚州古城"，古城已经破损得没有了城的模样，只有南北的两个城门还耸立着，周围的城墙已经消失，城中间有很多破旧的平房，像几十年前一样，现在的人们还在里面生活着。

蔚州的历史十分悠久，据说商代就有人居住，大规模建城是在辽代，最早由契丹人建城，是连接北京与内蒙的重要城池。进城门左转，可以看见新翻建的县衙，几重院落，森森然，还有挺立的宝塔，直刺蓝天。但走在街上，感觉到处破破烂烂，街道上满是叫卖的小贩，高音喇叭声此起彼伏。房屋都很破旧，甚至有一些几乎倒塌的房间也没有修复，十分危险。路面上有很多污水，臭味难闻，很多人依然生活在里面，好像跨越了时代，生活在多少年以前。

历史上在中国硕大的版图上建有很多的城池，在农耕生活的背景下，在冷兵器时代，城墙是非常有效的防御工事，能够有效地保护城里生活的人们。但在现代化的今天，适合马车的街道就不适合汽车通行，蔚县古城里面到处堵车，到处是人，甚至走路都困难。对于曾经存在的古迹，诸如古城、古镇，一方面占有地理位置的优势，难以移动，另一方面可以体会祖先曾经生活的痕迹，让人产生联想。很多地方，像山东台儿庄、河北滦县、山西大同，已经重新翻建了古城，而平遥、周庄、丽江等地，利用复建古城取得了很好的社会效益。而蔚州由于经济的原因，并没有得到发展，又由于交通的限制，没有足够多的游客，难以用旅游改变面貌，古城中的人们生活在祖先曾经生活的环境中，重复着过去的生活方式，远离了今天的时代。

对于历史古迹，在经济发达的情况下，是财富，是回忆，是回味、炫耀历史的载体，而在经济不发达的情况下则是负担，在人们基本生活还难以满足的情况下，欣赏历史痕迹成为奢望，成为多余的事，而在古旧的房屋、环境中生活，变成非常难受的事。北京大规模建设以后，有些人对拆除老城墙感到遗憾，来到古蔚州，看到残破的古城，感到在那样的历史条件下，在生活甚至生命都难以保证的情况下，人们是难以对古城墙有好感的，毕竟生活才是最基础的需求。在今天经济高度发展的情况下，人们在丰衣足食之后，更多地对古迹产生了兴趣，产生联想，产生差异美的审美需求，而在遥远的年代，几十年前是很难有这样的感觉的。北京古城墙被拆除的时候已经很残破，据说从城里清理出的粪便就有几百吨，实在难以接受。站在蔚州古城里，环顾四周，似乎更理解那时拆除北京城墙时的情景，尽管从现在的角度看，拆除北京的城墙多少有些遗憾。如果经济很好，完全应该把古城里的人口迁移出古城，另建新房，然后把古城复建，建成旅馆、商店，恢复成刚刚建好的模样。要通上上下水，通上电，引进现代化的生活方式，这样才能在古老的环境中同样可以享受现代化的生活，才能使古城焕发青春。但这样做，要花很多的钱，没有足够的经济条件是很难实现的。很多古老的城池就在时间的长河中慢慢消失了，在经济发达的情况下，古迹是很有效的财富，而在贫穷的状态下，古迹就是包袱，是现代生活的障碍。

在蔚县吃到当地特色"肉煎饼"，很有特点，用肉末拌韭菜摊在特制的面粉上，非常好吃，与天津煎饼果子完全不是一个味道，吃上大半张已经饱得很了，满口肉末，在其他地方从没见过，是蔚州的地方特色。蔚县的特色还有剪纸，各种精美的剪纸，动物、植物、人物、山川、历史故事，应有尽有，把整个世界囊括在纤细的剪纸上，很可能这里冬季寒冷，人们在屋子里躲避寒冷，有足够的时间从事剪纸工作，造就了众多高手。

从位于四周山脉之间平地上的蔚州古城出发，向南不到三公里，就到了著名的飞狐峡，太行山八陉之一。古代把山间的小路称为"陉"。太行山气势巍峨，岩峰高耸难以穿越，只有几条沟壑深切在峡谷中，成为东西方向的通道。从蔚县出来，不多远就面临耸立的高山，有点像位于西安南面的秦岭，霍然挺立，横空出世，岩石是红色的，坚硬而嶙峋，在岩石中间是一条蜿蜒的小路，曲折而回转，可以看出是大量水流冲刷的结果。两边的山几乎直立而上，挺立向蓝天，山岩间缝隙狭隘，中间只有十几米的缝隙，道路曲折，有点像张家界的十里画廊，两边是褶皱的山峰。道路完全沿着山间的缝隙曲折延伸，向前看似乎没有路，而随后柳暗花明，又是一条狭窄的通道。两边山峰壁立陡峭，山石面目狰狞，偶尔有破碎而直立的岩石，像竹笋般立在岩崖边。千百年流水的冲刷、雕饰，沿着脆弱的岩石，冲刷出一条曲折的小径，再加上人为的开凿，形成今天的模样。由于峡谷很窄，可能是狐狸可以轻而易举地在山崖上跳过，得名"飞狐峡"。峡谷长有十几公里，驱车而过，飘逸、轻盈而神秘。想象一下，历史上无数商旅、官员、军队、囚徒，甚至明朝的皇帝，都是从这条狭窄的峡谷中通过，奔向不同的去处，在峡谷中留下忧愁、哀伤、兴奋、激动、悲凉、思念等深刻的印记，而所有这些，随着时间的流逝，消失殆尽。

飞狐峡还有个好处是开车通过不要门票，沿路开车一路都是风景，甚至不用下车就可以看到峡谷的风貌。临近峡谷终点的地方，在头顶的山崖上，开凿出的高速公路的隧道连接着随后的桥梁，车辆飞驰而过，更给古老的峡谷带来新的生机。出得峡谷，很快就豁然开朗了，随后是巨大的山脉横亘在大地之上。山边有巨大的断崖，形成豁口，盘山公路绕着豁口曲折回转地开上山顶，走了十几公里之后，便来到了云中草原。这是一片巨大的草原，山顶几乎是平地，山坡的坡度很平缓，形成大片草地。独特的海拔高度，独特的土质，独特的温度，造就了宽阔的草原。为游览的方便，修筑了环绕草原的游览路，开一圈竟然要十八公里。

尽管也看过京西灵山的高山草场，尽管也到过承德坝上森林边辽阔的草原，但眼前的空中草原还是令人惊讶。首先是面积浩大，无边无际，一眼望不到边际。其次是草十分茂盛，几乎没有空地，一棵棵嫩草紧紧地挨在一起，形成一簇簇的草团，连成片，浩浩荡荡，蔚为壮观。最令人惊讶的是，这里的草场开着大量的鲜花，蓝色的、黄色的、白色的，各种颜色的鲜花成片摇曳，这边一大片全是蓝花，那边一片全是黄花，花朵之多，如同海洋，不身临其境难以相信。鲜花在微风中尽情地摇曳，形成海洋似的波浪，滚滚而飘飘。车开出好远，依然是大片的草地，依然是大片的鲜花，草地上风很大，刮得人站不住脚，想来这里冬天一定十分寒冷，也只有在盛夏的季节，才能看到如此多的鲜花。放眼望去四周的山坡上全是绿草，低矮的松树显得黑乎乎的，茂盛的草地像是给山峰披上浓郁的绿装，构成优美的图画。山顶上大片的浮云飘然而至，低得几乎触手可及。而阳光透过浮云在嫩绿的草地上投下大片的阴影。随着浮云的飘荡，这些阴影飘逸升腾，像是在大地上泼墨作画，又像是神秘的巨人在大地上留下的脚印。天宽地阔，绿草如茵，鲜花似海，微风轻柔，令人心旷神怡，流连忘返，如果不是身临其境，实在难以想象，在如此高的山上，还有如此茂盛的草原，实在是很优美的景致。

由于路途遥远，空中草原没有多少游人，又由于冬季寒冷，这里几乎没有住户，一切都保存着原始的状态，与车水马龙的大都市相比，完全是另外的世界。驱车下山，一路蜿蜒，很快就到了山下，大片的玉米地，间或的村庄，又回到了百姓日常生活的环境中，而优美的空中草原以及惊险的飞狐峡，留在永久而美好的记忆之中。

2013 年 8 月 23 日

游康定海螺沟

古希腊著名哲学家亚里士多德说过"地理是一切国王的国王"，这句话相当有道理。中国版图在某种意义上讲就是黄河与长江的冲积物，数百万年以前，镇江曾经是中国南海的边缘，而镇江以东全部是长江的冲积平原。黄河曾经在三门峡、潼关、运城一带制造出内陆湖，只是后来太行山的石灰岩被水冲开缺口，黄河一泻而下，挟带大量泥土、黄沙冲击而下，形成黄河中下游平原。微山湖曾经是黄河的入海口，而河南开封近三十米的堆积地层完全是冲积出来的。黄河、长江是中国的母亲河，而造成黄河与长江充沛水量的是青藏高原。印度洋温暖的气流受喜马拉雅山脉的阻隔而上升，遇到高空冷气而形成雪山冰峰，当雪水融化之后，形成巨大的水流，源源不断地顺长江而下，冲积出大半个中国的版图。

在青藏高原，由于海拔高，水气形成冰峰，构成连绵的雪山山脉，而雪山之中蕴藏的是巨大的冰川，浩瀚而晶莹。但这些冰川大都在海拔 5000 米以上，路途遥远，一般人难以涉足，因而冰川美景是很难看到的。距离内地最近的冰川是四川海螺沟冰川，位于泸定县境内。与喜马拉雅山的冰川不同，海螺沟的冰川并不是由印度洋的水汽形成的，而是由于海拔 7000 米的贡嘎山阻滞了温暖的成都平原上升的水汽而形成冰川，成为距离人类聚居城市最近的冰川。尽管这样，海螺沟距离成都也要有 350 公里，去一趟同样非常不容易。

从成都到雅安路况还可以，120 公里的高速公路，而从雅安到泸定便全是山路，从泸定便向南转，奔向磨西古镇。同样是沿着河岸走的，但这条河是从贡嘎山汇集的雪水，汇入泸定河。磨西镇并不大，只有两条明显的街道，但有许多家庭旅馆，游客的数量远多于当地居民。进山要换乘统一的大巴，每辆车都坐得满满当当。磨西镇海拔 2500 米，而海螺沟山顶海拔 7200 米，要垂直上升近 5000 米。从磨西镇出发，山路越发崎岖、陡峭，海拔曲折地升高，很快植被发生变化，树木因寒冷而生长缓慢，生长出奇怪的模样，山下的花草逐渐不见了踪迹，取而代之的是粗大的灌木，更多的是针叶林。即使汽车使劲开了很长一段路，也才到了冰瀑布的脚下，但抬起头，已经可以清晰地看到贡嘎雪山的顶峰以及宽大的冰瀑布了。天空中的雾气很重，看得不是很清楚，已经感觉到明显的凉意，山风吹来，寒气拂面，更是彻体的寒冷。

还要换乘缆车才能看见冰川。据说这里的缆车是四川海拔最高的缆车，基本是沿着巨大的冰川中的冰瀑布一点一点上去。缆车下面有黑丝线般的小路，也可以徒步上来，但要走几个小时。透过缆车的舷窗，在浓雾的间隙中可以清楚地看见下面山谷中的瀑布，一片洁白，底下的山脊上不时还有一束束像白链似的小冰瀑布，而两边山脊汇合处便是巨大的海螺沟冰瀑布。大量融化的雪水从冰块间、石缝间流下，激荡起白色的浪花以及轰轰的声音。缆车几乎是在云雾间穿行的，雪山也是时隐时现，不时升腾而起的整团的白雾把整个轿箱笼罩住，挡住视野，让人感觉如坠烟雾之中。

缆车尽头是一块半山腰的平地，面积很大，甚至有绿油油的松树，地上、屋顶上、树上全是厚厚的白雪，由于温度低，积雪常年不融化，只是静静地反射着刺眼的阳光。转过弯便可以看到完整的海螺沟冰瀑布了，实在是巨大，十分的巨大，超乎想象的巨大。一队队的人从冰瀑布上走下去，像是撒在雪地上的芝麻粒，只是看不清的黑点。瀑布上窄下宽呈八字散开，从山上到山脚下有几公里长，底部最宽处有一公里多。整个瀑布完全由巨大的冰块构成，大的冰块有几层楼高，冰块互相挤压，形成孔洞，孔洞部显出的是暗影，而整个冰瀑布形成明暗相间的形状。冰瀑布的顶部远在贡嘎山山顶，一眼望不到头，由于不时有巨大的冰块融化、坠落、滑移，时而发出巨大的声响，这些声音几乎连续地从山顶传来，非常吓人，好在冰川距离遥远，并没有危险。沿山坡边缘极其陡峭又铺满积雪的小路走下去，眼前全是白色的世界，眼睛生疼，甚至还有雪盲的感觉。脚下的雪成团成粒，一点也不融化，地很滑，不时要用手扒地才能走过去。走到谷底便是巨大的冰块、冰塔。冰裂缝有十几米宽，深不见底，大块的冰块上覆盖着厚厚的白雪，在谷底看到的都是巨大的冰块，完全看不见冰瀑布的全貌，似乎感觉不到冰瀑布的存在。而两边是陡峭的山峰，最高的贡嘎山山顶始终飘荡着白云般的雾气，只是雾气的移动速度很快，在雾团移动的间隙可以清楚地看见岩石裸露的山峰。积满山峰的白雪以及背后湛蓝的天空，构成精致的图画。

只有置身在冰川之中，才能体会到海螺沟冰瀑布体量的巨大，仅仅看照片是不行的。由于海拔超过5000米，呼吸十分困难，原本并不太远的山路走起来也十分困难，不时要停下来换气。艰难地呼吸着，手脚并用地重新爬回半山腰的观景平台，再回首而望，更清晰地看到大瀑布的全貌。有如一个顺坡而下的扇面，平缓地铺在山谷间，摧枯拉朽，无以阻挡，奔流而下。背后是高高耸立、插入云霄的贡嘎山主峰，实在蔚为壮观。在大自然的环抱中，人类的建筑实在是算不得威严，有点像小孩子玩的积木，真正磅礴的，真正震撼的，真正耸立的只有这高大的山峰。

世间大凡美景，总在遥远而艰难之地，似乎是在召唤着人们，引诱着人们，考验着人们。只有具备恒心与毅力，只有通过艰难跋涉，才能领略真正的美景。还不知道在更为雄伟的喜马拉雅山，在海拔8848米的珠穆朗玛峰脚下，有怎样巨大而美丽的冰川，只是实在遥远，难以一睹，只有看看眼前的海螺沟冰川，遥遥地做一番联想。下得山来，半山腰处竟然有一处温泉，出水口竟有65℃的温度，温泉沿山坡一层层，完全裸露在山谷中，背后、眼前全是镶着白顶的雪山，温泉中热气升腾，仿佛与云连成一片。眼看着山坡上的绿树，浸泡在温暖的水池中，雪山美景尽收眼前，呼吸着清新的空气，实在是难得的享受。

享受完贡嘎山温泉，回头望去，已经看不见海螺沟巨大的冰川了，在恋恋不舍的情结中结束了此次海螺沟之旅。

2010年10月3日

探秘阳江南海一号

汉代之后，很可能是草原上的游牧民族，在沙漠上开通了从遥远的伊朗、罗马到中国穿越沙漠戈壁的道路，至唐朝发展壮大。中国的丝绸与伊朗、罗马的金银饰品在丝绸之路上往来，沙漠上的丝绸之路主要采用骆驼运输，丝绸、茶叶、金银饰品等易于保存，可以打包运输。而到了宋代，中国南方生产的瓷器则难以通过陆上丝绸之路运送到欧洲大陆，在中国南海上便开始了海上丝绸之路，更多器型巨大的瓷器，只能装上船运送到波斯湾一带，再转运到欧洲，甚至通过南非的好望角，直接把船开到欧洲。大量中国生产的瓷器登上欧洲贵族的卧室、客厅，成为稀罕物品，欧洲贵族竞相追逐。很难想象当年瓷器运送的场景，在书本上读文字的记载似乎不能满足想象力，还好，近年在南海发现了一艘完整的沉船，满载的是当年运往欧洲的瓷器，真实地记录与反映了这样的历史。

这艘船被发现在南海海岸以外四十公里的位置，保存完整。近年来中国的经济发展了，有能力保留老祖宗的遗产，人们历尽艰难，把沉船打捞起来，拖回海边，在广东省阳江市江城区的海边，建设了"海上丝绸之路博物馆"，完整地展示了八百年前中国人创造的奇迹。进入阳江一号沉船博物馆，站在大厅中，才能感觉到南海一号沉船的巨大，巨大的展览馆中央，只是一艘船，木制的船体两边尖翘着，带着斑驳的木纹，立在展厅中央。从三层楼高的平台望下去，分割成块的船舱中有一半几乎还是泥土覆盖的船体。工作人员把捆绑成团的瓷器小心翼翼地从泥水中清理出来，编上号，放在旁边的架子上。巨大的船体中还有很多没有清理出来的瓷器，据说需要三年的时间才能全部清理完成。中央展厅旁边的几排房间中全是高大的架子，摆放着从沉船中清理出来的瓷器，大部分瓷器是日常生活用瓷，工艺简单、粗糙，只是满足日常的需要，甚至有希腊风格的尖底瓶，想来可能是根据希腊人的订单生产的，还有少量精美的瓷器、摆件，明显是为欧洲贵族宫廷生产，人物造型栩栩如生，瓷器表面晶莹光泽，呈现出诱人的光彩。瓷器数量之多，令人瞠目结舌，同样造型的瓷器，难以计数，大大小小的瓷器，堆积如山。宋朝时中国生产能力之盛可见一斑，难怪中国宋代 GDP 占世界百分之五十以上，遥想遥远的宋代，中国南部沿海，很多地方炉火旺盛，勤劳的人们用脚下平凡而常见的高岭土，精心烧制精美的瓷器，装上木船，穿越南海，运到遥远的地方，当时的木船几乎相当于今天的航空母舰，航行在碧波荡漾的大海上，何等气派。

不知道什么原因沉没在南海的海船，在泥沙之中酣睡了几百年，运送的瓷器完好无损地保留下来，以其精美的躯体，向今天的人们诉说着它们的存在，诉说着宋朝的辉煌。

2019 年 11 月 15 日

实地探访中国古桥

中国桥梁技术近年来取得了长足发展，跻身世界前列，各种桥型均有创新，有所突破，1000米跨度的桥梁已经掌握完整技术，正在向1500米跨度努力。由于中国三级阶梯的地形、地貌，跨越河流、沟壑、道路需要修建众多桥梁，广阔的大地，丰富的地形，为桥梁工作者提供了宽广的舞台。在高山峡谷中看到几乎在云端跨越深谷的桥梁，为人类的能力而深深地折服，在桥梁身上，人成为大自然的主宰，体现出人的巨大力量。在祖国大地上驾车驰骋，尤其是来到偏远的古镇，往往可以看到历史上古人修建的各种桥梁，可以了解到古人的精妙构思，想象古人的生活，通过古老的桥梁与古人对话，深度沟通。遍布祖国大地的古代桥梁，也是中国灿烂文化之中一朵不可多得的花朵。

在北京附近的永定河上，可以看到金代修建的卢沟桥，长虹卧波，被马可波罗称为"最美丽的桥梁"，或许是中国古代最优秀的桥梁。这座石拱桥连接着北京与开封，沟通着南下与北上的交通，虽然今天永定河已经没有湍急的水流，卢沟桥还是显示出曾经的威武之势。卢沟桥栏杆上活灵活现的石狮子，显示出当时工匠的自信以及金朝统治者定都北京后的兴奋、喜悦之情，即使是今天，就整体造型而言，卢沟桥也可以算作中国古代桥梁中的经典之作。与卢沟桥非常相似的是颐和园中的十七孔桥，圆弧状的桥身，大小不一的拱券，倾斜地、懒散地卧在昆明湖上，成为颐和园的点睛之笔。不知道是不是设计师有意的安排，每年固定的时间，金黄色的阳光穿过桥洞，构成金光穿洞的精彩图案，成为奇特的景观。

北京以南240公里，是著名的赵州桥，一座建于隋代的单拱石拱桥。中国桥梁的鼻祖赵州桥以其优美的造型，坚实的结构见证着历史的沧桑，同卢沟桥一样，赵州桥也曾经是北京连接开封一带的交通要道，曾经车水马龙，人流稠密，官商云集，好不热闹。隋代中国建桥技术在世界上也是领先的，先人们巧妙地利用了岩石的坚硬，用圆弧拱的形状来抵抗车辆荷载，传递地面荷载，从而连接河的两岸，桥梁构思巧妙、大胆，实在是不可多得的工程作品。由于历史上遭到多次洪水、地震的侵袭，更多的古代桥梁已经消失在历史中，保留下来的是少数。

在遥远的云南建水，见到了著名的双龙桥，可能是地理位置遥远的原因，山高皇帝远，双龙桥并没有严格遵守内地经常见到的对称的规制，而是不对称地建造，最高的亭子也不是建在桥的中央，而是偏在一边，两边的拱也不是对称的，似乎没有规律地排列在两旁。但是就是这不知道什么原因的不对称，造就了双龙桥独特的美。傍晚时分，太阳将要落山，逐渐消失的日光懒散地洒在桥上，不对称美学产生巨大效果，似乎桥与环境融为一体，成为环境的一部分，似乎世界上本不应该存在对称，随意布置的桥拱与高低错落的亭台，构成优美的图画，给人留下深刻的印象。

同样遥远的潮州永济桥，桥面上八个造型夸张的亭子显示出当时文化的张扬。桥墩部位巨大的分水石，牢固、稳定，抵抗住湍急的水流。桥梁中间开合的结构，巧妙地解决了桥梁与行船之间的矛盾。亭台镶嵌在桥上，构成优美的画卷，更可以在桥上远望群山，观水势之浩大，品历史之悠久，感怀抒情。古人并不把跨越河道的桥梁当成负担，而是因势利导，利用桥梁工程为人们增加娱乐休闲的场所，增加审美景观，人工建造的桥梁成为潮州山水的一部分，成为人们精神世界升华的产物。

在沿海的福建泉州，人们利用当地盛产的贝壳，修建了用生物加固的桥梁，泉州洛阳桥建在宽阔的河流入海之处，连接两边的道路，石灰岩砌筑的桥梁，附着在上面的贝类不断吐出黏液，将桥梁加固。随着潮涨潮落，更多的贝类爬到桥上，在桥梁的石块上生活，客观上加固了桥梁，使得在海水涌动中的桥梁越发坚固，古人的聪明才智可见一斑。在江西赣州城外，由于赣江水流过于湍急，难以修桥，人们干脆用船做成浮桥，同样可以满足行人、车马的通过。浮桥在水面上不停地上下浮动，与江面浑然一体，简单地解决了复杂的问题。

在福建、四川、贵州等多雨的地区，人们修建了更多的廊桥，遮风避雨，也为周围的人们提供了良好的社交场所。只是不知道什么原因，中国的廊桥上没有发生美国电影《廊桥遗梦》类似的缠绵故事，多少有些令人遗憾。雅安青衣江上新建的巨大的廊桥，甚至建成为商场，销售着雅安的蒙顶山茶以及西藏必需的藏茶。在青藏高原的边缘地区，在甘肃宕昌可以看到用原木逐渐伸出拼接而成的桥梁。伸臂桥利用当地盛产的树木，不断拼接，跨越湍急的河流，跨越深谷。伸臂桥简单、方便，就地取材，体现了浓郁的地方特色。在更加陡峭的山谷中，面对汹涌的降水，人们在泸定修建了铁索桥，十几条粗大的铁链子横跨在大渡河波涛汹涌的江水上，显示出凌云之势，更展示出桥梁特有的力量。在江南水乡，水网密布的街巷两旁，更多的是拱桥，为方便河道上船舶通过而设计的拱桥，在水面上构成优美的图案，成为水乡的标志。画家著名的《双桥》更是选取了周庄代表性的两座相连的拱桥、梁桥，构成精美的图画。完全为景观而建的桥最典型的是扬州瘦西湖中的桥，"二十四桥明月夜"成为优美景物的代表，点缀瘦西湖的桥梁，不仅仅是连接通道，更是湖光山色中点睛之笔。同样的还有西湖著名的断桥，轻描淡写地躺在西湖边上，在特殊的降雪环境中，才呈现出"断桥不断"的奇特景观。

　　自驾车在中国大地上纵横，可以看到历史上留存下来的各种桥梁，或雄伟壮观，或小巧玲珑，点缀在山水之间，连接着通衢大道，为过往的行人提供着便捷的出行之路，构成人们生活中重要的一部分。不知道多少年以后，今天修建的桥梁，在后人眼里会是什么模样，会带来怎样的评价，历史有如江水，源源不断地流下去，而桥梁只是历史中的一个点，跨越在历史的长河之上。

2019 年 9 月 2 日

游河北滦平金山岭长城

　　以前总不明白古人为什么要把长城修建在最险要的山峰顶上，应该说有敌人进攻也不会走最高峰的，单纯从防御的角度讲，完全可以建在山脚下，平地更容易修建，防御敌人进攻的时候，视野也很开阔，更容易防守，为什么要在险要的山峰顶上建长城呢？有一种说法，长城是为了消耗战争俘虏，故意建得艰难。好像也说不太通。这次游金山岭长城，把这个问题彻底搞明白了。

　　中午下了一场雨，空气非常清新，从古北口出北京。古北口也有一些长城的城墙，但很矮，一般得很。而到金山岭已经是河北省滦平县了，很远就见到印有金山岭的牌子，是国家级风景名胜区。从最矮处的四方台上的山，台前有戚继光的雕像，上得楼台，两边是蜿蜒的长城，最东边连着司马台长城，就是北京的地盘了。向西边走，沿山势陡峭而下，随后又逐渐上升，在山顶建有烽火台。"会当凌绝顶，一览众山小"，在高处看风景，很是不同，山沟、山峰、河流、道路，都可以看得清清楚楚，更有蜿蜒在山脊上的长城，曲折地散落在群山之上，非常清楚。走到头便是残破的长城了，依然是看不到边，再往西就和慕田峪、箭扣长城连上了，构成环绕北京北部连绵的长城。重新返回，继续起伏着上上下下，走到东部制高点。这里的城楼都是两层的，上面的一层可以住人，可以存放军事装备，最上面是平台，可以瞭望。在城楼两侧都有很深的沟，故意做成上下很陡峭的坡道，防止敌人进攻，在最高的将军楼上，沿上升的坡道有一堵堵的矮墙，阶梯状，可以隐藏士兵，抵挡敌人的进攻。走到这里，豁然开朗，长城故意建在陡峭的山顶，目的是防止守军被敌军全部歼灭，保存自身实力。如果敌人从最矮处突破，可以进入，但没有办法消灭在最高处城楼中的守军。待敌人越过长城、进入关内后，还可以再次组织反攻。建在高处的敌楼，可以有效利用地形保存有生力量，敌人如果进攻，要花费很多的时间，要有很大的损失。这就是长城建在最高处的原因。

古人实在是聪明，如果在平坦的地方建一兵营，很容易被包围并全歼，而在陡峭的山顶长城上驻军，可以很好地保护自己，实在是高明。只有亲身经历，亲身感受，才能体会世间的真谛，才能领略自然和人类创造的神奇。

2010 年 5 月 20 日

感触殷商文化，遐思古代文明

稍微有点文化的人，受过点教育的人，都会自然地思考一个问题，我从哪里来？虽然是父母生养的，但父母的父母呢？从哪里来？我们的祖先是什么样子？这样的思考很容易把人带入哲学境界，进入到遥远悠久的历史学的领域。

大约八千年到一万年前，中国大地上很多地方很可能还满是森林，上海或许还在海底，长江还是在镇江入海，而东北广袤的土地上只有红山文化的牛河梁人在女神庙中祈祷风调雨顺。而位于四面封闭的四川的古蜀国的三星堆人，正突兀着眼睛，望着天空中的电闪雷鸣，以及身后滔滔的洪水。而此时在黄河北岸，一处河道的拐弯处，殷商人正在庆祝他们出兵后的胜利，正在庆祝城池的完工，正在庆祝他们的母系首领生育了孩子。殷商人来自遥远的山东曲阜一带，当年狂妄不羁的黄河肆意横行，从滨州一直到山东枣庄冲击成巨大的扇形平原，在大汶口古人基础上发展起来的古曲阜人已经可以在乌龟壳上刻字了。微山湖以及海边体型巨大的乌龟给他们的书写提供了很好的条件，古曲阜人用在泰山上找到的坚硬的岩石，在乌龟壳上用象形的手法刻上简单的图案，记录他们看到的以及发生的故事。也许正是由于黄河的肆虐，古曲阜人不得不转移，寻找更为适合的居所。而此时三星堆的古蜀人，可能已经在类似汶川地震唐家山堰塞湖的巨大的水流的冲击下，消失得无影无踪；赤峰一带的红山人正试图向北京方向进发，寻找更为温暖的生活场所。

古曲阜人艰难地行进，终于在今天安阳附近找到一处河边宽阔的居所，北面是高耸的太行山脉，面前是宽阔的平原，一条大河，像道教图案般S形蜿蜒而过，实在是适宜的生活场所。带着一定程度的文化，带着大量用于记载的龟壳，以及在头脑中已经形成雏形的象形文字，古曲阜人在安阳一带定居下来，成为殷商的先民。那时还是母系社会，古人对生殖的崇拜，对繁衍子嗣的崇拜，如同对太阳，对火的崇拜一样，成为古代先民最基础、最简单的崇拜。谁能为氏族生育后代，就是最大的贡献，就是最受崇拜的，这样母系成为氏族的主宰。

生活、起居、生产、分配，甚至战争，都是由氏族中的女性首领来决策，来主导。所有强壮的男人，不过是执行母系首领的任务，成为农夫和战士，这样一位名叫"妇好"的女人成为殷商的主宰。那时的人寿命很短，四十岁已经是高寿了，当年过四十的妇好去世之后，整个氏族沉浸在巨大的悲哀之中。大家为妇好建了当时已经很奢侈的陵墓，并把记录妇好生平事迹的龟壳，用大缸存起来，深埋在地下。由于妇好在族人中德高望重，甚至有身边的侍从也甘愿与妇好同埋于地下，在妇好墓里，发现了卷曲的陪葬人的骨骸。人类最初的殉葬很可能是出于自愿，出于感情，愿意陪伴君王，至于后来，更多的无德之君，为了显示自己也有德，令不愿意殉葬的人殉葬，以显示自己的威望，甚至滥杀无辜，直到汉代以后才停止用活人殉葬，而改用泥人陪葬，这是后话。

妇好以及甘心情愿为她陪葬的侍从，以及大量的甲骨，深埋于地下4000多年，终于，被收购药材的北京药铺商人发现，更为惊讶的是，发现了龟背上刻的甲骨文。秦始皇用武力统一六国之后，让李斯研究的用于"文同型"的小篆，就是从这些甲骨文中演变过来的，像"旦""妇""女""王"等汉字，沿用了4000年的文字，几乎没有变化，这些文字竟然是殷墟人的发明。殷墟人的发明不仅仅是文字，青铜器的铸造也到达了相当的水准，所谓的"鼎盛"的鼎，也是殷墟人的发明。这以后，在宝鸡一带崛起的"周"继承了殷商人对青铜器的钟爱，利用陕西的黄土做"模"做"范"，制作了大量精美绝伦的青铜器。要知道，这时候的美洲大陆、澳大利亚、加拿大完全是荒无人烟的不毛之地，甚至欧罗巴人也是简单的兽皮衣服，用尖底筒盛水去浇橄榄树，地中海周边国家甚至还没有人烟。殷商人也许像金沙人一样被洪水淹没，或者一部分迁到了宝鸡的周，总之殷商人消失了，没有像周一样传承下来，进而建立以西安边上咸阳为首都的秦朝。与殷商人同时代的人，只有在安阳的殷墟遗址留下大量令人震惊的甲骨以及青铜器，自己消失在历史的长河中。

有的历史学家在分析中国历史后，得出结论，认为中国只有三个朝代，"秦以前""秦""秦以后"，秦建立的大一统的家天下的中央集权制的国家，一直沿用，中国的文字、疆域、中央集权的管理、家庭基本伦理等，大都是秦奠定的基础，一脉相承，没有大的变化。而令人感慨的是，秦人用于记载，用于思维，用于传承文化的文字，竟然是殷墟人在甲骨上创造的文字，由此而论，殷墟人对中国的贡献与作用，不亚于秦始皇，实在是巨大。

也许正是产生了殷墟文化，几千年后，曲阜诞生了影响中国文化的圣人孔子，或许孔子是殷墟人遗留在曲阜的后裔。面对触手可及的殷墟文物，面对妇好受人尊崇的遗迹，心甘情愿的陪葬，实在是感叹时光的流逝，感叹中华文化的脉络。历史像一条坚实的丝线，串联起岁月的痕迹，传承至今。面对精美的四千年前古人的作品，在感叹与遐思中离开殷墟博物馆。

2013 年 11 月 1 日

游吉县黄河壶口瀑布

由于路途遥远，虽然曾经到过临汾、西安、三门峡，但从没有到过壶口，总想去看一看壶口瀑布气势磅礴的景象，没有身临实地多少有些遗憾。这次是从西安出发，上高速公路走延安方向，过洛川后下高速，走青岛到兰州的 309 国道，路很远，160 公里才开到壶口瀑布。

壶口瀑布位于陕西、山西两省交界处，晋陕大峡谷长七百公里，蜿蜒曲折，特殊的地理环境，特殊的岩石构造，造成黄河壶口瀑布的奇观。从北到南穿越陕西的晋陕大峡谷在壶口达到高潮，黄河在这里表现出夸张、骄傲、自豪的气势，峡谷两边直立的岩壁之下，是湍急的黄河。靠近陕西这边是延川县，山西这边是吉县，两座县城都是黄土高原山沟里的小城。汽车开到山顶便可以看到黄河，仿佛是一条细线，从遥远的黄土高原流下来。几乎是从天而降的黄色的水流，蜿蜒地流淌在曲折的山间河谷之中，从山顶沿着台阶下到谷底，看到一道深深的凹槽，不是很宽，但是很深，河床之中坚硬的岩石被年复一年的水流冲刷出深深的凹槽，深嵌在水平分层的岩石中，形成所谓"十里龙槽"景观。可能是多年水流冲刷的原因，壶口瀑布跌水的位置不断向上游退后，水滴石穿，竟然冲刷出几公里长的沟槽，深深地镶嵌在河床之中，令人难以置信。

来到瀑布跌水前，虽然在照片上多少次看到过黄河壶口瀑布，但还是感到非常震撼，巨大的水流，裹挟着浑黄的泥沙，一泻而下，水流拥挤而跌宕，在松散的岩石壁上形成黄色的水幕。在瀑布上游的黄河水面宽度有四百米，经过狭窄凹槽的时候，被压缩成狭窄的四十米左右的跌水，水流被剧烈压缩，平静的河水被挤密，水流流速加剧，形成巨大的瀑布，同时产生巨大的声响，激荡起咆哮的水声，再加上黄河特有的浑浊的黄色，构成少见的壮美景观。站在瀑布边缘，可以明显地感受到水流的湍急，空气中甚至弥漫着四散开来的水花与笼罩一切的雾气，巨大的声响冲击、挤压着耳膜，所有这一切构成壶口瀑布的真实存在，只有身临其境，你才能感受到壶口瀑布的体积、比例、温度、色彩、湿度等内容，非亲临不足以感受。

在中国近代史上，黄河甚至被当作中华民族的象征，成为中国人民精神支柱的一部分，在日本侵略中国，国家危急之时，黄河激荡起中国人的志气，冼星海的"黄河大合唱"更是用音乐为壶口瀑布做出激动人心的注解，在人的精神世界中注入必胜的力量。桀骜不驯是黄河的特征，奔流到海、勇往直前是黄河的性格，正是这种不屈不挠的性格激荡起中国人民的斗志。

年复一年，日复一日，黄河壶口瀑布就这样巨大地存在着。

2009年9月3日

扎龙、五大连池游记

从大兴安岭的密林中穿出来，来到松嫩平原之上，顿时感觉非常宽广，河流纵横的平原与山林密布的大兴安岭迥然不同，平展开阔，令人心情舒畅。来到大庆北边的扎龙，这是一片辽阔的湿地，平坦的水塘密布其间，淤泥中生长的芦苇、水草在微风中飘摇。扎龙最出名的是丹顶鹤，应该说除了在动物园看到少量笼子中的丹顶鹤，就是在故宫太和殿的大殿上，立在皇帝宝座前面的铜质丹顶鹤，立挺着长长的腿，昂起头，立着嘴，丹顶鹤桀骜不驯的样子给人留下深刻印象。

　　刚刚进入扎龙湿地公园，还看不到丹顶鹤，能够看到的是很小的白点，远远地立在远处的湿地中，用望远镜也看不清楚。整点的时候，工作人员喂食丹顶鹤，这才能够近距离看清楚。成群的丹顶鹤围着工作人员吃食，白色的羽毛在绿色的湿地上格外鲜艳，长长的腿立在湿地上，刚好能够渡过湿地的积水，而湿地中充足的鱼虾，为丹顶鹤提供了能量补充，更多的时候丹顶鹤只是在地面上踱步，只是在工作人员挥动手中旗杆的时候，丹顶鹤才腾空而起。从一人高的土埂后面，突然之间跃起几十只丹顶鹤，带着风声呼啸着飞过头顶，这时才看清了丹顶鹤的全貌。张开的翼展有将近两米，远比身高要大许多，宽宽的翅膀上下飞舞，带动空气剧烈抖动，像是腾云驾雾，张开翅膀的丹顶鹤飞上天空，完全展现了自己的模样，潇洒、自如，轻轻松松地飞上天空，轻而易举地离开大地，丹顶鹤宽大的翅膀、威武的身躯，在蓝天与白云间留下点点斑影，快速地移动，划过眼前的天空。看到丹顶鹤腾飞的瞬间，被深深地折服了，真的有一种凌驾之上的感觉，这时才明白为什么中国皇帝要在太和殿的宝座前树立一尊丹顶鹤的铜像。轻盈、飘逸、随心所欲，在严酷的大自然面前，丹顶鹤轻松地生活着，远离喧嚣的闹市，我行我素，唯我独行，唯我独尊，几乎成为大自然的主宰，成为自我能力的载体与体现。

　　落在湿地上的丹顶鹤，站在湿地的水中，不时用尖喙、翅膀互相交流，也有独处的孤鹤，翩翩起舞，挥舞着翅膀，跳着优美的舞蹈。由于人类的扩张，丹顶鹤只能生活在荒凉冷清之地，只能独善其身，孤芳自赏地生活着。而在扎龙这片辽阔的湿地上，丹顶鹤是大地的主宰，是大地的主人，是大地的精灵，无忧无虑又无欲无求地生活着，这也是丹顶鹤高雅尊贵、为人称道的原因所在。

　　离开扎龙，前往东北平原上最大的火山口五大连池。五座火山口孤零零地立在辽阔的平原上，四周都是平原，没有山峰，只有五座火山口。从很远的地方就可以看到五座火山口，但是要爬上去还有很远，俗话说"望山跑死马"。火山口几乎是纯圆的，像一只倒扣的碗。山坡上的石阶是用火山石砌筑的，上面布满空洞，但十分坚硬。周围的山坡已经长满青草，看不出火山的痕迹。费很大力气才爬到山顶，山顶是一整圈，岩石高低不平，环绕火山口可以走一整圈，向下望去，山坡上同样覆盖着绿草，只有坚硬的岩石裸露出来。地下最低处，是散落的碎石，松散地堆积在一起，保留着原始的状态。环顾四周，只有大大小小的五座火山口，翻扣在地面上，周围完全是平原，火山喷出的岩浆均匀地散布在四周，使得火山周围形成高地，逐渐蔓延，与四周大片的土地连接成片。因火山灰的滋润，周围植被茂盛，成为天然的良田。

很难想象，多少万年之前，东北大地上震耳欲聋，从地下喷发的岩浆冲天而起，山崩地裂，炙热的岩浆喷涌出来，形成壮观的景色，逐渐冷却的岩浆形成五座火山口，凝固成型，构成五大连池。沧海桑田，大地的变化在一瞬间形成人类的家园，火山喷发造就了岩石与大地，隆起的海底变成人类的家园，海水的蒸发、降落、冲击，构成自然界水的循环，支撑起人类的生活，而火山正是这一切的基础。

从五大连池下来，更真切地感受到火山的存在，以及火山创造大地的巨大力量。

2015 年 10 月 11 日

冬游黄河碛口古镇

一个人能够在几个月之内，数次跨越黄河，感到相当的自豪。先是位于吉县的壶口瀑布，名声很大，近十公里长度内，黄河水吼声如雷，气势恢弘，成为中华民族的象征。随后是耸立于黄河边上一块巨石上的佳县，难以想象的危岩高耸的香炉峰。再之后就是府谷保德宽阔的黄河湾。继续向北，见到位于万家寨水库的黄河老牛湾，曲折而清澈的黄河，偌大的山体给人留下了深刻的印象。而在入冬之后，来到黄河边上著名的碛口古镇，亲眼看到黄河凌汛，领略黄河冰凌漂移的奇特景观，更加全面地了解了中华民族的母亲河黄河。

从吕梁向西全是沟壑纵横的黄土山沟，并没有明显的山脊，没有明显的分水岭，只有连绵的山坡，以及山坡上开凿的平圆的窑洞。临近黄河的时候，看见一条注入黄河的小河"湫水河"。河道逐渐变宽，下沉之后转个弯，就看到了奔腾的黄河。碛口，字面的解释是水中的砂石，碛口古镇坐落在湫水河与黄河的交汇处。两河交汇处是一片坚硬的岩石，细腻的暗红色的砂岩，虽然不像玄武岩、花岗岩那样坚硬，却也足以经历若干年的风雨而不毁。

碛口古镇依山而建，曲折的石板街道，以及层次相接的各色屋面。这里的房屋有的用青砂岩砌筑，有的用对缝的清砖。街道两旁有当铺、商铺、旅馆，甚至还有类似会馆的商会。最为奇特的是，碛口古镇的屋面是也是用砖砌筑的，可以当作活动场所，用专业的术语讲，叫"上人屋面"，这种建筑把对山坡的利用发挥到了极限。山坡顶部，有一座气势威严的龙王庙，一座庄重的关帝庙，具有山西特点的是，这两座庙堂里，都有一座宽大的戏台。山西的戏台最早起源于辽代，辽人对于山西文化的垂爱，造就了数量繁多的戏台，一直流传下来。

登上古镇背后的山顶可以看清楚黄河河道的全貌，由于夜晚的气温已经降到零下九度，而白天阳光照射下，大片的浮冰顺流而下，像点点白色的雪片，飘洒在宽阔的河面上，铺满河道，似乎给黄河穿上了鱼鳞状的衣裳。黄河流速很快，湍急的水流，裹挟着大片的白色的冰片，滚滚而下，恰似万马千军，呼啸而来，气势森森。长时间凝望慢慢移动的黄河，似乎有一种脚下的土地正在移动的感觉，滚滚黄河水面上，成片的冰凌，构成大自然精美的图画。大自然以其巨大的力量，带给我们雾凇、瀑布、钱塘江大潮、牛背山云雾等巨大的自然奇观，这些奇观以巨大的体量、浩瀚的气势，带给人震撼的视觉享受与精神感受。

在没有高速公路的年代，在崎岖的黄土丘陵上，辗转的木轮车，在经历了崎岖与陡峭的山路后，来到黄河边上的古镇，停下来歇息，或者乘船渡过黄河，在这里，盐、布、烧炭，以及内蒙古的牛羊等各种货物得以交换、传播，提升人们的生活质量。从碛口向西，可以到达米脂、绥德、榆林、延安，向北可以到达神木、呼和浩特，正是山西商人在山路中的艰苦劳作，多年的辛苦，才有了黄河边上的碛口古镇。如今，高速公路的出现，使得曾经的繁华古镇与黄河渡船没有了意义，除去少量游客前来怀古，就是一些年迈的老人不愿离开故土，在黄河岸边述说着历史上曾经的存在与辉煌。

黄河蜿蜒曲折，从念青唐古拉山发源，在宁夏绕个大圈，经过内蒙古，注入山西与陕西交汇的大峡谷，在这里黄河补充了难以想象的黄色泥土，再一次掉转方向，冲向潼关外的平原，从此，黄河再无约束，更加狂傲不羁地在中原大地上留下巨大的存在，随后奔腾到海，在渤海边以巨大的黄色扇面留下黄河最后的存在，完成遥远的涅槃。

2014 年 12 月 29 日

恩阳古镇游记

　　一个人的寿命很短暂，人总会自觉不自觉地思考先人是怎样生活的？先人是干什么的？除去从古代书籍上获得信息以外，人们更想身临其境地感受一下古人实际的生活环境。在看烦了水泥森林的建筑之后，复古、怀古之情把人带回到深邃的古建筑中。平遥古城、水乡周庄、古镇台儿庄、宽窄巷子、三坊七巷等，更多的历史上先人曾经活动的地方进入人们的视野，成为人们怀旧的场所。

　　在江南水乡周庄、乌镇、南浔，在水波荡漾的小河边，似乎可以隐约看见先人曾经的身影。在长江边的李庄，曾经西迁的同济大学、西南联大，以及才女林徽因的生活痕迹，在斑驳的院落中留下深深的印痕。在遥远的广西黄姚古镇，可以看到当年通过陆路运输的痕迹，可以看到在起伏的山势之间，星罗棋布的院落，大山之中，遥远的路途之后，竟有这等水陆繁华之乡，令人惊讶。同样的还有安徽的歙县，山东的周庄，山西的乔家大院、王家大院，都在时空隧道中述说着历史的沧桑。在江南的淮阴，可以看到河下古镇，密集的民居，曲折的街道，以及曾经涌现出形形色色的人物，令人感叹曾经的岁月。在遥远的雅安，可以看见上里古镇，这个坐落在茶马古道上的古镇，带有浓郁的边疆色彩，曾经是商人的必经之路，曾经经历了相当的辉煌。由于交通的闭塞，以及人口的密集，还有就是远离战火，四川的古镇屈指可数。散布在大山中的古镇，大多坐落在河道边，与很多经过开发的古镇不同，四川很多古镇至今还在使用，人们依然居住其中，甚至沿用当年的方式在生活，在繁衍，似乎上演着同样的历史剧目。

　　恩阳古镇坐落在恩阳河边，发源于光雾山、陈家山的巴河，曲折地回旋在逐渐降低的地面上，最终汇入嘉陵江。嘉陵江可以说是最曲折的河流了，一个原因是四川地势高低起伏，另一个原因是川北的地势高差并不大，导致河水缓慢而环绕地流动。秦岭的阻隔导致大量降雨，补充着河流的水源。大约在秦末战乱之后，便有人在此居住，在没有道路交通的年代，人们只能靠船，这样临近河道尤其是两条河的交汇处，最先发展出人类的定居点，恩阳便是这样产生的。秦以后的动乱，西汉、东汉，直到魏蜀吴三国鼎立，刘备入蜀，随后诸葛亮出川的战役，都发生在蜀国这片土地上。

　　恩阳古镇从河边逐渐升高，曲折地建在巨大的岩石基础上，街道曲折，地面上是沉积砂岩构成的条石。院落一进去便是一个天井，同时收集雨水，汇聚阳光。第一层院落往往布置成客厅，里面是几层院落。四川多雨，古镇的街巷中大多设有避雨的木棚，木柱下大多有垫石，充沛的降雨，使得石头表面积存一层薄薄的青苔。烧饼铺、麻糖铺依然经营，用纯手工制作味道独特的食品。很难理解居住在古镇的人，是无可奈何，还是情有独钟地选择居住在这里。总之，古镇的房舍像多少年前一样，居住着满满的居民。为开发旅游，街巷中布置有地形图指示牌，很容易找到方向，几乎每一条街道最后都通向河边，通向运货的码头。

古镇周围的植被很茂盛，翠绿的竹林，巨大的黄果树，还有带有香味的桂花树，流动的河水中有四处扑腾的鸭子，一派田园生活图画。像中国很多古镇一样，能够得以保存，很大的原因是路途遥远。而正是因为路途遥远，能亲眼看一看恩阳古镇，也非常的不容易。在遥远的深山之中，在四川、云南、贵州，真不知道还有多少曾经生活过先人的古镇，静静地躺在大山之中。

2015 年 10 月 10 日

湛江硇洲岛游记

硇洲岛是真正的火山岛屿，位于湛江附近的北部湾，几乎到了中国内地的最南边。湛江附近有很多火山口，比较大的是湖光岩，直径有几百米，是一个非常深的火山口，据说深不见底。从湛江海边到硇洲岛要乘船，大约十分钟，完全看不见湛江海岸线的时候就到了硇洲岛，由于这里并不是很知名的旅游景点，加之地理位置偏僻，渡船上乘坐的基本都是当地的渔民，以及渔民携带的大桶、大盆的海鲜，散发着浓烈的海洋的气味。

乘坐当地渔民的渡船登上岛便完全是城镇的样子，纵横的街道，各种商店，更多的是各种各样的海鲜，似乎就是在广东的一个乡镇。选了一处临近码头的酒店住下，早上起来，便可以看到大大小小的渔船停靠在码头上，卸下刚刚捕捞的新鲜海鲜。岸边是各种海鲜摊贩，这里海鲜最大的特点是鲜，真正的鲜，彻底的鲜，夜里刚刚从渔船上运到岸边，生猛海鲜不停地跳跃着，个个鲜活。还有一个特点是个头大，螃蟹、黄鱼、贝壳、扇贝、鲍鱼、虾都很大，大得吓人，还有很多叫不上名字的海鲜，让人大开眼界，不仅生鲜，价格还便宜，可以大快朵颐，一饱口福。

　　由于火山喷发，硇洲岛上积存了厚厚的火山灰，非常适合耕种，大片的芭蕉树上挂着大把的香蕉，更有成排的火龙果，为昏黑的火山土壤点染上点点的红色。岛上几乎没有空地，南方降雨充沛，植物茂盛，更适合种植，在大片的种植园中穿行，甚至想不起是在大海之中的岛屿，还是在南美的种植园。火山沉积的岩石硬度很高，但是并不沉重，岩石上还有很多孔洞，蜂窝状密布在岩石上。岛的最东端建有一座灯塔，为经过岛屿的渔船指路，整个灯塔都是用黑色火山岩砌筑的，火山岩切割成块，严丝合缝地砌成圆形，极具特色。灯塔的最上方是法国人最初安装的反射镜，用木柴点燃，产生灯光，透过窗口，照射到遥远的海面。灯塔早已经不用了，成为岛上最明显的标志物。

　　靠近东海岸是大片的火山岩，黑色的岩石，非常坚硬，见棱见角，走在上面稍不注意就要扎脚。有些八角形的岩柱，明显是火山冷却之后的产物，似乎还在诉说着曾经岩浆崩裂的情景。大片的海浪拍打在黑色的岩石上，激起雪白的浪花，汹涌的浪花一排排铺天盖地，海浪冲击岩石的声音一浪接一浪，永不停歇，冲击着人的耳膜，甚至让人感到恐惧。

　　硇洲岛中央有一口水井，井口很小，已经废弃不用。据说元军攻下杭州之后，大臣陆秀夫带着宋朝皇帝逃到了硇洲岛上，从这口水井中取水做饭，面对窘境，君臣仰天长叹，却也无力回天。随后元军攻进，皇帝只能继续逃到海上，最后在广东江门的崖山被元军彻底击败，宋朝灭亡。很难想象大宋朝曾经莺歌燕舞、舞榭歌台，竟然落到皇帝在大海之中的岛屿之上寻找生路，令人感慨万千。

　　在硇洲岛的海边看日落，大海之中，千帆竞渡，星星点点的渔船点缀在平静的海面上，显得非常的渺小。太阳降落得很快，大海之上平铺上一片光带，海面波光粼粼，很快太阳就降落在遥远的海面下，大海之上一片寂静。夜色悄然而至，而这时，渔船的桅杆上挂起点点的灯火，在海面上投下片片光斑，大海仿佛将要熟睡，寂静笼罩一切。海风徐徐吹来，这时才意识到置身于遥远的几乎到大陆边际的硇洲岛，陌生的环境，寂静的夜晚，更给人带来无边的畅想。

　　从硇洲岛乘船返回大陆，很快就看不见岛屿了，面前是平静的大海，硇洲岛成为一段难忘的记忆。

2019 年 11 月 16 日

坐大巴从西安到成都

　　进四川的道路曾经是天下第一难的道路，李白就曾经感叹道"蜀道之难，难于上青天"。但是今天的中国人顽强地在崇山峻岭中开凿出了高速公路，修建起通衢大道，使得进川的路变得很容易。秦岭很特殊，从西安出发不久，就可以直接面临几乎是直上直下的秦岭山脉，称之为秦岭实在是再贴切不过了，确实是大秦之岭。即使是今天的高速公路也是沿着山间溪水流动的路线修建的，只是在河道拐弯的地方修建了直线的隧道。几乎是隧道连着隧道，越往里面走隧道越长。曾经进川有三条道：金牛道、褒斜道、子午道，其他地方无法通行。在这样的道路上，著名的历史事件很多，比如唐玄宗赐死杨贵妃，就发生在这里，还有就是诸葛亮六出祁山，走的就是褒斜道。而正是由于路途险峻，四川才得以躲避多场发生在内地的战乱，成为很多朝代的避难之所。

　　很快的山上就没有了人家，有的山坡上是巨大的石块，面目狰狞，但由于秦岭降水丰富，山上到处是郁郁葱葱的绿树，披满山坡。秦岭是中国南北的地理分界线，3700米的海拔，把成都平原的暖湿气流阻挡住，产生气候上的分界，由此而来，使得西安天空晴朗而成为典型北方的环境。秦岭的大山中央，有一处服务区，用巨大的雕塑展示了在深山中开路的艰难，表现了武丁开道的情景，以及曾经发生在这条路上的历史事件。服务区是一块难得的山间平地，两边都是高耸的大山，过了服务区就是很长的隧道，最长的隧道有十公里，完全靠灯光照明，车走在隧道里似乎还可以感受到上面大山的巨大的存在。再翻过山，就到了汉中平原，汉中是汉江与嘉陵江的发源地，很大的平地，水量丰富，种植着大片的水稻，有点江南水乡的味道。汉中历史古迹以及历史事件众多，周围有很多景点。从汉中到宁强的山就要小得多了，随后就到了嘉陵江边的四川北部城市广元，广元是武则天生活过的地方，为此建有一座很高的凤凰楼，纪念中国历史上唯一的女皇。

　　嘉陵江是一条相当曲折的江，在山间来回地环绕，直线距离与河道长度相比，竟然有一倍以上的差距。被秦岭阻挡的水汽，降落下来，形成著名的汉江，汉江携带巨大的水量形成丹江口水库，而北京的南水北调的水源地正是丹江口水库，千里之外的汉中，与北京通过水建立了直接的联系。进入四川，景物明显有了变化，首先是植被茂盛，田地茂盛，有大量的水田，四川民居是开放式的民居，透出明显的四川民居的风采。四川民居前大都有一个水塘，四川话叫"堰塘"，随便一个水坑，就可以储存一家人足够用的水源，甚至晚上凝结的露水，也可以满足植物的需要，这一点让甘肃缺水地区的农民非常羡慕，也是四川与甘肃、陕北明显的区别。山势逐渐越来越小，慢慢地就过渡到了平原地区，进入江油之后就几乎全是平原了，随后就可以看到大片的工业开发区，到了绵阳便完全是工业化的城市了。如果坐飞机，完全感受不到秦岭的巍峨，如果没有高速公路，开车走秦岭实在是一件非常困难的事。而有了高速公路，坐在大巴车里，透过舷窗，可以清楚地看到山川的变化，感受到四川的地势、地貌，可以看到不同地理环境中人们的生活，实在是难得的享受。

将近十个小时，从西安沿西汉高速坐大巴车到了成都，到成都的时候已经是满街灯火了。

2015 年 6 月 10 日

盘锦红海滩

盘锦位于辽河冲积扇的边缘。发源于内蒙古高原的辽河，在盘锦附近呈扇面形汇入渤海，冲击出大面积的沼泽，为各种水生植物提供了适宜的生存环境，连绵将近一百公里的芦苇荡遮天蔽日地生长在这片沼泽地上。临近冬季的时候，芦苇生长的沼泽冻结成冰，在冰面上可以用机械收割芦苇，浩大的场面，难得一见。盘锦另一个特产是稻田蟹。辽河冲积扇中长时间浸泡的黑色淤泥质土壤非常适合水稻生长，在盘锦种植的水稻颗粒饱满，圆润光滑，带着油的质感，蒸出饭来满口盈香。与水稻共生共长的是稻田蟹，寄居在水稻田秧苗根部，同时为水稻提供养分，互补互赢，构成完美的生态体系。

盘锦另一个特色就是红海滩，在辽河的入海口，每年秋天，大片的红色植物覆盖海滩，在浅浅的海滩上生长，铺天盖地，这就是碱蓬草。这种植物很特殊，只能生长在一定盐碱浓度的水中，在完全是海水或者完全是河水中都不能生存，刚好盘锦辽河口的水汇聚了河水与海水，盐碱的含量适合碱蓬草生长，而且面积很大，四周全是淤泥，人进不去，保证了碱蓬草的生长环境。碱蓬草平时是绿色的，不高，一团团的，扎根在海滩上，鲜嫩的枝干冒出海水表面，连接成片，四散开来，只有每年"十一"前后，天气降温之后，碱蓬草开始变成红色、猩红色，遍地都是红色，在阳光的照射下闪着深红色的光。

在以前很长时间，并没有人欣赏碱蓬草，尤其是盘锦当地人，似乎更不觉得红海滩有什么好看的，人们更关心可以食用的植物、海产品，没有心情留意观赏性的植物。近年来中国经济发展，人们的生活水平提高，有了更多的闲情逸致欣赏大自然的风景，盘锦红海滩遂成为景区。开发旅游，在海滩上修建的木栈道上，可以穿越碱蓬草的海滩，清楚地看到碱蓬草曲折的枝干，猩红色的叶子缠绕在一起，交织成团，盘根错节。这里的自然条件并不是很好，夏日阳光暴晒，冬天冰天雪地，只有夏秋的季节，植物得以生长，就是利用这短暂的时光，碱蓬草顽强地生长着，从海滩的泥沙中获取养分，从阳光中获得能量，在艰苦的环境中向人们贡献出自己美丽的图案，展示着自己独特的存在。

广东沿海有红树林，大约也是生长在河流入海的位置。红树林比碱蓬草高大，也是成片生长，但是远没有碱蓬草鲜艳，只是根部有一点红色，还有就是枝干的木质是红色的。而盘锦的碱蓬草，通体是红色的，而且是鲜艳的红色，远比红树林更具有观赏性，大片的红海滩，像是画家把红色颜料倾洒在海滩上，又像是铺在海滩上的地毯，在海滩上闪着点点光斑。碱蓬草的生命很短暂，尤其是鲜红颜色的身躯，一年之中只有不到一个月呈现红色的色彩，其余时间都是暗绿色的，默默无闻。

日复一日，年复一年，每年秋天，碱蓬草都在盘锦海滩上独自绽放，孤芳自赏，为空旷的海滩带来勃勃的生机，也为远道而来的游客奉献上一幅优美的画卷，带来视觉与审美的享受。

2013 年 10 月 6 日

游大九湖湿地公园

甚至在决定到大九湖的时候，还不知道大九湖在哪里，还是在网上查找去神农架的线路，看到很多驴友提到大九湖，说是风景很美，很特殊，难得一见，值得一去，于是上百度搜，说大九湖是湖北的呼伦贝尔，全国罕见的高山湿地公园，颇为动心。查驴友发布的路线，更多的是从宜昌方向，走沿渡河镇；而从重庆方向，很多人说走巫溪方向到当阳的路不好走，从地图上看，甚至没有细线；又有一篇文章说当阳到大九湖的线路已经修通了，于是还是想走巫溪方向，向北可以看看大昌古城。反复犹豫，终于开车从巫溪下高速。巫溪县城几乎完全建在山顶上，道路沿山脊修建，两侧山坡上是楼房，应该说这里并不是适合过多人生活居住的地方，但由于周围全是大山，人们依然顽强地在狭小的地域上生活着。下路走十五公里，前面立有路牌，断路施工，眼见前面的山更大，路更窄，实在难以成行，只能放弃，只得重新上高速，走书上说的更多的沿渡河镇，去往大九湖。

从沿渡河镇出来，翻过一座山便是一块很大的山间平地，随后便沿着溪水，溯溪而上，这条溪水就是著名的"神农溪"，尽管由于三峡水库蓄水的原因，溪流端头有点抬升，但依然是相当壮观。神农架庞大的山体，连绵不断的降雨，孕育了湍急的溪水，著名的"裸体纤夫"就是在神农溪逆流而上时，拖着竹筏的纤夫的身影。道路一直沿着溪水，两侧的山岩陡峭，不时有白链般的瀑布悬挂在眼前，水花四溅开来，在岩壁上激起白色的浪花，蔚为壮观。继续前行，见到一处狭长的山谷水库，水库旁边一大片河滩地，在两侧山岩的夹挟下，构成优美的图画。转过几个弯，山体变得硕大，汽车转来转去，转到山顶，向下一看，上山的路就在脚下，在如此深的山中，依然有几户农家，远离城市的喧嚣，过着几乎与世隔绝的日子。继续翻山，到一处三岔口，右边是通往神农架的路，左边是通向大九湖的路。发展旅游事业，道路修得很好，非常平整，临山崖边缘的一侧，装有坚实的钢板护栏，并没有太大的危险，一路上小车很多，成串的小车呼啸而过。快到山顶的时候，是一处标有"大九湖隧道"的隧道，穿过隧道，豁然开朗，一大片平地，此时的海拔已经在1500米到2000米之间，很难想象，在如此高的地方，竟然有如此大的开阔地，而且还有如此充沛的水量。

大九湖景区由九个天然湖泊组成，四周是绵延的山峰，曲曲折折，九个大小不一的湖漫不经心地分布在山间开阔地上，湖边是茂盛的灌木丛以及没膝的荒草。十月上旬，这里已经是完全的秋意，湖边的草已经几乎枯萎，周围的山峰上，一簇簇成团的红叶、黄叶，灿烂多彩，花团锦簇地点染在平静的湖边。由于神农架地区降雨的原因，大九湖的水从天而降，得到源源不断的补充，令人惊奇的是，湖中的水是通过地下溶洞的暗河从山脊两侧注入汉江和长江，成为两条大江的分水岭，同时养育两条大河，成为中原地区最高的水源地。

由于海拔高的原因，能够在这里生长的植物都非常坚毅，树皮斑驳，树枝怪异，适者生存，自生自灭，能够存活下来的都是顽强的物种。湖水漫无目的地扩散在树丛中，把野草变成水生植物，曲折而蜿蜒的河道，变换的水边植物，以及远处多彩的山峰，构成优美而天然的画卷，完全是一幅经典的油画，纯正的山野的感觉。看着眼前的景物，不免让人想起九寨沟的长海，也是这样一幅纯天然无拘无束的画面。傍晚的大九湖湖边，雾霭升腾，似乎给水面罩上一层薄薄的面纱，而清晨时的湖面，光亮而晶莹，反射着明晃晃的光亮，四周的山峰像是镶嵌在湖边的画框，如果能够从飞机上向下看，很可能像是欧式的梳妆镜。

中国还有多少美景藏在深山之中？世界上到底还有多少美景？宇宙之中还有多少美景？如果不是穿越神农架，甚至不知道还有大九湖湿地这样的奇景，如果不到大九湖，又怎能想象得到，在高耸入云的山峰之上，还有这样一片晶莹而纯天然的地方。世界之大，世界之美，着实令人感叹，在惊喜与感叹中告别大九湖，结束了此次大九湖高山湿地之旅。

大九湖，留在永久的记忆中。

2015 年 10 月 27 日

张掖马蹄寺游记

河西走廊在中国历史上占有重要位置，祁连山与巴丹吉林沙漠之间狭长的地带成为连接中原与西域的咽喉要道，正是在这样的位置，古人开凿修建了若干处高大的石窟。

在张掖城中参观了中国最大的木制卧佛，已经非常震撼了，巨大的木制卧佛像慈祥地睡在宽大的大殿中，给人留下深刻的印象。从张掖城中出来，向西直接开到祁连山脚下，高大的祁连山脉浩浩荡荡，横亘在青海与甘肃边缘，高耸的山脉深入云端，汇集雪水，为干涸的沙漠边缘补充了难得的水分。祁连山北麓绵长的山坡生长着茂盛的水草，成为天然草场，干旱、严寒、大风的环境，使得这里的生存条件非常艰难，从青藏高原走下来的藏民族以及其他少数民族聚居于此，以放牧为生，在大山之中生活着。

祁连山与黄河之间的通道成为商旅、官员、军队的通道，边关重镇把守着通道的要道，从佛国印度引进的佛教与藏传佛教融合，在河西走廊留下清晰的印记。马蹄寺位于祁连山中，大片的山间草地散布在祁连山的山坡上，逐渐升高的山坡，一望无边地通向白雪覆盖的雪山，雪山融水滋润着山坡上的植物，各种野花竞相开放，完全的野生花朵，在草地上格外鲜艳。马蹄寺位于半山腰上，走到山脚下还要爬上高高的栈道。马蹄寺有着明显的藏传佛教的风格，并没有内地寺庙常见的尖顶，而是在半山腰之上开凿洞窟，在洞窟中建立寺庙，不仅在洞窟中开凿佛像，还在洞窟中修建庙舍供僧人居住，大大小小的石窟遍布其间，没有明显的规律，布局更加随意。河西走廊也许是佛窟最早的建设地，武威的天梯山，甘肃临夏的炳灵寺，都有1600年以上的历史，甚至早于敦煌的莫高窟，主持建设天梯山石窟的昙曜法师，后来又受到北魏皇帝的邀请，主持修建了山西大同北魏的云冈石窟，可见河西走廊在中国佛教史上的地位，而马蹄寺就是河西走廊众多佛窟中的一员。

藏传佛教的寺院更加粗犷，夸张的面具，独特的佛的造型，黑白相间，大红大绿的色彩，构成与汉传佛教寺庙的明显区别。马蹄寺刚好融合了藏传佛教与汉传佛教的特征，形成个性鲜明的风格。站在半山腰山洞中的寺庙中眺望，祁连山尽收眼底，辽阔的草场，嶙峋的山石，草场上的马匹与羊群，以及远处白皑皑的山峰，构成精美的图画。看着眼前的景物，自然会产生拥有自然景物、主宰世间万物的感觉，似乎能够体会出佛祖无边的法力，寺庙本身已经融化在周围巨大的山川之中，成为大自然的一部分。山风吹来，让人感到阵阵凉意，想来冬季严寒笼罩一切的时候，马蹄寺给人带来的庇护作用，更令人感到折服，甚至五体投地。藏传佛教往往与高寒的天气，高原的缺氧，艰难的生活条件相关联，宗教信仰已经成为人们抵抗严寒而生存下来的一种手段，或者是生活的一部分。

从马蹄寺背后巨大的山体上走下来，面前是辽阔的草场，远处是雪山覆盖的山峰，这才是马蹄寺精彩的所在，也是马蹄寺灵魂的所在，马蹄寺已经融化为自然环境的一部分。在感叹中结束了此次马蹄寺之旅。

2017年10月15日

游江西吉安钓源古村

在距离吉安市十八公里的江西水田边,有一片樟树环绕的古村落,四周的樟树竟然有13000棵之多,在樟树环绕的高高低低的田地中,有一片历史悠久的古村落——钓源古村。可能远在秦朝,就有复姓欧阳的一族居住于此,在第七代,竟然出了官至北宋丞相的欧阳修。欧阳修写的《醉翁亭记》传颂千年,使这个古村更为出名。在生长了上百年甚至几百年的樟树林中,和煦的微风吹起淡淡的香气,飘渺而摇曳,村落里的人甚至更为奢侈地用樟树树枝做燃火的材料,炊烟过后,村落里飘荡着淡淡的樟树特有的香气。更多的村民,在家中女儿出生后,便种下一棵樟树,待女儿出嫁之时,用这棵树的木料做成木箱,作为女儿的嫁妆。

四周环绕的房舍围合成一片村落,村落最低的地方有七个池塘,清清的塘水从高处一片一片地流下来,寂静而安详,水边摇曳的樟树的倒影映衬在平静的浓绿色的水面上,像油画一样宁静,只有间或几只小鸡仔在水边跳跃,在水面上激荡起阵阵的涟漪,一圈一圈扩大,在水面上形成环状的波纹。树下是懒洋洋的老母鸡,真正的土鸡,吃得饱饱的,有的还带着一群小鸡。也可能是由于风水围合的原因,这里出了几十名进士,出一名进士建一个拴马桩,用坚硬的玄武岩做成立柱,上面刻着进士的名字,排列在村头,蔚为壮观。房屋一律深灰色,地面是坚硬的石材,由于江西雨水很多,狭窄的小巷中用石头修筑了深深的排水沟,把两边村舍的积水排到中间地处的池塘,简单而实用。在外面做官、经商的钓源人士,赚了钱便回乡光宗耀祖,翻盖祖宅,一大片高高低低的房舍鳞次栉比,兀立在七星伴月般的池塘边,构成优美的图画。正是多少年诗书礼仪的传承,在延续香火的同时,把以儒教为代表的传统文化传承下来,读书、修身、养性、思考世界,入官为仕,构成一代又一代读书人追求的目标。正是在积年不断的熏陶下,在这个小村庄中,出现了欧阳修,出现了欧阳修富于深沉思考的散文。

流连在浸淫着浓厚历史气息的古村中,静静地品味曾经的沧桑岁月,似乎感觉没有了高楼大厦,没有了车水马龙,没有了激烈的竞争,只有清闲与幽静,只有默默无语、历经沧桑的樟树,透着淡淡的清香的气息,在微风中沉吟着历史的和声,走向遥远而不知所终的未来。

2009年9月9日

游宜宾兴文石海

　　已经到了四川的最南端，临近云南、贵州的地方，地形、地质变化很大。路过一处古代僰人的村寨，雾气笼罩，山势陡峭，村寨附近遍布沟壑、河流、溶洞、密林，给人阴森森的感觉。僰人是云南古代本地民族，生活方式原始，没有留下更多的文字记载，只是僰人在岩壁上的悬棺，给后人留下更多的线索。接近兴文石海的时候地形变化更大，很多山体上遍布溶洞，更有很多地下暗河，不时从山体中流出，充足的降雨，使得山上植被茂盛，加之浓雾笼罩，湿气弥漫，给人一种与内地完全不同的感受。

　　兴文石海是一片巨大的坚硬的岩石构成的区域，无数岩石像是被刀削了一样，如竹笋般地垂直立在地面上，岩石非常坚硬，虽经雨水冲刷，依然保持独立的形状，鹤立鸡群。石海面积很大，靠近云南的边缘是一处较高的山脊，山脊之上依然挺立着高耸的石柱。站在最高处，可以清楚地看见云南的田园，四周满是石柱的山峰，林林总总，有点像是进入森林之中。在石海的石林中行走，四周各种各样的岩石构成造型各异、五彩斑斓的图案，可以充分发挥你的想象力，可以看到几乎所有自然界存在的图案、动物的形状。在石海中行走，似乎可以看到奔跑的兔子、漫步的大象、飞翔的鹰、地上的羊群，各种岩石造型活灵活现，栩栩如生，你甚至可以看到"群羊上山""金龟戏狗熊""夫妻峰""仙女峰""癞蛤蟆想吃天鹅肉"等意想不到的景观。很难想象，很难理解，是什么力量雕琢出这样的一片天地，也很难想象，千百年来，这样的石林是如何演变发展的。

　　石海的面积相当大，似乎比著名的云南路南石林的面积还要大，但是石峰的高度不高，有点散碎，大量形态各异的岩石散布在田地之间，构成独特的图案。由于石林面积巨大，甚至还有农户居住在石林中，在石林的簇拥下开垦田地，散养鸡鸭，他们可能没有心情去欣赏石林的景观，更关心庄稼的收成。

　　由于近年来经济的发展，道路、车辆的进步，人们有更多的闲情逸致来到遥远的地方，欣赏大自然的地质景观，很多这样的地方原本是荒凉之地，很少有人光顾，也难以生存，经过开发成为景观，为游人提供了欣赏的场所，也为当地居民提供了收入来源。如此坚硬的石林，会在相当长的时间内持续下去，为一代代人提供欣赏的场所，带给人们精神上的享受。四川南部对于北京人来说，实在太过于遥远了，能够有机会亲身感受宜宾兴文石海的壮观，实在不虚此行。

2011 年 10 月 12 日

苏州听评弹记

每次从北方来到江南，都似乎隐约地感觉到婉转而悠扬的吴侬软语在耳边回荡，似乎空气中都迷漫着评弹的琴声。在品味了拙政园的粗犷与留园的纤细之后，便想找地方欣赏一下吴侬软语的轻音。

坐着人力车在小河边的小巷中穿行，两边是有上千年历史的旧房，白墙和黑瓦，与脚下青砖的铺地连成一体，在幽深的河水边洋溢着小桥、流水、人家的韵味。人力车夫很费力地推荐KTV，说什么来到苏州不看美女是很遗憾的，包房五十元，可以单独演唱。不敢相信他的话，怕被讹钱，自己在街上寻找，终于在著名的"观前街"上找到一处名为"采芝斋"的茶楼，可以边喝茶边听评弹，环境还算干净整洁，古色古香。

晚上七点半准时来到"采芝斋"，偌大的茶室里空无一人，冷冷清清，唱评弹的一男一女两个演员披着毛衣坐在那里聊天。等了半个小时，还是没有人，一问，才知道要有人点曲才能演唱，唱一曲五十元。研究了半天曲谱，硬着头皮点上一曲，因为对评弹完全不懂，纯粹是附庸风雅。但评弹艺人一开口，就完全进入状态，厅堂中很快弥漫着浓厚的江南的气息。唱的是《西厢记》中的"拷红"，情节、场景随着婉转的曲调传入耳膜，时而坚硬时而低鸣，字正腔圆，高低错落，让人很快进入情景交融的状态。故事的跌宕体现在起伏的曲调中，清晰的江南特有的缓慢腔调的声音充斥在寂静的空间中，又显得更加回荡飘扬。江南人精细聪明，不管是园林、食品还是戏剧都收拾得细而又细，不厌其烦，精雕细刻。用复杂的词语来理解记载历史上的悲欢离合，记录人们情感的起伏跌宕。这种精细同样体现在评弹的腔调与琴声的婉转之上，把本来就复杂的人的情感世界描绘得精而又细。相对于东北同样是两个人表演的二人转，更反映出苏州评弹的细腻。对同样的事，同样的感情瓜葛，同样的世态炎凉，东北二人转以极其简单而粗犷的语言进行思索与描述，简单而快捷地处理掉复杂的事情。文化就是这样神奇的事情，在不同的环境，不同的地域，竟有这样大的差别，而又把不同地域的差别记录体现得这样清晰。随后艺人又推荐了另一个腔调的《红楼梦》中黛玉葬花的唱段，更加文雅，更加婉转，虽然不能完全听懂那些忽高忽低的腔调，但毕竟是听到了真正的"苏州评弹"，而且绝对原汁原味，算是了却了心愿。

"苏州评弹""豫剧""川剧""山东快书""黄梅戏""花鼓戏""秦腔""二人转""粤剧"，都是广阔的中国大地上生长并传承下来的优秀文化遗产，其中蕴涵的味道只有懂得历史与文化之后才有更清楚的理解。尽管这样，即使文化水平不高，听听这些地道的文化特产，也是市场经济大潮中很难得的文化享受。

2008 年 1 月 17 日写于苏州雅都大酒店

探寻"锁龙沟"记

在中国历史上，作为皇帝而被俘虏，受到非人待遇的非常少见。在汴梁被金兵攻破之后，宋徽宗、宋钦宗被金兀术俘虏到辽宁法库，锁在深井里，最后死在那里，锁宋徽宗、宋钦宗的村子因此被称为"锁龙沟"。

还是十几年前，在铁岭的时候就想去看看"锁龙沟"，没看成。这次路过终于成行。金朝相当厉害，勇猛、彪悍，发挥了东北寒冷地带人们硬与狠的特点，终于占领了富庶而歌舞升平的享乐之地汴梁。这位写字"画画"作诗都很好的皇帝成为俘虏。史载，被俘后宋徽宗、宋钦宗受尽凌辱。所有妃子都被人占有，甚至集体陪着跳舞。皇帝被关在羊群、牛群里，像牲口一样地生活，用铁链子锁着，一步步地走到辽宁。寒冷冻得人难受，饥饿而羞辱，生不如死，最后被锁在"锁龙沟"的枯井里，坐井观天，直到死掉，在中国历史上也是很少有的事。

先到法库，这是一座建在丘陵上的城市。问了半天才问明白锁龙沟的方向，一位退休的老司机愿意领路，于是向铁法方向行进。"铁法市"是取铁岭、法库两个城市的名字而成，是个煤矿城市，现在要改名叫"调兵山市"。调兵山就是金兀术组织进攻前，演练阵法、调兵遣将的山头，还是有几分气势。过铁法市，不多远就到了"锁龙沟"，是个很小的小村，有一排排村舍，农民在忙碌着晾晒粮食。又不断地问路，还是不知道锁宋徽宗、宋钦宗的井在哪里。找岁数大一点的人，说在村外的山边有过井，但六十年代就填掉了，现在是个大坑。走向山边，有一条水沟、一些树木，再就什么都没有了。在可能的井的位置照了张相也就回来了。想到当地的文物部门有点问题，这样难得的古迹竟然没人管，应当建成景点，记载历史的存在，也为地方提高知名度，增加旅游收入做一些贡献。非常遗憾，历史就是这样，很多事情，即使是很激烈、很跌宕的事件，随着时间的流逝，也就烟消云散了。

恐怕全国知道宋徽宗、宋钦宗故事的人并不是很多，而能够亲身来"锁龙沟"寻访旧迹的就更是寥寥无几。还好能够亲自来到这里，看到了景物，虽然没有找到锁住北宋皇帝的井，但也很满足了。

2008 年 11 月 1 日

镇江品锅盖面

锅盖面在镇江几乎是铺天盖地，随处可见。望文生义，开始还以为是把和好的面放在锅盖上，到镇江实地吃过之后，才知道是煮面的时候把木制的锅盖放在锅里，面与锅盖一起煮，因此得名"锅盖面"。锅盖面的配料很丰富，味道深厚，面也很硬，与江南常见的阳春面大有不同，倒有点像是陕西的臊子面。镇江出名的还有香醋，城市宣传册上印着广告语"镇江，一个美得让人吃醋的地方"，可见镇江香醋名声很大，浓厚的香醋，甚至可以直接喝，味道纯正。中国有很多醋，山西清徐醋、四川阆中醋，与镇江香醋成为醋中的极品，也是中餐必备的作料。

镇江的地理位置很特殊，浩瀚的长江与著名的京杭大运河在镇江交汇，宽广的江面，一望无边，有点像海的感觉，水天一色，构成宽广、辽阔的画面。在江南平坦的田地上，很难见到山，但是在镇江，在长江边上，有几座兀立的小山丘，尽管山丘很小，但是由于长江江面宽阔，在宽广的长江边形成巨大的存在，这也是被叫作山的原因。镇江位于上海与南京之间，宽广的长江黄金水道，在镇江形成天然良港，南来北往的商人要停留休息，镇江是上好的选项，沿着长江边，供客商休息的旅馆、餐饮、服务随之兴起，长江边的镇江街巷星罗棋布，店铺兴旺发达，人流如织。

　　由于特殊的地理位置，镇江成为兵家必争之地。远在三国东吴时期，镇江便成为军事要地。刘备在镇江北边北固山的甘露寺迎娶东吴国王孙权的妹妹，随后诸葛亮派赵云把刘备救出，单骑救主，演绎出经典的浪漫剧目。镇江的金山寺，更是由于白娘子神奇的传说，半人半仙，给人以飘渺的感觉。很可能是在发大水之后，人们看到被洪水冲出的大蛇，幻想出白娘子的传说，而在金山的山洞中，人们幻想出与杭州西湖相连通的地下隧道，使得白娘子能够从西湖来到镇江金山寺，把白娘子神话成仙。

　　可能正是由于山不多的原因，长江边仅有的两座山就成为名山，就是著名的金山与更加著名的北固山。金山因为法海和尚扣押白娘子而出名，而辛弃疾一首《永遇乐·京口北固亭怀古》使得北固山成为名山。辛弃疾登临北固山，览物生情，写出名篇：千古江山，英雄无觅孙仲谋处。舞榭歌台，风流总被雨打风吹去。斜阳草树，寻常巷陌，人道寄奴曾住。想当年，金戈铁马，气吞万里如虎。元嘉草草，封狼居胥，赢得仓皇北顾。四十三年，望中犹记，烽火扬州路。可堪回首，佛狸祠下，一片神鸦社鼓。凭谁问，廉颇老矣，尚能饭否。这首词使得不高的北固山成为名山。北固山与金山两座山的高度都不大，但山上建筑精美，曲径通幽，建筑点缀于山林之中，似有非有，形成经典的古典山水画面。登上北固山，更可以看到浩瀚的长江，甚至得到了"天下第一江山"的美誉。

　　由于镇江地处江南，读书人很多，江南多才子，这些才子在镇江留下很多诗篇。所谓的中国，在古代更多的是指江浙一带、郑州黄河沿岸、西安地区，而内蒙古甚至关外的辽宁一带，并不是中国的狭义范畴，蒙古、辽国、金、清，在一定程度上并不是中国的核心，只是漫长的历史，把这些曾经占领中原的民族同化了，形成更大的中国。因此，从镇江或是绍兴的角度看，太原、沈阳过于遥远，呼和浩特更是硕漠之地，由于地理、气候的原因，东北、内蒙古很难发展成文化之地，相对于江浙，显得缺乏文化。而历史上的一些抵抗外族入侵的故事，就是以江浙、中原为中心展开的。

　　长江从喀喇昆仑山的源头，经过漫长的金沙江汇集岷江、汉江、嘉陵江等众多的江河，从三峡的峡谷中冲出来，在宜昌变成宽广的大河，随后经过武汉、九江、南京，浩浩荡荡来到镇江，跨越地域之辽阔，水量之大，实在令人吃惊。而在镇江，在运河与长江汇合之处，更可以感受到江河的辽阔，感受到长江的巨大，同时也可以感受到镇江在现实与历史中巨大的存在。

2015 年 12 月 27 日

凭吊湖北随州曾侯乙墓

  虽然读了很多年书，有一件事总也搞不明白：中国古代制作的乐器和遥远的西方音乐为什么都是七个音符？中国古典乐器为什么能够很好地演奏西方音乐？要知道这两种文化相距遥远，在起源、发展的过程中是完全没有相互交融、影响的，为什么都选用了七个音阶而不是九个或十一个？这个问题感觉都够达到博士论文的标准，很难回答。带着对古代音律的疑惑来到湖北随州的曾侯乙墓。

  虽然看过电视介绍，但看到巨大的墓室还是感到很震惊，粗大的木材，黑悠悠，阴森森，在墓里放着很多国宝级的文物，随便哪一件都让人称奇。有青铜尊盘、青铜鉴缶、竹排箫、矛、剑、鼓座等，2500 年前的古人，竟能创造出如此辉煌的文明，真让人叫绝。最让人震惊的是体型巨大的铜质编钟，有青铜钟 65 套，长 7.48 米，高 2.73 米，宽 3.35 米，演奏时要十个人才能奏响。这巨大的编钟在地下沉睡了 2500 年之后竟然还能够演奏出精美的乐曲，甚至可以演奏现代乐曲"东方红"，不能不让人叫绝。曾侯乙曾经是雄踞一方的诸侯，就土地面积相当于今天欧洲的某一个国家，而拥有军队，拥有对管辖地人民的统治，也使得曾侯乙成为一方的霸主，也就相当于小的国王。在墓里有数十具随葬的尸骨，都是很年轻的宫女、佣人，可见曾侯乙权势之大。可贵的是，曾侯乙在吃喝享乐之外，还对音乐有独特的爱好，使得编钟这样大型的乐器能够存在并展现在我们面前。

  当听着编钟演奏出的深沉、低鸣的曲调时，仿佛又回到遥远的时代，仿佛坐在宫殿上，和权倾一时的曾侯乙一起欣赏音乐，观赏舞蹈，历史的坐标仿佛回到原点以前。中国历史之悠久，文化之博大，令人感慨万千。

2008 年 6 月 15 日

游张掖丹霞地貌

在经济发展之后，人们满足了基本生活需求，便开始追求精神上的享受，各种古镇、遗址、故居、瀑布、山谷、湿地得以开发，甚至遥远的地质景观也成为人们欣赏的对象。大自然太神奇了，轻描淡写地造就了溶洞、沙漠、草原等地质景观，更为小众的石林、丹霞、钙化景观等，也成为风景。张掖的丹霞地貌就是这样一处大自然的风景。

进入景区前，就已经看到大片裸露的彩色岩石，所谓的景区，只是造型、色彩更为集中的区域。这是一片巨大的埋置在底层深处的岩石，起伏连绵，浩浩荡荡，可能是由于含有铁矿，或者磷矿等矿物质，砾岩、砂岩构成的岩石呈现红黄相间的色彩，在大地上留下清晰的痕迹。景区已经开发得很好了，乘坐大巴车，可以直达山顶，登上巨大的观景平台，可以三百六十度俯瞰整个丹霞地貌，巨大的条状花纹的岩石，弯弯曲曲地匍匐在大地之上，连绵不断，从遥远的天边一直延伸到脚下。岩石呈现明显的条纹状，红色、白色的条纹镶嵌其间，在阳光的照射下反射出明晃晃的光芒。这些岩石从远处看似乎很柔软，似乎是土地披挂上彩色的飘带，而站在岩石上，却非常坚硬，红色、黄色、白色的沙砾结实地粘连在一起，构成坚硬的岩石表面。远处与近处看到的岩石，完全两样。不同的光线条件，不同的时间，丹霞岩石呈现不同的色彩，从某些恰当的角度，恰当的光照条件，可以看到金光四射的景观，可以感受到大地泛出的热浪般的颜色。

从观景平台下来，走在彩色岩石构成的山谷中，两边的岩壁同样是各种条纹的颜色，有些岩壁上像是涂抹了巨型的涂鸦，像各种各样抽象派的画作，凝固在坚硬的岩石上。旅游线路建设得很好，游人不走回头路，便可以看到不同的景观。一处巨大的红色岩石，酷似中国地图，非常逼真，游人纷纷驻足合影，给人神来之笔的感觉。这样的岩石已经屹立了千万年，以前并不为人注意，默默无闻，经过开发形成景观。类似岩石形成的景观还有白石山、红砂岩河谷、墨石山、石林、红石滩等，都是坚硬的岩石构成的千年景观，大自然在不经意间创造的神奇的地质景观，成为人们欣赏的对象，也为人们展示着大自然的奇伟。

努力着，欣赏全国各地各种地质奇观，领略大自然的神奇。

2011 年 10 月 10 日

游灵宝函谷关，品老子《道德经》

中国有句名言"进则为儒，退则为道"。当人遇到困难，个人仕途受到阻碍，理想抱负难以实现的时候，当境遇不顺的时候，人便会多少相信一点道家的理论和学说。道教作为中国土生土长的宗教，曾经在中国的历史上发挥过重要作用，在汉朝，甚至成为国教，统治整个国家。道家的经典《道德经》是老子在河南与陕西交界的灵宝函谷关写成的，那年老子已经八十多岁了。函谷关是中国著名的关隘，历史底蕴深厚，很多历史事件都发生在这里：燕太子丹就是从函谷关摆脱秦王的管控，逃回国内，以致后来派荆轲去刺杀秦王，导致秦王对于燕国的征讨；项羽就是在函谷关听到刘邦占领咸阳的消息；孟尝君在函谷关结交鸡鸣狗盗之人而避开祸害；杜甫在函谷关写下著名诗篇。历史的大厦在函谷关留下深深的影子。

函谷关两侧都是高山，完全是黄土构成的高山，不远处是黄河，地势险要，南面是秦岭余脉，山高岭险，只有这两山之间的小路通向富饶的陕西关中平原。寒风之中枯萎的树枝在摇曳，显得几分荒凉，又显得几分空旷，在寒风中函谷关关门挺立在黄土的山边。函谷关最著名的是老子的《道德经》，当时老子骑青牛出关，可能是想去咸阳，也许老子走不动了，便坐下来休息，守关的官员很尊重这位博学的老人，请老子休息。老子坐下来，认真地写下了《道经》《德经》，轻描淡写，点到为止。从宇宙到国家、人生、军事、经济，林林总总，把整个世界梳理了一遍，留给后人说不尽的思想财富。如果把老子的《道德经》比喻成橄榄，那这棵橄榄就被人咀嚼了几千年，依然津津有味。"道可道非常道名可名非常名"，老子和后人开了一个不大不小的玩笑，他写下上面这段话的时候，省略了标点，仅仅为这句话断句，后人就争论了一千多年。

老子的经典语句很多，都非常具有哲理：不尚贤，使民不争；不贵难得之货，使民不为盗。上善若水，水善利万物而不争。宠辱若惊，贵大患若身。将欲取天下而为之，吾见其弗得已。兵者，不祥之器，非君子之器。不得以而用之。知人者智，自知者明。道恒无为，而无不为。天下之至柔，驰骋天下之至坚。善建者不拔，善抱者不脱。知者不言，言者不知。道不行，乘桴浮于海。治大国，若烹小鲜。为无为，事无事，味无味。知，不知，上；不知，知，病。民不畏威，则大威至。民不畏死,奈何以死惧之。天下莫柔弱于水,而攻坚者莫之能胜,其无以易之。甘其食,美其服,安其居,乐其俗。圣人之道,为而不争。

老子的理论含有哲学的含义,很深奥,但细细体会很有味道,只有在很宁静的场合,在安静的掉一根针都能听得出来的时候,才能真正地品出老子的味道。没有经过一定的事情,没有看到过事情的结局,没有经历人生的一些挫折,没有见到几个自己的同龄人命归黄泉,撒手人间,没有大彻大悟,是不会理解老子的。但老子的话中绵里藏针,暗暗地带有肃杀之气,时而像奔涌的黄河之水,涛声震天;时而像缓缓流动的山间的溪水,用自己柔软的身躯消磨着坚硬的岩石。古人思维的痕迹,在《道德经》中得到充分的体现,在函谷关的上空淡淡地弥漫、飘散。

2008 年 12 月 3 日

探访房山金陵

在北京的历史上,金朝占有非常重要的地位,在某种程度上奠定了北京作为都城的位置。在秦始皇时代,北京并没有城市,所谓的"渔阳""蓟州"大约是在今天的天津蓟县的位置,最近考古在通州发现了春秋时建筑的遗址,《史记》中记载的陈胜、吴广被发配的大泽乡,大约也是蓟县一带,而不在今天的北京。辽代建都在今天的科尔沁左旗,就是所谓的辽上京,而此时的北京,不过是辽的陪都,换句话说是辽的边关城市、辽的南京,广安门附近的天宁寺就是辽代的建筑。

发迹于大兴安岭的金人,联络蒙古人、渤海国人,灭了辽之后,最初建都在今天的黑龙江阿城,修建了辉煌的宫殿。在金海陵王杀兄夺位之后,可能是因为阿城过于寒冷,或者是恐惧那里杀气的阴森,海陵王下决心找一块温暖,同时又平展的土地建设自己的都城,他们把目光投向了曾经是辽南京的北京。经过 1300 公里的长途迁徙,海陵王把自己的都城,把金国的所有官员、皇亲国戚,全部带到了北京,海陵王完颜亮在今天的永定门南部建设了北京历史上的真正的都城。辽的都城,基本上是模仿唐长安的建设,城市布局、建筑规格等,都模仿唐长安的建制,今天北京西站的莲花池就是金代的蓄水池,还有北海的雏形,也是在金时构建的。

在不断侵扰南宋之后，在与岳飞的岳家军激烈交战之后，金兵从洛阳攻入开封，之后金在开封建设了首都，甚至还有几个金的国王葬在了洛阳、开封。而其余金的国王，则葬在了今天房山的九峰山下。从周口店北京猿人遗址进山，道路两边全是燕山石化的管线、烟囱，似乎进入了巨大的工厂。拐个弯，一条窄路，前面一处山脚下便是金陵。应该说是极佳的风水宝地，背后是九龙峰，似乎是九条奔腾的龙形山脉交织在一起。山峰下是一片巨大的凹地，三面山峰环绕，两边的山峰低矮，很像是太师椅的两个扶手，金陵便坐落在九龙峰下的凹地之中。

由于金朝持续的时间很短，加之没有明确的文化背景，陵墓远没有明清皇陵的壮丽，更由于明天启帝认为金陵压了龙脉，派兵加以破坏，使得金陵完全被破坏，残缺不全，地面上只是残存着很多巨大的明显雕凿过的石块，述说着曾经的辉煌。不管金的水平如何，成就如何，毕竟是历史上曾经的一段真实的存在，更为重要的是金主完颜亮，最早定都北京，以至于后来的忽必烈，也是在金中都的基础上建的元大都，还有后来的明成祖朱棣，更是沿袭了金代的风水，建设的明紫禁城，随后的清朝入关之后完全沿用明朝的北京城，沿用了紫禁城。很多时候，历史更像九曲的黄河，蜿蜒而回转，但曾经流过北京历史的河流，发源地就是曾经的金，尽管时至今日金陵已经残缺不全，甚至难觅踪迹，但是金朝与海陵王，作为北京建都的人物，确实真实地存在于历史中，甚至骄傲地站在北京这条历史长河的上游。

在对历史长河的感叹中离开房山金陵，重新回到车水马龙的京城。

2015 年 4 月 19 日

游怀柔箭扣长城

早就听说过箭扣长城，据说地势非常凶险，好像去年还出过事，于是决定前去看看。走京承高速到怀柔，转过城区，再往北便全是小路，但路况很好，G111 国道，两边有很多度假村，大都是从城里来的游客，吃饭时人很多，还要等座位。一个叫"山吧"，一个叫"下地"，都是在山坡上建了很多小木屋，供人们居住，再在山沟中修建截水坝，挡住水，游人们坐在水边享受野餐的乐趣。再往里面走就可以隐约地看见山上的长城了，春季是开花的季节，山上有很多白色的梨花，红色的桃花，树叶也是嫩绿的，颜色很鲜艳。山路曲折蜿蜒，开车走在路上，左转右转很舒服。

碰到一个岔路，标的是"黑陀山"，再走就是县路了。快到景区有个门，收二十块，但门前立个大牌子，不允许攀登野长城。实际上来这里的人都是奔着野长城来的，立一块牌子也很难约束，只是个示意。转到山弯里停下车，可以看到四边山顶的长城的轮廓，很鲜明，但从下面看还看不出惊险。往山上走，很快就很陡了，接近长城的时候，几乎就用手脚并爬了，脚下尽是石块，可能是让水冲的，很零散，向上爬很艰难。登长城需要爬一个两米左右的木梯，有农民在上面收两元钱。登上梯子就可以看到残长城的全貌了，很是震惊。这是山坳处，两边的长城呈 V 字形，几乎超过六十度，坡面上全是尖尖的石块，人向上爬，要四脚着地，一步一步走，刚开始的时候很是害怕，两边是几乎直立的山坡，非常危险。

真不明白古人为什么要在如此陡峭的山峰上建造长城，实在没有太多的战略意义，没有人会从这样陡的山上来进攻的。远处的城墙更陡，有的地段完全上不去，几乎直立了，要用绳索才能攀登。敌楼在最高处，已经完全荒芜，从望远镜中看到的满是残垣断壁，破砖烂瓦，墙面上长满荒草。长城有几公里长，完全建在顶端的高峰上，全然不顾山峰的陡峭，沿着最陡峭的山脊，蜿蜒而上，轻松而飘逸。在陡峭的坡面上走上不到五百米，已经很累了，前面依然是望不到头的城墙。由于已经是下午，没有登到最高处，有点遗憾。从山峰上下来，用七十二倍的望远镜看到整个长城，还有很多更为陡峭的地段，实在是危险，要用更多的时间才能攀登。

箭扣长城真是名不虚传，实在是惊险，即使经常爬山的人，来到这里也会望而却步，难怪有人会在这里遇险。开车下山，在山顶的垭口处有一个石亭，风景很好，可以俯瞰山下的风景。支上野餐锅，点燃气炉，做一碗汤面，感觉味道很香，在完全自然的山地间面对青翠的树木与花草吃饭，别有味道，体会与大城市完全不同的感觉，令人心情舒畅，心旷神怡，有点飘飘然的感觉。在飘飘然的感觉下，开车下山，重新投入车水马龙的城市。

2011 年 4 月 25 日

游成都大邑西岭雪山

到成都时已经下午四点，买的是第二天晚八点回北京的机票，自知时间很紧，但还是禁不住雪山的诱惑，踏上去西岭雪山的旅途。对西岭雪山的认识是从早年读的杜甫的诗《绝句四首（其三）》，诗云："两个黄鹂鸣翠柳，一行白鹭上青天，窗含西岭千秋雪，门泊东吴万里船。"最后两句是什么意思？因为在成都平原是断然看不见雪山的，而成都也没有通长江的航道，哪里来的万里船？如果没有亲眼看见就可以作诗，可以凭想象描绘景物，岂不是每个人都可以听到"夜半钟声到客船"的钟声，更可以"上九天揽月，下五洋捉鳖"。到底"大漠孤烟直，长河落日圆"是亲眼所见，还是诗人的想象？很早就想亲自到西岭雪山看看，更加上这几年学会的滑雪，想象着在银装素裹的群山之中纵横驰骋，也是一种征服自然的享受。

先是到新南门汽车站，是从网上查的，说是有到大邑的车，但一问，尽是旅游团的包车，又匆匆赶到金沙汽车站。到大邑的车很多，五分钟一辆，坐满就走，非常方便，票价十六元，全程高速，一个小时就到了大邑。成都平原的位置得天独厚，距成都一百公里就有巍峨的雪山，不像济南或是南京，周围尽是平原。山岭的变化带来沟谷、溪水等自然景观，为成都平原提供了丰富的自然资源，人们在享受美食与气候的同时，还能享受多姿多彩的旅游资源。从大邑买了张到西岭镇的车票，十元一张，但车很破，当地农民的通勤车，可以说破得不能再破，农民大包小包甚至背篓装着鸡鸭都可以上车。

很快就进了山，景物大变，基本是沿着溪水，缘水而上，但两旁的山上植被很茂盛，有很多农田，一路上见很多从雪山返回的车。成都人很幽默，几乎每辆车的车顶上都堆着雪人，用橘子做眼睛，很有创意，只是在拐弯处有不少雪人滑落在地上。成都人以享受生活为目的，以工作为陪衬。这里吃喝玩乐大行其道，经济并不富裕，便用几万块钱买奥拓等小型车，名曰"趴耳朵车"，先开着再说，不在乎车小，满街尽是两厢私家车。到达西岭小镇时天色已经完全黑下来，司机说前面还有三十公里，要打当地农民的出租车，重又退回五公里，住在有温泉的"花水湾小镇"。也是很难得的地方，两山之间夹着一条溪水，溪水的两边尽是黄色的温泉，由于春节的缘故，有很多成都的游客，大都是全家同行。换好泳裤下到温泉里面，感觉非常舒服，由于是天然温泉，水中有浓厚的硫黄的气味，臭鸡蛋的味道，水面上弥漫着浓浓的白雾。泡在温暖的泉水中，彻体的舒畅，在大山之中的天然温泉与城市桑拿完全不一样的感觉，完全是回归自然，完全远离了城市的喧嚣，有如此遥远的距离，以及浓厚的川音，其中的感觉妙不可言。

第二天早上起来，向开饭店的农民打了一辆车，是他儿子开的奇瑞车，一百元包上包下。车子向山里前行，前面竖着一块牌子"西岭雪山国家风景区"，是通往雪山前山的路，滑雪场在后山，转过山，便见四周尽是雪，房顶上有二十厘米厚的雪，松树上也披着厚厚的雪，远处的山峰之上也完全是层林尽染。虽然在北京、张家口也见过雪山，但西岭雪山的雪峰体积很大，像巨大的墙，山体的巨大使得山脚下的村庄、房舍、道路、汽车像玩具一样。如果没有具体的体量，从图片上看珠穆朗玛峰与一个小土山没有什么两样，但只有亲自站在巨大的实体山峰前面，才会由衷地感到山的巨大，这也是很多人在西藏大山面前发出感慨的原因所在。周围的山上都是雪，司机讲今年的雪比往年的大，由此想到南方的雪，在面临如此巨大雪灾的同时，南方人也感到了雪的巨大威力，也算是不幸中的万幸。汽车开了好远才开到雪山脚下，西岭雪场与北方不同，雪场在很高的山上，要乘坐二十分钟的索道才能到达山顶，还要再换公交车，面对伸手可及的雪场，由于时间紧迫，只有放弃。回过头再望一望茫茫的西岭雪山，威武庄严得有点冷清与肃穆，从山顶到山脚，白色由浓到浅，像是披挂在山脊上的白纱，而一座座雪白的山峰，又像是一个个巨人，肩并肩地站在一起。开车的司机讲，眼前看到的雪夏天都要融化，只有再往里面去的最高峰，夏天才会有一些不化的积雪，要看到最高峰，还要再往里走三十里。

由此推论，在成都平原的杜甫草堂是无论如何也看不到"西岭雪山"的，可见更多的诗是诗人的想象或是记忆中的场景的组合，至于是不是更远的四姑娘山，或者贡嘎雪山，则有待研究。由此而论，我们坐在北京也可以写一些"夏威夷风光"或是"地中海礼赞"之类的诗文，如果写得准确，或许可以流传千古。诗文就是如此，只要写得真，不一定非要亲身经历。像"黄河远上白云间，一片孤城万仞山""日照香炉升紫烟，遥看瀑布挂前川""春潮带雨晚来急，野渡无人舟自横""二十四桥明月夜，玉人何处教吹箫""秋阴不散霜飞晚，留得枯荷听雨声""蓬莱此去无多路，青鸟殷勤为探看""无边落木萧萧下，不尽长江滚滚来""天阶夜色凉如水，坐看牵牛织女星""何当共剪西窗烛，却话巴山夜雨时""桃江复含宿雨，柳绿更带朝烟"，很难考证这些精美的诗句，哪些是实景,哪些是想象与复合的结果,但不管怎样,前人的诗句使得我们的世界呈现更加缤纷的色彩。

远离了久仰大名的西岭雪山,奔向雪水融化后冲击、滋润的天府成都平原,结束了此次难忘的西岭雪山冰雪之旅,身后的西岭雪山越来越小。

2010年12月10日

绥德寻找扶苏墓记

在绥德城中明显能够感受到陕北大汉的威武,《三国演义》中吕布与貂蝉给人留下深刻的印象,貂蝉是米脂人,吕布是绥德人,所谓"米脂的婆姨绥德的汉",大约就是因为吕布的勇猛与貂蝉的美貌而得名的。在秦始皇陵兵马俑身上,就铭刻了陕北大汉的身姿,而在绥德确实明显地感到陕北青年男子的健壮,相貌堂堂,肩宽背阔,颇具男子汉的气质。今天的绥德城已经成为喧嚣的闹市,到处是人,马路上全是汽车,街道两旁全是各种商店,人流稠密,在人流中穿梭着来回走了半天,问过几十个路人,还是无人知道公子扶苏墓的位置。

扶苏是秦始皇的大儿子,有自己的主见,不知道是不是扶苏不愿苟同于秦始皇用武力征服一切的政策,可能更加温柔,更加亲民,还是与秦始皇发生思想上的分歧,被秦始皇发配边关。远在蒙古高原的游牧民族,不断骚扰秦国北部边境,秦始皇只能沿着秦国的边境修筑城墙,并把齐国、燕国、赵国的城墙连接起来,不得不派重兵防御边疆外游牧民族的入侵。为了快速运兵,从咸阳修建了通往各地的"秦直道",相当于当年的高速公路,秦军的马车可以快速地把兵员补充到遥远的边关,边境形势得以安全。这时扶苏被派往北部边疆前线,在榆林一带镇守边关,与扶苏共同镇守的是秦国大将蒙恬。也有一种说法,说秦始皇对蒙恬不放心,担心蒙恬兵权过重,可能联络匈奴进攻秦国,毕竟自己的儿子更可信赖,把扶苏派到前线。不管怎样,扶苏就在绥德、榆林一带生活过。

这时的扶苏,应该说正值青春壮年,意气风发,可能也在努力学习治理天下的本领,青春得意当尽欢,虽然是陕北黄土高原,也生活得有滋有味。但意料之外的变故发生了,秦始皇灭六国之后,巡游各地,大约在山东一带一病不起,走到今天的邢台附近,秦始皇撒手人寰。随后在咸阳的丞相赵高拥立秦始皇的小儿子胡亥就帝位,假传圣旨到绥德,命公子扶苏自尽,扶苏死的时候不到三十岁。

不停地走，不停地问，问了半天，从店铺旁边狭小的小巷，爬上背后的山坡，走到山顶，可以看见绥德的两条主要街道、土山中的沟壑，就在山顶见到扶苏墓。一座土丘，一块石碑，旁边建有一座小庙，不远处一座六角的小亭，景区无人值守，十分残破，也几乎没有游人，冷清清，孤寂寂，曾经的秦朝皇子，就埋葬在这里的土丘之下。

如果扶苏不死，如果胡亥不继帝位，秦国的历史将要被重写，很可能中国的历史也将要被重写，也许不会有刘邦的胜利，不会有汉朝的建立。在人类历史上，尤其是中国历史上，最高权力的传递、更迭，往往是政权的关键，是改变历史的重要契机，而封建社会传位于长子的制度，更使得皇帝的儿子成为权力角逐的焦点，在这样的争夺中，历朝历代，皇帝的很多儿子成为牺牲品，公子扶苏正是许多牺牲品中的一员，也是几乎最早的牺牲品。

能够亲临绥德，在喧嚣的闹市中找到很少有人知晓的扶苏墓，在真实的土地上，品味中国两千年真实的历史，感到十分的满意。

1994 年 10 月 15 日

环游西湖留念

虽然曾经多次到过杭州，而且每一次都要抽时间去看看西湖，打一打卡，但是一般都是从断桥走到西泠印社，然后返回，最多就是沿白堤走到花港观鱼，然后返回，大约也就是这样的一个路线。这次到杭州有足够的时间，沿西湖整整走了一圈，更加全面地了解了西湖的情况。

西湖非常特别的是周围的山，环绕西湖的山峰刚好围成一个半圆，恰到好处地留出城市这边的一个缺口，背后是环绕的山峰，更使得西湖的地理位置十分难得。西湖水面宽阔，甚至可以感受到一阵阵的波浪，摇曳在西湖湖面的小船甚至在雾霭中见不到踪影。在岸边看上去并不宽大的白堤，走在上面感觉很宽大，两边是柳树，枝叶下垂到水面上，十分优美。白堤一侧的西湖非常宽大，浩渺无边，另一侧是小小的水潭，水潭中大片的荷叶，玲珑剔透。过断桥不远，就是几处临水的建筑，著名的平湖秋月，曲折的栈桥伸展在湖边，构成精美的造型，据说是观赏月色的好地方。几处亭子似有非有地散布在水边，与茂盛的树木成为整体，掩映在水面的倒影之上，构成精美的图画。继续向前，是几处旧人的故居，虽然已经不是很新，但是依然有着很好的视野。古人崇尚自然，很喜欢在临近水面的地方构建亭台，把建筑融入自然之中，在房舍中品诗读画，感叹历史的进程。继续向前，便是著名的西泠印社，这里刚好有一座小山，而且是很大的山，构成自然的景观。继续向前，白堤刚好转了个弯，正是曲径通幽处的意味，随后便到了苏小小的墓。据说以前的西湖周围，有很多历代名人的墓地，后来被清除了，只留下不多的几个，包括著名的岳飞墓、武松墓，也不知道什么原因，岳飞、武松来到西湖，度过残生，留下历史的清晰的痕迹。很快从陆地上又走上更宽大的堤坝，苏堤明显的宽大，甚至在堤上有大片的草坪，粗大的柳树，给人茂盛的感觉。如果不是慢慢地仔细品味，还不知道西湖边上有大块的绿地、湖泊，事实上西湖是由一连串大大小小的公园连接而成的，其中一个公园在一般城市就是一处独立的公园。在苏堤的西侧，有几处很大的公园串联在苏堤旁边，构成别样的景观。曲院风荷就是这样一个相当大的公园，开阔的水面，茂盛的植物，点缀着水边的建筑，构成优美的连贯风景。小巧的景观与西湖开阔的湖面构成对比，更加显现出小巧玲珑的景色。穿过几处相当大的公园，就走到著名的花港观鱼，同样是很多大大小小的水面，连成一片，散布在茂盛的植被中，水面上是金黄色的游动的鲤鱼。杭州的气候非常适合植物生长，各色的植物开着艳丽的花朵，每一片绿叶都是水灵灵的，这与北方艰难浇水生长的植物有着很大的不同。茂盛的植被，是西湖的特征，也是西湖岸边的景物，点缀在西湖岸边。

一般情况下，走到这里已经很累了，人们大多选择出门，坐车回家，这次来到西湖有足够的时间，出门后，向东拐，沿着车行道继续领略西湖的景色。路边是很大的山，山上同样是茂盛的植被，高大的树木，很快就看到一处面向西湖的巨大的寺庙，便是著名的南屏晚钟，寺庙依山而建，一层层开阔布置，庙门森严，体现出南国寺庙特有的风格。再往前走，就是著名的雷峰塔，相当高的塔，立在湖边，几乎伸向水面中央，构成西湖边上的风景。雷峰塔是新建的，在现代钢结构建筑中，建造这样的塔并不难，而在宋代，用木材建造这样高的塔，是相当不容易的事情，一定高度的塔，才能与西湖宽大的水面构成和谐的图画，成为西湖水面的点缀。

继续向前，沿着南山路就到了柳浪闻莺，这是一处非常大的开阔地，已经可以算是一处公园了，里面有大量的柳树，地上是茂盛的草坪，散布在西湖边上，与水面连成一片，似乎是水面的延伸。以前多次来西湖，都没有来过柳浪闻莺，似乎这里更适合杭州人举家来此旅游。公园很大，建有体量很大的牌楼，精美的餐厅，坐在里面，吃一碗莲藕、一条西湖醋鱼，也是不错的感觉。南山路的东边，建有浙江美术馆，与西湖的风光融合成一体，造型很有特色。从柳浪闻莺出来，继续向前，沿湖边走，可以看到各种小巧的建筑，各色的树木，西湖特有的铁链栏杆，倒悬在湖边，在湖面上留下不间断的倒影。西湖的东岸，不仅有各种建筑，还有西湖天地，餐厅、演艺厅排在一起，人们可以在享受西湖风景的同时，享受西湖的美食。继续向前，便沿西湖岸边走了一整圈，夜晚时分，在西湖的湖面上可以看到巨大的喷泉，彩色的水流在湖水中构成各色的图案，与音乐融为一体，构成夜晚的景色。

得天独厚一词，用在西湖上是非常贴切的，在一个城市边有如此大的湖面，同时又不是很高的山峰，茂盛的植物，最为关键的还有，钱塘江有足够的补给水源，使得西湖的水质清澈，是一般城市难以企及，更难以媲美的。西湖更为独特的还有历代的名人，名人的痕迹，名人的生活，丰富的历史遗迹，给西湖构成立体的存在。沿西湖走一整圈，要超过十公里，没有足够的体力、足够的时间，是很难走完的。沿西湖走一圈几乎要一整天的时间，一步步环绕着，走过西湖，更可以感受到西湖的景色，从各个角度、各个方向观赏西湖，认识西湖，理解西湖。尽管绕着西湖整整走了一圈，但是很难说了解了西湖，在各个季节西湖都有不同的状态、不同的色彩，还有雨中的西湖、雾中的西湖、雪中的西湖等，更是西湖百变的身段，很难有机会完全体验。

尽管如此，不管怎么说，毕竟坚持着，绕西湖走了一整圈，也是相当不错，相当难得的经历与体验。

2020年2月19日

巴中南龛坡游记

佛教传入中国以后，被中国人很好地"汉化"了，中国文化非常善于把各种文化拿来并同化，为自己所用。由于历朝历代的统治者认为佛教有益于社会稳定，有利于底层人民找到精神寄托，同时可以在一定程度上约束、限制富人，约束高官、强人，使人自觉地限制自己的行为，做有利于他人、有利于社会的事，于是佛教在中国得到广泛传播。最初的佛教建筑还大都是类似于塔式的中国建筑，但随着朝代的更迭，很多木结构的建筑毁于战火，信徒们在临近城市周边坚固的岩石上开凿洞窟，彰显佛教的故事。

最初以新疆克孜尔千佛洞、甘肃敦煌石窟为代表的西域佛教塑像，明显的是石窟造像，采用石窟的原因是远行的僧人以石窟为栖身之所。而当佛教传入内地之后，没有必要在石窟中居住，内地的佛窟大多是外露的，云冈石窟、龙门石窟、大足石窟都是外露的。在佛窟的开凿中，明显地把专制统治者的形象雕刻进了石窟，云冈石窟的佛像明显地与魏文帝、魏武帝相关联，而在龙门石窟的卢舍那佛，有着明显的武则天的影子。在众多的佛教石窟中，巴中的南龛坡佛窟别具特色。隋、唐、南北朝时代，中原的西安、洛阳，不断上演最高权力的更迭，每一次更迭都伴随着刀光血影，被推翻的君王往往身首异处，而他们的大臣、亲戚则命运难测。伴随着权力的更迭，大量的贵族、皇亲国戚开始南迁。著名的客家人，就是这样形成的，南逃的贵族在福建、湖南深山定居下来，与当地土著人发生矛盾，客家人修建了具有自我防御功能的土楼。同样尽管有秦岭、大巴山的阻隔，还是有一些人经过艰难的米仓道、金牛道，逃往遥远而道路崎岖的巴蜀，这些人在沿途暂时停留，或者干脆定居下来，便把中原的佛教文化带入了四川。唐时的西安，以法门寺为代表的佛教达到鼎盛，在大雁塔，唐玄奘翻译出大量的佛经，而在洛阳，以白马寺、龙门石窟为代表的佛教，也达到了相当的水平。

而在川西，羌族逐渐强大，在中央政权暗弱的时候，便向中原进入，不断侵入广元，骚扰商人，阻断交通线。在嘉陵江边开凿的金牛道，不时受到强人的骚扰，难以通行。这时候从安康翻越米仓山，经通江到巴中的米仓道逐渐繁盛，成为通往成都的要道。尽管米仓山路途险峻，瘴气很盛，但由于政权更迭之后的杀身之祸，很多人还是不惜艰难，逃往四川，更多的贵族在巴中定居，这也为开凿南龛坡佛窟奠定了人才与物质基础。相对于内地更接近君主、达官贵人的佛像，四川的佛窟具有更多的生活气息，大足石刻就有着与内地明显不同的风格，百姓的生活，家庭生活，甚至放牛等生活场景，被雕刻在岩石上，与百姓的生活更加接近，成为对百姓普及佛教知识的课堂。在一年之中春秋之际，百姓来到距离城市不是很远的山壁，在微风及鲜花的簇拥中，领略佛教的精神，观赏精美的雕塑，是很好的精神享受。在巴中南龛坡的佛窟中，可以看到更多并不是很庄严的菩萨像，很接近生活，容易为百姓所理解，掩映在岩壁上色彩斑斓的雕像，栩栩如生地展示了佛教的教义，给人精神享受的同时，更加广泛地传播了佛教思想。

　　在人与人互不信任，甚至互相杀戮的背景下，佛教的存在提供了人与人互相信任的共同语言，提供了人与人交往的保障。同时佛教约束自我，奉献社会，帮助他人的精神，使人看到社会的希望，在朝代变革、血雨腥风的年代，更容易被人接受，甚至崇拜。由于远藏在深山，交通闭塞，四川的很多佛窟在战火中受的破坏较小，保存得相对完好，在时间的长河中，艰难地存在着，向人们述说着历史上曾经的存在。1988年南龛坡石窟造像被评为国家重点文物保护单位，面向巴河的南龛坡被很好地保护起来。经过一千三百年的岁月历程，这些佛像躲开了气候、地质、战争以及人为破坏等各种灾难，顽强地保存下来，传递下去，在历史的长河中长远地存在着。

2015年2月16日

神秘龙游石窟

　　很早就听说浙江龙游有一处奇怪的石窟，使劲地想，也想象不出是什么样子，只能亲临实地查看。在景区门口排队买票，似乎并没有什么异样，从牌楼式大门向里望去，就是南方常见的丘陵地，高低错落，地面上覆盖着茂盛的植物。走进大门后是一段很长的下坡路，也没有感觉异样，并没有高耸的石壁、辉煌的洞窟，与曾经看到过的龙门石窟、云冈石窟、敦煌石窟大相径庭。再往前走见到一个不大的方形洞口，开凿在岩石之中，洞口很狭窄，顺着梯子往下走，这才发现异样，这是一个非常大的洞窟，有几千平方米大，开凿得方方正正，只有一个很狭窄的入口，洞窟内部呈正方形，中间有一米见方的石柱，顶面是一面坡的，有点像宫殿的屋顶。四周的洞壁上都是錾子造出的痕迹，一道一道深深的凹槽，非常明显，清晰地展示着人工剔凿的痕迹。继续向前走，通过廊道连接另外的洞窟，一个连一个，有六七个大小不等的洞窟。

　　看介绍说洞窟是1972年被当地农民发现的，以前灌满水，上面是堰塘，用来养鱼，当地农民以为地下藏有珍宝，把水抽干找寻珍宝时发现洞窟，也搞不清洞窟是做什么用的。农民不知道洞窟的用途尚可理解，随后众多历史学家、考古学家前来考察，最后也是没有结果，还是不知道是干什么用的，也不知道是什么年代开凿的。如果是采石场，没有必要深埋于地下，通过狭小的出入口运送石料；如果是粮仓，这里地势低洼，很容易被水淹掉；如果是藏兵洞，又什么年代的？在火器时代，把众多兵员藏在地下，没有意义；在冷兵器时代开凿洞窟，只有可能是在春秋时期，吴国、越国交战的过程中，但是那时的力量，有能力开凿如此规模巨大的洞窟么？还有，中国历史上各种文献、县志、府志、州志汗牛充栋，如此大的工程没有任何文字记载，着实令人费解。

带着满腹疑问继续参观，洞窟十分结实，坚硬的岩石一动不动，留存在历史的长河中，通过狭窄的通道，可以看到大小不一、规格不一的洞窟，深埋在地下，只有岩石上的刻痕，一道道冰冷地存在。寂寞无语的石洞，把当年雕刻石窟的人和我们这些今天的看客联系在一起，穿越时空，构成历史的联系。很可能以后的很多年，我们的后人也会同样在前人的遗迹面前感叹、疑惑，也许我们的后人更加无法解开这千年的历史之谜。

在中国历史、世界历史上，还有很多不解之谜。埃及金字塔的建设非常神秘，甚至有人说是外星球来客的建筑；广汉的三星堆，古蜀国的文明相当发达，但是没有留下文字痕迹；罗布泊中的小河墓地，大量年幼的儿童，不知什么原因消逝在历史长河中；还有大西洋中岛屿上巨大的人头像，不知何人建造，以及消失的印加文明、两河文明，都在人类历史上留下难解的谜团。

眼前的龙游石窟，在中国几千年的历史中，在人口繁盛的江南地区，竟然也是个无人能解的谜，确实令人惊讶，令众多历史学家汗颜。在惊讶与不解之中离开龙游石窟，想来想去，更加的迷惑。

2018 年 11 月 5 日

光雾山小巫峡游记

光雾山横亘于四川北部，与更为高大的秦岭，共同成为四川北部的门户。由于秦岭高海拔的阻隔，成都平原的暖湿气流被秦岭阻断，只能降落在汉中、光雾山、大巴山、米仓山一带，造成这一带雨量充沛，植被茂盛，光雾山的植被覆盖率在百分之九十八以上，大量的积雨云构成笼罩在山间的浓雾，因为雾大，山峰总是有浓雾缭绕，因此得名"光雾山"。由于这里路途遥远，道路艰难，从最近的城市西安、成都、重庆到光雾山都有将近三百公里的路程，因此很少有人光顾，更别说更为遥远的其他城市的人。最近由于高速公路的开通，使得昔日的高山峻岭变成坦途，而这时的大山，反倒成为一种财富，成为人们观赏、欣赏的对象，使得人们有可能欣赏到大山中的美景。

早晨从巴中出发，六十公里的路程全是高速公路，道路完全在山间的河谷中或在山中央的隧道内穿行，很快就到了南江北出口。南江是光雾山下两条河相交处的一个小镇，由于河边的山体巨大，山坡陡峭，没有多少平地，沿河两岸都盖有密密麻麻的楼房。出南江向西、向北，翻越两座不高但树林茂密的小山，便到了一处山间的平地，散落着大量民居，很有生活气息，这就是大河镇。再向北，穿过赶场的窄窄的小路，到了赶场镇，随后便沿着山边的小路，向山沟走去。由于开发旅游，窄窄的山路边上安装了钢制护栏，开车走在山路上倒是很安全，只是道路曲折，沿途还有很多村庄，大片的蔬菜地散布在宽宽的河床边。

进入小巫峡景区，迎面是一片水面开阔的河滩地，两边便是直立的岩壁，河水清幽，颜色深绿，构成鲜明的图案。进入景区要乘船，溯流而上，停靠在岸边，这时便可以看见前面两侧直立的山峰，大约有五六百米高，直上直下，陡峭而险峻，山顶是盘旋的公路。继续向里面走，可以看见河滩中各色的怪石，由于是冬季，河道里的水量不大，观光的小路沿着怪石的缝隙向上。这里的石块十分奇特，大约是火山喷发时不同的岩浆混合的结果，石块中散布着大大小小的凹槽。由于岩浆岩十分坚硬，而另一种不知名的岩石比较脆弱，在长时间流水的冲刷下，岩石表面的脆弱部分剥落，形成凹槽，或是空洞，千疮百孔，蔚为壮观。很明显，从光雾山冲下来的水量很大，在宽阔的河面上到处是冲刷成圆形的岩石，形形色色，岩石很硬，表明搬运、冲刷时间之久，力量之大。大量降雨的冲刷，不仅造就了河床中的岩石，还造就了岩壁上的溶洞，大量的降雨，造成对山体中脆弱部分的冲刷，连绵不断的冲刷，把山体中软弱部分剥离、搬运、破碎，逐渐形成山体中体型巨大的溶洞。这种溶洞在大巴山脉，中等海拔的山体中大量出现，有的还相当的巨大。在通江诺水河的溶洞，可能是秦岭一带最大的溶洞群，比足球场还大许多的空间，令人瞠目结舌，叹为观止。小巫峡两岸的山峰直立，将近六百米高，像刀削斧砍一般，这表明这里的岩石十分的坚硬，形成整体，抗剥蚀能力很强，才能够在亿万年的变化中，保持住坚硬的边缘。直立的山峰与暗绿色的溪水构成难得的图案，还有河道中面目奇特的岩石，以及岩壁上深不可测的溶洞，述说着大自然奇特的力量。

人世间很多美景、奇景都在人迹罕至之处，距离人类居住地比较近的，大都是微缩的，让人聊以自慰的景点。只有深入大自然，深入到高山大川之中，才能真正领略大自然神奇的造化，巨大的力量以及惊人的存在。只是这种身临其境的了解，是多么的不容易，多少人可能一辈子与这样的美景无缘了，只能说是终生的遗憾。

人的一生十分短暂，即使仅仅是中国国内的美景、奇景，怕也很难亲眼所见，只能挂一而漏万。像这种在大山之中的光雾山，便是决然罕见的奇景，能够亲眼看见，应该说是十分幸运的。在回味与感叹，在幸运的满足之中，离开了光雾山小三峡。

2015 年 2 月 16 日

品味福建土楼

从厦门出发过漳州就进了山。南方的山郁郁葱葱，几乎看不到岩石和土壤，先是大片的芭蕉林，到高山地段是成片的茶树，感觉这里山有股说不出的特别的味道，又像森林又不像，又像不毛之地又像富庶之地，似乎很难定义，很难归类。车开了三个多小时到了永定，又换上非常破旧的农民乘坐的小面包车，颠簸着又走了一个小时才到了土楼面前。这时的天已经完全黑了，看不清土楼，只看见土楼墙上很小的窗户上，在夜色之中点缀的光亮。

第二天在小客店吃完饭后便急不可耐地要店主带着去看土楼，确实是很庞大的建筑，里面还完整地生活着居民，甚至可以养鸡、养猪。土楼的外墙是黄泥土建的，里面是木结构的楼伴、楼梯，分割成一户一户，每户面积不大，有十几平方米，圆形，三层，有很多房间。晚上天黑没有看清，第二天一早包一辆车看土楼，太阳出来就看得清楚了，是很辉煌的建筑，里面还有家庙，有演出的舞台，有水井，四面有四个门，最大的土楼有五层，能住上千户人家，几千口人住在一起。

原以为"土楼"是当地土著人的楼房，其实不是。从唐朝以后，内地朝廷发生政权更迭之后，总有很多原有的贵族怕遭到当权者的迫害与诛杀，便逃到这人迹罕至的深山之中，成为所谓的"客家人"。很多客家人是从开封、洛阳一带逃过来的，沿途找地方居住下来，带来浓郁的中原文化。由于与当地本地人有矛盾，还有就是山区总是有流窜土匪的骚扰，这些从中原来的人就集体修建了有点像堡垒式的土楼，共同居住，共同生活，共同抵抗外来的敌人，这样就有了群山中的大量的土楼，据说在永定附近有三千多座大大小小的土楼。土楼就地取材，用的是当地产的黄色黏土，山上生长的木材，简单而实用，有些土楼还在黄土的墙中央放上可以生长的藤条，相当于现代的混凝土，可谓中国最早的绿色建筑。土楼有点像陕西的窑洞，如果长时间不住人的话，没有水气的滋养，便会坍塌，只有住人的土楼才会长时间地保留下来，非常神奇。

从山顶的公路望下去，方形的、圆形的土楼成为优美的风景，在绿树的掩映下很有特色，成为福建特有的风景。最著名的土楼俗称"四菜一汤"，就是四个圆土楼和一个方土楼，高低错落地摆在一起，构成很优美的图案。还有"东倒西歪"土楼，土楼中所有立柱都是歪的，似倒非倒，连柱子都是歪的，倾斜几度而楼却不倒，令人感到不可思议。由于交通闭塞，直到今天，这里的人们依然过着传统的农耕生活，在山林间种田、养鸡，日出而作，日落而息，不知有汉，无论魏晋，在这种田园生活的背景中，这些古老的土楼还很有使用价值，人们像几百年前他们的祖先一样，依然生活在先辈建造的巨大的圆形建筑中，品味着日出日落，享受着流逝的时光。路途遥远，使得北方人来到福建永定参观土楼成为很困难的事，如果不是下定决心，可能也要错过这次机会，毕竟远隔千里来看土楼不是一件容易的事。

2008 年 12 月 30 日

山东栖霞牟氏庄园游记

栖霞已经靠近山东半岛最东端，这里的地势很有特点，丘陵起伏，河流纵横，星星点点的水面与点点星星的村庄懒洋洋地散落在起伏的丘陵中。中国的风水学对地形、地势很有研究，讲究"依山傍水"而又与山水保持一定的距离，有空间的开阔感。栖霞牟氏庄园的位置完全符合风水学的要求，站在庄园前面抬眼望去，西北侧是隐约的山脉，南面是曲水环绕的小河，可谓"山水相围，此良宅也"。

在中国漫长的封建社会中，留下最多的建筑是历代帝王的宫殿与陵寝，由于封建集权制以及统治上的需要，帝王的宫殿大都气势辉煌，给人高不可攀的感觉，而民间则只有一些像江南园林一样，似乎是吟唱的小曲式的建筑。山西的晋商大院、安徽的徽商宅院是资本主义萌芽时期商业资本运作的结果，而众多的庙宇、道观则是人们精神世界作用的结果。对依靠土地生存的农民和地主，只留下为数不多并且不算辉煌的宅院。在地主庄园中，四川大邑刘文彩庄园、河南巩县康百万庄园以及山东栖霞牟氏庄园是最具代表特色的地主庄园。从高大的大门进去，面前是用石块拼接而成的蝙蝠与铜钱的图案，寓意着"福和财"，简单但颇具寓意，随后便是三进、四进的深宅大院。牟氏家族的始祖是湖北公安县人，始祖到栖霞当官而后便居住在栖霞，扩展土地，收租建房，传承五代。同山西晋商一样，他们畏惧仕途的险恶，但并不放弃读书，讲究"读书经商""读书治家"，基于传统的家族伦理，建立了完整的家法家规，以"孝、善"为标准，治理偌大的家族。每个儿子一排房子，都有三四进院落，前面的用来接待客人，后面的用于居住。房子并不很气派，但方方正正，很严谨，并且有严格的等级界限，有明显的层次，黑色的屋脊绵延一片，有些森森然肃杀的感觉。由于是地主的宅院，在大院里建有油坊、粮仓、库房、碾坊，整个一个完整的社会。中国地主受孔孟之道的影响甚大，并不像八旗子弟或是东北土皇上或是天津资本家纨绔子弟那样穷奢极欲，胡作非为，而是循规蹈矩，严格按照封建礼法、家规行事，来规范自己的言行，约束家族成员。虽然几房妻妾，但决不会像"大红灯笼高高挂"那样轮流点灯，纳妾通常是在正房有病或是衰老时，或是为了繁衍子嗣才进行的活动。

由于历史上的战乱、黄河改道，牟氏家族获得了大块的土地，获得了田地带来的利润，兴建了这片甚至比山西乔家大院还要大的院落。同时也饱受灾民、土匪、官府的创伤，但都勉强支撑着，历经四五百年。历史就像九曲黄河，不停地流动，但也是曲折地流动。苍茫大地之上的芸芸众生，由于信仰、精神、文化的原因，构建出社会、家庭、组织，产生了法律、宗教、经济，更造就了难以数计的恩恩怨怨，悲欢离合，而属于意识形态方面的精神或感情因素都随着时间的流逝而烟消云散，只有这黑漆而森然的大院，还伫立在连绵起伏的大地上，无声无息地向人们述说着它的存在。

2008年3月9日作于北京

游四川大邑刘文彩庄园

刘文彩带给我们这代人的印象是很深的。大斗进小斗出，整天喝人奶，设水牢，欺男霸女，逼得人妻离子散等，印象中可以说是罪大恶极。以刘文彩为蓝本的泥塑"收租院"更给人形象上的震撼，在相当长的一段时间里，刘文彩都是地主恶霸的代名词。

从西岭雪山下来，来到大邑，才明白这里为什么出了个全国闻名的大地主。西岭雪山融化的雪水像岷江冲出成都平原一样，冲积出大邑所在的平原，这里土地平旷，河流滋润，田地富庶，是农业社会中典型的好地方。距离省会成都只有二十余公里，交通便捷，实在是风水宝地。远处的西岭雪山成为隐约的屏障，而周围沃野千里的农田更是壮观。刘家庄园很不规则，没有皇家庭院或王公贵族家宅的气势，到底是偏居一隅，没有君临天下的气势。还有就是刘家不断扩建，也没有统一的规划，随地势而建，随家族的昌盛而建，才建成这个模样。房间很旧，有些阴暗，有些残破，只是在门窗、装饰方面很细致、很讲究，透着典型的大家风范。院子套院子，有点像迷宫，曲折迂回，有住宅、会客厅、贮藏间、小姐的绣楼。还有所说的"水牢"，也有的说是贮藏鸦片的房间，曾经说被关在水牢的人也记不清是在哪个地主家被关进水牢了，把这件事算在了刘文彩的身上。

与山东栖霞牟氏、河南巩义康百万不同，刘文彩并不完全是靠农业起家的，他主要靠自己在泸州当官管理盐运、鸦片生产等的堂哥刘文辉，当上税务官，搜刮了大量钱财，运回大邑，才建起了这个宅院，从严格的意义上讲，刘文彩不应是个地主，应当是封建官僚、地方势力的代表。在封建社会末期，军阀混战的时候，四川更是混乱之地，在混乱的环境下，产生了带有封建把头性质，很混乱的组织结构的刘氏集团。他们自立门户，组织武装，垄断利润大的行业，甚至左右地方行政，聚敛钱财，兴建宅院，形成很大的势力集团，成为旧中国的怪胎。由于四川的闭塞和偏僻，刘家并没有读书科举，也没有系统的宗族家教，有点混乱，随社会发展，怎么赚钱怎么来，演变成历史的存在。刘文彩最后的日子也不怎么样，几个姨太太先后离他而去，自己又是一身病，在解放前夕凄惨地在成都孤独死去。

历史就这样流淌着，在刘氏被彻底打倒批判后的若干年之后，为发展旅游业，刘文彩的庄园又被重新修饰开放，改名为"刘氏庄园"。很多并不知道这段历史的八零后、九零后全然不知却又津津有味地观看着这座占地面积很大，院子套院子的宅院，也不知道他们对这座宅院所承载的历史是怎样的想法。

2008年6月15日

游保定腰山王氏宅院

没有来到保定腰山之前，还真不知道保定有华北最大的地主庄园故址，曾经去过河南巩义的康百万庄园，去过四川大邑的刘文彩庄园，还去过山东栖霞的牟氏庄园，都感觉很震撼。而这次不经意中来到保定，碰巧游览了同样庭院深深的大宅院，感觉很震惊。王氏的祖先是辽宁铁岭人，随清军入关，进到保定，封地腰山为王。此地背后靠山，面前是广阔的平地，风水很好，于是王氏家族在此修建宅院。

由于腰山王氏与当时的摄政王多尔衮有密切的联系，受到重用，便广占粮田，多开商号，富甲一方。由于与政权特殊的关系，腰山王氏并不是简单的地主，而带有地区统治者的味道。王氏宅院建得十分宏伟，有点超标准，甚至房脊上竟有龙的图案。中国封建社会的农村是以地主为基本单位的，地主有着管理、统治的职能，协助朝廷维护一方平安。而中国四合院式的建筑，很好地体现了天人合一的境界，住起来非常的舒服，又体现了家庭成员的尊严。

庭院深深，曾经发生过很多的故事，记录了时代的印记，也是难得的历史遗迹，是祖先生活的印记。

2010年5月4日

游河南巩义康百万庄园

因为到过四川大邑刘文彩庄园、山东栖霞牟氏庄园，又看导游书介绍说中国有三大地主庄园，路过河南时便挤时间把位于巩义的康百万庄园看了，也算消掉"地主庄园旅游"的项。来到巩义才知道这里是"诗圣"杜甫的家乡，在进城的路口耸立着杜甫的雕像，真是感觉自己薄学寡闻。还有，这里是著名的

"河洛文化"的发源地，洛河与黄河水流交汇，形成很形象的阴阳鱼的图案，你中有我，我中有你，最终产生了中国土生土长的"道教"。康百万的庄园在河边与山脚的平地上，枕山面河，很有气势。靠近河道，方便运输，利于经商，可以从家门通过黄河到达山东等地。康百万家是豫商的典型代表，但康家的祖先是明洪武年间从山西迁到巩义的。像很多中国地主一样，对土地有很浓重的情结，有很强的占有欲，在发展的过程中不断地扩大自己的土地，发展到"良田千顷"，横跨陕西、河南、山东等地，又发展运输、药材、商业等，成为富甲一方的大家。

康百万庄园占地六万余亩，有房间六百多间，院套院，房连房，房屋基本坐落在山坡上，背依土山，面临洛河，甚至将房间和在山上开的窑洞连成一体，蔚为壮观，也很有特色。院落与房间基本还是中国四合院的格局，有垂花门、影壁，砖雕、石雕、木雕都很精致。在山坡上建房很有气势，可以看到通向黄河的洛河，想来当年船帆如潮，也是很大的景观。康家富了六代，也算是传承了中国文化，子女都要学习文化知识，有自己的私塾。只是不去科考而去经商，有点像山西商人。正房中挂有一幅"留余"匾，据说和故宫的"正大光明"匾一道，被称为中国三大匾。"留余"就是中庸的意思，做事情留有余地，不要把事情做绝，不要斩尽杀绝。匾上写着"临事让一步，自有余地；临财放一分，自有余味；凡事皆然"。感觉还是很有哲理，很有实用的价值。八国联军打进北京后，慈禧从山西逃到陕西，又从河南回北京，其间在康家住过，慈禧感叹康家的富有，称其为"康百万"，因此名声大振。据说李自成的妃子落难后就逃到康家，并在康家住下来，可见康家之盛。由于没有很好的社会背景，在多次军阀战争中，康家终于衰败了，虽然渡过了"富不过三代"的难关，终于还是没落了。

如今，康百万庄园所承载的历史早已过去，只是在山边的那些连成片的黑漆漆的房子，依然耸立着。门前到河边的很多民房已经拆除，正在大兴土木，建设大规模的旅游景点，恐怕康家的祖先也没有想到他的老宅子竟会有这样的用途。

2008 年 6 月 21 日

蛇口寻访宋少帝陵记

在深圳游玩古迹大鹏所城之后,意犹未尽,在新开发的城市深圳居然找到一处保存完好的明代古迹,感觉很兴奋,便上网查找深圳还有什么古迹。网上说在蛇口有宋少帝的陵墓,感觉很奇怪,记得书上说宋少帝是在广东新会崖山投海的,所谓"崖山之后无中国"之说,怎么在蛇口这个工业园区有宋少帝的陵墓?很是疑惑。

地铁三号线坐了很长时间,终点站是蛇口工业区,出地铁站就可以看见港口里繁忙的巨大的起重机,繁忙的车辆,停泊在港口中各种海船。感觉空气明显的燥热,路边的树似乎都要晒蔫了,身上全是汗,南方的热让人实在受不了,与北方完全不同,即使站在阴凉处同样是酷热难耐,几乎就是在大蒸笼里生活。地铁站外有很多摩托车,驾驶员戴着头盔,讲好价十元钱,便给一个头盔,坐上电动摩托风驰电掣地驶上路。坐摩托车的好处是随时开车,不用等,人来车走,还有就是可以穿胡同走近路,几乎不用你走一步路,就可以送到要去的位置。摩托车很快穿过几条街道,就到了宋少帝陵墓,四周是高大的楼房,外墙贴着瓷砖,是很高档的住宅小区,陵墓就在小区外面,很小,只有一个半圆形的矮墙,前面一个小亭子,亭子前面立着一块石碑。宋少帝赵昺很悲惨,死的时候只有八岁,可以说什么事都不懂,更控制不了局势,甚至没有享受到一点人生的乐趣,所谓的皇帝完全就是一个符号,元朝追杀的只是宋朝的皇帝,要消灭宋朝就要杀掉宋朝皇帝,以绝后患,至于皇帝是谁,多大岁数,皇帝干过什么事,并不重要,什么样的人,只要是皇帝,都要杀掉。而宋朝大臣所保的,也是皇帝的符号,即使是八岁什么也不懂,皇帝是个标志,皇帝本人的赵昺真身,只不过是个符号。

看过石碑旁的介绍,才明白为什么在这里设宋少帝的陵墓。南宋大臣陆秀夫在广东新会附近的崖山与元军做最后的抵抗,史称崖山海战,不幸的是,宋朝的军舰与军队全军覆没,大臣陆秀夫背着只有八岁的皇帝赵昺跳入崖山外的南海。可能是海浪涌动,把皇帝的骸骨、官服带到了蛇口,被人发现,宋少帝的骨骸埋在蛇口,后人立亭刻碑以为纪念。这毕竟是历史传说,也可能是后人对葬身大海的皇帝的怀念,按照中国传统的入土为安的理念,在蛇口设立宋少帝的陵墓传承至今。

宋朝末代皇帝确实悲惨，赵昺出生之年，正是忽必烈在北京定都称帝之时，孩提褪褓之中，就要面对羽翼丰满的忽必烈，鹿死谁手几乎可以说已成定论，毫无悬念。尚未登基已经大势已去，宋朝的气数几乎尽绝，这时出生在皇帝之家，可谓生不逢时，出生时无法选择的事情，勉强生活八年之后，完全不懂事理，完全没有享受到生活乐趣的皇帝，就命丧黄泉，几乎可以算是中国历史上最悲惨的皇帝。

宋少帝陵周围全是住宅，房价也不便宜，这里的人们似乎并不在乎陵墓的存在，或者也无可奈何，大家依然平静地生活着，并不因为宋少帝陵的存在而影响自己的生活。从帝陵出来又坐上摩托，参观了位于山顶的左炮台。炮台位置极佳，可俯瞰整个蛇口港。炮台上建有一座城堡，城堡里有很多大炮的炮位，大炮早已不见踪迹。旁边立着一座林则徐的雕像，叱咤风云的老先生拿着单筒望远镜，注视着辽阔的蛇口港湾。

下山之后重新坐地铁，回到人声鼎沸的深圳福田区，似乎从遥远的宋朝的战火硝烟中回到今天的闹市之中，感觉时空跨度很大，收回发散的思维，聚拢精神，又开始惦记着明天早上福田区最正宗的港粤式早茶，馋得直流口水。这时似乎宋少帝赵昺已经回到遥远的历史长河之中。

2018 年 10 月 15 日

游雁荡山记

来到雁荡山才知道必须要在晚上看山。在黄山、泰山、华山山顶上都住过，也没有感觉晚上山的夜色有什么特别的，雁荡山又能有什么特别的？吃完晚饭天还没有黑，但走到要看夜景的山谷时已经全黑了。山的轮廓是明显的暗黑色的，上面白天看上去郁郁葱葱的树木也同样笼罩在浓浓的黑暗中，天空在月色的照映下倒显得很明亮，整个山映衬在淡淡的天空中。这时便可以看到清晰的山的造型，只有在特定的地点，以特定的角度才可以看到足以展开想象的各种图案。

在导游的指点、讲解下，仰着头看到了振翅欲飞的苍鹰，看到了在大海上喷水的巨型鲸鱼，还有静静等待的少女，相拥相抱的情侣，相濡以沫的老年夫妻，更有普渡众生的观音，顽皮的猴子，骆驼高耸的驼峰等，在不到五百米长的山谷中，在淡淡的夜光映照下，竟有如此多的图案展现在人们面前，真让人感叹大自然鬼斧神工的力量。这时才真正领略了雁荡山夜色的美妙之处。苏轼在《石钟山记》中讲到对大自然的美景要亲自观察，不要听别人的传说，不要想当然，到雁荡山看夜景就更加感受到亲身体验的重要。

第二天起来，重新看到晚上曾经看过的山峰，便完全没有了晚上看到的味道，索然乏味，有些风景是只有晚上才能看到的。雁荡山与别的名山不同，基本是在平地看景，不用登到山顶，基本是仰着头看景，也没有什么庙、观等人文建筑，是纯自然的风景。雁荡山是地质公园，是典型的火成岩地貌，有明显的岩浆流动的痕迹，也正是由于火山造山的原因，这里的岩石异常坚硬，难于风化，因此在山顶上产生很多可以想象的图案。不是很坚硬的岩石，很难有这样的景物，别处的山峰可能也有一些图案，但远没有雁荡山这里集中，还有的已经风化成圆滑的形状，看不出美景。这也是雁荡山的独特之处。

继续向里走，就见到据说是全国最高的瀑布，落差有一百九十米，仰头观看，都有些身体后倾的感觉，凝神细看，但见水流从高高的地方倾泻下来，在高高的空中散落成点点水滴，水滴洁白而晶莹，闪着点点亮光，大有"大珠小珠落玉盘"的感觉。由于瀑布垂直高度太高了，流下来的水非常分散，已经形不成水流，没有瀑布的模样，完全的打散，千万颗明亮的水滴争先恐后地从高处贴着几乎垂直的岩壁四散地飘落下来，构成精美而少见的图案，这也是落差小的瀑布很难看到的。水滴飘然而下，空气中飞荡着淡淡的雾气，空气异常湿润，又有些阴冷。水滴汇聚在岩石峭壁下的潭水中，又恢复了柔和的宁静，恢复了"上善若水"的本来面目。

大自然的奇特，非人力所能及，非想象所为，必须身临其境，才能有真正的感受，像其他很多山峰一样，雁荡山有其特殊的存在。

2008 年 9 月 7 日

契丹祖籍地平泉、滦州游记

起源于大兴安岭的拓跋鲜卑人，在公元 386 年建立了北魏，最初建都辽宁朝阳，至公元 430 年前后，迁都山西大同，最后于公元 496 年进入洛阳，前后持续一百五十年，随后逐渐融入中原文化之中。而同属于鲜卑族一脉的契丹人，依然停留在辽河上游，在阿拉木伦河与老哈河一带水草边居住、生活，沿袭着游牧民族逐水草而居的生活方式，平泉与滦州就位于辽河发源地的区域，属于契丹人的祖籍地。

从承德向北，山势逐渐变缓，但地面高程不断上升，山峰逐渐变成昏黄的土丘，逐渐过渡到内蒙古草原的高原地带。这里是辽河的发源地，属于渤海边缘冲积扇与内蒙古高原的边缘地带，山势不是很高，平缓的山地间有大片的平地，正是牧草丰美的牧场。同样起源于游牧文明的契丹人以特有的适应周边环境的生活方式在水草边生存。由于契丹人主要是游牧生活，保持着粗犷、勇猛、体力旺盛的身体条件，在千里草原上纵马奔腾，以家族共同生产的方式维系着社会结构。由于临近北京以及华北平原，临近中原地带，契丹人接受了相当多的中原文化，儒教、道教的观念、理论逐渐为鲜卑人所了解，甚至所尊崇。虽然鲜卑人创建的北魏最终由于放弃鲜卑语，改说汉语而逐渐融入中原文化，消失在汉文化的海洋之中，而契丹人并没有完全放弃自身的生活方式与文化，他们坚持使用自己创造的契丹文字。在国家建设和治理方面，契丹人借鉴了中原社会管理的经验，仿效汉朝，学习唐朝，设置了皇帝，统一各个部落，甚至由于崇拜帮助刘邦建立汉朝的萧何，而把相当多的契丹人改姓"萧"，就是后来著名的萧太后"萧"姓的由来，"萧"与"耶律"并为契丹两大姓氏。

公元907年，契丹人首领耶律阿保机在今天内蒙古巴林左旗建立了自己的首都临潢府。在随后的三百年间，辽与宋朝分地而治，在唐以后的乱世中，辽通过武力斗争如愿以偿地获得了宋朝的燕云十六州，也为日后进攻并打败北宋奠定了基础。正是由于契丹的兴盛，引起了发源于白山黑水的女真人的嫉妒，最后女真人打败并收容了契丹部落，随后女真人逐渐变得强大，创建了金国。金国很大程度上借鉴了辽国的管理体制，并接受了大量辽国的军队，之后，金大举进攻，战胜了岳飞的岳家军，进而攻陷了北宋开封，把宋徽宗、宋钦宗劫掠到黑龙江，至此中国历史上可以和大唐相提并论的大宋灭亡。到南宋的近一百年间，女真始终保持着对南宋的高压，并收取了大量金银财宝，直到后来蒙古军队灭掉女真与南宋，建立了元朝，契丹人淡出历史舞台。

由于契丹、女真、蒙古、匈奴等民族都是游牧民族，偏爱他们赖以生存的草原，又觊觎江南的富庶与繁华的生活，但似乎并不觊觎江南的土地，因为江南的土地并不适合放牧，他们选择北京作为控制整个中国版图的咽喉，建设都城，直到今天北京依然是中国的首都。当年契丹人建立的辽，把北京作为陪都称作南京，作为与中原接触、交往的重要城池，并建设了包括天宁寺塔、莲花池等辽代建筑，而当金征服或者说兼并、收容了契丹之后，海陵王完颜亮干脆把金的首都从黑龙江的阿城搬到了昔日辽的陪都北京，建立了大金的首都金中都，随后建设了北京首都的雏形，以及当时世界上最壮观的卢沟桥。也许正是契丹人对中原的觊觎、侵略、占领、收获，才引起了女真、蒙古、匈奴的兴趣，才有了元朝的建立，甚至才有了后来的同为女真的满族建立的清朝。而清朝沿袭了游牧民族祖先定都北京的选择，在元大都的基础上建立了清代的北京，并演化成了今天的北京。

平泉曾经是辽人重要的城市，同时也是金人与宋交战的重要根据地、补给地，站在昔日契丹人生活的土地上，抚摸历史的脉络，在阿拉木伦河边，在老哈河发源地，在平坦的辽中都遗址，在大兴安岭的密林，在额尔古纳河边的发源地，在女真人建都的新宾，在关押宋徽宗、宋钦宗的法库锁龙沟，可以领略、品味、感受、思索到历史厚重的存在，感受在时间河流中历史激起的一点点浪花，似乎彪悍、凶猛的契丹人、女真人、匈奴人、鲜卑人就在面前，在浩瀚的草原大漠上，在血与火的浪花中显示着他们的存在。

滦州古城大约有三千年的历史，远在秦始皇之前的周文王时期，这里就有人居住，并形成了相当的规模，形成文化的构成，在滦县、卢龙一带，产生了原始的氏族社会，甚至发展成相当水平的奴隶制社会。伯夷、叔齐成为这里孤竹国将要继任的新国王的候选人，二人相互礼让，让对方当国王，相让不下，便一起到陕西的周文王那里学习治国理政的经验，后来遇到周武王伐纣，伯夷、叔齐接受不了，认为是不忠不孝绝食于秦岭首阳山，"不食周粟"而亡，在中国历史上留下古老的绝唱。很多年以后，滦县成为契丹人的城池，彪悍、勇猛的契丹人在滦州、平泉一带集结，补充给养，随后大举南下，滦县就是契丹人修建的城池。

中国是多民族融合的国家，也可以说是多次边疆地区占领中原地区并融合的结果。从最早云南一带的少数民族苗，进入平原地带，随后变成四川北部的羌，到曾经与楚文化，与齐鲁文化并不相同，甚至有点野蛮的秦文化，到发源于辽宁朝阳的鲜卑，到女真、党项、吐蕃、满，都是居住生活在边疆一带的民族对中原入侵并融合的结果。

最著名的是蒙古骑兵的征伐以及元朝的建立。蒙古是纵横欧亚大陆的游牧民族，在冷兵器时代，几乎所向披靡，征战欧洲与中东之后，占领了宋的内地，追杀宋帝到广东海边，灭了宋朝。随后的清朝，如出一辙，从沈阳盛京进入山海关，占领北京，进而占领中原。问题的关键是元、清都继承了汉文化，继承了汉朝相关的国家管理政策，甚至思想观念，进而被汉文化同化了。这其中最典型的是鲜卑人，鲜卑人在大同建立了北魏政权后，主动地与中原文化同化，融合到中原文化之中，开创了边疆文化与中原文化相融合的先例，随后的边疆文化大同小异。正是有这种历史背景，曾经被契丹人占领的滦县，今天成为彻头彻尾汉化的城池、城门、钟鼓楼、街道、汉式的佛塔，成为典型的中国传统的古城，已经没有一点契丹文化的影子。

滦县古城边的滦河宽阔而浩荡，养育着周围的百姓。发源于坝上高原的滦河，在上游蕴育了清朝的避暑胜地承德避暑山庄，几乎成为清朝的第二个首都。再上游则是辽与元曾经的都城。在水草丰盛的年代，坝上以及内蒙古草原更适合游牧民族生存，他们甚至没有必要南下。而正是在气候变寒冷之后，游牧民族的牧草难以生长，他们赖以生存的牛羊不能繁衍，游牧民族只能南下，侵扰到广阔的农耕文化的领地。从汉代开始的所谓匈奴的入侵，甚至曹操远征乌桓，似乎都有气候影响生存的影子。成吉思汗南下，或是进攻中亚、欧洲，都是从草原高原向地势低矮之地的入侵，或许也有气候影响生存的影子。只是清朝在明末李自成事变后，趁虚而入，轻而易举地占领了中原，有点捡便宜的感觉，使得清朝入关后更钟情于享受，这也为清朝以后的衰败埋下了伏笔。

尽管契丹人没有留下更多辉煌的建筑，没有更多的文化印记，但是滦县古城至今依然威严地屹立在辽阔的辽河边上，静静地述说着在历史上曾经的存在。

2014 年 5 月 6 日

再游秦淮河

虽然到过多少次南京，虽然对于中山陵、总统府非常熟悉，但是到南京不到秦淮河似乎有些不合适，有些说不过去。这次顶着酷暑，大汗淋漓之中，还是走了一趟秦淮河。南京作为江南城市，最具代表性的就是水，江南的水、长江的水以及秦淮河的水。水是江南的代表，水也是江南灵气的代表。然而，秦淮河的出名并不是因为水，秦淮河的水并没有什么特别的灵性之处，使秦淮河闻名遐迩的是秦淮河的灯光与脂粉。在遥远的农耕时代,出人头地的代表就是当官,而当官的途径就是参加科举考试,无数梦想着升官发财的学子,来到秦淮河边,伴着摇曳的灯光,准备着即将开考的科举考试。与青春洋溢的举子并存的还有脂粉飘香的烟花女子。当人们的生活脱离了简单的吃穿之后,当人在满足了衣食住行之后,便开始追求声色犬马,所谓"食色性也"。伴随着举子们的朗朗读书声,悠扬的琴瑟声鸣在秦淮河上轻轻飘荡。在皇宫的宫墙外,远离边疆战火,远离贫困地区的艰辛生活,歌舞升平,舞榭歌台,成为南京的骄傲,成为南京的代表,而秦淮河水中的灯光倒影,成为南京的骄傲与代表。

在秦淮河边,已经看不到轻柔,完全是拥挤不堪的人群,几乎密不透风的人群,甚至可以闻到周围行人身上的汗味,大汗淋漓之时,很难体会到脂粉的悠扬,时过境迁,你永远不能踏进宋朝的秦淮河。秦淮河边的房子已经翻修了不知道多少遍,李香君住过的小楼已经成为遥远的存在,而今天在原址建的房屋,与李香君已经没有一点关系,甚至成为以挣钱为目地的经营场所。在历史漫长的长河中,不知道诞生了多少位李香君一样的美女,一代一代,生生不息,江山代代周郎现,一代更比一代强。江南的湿润与清静,似乎更能造就李香君这样的美女,而秦淮河的浪漫,更能让众多美女聚集,像大理的蝴蝶,汇聚成风景,而这种特殊的风景,又吸引了更多的年轻人,把美丽放大、夸张,形成更为美丽的风景。秦淮河的温柔,秦淮河的风流,腐蚀了帝国的中枢;纸醉金迷的生活,声色犬马的享乐,把帝都的人麻痹,使人颓废;夜半的歌声,无休止的欢爱,沉湎于享受,衰败了人的能力与意志,使人丧失战斗力,甚至丧失了抵抗力。当外族入侵的时候,以秦淮河为中心的南京,几乎毫无抵抗能力,轻而易举地丧失殆尽。物竞天择,优胜劣汰,恶劣的环境,要么毁灭人,要么使人更接近能力的极限,更加还原了人的野性,生活在艰苦环境中的人们,往往有更强的征服力,有更坚强的生存能力。当遥远的强敌打来的时候,沉湎于秦淮河的人,是难以抵抗的,甚至在精神上也难以抵抗。

秦淮河的端头是闻名的瞻园,号称金陵排名第一的园林。在夜色中走进瞻园,几乎没有游人,曲折的回廊,突兀的亭楼,点缀在水面附近的太湖石,带给人与拥挤的街道完全不同的感觉。在农耕时代,人们想不出如何享受生活,更不知道汽车与电视带来的乐趣,人们只能发挥想象力,模仿天上人间的模样，修建了玲珑的花园。徜徉其间，步移景异，给人穿越时空的感觉，似乎时光停滞，而达到顶级的享受。应该说，在农耕时代，这样的环境，这样的建筑，这样的生活，几乎是人们能够想象出的最美好的生活。在秦淮河边，很难看不到美女，也很难找出不是美女的女人，即使长相并不出众的女人，在秦淮河的裹挟下，在秦淮河的熏染下，也或多或少地成为美女，成为秦淮河的附属品。如此发展，秦淮河会成为美女如云的同义词，对于秦淮河而言，美女几乎是永恒的主题。

桨声灯影里的秦淮河，似乎永远如此，似乎永远是熙熙攘攘，美女如云，然而时光的刻痕却在人的脸上，留下深深的烙印，带着人，在时空隧道中慢慢地走向远方。

2017 年 7 月 18 日

探秘泸沽湖

实在是路途过于遥远，泸沽湖很难涉足，深藏在横断山的大山之中，难以一睹真容，只是名气太大了，着实吸引人。从西昌出发，很快就开始翻山，而且都是大山，山路崎岖难行，运货的卡车把路压得坑坑洼洼的。很快便看到了雅砻江，一条桀骜不驯的大河，与长江、黄河同样发源于青藏高原的雪山脚下，穿越崇山峻岭，经过雅江深谷，最终汇合于金沙江。随着海拔的攀升，阳光越发充裕，完全没有成都平原雾气遮天的样子。路过盐源的时候，见到大块的苹果园，由于高原日照充足，光合作用强烈，盐源的苹果味道爽口。经过通往木里的三岔路口，道路越发曲折。木里是四川南部的藏族自治县，位于深山之中，几乎与世隔绝，高山与深谷的阻隔，使人们只能简单地维持生活，甚至还维持着母系氏族或是走婚的社会制度。

继续在山谷中穿行，两旁的山壁上不时悬挂下一束束瀑布，水流湍急，在岩石上激起白色的浪花，道路旁的溪水中，被水冲的滚圆的石块随处可见。沿着道路陆续有一些藏族式样的房舍，红白相间的装饰，风格独特。一路之上不断爬升高度，很难想象上游的泸沽湖是什么模样，内地的湖泊一般都是在低洼之处，而泸沽湖竟在高原之上，有点难以理解。

经过四个多小时的颠簸，终于到了泸沽湖景区，买票进大门，依然有很长的路，路边是密集的街巷，当地的摩梭人生活于其间，店铺云集，开了很长的路才经过村寨，来到泸沽湖边。这是一个高原雪山之间的湖泊，四周是高耸的山体，巍峨峻峭，泸沽湖湖面宽大，让人有海天一色的感觉，大朵的白云静静地挂在山头，轻轻地飘荡，构成立体的画面。湖面出奇地平静，没有一点水的波纹，更没有浪花，偶尔一艘小船驶过，在湖面上留下长长的八字形的波纹，拖出很长的距离清晰可见。当地人用树干凿出的独木舟被刷上鲜艳的颜色，红色、黄色、绿色，非常鲜艳，独木舟七零八落，不规则地漂在湖面上，红色的船体在绿水蓝天之中格外醒目。

晚上住在湖边，非常安静，天上的星星闪着明晃晃的光亮，甚至把星光反射在湖面上，似乎湖面也是星光灿灿。湖边各种旅馆的灯光在寂静、漆黑的大山之中像是在偌大的湖面上挂上了一圈晶莹的金边，湖面过于宽大，湖边大片的灯光也显不出更多的存在，只是一点一点的亮光。寂静的空气中弥漫的是温湿的空气，水面升腾的水汽铺在脸上，湿漉漉的，而不时吹来的山风更是轻柔地打在脸上，非常舒服，难怪很多人千里迢迢来到泸沽湖，更有一些人舍不得离开，干脆留下来长住，在湖边开店，生活在泸沽湖畔。

第二天起来，绕着泸沽湖开了一圈，来到摩梭人的村寨。神秘走婚的摩梭人，维系着近乎原始的家族制度，相对于父系氏族，母系氏族可以更好地团结族人，减少矛盾，可以有效地防止家族财产的流失，更适合在一定的区域内生存，这种血缘方式联系的社会组织结构被摩梭人在大山之中采用，并保留至今。在摩梭人村寨旁，可以看到大片的芦苇荡，这是泸沽湖的出水口，当湖里的水量增加过大的时候，湖水便通过芦苇荡溢出来，流向下游山谷，这样使得泸沽湖的水量维持在一定程度，不高不低，与周围的地势构成精妙的平衡。沿着泸沽湖走一圈，来到里格半岛，登上岛可以看到整个泸沽湖的全貌，非常奇特的环境，四周是连绵的群山，最高的山峰上还有白色的积雪，山峦环绕之中是平展的泸沽湖，里格半岛像一柄短剑，插入湖中。坐上独木舟，在泸沽湖的湖面上飘荡，才发现湖里的水格外清澈，特有的小白花开在水面上，根茎伸在湖底的泥土里，花瓣漂浮在水面之上。湖水清澈得可以看到湖底的卵石，不时可以看到从卵石缝隙中冒出的串串气泡。这时才明白，泸沽湖的水很大一部分是从湖底涌出来的，内地一般的湖都是地表径流流到湖里，而泸沽湖四面的山上没有冲击的沟壑，没有从山上冲下的水流的痕迹，更多的水是从湖底的缝隙里涌上来的，正是这样的水流，使得湖水格外清澈。环顾四周，高大的雪山阻隔了空气中的水流,降雪覆盖在山峰上,不断融化的雪水通过地下岩石的空隙补给到泸沽湖,岩石的过滤作用使得湖水清澈、明亮,这可能是泸沽湖与内地湖泊最大的区别,也是泸沽湖难以复制的原因。

开车登上湖边的山峰,整个湖面展现在眼前,宽阔而明亮,平静得一丝不动,像是丝绸铺在湖面上,四周的高山阻挡了风的气流,使得泸沽湖静静地伫立在高山之中,一尘不染,同时由于周围土壤环境与温度,环绕泸沽湖周边适合人类生活,摩梭人找到了这样的地方,并生存下来,在几乎与世隔绝的地方,重复着一代又一代人的生活。

从泸沽湖出来,登上山顶上的垭口,视野辽阔,看到的是横断山脉巨大的沟壑,只有在如此辽阔的地域上,才有可能产生泸沽湖这样的地理奇观,不远万里来看泸沽湖,给人留下难得的印象。

2015 年 10 月 20 日

游江西鹰潭龙虎山

龙虎山是道教名山,中国土生土长的道教就是在这里创建的。虽然名声没有四大佛教名山大,大约属于"二线"名山,又由于交通偏僻,很难有机会前往,这次终于有机会一睹真容。

从南昌往鹰潭走,道路两旁的景物逐渐发生变化,平原越来越少,尽是丘陵,还有一些不高的山脉,河流也逐渐多起来,村庄、房屋变少。到龙虎山景区,就变成了明显的丹霞地貌,山峰几乎垂直地耸立在水边,一峰连着一峰,在水中留下清晰的倒影,倒有点像人工的盆景。由于有山水的变化,便有了风水的说法,而道教是很讲究风水的,道士们选择了这处风水很奇特的地区作为活动中心。山脉起伏,呈龙虎相争的图案,命名为"龙虎山"。最精彩的是环绕山峰的水,平缓、清澈,从水面上可以看到河底的卵石,河上的船全是人工撑的,速度很慢,静静地漂在河面上,似乎也成了风景的一部分。龙虎山的岩石是典型的海底沉积岩,颗粒清晰可见,由于水蒸气的影响,靠水的一面岩壁有很多孔洞,居住在这里的先民们把棺椁吊起来,放在岩洞中,成为著名的悬棺景观。龙虎上的道观很有特色,一是位置极佳,依山傍水,与周围的山水融为一体,二是体形庞大。天师宫成对称布局,有三条主轴,主要建筑建在中轴线上，威风凛凛，很有故宫的气势，和曲阜的孔庙相比也毫不逊色。这里明显是道教的气氛，建筑形式，道家名言，供奉的雕像，传递出浓重的道教文化的气息。最神奇的还是周围的山峰，以及蜿蜒的河流，和其他著名大山相比，龙虎山没有明确的主峰，占地面积很大，景点分散，有点撒在山川之中的感觉，这也正是道教师法自然、天人合一的理念的体现。

　　道教是土生土长的中国宗教，也曾经在历史上留下辉煌的记录，但毕竟是农业社会的产物，在工业革命进行以后，没有跟上时代的步伐，渐渐被人们遗忘了，显得很陈旧，很古老。其实，道教中蕴涵的朴素唯物主义，对自然与人生的理解，还是有很多有价值的东西的，毕竟，和自然界庞大的存在和漫长的历史相比，人类自身显得非常的渺小与无能为力，这也是道教产生与传播的原因。龙虎山有一处景观，堪称一绝，据说是最形象的女人的部位，男人最形象的部位在广东韶关的丹霞山。真是非常的像，还有几棵树，更像，几乎每个游人都来这里看，女讲解员也不厌其烦地讲解，说的很直白，没有丝毫隐晦，毫不害羞，成为龙虎山一绝。

　　由于时间仓促，远没有真正了解龙虎山的全貌，但毕竟完成了对道教名山由来已久的向往与期待之情，品味了正宗的道教文化，实在不虚此行。

2009 年 9 月 1 日

翻越秦岭太白山

　　可以说正是因为秦岭的存在，中国得以以大一统的国家形态存在几千年，秦灭六国之后，保证并延续了中国版图的完整，而秦之所以强大，原因之一就是八百里秦川，另一个重要的原因就是秦岭。在中国的地理版图上，能够作为南北分界线的山就是秦岭，这是黄山、华山、泰山、衡山远远不能及的。正是由于对历史、地理的推崇，很久以前就有穿越秦岭的想法，但由于没有高速公路，109 国道上整日是大车，听人说一堵就是半天，加上冬天雪，夏天雨，还有雾，难以成行，甚至两次开车到了宝鸡，也终于不敢前行，秦岭成为摆在蜀汉交界处难以逾越的屏障。

　　终于，努力穿越了二百公里的西汉高速，在隧道中感知了秦岭，便蠢蠢欲动，策划着来一场翻越秦岭的旅行。从西安西边的周至出发，一直向北，便来到秦岭的脚下，几乎是垂直着便翻上了秦岭，大约拐了五道弯之后，便到了山顶。这时，可以清晰地看见八百里秦川，浩瀚的平原，房舍车流，历历在目，随后是一座硕大而狭长的水库，蓝色水面蜿蜒在山谷中，甚至可以在水面上清楚地看到对面山峰的倒影。过了一处不大的垭口，便是曲折的盘山路，令人惊讶的是，秦岭的109国道并不像传说与想象中的那样险峻，而且路上几乎没有车，有点不像是蜀汉唯一的交通通道。汽车几乎是沿着山谷行走的，山似乎并不高，而且有时还下到低洼处，并没有非常险峻的山路，也完全没有像巴郎山那样的大山，那样庞大的难以逾越的山体。秦岭的山基本上是一排排的山，以及山谷中环绕的溪水，路上几乎没有车，只偶尔有几个顽强的骑车人。绕过数不清的弯，来到一处叫黑水河的森林公园，同样是一处蜿蜒曲折的山沟，向西通向太白山主峰，买一百元门票进山，路非常的窄，只能一辆车通过，水流也变得湍急，甚至明显地感到上坡了。

  秦岭的山脉是一条连绵近三百公里的山脉，并没有明显的主峰，即使在最高的太白山，也是非常的平缓，有点像日本的富士山，或是非洲的乞力马扎罗山。在山脚下有一处平地，村民建起相当宽的家庭旅馆，甚至让人想不到是在山里，而似乎是与世隔绝的世外平地。从小镇向上，有一条通向太白山主峰的山间小路，布满浓密的植被，由于山体巨大，穿越太白山很可能要在山谷中露营一个晚上，想来风景不错。从小镇沿溪流下来，近三十公里，重上109国道，往前走，便来到大熊猫保护区，一条同样曲折的山沟是大熊猫公园，由于秦岭降雨充沛，植被茂盛，山阴处竹林繁盛，再加上人迹罕至，使大熊猫的生存成为可能。继续向前，是向上的爬坡路，随后穿越一处也就五百米长的隧道，便开始下山。下山的路，也同样是修建在山谷中的，以至于翻越秦岭后并没有感觉到惊险，没有艰难，路面平整，没有坑洼，似乎比北京西北的灵山还要平缓。沿着大沟，一路向下，不多远便看到了从秦岭中穿越过来的高速公路，上得高速，一马平川，近三十公里便可直达汉中。

  世间之事，一定要亲身经历，亲力亲为，才能有所体验。翻越了秦岭，便完成了穿越中国南北分界线的梦想，回头看，似乎才更加清楚地了解了秦岭，了解了以秦岭命名的中国，乃至于秦岭脚下发展起来的中国的历史，在对历史的感叹中，结束了此次翻越秦岭太白山之旅。

2015年10月27日

南浔、乌镇游记

江南水乡的名气很大，尤其对长期居住在大城市的人更具吸引力。摸索着到过著名的水乡周庄、同里、苏州，对陈逸飞画《双桥》的周庄还特意住过两次，充分地领略了水乡的神韵。尽管这样，对大名鼎鼎的南浔、乌镇，也还是很有"久仰大名"、意犹未尽的感觉，这其中主要的原因是写出《子夜》的茅盾，他的《林家铺子》《幻灭》《动摇》《追求》等著名作品是中国近现代社会的缩影，因此，茅盾也成为多年的中国文联主席。茅盾笔下的水乡生活，以及在水乡展开的生活画卷，给人留下很深的印象。

带着对茅盾的崇敬之心来到水乡乌镇。同周庄一样，乌镇也是河道构成的网格，两侧是石板铺砌的街道，临水的一侧是高矮不齐的房舍，都有很宽大的窗户，有一阶阶通向河道的石阶，完全的水乡风情。和周庄不同的是，在乌镇有很多宽大的景致精致的大宅院。由于盛产丝绸的原因，太湖边上的小镇有很多大丝绸商人，这些人获得了大量的财富，便在自己的家乡建造了高墙大院的住宅。中国近代史的很多场景都是在这里的深宅大院里发生的。江南的大院与山西晋商的大院，与北京的四合院有很大的不同，没有宽大的气势，而是依地势而建，小巧而精美，注重实用性，注重用精美细腻的雕刻显示自己的富有和生活品质。

乌镇的大院还有一个特点，就是这里的商人在上海开埠后，有很多机会接触外来文化，得以了解西方的生活方式，在充满中国古典情调的大院中掺杂了很多西洋文化的元素。有的客厅是用法国瓷砖铺砌的，有的窗户上装着五彩的法国玻璃，甚至还有一家干脆在后院建了一座西洋风格的小洋楼，更有甚者在大墙后面建了一座网球场，那时的乌镇应该说已经非常开放与时尚了。

中国是传统的农业国家，在农业社会中达到了生活的顶峰，在中国近代工业只发展了萌芽阶段，并没有形成独立的体系，洋务运动、苏联援助、中外合资，只是分阶段进行了工业建设，并不完整，在工业化道路上中国还有很长的路途。在思想方式、社会管理等方面，中国还有很强烈的农业思维的影响，而商人尽管在唐朝就有，尽管晋商、徽商、浙商等也创造了辉煌的商业历史，但始终没有很合适的地位。传统儒学中，对商人的地位定位很低，无奸不商的定论又给商人的名声带来很坏的影响。而在浙江，商人在近代社会历史上有着很重要的位置。这些商人们建设的高墙环绕的大院记录着曾经辉煌的浙江商人的历史。

　　在南浔有江南最大的藏书楼。中国商人大都很重视读书，虽然他们的读书不是以考科举做官为目的，但在读书的过程中，不自觉地受到了中国传统文化的熏陶，读书成为一种爱好。在通过经商获得大量财富后，他们有能力实现自己对书的偏爱，富足之后购置大量书籍，在读书与会友之中实现自己的价值。南浔嘉业藏书楼是个四方的院子，两层，内圈有连廊，通风而利于书籍保存，围合的院子又为读书与研究提供了封闭而舒适的场地。在藏书楼前有一片很大的荷花塘，红色的荷花直挺挺地生长着。这片荷花塘的不同之处在于塘的周围是完全的太湖石，形态各异，变化多端。没有足够的财力是很难做到的，这也显示了南浔丝绸商的富有。在藏书楼旁边是"小莲庄"，依然是江南园林的模样，荷池边建有各色的亭台楼阁，相映成趣。只是乌镇、南浔的建筑很破旧，也许是为了保存旧貌的原因，也许是缺乏经费，令人吃惊的破旧。很古老的街道中，还有很多人居住其中，味道、色彩都很难受，居然还有人居住，像生活在遥远的时代，也不知道他们在其中生活的感受。

　　现在的浙江依然是中国最富的地方之一，浙江人对金钱的崇拜和孜孜不倦的追求成为传统，成为浙江人重要的特征，即使在今天，浙江人也在坚韧不拔地建设自己豪华的住房，城市、农村同步推进，新楼拔地而起，将浙江人悠久的经商致富传统发挥得淋漓尽致。

2008 年 9 月 7 日

江南水乡周庄纪行

　　乘飞机在万米上空，舷窗外直射进刺目的阳光，刺得人睁不开眼睛。眯着眼望去，太阳在纯蓝色的天空向四外散发着耀眼的光芒。太阳这颗硕大的星球，不知疲倦地工作了近五十亿年，传到地球上转换成炭、石油等形式的能量只是太阳发出能量的四万分之一，就是这点能量，就能够养育地球上如此众多的人，以及多少恩恩怨怨！真有些不可思议。而宇宙中比太阳还大的恒星不知道还有多少。太阳的体积是地球的一百三十万倍，而太阳内部的温度高达一千五百万度，取火柴盒大小的太阳物质，放到地面上，周围560平方公里将变成一片焦土。而已知银河系中质量最大的恒星其质量为30~40倍太阳质量，直径为1800~2100倍太阳直径，所有这些是彻底的"天文数字"，而渺小的人对于宇宙，就好像蚂蚁在研究地球。这样想来，机翼下的城市与人群对于宇宙是何等的微不足道。在对宇宙不着边际的思考中，飞机到了地面。换上车，便行驶在平整的江浙平原上。窗外不再是蓝天，而是洋溢着生机的嫩绿的田野，尖顶的房屋展示着江南的富庶，汽车一转弯，就来到江南著名的水乡周庄。

穿过麦田边的小沟，转过弯便走上小河边铺砌石子的小径，顿时眼前映出另外一幅景色。小河不宽，也就四五米，两边是微红色条石铺砌的河岸，河岸曲曲折折，不时有几处下船登岸的台阶，两边是白墙饰面，房屋大都很古老，有些斑驳陆离。这样的房子沿河边小径七高八低地排列在小河两旁。街道与小径相交处，是一座座形态各异的石桥，为便于船只通过，石桥大都修成拱形，半圆形石桥在水面之上映出另外一半，构成圆形的倒影。河边稀疏地散有几棵柳树，懒洋洋地把发着绿芽的嫩枝散落在水面与地面上。房舍拐角处不时有一盆盆鲜艳的花草，与嫩绿的柳枝交相辉映，在古老的房屋与街道中点缀上几丝淡淡的生机。

继续向前走，交叉的河道的拐角处是一座较为宽大的石桥，便是声名远扬的"双桥"。桥的坡度很大，弯腰在桥面上行走，只见一格格的石阶，登上小桥，便是满满的一幅江南水乡特有的生活画卷。暗绿的河水轻轻地敲打着淡红色的石岸，白色的墙面静静地伫立在河边，几片黑色的石瓦与同样漆成黑色的木檐，横竖地镶嵌在白墙之间。水面上摇摇晃晃的木船，将洒在水面上的树影揉成一波波的水脉，沿着河道，传到很远。河边小径上稀疏的行人，不紧不慢地走在石子铺砌的路上。桥边街巷旁，歪歪斜斜地有几栋简单的酒楼，屋角上挂着成串的灯笼，登上酒楼，水乡的景色尽收眼底。这是一片水塘包围的小镇，三面是水塘，几条小河与水塘相连，将小镇分割成若干个条块，河道成为房前的街道。人们用吃水很深的平底船从远处运来一块块石料，用水乡特有的黏土烧成致密的青瓦，面湖临河，构筑成一座座大小不同的房舍，小桥、流水、人家，不经意间的风景便如诗如画地呈现在眼前。轻波荡漾的河面上不时漂来一条条船首高翘的木船，一根长橹，轻轻地左右摇摆，在水面上滑出一条长长的水流，这水纹慢慢地四散传开，撞在岸壁上又重重地反弹回来，把水面搅成一团。

江南的美有一半在水，江南富庶的原因有一半在水，水是江南风景的灵魂。伴水而居的人们用莲藕、河虾丰富自己的餐桌，用水汽滋润自己的肌肤，一代一代，构成江南水乡特有的韵味。凭借水的便利，居住水乡的聪明人做开了南北的生意，小河中漂出的船只将货物运到远方，而将财富带回河湖环绕的水乡，一时间，舟楫汇聚，商贾云集，水乡周庄成为一方商业中心。无论从哪个角度望去，曲折的河道，弯弯的小桥，黑白相间错落有致的房舍，以及微微飘荡的水面上不时升腾而起的团团水汽，都能构成一幅随心所欲的画卷。坐在河边的垂柳下，眼望长长的消失在视野尽头的河道、街巷，身边传来船橹击水时发出的一阵阵极富韵律的声响，头顶上的阳光透过团团的水汽，暖暖而温柔地洒在身上，静思冥索，仿佛穿过悠长的时空隧道，进入一片遥远、古老的奇特的世界，周围的一切是那样的熟悉，似隐似现，似真似切，隐隐约约地展现在现实与记忆的水天一线。静静的房屋与曲折的河道，似乎轻声地弹奏出一曲曲丝竹之音，如歌如泣，轻音袅袅，淡淡地散布在被阳光灼热的水汽与雾霭之中。

　　置身于水乡风景画中，静静地品味由体积、色彩、线条构成的图画，体味历史在大地上留下的痕迹，的确别有风味。随手翻开一张报纸，赫然登着这样的消息：人类发射的宇宙飞船"2001 奥德赛"正以每秒 11.2 公里的速度日夜兼程地飞往遥远的火星。火星距地球最近约为 5500 万公里，飞船需要飞行 11 个月才能到达。美国发射飞船的目的，是寻找火星水源，以及试图在火星上建立辅助登陆基地，经过人们的努力，有望在本世纪末，人类登上遥远的火星。

　　浩瀚的宇宙一天天按照它特有的规律运行，恒星发出炽热的光亮，行星不停地旋转，白矮星、超巨星、黑洞，以难以想象的速度、距离、体积、温度、热量、质量不可思议地存在着。而在这广阔、硕大的宇宙之中，小小地球上，偏居于水乡一隅的周庄，就这样在雾气与水汽的笼罩下，静静地伫立在河湖相围的大地上，随着地球的自转、公转，以及整个太阳系在银河系中慢慢地移动，在时间的长河中，漫无边际、漫无目的地漂泊在浩瀚的宇宙之中。

2009 年 3 月 10 日

感悟新疆

新疆之大只有亲身体验才能有所领悟。浩瀚与辽阔是新疆的代名词，由于远离大海，干旱与沙漠成为新疆的主要气象环境。地理的位置往往很大程度，或者完全决定或影响了一个地区的形态，尤其是在有人类活动的情况下，地理与气候与位置决定了一个地区的状态。由于喜马拉雅山、昆仑山的存在，海拔6000~7000米的高山山体，阻隔了孟加拉湾暖湿气流的路程，形成巨大体量的积雪，从而形成物理阻隔。从印度、中东，甚至欧洲来中国，从陆地上只能经过新疆，只能穿过浩瀚的沙漠，而从西安出发，由于祁连山的阻隔，只能经过河西走廊，经过敦煌才能到达新疆。漫漫的黄色沙漠阻隔了东西方的路途，而必须从新疆穿越的路线，构成东西方交流的通道。

在人口较少的情况下，似乎中国农耕文化并不需要扩展疆土，已有的土地已经能够满足人们的生活需要，固守土地成为选择，甚至修建了长城，把自己与外界隔离开来。或许是汉代需要与月氏国联合抗击匈奴，才派张骞从新疆出使西域，尽管并没有马上达到目的，但毕竟打开了通向西域的路途。随后唐朝人口的扩大，对异域文化的企盼，形成了万国来朝，大量西方新奇的物品，手工业品，还有音乐舞蹈，满足了唐朝皇室以及官僚的审美需求，进而扩大了新疆的通道作用。随后的元朝，大量引进了中东甚至欧洲的能工巧匠、各种物品，更是打开了新疆之门。

除去东西方通道的作用，局部定居的居民，在新疆零散的植被茂盛之地生活下来，形成分散的聚居群落，相对隔离的环境，相对独立的生活方式，形成不同的文化特征，甚至形成民族。同样是由于地理接近的原因，从印度传播而来的佛教，最早在新疆扎下根，由于佛教具有包容、忍耐、仁慈的精神，被同样是农耕文化的中原内地所接受，甚至中国的佛教规模超过了印度的佛教规模。而更早传播到西藏的佛教，与严酷的自然环境结合，形成独特的藏传佛教，成为西藏的精神支柱。同样来源于草原的游牧民族，鲜卑、党项人也逐渐接受佛教，减少了杀戮，促进了社会的发展，佛教曾经在新疆居于统治地位。佛教的传播集中在敦煌、嘉峪关外面的咽喉地带，大量佛教典籍成为敦煌的财富，甚至成为古代文明的代表。

敦煌文物与资料的保存，很大的原因也是地理因素，相对隔绝的环境，干燥的气候，使得文物得以保存，免遭人为偷盗以及战火的侵蚀，地理因素成为敦煌存在的必然条件。由于严酷的自然环境，水成为新疆的命脉，人的聚居区大都是滨水区，或是雪山融水的滋润之地，受水的制约，水是新疆人生活的主要因素，而水的局部存在更决定了人口存在的格局。

人们根据平原、山脚、高山、草原的环境条件，根据不同的生活环境，选择了不同的生产生活方式，演化成不同的文化形态，种植、游牧、森林，也演变成不同的民族。来自各地，或是来自西方、中东的人们，把各自的生活方式、信仰、文化带到了新疆并扎根开花，而土尔扈特部落的大迁移，更为新疆留下了可歌可泣的痕迹。康熙年间的锡伯族迁徙，也是人类历史上少见的政府控制的人口迁徙，锡伯族从遥远的黑龙江迁徙到伊犁地区，遥远的路途，民族整体的迁徙，可歌可泣。在没有工业的时代，简单的种植、放牧，形成那时新疆人生活的来源，形成新疆人生活的方式。干燥的环境，造就了烤馕这种特有的食品，构成对沙漠的抵抗力、征服力的基础。辽阔与炎热下生存下来的植物，甚至带有远古的痕迹，以及辽阔的沙漠、坚硬的岩石、巨大的山体，构成新疆的特征，而新疆孕育的煤炭、石油在工业文明的大潮中产生了巨大的价值，甚至辽阔的沙漠、充足的日照，也成为新的财富。

最近，有人建议在喜马拉雅山上开洞，或者从雅鲁藏布江引水，可以想象的是，无论如何不能从青藏高原上截取水流，这样势必减少长江、黄河的补给水量，对长江中下游带来难以想象的影响，而从雅鲁藏布江、澜沧江补水，从水量的角度是可行的，从距离与跨越的角度讲，相当的艰难，甚至难以想象。当然，如果能够补充、解决新疆的水量，辽阔的面积或许成为财富，成为新疆发展的基础，实现这样的情况，还有相当的距离。至少在现在，新疆还更多的是地理的概念，地理的需要，辽阔而浩瀚还不是真正的财富，在地理上连接东西方，在地域上维护着中国整体，是新疆最大的特征，可以说地理因素更多于人为因素。新疆、西藏、内蒙古是中国巨大的地理存在，尽管从人口上，从生活、生产上，这三个地区并不能超越中原内地，但是从地理上，没有这三个地区的中国是不能想象的。

欧洲的版图甚至不如以上三个地区大，但是欧洲可以容纳更多的人口，可以形成若干个国家，互不干扰，而新疆、内蒙古、西藏与其他地区密不可分，成为我国牢固的主体，这与欧洲大陆，甚至美洲大陆完全不相同，地理的因素成为新疆的主要特征。由于天山的分割，昆仑山的围合以及阿尔泰山的存在，构成新疆的地理主体，塔里木盆地、准噶尔盆地两个巨大的沙漠，把新疆分割成点状的分散区域，人们依附于零星的绿洲，顽强地生活着。历史上许多惊心动魄的故事，征伐与杀戮，宗教的痕迹，大都依附于这些地理而存在，地理是一切基础的基础，只有了解与理解地理的存在，才能了解新疆的历史，才能了解新疆的存在。

在新疆，更能够感受到地理的巨大作用与存在。

2017 年 5 月 2 日

汉中怀古

小时候读《三国演义》津津有味，对于书中发生的故事非常感兴趣，对其中战争场面尤其印象深刻。三国演义的故事，很大的一部分发生在汉中，大约是诸葛亮试图从汉中进攻西安，进而进攻洛阳附近的曹魏，六出祁山，走褒斜道，明修栈道暗度陈仓，挥泪斩马谡等等事件，记忆深刻。汉中是个很特殊的地方，位于秦岭与大巴山之间相当大的平地，由于四周都是高山环绕，被秦岭阻隔的丰沛的降雨，汇聚到汉中平原，构成较大的水量，从而构成汉江的源头。同样由于降雨的充沛，汉中平原植被茂盛，提供给人较好的生活支持，刘邦进攻咸阳前，就是在汉中得到粮草及人员的补充，张良庙就在汉中附近，在刘邦夺取天下之后，汉成为汉中的代表。汉中曾经出了著名的旅行家、外交家张骞，出使到遥远的西域，去找寻月氏国，并被匈奴俘获，在草原上度过十年的时光，张骞出使西域，甚至是丝绸之路的起源。同样著名的人物是蔡伦，可能由于汉中植物的充沛，研究出中国四大发明之一的造纸术，蔡伦造纸，成为带动社会进步的一个标志性的发明创造。

从西安出发，很快就面临了几乎垂直耸立的秦岭，著名的褒斜道沿着秦岭中间狭小的山谷，一点点地爬上山顶，又沿着流向嘉陵江流域的山谷，通向汉中，著名的褒斜道曾经走过多少战马和军队。而从汉中出发经过金牛道，穿过巍峨的剑阁，便可以经过绵阳、江油到达成都平原，李白所吟咏的"蜀道难"，就是指的这片山峰，蜀道难难于上青天。蜀国总是滞后于、落后于中原，当中原发生动荡的时候，一段时间之后才能传递到蜀国，而一旦中原发生动荡，失败的一方总是逃入蜀国避难，褒斜道、金牛道、米仓道成为沟通蜀国与外界的重要通道。诸葛亮是河南南阳、襄阳一代的人，从小苦学，读书无数，出山之后，选择了成都作为刘备定都之地，辅佐刘备之后，继续效力，甚至让人感觉有点不自量力，诸葛亮六出祁山之后，在汉中度过最后的岁月，病逝于五丈原，葬在汉中南边的山坡上。明知不能为而为，是诸葛亮生命最后一段时光的人生状态，也是鞠躬尽瘁的结果。汉江水量之大很难想象，在丹江口水库汇聚，甚至成为南水北调的源头，汉江继续直下，最终在武汉汇入长江，绵长的水流，把秦岭与长江联系在一起。在汉江与长江的分水岭上，有同样著名的九大湖。神农架山峰是西伯利亚暖湿气流与孟加拉湾气流汇聚之所，成为中国内地降水最大的地区，充沛的降水，为九大湖提供了充足的水源，流向山脊两侧，分别流向汉江和长江，神农架构成华中的屋脊。

　　汉中的饮食似乎更偏向于四川，同时又具备陕西面食的特色，著名的面皮，就是陕西面食的代表。川陕交界处，构成独特的饮食特色。秦始皇当年攻打楚国时，有一支军队就是通过汉中，走十堰进攻宜昌、荆州一带的，这场战争很大的原因是争夺当时重要物资青铜，争夺青铜的原材料矿区。应该说楚国的发展水平是相当高的，远远超过秦国。随后秦人在胡人的帮助下，对楚国发动了战争，汉中同样成为秦军补给的地域。

　　在汉中，你可以看到很多汉代以及随后朝代的痕迹，似乎把相当长的一段历史清晰地展现在眼前。

2020 年 2 月 21 日

塘沽出海捕捞记

　　早就听说天津附近的渤海有出海捕捞的旅游项目，经过天津朋友联系，得以体验。从北京到塘沽滨海新区全是高速公路，非常方便，而滨海新区建得很现代化，道路宽阔，高楼林立。从滨海新区出发，走海边高速公路，六十公里便到了黄骅附近的渔港，已经是河北的地界了。渔港位于一条注入大海的河道上，由于处在休渔期，蓝色的渔船排成列停靠在岸边，两端高高翘起的船头与船尾，构成圆弧的形状，停在沙滩上，构成很有特色的图画。

　　出海乘坐的船不是大型捕鱼船，而是专门为旅游设计的观光船，可以坐十几个人，中央是一个小屋，里面有桌子，两旁的椅子可以坐十个人，围在一起吃海鲜。渔船从港湾里开出来，可以看到海滩上很多海鸟，站立在沙滩上，不时飞舞而起。渤海湾是浅水海湾，特点是海底是黄泥的，这也为螃蟹、虾提供了良好的生活环境，只是因为水浅，渔船驶过之后，在船尾激起很长的黄色浪花。船开了二十分钟，海水逐渐加深，船尾便没有了泥沙，而是深蓝色的海水。船开了四十分钟，离开陆地大约有三十公里，渔船开始撒网，夫妻两个渔民配合熟练，用放在船尾的卷扬机，把绿色的网放在船后面的海里。网是绿色的，有将近一百米长，在网的最底下拴上三角形的钢板，用来把网两边的粗绳坠到海底，这样就在海底形成一张倒着罩起来的大网，网口的粗绳贴在海底，用渔船拖动，便可以把海底的鱼虾罩在网里，直到拉动两边的粗绳，把网里的海鲜拉上船。

渔网拉出来的时候是最精彩的，渔民夫妻拖动网绳，把渔网中的海货拽上来，倒在船后边的甲板上，有螃蟹、皮皮虾、大虾、鱿鱼、平鱼，最多的还是皮皮虾。渔民说有的时候会捞上更多的海货，只有很少的时候，一网打上来什么也没有。还有就是位置，哪里有更多的虾、螃蟹，渔民知道合适的时间、合适的地点，才能捕捞到更多的海货。

刚刚从海里捞出来的海货太鲜了，个个活，带着浓厚的海洋的咸味，用海水冲一下，放在大锅里，就用海水蒸煮，十分钟就熟了，盛在大铁盘子里面，满满的，格外诱人。天津人吃这种海货不放蒜汁而是直接吃，还有一点点甜的感觉。大虾非常饱满，皮皮虾也开始长肉只是个头还小，没到时候。想一想运输到其他城市的海鲜，尽管通过加养等手段，可以保证存活，但是离开海水的海鲜缺乏食物来源，又经过惊吓，很难说体内不发生变化，这也是刚刚捕捞出来的海货最鲜美的原因。坐在漂泊于大海上的小船上，品尝渤海湾泥质海滩上的螃蟹、皮皮虾，味道鲜美，口中留有余香，实在是大海馈赠的美味佳肴。

海面很平展，没有一丝波纹，四周完全看不到城市的建筑，身边全是大海，置身其间，天宽地阔，心胸开朗，让人放松自我，度过美好的时光。大海之中不知道还有多少野生的海货，近海过多的捕捞，也只能捞上来一些很小的海货，没有大鱼，多少令人遗憾，想来深海的渔船，又是另外的模样，只是大海太辽阔了，很难想象在大洋之中捕捞作业的样子，肯定比浅海捕捞要收获更大，更加精彩。在大海里品尝刚刚捞上来的海鲜，清香盈口。酒足饭饱之后，原路返回，旁边还有很多同样出海的渔船，同样是兴奋、新奇的人们，带着激动的心情，体验亲自出海捕鱼的乐趣，不失为一种很好的体验，很好的享受。

2020 年 8 月 29 日

夏游白洋淀

白洋淀被称作河北之肾，从太行山发源的九条河，把充足的水分带到河北最低的低洼地，在白洋淀积存了充足的水量，形成面积宽广的水面。中国北方缺水，不像南方那样河湖相连，白洋淀就显得更加弥足珍贵，太行山、燕山山脉半围合的华北平原最低点就是白洋淀，周边的河流相当于内陆河，把径流注入白洋淀中，辽阔的水面，成为河北难得一见的水景。白洋淀水面很大，湖中有几处村落，从岸边到村落要乘船才能到达，更多的人家是枕河居住，只是所枕的不是江南水乡的小河，而是宽阔的湖面。

乘船在湖中行驶，大片的荷花覆盖水面，开着鲜艳的花朵，莲蓬随处可见。船是在荷叶之间的缝隙中穿行的，不时会触碰到大片的荷叶，阳光照射在荷叶上，点点露珠，反射着明晃晃的光亮，晶莹剔透。荷叶边是大片的芦苇荡，芦苇密密麻麻，随风摇曳，不时有黑黄的毛鸭，完全是野生的，灵巧地游荡在芦苇中。天地之间简单的构图，成片的芦苇，浩浩荡荡，有点像北方人的性格，粗犷、豪放、不拘小节，虽然临近湖水，在白洋淀，北方人的性格依然得到保留，并不像江南水乡的人那样纤细、柔弱，精打细算。白洋淀中出产各种河鱼，体型硕大，村民捕鱼之后，统统用黄酱、酱油炖熟，昏黑而胶着，完全没有南方鱼的味道，几乎所有鱼都是一个味道，一样的炖法，着实让人大跌眼镜。千百年来临水而居的生活养成了村民粗犷的性格，湖中的莲藕、灰鸭、鱼虾成为人们生活的来源，潇洒自由的生活成为常态。

由于湖面辽阔，在湖中的村镇中，几乎感觉不到是在水中，房舍田园，似乎就是北方的农村，只是乘船在湖面上，才能感觉到村庄完全是坐落在湖中，更加令人唏嘘。近年来加以治理，白洋淀的水质越来越好，清澈的湖水，可以看到水面之下的鱼虾，甚至可以看到莲藕的枝蔓，逐渐恢复了昔日白洋淀碧波荡漾的面貌。古人云"仁者乐山，智者乐水"，高山给人更多感觉的是冷峻，是坚毅，而湖水给人带来的是温柔、绵长的感觉，让人感觉到大地母亲的滋养与抚爱，尤其在北方这样缺水的地区，宽广的白洋淀更加散发出迷人的味道和光彩。

2020 年 9 月 2 日

西安怀古

难以想象西安三千多年绵长的历史，可以和埃及古老文明相媲美的存在，像巨大而连绵的秦岭一样，笼罩着西安这个关中平原上的古城。来到西安，最能感受的是厚重的中国历史，西安大部分建筑都有明显的汉、唐的造型，更有完整的城墙，诉说着曾经的存在，中国历史上最辉煌的三个朝代是在这里经营的。宋、元、明、清等朝代远不如秦、汉、唐那样强大与辉煌，逐渐走向没落，真正代表中国文明的，真正能够让中国人引以为荣的朝代都是以西安为都城的。当美洲大陆上印第安人还在茹毛饮血的时候，当澳洲大陆还完全是袋鼠王国的时候，当欧洲大陆还没有进入启蒙时代的时候，当西伯利亚完全无人居住的时候，西安已经是繁华的都城了。宏伟的宫殿，繁闹的集市，摩肩接踵的人群，来自遥远的西域的货品，把西安塞得满满当当。

曾经的大唐盛世创造了当时世界上最辉煌的都城西安城，中国在农业、耕种、养殖、手工业方面遥遥领先，再加上春秋以后诸子百家思想的争鸣，开创了大唐盛世。大唐生产的纺织品、丝绸、生活用品，被装在骆驼背上，踏上遥远的丝绸之路。与此同时，从遥远的中亚、土耳其乃至罗马源源不断地运来带有浓郁异域他乡色彩的物品。各种肤色的人，操着各种语言，来到大唐的首都，见证当时世界上最辉煌的城池，而这些商队的起点和终点就是大唐西市。古长安城非常方整，完全的正南正北，方块的街巷布局，西市就在城的西边，与东市完全对称。由于东、西市场的存在，市井百姓购买生活用品，便形成了"买东西"的俗话，流传下来创造了"东西"这个词。西市的主体建筑很有气势，有点像阿房宫的主殿，高高在上，两边飞檐连廊，像张开的双臂，欢迎远来的客人。当皇帝在城北边的大明宫、未央宫中做出决策之后，官吏、使臣、学者、商人便来到西市，采购物品，准备从长安城出发，开始遥远的旅程。

曾经，王昭君来到西市，采买脂粉、铜镜，随后奔赴遥远的草原，完成与单于和亲的大事。而饱学的张骞，也要在西市采购书籍、地图，准备踏上遥远的西域之旅。玄奘法师下定决心，以"风啸啸兮易水寒，壮士一去兮不复还"的雄心壮志，踏上奔赴佛国的旅程。更有娇小的文成公主，在这里采购内地的生产用品，准备在遥远荒凉的西藏传播内地的生产技术。各种商品在西市汇聚，各种信息在这里传播。随着时代的发展，飞机、火车、轮船早已取代丝绸之路上的驼队，使人更方便地交流，曾经的西市已经丧失了集散中心的功能，只是这些带有浓郁异域风情的建筑，带给人遥远的回忆，无限的遐思。

面对从西伯利亚到南中国海的巨大的版图，真难以想象秦始皇是以怎样的毅力，怎样的勇气，怎样的努力，怎样的气魄，征服如此辽阔的土地的。即使在技术非常发达的今天，管理、统治中国版图也还是一件很费力气的事，而在两千年前，在只有马车的年代，居住在西安的秦始皇就以辽阔的视野，审视着中国的江山，把巨大的山峰，蜿蜒的长江、黄河视为自己的囊中之物。武力的刀光剑影之后，掸去战袍上的斑斑血迹，秦始皇开创了自己的宏图伟业。就历史功绩而言，秦始皇的努力使得中国得以统一，消除了地方割据给人民带来的负担，为中国几千年的统一国家奠定了坚实的基础。而这种以家庭为统治基础的家天下制度，也为中国几千年的权力斗争做出了榜样，直到今天，皇权、级别、胜者为王等等观念，根深蒂固，社会管理的很多发明发源于秦始皇的理念，还深深地根植在中国人的脑海中，成为中华文化的重要组成部分。而唐朝的盛世更把中国皇权政治推向了顶峰，发达的经济，繁荣的文化，让唐朝成为当时世界的中心，成为引领人类文明发展的标志。盛唐的繁华，最终酝酿出在中国历史上唯一的女皇，从秦岭南坡走到西安的武则天，深深地浸淫着大唐盛世的气息，在发达的国家皇权制度上走上最高权力的顶峰，创造了不可思议的女人的奇迹，也走向了个人名望的顶峰。

大唐盛世留下了灿烂的文化，建筑、雕塑、工艺品、文学、绘画、音乐等等，这些人类文明的标志，远远地领先于世界各国，成为堂而皇之的世界的中心。如果当年有 GDP 统计，唐朝的 GDP 要占到世界 GDP 的百分之五十以上。这也是最让中国人自豪与自信的年代。尽管由于战火、灾难、外来入侵等等原因，中国曾经多次面临痛苦的深渊，但想一想秦汉的强大，盛唐的繁荣，都会给世世代代的中国人以无穷的力量。在西安，不经意间就能看到清晰的历史的痕迹，残旧的石雕，新建的仿唐的建筑，黄土中深埋的难以计数的珍宝，显示出西安曾经的地位，曾经的辉煌。尽管由于现代工业的发展，沿海地区经济远远领先于内地，但在文化底蕴、精神财富、自信的感觉等方面，西安都远远领先于沿海地区。没有文化的发展是没有基础的，经济并不能解决精神的全部问题，而构建一个地方的文化，绝不是一朝一夕的事，甚至要经过若干朝代，数代人的努力才能有所建树。从这个意义上讲，西安永远是中国精神文化方面难以逾越的一座山峰。

在世界历史上，能够与中国媲美的一些古老文化很多已经消亡了，埃及沙漠上的金字塔除去给埃及带来可观的旅游收入外，对今天埃及的政治、国家没有太大的影响。而遥远的安第斯山脉上曾经发达的玛雅文明早已烟消云散，不知所终，两河流域的文明也由于连年不断的战火变得支离破碎。古印度创造了影响深远的佛教，但并没有给现在的印度人带来更好的生活，吴哥窟像是遗迹，耸立在茂盛的树林中，看不出与今天的柬埔寨有什么联系。古罗马在奢侈的生活后留下巨大的难以理解的斗兽场，空旷而凄凉，倒是英国人、美国人从罗马政治中汲取了民主的因素，建立了发达的现代国家。而在岛国上艰难生存的日本，尽管拼尽气力，发展了国家，但仍然远没有泱泱大国应有的气质与精神。在人类历史上，秦、汉、唐都是辉煌的时代，都是令人向往，依然散发光辉，依然影响现今社会的巨大的存在。

而所有这些，都发生在这里，古城西安。

2010 年 7 月 6 日

游乌鲁木齐天山大峡谷

从乌鲁木齐向南，大约二十公里，便见到了天山大峡谷的入口，前面是一池碧蓝的池水，清澈而鲜艳，在明晃晃的蓝天下，在披着白雪的山坡边，静静地伫立着。继续向前，道路变得狭窄曲折，逐渐向上盘旋的道路，蜿蜒在两边峭立的山峰之间。天山的山峰，岩石面目狰狞，可能是岩石构造并不坚硬，风化严重的原因，两边的山峰凹凸不平，大块的岩石裸露，甚至剥落，将要脱落的样子，看上去非常危险。上山的路上积满了雪，背阴的地方，路面甚至结了厚厚的冰，即使是徒步，也非常的艰难。弯曲的道路完全是在山间环绕，曲折迂回，一圈又一圈，似乎没有尽头，抬头望去，只能看见两山间的缝隙。天山的峡谷与内地的峡谷不同，完全是上升的坡道，一直向上，直到山顶。裸露的山石上生长着顽强的松树，松树的根茎，平展开来，扎在坚硬的岩石的缝隙中，仅仅在地表面有一层薄薄的覆盖层，有些树甚至是径直扎到岩石的缝隙中，顽强地生存。由于风大的原因，在凸出的阳面，几乎没有生长的植被，甚至没有小草，只有在山体背风的阴面，有一些隐隐的绿草。高寒、大风的环境，使得植物生存艰难，只有耐力强劲的植物，能够生存下来。顺着道路边，从山顶流下清澈的泉水，由于岩石风化严重，流下的泉水一段段地消失在地面，又从岩石下面冒出来。溪水全是化开的雪水，温度很低，但十分清澈，喝在嘴里，甚至有甜甜的感觉。沿着曲折的山路，艰难地走到山顶，是一处面积很大的塘水，同样是雪山融化的雪水，清澈而透亮，四周的雪山上覆盖着洁白的白雪，构成优美的图画。水塘周围是夏天的凉棚，由于是冬季，已经没有了人影。再往上走就是高山草甸，大片的平缓的坡地，斜挂在两山间，融化的雪水滋润着平地上的牧草，像松软的地毯。几处蒙古包孤零零地摆在草坪上。

　　由于进入冬季，整个大峡谷没有人影，走下山，只有几只盘旋在山顶的老鹰，凝视着地面，搜寻着猎物。地面上时而有几只锦鸡，灰暗的羽毛，躲藏在草丛间。在如此严酷的环境下，生物的生存实在不容易，食物链的底端只有少量的动物，没有相当的本领，难以在如此的环境中生存。天山山脉绵延两千五百公里，很难说还有多少这样的山沟，隐藏在辽阔的大山中。雪水是天山的特点，孟加拉湾对水汽巨大的搬运作用，在天山覆盖了大量的积雪，而正是这些积雪的融化，腐蚀了山峰的岩石，构成山前巨大的冲击扇，构成新疆基本的形状。人在大山面前已经十分渺小了，在天山面前就更加渺小，微不足道，甚至感觉到生存的艰难，感觉到死亡的威胁，这是在内地的大山中从没有过的感觉。

　　从天山上下来，天已经很黑了，巨大的天山山脉隐没在昏暗的暮色之中。

2014 年 10 月 29 日

许昌怀古

相对于中国很多大城市，许昌几乎是一个被人们淡忘的城市，曾经几乎成为中国中心的城市，如今无甚音讯，没有太多的声响。在中国经历了秦朝短暂的统一之后，汉朝发展到顶峰，除去匈奴人的侵略，在广大的中国大地上，汉朝达到了相当的水平。从南昌海昏侯大墓中数量众多的金条可以看出汉代的辉煌，竹简可以反映出汉代文化的发展。在汉代经过繁盛之后，人们开始追求享受，追求声色犬马，宦官掌权，导致天下大乱。这种状况，为曹操的登场创造了条件。曹操几乎是中国历史上无冕的皇帝，实质性地控制了北方广大的区域，在曹操活动的空间中，许昌无疑首当其冲。出身宦官家庭的曹操，在混乱的年代崛起，从基层一点点登上丞相的位置，先是到北方赤峰一代与乌桓人作战，平定北方之后返回许昌，又与江南的孙权，蜀郡的刘备作战，试图统一中国，终于没有能够实现愿望，抱憾而亡。在挟持汉献帝将都城迁至许昌之后，曹操大建宫殿，收罗人才，加强军事，发展粮食生产，摆出浩大的王者的姿势。

许昌位于中原，辽阔的平原，良好的土壤以及降水，成为粮食的产地，也为战争创造了条件。曹操集武将与文人于一身，更趋向于武将，但是很有文人气质，曹操善于用智谋，对于人才的笼络也是智谋的一部分，曹操给人的印象很阴险，为了自己的生存，他可以不要道德制高点，曹操并不在意后人的评价，而是在于自己的感受，自己的所得，只要自己生活好就可以了。在许昌能够感受到很强烈的曹操的存在，博物馆中展出着曹操的生平，建筑的样式再现了曹操所生活的环境，甚至人们的相貌、饮食都遗存着曹操时代的印记。许昌距离曹操的老家亳州不远，在地势地貌上，与亳州非常相似，都属于平原地带，都有着良好的种植土壤。中原称雄是曹操的典型特征，也是中国很多皇帝的典型特征。在许昌边上的灞河上，建了一处公园，展现了关云长用刀挑曹操所赐战袍的情况，关云长神一样的行为在无数年轻人的心中留下清晰的印记，关云长在许昌等待刘备的故事，更是为许昌增添色彩。不知道关云长离开曹操而去寻找刘备，是不是看出了曹操的狡诈，还是更看重结拜兄弟的情分。关云长辞别曹操，也为曹操带来很多不光彩的影响。在中国众多历史人物中，曹操是很特殊的一个，完全的中原人，貌似皇帝，却又没有称帝，身后的评论毁誉参半，给后人留下众多的谈资。

在许昌，可以感受到明显的曹操的存在。

2020 年 2 月 27 日

游白鹿原记

读了陕西作家陈忠实的长篇大作《白鹿原》，便对真实故事发生的地方产生了浓厚的兴趣，甚至根据对陕西关中平原的认识，以及电影里的镜头，在脑海里勾勒出白鹿原的轮廓，但依然模糊，只有亲临实地才能有所体验。从西安城中开车出来，转了一个弯，不多远就来到白鹿原，与想象中的完全不一样，今天的白鹿原已经完全不是麦田，甚至没有麦地，没有电影中印象最深的金色麦浪的感觉。大量建设的大学校园在不高的山坡上密密麻麻，几乎占据了整个空间，剩下的空地上，也只是种着葡萄、樱桃等经济类水果。还有就是没有看见祠堂、戏台等建筑，甚至也没有过去的民居，更没有压住田小娥的砖塔，完全找不到电影中的场景。

像所有称之为"塬"的高地一样，在山坡上是大片的平地，站在上面可以望见塬下低矮的土地。在最高的山坡上，有一座白鹿的雕像，据说远在春秋时期，周平王出巡到白鹿原，亲眼看见一只浑身雪白的白鹿从白鹿原上跑过去，周平王认为看见白鹿是吉祥的征兆，命名此地为"白鹿原"。像陕西很多地名一样，白鹿原这一地名一用就是两千多年，传承至今。望着眼前的情景，更感觉陈忠实非常了不起，能够在如此差异很大的环境中，用想象还原，甚至创造了曾经的社会环境。长篇小说《白鹿原》是中国文坛积年少见的大作，由于关中人特有的对文学、对文字的孜孜不倦的追求，深厚的文字底蕴，更有陈忠实本人特殊的人生经历，历时十七年，苦思冥索，才写成了这篇鸿篇巨作。没有深厚的文化积淀，没有历史上曾经发生的惊天动地的事件，没有现实生活中鲜活而真实的人物形象，仅仅凭想象，是写不出这种厚重的作品。相对来讲，近年来常见的一些调侃类作品、都市连续剧，只是短暂的快餐文化，只能在历史的水面上激起小小的浪花，而一些女作家情感类的作品更多的是无病呻吟，能够真正体现中国农耕文化，体现这片土地上真实生活的，还是像《白鹿原》这样的大部头作品。

带着对作者的崇敬之心开车驶下白鹿原，很快就回到堵车的西安市区，似乎穿越时空隧道，从遥远的历史年代，从那些带有泥土味道的人物，从那些带有原始情感的生活中，回到现实世界，回到水泥森林以及铁壳汽车构成的世界。

寻访"白鹿原"，一次简单而又不寻常的旅行。

2012年8月25日

游泉州清净寺记

到泉州清净寺是带着很崇敬的心情来的，在中国十大名寺中，就有泉州清净寺。由于地处中国最南端，交通不便，很难有机会来到中国最古老的城市之一的泉州。泉州风光清新，城市平和，有明显的岭南地域风格，但是自己一直没有来过，多少有些遗憾。很容易就在泉州找到了清净寺，清净寺是中国最古老的清真教寺院，是伊斯兰教传入中国后建设的第一个寺院，距今已有近一千年的历史。最初的寺院是由来自中东的穆罕默德的使者建的，这些人大约是从海路经过马六甲海峡，辗转漂流来到泉州。寺院有明显、典型的阿拉伯风格，曲线的圆顶，从两边尖尖地汇合在一起，屋顶有宽大的宣礼台，墙是用大块的条石砌筑的，有漂亮的弧型拱门，有圆圆的穹顶，由于石材材质坚硬，屹立千年而不毁。

泉州是中国通往东南亚、中东、欧洲的海上丝绸之路的起点，同样也是中国最早接受海外文化的地点，历史上大量穆斯林从海上飘摇到中国，带来了异域文化，带来了世界四大宗教之一的伊斯兰教，产生了持续上千年中国伊斯兰教的历史。文明是需要交流的，交流才能创造新的思想，才能带来物质与精神上的交流，保守只能带来落后，从这种意义上讲，宗教的传入会给其他的地区带来新的思想的火花，带来精神上的变化，从而带来一定程度的社会进步。信奉伊斯兰教的阿拉伯人曾经创造了很多独具特色的文化，比如全世界通用的阿拉伯数字、十进位的数字，最初来源于阿拉伯，在炼金术、医药等方面阿拉伯人多有发明，而建筑中大量采用的圆滑的曲线也更多地用在清真寺建筑中，甚至欧洲最早建设的寺庙就是伊斯兰教的寺院。清净寺的墙柱是用坚硬的石材建的，屋顶已经垮塌，但墙与柱的残骸依然存在，沧桑而残旧，无声无息地向人们述说着历史的沧桑。伊斯兰教传入中国有两条道路，一条是从陆路，沿古代的丝绸之路，经我国兰州、银川、西安、包头等地进入，另一条走水陆，最早就是由泉州登陆，经我国杭州、扬州、德州进入，随后穆斯林信徒从泉州慢慢北上，一路到达杭州、济南，最后大部分停在山东德州，明朝皇帝可能不愿意太多的穆斯林生活在北京，下命令穆斯林停留在山东德州以南，直到今天德州仍然聚居着很多穆斯林。

相比而言，伊斯兰教有很明显的现实感，比较实用，更少一些神秘的因素，从创始人，到生活规律、社会管理等都有很鲜明的现实和使用的因素，非常朴素、简单、实用，因而很容易为各阶层，尤其是社会底层百姓所接受。中国是泱泱大国，历史悠久，中国文化是包容的文化，中国能够接受各种外来文化，在一定程度上丰富了中国文化。个人的生命是短暂的，总是要离开这个世界，历史上很多智慧的人士都在研究人的生命以外的时空世界，提出了各种解释、理解，产生了唯物、唯心两大阵营，在有些方面，唯物与唯心是很难截然分开的，这也为各种宗教的生存提供了很好的土壤。

2009年10月10日

游勉县陕南武侯祠

在成都的武侯祠曾经很认真地感慨诸葛亮，感觉他是文化人、读书人的最高峰，指点江山，激扬文字，用笔墨实现自己的抱负。但成都的武侯祠原是刘备的祠堂，后来诸葛亮的名气大过了刘备，才将"汉昭烈祠"改为"武侯祠"。真正的"武侯祠"在陕西勉县，被称为"陕南武侯祠"。这座祠堂建于公元264年，有1700多年的历史，大约还是蜀后主刘禅在位的时候修建。祠堂占地面积很大，有几个不小的花园，后面是一条很宽的河，很有些气势，只是建筑有点老旧，维修很少，工艺很简单，结构并不复杂，甚至大殿的墙还是立砖砌的，非常简陋。

在勉县参观"武侯祠"是从西安走西汉高速翻越秦岭后来到勉县的，在海拔2000米的秦岭心惊肉跳地走过悠长的隧道之后，感觉和在成都温柔的空气中完全不一样，搞不明白诸葛亮为什么非要六出祁山，有什么意义，而且就依靠当时蜀国的力量，能够占领中原么？甚至感觉能够走过秦岭的大山就是一种胜利，就很难了，怎么可能跨越秦岭去征战？这种感觉很强烈，甚至超过了对诸葛亮的崇拜。要知道秦岭的大山实在是太大了，翻过去是很艰难，甚至是不可能的事。在现在这个后工业化的时代，翻越秦岭尚且如此之难，更何况遥远的年代。真感觉诸葛亮有点不自量力，也可能另有隐情。

在高大的秦岭面前，人实在太渺小了，在艰难而崎岖的山路面前，通过秦岭去征战中原实在是太难了。诸葛亮完全没有这个必要，也没有这样的能力，如果能够扼守住道路艰难的蜀道，就那时的那一点人口，生活在物产丰富的四川有什么不可以？越想越不明白。如果不是身临其境，如果不是在秦岭前止步后退，又咬着牙翻越，对诸葛亮是不会有这样似乎不敬的感觉，看来世界上的事情，眼看才为实，而耳听或想象往往与实际情况有非常大的距离。

在勉县武侯祠的感觉就是这样，也不知是否正确，没有人回答，只有苍老、破旧、岁月痕迹斑斑的陕南武侯祠在岁月的长河中静静地伫立在群山围起来的一小片空地当中。

2008 年 9 月 28 日

游南岳衡山

在五岳之中，只是没有登过南岳衡山，原因是距离遥远，衡山到北京的距离有 1700 公里，相当遥远。但去过安徽潜山的天柱山。汉武帝的时候，由于嫌南岳衡山太遥远，不便于祭拜，便封南岳为天柱山，但时间不长，南岳的名号又被改回为衡山，也是很有趣的故事。到衡山非常方便，从长沙火车站直接坐七路车，到长沙南汽车站，便有直接到南岳的车，衡山的车也有，是个小县城，但到南岳衡山还有一段距离。一路之上看到的尽是湖南的七十二峰，湖南的山很有特点，大都是相对独立的山峰，都不是很高，像圆圆的土丘，散落在田地之间，而到衡山附近山体明显增大，形成一定的气势，显出山的巨大的存在。

衡山在五岳之中以秀著称，相对于泰山"五岳独尊"，衡山是"五岳独秀"，的确名不虚传。由于地理位置偏南的缘故，这里水量很丰富，山上长满了各种树木、花草，植被茂盛，在山上几乎看不见裸露的土地，视野之中满是绿色植物，植物生长得很繁茂，树叶都很有精神，不像北方的树总是一副萎靡不振的样子。衡山的特点就是没有灰土，空气很干净，树和花草都很干净，很青翠，很透亮，配得上"秀"的称号。由于是乘坐体积巨大的厢式缆车上山，并不觉得累，下缆车以后就可以望见衡山的顶峰祝融峰。但还要爬一段山路，修整得很好的石阶路，很容易攀登，比起泰山、华山，登衡山实在算不得难事。道路两边是茂盛的草木，反倒是很舒服的享受。走不多远就到了祝融峰的山顶，有一座古庙，并不很大，有点简陋，门口满是跪拜敬香的人们。放眼望去，山势尽收眼底，连绵而并不险峻，葱绿而不荒芜，一派生机盎然的景色。

中国的皇帝很厉害，视野开阔，在辽阔的大地之上挑选了五座足以控制中国的大山，封为五岳，有了这些巨大的山体，几乎就控制了中国的全境。从衡山山上望去，周围的河流、土地、房舍，几乎都是囊中之物，有所谓"普天之下莫非王土"的感觉，在高山之上很容易有一种凌驾万人之上、一统天下的感觉，而且这种感觉很强烈。下山就全是走着的，满目尽是高大而茂盛的林木，有遮天蔽日的感觉，而树林里的地上也满是嫩绿的青草，在山间还散落着几座庙宇、殿堂，黄色的屋顶在绿树之间非常显眼。山脚下有一条水沟，建有不大的水库，水沟冲刷出很多岩石的沟壑，也算是一片景观。这次来衡山时间选得好，刚过十一长假，几乎没有游人，安静而幽静，令人愉快。

下得山来，总算是实现了登上衡山的愿望，至此，著名的五岳已经全部登顶了，也算是个不大不小的成绩。

2008 年 10 月 25 日

游西安曲江遗址公园

想象一下盛唐之时曾经在世界上几乎名列第一的城市西安，是何等的繁华！大批的商队从遥远的龟兹，从伊朗，甚至从遥远的罗马经过漫长的丝绸之路带来各种奇异的物品，带来精美的织物，精美的乐器以及悠扬的音乐。而从西安出发的驰道，连接并控制着当时世界上最大的国家，控制着当时世界上农业最发达的国家。丰衣足食，礼乐兴盛，声色犬马，歌舞升平，大节连着小节，国节接着家节，欢乐的歌舞连绵不断，何等兴盛的时代。在风和日丽之时，成群的王妃侍女，仗车而行，穿着五颜六色飘洒的衣裙，来到曲江池边，寻花问柳，饮茶品酒，观赏盛开的鲜花，品评游荡的锦鳞。间或有几个宫廷乐师，弹奏起韵律十足的乐曲。连年的风调雨顺，物产丰饶，使得唐朝成为以胖为美的国度，妇人们打扮得像牡丹一样，撑起各自雍容华贵的面容，宽大的衣裙，掩映着丰满的肌肤，飘飘洒洒，摇摇欲仙。脂粉的香气和鲜花的清香混合起来，弥漫在荷花摇曳的水面上，凝结而成点点水滴，飘洒在树叶上、鲜花上，涂抹在人们的脸上，将盛唐的奢华描绘得淋漓尽致。

出生在碎叶，游历了大半个中国的李白也随着款款的人群来到曲江池边，背后是高耸的宫殿，是大雁塔高高的塔尖，面前是涟漪荡漾的池水，诗人不免激情昂扬，把酒临风，借着酒性，挥洒下优美的诗篇。豪放华丽的诗篇成为大唐盛世最好的注解，成为记载帝国的强劲音韵。青春得志的李白，傲慢地让高力士为他脱鞋，让唐明皇的宠妃杨玉环为他把盏，时逢盛世，君臣同欢，皇帝居然慨然应允。在曲江池边，略显肥胖的杨玉环很不情愿地拖着宽大的衣裙，为李白端起酒杯，好一幅歌舞升平的盛世画卷。同样在西安，祖籍山西文水，出生在四川广元，有着周武王血统的武则天以女皇的身份登上皇帝的宝座，凤翔于龙上，绝无仅有。号令群臣，独望九州，演绎着中国历史上绝无仅有的画卷。而这时的曲江池，远没有盛唐的雍容华贵，战火与硝烟过后，倒是有几分的荒芜。转瞬间到了今天，繁荣的经济促成了新建的曲江池遗址公园，宽阔的水面，飘摇的垂柳，隐约的楼堂，点点的鲜花，似乎又回到盛唐的时代。人们在池水边漫步，在花朵前流连，任凭时光悄然无声地流淌。时过境迁，只是没有了雍容的贵妇，没有了香气四溢的脂粉，更没有了把酒赋诗的李白，多少有点遗憾。

脑海里记起李白的一首诗：*李白乘舟将欲行，忽闻岸上踏歌声。桃花潭水深千尺，不及汪伦送我情。*模仿李白的诗，吟咏七绝一首《曲江偶感》，诗云：*香粉盈溢花朵间，春雨无声润地鲜。几多人影衣衫动，更有水边醉诗仙。*在感今怀古的幽思与遐想中结束了此次西安曲江遗址公园之旅。

2012 年 5 月 18 日

游徐州龟山汉墓

刘邦出身平民，号称斩蛇起义起家，他不是科举出身，因此不愿宣扬正统的儒教，这样的原因导致汉代推崇道教。道教重视今生，不言寿，讲究"孝敬父母"，所谓"举孝廉"，孝作为评价人，甚至选拔官吏的重要标准。由于孝的要求，就要对先人实行厚葬，所谓"视生若死"，死后享受生前同样的生活待遇，这种思维导致汉代墓葬都很宏大，有大量的陪葬品，比如著名的"金缕玉衣"，史书记载"天下赋税，三分宗陵"。在河北满城，有刘胜的龟形墓；北京大葆台有著名的"大葆台汉墓"；长沙有世界奇迹"马王堆汉墓"；还有南昌近年来发掘的"海昏侯墓"。由于徐州是刘邦的家乡，在徐州附近也有很多汉墓。

龟山汉墓是楚王刘注的夫妻合葬墓，大约在公元前 200 年，距今有两千多年的历史。龟在中国历史上有长寿、能负重的寓意，也是一种吉祥的神兽，像龙、麒麟、仙鹤等等，属于原始动物图腾的一种。在中国有很多冠名"龟山"的山，徐州的龟山并不很大，但形似巨龟，且石质坚硬，很适合做墓地。龟山汉墓墓室完全开凿在坚硬的岩石之中，左右两条长度达五十米的甬道，方方正正，笔直向下。墙壁四面是开凿时留下的錾子的痕迹。甬道尽头是大大小小的洞室，最大的有三十平方米，在墓室中间还有石柱支撑，除去放置棺椁的洞室外，还有储藏食品、礼器、音乐用品的场所，甚至还有厕所，如同主人生前的使用情况一样。虽然墓室冰冷阴森，但很有人情味，很有生活情调。在幽长的甬道中古人放置了巨大的"塞石"，用以防止盗墓。尽管如此，在漫长的时代中，墓还是多次被盗了，留给我们的是巨大的深埋在地下的有点阴冷的石窟。

生死问题是始终萦绕在每一个人面前的巨大哲学问题，几乎所有宗教都试图对此进行解释，并由此产生不同的思维体系，成为宗教思维的出发点。不管怎样，汉代巨大的石窟式墓穴为我们展示了历史上的巨大的存在。无数人出生、死亡，有人声名显赫，有人碌碌无名。显赫的人物死亡之后留下巨大的存在，无名的人物变成黄土的颗粒。但太阳依然日复一日地升起、落下，几千年，造就成今天的世界，造就出今天的我们。

在感慨之中离开了体型巨大的徐州龟山汉墓。

2008 年 5 月 10 日

雾中游崆峒山

来到平凉的时候遇到大雾。平凉位于陕西、甘肃一带黄土高原的边缘，地势较低，集聚雨水，在黄土高原上十分难得，同时是一处避暑胜地。可能是由于地势低洼的原因，整整的一个晚上，雾气仍未褪去，早上到崆峒山大门的时候，依然浓雾覆盖，什么也看不见，犹豫再三，路途遥远难得来一次，还是冒着大雾登山。崆峒山山势并不陡峭，很多地方是缓慢的坡道，铺砌很好，并不难走，更不需要手脚并用，确实是很好的休闲场所。

道教是中国土生土长的宗教，大约起源于汉代的五斗米教，江西的龙虎山可能是最早道教的场所，武当山、三清山、青城山、崂山都是道教场所。提倡尊重自然，师法自然的道教找到很多山势奇特的山峰，并修建道观，这样的布置可以避免与百姓争夺城市用地，也可以在一定程度上避免兵燹之灾。

沿着山路向上走，一路上建有很多古色古香的建筑，依照地势建在山坡上，四合院式的围合式院落。高大的松柏，香烟缭绕的香炉，给人飘渺升腾的感觉。一处处建筑，看似随意地分布在山谷中，实际上是根据地势，借助于周围的环境，精心建造。道教的建筑往往建在险峻、凌绝之处，给人飘飘欲仙的感觉，令人称奇，也可能是在这样的地方，可以感受到与上天的心灵感应，更能够了解上天的呼声，传递上天的声音。

大团的浓雾包裹一切，完全看不清远处的景物，只是眼前的院落、庙宇、树木，隐约可见。年代久远，有些建筑已经倾斜，墙面斑驳。只是高高挺立的树木，诉说着历史的久远。脚下的青石台阶已经磨得滚圆，不知道曾经有多少人走在同样的山路上。隐藏在山崖下的庙宇，俯瞰着眼前的土地。只是大雾笼罩看不清楚，如果日出晴天，可以看到山下的田园、房舍以及生活在其中的人，有一种高高在上，凌驾于万人之上的感觉。树林茂盛，寂静无声，这样的环境更能屏蔽都市的喧嚣，远离红尘，更适合冥思苦索，品茶论道。

崆峒山并不高，几座山峰平行地连接在一起，高低错落，几个山头上都建有道观，镶嵌在分散的山头上，整个山峰布满各种建筑，建筑非常密集，连绵不断，可见这里香火的旺盛。站在山顶，透过大雾，隐约可以看到地面，看到星罗棋布的房舍，掩映在浓厚的大雾之中。由于地处黄土高原的边缘，这里并没有南方山谷中流动的溪水，只是水汽弥漫，滋养着其中的植物。尽管没有流动的溪水,但是在北方黄土高原之上,有如此多的绿树,已经是很难得的场所了。

从崆峒山下来,在庆阳品尝了当地的特色"暖锅",就是用北京涮锅的铜锅,把各种食材放在里面,肉块、豆腐、蔬菜、香肠、鸡腿放在一起,放上高汤,用炭火炖熟,便可以食用,石材品种丰富,炖在一起,更是美味。暖锅是庆阳一带的特色,想来在寒冬之际,人们围坐在一起,品尝暖锅,在黄土高原上是不错的美食。

尽管由于大雾,没有完整地领略崆峒山,但是对武林中著名的崆峒派道场,多少也有了直观的了解,确实是一座很有特色的仙山。

2015 年 10 月 8 日

游张家界黄龙洞

虽然刚刚看过四川北部的诺水河溶洞,但来到张家界的黄龙洞还是有强烈的震撼感。黄龙洞洞门很小,进去不远就是硕大的洞体,洞的高度、宽度、深度都很大,有上下四层。多层洞形成的原因,是最先水冲刷上面的岩石,形成上层洞,随后水流由洞底的孔洞进入下面的岩石缝隙之中,继续冲刷,形成第二层溶洞,进而是第三层、第四层。水的冲刷有几个特点,一是水量大,白天黑夜不停,二是水流动的过程中总在冲刷,也就是说水被用了不只一次。还有就是形成洞体后,水会蒸发,水气的浓度很高,侵蚀洞体上部的溶岩,造成岩石塌落,形成巨大的洞体,水在上下一起发挥作用。除去水以外,岩石也很有特点,必须是能够受水侵蚀的岩石,不能太软,也不能太硬,岩石要有裂缝,有进水的地方才能崩塌,还有就是要经过很长的时间。但尽管有以上这样的因素,还是难以想象在巨大的山体中会有这样巨大空间的存在。同样令人惊讶的还有洞内巨大的钟乳石,由于水的蒸发作用,不断腐蚀洞上面的可溶性岩石,一点一滴地把岩石成分随水滴落,落在地上,形成塔状物,有大有小,千奇百怪,让人在硕大的洞中感受大自然的鬼斧神工。在洞内行走甚至感觉很累,有很多段是坡度很大的上坡路,台阶很陡,下面是漆黑的深渊。开放给游人参观的洞穴只占整个洞穴的十分之一,没开发的地方黑暗无光,无法涉足。但奇怪的是洞内竟有成群的蝙蝠飞过,飞得很快,可能是有身体雷达的原因,能够在黑暗中飞行。洞里还有暗河,只能听到声音很大的水声，看不见水流，很可能正在冲刷下面的岩石。世间大凡奇特的自然景观，必须亲自经历，才能相信，在大山深处的这样的洞穴，不亲身来是感受不到的，文字只能传递所有信息的一部分，照片、录像能看到形状，但体积、比例，还有温度、湿度，自身的感受、惊讶与感叹的感觉，是难以记载与交流的。因此，只有亲身来看才能感受。

从资料上看，在张家界附近的山里有这样的溶洞一百多个，黄龙洞是最大的。也不知道没有开发的大山中还有多少这样奇特的巨大的山洞。

2008 年 11 月 25 日

游长沙岳麓书院

湖南长沙岳麓书院最出名的是门口的楹联"惟楚有材，于斯为甚"，比较夸张，甚至有点张扬，这一方面显示了岳麓书院的成就与地位，另一方面也彰显了湖南人特有的张狂性格。抗日战争时期，湖南人喊出了"湖南不亡，中国不亡"的口号，很有气势，也很有道理，有中流砥柱的味道，而曾国藩率领的"湘军"几乎改写了中国近代的历史。在农耕时代的封建社会，所谓读书主要是读社会学的书，所谓"四书五经"，加上一点哲学、心理学、历史学、文学，就足以治理社会，也就可以入朝为官，各地的书院成为培养官僚的场所。年轻人在书院读书之后，可以参加科考，便可以光宗耀祖，扬名天下，改变自身命运，很多人把书院作为人生的重要起点，也是很多读书人的生活之本。

那时中国没有工业，商业、金融业也是很低水平的，登不了大雅之堂，机械、电子、化工、冶金、林业、矿业、地质都没有，也没有经济、法律等，只有厚厚的诗书，书院成为读书的唯一。像中国很多书院一样，岳麓书院的建筑很有特色，环境舒适，很适合读书，房前屋后都有连廊。适应南方多雨的气候，四合的房屋围合成独立的小院，自成体系，很适合进行小范围的交流学习。还有就是南方特有的植物，参天的大树，茂盛的花草，无处不在的绿色，以及花草的清香，都成为岳麓书院特有的气息。岳麓书院背后是林木茂盛的岳麓山，形成天然屏障，也为书院在空间上提供了广阔的视野，书生们读书之余漫步青山翠林之中，听一听泉水的流淌与鸟的鸣叫，真是难得的享受，也是中国山水画一般的意境。

书院后面的山坡上有著名的"爱晚亭"，取杜牧诗"停车坐爱枫林晚"的诗意，亭子坐落在山坡之上，屋脊高翘，与背后的岳麓山形成和谐的有机结合，远比滁州的"醉翁亭"有气势。而杭州的"湖心亭"与北京的"陶然亭"都是城市中的亭子，更是纤纤细身，比不上爱晚亭宏大的气势，爱晚亭为岳麓书院增色不少。现代生活产生了现代教育，岳麓书院像中国很多书院一样成为历史，失去了实用功能，只是游人徜徉其中可以感受到实实在在的历史气息，感受前辈曾经生活曾经梦想的地方，怀古论今，产生无限联想。在无限联想中离开岳麓书院，重新回到长沙城的闹市之中。

2008 年 11 月 2 日

在山西博物馆感悟山西历史文化

山西博物馆建在汾河边上，造型有点像金字塔削掉塔尖，倒过来放置，明显的倒梯形建筑。博物馆内部装修豪华，展品丰富。山西历史很悠久，中国古称"九州"，清朝龚自珍有诗云"九州生气恃风雷，万马齐喑究可哀"。晋州就是九州冀、青、幽、并、青、扬、益各州之一。山西特有的地理位置造就了山西人的性格特点。汾河盆地两侧是吕梁山、太行山，中间有汾河以及大块的平原，又有盐与煤炭的矿藏，形成独特的自然地理环境，相对封闭又面对外面的世界。

几乎和北京猿人、仰韶文化同时代，三千年前在山西就有人类活动的痕迹。汾河边上的丁村遗址有明显的古人用火的痕迹，大量简单建筑的遗址，还有玉器、石器等残留物。发展到战国时代山西更是兵家必争之地。在展览馆中可以看到商代在侯马一带制造的精美的青铜器，各种酒器、礼器，丝毫不逊色于陕西出土的青铜器。以前只知道山西商人很厉害，其实山西历史非常悠久，青铜器也很有名，印象中青铜器好像陕西最多，事实上山西也不少，从三角型陶器演变成的青铜器，造型精美，工艺精湛。"模范"一词就来源于筑造工艺，内模叫模，外模叫范，都是用陶浇铸的模，刻上相反纹路，再浇铸铜水，形成器皿。最精致的青铜器是大象形状的鸟，非常具有想象力，非常逼真，非常夸张。

精美的玉佩，金银组合的玉器造型精美，工艺精湛，令人叫绝。随后的陶器、瓷器也是很精致。由于山西连接南北的地理位置，产生了出大同做生意的山西商人，开始是贩卖货物，把山西产的盐，江浙一代产的丝绸运到遥远的西伯利亚，中亚地带。后来精明的山西人发明了"票号"，经营起以钱赚钱的生意，居然垄断了大半个中国银行业。在中国几乎所有大城市中都有山西人经营的钱庄，都有山西人聚集交流、欣赏演出的"山陕会馆"，在外面赚钱的山西人，又在自己的家乡修建了很多深宅大院，像乔家大院、王家大院、常家大院、渠家大院等等。山西商人在享受物质生活的同时，向世人炫耀着自己的财富与成功。

在建设精美的大院的同时，山西人还建设了更多的佛教的寺院、庙宇、石窟，山西的雕像更接近平民化，更富有生活的表情和感觉，拉近了佛与普通人的距离。在五台山和大同云岗石窟中，佛教的建筑、雕塑水平达到了相当的高度，让人体会到山西人的创造性。山西的文物建筑、古代建筑在全国都是很有名的，所谓"地下文物看陕西，地上文物看山西"。还有就是很多佛像，可惜最好的佛像都在国外，但留下来的佛像造型逼真，神态庄重，身上用石头刻的纹路清晰，完全可以和意大利的雕像相媲美，很有艺术造诣。山西戏剧文化也是很博大，解决了温饱问题之后，人们开始追求精神上的享受，建设戏台、组织演出，编写剧本，在更高的精神层次上获得满足。很多展品堪称"国宝"。在展览馆中流连，可以更清楚地感受山西特有文化的存在，可以在历史的时间轴上感受山西的痕迹。

在盐给山西带来财富之后，煤炭又像白银一样给山西带来滚滚财富，以至一说起山西人，人们就会说"山西煤老板真有钱"。山西煤老板在北京、上海、深圳买房、买车的故事被演绎得活灵活现，几乎家喻户晓，成为"大款"的代名词。也许若干年以后，"晋商"的称谓要让位给"晋煤商"。山西博物馆非常真实地展现了山西的文化，展示了山西人在历史中的存在。

2008 年 5 月 19 日

感受镇远古镇的气势

秦汉时期，从内地进入云南只能走五尺道，而镇远是五尺道的必经之地。发源于武陵山脉的湘江，向北流动，贯穿湖南全境。而同样发源于武陵山另一侧的舞阳河向南流动，流向贵州。人们乘船沿着湘江走到不能行船之处，便弃船登岸，翻越山峰，重新乘船便可以沿着舞阳河一直到达云南。镇远城夹在两边的大山之间，城市很狭窄，房舍完全是沿着河流两岸布置的，靠近河道边是一排房舍，后面是平行于河道的道路，道路边上是连接到山脚的房舍，祖居镇远外出经商、当官的人们，挣了钱便回家盖宅院，一家一户连接成片，鳞次栉比，高底错落地散布在山脚下并不宽阔的平地上。舞阳河河水清澈，上游的水量很大，河道中水流湍急，横跨河面有五座形态各异的廊桥，可能是常年多雨的原因，贵州的桥大多做成廊桥，镇远的桥也不例外，只是由于建于不同年代，桥中央的亭子高耸，檐角伸向天空，造型夸张、随意，各不相同，与内地循规蹈矩的亭台楼阁楼大不一样，显得更加飘逸，更加洒脱，在两山间与周围的山峰遥相呼应，更显出桥梁横跨江河的气势。

与中国很多已经残破的古镇不同，镇远古镇至今依然在使用，居民生活于其间，怡然自乐，整个古镇洋溢着勃勃的生机，完全没有残破的感觉，熙熙攘攘的人群，给古色古香的古镇涂抹上浓郁的生机。整修一新的院落被开发成旅馆、民宿，造型夸张的檐柱提醒游人这是在遥远的地方，山高皇帝远，鞭长莫及，更能发挥人们的聪明才智，更能够表现人们的审美取向。曲折的石板路，鳞次栉比的房舍，彷佛真的把人带回到遥远的年代。在镇远城中有一处院落，当年长沙会战之后，俘虏了很多日军，被安置在镇远，四周高耸的大山可以有效防止日军飞机轰炸，而四面大山的环境又是天然的屏障，在这里关押了最多的日本俘虏，在历史上留下浓重的一笔。古镇中的人们生活节奏很慢，不急不躁，彷佛没有车水马龙的感觉，在慢慢的时间的流逝中，享受着各自简单而平和的生活，享受着与大城市截然不同的生活状况与生活品质。

穿城而过的舞阳河发源于云南与湖南边界，武陵山区充沛的降雨给舞阳河带来充足的水量，加之河道坡度很大，舞阳河成为漂流爱好者的天堂。因为时间有限，难以感受，将来有足够的时间，一定来镇远住上一段时间，感受一下水流充沛的舞阳河漂流。由于古镇设施齐备，建设得很现代化，相当于建了一座度假小镇，古老的城镇焕发出蓬勃的生机，迎接着四面八方的来客，给人带来穿越时空的感觉与享受。

恋恋不舍地离开了气势宏伟的镇远古镇。

2018年10月25日

惊叹贞丰双乳峰

贞丰距离兴义不远，看完马岭河峡谷瀑布群以及万峰林，天已经黑了，踏着夜色住进贞丰。这是一个很小的城市，街道上几乎没有多少人，清净而整齐，人们慢节奏地生活着。夜市中有各种美食，很多叫不上名字，让人感到新奇。

贞丰最出名的风景就是双乳峰，在很多地方可以看到双乳峰的照片，成为贞丰的地标，这次可以亲临实地亲眼看一看，多少有点激动。开车出城，道路边上很多耸立的孤峰，这里的山峰大多笔直坚挺，很多是坚硬的岩浆岩，岩石坚硬，在大量降雨的冲刷下，一座座山峰立在大地上，星罗棋布，构成优美的图画。走到景区门口的时候，还没有看到双乳峰的样子，只能想象，这里到处都是孤立的山峰，大都像馒头一样，耸立在大地上，大同小异，没有什么特别的。继续向里面走，转过几条小路，大约可以看到两座紧密相连的山峰，并不明显，只是朦胧地立在哪里，继续往前走，越来越明显，大地之上逐渐看到两只硕大的乳房，兀立在平缓的地平线上。沿着地上的指示线，站在最佳位置，这时才清晰地看到双乳峰的景色。确实非常像，不仅硕大的山峰非常像，更难得的是山头上隆起的一堆石块以及上面生长的杂草，明显地显现出女性乳房的形状，非常逼真，非常清晰，两只硕大的乳房呈现在眼前，令人称奇。在大自然空旷的环境中，看到非常逼真的女性乳房，似乎也没有什么晦涩，没有什么隐私，没有什么不好意思，山峰清晰而分明，直白而明确，融化在大自然中，给人带来精神上的愉悦。人们置身于大自然之中，回归到原始状态，在大自然面前，坦坦荡荡，潇洒自然，体现出天人合一的精神境界。

从原始社会开始，到母系氏族社会，人们都把生育与繁衍作为崇拜的目标，作为宗族追求的目标，人类自身的繁衍给人带来生活的希望，带来生活的寄托，而哺育婴儿长大的乳房，同样成为人们的崇拜物，并没有不良的感觉，对于生命力的崇拜，对于生活的希望，体现在人们对大自然奉献的乳房的欣赏之中，不管是真实的乳房，还是山峰的景物，同样给人带来精神的升华。

在巨大的大自然中，个人十分渺小，很多人站在巨大的双乳峰前，也只是小小的几个黑点，完全不足以与巨大的山峰相媲美，这种体型上的差异，更显得双乳峰的宏伟与壮观，更让人不自觉地产生油然的敬佩之心，这也是在大自然双乳峰前最明显的感觉。

在中国辽阔的大地上，很多自然景观，惟妙惟肖地展现了人体的器官，似乎是大自然在地面上的杰作。人类在大地上看到自身的影子，看到自己在大地上的痕迹，更加体会到人类与大自然的关系，更加感受到人类的奇妙与伟大。事实上，人体本身也是大自然的作品，这样想来，看到类似于人体的地质景观也就不奇怪了，很正常。

走出景区，回过头，明显的双乳峰便改变了模样，由于变换了角度，曾经逼真的山峰似乎就是两座孤立的山峰，没有异样，精妙的双乳峰留在永久的记忆之中。

2017 年 11 月 12 日

重阳节游定都峰记

北京作为中国的首都，最重要的时间点是明朝永乐帝建造明紫禁城。在此之前，起源于白山黑水的金人曾经在广安门一带营建金中都，但城池规模较小，也没有留下更多的建筑遗迹。事实上，金并没有能够控制全中国，只是像齐、鲁、北魏一类的地方诸侯国。在更为遥远的秦始皇时代，北京几乎是边疆，是蓟国都的所在地，推翻秦二世的陈胜，就是在被发配到蓟州的路途中造反起事的。在元朝，由于成吉思汗暴亡，忽必烈匆忙之中继承汗位，在曾经女真人的都城，辽人南京的基础上在北京建元大都，但元人建筑水平不高，加之建设时间短，更多的是土质城池，也没有太多的痕迹。但正是以上在北京频繁的建城活动，使得戍守边关重镇的朱元璋四个儿子之一的朱棣，决定在北京营建传承万世的都城。明代紫禁城的建立，奠定了北京在中国的地位，奠定了北京作为首都，在世界上的地位。

随后清人入关，几乎完全沿承了汉文化，沿承了孔子儒教的治国理政之道，也顺理成章地沿用了明永乐帝建造的紫禁城。清朝对明朝遗留的包括十三陵的保护甚至继承，在很大程度上保护了中华文化。自此北京城的轮廓、街道的格局基本没有改变，使得北京成为世界上绝无仅有的中间低、四边高，且不临河的都城。

在北京都城建设的历史上，明永乐帝的作用最为重要，而永乐皇帝定都北京的野心早在他还是藩王的时候，就已经形成了。很可能在永乐帝游览北京古老的潭柘寺的时候，登上了今天的定都峰，看到被燕山山脉环形拱卫的华北大平原。站在定都峰上，王者之气油然而生，也许正是在定都峰上与军师姚广孝的耳语，奠定了朱棣以"清君侧"的名义，进攻南京，并掌控大明王朝的雄心壮志。站在定都峰的定都阁上，俯瞰浩大的华北平原，远望鳞次栉比的城市，更能够理解永乐帝的雄心壮志，更能够理解北京作为大国之都不可替代的地位。

背山面阔，左青龙右白虎，前朱雀后玄武，是道家制定的风水标准，是古人追求的建筑与城市的最高境界，而这样的标准，在北京得到淋漓尽致的体现，甚至拱卫京城的永定河、潮白河，更像两条温柔的巨龙，匍匐在皇城两边。在中国巨大的版图上，适合做都城的地方并不是很多，从念青唐古拉山上奔腾而下的喀喇昆仑山，像一条跃起的龙，挺立在中国版图的最西端。随后一路东下，昆仑山、六盘山、秦岭，直到完全南北向的太行山，逶迤几千公里，而这巨大的山脉，在北京附近温柔地摆动了尾巴，以燕山山脉而形成东西向的山型，直到北京西部的青龙、迁西，最后在山海关跃入大海，成为一条名副其实的盘卧在中国硕大版图上的巨龙，在这条龙身上，最适合都城的位置，就是今天的北京。

当燕王朱棣在南京城燃起熊熊大火的时候，就命令刘伯温、姚广孝在北京营建都城，把俘虏的明建文帝朱允炆的军队全部投入建设北京城，并仿照秦朝宫殿的样式，建设了紫禁城以及北京城。三十万人近十年的建设，辉煌、浩大的北京城屹立于北方，盘踞在中国的巨大龙脉燕山之下，奠定了万世之基业。相对而言，伦敦、巴黎、开罗、华盛顿，大都是像广州、香港、南京、武汉一样，由水运货物的歇脚之地，逐渐发展成为城市，临水的城市，无山无势，缺少山水之气势，缺少凌驾的霸王之气。只有北京眼望平川，背靠巨龙，凝聚王者之气，成为世界上绝无仅有的大国之都。

光阴荏苒，尽管高铁飞驰，波音宽体客机翱翔，iPhone 一代又一代更新，神七在太空飞翔，北京作为都城，依然秉承古人的智慧，沿承中国传统文化的脉络，以遥远深邃的姿态，凝望着变化纷繁的社会。登斯楼者，浩瀚而辽阔；登斯楼者，遐思而冥想；登斯楼者，感天知地，似乎倾听到永乐皇帝呼吸的音息，似乎看到大明驰骋天下的铁骑。

江山无语兮，时光流逝，人之安在兮，吾将何往？在对历史的感叹，对古人的敬畏之中走下定都峰，回到车水马龙的城市。

2013 年 10 月 13 日

享受广东五华泥浴

不知道是不是全中国只有这一处泥浴,更不知道世界上还有没有类似的泥浴,在其他地方还真没见过,实在太特殊了。开车从号称"四菜一汤"的福建土楼出来,山势逐渐变缓,很快来到广东,按照导航的指引,找到"五华"小镇,很小的村镇,非常普通,与广东很多村镇一模一样,来到泥浴景区门前,没有游人,只有一面高大的广告牌,上面画着五个靓丽的美女,身穿比基尼泳装,满身都是黑泥,有点令人匪夷所思。买票进入,换上游泳衣,来到一个类似仓库的房间中,简陋得难以相信是娱乐场所,用彩钢板搭的棚子,里面用水泥抹面砌筑两个方形水池,宽度也就不到两米,大约只能勉强躺下一个人,长度方向大约可以躺下十几个人。看到如此简陋的设施,感觉很不理解,号称全国唯一的泥浴竟然这样?不知道有什么秘密之处。随后工作人员打开墙角的阀门,很快从池子的角落处挤出一股黑色的泥流,不是水流,而是纯粹的泥流,完全的泥浆,有点像牙膏挤出来,一股一股地注入池子,服务员用类似农民晾晒粮食的多齿耙把黑色的泥浆平铺在池子里,大约四十厘米深,这样就可以泡泥浴了。

伸脚进入泥池,非常烫,条件反射不自觉地抽回脚,慢慢地适应几下,才能坐在泥池子里,很快炙热的泥浆包裹身体,先是烫屁股,随后热量裹满全身,这时才感觉到泥浆的热量。这里的泥浆很细,有点像细粉,攥在手里完全感觉不到颗粒的存在,泥浆的热量很高,没有常见的蒸汽,泥浆表面看上去很平静,但包裹在身体上,比热水更加均匀,更加密实,热量更加浓厚,泥浆把热量满满地覆盖在肌肤上,让人感到满身针扎似的,热量似乎渗透到骨头里面,彻体地温暖。

仰面躺在泥浴里,用手把滚烫的泥浆盖在身上,整个身体沉浸在泥浆之中,甚至敷在脸上,薄薄的一层,全身被热量包裹得严严实实,热量从外向里扎进皮肤,彷佛很快就要扎进五脏六腑,身体就要沸腾,肌肉临近融化,精神得到升华,飘飘然,接近羽化而成仙。泥浴与常见温泉水浴相比,最大的特点是热量更加充满,热量严密地裹在身体上,肌肤感觉到明显的压迫感,有点像贴上膏药的感觉。泥浆很细腻,柔软地钻到手脚缝中,钻到身体的空隙中,给身上的每一寸肌肤带来浓厚的热量。不到五分钟,已经满头大汗淋漓了,只是身体被泥浆包裹严密,身上出的汗已经被泥浆吸收,完全感觉不到,只有脑门的额头上,大粒的汗滴爬满面颊,身体上只是热乎乎的感觉。

大自然实在太神奇了,温泉浴似乎还容易理解,不断补充的水源经过地下岩石加热,喷出地面,形成温泉,而滚热的泥浆从何而来?总不能有无限多的泥浆涌出地面吧?涌出地面的泥浆会不会在地下形成空洞?泥浆的热量是从哪里来的?躺在泥浴中,脑子里完全想不明白,极其特殊的地层条件,地质构造,才能形成难得一见的泥浴,这也是五华泥浴在全国范围内绝无仅有的原因所在。

从泥浆池中出来,身上的黑泥已经没有了热量,而池子中的泥浆依然饱含热量,但是表面没有一点蒸汽,与一般的泥浆没有两样,不是亲自下到池子中,很难相信泥浆的热度,真的非常神奇。在喷头下冲干净身上的黑泥,走出彩钢房,山脚下建有几处温泉池,清亮的温水,躺在里面,南国特有的绿色映现在眼前,空气中弥漫着湿气,微风吹过,一片清凉,感觉到彻体的欢愉。

走出五华泥浴景区的时候,再一次亲身感受到大自然的奇特。高耸的山峰,喷涌的瀑布,神奇的温泉,沙漠、胡杨、雾凇、冰洞,大自然不经意间,给人类创造了美好的家园,创造了难得的美景与享受。而广东五华泥浴,正是大自然奇观异景中非常精彩的一个,实在是难得一见。

2017 年 10 月 15 日

重游青海湖

由于过于遥远,中国最大的咸水内陆湖青海湖很难见到。十年前参加列车旅游,来过一次青海湖,这次来到兰州,再次抽时间来到青海湖,领略美丽的湖光山色。首先是遥远,而且路途艰难,从兰州出发,要有近三百公里的山路,道路两边尽是寸草不生的荒山,一片凄凉的景象。经过西宁之后,道路基本上就是沿着河走,曲折而浑黄的河水始终流淌在道路两侧,一路上坡,翻山到最高处是著名的"日月亭",是当年文成公主进西藏时停留休整,驻足回顾西安的地方。山顶的风很大,刮得人站不住脚,感觉很冷,完全不像在夏天。冷风之中玛尼堆上的经幡飘摇飞舞,形成独特的风景。

过了日月亭就是一路下山了，经过著名的"倒淌河"，便是大块的开阔地，水草丰美，车窗外最大的风景是大片的油菜花，黄灿灿，亮闪闪，镶嵌在大山脚下的坡地之上，覆盖整个山坡。再往前走，就可以看见藏区特有的牦牛，在高寒地区，这种披着厚厚皮毛的动物坚强地陪伴着西藏的民众，顽强地抵抗着严寒，坚毅地生存着，用硕大的身躯吸收能量，为人们提供着能量。除去牦牛，还有就是大片的绵羊，同样是厚厚的毛，用以抵御严寒，这与内地的绵羊大不一样，更加肥壮，它们大都头也不抬地吃草，积蓄能量，储存脂肪，等待寒冬的到来。狭长的道路像一条飘带，蜿蜒曲折，撒在辽阔的草地之上，不知其所终。在如此遥远的地方，居然可以看到背着大包的骑车者，从遥远的地方，一点点地骑行到湖边，领略美丽的风景。偶尔还有一步一匍匐的朝圣者，用自己的身体丈量大地的长度。

　　青海湖很大，大得像海而不像湖，完全看不到尽头，只是没有海边的大浪，没有波翻浪涌，显得平和而安宁。湖边的山坡坡度很大，倾斜向湖边，由于视差的关系，看上去湖面更像一堵直立的墙，横在眼前，似乎再向前走就要撞上去。从停车场走到湖边有很长的路，湖边海拔3100米，明显地感到缺氧、头昏、无力，脚下像踩了棉花似的，这是在内地其他湖面没有的感觉。各地的湖大体是一样的风景，水面平稳、开阔、清澈，而青海湖最大的特点，是蓝天与白云。白云、蓝天、山、湖，构成立体的风景，均匀而和谐。青海湖湖面很大，三层楼高的船开出去就成了一个小点，而湖水很平静，只有岸边有一丝很小的水波。青海湖是咸水湖，捧一把喝下去，能够感到明显的咸，但与海水有很大不同，是清淡的咸。由于这里温度很低，无法游泳，一年之中只有几个月没有白雪覆盖，严酷的自然条件，使得青海湖周围很少有人居住，基本上保持了大自然原始的面貌。

　　能有机会再次来到这远在天边的青海湖，也是很难得的事。

2010年7月4日

寒光曲

自序：本人自驾车行至江苏灵璧县境内，记忆中有西楚霸王项羽败于乌江之处，便去寻觅古迹。婉转迂回，终于得一残破之墓，名"虞姬墓"。虞姬者，浙江绍兴人士，生长于会稽山下，饮兰亭水而长大，伴曲水流觞而舞。其兄为项羽幕僚，南征北战，虞姬青春年少，随兄长游玩于军中，慕项羽英雄伟岸，一见倾心，乃以身相许，事君于战火狼烟之中。然时运不济，于乌江之滨被刘邦大军围困，山穷水尽。虞姬乃含泪做最后一舞，凄美绝伦，空前绝后。舞毕拔剑自刎，香消玉殒，其唱成为千古绝唱，其人成为千古绝人。而今，虞姬墓已成为平平常常的土丘，荒草盈身，残旧而荒芜。周围邻人甚至不知为何人之墓。芸芸众生，浩浩白发者不可数计，又有多少人能以身殉情，能唱出如此婉转之歌，舞出如此绝美之舞。有感于此，乃做长诗一首以为志，凡120行，840字，以为这段凄美绝唱的注释，是以为序。

风卷残云硝烟浓，血飞如雨铠甲红；身经百战无所惧，山穷水尽路不通。
旌旗如云吼声起，战鼓低鸣马蹄疾，四面楚歌人心散，亡魂无语空悲泣。
怒目圆睁手握刀，力拔山兮奈若何；虎落平川枉自叹，路断乌江陷坎坷。
月明星稀乌雀飞，血雨刀光秋风急，春寒帐暖孤灯闪，脂粉幽香美人啼。
弦鸣低语伴杀声，泪洒花蕊心自痛，末路穷途熬长夜，烟消云散万事宁。
更忆江南青山翠，曲水流觞漂花蕊，细雨纷飞桂花香，玉杯纤手人将醉。
曼舞轻歌无忧愁，碧水青山一望收，稻花千亩微风摇，夕阳西下凤回头。
回眸一笑映娇容，柳绿花红各不同，燕舞莺歌拔头筹，万绿丛中一点红。
岁月无语悄声过，青春如影度蹉跎，石寒水暖鸭先知，心语如泉与谁说。
投身军营换戎装，剑影刀光掩娇容，马蹄声鸣战鼓急，凤随龙行夜成双。
骏马金甲威风起，霸王驰骋马蹄疾，长剑当空寒光闪，眼望金銮待天机。
轻移裙钗邀相见，仰望英雄荡春心，天造万物人为主，阴阳交合万物新。
良宵苦短多夜语，春纱帐暖洒春雨，耳鬓厮磨慰相知，柔情似水云遮月。
酒光灯影轻声舞，脂粉飘香梦海游，春风拂面花香浓，醉心酥骨万事休。
日月山河历万年，光阴转逝人成仙；人生短暂得知己，软语幽香荡愁颜。
春梦未醒杀声起，风云突变寒风急，长剑在手舞杀场，衾被残香染旌旗。
孤鹤独舞守空帐，佳肴无味白昼长，佛灯禅音空自语，暗祷苍天盼君郎。

生离死别阴阳界，纵横驰骋人不歇，踏遍青山人未老，冷血残阳日光斜。
天不待我时无命，黄沙掠地青烟腾，孤注一掷刀出鞘，落荒兵败弃京城。
山倾地裂临末日，冷泪呆光后悔迟，江东夫老无颜见，命悬一线何所失。
帐外吼声如山坠，帐内孤灯闪余辉，戎装褪去换霓裳，柔步轻移人心碎。
粉遮泪痕展笑颜，柔身如水似天仙，弦鸣细雨声声泣，纤足玉手舞蹁跹。
长裙当歌朝天舞，泪飞如雨空自流，曲鸣声颤如仙乐，风吹锦帐似天哭。
悲悲切切血染泪，英雄无语空自悲，回天乏力奈若何，血色凶光鬼自催。
百媚散尽敛笑容，长剑在手音不同，上下飞舞闪凶光，魂归仙境万事空。
柔臂轻舒剑锋颤，冷血凄风青光寒，玉颈微倾人将倒，锦衣羽袍血光染。
地裂山崩霸王痴，玉陨香消再无知，风卷战旗哀声吼，三军掩面后悔迟。
大地沧桑精灵现，谁人永驻天地间，流星飞逝一点亮，多少亡魂难成仙。
寒光闪过魂飞散，生生死死在眼前，青史无痕人笑痴，血洒黄土慰相知。
广寒深宫春帐暖，银河万里孤日圆，惊天哀歌动地舞，长诗如笔美名传。

2009年2月5日初稿于河北固安金海温泉度假村
2009年2月8日完稿于张家口崇礼黄土咀山里红农家小院
2009年2月8日

走笔山东

有一位山东人士，曾经非常自豪地赞美他的家乡："山有泰山，海有渤海，文有孔子，武有孙膑。"这几句话的确非常形象地描绘、勾勒出山东的轮廓。让我们随着纤细的笔，在山东宽广的大地与悠久的历史上进行一次有趣的旅行吧。

从中国的版图上看，山东半岛像一柄短剑，斜插进渤海，地理位置的确得天独厚。由于靠海，山东海产品鲜美而丰富，扇贝、海参、鱿鱼、大虾以及百吃不厌的螃蟹，让人流连忘返。靠山吃山，靠海吃海，海产品的丰富的确是山东人的福幸。大海带来的不仅仅是海产品，更有海风带来的湿气，使得山东雨量充沛，庄稼茂盛，还有远洋船队舶来的滚滚货物，给山东人带来丰厚的收益与享受。

泰山位于山东西南部，号称五岳之尊，其实它的高度只有海拔1532米，比西岳华山、北岳恒山、中岳嵩山、南岳衡山并不甚高。但由于它突然兀立在长江以北的平坦、广阔的大地之上,且形态敦厚坚实,近观东海,成为五岳之中最有名气的山。由于泰山的地势特点,历代皇帝大都选择泰山作为封禅之所,以泰山作为从上天接收权力的象征。从秦始皇开始,汉武帝刘彻、光武帝刘秀以及唐高宗、唐玄宗、武则天、康熙、乾隆等几十位皇帝都曾经到过泰山,有的还到过不止一次,在中国历史上泰山一次次地被统治者利用,成为维护与加强统治的重要工具。

泰山的雄伟非亲临不足以描绘。尽管坐在屋里也可以从书本上读到历代文人对泰山所做的各种精美的描绘,但只有身临其境,只有亲自弯着腰,弓着背,冒着汗,一步一步慢慢沿着十八盘登上南天门,只有站在茫茫的白云簇拥与环绕的山顶,只有背靠着枝干挺拔的松树,远远地看到雾气茫茫的东海之上慢慢升腾而起的鲜红的太阳,这时才能真正体会到泰山独特的魅力。"登泰山而小天下""登泰山而尽晓天下事",虽然封建皇帝借泰山宣扬受权于天的说法带有十足的愚弄人民而为自己壮胆、鼓劲的意味,但泰山还是以其独特的形态向世人显示着它的存在。

尽管泰山坚强地挺立着,每日里静静地观赏着东海日出的美景,但黄河这条孕育了中华民族的母亲河,依然浩浩荡荡地途经山东大地而流入渤海。在历史上,这条与长江同样发源于青藏高原念青唐古拉山脉的黄河曾经那样的气势非凡。饮酒之后善于激动的诗仙李白赋诗云:"黄河之水天上来,奔流到海不复回",还有民族音乐家冼星海那首雄浑的《黄河大合唱》,把黄河作为中华民族的象征,在中华民族处于危难之时,振奋起国人的爱国之情。万里黄河贯穿中国腹地,串联起藏北、宁夏、陕西、山西、河南、山东等中华民族华夏子孙的各个部落,最后由山东流入渤海。滚滚而来裹挟着黄土高原金色泥沙的河水慢慢地、不情愿地流入渤海,日复一日,年复一年,终于冲积出一片硕大的扇形冲击面,把黄河河口向大海中推进了数十公里。历史上黄河曾经数次改道,微山湖以及江苏的许多湖泊都是黄河改道的产物,黄河肆虐半个中国之后,由山东顺服地汇入大海,找到了自己的归宿,这也可以算做山东另一件福事。

这几年黄河上游不断引水,使得黄河越来越小,以至于近乎半年断流。也许若干年后,学生们只有在教科书中才能读到有关黄河的描述。如今,干涸的河床以及黄河不远万里搬运来的黄沙,在阳光的照耀下泛着明晃晃的光亮,默默地向人们述说着黄河的痛苦与不幸。桀骜不驯的黄河流入渤海，在蔚蓝色的大海的边缘产生出一幅黄蓝相间的壮丽图画，黄色与蓝色的碰撞、交汇、交融，又恰似两种不同文明，即传统的、保守的、自给自足的农业文明与扩张的、掠夺的、难以满足的海洋文明的交汇，其中内涵的寓意也同样是难得的图画。

除去泰山与黄河，济南的泉水也同样是山东一绝。济南因为在济水之南而得名，济水就是今天的黄河。因为靠近济水有石质坚硬的山丘，而山石风化多有裂隙，水压的作用形成泉水。以趵突泉为代表的济南七十二泉成为济南特有的景观，故此济南也成为"泉城"。

在山东有好几处带有"临"字的城市，如临淄、临沂、临清，分别是靠近淄河、沂河、清河的城市，就像四川等山地省份有很多"两河口"的地名。淄博是博山与临淄的合称，临淄河的河床大约有什么特殊的矿石，水流过后河水呈现出墨黑色。淄河给人一种阴森、恐怖的感觉。但也许正是这淄河中奇特的矿藏使得淄博的陶瓷非常有名，与江西景德镇、河北唐山并称为中国三大瓷都。

值得山东人骄傲与自豪的还有靠近渤海、黄海的几座像珍珠一样镶嵌在山东剑刃上的几座城市，青岛是其中名声最大的城市。在中国近代，文人墨客、政党领袖、军界要人、工商巨头，几乎全部到过青岛。"红瓦绿树，碧海蓝天"的青岛不仅令他们向往，更令他们流连忘返。文化名人中，康有为、闻一多、老舍、王统照、臧克家，有的在青岛留下故居，有的则在青岛写下有名的作品。青岛依山傍海，曲折起伏的山路时而靠近海边，时而跃上山顶，海风中飘来带有湿气的微风，轻轻掠过，带来点点大海中特有的腥味。绿树掩映中栋栋造型各异的小楼，像童话中模型玩具一样点缀在山间的坡地上，红瓦掩映着蓝色海面上漂动的片片白色浪花，伴着海风，构成一幅优美的图画。除去红瓦绿树之外，青岛的海滩更是盛夏的避暑胜地，暑热之时，阳光在海浪与沙滩之间留下一浪浪的温暖，这时躺在海滩上，享受海水与阳光的抚摸的确是一种难得的享受。

到过青岛的人，在观赏过"红瓦绿树"之后，总是要登一登崂山的。崂山的闻名不仅仅是因为它雄踞在黄海之滨，山势陡峭，更得益于蒲松龄的名著《聊斋志异》中的崂山道士。那个学了半瓶子仙道，贪财而受到惩罚的崂山道士，给人留下了十分深刻的印象。在崂山脚下的上清宫中漫步流连，这种印象会得到进一步的加深，名山与名著相映成辉。除去青岛，烟台、威海、蓬莱、日照、龙口，这几座各具特色的海边城市，像一颗颗的珍珠，镶嵌在山东半岛这柄短剑的剑刃之上。烟台临近渤海，山顶之上原本建有施放狼烟的塔台，用于抵抗海上来犯之敌，故名烟台。同青岛一样，烟台同样有着曲折起伏的街道以及风景迷人的海滨浴场，更有百年名酒张裕葡萄酒，为烟台增光添色。

威海是一座新兴的城市，名声并不很大，但与威海隔海相望的刘公岛却有很大的名气。清朝末年，慈禧太后临近六十大寿，正在认真地筹划着在用海军军费修建的颐和园中大摆宴席。这时，觊觎已久的日本悍然发动了甲午海战，他们首先在海上向北洋水师展开大战。在这之前，在西方传教士的帮助下，闭门自大的清朝官员慢慢看到了自身的弱点，看到了工业化带来的生产的发展，他们中的有识之士逐渐放下泱泱大国的架子，用颤抖的手拿出黄金白银购买军舰枪炮，试图"师夷之长以治夷"，试图用洋人制造的枪炮来维持自己的统治与尊严。然而在海上，用重修颐和园剩下的钱买来的军舰不堪一击地被日本人击沉，不堪忍受屈辱的爱国将领邓世昌、丁汝昌自杀殉国。随后日军攻占刘公岛，管带刘步蟾自杀殉国。甲午战争以清朝的失败和中日《马关条约》的签订为终结，在中国历史上撕开耻辱的一页。岁月沧桑，那些从洋人手中换来的铁甲战舰早已经沉没在波翻浪涌的黄海之中，只有威海卫不远的刘公岛，像一艘永不沉没的战舰，在飘渺的雾霭与升腾的水汽中，静静地伫立在威海对面的海中。

威海向东，不到一公里，有一处很出名的景点"天尽头"，它是山东半岛的最东端，是黄海与渤海的分界点，有点像非洲的好望角，地理位置独特，景色壮观。但遗憾的是，"天尽头"不是以它的景观而闻名，而是由于有好几个官职很大的官员在游览"天尽头"之后失去了官职，成为不太吉利的地方，不少意欲前往者逡巡而不前，望而却步，这更使"天尽头"别具特色。日照是山东半岛最东端的城市，泰山可以远远地望见日出，而日照却可以在每日里触摸到日出那雄伟的景观，近水楼台先得日，由于它特殊的地理位置，故名日照。临近渤海，日照海产品丰富，这几年不断发展，成为山东有名的富庶之乡，尽情地展示着太阳与大海给予的恩泽。

蓬莱市海边的蓬莱阁是传说中的张果老、铁拐李、何仙姑等八位仙人渡海成仙之所。这八位奇特的道教仙人是中国普通百姓崇拜的偶像。对于更多的百姓，似乎没有更多的时间每日三省吾身，更难以做到"居庙堂之高则忧其民，处江湖之远则忧其君",他们更多的精力必须是面对开门七件事"柴米油盐酱醋茶"。手上厚厚的老茧与脸上深深的皱纹取代了深沉与斯文,对"善有善报,恶有恶报,不是不报,时候未到"的盲目理解,产生巨大的精神力量,支撑着他们克服生活中的困难,克服天灾人祸带来的灾难。远离深奥的儒学、神秘的佛学、道教,这一中国土生土长的宗教以言简意赅的教义以及与普通人类似的宗教人物走进人们的生活,香烟缭绕之中,接受着人们的跪拜。在这种情形之下,蓬莱便是这八位仙人渡海成仙之所,自然成为人们心目中的圣地。蓬莱阁屹立在海边一处兀立的巨大的岩石之上,雄伟壮观,更有在蓬莱独有的"海市蜃楼"在遥远迷蒙的大海之上,为美丽的蓬莱增添几分迷人的景色。

在山东半岛有一条"胶莱河",它东起青岛附近的胶州湾连接黄海,西通莱州附近的莱州湾沟通渤海。这是一条十分特别的河,胶东大地原本没有这条河,清朝初年,由于海盗的袭击,由江南一带经水路绕过山东半岛的运粮船经常受到损失,山东地方官员姚寅奏本,皇帝下旨,动用数万军民,开凿联通黄海与渤海的内陆运河。人们用火烧,用水浇,在坚硬的岩石上开凿出长长的运河,取名"胶莱河",这恐怕是中国版图上绝无仅有的一条河。

在山东有很多历史悠久的老城,即墨便是其中的一座。远在战国时期,燕军入侵齐国,国都沦陷,燕军长驱而入,攻到即墨城下,齐国岌岌可危。这时,即墨守将田单挺身而出,他集中全城能够找到的所有耕牛,在牛角上绑上尖刀,在牛尾上拴上火药,点燃之后,纵牛冲入敌阵,一战而胜,进而将燕军逐出齐国疆界,成为齐国救国的功臣。现如今即墨城早已大变模样,只有从田单之时一代代传下来的即墨老酒依然向人们传递着它特有的醇厚的芳香。即墨老酒与加饭酒、花雕酒类似,是中国土生土长的黄酒,这类酒度数不高,但养胃保肾,后劲十足,又没有副作用,虽然刚刚喝时有些不适应,但喝下后回味很久。洋酒大都非常刺激,令人兴奋、激动,虽然如此,但到底没有多少对身体的益处,这大概也是"黄色文明"与"蓝色文明"有明显区别的又一佐证。

在即墨东边的海面上有一个小岛,名叫"田横岛"。秦始皇统一中国之时,田横率领五百壮士退守田横岛,誓死不降,最后五百壮士全部死于田横岛上。抗战初年,大师徐悲鸿先生以此为题,画有著名的国画"田横五百壮士",用以激励国人奋起反抗的决心,画面悲壮、苍劲,人物健壮、勇敢,视死如归,更为古老的田横岛以及即墨古城增光添色。距离即墨城不远,有个小村,叫"徐福村"。徐福原是秦始皇手下的一名方士,自称能够寻得长生不老药。但一而再、再而三，找来的药都不灵验，自知纸里包不住火，早晚惹来杀身之祸，于是诡称需要率领五百童男童女渡海求仙，以此骗过秦始皇，登船出海，溜之大吉，三十六计走为上计。徐福最后登陆日本，所带的五百童男童女在日本生息繁衍，成为日本人的祖先，对此，日本人深信不疑。抗战期间，日本鬼子侵略中国，烧杀抢掠，无恶不作，唯独对他们曾经的祖先居住过的徐福村敬而远之，派兵保护，这可以算作即墨古老历史中有趣的一页。

在山东，有几处近代才出名的地方。距离青岛不远的海阳，是电影《地雷战》的发生地，那伙由远处而来武装先进却被"耙耙雷"炸跑的鬼子就是从烟台来的。而电影《红高粱》便发生在高密，如今"我爷爷""我奶奶"走进的高粱地上依然生长着茂盛的红高粱。普普通通的红高粱被电影奇才张艺谋点睛之笔描绘得声名大振。而电影《南征北战》中的大沙河、摩天岭便是邹城附近的山与河。距离青岛六十公里，有个县城叫"诸城"，在这里曾经挖掘出大量的恐龙化石，与四川自贡的恐龙化石，河南南阳的恐龙蛋相映成辉，向人们展示着巨兽独霸的年代，在山东半岛这片水草丰厚，气候温和的田地上，恐龙这种巨兽是如何骄傲地存在。

在山东半岛的最西端，是著名的微山湖。"西边的太阳快要落山了，微山湖上静悄悄，弹起我心爱的土琵琶，唱起那动人的歌谣"，一曲带有几分浪漫色彩的《铁道游击队》，把人们带回到战火纷飞、硝烟弥漫的年代。这座黄河改道冲击而形成的湖泊，南北连接着隋炀帝时代修建的大运河，以鲜美的鱼虾、鲜嫩的莲藕滋养着两岸勤劳的人民。微山湖得名于湖中的微山岛，而微山的得名来源于殷商时期商纣王同父异母的兄弟殷微子。商纣王荒淫无道，而殷微子仁政爱民，形成鲜明对比，而微山湖以殷微子命名，正是人们对明君的怀念与尊崇。莲藕、鲤鱼、波纹、帆影以及悠久的历史，构成一幅生动、深远的历史画卷。

微山湖往南，有个曾经非常出名的地方，台儿庄。一九三八年一月至五月间，中国军队在台儿庄附近成功击退日军数十万人的进攻，打死打伤敌人十三万人，取得了平型关战役之后又一次重大的胜利，再一次打破了日军不可战胜的神话，振奋了全中国抗战的情绪。在几次进退争夺之后，台儿庄这个大运河边原来不大的小村庄几乎被夷为平地。但由于取得了战役的胜利，使得台儿庄这个鲜为人知的小镇几乎一夜成名，成为全国瞩目的地方。在日军占领南京大举侵略中国的局势下，振奋了中国人民的抗战信心。如今在大运河边上，赫然伫立着"台儿庄大战纪念馆",郑重地向人民诉说着这段早已逝去的历史。

微山湖往北是有名的水泊梁山,由于连年干旱,水泊梁山所剩无几的水面已经不多了,起伏的山丘显得有些荒凉,远没有昔日的雄姿。曾几何时,梁山泊上高悬的聚义厅下聚集着身怀绝技的各路好汉,杀富济贫,除暴安良,上演着一场轰轰烈烈的剧目。最后,这些英雄被只反贪官不反皇帝的宋江带领着去接受招安,征讨方腊,损兵折将,英雄好汉一个个落马,这的确是一段惊心动魄的故事。在中国历史各个年代,面对封建社会的高压政策,总有一些不甘之士,揭竿而起,举起反抗的大旗,而在这数百里水泊梁山发生的故事,正是这无数反抗起义中较大的一次。这段历史被施耐庵演绎,写出著名的《水浒传》,把水泊梁山一百零八将描写得各具特色,呼之欲出,在中国历代帝王将相、才子佳人的文学作品中,开创了描写下层人民以及他们反抗事迹的先河。这些被列为"天罡星、地煞星"的水浒绿林好汉,以其敦厚、正直、爽快、勇敢、爱憎分明的秉性深深地印在每个读者的脑海,甚至或多或少地影响着人们的思维与行动,成为千古不朽之名作。山东人的仗义、热情、豪爽等性格成为产生梁山好汉的土壤,而最近成为英雄的孔繁森也是梁山人,山东人的后代与代表,也许正是山东人的性格,造就了孔繁森的性格。

在历史上,鲁国很小,只占有泰山以南、微山湖以北的地盘,与庞大的齐国相比,小得可怜。但是在鲁哀公时期,却出了一个足以影响整个中国若干年的孔子。孔子曾经做过鲁国的司寇,大约也就是仓库保管员,最后周游列国,官至宰相。孔子提出的儒家学说被以后各朝统治者加以推崇,几乎成为治国、治世之道,尤其是科举考试制度以孔子的思想作为基础之后,孔圣人几乎成为中国第一人,孔家成为中国第一家。甚至在国际上,经过权威人士的评选,孔子也被评为对世界有巨大影响的十位著名思想家之一。像所有哲人一样,孔子生活在激烈动荡的乱世,春秋战国之际时时飘起狼烟,对所有君主、幕僚甚至平民提出尖锐的社会问题。在不断地观察思索之后,孔子提出了他对国家、社会,对个人道德,对君主与臣民的一整套思维体系,从道德修养到学习教育,到政权体系、法律诉讼,林林总总无所不有。在他精心所得之后,面对天下纷乱的世界,他坐着破旧的马车,带着他的弟子奔走在尘土飞扬的大道上,四处推销他的学说。虽然没有完全如愿以偿,但毕竟扩大了影响,历经坎坷之后,在他死后终于得到了鲁哀公的认可。几间破旧的草屋被改建成祭祀的庙堂,而用来遮风避雨的银杏树也被神化成神圣之所。这以后,似乎孔子也没有料到,他的几本小书会发挥那么大的作用,伴随着历朝历代统治者的需要,孔子的名气越来越大,被奉为圣人。尤其是科举制度盛行之后,孔子的思想写入每一位试图成为官僚的人的脑海。孔家的家庙不断扩大,孔府的地盘与权力也越来越大。世袭的衍圣公在封建王权的庇护下,浩浩荡荡地繁衍成为"天下第一家"。

不管孔子的学术水平有多高,不管人们如何评价孔子在历史进程中的地位与作用,曲阜的人们多少沾上几分孔子的祖荫。走进曲阜,晨钟暮鼓、万仞宫墙、阙里酒家,甚至旅馆、市政府,也带有浓重的古韵风味。尽管曲阜没有几栋豪华的高楼大厦,尽管孔子亲自研制的孔家家宴到底也没有什么特殊的味道,但在曲阜的街道上,森森然的孔府、孔庙中挤满了南来北往的参观者。在中国,哪怕只认识几个字的人,也是知道孔子的,更何况以《论语》《大学》《中庸》那单调的"子曰"之声作为固化软件的那些举子以及各级官僚们。千百年来,曲阜人流不断,在这不断的人流中,由美国回来的演员王姬的一声"孔府家酒让人想家",使得以孔府命名的"孔府酒家"为曲阜增添了几分醇美的气息。

在山东,孔子的名声要算是最大的了,除他以外,还有很多有名之人。"文有孔子,武有孙膑"的孙武便是山东惠民人。其实孙武并不是一员武将,他只是一个精明的谋臣。他以兵法十三篇献于吴王阖闾,后又帮助夫差讨伐越国,所著《孙子兵法》被称为武学经典。据说在最近的海湾战争中,美国军方将《孙子兵法》翻译成册,发给前线的指挥官人手一册。更有日本商界,将《孙子兵法》中的战法用于激烈的商业竞争、企业管理中,取得了不小的收获。万事皆有所宗,古老的兵法中所蕴含的思想,对事物的分析、判断,因势利导、避实击虚等,在千余年后的今天,依然发挥着阵阵"余热"。

在中国文学史上,《聊斋志异》是一部非常奇特的小说。孔子是不信神的,他那些捧读诗书的弟子当然如此。偏偏蒲松龄一辈子没有考取举人,所谓"屡试不第",只有在乡间做私塾教师维持生活。与传统的读书人不同,他的脑海里没有那些清规戒律,得以自由自在地观察现实,描述世态。他借助鬼神之气,宣扬正气,鞭挞丑恶,形成独特的风格。在"崂山道士"中,他那富有想象力的描述,使得崂山道士和他自己齐名天下。比蒲松龄更早,宋代女诗人李清照也是山东历史上有名的人物。李清照生于乱世,靖康之难以后,李清照的丈夫赵明诚早逝,她只有四处漂泊。作为婉约派词人的代表,她写有许多十分难得的诗篇:"寻寻觅觅,冷冷清清,凄凄惨惨戚戚""燕过也,正伤心,却是旧时相识""莫道不消魂，帘卷西风，人比黄花瘦"。这些凄惨的诗篇形象地勾勒出国破家亡之际一个孤独的女子柔弱的心态，让人感觉一片凄凉。然而正是这样柔弱的女子，面对金兵的入侵，竟然写出"生当为人杰，死亦为鬼雄，至今思项羽，不肯过江东"的诗句，与她那感悟伤悲的大量诗作形成鲜明对比，甚至可以与岳飞的"怒发冲冠凭栏处，潇潇雨歇，抬眼望"的《满江红》以及曹操的"对酒当歌，人生几何""何以解忧，唯有杜康"的《短歌行》相媲美，倘若不知，很难想象这是出自一个女子之笔。李清照曾经在青州居住，帮助其夫收集整理金石古玩，著有《金石录》一书，至今在青州的老城狭小的街巷中依然可以看到黑瓦镶面青石铺地的景象，向人们述说着历史的存在。

在李清照曾经居住过的青州，有一幅绝年少见的状元卷，是清朝乾隆年间，第一甲第一名状元当庭的试卷，上面有乾隆皇帝的朱笔御批。状元卷是封建社会的重要文件，一般情况下严格管理，民间绝难看到。这份状元卷不知道什么时候流入民间，成为青州一宝。一九八二年，有个小偷偷走了状元卷，为此山东全省一起捉拿盗贼，终于破案，状元卷失而复得，可见其珍贵的分量。这份状元卷珍贵的原因，在于中国奇特的科举制度，起源于隋代，盛行于唐代、宋代的科举制度为中国封建王朝造就了数以百万计的各级官员。这些饱读四书五经的地方官，一旦得了官，便拥有了生杀予夺的大权，成为代替皇帝行使权力的地方官。科举这种对官员的培养制度是封建社会的产物，居然维持了数千年，由此而产生的对社会发展的作用与影响，以及对于中国文化、人格、民族产生的影响，十分巨大，值得历史学家、社会学家认真研究。距离青州不远的地方有个地方叫"寿光"，此地原来不叫寿光，据说某年间，县令过生日，有个秀才给县令祝寿，便别出心裁地在山崖上刻出一个巨大的"寿"字，字体之大，有"寸比人大"之说，县令非常满意。随后发现，晚上月亮照在寿字的石壁上，将反射的光线照到寿光，于是改地名为"寿光"，这也是很有意思的地名。

说到山东，不能不说到曾经独霸山东的军阀韩复榘。中国最后一个封建王朝清朝寿终正寝之后，中国大地上军阀混战，生于中原霸县的农民之子韩复榘在冯玉祥军中从排长升到连长，好几次死里逃生使得他深受冯玉祥的器重。在这以后，战乱之中的韩复榘在山东称王。也许是山东物产丰富、气候温和、有山有水的原因，农民出身的韩复榘做起了关起门来做皇帝的美梦。他拒国共两党于门外，上马治军，下马治民，用农民、军阀混合的思想体系来统治山东，在这期间留下很多有意思的逸闻趣事。日本人进攻山东，韩不加抵抗，撤退到泰山以南。蒋介石对他大搞独立王国，针插不进水泼不进的状态早已非常反感，遂在开封将韩拿下，并在武汉审讯后将其枪毙。韩复榘在山东的统治也宣告结束。

山东地理位置得天独厚，各种农产品物产丰富，品质优良。烟台的苹果莱阳的梨，平度大泽山的葡萄以及枣庄的万亩石榴园都非常有名。寿光一带的蔬菜，临沂附近的大葱，高密附近的花生都各具特色。在工业方面，除著名的胜利油田外，淄博附近的齐鲁石化也是很知名的企业。那成片像森林一样的冶炼罐以及散布在周围山头上的储油罐，让人感受到现代工业背景下，现代大企业的气势。在枣庄附近，星罗棋布的煤矿以及周围四处兴建的水泥厂、冶炼厂给人留下很深的印象。兖州附近的煤矿，从厚厚的地层中开掘出优质的煤炭。更有千帆并列的青岛港，以及进进出出的大型集装箱货车，给人充满活力的感觉。"山东的路，广东的桥"，山东的路在全国是出名的，省、县两级政府对修路都非常重视，就是普通的县乡道路也相当好，使人一进山东就有一种不同的感觉。尽管这样，山东人还是下大力量修筑了两纵三横的高速公路，努力实现着"从省城到山东境内任何一个城市都能当天往返"的宏伟目标。乘坐飞驰的汽车，从黄河之滨走到泰山脚下，从孔子的故乡到太阳最早升起的地方，从聚义起义的水泊梁山到烟波浩渺的微山湖，眼前是齐鲁大地壮美的山河，是郁郁葱葱的农舍田园，是高塔林立的工业基地，"有山、有水、有文、有武"的齐鲁大地，在中华民族灿烂的历史遗迹和宽广辽阔的版图上尽情展示着它迷人的风采。

为在山东留下的印记以及在山东留下的记忆而作。

1999 年 6 月 10 日

神农架散记

之一：神农顶

中华民族最早的祖先是传说中的炎帝、黄帝，故而中国人统称为"炎黄子孙"。近两千年以农耕为主要生产方式的炎黄二帝的子孙，在长江、黄河这两条家中横卧的巨龙的护卫下，一代代繁衍、生息。在战火硝烟、朝代更迭、英雄辈出的背景下，伴着蓝色海洋文明的一次次冲击，浑浊的黄河裹挟着难以数计的泥沙，缓缓汇入蔚蓝色的大海。神农架这片古老而神秘、由山峰构成的世界依然静静地耸立在鄂西北，川、陕、豫、鄂四省交界处。

神农架是一片面积三千平方公里的山地。连绵的山峰簇拥着海拔3100米的神农顶，这里是传说中与炎黄二帝同样出名的"神农氏"品尝百草的地方。长期的农耕文明，使炎黄子孙不仅生存依赖于光合作用的一次能量，甚至治病救命的药材也依赖于阳光的恩赐。踏遍神农架为人们寻找救命良药的神农氏倍受人们的推崇，在民间甚至成为与炎黄二帝齐名的人物。尽管中药这种完全依赖直观疗效而并非药理学、被鲁迅讥讽为蟋蟀也要原配的中国土生土长的药品带有几分原始与迷信的色彩，但在2300年前，神农氏那种执着的精神与超人的智慧的确值得为后人称道。

神农架之所以得以让神农遍尝百草，得益于这一地区植物的多样性。由于神农架地区地域辽阔，垂直高差大，加之位于北温带，独特的地形与气候条件，使这里成为天然的植物公园。地面上的植被、灌木丛中的藤萝、山坡上各色的树林，构成神农架特有的植物群落，温暖潮湿的气候与厚厚的充满腐植质的泥土，为各种植物提供了良好的生长条件，使它们得以健康成长，为神农氏品尝百草提供了得天独厚的客观条件。由于海拔高差较大，山上山下植被迥然不同。山脚下是挺拔的白桦林，再往上是柏树与松树的混合林，间或夹杂着杉树，再往上，接近神农顶的地方，便是大片的箭竹，只是偶尔有几棵孤零零的松树。在勤劳的鸟类的帮助下，在物竞天择原理的作用下，经过千百年的筛选、淘汰，各种植物终于找到了自己生存的位置，找到了适宜的土壤，年复一年，栉风沐雨，静静而顽强地生长着。

与泰山、华山不同，神农架是一片山连山的山峰群，较大的山峰轻而易举地压在小山峰之上，常常看上去很高的一座大山，转过去眼前又是一片连绵的群峰，这有点像河南的嵩山与山西的五台山，无边无际的山峰让人感到"巨大"的真正含义。这连绵的山峰虽不像西藏的山峰那样"我看见一座座山、一座座山、一座座山"，却也的确称得上连绵无际。在海拔较低的地方还有一些田野、房屋，一缕缕炊烟，而在海拔2300米以上，便完全是植物与动物的世界，除去公路上轮胎的痕迹外，无边的山峰与无边的树林中没有一丝人的痕迹，是一片天然的世界。

由于神农架山峰连绵，登上神农顶似乎也不觉得多么的高大。周围是一片坡地，而海拔 3100 米的神农顶似乎就像一个小山丘，懒洋洋地躺在这片马鞍形的坡地上。神农顶的形象远不如想象中的高大，似乎紧走几步，便可以轻而易举地将它踩在脚下。然而环顾四周，但见河南、陕西、四川各方面均是无边的山峰，山连着山，浩瀚无边，再想到上山时将近十个小时颠簸的车程，似乎对神农架有了进一步的了解，这时的感叹似乎决不是"一览众山小"，而更准确的是"一览众山多"。在神农顶周围的空地上，伫立着一片片嶙峋的怪石，长期山风的侵蚀，使巨石表面凹凸不平，从远处望去，就像各种造型的动物，有山鸡、有乌龟、有仙鹤，随着人们的想象，变换着各种姿势。山坡上的草地上，生长着一簇簇枯萎的箭竹，有点像湖泊之中的芦苇，据说这种箭竹是大熊猫的主要食物，而且四十年一个生长周期，也就是说这些枯萎的箭竹要在数十年后才会复生。淡黄色成片的箭竹随风摇曳，为原本死气沉沉的石质山峰披上一片跳跃的生机。

  神农架山峰连绵，面积巨大，这无边的山峰将降落的雨滴汇集起来，形成许多常年不断的泉水。泉水从山脊之间的狭缝里挤出来，一点一滴地汇成细流，在石缝间跳跃奔腾，常年不断的泉水将坚硬的岩石磨成滚圆的形状，展示着以柔克刚的魅力。看着山间的圆石，开始有些不明白，这些石块为什么抵抗不住弱不禁风的水流。随后沿着溪水顺流而上，看着跳跃的水花，听着潺潺流水欢快的声响，这才明白，每一滴流下的水滴都将阻挡它的石块击打一遍，正是这难以数计的击打，慢慢摧毁了坚硬的石块，将它们磨成滚圆的形状。

  天下名山僧占多，武当、峨眉、九华，几乎所有的名山均被僧道所占，而神农架却没有一丝佛道的痕迹。也许这里是神农尝百草的神山，难以容存更多的仙气；也许这里地域辽阔，难以吸引朝拜的信徒。没有佛踪道影的神农架更完整地保留着天然的气息。

之二：香溪源

  神农架之美不仅仅在于它为人们提供了治愈疾病的百草，还在于它在中国历史上贡献了绝无仅有的绝代佳人王昭君。从唯物、唯环境的角度出发，一个地区出个名垂青史的美人，的确是这一地区的荣誉。因为美人是遗传基因、饮食结构、教育、家庭、社会、机会各方面综合作用的结果。江浙一带自然条件好、物产丰盛，人长得便漂亮。"米脂的婆姨绥德的汉"，漂亮的姑娘使米脂得以扬名。虽然"情人眼里出西施""贾府的焦大断不会看上林黛玉",但毕竟人们对美与丑有相近的标准。将美看作客观作用的结果之后,便会自然对产生美人的地方产生神秘感,这也是香溪源产生吸引力的原因所在。

在中国历史上,妇女的地位是低下的,便是绝代佳人也不外如此。且不说惜花葬花的林黛玉,怒沉百宝箱的杜十娘,以及无数叫不上名字被贞节牌坊牢牢压住、小脚裹得紧紧的妇女,便是倾城倾国的貂蝉、虞姬、陈圆圆,万人之上的妃子,也难逃红颜薄命的厄运。当乏力的统治者感到黔驴技穷之时,便将妇女作为政治牺牲品,或作为礼物以贿赂敌人;或作为交易物,用作和亲的筹码,导致年幼的文成公主远赴西藏,生于神农架的王昭君远嫁蒙古单于。

在呼和浩特郊外"风吹草低现牛羊"的草原上,伴着飞掠而过带着呼声的草原劲风,孤零零地耸立着方型的王昭君的坟冢。很难想象在草原的劲风中,身披披风,脚跨战马的王昭君是怎样的心情,更难以想象神农架这片养育她的山地在她的脑海里是怎样的图画。一个柔弱挣扎的女子,用自己微弱的生命将山连山的神农架与浩瀚无垠的草原连接起来,用她生命的起点与终点串联起一幅苍茫的历史画卷。"物华天宝,人杰地灵"用于形容神农架似乎有些夸张,但多少也有一些边际,否则也不会有历史上清晰记载的王昭君。神农架的山峰孕育了无数条清澈明快的溪水,而这带有神农之灵气的溪水滋养了绝代佳人王昭君。昭君泉发源于神农架顶峰,大面积降雨汇集在山坡上,侵入地表,汇成暗流。暗流逐渐扩大,终于喷涌而出,构成挤出地面的泉水。溪水之源的确十分奇特,也就是直径五至六米的圆圈,四周是干涸而长满青草的地面,就是从这五米直径的圆环中挤出源源不断的水流,水量之大,让人难以想象,而且终日不绝,这的确是大自然的杰作。终日不绝的溪水在山间翻滚跳跃,一点点地滚向低处,数十股这样的水流汇集而成香妃溪。溪水平缓清澈,纯净清新,滋养着两岸王昭君的同族后代。在溪水边的一片坡地上,有一处传说是王昭君洗脸的平台,名曰"洗面台"。驻足四顾,但见四周是浓郁的森林以及顺山而建的曲折的梯田,山脚下的小屋顶上,淡淡冒出几丝细细的炊烟。溪水拐弯处,一群白色的鸭子懒散地浮在水面上,溪水边有几位赤着脚弯腰洗衣的妇女。这的确有几分世外桃园的意境,也难怪这清澈的泉水造就出王昭君这样的人物。

尽管山清水秀,但想来深山之中就着溪水洗脸的王昭君走出大山时还是会有几分欣喜与快慰，外面的世界很精彩，也许在广阔的天地之间，才能更好地实现上天赋予她的价值。但很难想象，倘若在她离开溪水之时，便知道最后葬身草原的命运，这种情况下，她会做出怎样的抉择？然而当她坐在蒙古包内的矮床上时，也许会平添几分对家乡的眷恋，也许她会更多地记起神农架的山与水，但这时，不管她是否后悔当初走出大山，她都注定只有在睡梦中才能回到神农架的溪水旁，所有家乡的一切都是遥远的回忆与记忆。

岁月流逝，荒野之上的昭君冢上已长出新世纪的丝丝青草，草原上彪烈的劲风呼啸着与长眠的昭君做伴，而发源于神农架的香妃溪依然那样清澈，依旧日夜不停地、欢快地流动。美貌绝伦的王昭君也像一片红叶，薄薄地夹在厚厚的历史长卷之中。

之三：野人

使神农架闻名于世的不仅有神农百草、香妃昭君，还有令人称奇的野人。自从达尔文随船漂泊、潜心研究，提出了著名的进化论，人们便相信万物之灵的人是猿变来的。尽管基督教坚持人是上帝造的，但那毕竟只是一种说教，没有证据。然而猿如何进化成人，却也着实令人费解，就像难于想象宇宙之外是什么样子一样，回味猿变成人的过程的确让人难于理解与相信。近年来，瞬变说有所抬头，人是不是小行星碰撞地球之后高温瞬变的产物，或是外星人在地球上播撒的种子，这个问题确实引人深思。但越是这样想，越是觉得神农架野人的神秘。

神农架野人、尼斯湖怪兽与百幕大三角一样成为摆在人们面前的自然之谜。就神农架无边的山峰，多样的动、植物，适宜的气候以及人迹罕至的条件来看，产生或保留野人也是情理之中的事。繁茂的植物为各种动物提供了丰盛的食物，野人生活在其中极有可能，更何况很多人都亲眼目睹过野人。问题的关键在于，野人到底在人、猿、猴之间处于什么样的位置，更靠近哪一方面。倘若野人与人接近，有一定的思维，会使用工具，甚至有一定的社会关系，有简单语言及情感，那便是非常奇特的事。倘若仅仅是与人同形，与猿接近，则失去意义。由于没有活体，便成为难解之谜。从不断进步的历史看，随着人类活动的加剧，野人存活的可能性越来越小，因为生物维系种群繁衍必须要有一定的数量，否则基因难于更新，物种便趋于退化。即便是若干年前有几只所谓的"野人"，也仅仅是个体的存活，维系种群的可能极小。因此，尽管神农架有适宜的条件，尽管或许确实有人曾经目睹，但到底野人没有走到人们面前，而所有这一切，仅仅为神农架涂抹上几丝神秘的色彩。

之四：神农溪

从神农架山顶一路走下来，领略了群山的浩瀚与博大，宽广与安详，下到山脚，来到一处活动的风景"神农溪"。这条以神农命名的溪水，由许多像香妃溪一样发源于神农架的溪水汇集而成。神农溪全长六十余公里，由神农架山脚通向辽阔的长江。像香妃溪一样，神农溪同样清澈明快，没有一丝污染的痕迹。溪水宽窄不定，平缓处有五十余米，而较窄处只有三至四米。由于溪水不深，水上漂泊的小船吃水很浅，两端高高翘起，像一粒浮在水面上的豌豆，人们便形象地把它们称之为"豌豆船"。溪水流经之处落差较大，水流很急，尤其在水面较窄的地方。沿溪漂流，基本不用划桨，在水流的推涌下，小船便可以轻而易举地顺流而下。只是逆水而上时，行船非常困难，每条船上有六名船夫，上水的时候，他们便赤着脚，弯着腰，拉着纤绳，拖着小船，艰难地逆流而上。

纤夫的劳作非常辛苦，一首《纤夫的爱》唱出真情："妹妹我坐船头，哥在岸上走，恩恩爱爱纤绳荡悠悠，你一步一叩首，…让你亲个够"，据说这首唱遍大江南北的 MTV 就是在神农溪拍摄的。倘若哥哥拉着纤绳，带着妹妹一步步逆流而上，踩着鹅卵石，冒着汗回到家中，恐怕最彪烈、最自私、最无情的女子也会情不自禁地有所表示，用以回报哥哥的艰辛，这又是与神农溪风景同样优美的一幅图画。

乘坐"豌豆船"沿溪而下，两侧是高耸的山峰，时而怪石横空，时而峭壁直立，枯藤与矮树坚强地生长在陡峭的岩壁之上，乌黑的雨燕成群成队在头顶上盘旋。溪水流动，时而平缓温和，时而湍急飞溅，豌豆似的小船摇晃着，曲曲折折地行进在滩涂之上、峭壁之间。溪水击打着石块，溅起一片片白色的浪花，溪水撞击石壁，迸发出一阵阵巨大的声响。小船穿行山间，漂泊而上，溪水清清，微风徐徐，远离闹市的喧嚣，置身于大自然天然造就的山水之间，的确让人赏心悦目，心旷神怡。"李白乘舟将欲行，忽闻岸上踏歌声，桃花潭水深千尺，不及汪伦送我情""小小竹排江中游，巍巍青山两岸走"，记忆之中的诗、歌以及清晰而难以描绘的图画不时映在眼前，与周围的风景构成和谐而优美的画卷。

"更立西江石壁，截断巫山云雨，高峡出平湖"，三峡大坝的出现，将使神农溪水面上升七十至九十米，大多数地方将不再是湍急的溪水，而是宽广的湖面，只有在海拔更高的上游，才依然会有一些这样的溪水，那又将是另外的一幅图画。

2000年5月20日写于武汉

西行散记

经过近三个小时的飞行，接近敦煌的时候就可以从飞机的舷窗向下看见连绵的山脉，浩瀚而没有边际。山的边缘是平坦的沙漠，山是带棱的几乎直立着，而沙漠上面只有星星点点的矮树，或是几排巨大的风力发电塔。地面上不时有一处处圆丘，边上是同样昏黄的矮墙，仔细辨认，是当地人的墓地。飞机还没有落地，就首先感受到一片凄凉与肃杀。遥远的西域确实十分遥远，以至于新疆是本人唯一没有到过的省份。浩瀚的沙漠，无边的羊群，实在是具有诱惑力。

走出机场就明显地感觉非常的开阔，感觉这里人、建筑、树都很稀少，有很大的间距，有点空空如也的感觉。天很蓝，清澈而深邃。敦煌是个不大的小城市，和北京的街道相比，几乎就可以算是没有车，城市小，人们也没必要买车，步行或是骑车，完全可以解决交通问题，省去了堵车的烦恼。敦煌石窟距离敦煌市区并不遥远，一脉平卧的山体前面是一条忽宽忽窄的河流，几排窜天杨掩映着举世瞩目的敦煌石窟。几乎平直的山体上开凿了三到四排的洞窟，有大有小，有高有低，很不规则，参差不齐地排列在并不很高的山脉上。这里的山是由沉积砂岩构成的，沙粒很明显，一层一层，但由于其中的胶结材料很特殊，有很强的粘性，把原本松散的沙粒粘结成坚硬的岩石，古人就是在这样的岩石上开凿了上千个洞窟。

曾经的敦煌是丝绸之路的门户，进出中国内地的商人都要在敦煌停留，补充给养，等待海关的审验，还有很多人干脆就选择在敦煌定居下来。古时的敦煌，不像现在这样荒凉，而是水草丰美，甚至有茂密的芦苇荡。而从印度传来的佛教最早在敦煌停留下来，生根开花，结出了敦煌石窟这颗硕大的果实。在遥远的不发达的年代，人们对于自然、生命等等缺乏足够的控制力，便借助想象创建了各种宗教，希望用想象的力量，实现现实生活中难以实现的希望。由于佛教的盛行，信徒们便开凿石窟供拜佛像，庞大的供养人，造就了数量庞大的石窟。

由于年代久远，尽管这里气候干燥，但墙壁上的壁画已经看不很清楚了，又为了保护，每个洞窟前都加上了铁门，对游客开放的只有少之又少的几个洞窟。尽管身临其境，也很难对敦煌洞窟有全面的了解，只能购买书籍、光盘，慢慢学习。

我们的先人很了不得，思维能力、想象力、表现力、毅力都十分惊人，用精美的绘画把深邃的思想表现出来，传承下来，成为人类文明的财富。晚上住在敦煌市里，是个小巧玲珑的城市，没有汽车的喧嚣，没有人群的嘈杂，幽静而静谧。剧场里上演反映敦煌文化发展的《敦煌神女》，表现了西域发生的一幕神奇的爱情故事，独特的反弹琵琶，飘逸的长袖舞，以及惊险的杂技式的表演，给人带来新奇的视觉享受。尤其是飞天造型，优美的反弹琵笆，更是令人叫绝。演出可以拍照，照了很多精彩的凝固的瞬间，记录了演员最优美的图画。

紧临敦煌不远是著名的月牙泉，实在是一处神奇的地质奇观。岩石层的隆起，使地下水得以冒出，形成泉水，而风的作用使泉水周围的沙山向上移动而不至覆盖泉水。却又鬼使神差地把地面的水冲成月牙形状，形成特殊的地质地貌。不到长城非好汉，不到月牙泉真遗憾，在无边无际的荒漠之上，看到清澈的水面，看到有若弯月般的景色，从内心深处感叹大自然的鬼斧神工。

月牙泉不远就是鸣沙山，沙的颗粒大小合适，又有恰当的风，在沙粒移动的过程中发出清晰的响声，有如深沉的低鸣，深沉而遥远。沙山的脊构成天然的浑圆的优美的曲线，在阳光的照耀下晶莹而泾渭分明。从敦煌到嘉峪关的路笔直而漫长，几乎沿着天山的边缘，山的边缘是明显的冲击扇，形成龙爪般的沟，岩石坚硬。一望无边的路上只有星星点点的矮草，坚强地生长着。路过一个村庄，就在阳关的边上，故名"锁阳镇"，取锁住阳关的涵义。这里出产的一种像白薯般根茎植物，随地名就叫"锁阳"。停车购买一把锁阳，预备回家泡制药酒。各地的特产，由于遗传基因、环境、土壤、光照的原因，有非常独特的个性，很多因素是人力所不及的，非常神奇。

意外之中，路过一个"铁人纪念馆"。印象中铁人是在东北，"宁可少活二十年，拼命也要拿下大油田"豪迈的口号成为一个时代的代表。进去参观，才知道铁人王进喜是玉门人，祖辈都靠采油为生，解放后在玉门油矿参加工作。由于开发大庆，钻井队调往东北，铁人在大庆上演了一场轰轰烈烈的剧目。

与山海关遥相呼应，形成长城的首尾，嘉峪关建在两边山的最窄处，尽管最窄，也有十几公里，因为整个关城更像是兀立在平原上而与山没有关联。由于地域辽阔，嘉峪关建得很是宽大，院子里甚至有高大的戏台。两重的关门紧紧地锁住通往西域的咽喉要道。在大唐盛世，这座最西部的关墙，是大唐国威的象征，所有进出大唐的外国商队、佛教僧人，都要在这里等待通关文牒，等待大唐官吏行使他们庄严的权力。曾几何时，烟尘笼罩下，是来自土耳其，甚至罗马的精美物品，曾经是高堂满座，侃侃而谈的饱学之士，曾经是美酒夜色、歌舞升平的欢乐场面，波斯人、突厥人、印度人，在浩瀚的沙漠上，上演着一幕幕多元文化交融的画卷。

从嘉峪关到吐鲁番坐了整整一天的火车，车站是在吐鲁番盆地边缘的高地上，随后就要下到盆地中央。令人惊奇的是这里居然有中国版图上的最低点，居然比青岛黄海海平面低了一百五十四米。据说路上的风很大，飞沙走石，能够轻而易举地打碎车窗玻璃，甚至能够掀翻满载的货车，着实令人吃惊。吐鲁番盆地是最干旱的地区，一年只下几场雨，雨滴还没落地，可能就已经蒸发掉了。尽管这样，由于在盆地边缘，靠近天山，天山融化的雪水灌溉出一片神奇的土地，就是葡萄沟。天山的雪水尽管多，也禁不起巨大的蒸发，先民们创造了著名的"坎儿井"，就是在地下开凿连接到山顶的地道，构成地下输水系统，把天山山顶的雪水引到山脚下，灌溉葡萄，灌溉庄稼。据说坎儿井的总长度甚至超过万里长城，超过京杭大运河，而成为世界上最长的人工渠道。

由于雪水的滋润，毫不吝惜阳光的照射，吐鲁番的葡萄非常有名，一曲《吐鲁番的葡萄熟了》更使吐鲁番闻名天下。几乎家家都有晾房，用砖干码砌，留出空隙，用于透风、通光，葡萄是一点点自然风干的，这样才能保留甜味，保留葡萄的本味。在交易大厅中，见到看不到边的葡萄交易市场，黄的、绿的、褐色的葡萄铺满地面，堆成一座座的小山，的确名不虚传。

距离吐鲁番市不远，是著名的交河故城，由于缺少降水，常年干旱，使得这里完全用土坯构筑的建筑得以保存，房间几乎都没有屋顶，只留下残垣断壁，有点像古战场，更像是城市拆迁后留下的瓦砾。巨大的城池建在高台之上，易守难攻，两边是两条分叉的河，这个高台正是两条大河的杰作，多年的冲刷，河道的凹陷，形成高耸的土台。很难想象，几百年前的人是如何在这里生活，如何思考认识距离他们非常遥远的广袤的世界。也很难想象，我们今日曾经辉煌的巨大的城市，千百年后会变成什么模样。

由于《西游记》，吐鲁番的火焰山更加出名。也搞不清吴承恩是否到过这里，想来这种可能性不大，是不是凭借想象描写了铁扇公主熄灭的火焰山。火焰山实际上是一块巨大的横亘的山体，有点像一块巨大的岩石，山上寸草不生，又由于都是红褐色的岩石，在阳光的反射下产生红色的光泽，在雨水冲刷后更加鲜艳夺目，故名火焰山。这里有世界上最大的温度计，曾测得中国地面最高的温度。很难想象，唐僧师徒四人走到这里看到的是什么样的景色，会有什么样的惊诧。

从吐鲁番到轮台是更加漫长的路途，要翻越天山山脉，穿过两条大沟。进得山来，但见寸草不生，没有一点生命的迹象，倾泻而下的阳光，把一切有机物蒸发殆尽，只留下坚硬的岩石。翻过山便是笔直的路，修在沙漠边缘，由于道路太直了，想开多快就可以开多快，为了安全到处限速，甚至一段距离也要限制最快到达时间，司机只能慢慢开，稍微快一点还要停下来消耗时间，以免挨罚。

再往西走是库车，库车曾经是著名的龟兹古国的都城。在新疆历史上曾经出现过很多相对几乎独立的国家，用不同的语言，不同的信仰而独立生存着。由于地理位置的原因，新疆成为多元文化的融合地，来自印度的佛教，来自中东的伊斯兰教，以及来自土耳其甚至罗马的带有欧洲味的文化，还有俄罗斯文化，中国内地的文化，都在这里生根发芽，构成世界上罕见的多种文化的融合。曾经深深影响中国的佛教，就是从新疆传过来的，还有著名的丝绸之路，更是把大唐和罗马两个当时世界上最发达的国家联系在一起。清朝皇帝的巨大构想，通过连年征战，把新疆牢牢地纳入大清的版图。在圆明园中吟诗作赋的皇帝，没有忘记江山一统的宏图大志，没有忘记"普天之下莫非王土"的祖训，用简陋的马车控制着硕大的新疆。

在库车有比敦煌还要早五百年的克孜尔千佛洞，从印度，甚至是古印度传来的佛教，是一步步走到西安的，库车正是这漫长链条中重要的一环。山下是环绕的河流，天山上融化的雪水，在山前的平地上冲出几片绿洲，供人们生存，而坚硬的沙岩，硬度适中，既不容易坍塌又容易开凿，两千年前聪明的先人就在河边的山崖上开凿洞窟造像拜佛。可能是天高皇帝远的原因，这里的佛教画像没有内地太多的规矩，十分夸张，很随意，更接近普通百姓的生活，甚至还有很多全裸的仙女的造像，这是内地佛像所没有的。由于时代久远，又由于德国、英国、美国、俄罗斯等国的掠夺，洞窟中的壁画已经所剩无几，只有用想象来还原曾经壮观的画卷。

在库车，还有著名的天山大峡谷。与内地很多的大峡谷相比，这里的大峡谷更体现新疆的辽阔。巨大的连天接地的红色沙岩，像墙壁一样直立在面前，融水冲刷出的峡谷蜿蜒曲折，两壁是面目狰狞的岩石，构成各种富有想象力的图画。除去岩石没有别的，没有鲜花，没有野草，没有飞鸟，有的只是坚硬的岩石，曲折无边的石缝。在库车有新建的新疆第二大的库车清真大寺，这是一座典型的维吾尔族建筑风格，巨大的建筑用砖砌成，令人惊奇的是，由于缺少水泥，据说修建寺庙的时候用了三十万个鸡蛋，拌砂浆砌住，完成了整个建筑，实在是难以想象。

到新疆不看胡杨是太遗憾的，这种恐龙时代的植物，坚强地生活在干旱的大地上。初生像柳树，长大像榆树，最后像杨树，这种很可能从更远的西部传过来的树，选择了塔里木河边缘，雨季能够被水淹没的地域，扎根生长。"生而不死一百年，死而不倒一百年，倒而不朽一百年"，神奇的胡杨，坚毅地生长着。胡杨狂傲不羁，据说没有两棵胡杨是一样的，站在巨大的胡杨树林前，眼前是面目狰狞的各色胡杨，夸张、粗犷，肆无忌惮地生长着，展现着野性的浪漫。只要有一点水，飘摇的种子就能发芽，只要有一点点土壤，巨大的树干就能生长。壮年的胡杨，骄傲地散布着随风飘散的种子，而老年的胡杨，把沧桑、悲凉，把对这个世界恋恋不舍的心情表现得淋漓尽致，让人不免联想到人的归宿，想到人的苍老与凄凉。回到宾馆，紧接着看到胡杨的震撼，写下一篇《胡杨礼赞》以记录这次看到胡杨的感受。

从库车回乌鲁木齐的路很漫长，要开十三个小时，路是笔直的，没有一点拐弯。但是为了防止事故，一直要限速，司机不敢开快了，稍微快了一点，甚至还要停下来，耗一点时间。穿越的天山山脉是那样的荒凉，荒凉得让人难以置信，寸草不生的山脊上，甚至反射出闪闪的升腾的蒸汽。快到乌鲁木齐的时候，路过著名的达坂城，由于有一首很出名的歌曲《达坂城的姑娘》，使人的想象力得以充分发挥，姑娘的美丽甚至让人觉得这片土地也是非常的美丽。而真实的情况是，达坂城同样是荒凉的沙漠。王洛宾是典型的艺术家，在荒凉的沙漠上甚至也能想象出婀娜多姿的女孩。事实上，达坂就是"大坂"的意思，就是一片大的平地，在这片平地上，最多的是巨大的风，风卷着沙粒，漫天飞舞，如果包裹不严，多么水灵的女孩也会被吹得面目全非。可见想象力也是人类幸福的来源。《康定情歌》《外婆的澎湖湾》等等，都是因为一首歌而名扬天下，这中间有多少想象的成分，实在是难以说清楚。因为风大，安装了许多巨大的风车，风车的间距远比内地要小很多，而风车的转动速度明显要快。在这片寸草不生的土地上，利用风能，实在是不错的选择。

到了乌鲁木齐是一定要去天山天池的，尤其是第一次来新疆。潮水般的团队撑满了一辆一辆的大巴，沿着狭窄的陡峭的山间公路盘旋着开上山，在山顶上，可以看到一池蓝色的水，镶嵌在绿色的山峰之中，那就是著名的天山天池。记不得有多少篇文章记述与描述了天池的美丽，尤其是在经历了新疆辽阔而荒凉的疆域之后，看到像江南一样，清澈而翠绿的天池，实在是让人震撼。长白山的天池给人很深的感觉，而冬季雪山环绕的长白山天池让人难以停留，只能匆匆地看一眼，便掩面而别。而天山的天池周围环绕的是青翠的嫩草，尽管在远处的山峰上可以看到皑皑的白雪，但天池的周围环境让人感到很舒服，可以呆下来，享受眼前的美景。天山主峰的雪水，源源不断地融化、汇合，形成天池。由于完全没有污染，天池的水惊人地清澈，几乎完全透明，在阳光的照射下，有一点彩色的颜色。天山山峦间的牧场，养育了肥大的天山羊群，似乎比内地的羊大一号，而就在山顶吃上一串冒着热气的羊肉串，滴出点点的油香，实在是绝美的享受。

飞机从机场起飞的时候，正赶上太阳落山，倾斜的夕阳，懒散地照射在最高的博格腾峰上，山顶呈现出红红的颜色。飞机基本是平行于天山山脉飞行的，阳光随着太阳的下落，像是追着飞机一样，照射着高耸的山峰，山峰像一扇巨大的影壁，耸立在辽阔的新疆大地上。这一次来到新疆，虽然只去了新疆很小的一部分，虽然只是坐着车走，但已经有点筋疲力尽了，更难以想象，骑着马和骆驼的古人，是如何艰难地走在炙热的阳光中，该是有怎样的精神力量，支撑着这些用身体丈量大地的人们。时间与大地一样的浩瀚，人，尤其是个体的人是那么的藐小，而永远存在的是永恒的时间和辽阔的大地。在逐渐消逝的感叹中结束了这次难忘的新疆之旅。

初稿于 2010 年 10 月　修改于 2010 年 12 月　完稿于 2011 年 3 月 22 日

巴中散记

火车驶出宝鸡便开始翻山，秦岭山脉，横亘东西，山峰连绵不断，郁郁苍苍，横无际涯。火车兜着大圈环绕山峰，吃力地爬行。窗外是无边无际的山峰，伴随着车轮的响声，扑簌簌地映入眼帘。举目望去，忽宽忽细的江水在山脚下静静流淌。就这样，在崇山峻岭间奔驰了半日之后，便到了广元。

广元号称川北门户，是中国历史上唯一的女皇武则天的故乡。武则天之父原是广元刺史，镇守广元时生了貌美的武则天。唐太宗慕其容貌，召其入宫，这以后，历经辗转，武则天终于登上最高权力的宝座。伫立广元，会想起入川时的高山流水，很难想象武则天离家北上西安时的心境，但放眼高耸的山峰，似乎有些理解武则天刻无字碑的意味，在这浩大的山峰面前，很难有什么石碑能够撑满她的视野，也许这正是她树碑时潜在的意识。如今的广元早已经大变了模样，环绕江边，散落着高高低低的楼房，虽然是漫无边际的山坡，依然是寸土寸金，人们在山间水边修筑起一幢幢楼房，低矮地耸立着，与附近的山峰遥遥相望。

初进四川，印象最深的就是山。虽然也见过泰山的雄伟、华山的险峻、黄山的奇秀，但似乎那些山只是供人们游览观赏的风景，而四川的山却是数百万人生存的依靠，只是山峰数量众多，铺天盖地，从前到后，从左到右，除去山还是山。走在路上，迎面扑来一座山，山峰挤压在面前，让人不觉屏住呼吸，转过山峰才似乎可以轻松地吸一口气，但这口气还没有呼出，面前又是一座山峰，转来转去，只有放开来呼吸。初到四川时，是偕新婚后的四川籍妻子回老家，在北京见面时，见到这位四川妹子也没有什么异样。但初次回家，下了火车便坐上汽车，从早上开始，便在这无边无际的山峰中穿行，道路崎岖蜿蜒，处处拐弯，时时爬坡，凭窗而望，尽是山。那时对于山的感觉，实在是令人惊讶。

汽车从广元出发，颠簸行驶一整天之后，便到了巴中。巴中地区是远古时巴人的聚居地，据说春秋战国时便有巴人，从湖南、湖北一带北上迁徙来到大巴山脚下。"巴"字的本意是大蟒蛇，传说中的古代巴人北上之时遇到巨蛇拦路，勇敢者奋起而斩之，族人欢呼雀跃，是以"巴"作为族名。古代巴人来到巴中地区，被北面的大巴山挡住去路，便在大巴山的脚下开垦种植，繁衍生息，在著名的武王伐纣的战争中，巴国人奋勇争先，组建军队，协助武王征战，立下赫赫战功。岁月沧桑，在这片古代巴人开垦的土地上，在流逝的岁月中，饱受世态炎凉。由于交通困难，地域闭塞，在几个朝代中，这里成为贬官之所，古人有诗云"巴山蜀水凄凉地，二十三年弃置身"。

在群山林立的地域中，许多房舍都是择水而建，片片房舍，在水之滨。往往较大的一些城镇都是建在大河拐弯之处。大巴山地区雨量充沛，素有"巴山夜雨涨秋池"之称。山间的雨水经过无数的沟沟壑壑，汇集到巴河，在雨量集中的夏季奔流而下，水流激荡，势不可挡。巴河从东方而来，汇聚了光雾山的雨水，在巴中冲积出一片山间平地，河水呈威之后，调转方向，向西南方流去。于是，人们在这片平地上建起了巴中城。

巴中古已有之，三国时诸葛亮领兵入川，兵分两路，大将张飞走的就是巴中一路。张飞粗中有细，义释巴中守将严颜，甚至劝说严颜顺降，成为刘备的大将。张飞一路顺畅，经过巴中打到绵阳，进而率先攻破益州，就是今天的成都。至今在巴中城中尚保存有严颜的衣冠冢，成为一处难得的古迹。古时巴中城很小，建有围成圈的城墙，但如今城墙已经荡然无存。在巴河南岸，一字排开房舍、店铺。最近巴中升为地区市，又在巴河北岸新建了首脑机关的办公楼、住宅楼，在巴河上新建了一座石拱桥，城市还在不断扩大。

巴中镇大概有两种房屋，一种是木柱木檐黑瓦铺面的平房，一种是六七层高的楼房。平房的修建年代久远，颜色昏黑，森森然，倘若搬到美国去，大概每间房都可以成为镇国的文物，可惜投胎在这里，不为人们重视。楼房的房间大都修得很宽大，一户一百平米已很平常，更有二三百平米的大户型，悠闲地享受着北京部长级的生活。在这里，和很多中国小城市一样，很多单位下面是办公楼，上面是住宅，人们利用上班的间隙，跑到楼上家里淘米蒸饭，工作、生活全不耽误。这里的建房质量实在不敢恭维，按照北京的标准，几乎全是不合格的住房，但这里的人们还在建着，依然住着，全不在乎。也要感谢地球爷爷，如果老爷子稍微颤抖一下，这里不知道会倒塌多少楼房。

四川是农业省，是山区省，走在巴中街道上，会非常清楚地感受到山区的味道。街上随处可见进城的农民，他们各色打扮，不管衣服多破多旧，更无暇顾及质地与样式，能穿就行，身上挂着露水，脚下沾着泥土，跨着大步，走进城来。进城的农民大都背着背篓，背篓用竹皮编制，上大下小，上口圆大，底口尖小。背篓在山区不失为非常有用的运载工具，上山爬坡，下滩过河，非常方便，双手还不耽误，走起路来也不觉得累。背篓几乎可以背一切东西，大至电视机、缝纫机、煤气罐、圆桌，小至手纸、蜡烛、火柴，应有尽有，很多妇女甚至还背着熟睡的婴儿。在坡高山陡的四川，在相当长的时期内，背篓是很难被替代的，农民用背篓背出他们种植的蔬菜、粮食、饲养的家禽，又背回他们需要的工业产品。背篓背出人们的生活。

四川有一亿多人口，相当于欧洲几个国家，很难想象这绵延的群山何以能够养活这样多的人口。在巴中，漫步乡间，踱步山顶，平添几分理解。四川的山确实是宝山，沿着半山腰曲折的小路，踩着露水绕山而上，扑面而来的是一望无边的绿色的世界，是水的世界，是植物的世界。来到这里，才体会到"山有多高，水有多高"的意境。虽然这里的山也是石头山，但大都是很容易风化的泥岩，这种岩石风化剥落后形成黏性很强的黏土，这种土能够吸水而不透水，这样，稍微有点土便湿漉漉的，有点土便可以挡住水，能够存住水。在山坡、山顶，随处可见积水的塘坝，有大有小，或深或浅，甚至在很高的山顶，也有大片大片的水田。与黏土相伴，这里的空气使水分的蒸发量很小，甚至多日不降雨，土壤与植物也可以从空气中吸收到足够多的水分，土壤与水分构成得天独厚的自然环境，在这里，只要有块地种，是不会挨饿的，只要你勤劳耕作，是断不会挨饿受冻的，这可能也是四川养育众多人口的原因所在。

这里的农田依山而建，弯弯曲曲，田间的小路沿着田埂蜿蜒曲折，虽然已经是冬季，树木尚未发芽，但田间冬小麦与蔬菜依然郁郁葱葱，狭小的田埂上长满青草，升腾而起的雾气在田野间弥漫，仿佛是一片飘荡的白纱。走着走着耳畔不禁飘荡起一首熟悉的歌曲"走在田间的小路上，牧童的短笛在歌唱"。不晓得这首歌的作者来没来过四川，也不晓得写的是哪里的风情，也许是北国无垠的袤野，也许是江南玲珑的水乡，也许是内蒙广阔的草原，但此时此地吟唱这首歌是非常恰如其分的，山、水以及散布其中的田园给人一种飘飘欲仙的感觉，给人一种扑面而来的世外桃园的味道与意境。同样是山，北方的山干枯而坚硬，只有根深耐旱的大树才能生存；陕北的山黄土覆面，寸草不生；西藏的山，冰雪披挂，终年不化；而四川的山，虽算不得山清水秀，却像女人一样温顺地、默默地、无怨无悔地养育着众多的儿女，着实令人钦佩。

乡村的民居散落在山上，一家一户独居独处，与北方农村大不一样，田间的房舍大都修成"凹"字形，三面的房建围住窗前一块平地。古人云"宁可食无肉，不可居无竹"。四川的乡村民居正是家家翠绿，处处竹香。屋舍前大都种植一簇墨绿的翠竹，无论冬夏，嫩绿而清秀，令人润肺清心，赏心悦目。历朝历代的隐士居客，如果能够入住这样的房舍，也算别有一番情趣。站在山头，望着依山而建的曲折环绕的农田，方才明白，为什么四川养育了众多的人口。

尽管土沃水秀，但种田养蚕的传统农业到底很难令人富足，工业化的冲击，社会分工的发展，使得悠扬婉转的田野牧歌相形见绌。巴中是农业地区，缺乏矿藏，几乎没有什么工业，再加之交通运输困难，使得这里的经济发展比较落后，绝大多数工业产品都需要外购，需要用农副产品去交换，贫穷在小有温饱之后依然阴魂不散地笼罩在人们身上。漫步巴中街头，随处可见残破的房舍，衣着破旧的人影，以及磨得破旧、残损的人民币，让人感到压抑，不禁想到"用百分之七的土地养活世界五分之一的人口"这句话，心中很不是滋味。虽然是养育了，但只能养育低质量的生活，只能维持低水平的活动，决然难以自慰，更难以夸耀，不免在富山妙水的欣慰之余感到一阵凄凉。

在巴中打麻将成风，这与很多四川的乡村一样，几乎家家都打麻将，许多家庭有两副麻将牌。这麻将足可以算作祖先的一个伟大发明创造，就作用的时间与影响的人口而言，麻将完全可以与火药、造纸术、印刷术、指南针一起，载入中国伟大发明的史册。麻将巧妙地运用概率论的原理，很巧妙地把四种花样近二百张牌巧妙地组合在一起，变幻莫测，奇妙无穷。在巴中打麻将可以用一句时髦的话来形容，那就是"人见人爱，人摸人会"。且不说退休的老人把打麻将当作消磨时光、安度晚年的重要方法，便是年轻人也不甘落后，跃跃欲试，一展身手。更有尚读不全汉语拼音的顽童，也凑到麻将桌前，探着脑袋，指指划划。打麻将牌有一定的技巧，但主要是靠运气，它不像围棋、象棋那样，"一朝称王，数年为王"，高不可攀，凡人莫及。对麻将，只要识数便会玩，只要会玩什么人都能赢，都有可能赢。倘若奥林匹克比赛增加一项麻将，几乎可以肯定一定是报名最多的项目，倘若比赛不间断地进行，荣获冠军的人员绝对是所有项目中最多的，那才是"你方唱罢我登场，各领风骚又一局"，很难有公认的麻将牌冠军，正是因为这样，麻将牌深为众人所喜爱，在四川的大山中深深地扎下根来。

就神经的满足而言，打麻将不失为一剂上好的汤药，但麻将桌前的艰苦劳作，既产不出电视机，也修不通水渠，没有发明，也没有创造，只是平白消耗大块的时间，当把本应该用来生产与发展的时间与精力用于打麻将的时候，原本构思精妙的游戏，则成为巨大的负担，成为阻碍发展的障碍。当日本人急匆匆地在新干线高速列车上穿行时，山里的人们在聚精会神地面对麻将。长此以往，又哪里谈得到富足，哪里能够去享受工业文明的生活。美好、令人憧憬的后工业化时代在麻将桌前伴着麻将声越传越远。放开想象的翅膀，在麻将桌旁想象一下现代化的情景，似乎有些明白麻将没有与四大文明并驾齐驱的原因，如此美妙的发明，如此受人欢迎的娱乐，留给人们一片深深的遗憾。

在巴中城南，有一处难得的古迹，名叫"南龛坡"。龛字的含义是供奉佛祖的小房子，因巴中的龛面南而立，故名"南龛坡"。南龛坡位于巴中城南，巴河拐弯的凹处，山峰兀立，山顶尽是质地坚硬的青石。据说汉代开始便有人在山顶一面石壁上凿石刻像，到唐代达到鼎盛。女皇武则天登上王位，改国号为"周"，推崇佛教，巴中地方官员赶忙开凿石窟雕像，向新登基的皇帝表忠心，组织人力，开凿了"南龛坡"。

佛教起源于印度，原本也是贫苦人民在与悲惨命运搏斗中慢慢形成的精神支柱，精神寄托，逐渐传扬开来，发展壮大。

南龛坡石壁上有很多佛教人物，佛教故事，大同小异，给人似曾相识的感觉。这些雕像年代久远，静静地伫立在高高的石壁上，微笑着，默不作声地俯瞰着巴河环绕的巴中城。在南龛坡侧面，正对着开发的江北以及宽宽的石拱桥，赫然新建了一座"玉佛寺"，红墙黄瓦，坐落在半山腰，在巴中城的视点之中，颇具威严的气势。玉佛寺里耸着一尊巴中海外华人捐献，由缅甸运来，通身白玉的佛像，玉佛洁白无瑕，衣服头饰用纯金装饰，平和而庄严。这是现代人的作品，除去海外华人捐献外，巴中城市民以及外出工作之人，广为捐款，有数百万之巨。玉佛寺巍然耸立在南龛坡半山腰。在科学技术非常发达，唯物主义主宰的今天，能够集中如此众多的力量，建造这样浩大的佛寺，的确是一件很奇特的事情。

越过南龛坡，隔江相望，在一座突向江边的山峰上，雾气中遥遥地耸立着一座白塔，名叫"塔子山"。塔子山很奇特，它是一座青石构成的石山，三面陡峭。山峰一侧，扶摇而上，开凿出一道长长的石阶，仰面爬上石阶，走过一座狭窄的木桥，便可以望见白塔。白塔呈六角形，共有十四层，青瓦白墙，四面的塔壁上有半圆型的瞭望孔。白塔兀立在山顶一块不大的平地上，回身观望，巴河在它冲击出的河道里缓缓地流动，河岸边是大片墨绿色的田地，间或还有几户人家，几簇翠竹。远处，巴中城依稀地掩映在淡淡的白雾中，的确是一处精妙的地方。看着眼前的景物，不由得生出对建塔先人的敬佩。

　　白塔建于道光10年，就是1831年，距今已经有160年的历史。据碑刻记载，白塔是巴中太守感叹山奇水秀，意欲彪炳后世，倾力修建，命名为"凌云塔"。以今天的眼光来看，建造这样一座三四十米高的青砖塔是一件非常容易的事，对于土木工程的大学生来讲，只算是一件小小的作业。然而这项工作对数百年前的古人堪称不易，很难理解古人建塔时的心境，是春风得意，一展风姿，还是沽名钓誉，欺世盗名，或是感悟到人生的短暂，领悟到宇宙的博大，冥冥之中听到上苍佛祖的教诲，居然费那样大的气力，为我们创造对于他们毫无作用的遗迹。想想古人，以及在现实生活中声色犬马、争权夺势，害人掠财，身败名裂的芸芸众生，在古人的遗迹面前，不免颇多感慨。就人类的劳动而言，无外乎两大部分，一种是满足自身生存与欲望的劳动，另一种是流芳千古、服务他人的劳动。当虔诚的教徒摒七情绝六欲，自觉自愿地在敦煌烈日炎炎的石壁上倾洒毕生的汗水与心血，开凿佛窟时，在他们的劳动中体现出有别于普通人的博大的精神，而眼前的白塔，正是人类许多这样的劳动的一部分。

　　"古往今来"这四个字说来容易，大约中学做作文的学生也能倒背如流，用起来得心应手，可它背后却蕴含了多么丰富的内涵。在南龛坡新建的玉佛寺脚下，巴中正忙着改县建市，升为地区。中国文字奇妙无比，在地区一级的称谓上，"道、州、府、邑、郡、县"等等各有所意，在文字的含义上，县与市并没有特殊的意义，然而在现实中则大不一样。远在京城时就见到有的单位由副局级升为正局级，单位人人欢庆，扩大了规模，自然又有更多的资源、权力，每个人不免沾光添彩，大家快乐。在川北这遥远的大山之中，县升为市，也是很大的喜事。为了升市，巴中城新建了一座横跨巴河的石拱桥，而在山对岸，贬官北望长安的山脚下，修建了一片领导的房舍，宽大而舒服，令百姓艳羡不迭，新建的乳白色的房舍与隔江的玉佛寺、南龛坡、白塔遥相呼应，在巴中城串联起古往今来的项链。

　　时钟飞快地旋转，飞机带着轰鸣离开古老的大巴山。透过舷窗望下去，处处是青青的山，静静的水，肉眼能够看到的人工建筑物星星点点地散布在山间坡脚，看上去非常费眼力，睁大眼也分辨不出哪里是巴中。在苍苍大地上，茫茫群山中，人类是多么的渺小，不管是顶天的人，还是铺地的城，人们在大地的身上，进行着一代一代永无休止的生息繁衍。在几千米的高空，在不尽的思绪中俯瞰机翼下面或许就是巴中的山水、城镇，慢慢地结束了此次巴中之行。

1992 年 3 月 1 日

重游西藏纪行

自序：这是第二次去西藏了。大约十年前，第一次进西藏，是从成都乘飞机。由于准备不足，经历了很剧烈的高原反应，头痛、呕吐、脑袋起包，除去参观布达拉宫、大昭寺以外，几乎整天躺在宾馆里吸氧气。这次也是下了半天决心才成行的，并为此做了充分的准备。一周前就开始服用特效药"红景天"，又准备了二十包"氧立得"药剂，终于踏上了去往西藏的旅途。

之一：在去西藏的旅途上

（一）：从西安到兰州再到西宁：从西安出发不久便开始翻山，从地图上看基本是沿着渭河行进，时而过桥，时而穿隧道。河流在山脚下曲折地流着，水质还算清澈。大约过了三个小时，便到了甘肃南部，很快满眼尽是光秃秃的荒山，寸草不生，只有几棵孤零零的矮树，凄惨地生长在干枯的土地上。这是甘肃著名的贫困地区"定西"。由于干旱缺雨的原因，这里到处干枯，山上无树，地下无草，只有成片的土黄色的矮房，散落在干旱的大地之上。不知什么原因，这里的民房都是一面坡，好像内地的平房用刀削去了半截。

老天爷，或是炎黄二帝，或是造物主耶稣上帝，或是万能的如来佛祖，实在太不公平了，由于他们的"偏心"或是"工作失误"，使得苍苍大地之上有富裕的鱼米之乡，也有贫瘠的荒野沙漠，有的地方滴水如油，又有的地方水患成灾。更令人难以接受的是，有的人投生在富足之地、殷实之家，享受一生享用不尽的荣华富贵，而同时有的人却降生在贫寒家庭，面临着不尽的苦痛与悲哀。

当甘肃定西人在仰望苍天默默祈祷老天降雨的时候，悠闲的成都人可能正在绿草荫荫的府南河边，在潮湿温润的空气中漫不经心地品尝着酸咸可口的酸辣粉；当面色昏黄的定西人披着沾满灰土的衣服蹲在黄土筑成的院墙下艰难地吞咽白花花的面条时，打扮入时的青岛人正在蓝天碧海、红瓦绿树之下，伴着轻柔的海风的滋润，高兴地品尝着海鲜大餐，畅饮着冒泡的青岛啤酒；当定西人面带愁容，无力地眼望着裂开的土地上艰难地生长着的秧苗时，吃罢精美早茶的广东人正坐在宽大的电子显示屏下，研究着给他们带来财富的股票的升降；当定西人望着摇摇欲倒的小学校发愁如何处理时，满脸笑容的北京人正围绕着逐渐成型的造型奇特而现代的"鸟巢"，激动地等待奥运会的到来；当定西人为娶妻嫁女的嫁妆发愁向谁借款时，精明的上海人可能正在认真地考虑如何将自己的女儿飘洋过海，嫁给富足的日本商人。

社会就是这样，地理因素非常不平衡。看到定西人的生活现状，我们这些久居大城市的人，不仅为数千元一顿的大餐，为每天开着的小汽车感到深深的惭愧，就是每天在喷头下的冲澡也显得奢侈而不应当。

（二）从西宁到拉萨：从西宁出发时是晚上，一觉醒来已经到了格尔木。列车在格尔木停留了将近一个小时，随后车厢里便开始供氧。这时的海拔是3700米，大约相当于拉萨的海拔高度，稍稍有一点胸闷的感觉。但随着车厢内氧气浓度的增高，便完全没有了高原的感觉。一路之上，为预防高原反应，赶紧吃"红景天"，而且为增加腹内的食物储存，使劲吃东西，方便面、香肠、烧鸡，通通下肚，吃得很饱。天慢慢亮了，外面的景物与甘肃定西的景物完全不一样，大块的空地，水流冲击成的深沟，岩石裸露，只有个别的地方有一点可怜的小草。

很快，远远地看见山顶积雪的"玉珠峰"了，而且是长长的连续的积雪覆盖的山脉。导游书上介绍，玉珠峰为青藏线的门户，山顶海拔6100米，终年积雪。虽然在图片上见过无数的雪山，但近距离面对真正的雪山也还是有震撼的感觉。白雪皑皑的山峰，裸露岩石的山脊以及像是倒挂着的三角形冰川，就在车窗之外的眼前，近在咫尺，清晰可见。人们纷纷拿出相机，取景照相。随着列车的前行，可以从不同的角度看到雪山，时远时近，时左时右。在连成一线的山脊之上是镶着白边的山峰。

随后就进入了广阔的可可西里无人区，这块数百平方公里的无人区是那样的广袤，又是那样的荒凉，没有一点生命的迹象。有一位地质学家讲：在可可西里，你随便踩上一脚，就有可能是人类在这里的第一个脚印。想想阿姆斯特朗在月球上的第一个脚印是多么的难得，而在这里，人们可以非常容易地留下第一个脚印。

青藏公路基本与青藏铁路平行，间或有几辆远行的车辆。窗外依然是平原，几乎看不到山，只是平原，像绒毛一样的绿草，淡淡地覆盖住地面，时而有几处小小的水洼。很快，可以看到藏羚羊了，一只、几只、一群，在海拔3000米的荒漠的高原上，生活着这样的精灵。物竞天择，在这片除去人类以外几乎没有任何天敌的地域里，藏羚羊顽强地生存、繁衍着，成为这片无人区的主人。

还有一些黑漆漆的牦牛，山坡上零零散散地散布着一些牦牛，也晓不得是不是野生的，一动不动地低着头吃草。好远的地方才有一两户藏民的院落，散养着一些绵羊。在青藏公路旁有一处兵站，整齐地停放着成排的军用车辆。大地之上，最明显的痕迹就是这条青藏铁路。铁轨向前延伸，两侧是绿色的护网，防风的挡块以及地面上网格状用于防风固沙的石块，还有青藏铁路特有的用于抵抗冻土的专用导热管。这是一项十分了不起的工程，也是人类的伟大作品。几乎全部建筑材料，石块、枕木、钢轨、护栏，供电设备、通讯设备全是从数千公里以外运到现场，而且还要克服高寒、缺氧、大风、寂寞等难以想象的困难，十分不容易。青藏铁路也是国家强盛的产物，没有足够的财力，没有充分的物资、机械保证，建设这样特殊的工程是难以想象的。

再往前走就是长江的源头沱沱河源头了。开阔无边的大地之上，散布着纵横交错、毫无规矩的水道，有的已经干枯，有的还在流着潺潺的水流。从唐古拉山雪峰上逐渐融化的点点雪水在浩瀚的荒原上逐渐汇合，冲刷出无数大大小小的沟沟壑壑，渐渐汇聚成越来越大的河流，终于变成中华民族的母亲河长江、黄河。广阔的山脉、雪山、草地，无声无息地孕育了桀骜不驯的两千多公里的长河，又在不经意间滋养了长江中下游数以亿计的居民，培养了诞生文明的城市。而这些精彩内容的源泉，就是这片毫无生机的冰冷的高原。我们的地球实在是一个精美的神话的产物，也难怪在高原上生活的藏民族会幻想出那样多的神灵。

在某种程度上讲，人是水的产物，水对于人其实比黄金更为珍贵。"仁者乐山，智者乐水"。世界上几乎所有民族的起源地都是临水而居，随后逐渐兴起的大城市也大都靠近著名的河流。尼罗河产生了开罗，印度有恒河，巴黎紧临塞纳河；德国有著名的多瑙河、莱茵河，中国的上海、广州、武汉、南京、银川、兰州、长沙、南昌、哈尔滨也都与长江、黄河、珠江、赣江、湘江、松花江相关联，可以说城市是河水流动的结果，而那滔滔汹涌的大河就发源于这样空旷寒冷没有生机的高原。

由于一路上看到很多高山、雪山，列车翻越唐古拉山口时似乎没有了激动的感觉，这时的海拔是 5070 米，是青藏铁路的最高点。很遗憾，列车没有在唐古拉山口停留，也就没有留下以山为背景的照片，只是在车窗的注视之中度过青藏铁路的最高点。快到那曲时，车窗右侧又有一座高高的雪山，就是"格拉丹东"雪山，在阳光的照射下，雪山顶端的皑皑白雪明晃晃的，闪着白色的光。大片的白云一动不动静静地浮在雪山顶上，在山坡、山脚下留下大片的阴影。

忽然，车窗右侧大片的深绿色的水面映入眼帘，湖水清澈，湖面宽阔，水面泛着深绿色的光。在青藏高原上，有很多的湖，贮存着大量由雪山融化的雪水。这个湖叫"错那湖"，海拔 4650 米，面积 400 平方公里，是世界上最深的淡水湖。西藏的湖就像西藏的山一样，非亲临不足以体验。湖面的宽阔超乎人的想象，浩瀚无垠，宽阔无边，随便什么样的形容词都不足以描述湖的形状。"错那湖"就在铁路边上，和列车擦肩而过，可能是设计人员有意选择距离湖水很近的线路位置，让人们能够近距离地感受西藏湖水的气势。人们纷纷站起来拍照，就这样列车竟行驶了十余分钟，"错那湖"才从人们的视野中消逝。

很快，列车就到了那曲。那曲是拉萨北部的重要城市，也是交通要道上的重要城市。列车停在站台，人们走出车厢，以远处那曲县城为背景留影。感觉微风之中有点冷，但在阳光照射下很快就暖和了。从那曲出来，牧场就越来越多了，很容易见到成群的白色的羊、黑色的牦牛在可怜的草地上漫不经心地吃草。间或也有一些藏民的住房，这里的住房都是一层，房子外面有数个用于圈养牲口的围栏，房子的窗户很小，可能是用于抵抗严寒的缘故。房子大多是白色的，房顶上插有彩色的旗帜。海拔越来越低，绿草越来越多。车到羊八井以后就有很多藏族的村庄了。也许是羊八井有温泉的缘故，从羊八井开始，便有一条白色的河流，与列车平行而过。开始有农田，有人工种植的作物。村庄也显得密集起来。这时的山几乎夹着列车，穿过山就是拉萨了。最先看到的是新建的拉萨河大桥，是三联拱的钢管拱拱桥，像白色的哈达，又像是高原特有的浮云，向人们展示着拉萨的到来。列车驶过拉萨桥就可以看到远处小山之上的布达拉宫了，它是拉萨也是西藏的象征，从车上看似乎并不是很大，背后是半圆型更高的一排大山，像是屏障，护卫着耸立的布达拉宫。

列车并不是直接驶向拉萨城，而是绕了一个大弯，又穿过一个山洞，像故意卖关子似地驶进了新建的拉萨火车站。从北京出发4067公里，开行46小时，终于到了拉萨。

之二：在拉萨

（一）：参观大昭寺：由于严重的高原反应，虽然晚上倒头便睡，虽然在车上不停地用氧立得吸氧，但依然非常难受，头痛、乏力，更严重的是恶心，使劲地忍着。大昭寺门前人很多，一边是排着长队等着进去烧香、添酥油的藏民，另一边是我们这样远道而来的游客。门前满满地挤着磕长头下跪的人们，磕等身长头的确是令人震撼的场景。磕头的人手上、膝盖上垫着木板、绒布，然后双手伸开，弯腿、俯身，四肢着地地深深地跪下去，再站起来，再跪下去，如此重复。更有从数千公里以外的青海、四川藏区就这样用身体丈量过来，一步一跪地来到大昭寺的。宗教信仰的力量实在是太强大了，竟能把人变成这样舍身的模样。

走进大昭寺，感觉四周到处是佛，又是烟熏的味道，一拨拨旅游团不停地讲着同样的内容。正中是文成公主从长安带来的释迦牟尼十三岁的等身佛，前面是闪闪的酥油灯。在中国历史上用公主"和亲"的故事实在是很有意思的事。文成公主进藏，王昭君远嫁匈奴，《红楼梦》中探春远嫁南洋，免不得让贾宝玉议论一番：那么多大男人干什么去了，让一个弱女子远嫁他乡？中国皇帝有很多"创造"，用现在的话说叫"创意"，比如焚书坑儒、车同轨、书同文、刺配、贞节牌坊、裹小脚、太监、三跪九叩、剃发、文字狱、科举等等，这公主和亲也是特殊历史条件下的韬晦之计，只是显得不怎么光明正大。但文成公主远嫁西藏却在历史上发挥了巨大的作用，不仅在精神信仰上给西藏注入了新的因素，在生产方式、生活方式上也为西藏注入了新的活力。正是文成公主个人的牺牲，带来了西藏与内地的紧密的联系，也带来了西藏的进步与发展，难怪有如此多的善男信女不远万里来这里朝拜。

由于身体不适，加之寺内人数众多，烟云缭绕，气味难忍，连大昭寺著名的金顶都没有上，就赶紧走出来，坐在路边休息。

（二）参观布达拉宫：尽管中午赶紧休息，但下午起来依然头痛难忍。从布达拉山脚下便开始爬台阶，是宽大的石头砌的台阶，已经有无数人在上面留下脚印。向山上爬很累，走几步就得停下来休息，心脏剧烈跳动，脑袋上冒出虚汗。布达拉宫是很不规则的建筑，外墙是巨大的石块，里面水平地布设着各种佛的经堂，依山而建，层层升高，从外面看似乎比在里面更精彩。虽然外面日光充足，但屋里面还是很清凉的，由于窗子开得很小，甚至有些昏暗、阴森。曲曲折折，大屋连着小屋，屋顶连着经堂，有些房间需要爬很陡的梯子，并不很舒服。

最高处的殿堂里是各世达赖喇嘛的灵塔，其中五世喇嘛的最大，使用黄金3750公斤，珠宝上万颗，甚为壮观。由于已经来过一次了，便没有第一次看到布达拉宫时的震撼、激动之情，也没有上次来时的那些联想，只是平静地看。随后是达赖喇嘛办公、睡觉的地方以及独立的专用经堂。在这里能够感觉，宗教、佛祖对最高统治者也是一种约束与限制，通过想象之中并不存在的力量限制实际存在而且可以无限制地发挥的最高统治者的力量是宗教最大的奥妙所在。

藏传佛教是特殊地理环境、特殊历史条件下的产物，其中地理因素占有很大的比重。由于崇山峻岭、冬季严寒的阻隔，使得西藏的交通十分困难，人们生活在相对封闭的环境之中，少有外来信息，因此也就少有变化。此外，恶劣的自然条件将人们依靠自身改变生活状态的梦想打得粉碎，只能顺应自然，于是人们只能寄托于精神世界，引进、发扬、创造并实行与维护了带有浓郁地方特色的藏传佛教。但不管怎样，布达拉宫实在是一座精彩绝伦的建筑，考虑到它的海拔以及建筑时代的技术水平，感觉比世界上的其他宫殿，如凡尔赛宫、卢浮宫、白金汉宫、白宫、克林姆林宫，甚至北京故宫还要雄伟，还要令人敬佩。布达拉宫建在群山环抱的河流冲击平地上，又利用其中凸起的一个小山头，依地势而建，显示了雄伟而凌驾于众人之上的气势。建筑完全不对称，随心所欲，信手拈来，没有约束，没有顾忌，潇洒地耸立在让人仰视的山上。背后是更为壮大的环绕的山脉，是巨大的面目狰狞、形态各异的巨大的白云，映衬之下更显得宫殿的雄伟。

（三）参观哲蚌寺：哲蚌寺是拉萨三大寺之一，最多时僧人有一万多人，其中的铁棒喇嘛曾经是拉萨的警察，拥有生杀予夺的大权。哲蚌寺座落在稍有转角的山脚下，从远处望去，由于有山的影响，并不觉得寺庙很大，但登上寺门，才感觉其体积的巨大。寺庙沿山而建，随山势而上升，有院落、僧房、殿堂、还有巨大的晒佛台。寺庙建筑以白色红色黑色为主色调，墙是白的，窗框是黑的，门是红的。而屋顶却是闪着黄色光芒的黄金的颜色。年代久远，寺庙建筑显得很陈旧，墙上有大块裸露的岩石，还有西藏特有的草根墙体，窗户依然很小,但很多窗户外面放着很鲜艳的鲜花,可见爱美之心人皆有之。

时间赶得巧,正赶上喇嘛们在辩经。他们坐在有树荫的地上,全部穿着腥红的披衣,两个人一组,一个坐,一个站,伸手向对方,同时提出问题,有的还用粗绳子使劲抢在地上。大约有三百多个喇嘛,整个院落里充满此起彼伏的声浪,蔚为壮观。据说这是喇嘛们学习的重要手段,类似高校的"大专辩论会",辩论的内容涉及历史、哲学、地理、宗教等各个学科,通过学习掌握、巩固知识,也许他们也懂得"真理越辩越明"的道理。

(四)参观小昭寺:小昭寺是为与文成公主同时代的尼泊尔的尺尊公主而建的,比大昭寺要小,而且名声也小。同样是烟火缭绕,同样是长跪不起的远道而来的藏民。寺院建在居民区之间,周围商贩云集,很是热闹,更多的是宗教用品和高原特殊的用品。

(五)拉萨印象:这次来拉萨有时间转转街景,发现拉萨变化很大,布达拉宫前面的广场建设得很雄伟,宽阔、壮观,从广场上可以清楚地看到布达拉宫的全貌。布达拉宫后面建有水面宽阔的水池,在水中可以看到白色多棱宫殿的水中倒影,蔚为壮观。

商品经济也同样渗透到雪域高原。在拉萨有很多温州人、四川人开的商店,叫卖各种商品,只是数量、质量和内地还有相当的差距。街上有各种商店,几乎和内地无异,只是多了一些西藏特产的专卖店。在拉萨有很多藏式的小楼,三四层,窗户最能体现藏式风格。由于布达拉宫的限制,拉萨市区没有太高的高楼,只有市公安局有高十层的大楼。在拉萨四周是环绕的山峦,晚上城里飘落雨滴的时候,山峰顶部便有薄薄的积雪,显现出拉萨的特色。山头总有大块的浮云,形态各异,面目狰狞,像一群群怪兽,又像一朵朵巨大的花朵,或是佛祖的莲花宝座。这些巨大的云浮在天空,一动不动,静得让人着急,我很怀疑让西藏人产生很大联想的宗教就有这些巨大的浮云的成分。

之三:去日喀则

羊卓雍湖及雅鲁藏布江:从拉萨出来一直沿着拉萨河行进,在拉萨河大桥向左拐,再向右,便走上通往羊卓雍湖的山路。随后的景物和我十年前看到的几乎没有变化,庞大的山脉,冲击的沟壑,山沟旁稍大的平地上的村庄。远处是拉萨河在山脚的大块冲积平原,再就是大块的蓝天,为白云当背景的蓝天。

山体非常巨大，行进在路上，上不见顶，下不见底。道路曲折，为爬升高度，绕着山转来转去。这是拉萨以外的主干路，路况很好，铺有平整的沥青路面，因而来往的车都开得很快。继续向上爬，达到5600米的山顶，便看到著名的羊卓雍湖。这是一个带状的高山湖泊，湖水深蓝，清澈而泛有波纹，在两边山峰的拱卫下，曲折地延伸向远方。据说湖的总长度有近二百公里，想象一下，湖北是什么样的体积。

　　西藏的湖同西藏的山一样，非常的巨大，远不像内地的瘦西湖、西湖那样小巧玲珑，即便是太湖、鄱阳湖、洞庭湖，同西藏的"措"比起来，也着实是小巫见大巫，不论从面积、深度、储水量等方面，西藏的湖都遥遥领先，让人肃然起敬。从羊卓雍湖下来再过拉萨河大桥，向左拐，便看见雅鲁藏布江，路沿着江边修建，两边的山很高，山涧很窄，旁边的山上尽是裸露的岩石，呲牙咧嘴，面目狰狞，好像随时都要掉下来似的。雅鲁藏布江是一条跨国的河流，转过著名的雅鲁藏布江大转弯，便流向印度与孟加拉国。这时的江水并没有奔腾咆哮，只是静静地流淌，但江水没有任何污染，泛着清澈的蓝色。车行一个多小时，便见到河谷冲击的宽阔的河滩地，大块的黄沙，稀少的小树，两边是巨大的山峰。河谷中沙滩很多，长年累月风吹的结果，大量的黄沙堆积在对面的山坳之中，山像是披上了黄纱的披肩。

　　道路两侧有很多藏式民房，大都方方正正，两层结构，一户一院，可能是冬季寒冷的原因，房间的窗户都做得很小，房门和窗户都有雕刻的图案和大红的漆饰。这里的房间大都用石块砌筑，外面凹凸不平，也没有太多的装饰，显得粗犷而狰狞。

　　六月是西藏最好的季节，一到冬季，到处是白雪，道路结冰，寒风刺骨，完全无法生产、生活，人们只有在坚硬的石头房子里烧着牛粪的圆饼，在屋子里抵抗严寒，熬过漫漫的冬季。内地人是无法经历这样的情景的，只有在想象中，根据文字的记载，体会西藏的冬天。在路上遇到一座天葬台，真有几只兀鹫在高高的山上盘旋。有一辆小拖拉机把亡者拉上山，有一缕白烟从山顶上升起，上面的情景就不晓得了。刚听说"天葬"的时候感觉很不可思议，感觉很不人道，人已经死了还受那样大的罪。但在西藏，又觉得很自然，很应当。相对于火葬、土葬，天葬是最经济、最适合实际、最没有污染的丧葬方式，在蓝天白云的映衬下，人的肉体随着灵魂升上天堂，也是自得其所。相对于深埋地下又可能被人挖掘而不得安宁的结果，天葬倒是很好的结局，没有在大地上留下任何痕迹、污染，而又将肉体奉献给大自然，倒是最好的归宿。但这种丧葬方式只有在西藏可以实行，如果在内地，数量众多的人，又不知道需要多少只兀鹫。

日喀则：日喀则是班禅的居住场所，是后藏的管理中心，同拉萨一样，日喀则也是两山间冲击出的一块山间平地，有几条并不宽阔的街道。在城市边缘便可以看见闪着金光的扎什伦布寺的屋顶，还有耸立在山顶，与布达拉宫形式相仿的班禅的宫殿。由于几天来坚持吸氧，身体感觉很好，走路也有力量，于是在日喀则的街道上转了好几圈。像拉萨一样，有很多四川人开的饭店，温州人开的商店。但比较起来，日喀则比拉萨还是小很多。日喀则是距珠峰最近的城市，因而街头有很多珠峰的宣传照片，还有很多销售登山用品的专卖店。

扎什伦布寺：扎什伦布寺里有世界上最大的铜佛，未来佛强巴佛，从门口外就能看见巨大体积的红色的建筑，耸立在若干像山寨一样的建筑之中。还有就是巨大的展佛台，面积有数百平方米，直立在山脚下，这是在图片里经常可以看到的场面，巨大的佛像展示在阳光之中，下面是无边的人群，虔诚地仰望观看。寺庙之中有很多前来叩拜、添酥油的藏民，大都手摇着转经筒，其中有不少是老年的妇女，衣着各异，大都很残破，但所有人都很虔诚，对佛充满敬畏与忠诚，把暖壶里的酥油认真地倒在长明的油灯上，向佛祖展示自己的崇拜。

之四：西藏印象

也许人们天生就有探索神秘事物的天性，对遥远的西藏，人们充满好奇心，很多人从遥远的地方来到这片神秘的土地，又带着满心的惊异离开这里。我曾经两次进藏，虽然只是浮光掠影，但平时注意有关西藏的信息、书籍，对西藏也有不少的了解。

首先，生活在高海拔、低温、缺氧、物质短缺的藏民族以及生活在高原的牦牛、藏羚羊、山羊等，甚至是那些可怜的树，艰难的草都是很了不起的生物、植物。他们适应艰苦的自然环境，并一代代地生息繁衍下去，非常的了不起，可谓"大地的精灵"。其次，藏族同胞在这样艰难的环境中创造了可以说灿烂的文化。他们的生活方式完全适应自然，能够最大限度地利用自然界提供的能源生存下来，青稞、酥油、牛奶、牛肉以及自制的布料、取暖用的牛粪饼，还有各种取自天然的颜料等等，令人敬佩，甚至让我们这些离不开超市，离开工业产品及别人服务就活不了的大城市人汗颜。他们在维持生存的同时，在物质极其短缺的情况下，创造了自己的文字、舞蹈、诗歌、节日、绘画等灿烂的艺术形式，更令人敬佩。

在第二次世界大战前，希特勒想证明亚利安人种是世界上最优秀的种族，便异想天开地认为他们的祖先是从世界上海拔最高的高原上走下来的，于是派出科学家来西藏测量人的颅骨、身体骨骼等资料，带回去和德国人进行比对，这也是高原之外很有意思的事。还有，中国的皇帝，从唐朝开始，便坚决地认为这片辽阔、空旷、贫瘠的土地是中国的领土，并不惜花费巨大的人力、财力去维持对西藏的控制，真是具有大国的气势。从地图上看西藏幅员辽阔，但实际只有四条明显的进藏道路，而且受气候的影响，还经常中断。西藏的大部分城市、村庄也就是散布在这些道路的周围。与高原、大山、水流相比，人工修建的道路是那样的脆弱、渺小、微不足道，稍微的一阵风、一场雨、一股泥石流便可以轻而易举地毁坏人们的劳动成果。行驶在高原的路上，不仅要有顽强的忍耐性，还要冒巨大的说不尽的风险，与此相伴的是巨大的花费，没有相当的恒心与毅力，甚至仅仅是走到西藏都是难以想象的。

还有就是西藏巨大的宗教存在，控制人的精神世界，将山川、河流、生物、今生来世融为一体的无处不在的宗教，在西藏历史与藏民族生活中发挥巨大作用的藏传佛教。去年建成的青藏铁路是人类了不起的成就，也是我国国力强大的具体体现。建设这样的工程，既要有足以完成工程的资金，同时又要有能够完成工程的机械、设备、技术、人员等能力。青藏铁路的建成，将为西藏的巩固与发展提供坚实的保障。不管是西藏人还是内地人都将从青藏铁路上获得巨大的收益。也许若干年后人们会像我们怀念长城的建设者一样，怀念那些青藏铁路的建设者。

在成都机场转飞机时买到一本书，旅游专著，作者用十年时间走遍了川藏、青藏、滇藏、新藏线，并用语言、照片记录下高山、大河、庙宇、植物、动物、藏民的生活、历史遗迹等，很精彩。其中青藏线是最长但最平稳、安全的进藏线路。而新藏线很多在海拔五千米以上的"高原的高原"，要经过漫长的无人区，氧气稀薄，有很大风险。川藏线要翻越高山，道路容易受到雨水的损害，行驶困难。而滇藏线全长仅有七百公里，穿越著名的三江并流地貌，以及比美国科罗拉多大峡谷还深的雅鲁藏布江大峡谷，地形变化大，地貌景观丰富，植物多样，且距离近，想来如果有机会走一走滇藏线，也是难得的经历。

西藏的风景是其他地方所没有的，也是全人类的财富，只有亲身来西藏才能感受到大自然的伟大，才能领略大自然优美的风景。巨大的山脉，辽阔的荒原，湛蓝的蓝天，造型各异的白云，灿烂的鲜花，顽强的树木，健壮的牛羊，强烈的阳光，色彩艳丽的服装，粗犷的寺庙，顽强的藏族同胞，时刻构成精彩而优美的画卷。尽管画里的山水并不能给人提供良好的生活环境，还有画面里完全不能反映的缺氧及寒冷，但不管从哪个角度，都是一幅幅精美的画卷。在西藏看到巨大的山脉、雪山、河流，感到人自身的渺小，即便是已经建设得很成熟的大城市，和巨大体量的西藏的山相比，也是那样的渺小与微不足道。曾经很引以为自豪的技术、成果、产品在大自然面前显得无足轻重，难以发挥作用，而大自然的产品才是巨大的存在。

从西藏回到北京，由于有现代化的飞机，几个小时便跨越过遥远的距离，很快又重新回到拥堵的车流之中，很容易在物美、普耳斯玛特、沃尔玛、宜家等大型超市购买到想要的物品。随着社会的进步，手机、小汽车、电脑、5G、基因食品、数字电视、博克、GPS、银联卡等等现代社会的产品，快速地改变着我们的生活，使我们越来越远离原始的牧业、农业、手工业的生活。而同时，空气污染、全球变暖、SARS、ADIS、电脑病毒、传销、小升初、就业、抑郁症等等现代社会的副产品也同样缠绕在我们身上。

而这时，西藏的人们还是那样，一年又一年，像千百年一样，顽强地生活着。

2010 年 3 月 10 日

感悟中国佛窟

自序：本人曾经游走于祖国的名山大川，感触着古人的脉搏，品味着古人的生活。在很多高高耸立的岩壁之上，有各种佛教洞窟，或雄伟高大，或慈祥安宁，或深邃睿智，或勇猛刚毅，给人带来遥远而深邃的问候与祝贺。看着这些上千年的巨大存在，似乎在与开凿这些洞窟的古人，与同样观赏并感慨这些洞窟的古人亲密接触，有一股莫名的力量，通过遥远的时空传递过来，深深地穿刺到皮肤上和脑海里。回到家中，打开厚厚的典籍，在字里行间更能清晰地感受到佛窟真实的存在，根据游走各地的印象，借助现代化的互联网，在漫长的历史长河中游荡，并用笔记本电脑记录下无边的思绪，以缅怀曾经而且还将很长时间存在的巨大的佛窟的存在，是为此文。

产生于公元前460年古印度的佛教，通过遥远而漫长的古丝绸之路，最早在汉代，大约公元前60年，传到中国，公元68年汉明帝建白马寺。佛教在中国被同为农耕民族的中原文化所接受。历代统治者把自己作为转世佛的化身，而同时能够通过佛教的宣传，使百姓得到稳定的思维，佛教得以广泛传播。与此同时，新疆、内蒙古、宁夏草原一带的游牧民族、狩猎民族如鲜卑、吐蕃、回鹘、党项、乌孙、蒙古等民族，由于连年的战乱，不断的厮杀，造成人口锐减，为了解决以上问题，他们也把佛教引入，以求稳定的局面，这使得佛教被广泛传播。

由于佛教与中国土生土长，同样产生于汉代的道教有一些教义上的冲突，出于对统治权力的争夺，历史上曾多次出现佛道之争。公元446年，北魏的魏太武帝灭佛，公元574年北周武帝灭佛，公元854年唐宣宗灭佛，以及明朝永乐大帝对道教的推崇，使得佛教几度兴衰。出于对几次被灭佛的恐惧和抗争，为了使佛教教义得以传承，僧人们便放弃在城市中建造佛寺，而是在山岩上开凿洞窟，使得这样的标志难以被破坏，也许这才是城市附近开凿石窟的初衷，或者说正是道、儒以及战争对佛教的"抵制、损害"，才产生出中国众多的佛窟。

在印度，由于印度是较大的平原，并没有产生更多类似的佛窟建筑，在平原上建塔，足以突出佛教的尊严，可以让人从很远的地方就可以看见佛教建筑，因而印度有很多高耸的佛塔，甚至高僧圆寂后，也是用塔来安葬。可以说，塔是佛教的代表性建筑，而不是洞窟。对于高山而言，塔则显得很矮小，难以彰显佛的尊严，因此在山顶建塔，与巨大的山的体形相比，并不能彰显塔的高大，很明显，在山的面前，建塔是不适宜的，聪明的中国人发明了在巨大山岩上开凿洞窟的佛窟建筑。

还有一个原因，或者说最早的佛窟很可能是远行的僧人居住、避寒的场所，这在新疆龟兹的克孜尔千佛洞烟熏火燎的洞窟内，以及敦煌没有开凿佛像的洞窟中可以看得很清楚。在漫长的冬季中，在荒芜的大漠上，没有人烟，远行的僧人需要在洞窟中躲过严寒的冬季，在崖壁上开凿洞窟实在是上佳的选择。这样，在丝绸之路上，一些坚硬的山体上开凿了最初的洞窟，供僧人们居住。可能是在洞窟中的僧人、游客感到孤独寂寞，或是想表现自己的学识、能力，或是梦中梦见佛的光临，想要表现出来，他们便在自己居住的洞窟的顶部、墙壁上，雕刻出自己脑海里的佛的形象，刻出各种佛教故事。平面的、立体的、黑白的、彩色的，大量并不很严谨，各种形态的雕像出现在洞窟之中。

古龟兹国建于公元前60年，已经达到繁盛。今天的新疆库车的克孜尔千佛洞中可以清楚地看出这种痕迹。克孜尔在维吾尔语中是红色山的意思。开凿于遥远的汉以前时代的洞窟中，有各种雕像，尽管大多数是佛教的，但也有不少是世俗的。由于在当时，佛教并没有严格的标准，没有造像的统一要求，克孜尔的千佛洞表现得很随意，故事情节与人物都表现出最初人们把世俗生活与佛教的叠加。由于龟兹位于通往中亚、东欧的必经之路上，很可能有来自欧洲意大利、土耳其的游客或是画师，因而在克孜尔千佛洞中有很明显的欧洲风格，甚至有很多裸体的画像、雕像，有些飞天甚至是佛都是裸体的，这与内地严谨的佛像完全不同。这倒很像是欧洲卢浮宫，或是罗马城里的人体雕像，开放、洒脱、世俗，有些似乎与佛教没有关系，表现了人们丰富的生活以及欢快的情绪。随后的佛教便进入了循规蹈矩的阶段，有严格的要求与标准，出现了规制统一的造像。

公元453年昙曜法师主持建造的云冈石窟，是中国内地最早的石窟，而昙曜法师开凿石窟的初衷正是在公元446年，魏太武帝灭佛之后，由于木制的寺庙、砖制的佛塔很容易被损坏，昙曜法师便决定在坚硬的山岩上开凿佛像，目的是防止被破坏，而使佛像能够长久保存。事实上，在公元400年左右，发源于大兴安岭的鲜卑人就已经派人通过古老的丝绸之路，经过龟兹，进入印度，取回佛教经书，并在北魏的首都龙城，今天的朝阳修建了佛塔，并在朝阳北部的凤凰山开凿了摩岩佛像。鲜卑人在经历了战争与厮杀后，感觉人口减少，民族难以生存，为了减少杀戮，他们引进了佛教，利用佛教压抑人原始的杀戮本能，减少人员伤亡。鲜卑人引进的佛教与东汉引进的佛教似乎没有更多的关联，很可能是平行的事件，只是鲜卑人觉得佛教有好处，便派人引进。事实上，生活在大漠之上的鲜卑人，可能比汉族人更容易接受佛教，这也是党项、吐蕃、蒙古等民族尊崇佛教的原因。可以说边疆的游牧民族更早地引进并接受了佛教，至于后来把佛教发挥到极致的藏传佛教，也同样是在严酷的生活环境下，对于佛教的发自内心的理解与尊崇。昙曜法师最早是在甘肃的炳灵寺开凿石窟的，后来被北魏的皇帝看中，邀请到大同，主持修建云冈石窟，吸收借鉴了在河西走廊上已经建成的马蹄寺、大佛寺、炳灵寺的建造经验。

相对于中原农耕民族而言，生活于东北、内蒙古、宁夏、新疆一带的游牧民族、狩猎民族，更具备嗜杀性，他们出于生存的需要，把杀戮当作一项重要的生活本能，以至于对于人的生命也采取了蔑视的态度。这使得他们与中原的战争中屡屡获胜。鲜卑、契丹、党项、女真、匈奴等马背上的民族可以很容易地侵略中原，并获得胜利。契丹创建的辽、蒙古的元，甚至女真的清，在统一中国方面都有巨大的作用，没有强大的力量，统一国家是很困难的，这在汉代魏蜀吴的抗争中得到清楚的体现。尚武的同时是嗜杀成性，在取得胜利之后便需要约束，需要压抑欲望，这便是这些游牧民族，尤其是他们的统治者能够接受佛教，并崇尚、推崇的原因。蒙古匈奴，鲜卑后代的北魏、党项、龟兹等民族，都非常推崇佛教，而藏民族更是创造性地发展了自己的藏传佛教，这些都是与地理环境、生活环境相关联的。

远在北魏建造云冈石窟之前，位于丝绸之路咽喉的敦煌，远在北凉时期，公元336年，已经有人开始建造石窟，开始的石窟也同样是遮风避雨的场所，随后演变成佛的洞窟。敦煌的地理位置很重要，不管是从南侧，还是从北侧，穿越塔克拉玛干沙漠，都要走敦煌，而汉以后内地的十六国的战乱，也使一些内地的学者、官员、商人为躲避战火，来到敦煌。商人、边疆的守卫、往来的僧人、避乱的贵族、学者等等，聚集在敦煌。而敦煌的气候干燥，便于洞窟的保存，还有就是漫长的冬季严寒，更使躲避在洞窟中的僧人有了用武之地，有了表现的场所。从北凉开始，北魏，唐、宋，元、均有新的佛窟开凿。更由于敦煌藏经洞中将近五万件各种文书档案，佛教经典等使得敦煌成为佛教乃至古代文化的聚集地，使得敦煌学成为一门学问的名称。

可以想象，从内地长安、洛阳出发，经过长途跋涉来到敦煌，并试图走到更遥远的僧人看到敦煌的佛窟是何等的震撼，在他们脑海里留下多么清晰的印记，也为中国内地众多佛窟的开凿打下坚实的基础。无独有偶，由于古代龟兹国的繁盛，在今天的库车附近有很多洞窟，而龟兹是中国通往印度、西亚以及欧洲的必经之路。唐玄奘在他的《大唐西域记》中详细地记载了在龟兹看到佛窟的情况，以及为之震撼的感觉。龟兹国位于东西方文化交流的节点上，地域辽阔，由于有天山雪水的冲击，在塔克拉玛干沙漠北部形成巨大的绿洲，很适合种植。当风调雨顺之后，龟兹人便开始了在音乐、美术等方面的精神追求，大唐的很多音乐，像唐明皇与杨贵妃非常喜爱的"霓裳羽衣曲"，就是来自龟兹国。而由于龟兹地处偏远，即使强大的大唐王朝也很难控制，在文化上有很强的独立性。远在西汉，龟兹国就已经很强大，为与大汉建立了联系，同时，大汉为了消除威胁，也开始把内地官宦的女儿远嫁乌孙。公元前101年，汉武帝刘彻便把江都王，今天杭州王刘建的女儿刘细君，把楚王刘戊的女儿解忧公主，远在王昭君与文成公主之前就远嫁到遥远乌孙国，并为国王生育子女，开创了中国古代和亲的先例。

正是由于龟兹特殊的地理位置，使得能够接触到来自中亚伊拉克、古印度、甚至古罗马、土耳其一带的文化，龟兹的文化呈现明显的多种文化的风格。甚至龟兹的人种也是多个民族的融合。由于路途遥远，远来的商人学者，不可能很快离开，他们在龟兹住下，与当地人结婚生育，繁衍后代，造成多种族的融合。大唐后期，造成内乱的安禄山、史思明，就是胡人与中国人的后代。多种文化的交汇，使得龟兹人得以接触当时比较先进的思想，正是在这种情况下，产生于公元前五百年的印度佛教，通过在龟兹落下脚根，为其后在敦煌乃至内地的发展奠定了基础。也许正是龟兹国开凿的包括克孜尔千佛洞在内的众多佛教洞窟，为以后的僧人提供了灵感，树立了榜样，进而在中国产生了无数大大小小的佛窟。

远在玄奘之前来到内地讲学并死在陕西户县的法师鸠摩罗什（344—413）就是龟兹国王娶印度国王闺女生的儿子，有着母系的印度血统，因而鸠摩罗什得以在九岁的时候远赴印度学习佛法，同时学习多种文字，这也为他在以后后秦的传承佛教提供了条件。

佛教的传播与其两个主要教义有关，其中最重要的是转世轮回的说法。在生产力比较低下的年代，人们对于疾病、饥饿、死亡没有能力抵抗，即使是国家也没有能力，还有就是社会的不平等难以解决，这样，本意是教人行善的轮回说有了市场，当人处于极度无奈的情况下，相信来生或许是一种安慰。当人遇到困境，或是濒临死亡的时候，物质的东西便没有了作用，对来世的向往可能给人带来一定的精神慰籍，于是，转世、报应、因果等说法得到人们的宠信。在伊斯兰教、基督教中也有极乐世界的说法，做恶事的人要受到惩罚，做好事的人要受到好的待遇，但没有转世之说，与现实世界没有联系，似乎约束力不如佛教大。而佛教有关轮回、转世的内容，把人深深地控制住，使人不敢逾越，并且对做坏事取得好的待遇的人并不嫉恨，甚至同情，感到可怜。

佛教的僧人发大愿，放弃一切的人间生活，甚至不生育，全心全意地侍奉佛祖，也是佛教受到人们尊重的原因。伊斯兰教的阿訇可以结婚，可以过正常人的生活，只是日常社会秩序的维护者，伊斯兰教通过把斋，通过朝觐以及每日的祷告控制信徒，并不像佛教僧人那样什么都不要，四大皆空。同样，基督教也比较宽松。而佛教要求严格，这也是僧人受到人们尊重的原因。藏传佛教把这些发挥到极致，以至发愿的苦行僧几乎不食人间烟火，几乎没有常人的苦痛感。

佛教提出的积德的理念为人们所推崇，所谓"法德、实物德、急难德"，使得人们在危难之中能够得到同样信奉佛教的教徒的帮助，能够渡过难关。而由于相信来世的报应，有些社会地位很高的人，或是很富有的人，由于感觉自己曾经做过坏事，为减轻在来世的报应而笃信佛教，倾家产修筑庙宇，开窟设像，更使佛教得以扩大。对于历朝历代的统治者，在取得政权以后，可以把自己说成是佛的化身，是佛的转世，来拯救民众。北魏时期的五个造像就是北魏五个皇帝的化身，而洛阳龙门石窟的大佛像卢舍那佛，就是按照武则天的相貌建造的。统治者在对佛的崇拜中，既能扩大自己的影响，又能安抚底层民众，佛教遂成为各个朝代统治者的推崇。

中国传统的道教起源于西汉，大约发源于四川大邑附近，由于信徒交五斗米就可以入教，也称"五斗米教"。道教的教义师法自然，通过对自然的观察，获得精神的寄托。道教最大的成就是中药的发展以及风水学的应用。道教的思想是重生不重死，不去研究"生"以外没有用的东西，把生与死的界限看得很淡，在教义上与佛教有很大的差别。由于道教的激进性，在需要改变社会的时候，往往能够起到作用，苍天已死，皇天当立。王侯将相宁有种乎？等等，可能正是由于道教的发展和影响，才造就了中国社会多次底层民众的揭竿而起。当需要破坏已有秩序时，便需要道教作为精神支柱。明朝永乐皇帝推翻了侄子建文帝的政权，自己做皇帝，大力推崇道教，北京城的规划、选择、布置，完全依照道教的风水理论，紫禁城也是道教的名称。同时建设的武当山，完全按照道教的理论，突出了真武大帝的威严，表现出明显的反叛精神。

但毕竟需要维持社会结构稳定的时间要多一些，一旦政权建立，便开始采用佛教，以稳定社会。经过汉以后将近二百年的分裂，在唐朝建立之后，便开始大兴佛教。事实上，西安附近法门寺的佛骨舍利，是远在秦朝，即公元前150年左右，便由印度高僧带到了中国，但秦始皇并不接受外来文化，让僧人住在法门寺附近。后来僧人去世，佛骨便留在法门寺。正是经历了分裂后建立的唐朝，需要一种精神来统治国家，下诏建立了法门寺，把迎接佛骨到西安，当作举国的大事来做。导致随后韩愈写出《谏迎佛骨表》，反对过于尊崇佛教，受到皇帝的申斥，甚至差点被革职。

中国思想体系中非常重要的内容就是儒教，由孔子发明并传播的儒教，对春秋战国以前发生在中原大地上人的智慧和经验，进行了归纳总结，提出了个人与国家的秩序应该遵循的轨迹，对个人修养的建立，国家秩序的建立，家庭的维系等都提出了很好的规范和要求。在汉武帝推行董仲舒提出的"废黜百家，独尊儒术"之后，儒教成为统治国家、管理官员的重要手段，科举制度的建立，把儒学推到极致，成为历代官员的必读经典。儒教提出不敬鬼神，便与佛教划清了界限，似乎也更重视研究今生今世的道理。

但儒学有两个问题，第一，儒不是教，而是学说，可以信也可以不信，觉得好就信，觉得不好就不信，没有宗教那样严格的约束力。第二，对于普通的民众，儒学过于高深而显得没有实际意义，只有当自己身处高位，不为生活所迫，居高临下的时候，才能体会到儒的魅力，而一般老百姓则很难从儒教的教义中获得精神的慰藉，甚至是一点安慰。在中国有"进则为儒，退则为道"的说法，当一个人得势之后便相信儒学，修齐治平，忠君报国，名垂青史，但不得势的时候，便相信道教的否极泰来，福兮祸所伏，祸兮福所倚。儒学深厚的曾国藩更是把儒的精神发挥得淋漓尽致，在以基督教为教义的太平天国几乎占领大半个中国后，曾国藩举起了维护儒学的大旗，谴责太平天国对传统儒学文化的入侵，举兵讨伐。而当曾国藩把太平天国军队打垮，几乎可以建立一个新的曾氏王朝，取代摇摇欲坠的大清朝的时候，又是深深根植于曾国藩头脑中的忠君的儒教思想发挥了作用，遣散湖南湘勇，臣服于已经没有兵权的清朝朝廷，上演了儒家的经典剧目。当元朝蒙古铁骑扫平中亚、欧洲，随后南下占领中国南部的时候，同样是饱学儒教的南宋状元文天祥，坚持信仰的儒教，宁死不降，谱写了惊天动地的正义歌。

尽管儒教在中国历史上发挥着难以撼动的地位，但还是主要应用于官僚上层，应用于官场之中。而更广大的生活在社会底层的民众，还是靠相对简单的佛教的理论来支撑。在这种情况下，雕刻于岩壁上的简单、形象的雕刻，发挥着直观、真实甚至可以触摸的教育作用。开凿于东蜀都城大足的石刻，把群众性的教育意义发挥到极致，很多雕像故事都是民间生活的体现，甚至并不是佛经上的内容，接近于民间生活，更能为普通百姓接受，是大足石刻的显著特点。同样的还有建在通往漠北关键道路上的麦积山佛窟，更具有明显的民间色彩。麦积山石窟并不是石窟，而是用民间的稻秆和上泥巴砌筑而成，随后开凿，同样展现了更多民间生活的场景，展现了民间对于礼佛，对于为善，对于善有善报的理解与强化。露天、公开展示的佛窟，在教育公众方面，在延续保留方面，可能比经书，比庙宇里的雕像更有广泛性，这也是中国各地有大量佛窟的原因。

在欧洲有很多次宗教战争，基督教最开始受到罗马教、拜火教等各种宗教的抵制，甚至发生战争。伊斯兰教与欧洲的战争，基督教与犹太教的斗争，都是很残酷、很激烈的。但在中国似乎并不明显，虽然发生过几次对于崇佛还是崇道的争论，但毕竟仅仅停留在统治者的选择上，百姓没有选择，也更没有全国性的战争。中国几乎没有宗教战争，可以说是中国的福祉，是中国人智慧的结果。像中国人善于拿来各国美食一样，中国人更善于把各种文化、各种宗教中有用的东西拿来，为我所用。在很长时间内，佛道儒，在中国同时存在，相安无事，甚至在山西等地的石窟中，在浑源著名的"悬空寺"中还有更为传奇的"三圣殿"，同时供着三个教的神像，老子、孔子、耶稣、释迦牟尼相安无事。

在佛教最初传到中国的时候，是西汉的白马寺，那时佛教是附着在道教之下的，作为道教的一个分支进行管理。中国人甚至想调和三个宗教的关系，便有"老子化胡"的说法：孔子求问于老子，老子讲了一些，孔子创建了儒教；老子在函谷关著《道德经》，创建了道教；随后老子继续西行，到印度去教导释迦摩尼，产生了佛教。中国俗话"老子天下第一"，就是来源于此。

公元 627 年，唐玄奘到西域取经其实并不是国家行为，唐朝在嘉峪关是采取封关政策的，以防止内地先进的技术、产品的流失。玄奘和尚或许是私自走出嘉峪关，并在印度一带学习经文的，只是玄奘回来之后，受到唐朝皇帝的重视，并建了大雁塔作为翻译经书之所。这种拿来主义的思维，为以后基督教、伊斯兰教等宗教在中国的传播奠定了基础。同样，中国人在相信不同宗教的同时，取其所长，彼此相安无事，应该说是世界宗教史上的奇迹。在历朝历代的统治中，统治者很注重平衡三种教的关系。明朝大学士甚至直接提出"以儒治国，以佛治心，以道治身"的说法，取三种宗教的长处，为我所用，既相安无事，又互相弥补，实在是高明之举。

佛教正是在这样的背景下得以进入中国并不断发展的。来到中国的佛教被深深地打上了中国的烙印，比如寺庙建筑，完全是中国大唐宫殿的风格，佛塔具有很明显的中国风格，只有尼泊尔工匠建立的北京白塔寺和北海的白塔与众不同。中国在佛教发展史上，不管是时间、人数、寺庙、经文等方面都远远超过印度，可以说是中国"拯救"的佛教。从印度向西，受到两河流域的伊斯兰文化的抵制，向东也只有柬埔寨、缅甸，并没有更大地扩大地域。而翻过喜马拉雅山，来到中国，佛教生根开花，得以发展。

佛教洞窟正是这种改变的典型代表。喜马拉雅山冲积扇的印度，并没有更多高耸的山，只是平原，建塔已经足够了，而只有在中国，众多散布的山峦，为佛教的弘扬提供了条件。普贤菩萨的峨眉山，观音菩萨的普陀山，地藏菩萨的九华山，以及最出名的文殊菩萨的五台山，在中国偌大的版图，变化巨大的山峦中，佛教找到了归所，找到了梦中的居所。五台山就是佛祖梦中的震旦国的五朵莲花山，刚好在五台山得到印证。

天下名山僧占多，佛教、道教似乎更青睐高山，而基督教、伊斯兰教则把教堂、清真寺建在城市中央。主要的原因是由于中国历史的动荡，在朝代更迭中，建在深山的寺庙可以更容易保存，可以不影响人们的视野。同时，建在高山上的寺庙，当人们费尽力气，前来朝拜的时候，会有一种高深莫测的敬仰感。安静、与世隔绝的环境也为僧人研究学问提供了很好的场所。北京的潭柘寺历史甚至比北京城还要长，有"先有潭柘寺，后有北京城"之说。

同样，初衷为避免损坏而在山峦上开凿的洞窟，创造性地把佛教故事以立体的形式展现在人们面前，教人领悟人间的真谛，教人做好事。风和日丽之时，普通百姓到城市周边的佛窟游览，在不经意间接受了佛教的教义，同时也为高大、威严、优美的雕像而折服，而崇拜，起到很好的作用。云冈石窟、龙门石窟、大足石刻，都是由当政者主持建立的，而麦积山石窟、敦煌莫高窟，却是由商人、民间人士出资修建。受统治阶层的影响，很多富裕的人家，也出资开凿洞窟，借以慰藉自己的精神，成为所谓的"供养人"，大大小小的洞窟得以在中国广袤的大地上开花。

在很多小城市和居住点，人们都模仿着开凿洞窟。党项在榆林开凿了榆林窟，在西安通向成都的金牛道上开凿有广元千佛岩，而米仓道上开凿有巴中的南龛造像。唐以后，由于羌人的侵入，金牛道变得很不安全，更多的来自西安、洛阳的贵族后裔，便从米仓道入川躲避战乱，这也使得巴中的南龛坡继承了很多精华，彩色的雕像，表现民间理念的雕像，又由于地理位置偏僻，路途艰难，使得这些雕像得以保存，这很像保留在福建深山中的土楼，同样是洛阳、开封贵族后代的作品。

佛窟的开凿与中国特殊的地形条件有关，除去蒙古、新疆的沙漠外，中国大部分地区都有山的存在，或高大，或平缓，大量隆起的海相沉积岩，为开凿石窟创造了条件。在生产力还不是很发达的古代，既不能在极其坚硬的花岗岩等火成岩上开凿，也不能在很容易风化的石灰岩等变质岩上开凿，大都是在比较容易开凿又相对坚硬的沉积沙岩中开凿。敦煌、云冈都是典型的沉积岩，龙门、大足的火成岩也不是很硬，比较容易开凿。最为坚硬的是乐山大佛，是典型的花岗岩，采用的是用火烧，用水浇的原始开凿方式，耗时几十年方才完成。如果建在比较容易风化的岩体上，不仅不容易保存，还有损佛的形象。太原附近的南山大佛，就是由于风化严重，总高四十七米的佛坐像没有了头部，而乐山大佛，建在坚硬的花岗岩上，得以长时间保存。

佛窟的位置还不能太偏僻，这与佛教四大名山不同，要距离城市不是很远，能够方便普通百姓的观赏，在城市的边缘的山体上，开凿石窟、佛窟，成为春秋季节人们踏青赏花的上佳场所，寓教于乐的理念，在佛窟的建设中得到实现。

佛教在中国历史上留下清晰的烙印，且不说遍地的寺庙，天下名山僧占多的佛教名山，在四大名著中，也有很多佛的内容。《三国演义》描写的是东汉末年到西晋之前的故事，那时的佛教在中国传播得还不是很广泛，但孙权囚禁刘备就是在甘露寺中，也体现了一定的佛的痕迹。而《西游记》就完全是描写佛教的故事，《水浒传》虽然描写的是暴力革命，少有佛的意味，但鲁智深在大相国寺给人留下深刻的印象。而《红楼梦》则贯穿了更多佛的意味，甚至整个社会生活都为佛的教义所左右，凤姐弄权铁槛寺，妙玉出家，更有几多的禅宗道影。

同为宗教的伊斯兰教，据说是因为默罕默德为了减少后代的花费，要求不建雕像，甚至不挂画像，直到今天清真寺中还是简单而没有雕像。而笃信伊斯兰教的塔利班，在阿富汗崛起后，2001年，对耸立在喀布尔以北的巴米扬大佛展开了行动，动用炸药、火箭弹把米扬大佛炸毁。而在现在的情形下，塔利班的行动很可能不是出于信仰，而是对世界，对国际舆论故作的姿态，以引起国际社会的注意。在巴米扬大佛被摧毁后，中国的乐山大佛成为世界上最大的露天佛像，甚至有好事之人，要在乐山大佛的旁边复制一比一的巴米扬大佛。也许正是佛教徒对教义的尊崇，也许正是僧人们的献身精神，才使得如此多的佛窟能够传承于世。开凿佛窟的僧人，不是为了生存，不是为了金钱，而是为了自己的信仰，因而克服各种艰难险阻，在荒山野岭之上，成年累月地艰苦劳作。在这种精神作用下开凿的洞窟，其精美、细致程度远不是现代建筑可以比拟的。完全的投入，精细的劳作，让现代建筑相形见绌，难以类比。

在中国传统儒家文化中，盛世建阁，登高望远，传承后世，同样是为历代所尊崇的精神。很多官员为官一任，造阁一座，把建造亭阁作为自己的政绩，作为自己得意之作。绍兴的兰亭，记载着王羲之曲水流觞的盛大活动；醉翁亭，记载着欧阳修当官的经历；黄鹤楼、岳阳楼、鹳雀楼、大观楼、滕王阁等记载着千年文化的名楼，在历史的长河中熠熠生辉，与众多佛窟相映成辉，映衬着上千年辉煌的中华历史的精彩篇章。站在佛窟面前，在感受历史的浩瀚、古人的伟大的同时，又深深为我们现代人感到悲哀，我们拥有了机械，拥有了电脑，建造了体形巨大的体育馆，摩天大楼，水泥森林的城市，在巨大的超市中搜寻维持生命并享受生命乐趣的食品，但是，我们的建筑有多少思想的痕迹？在若干年，或是千百年后，我们的建筑何以传承？值得认真思考。

这样的想着，在仰望高耸的佛窟的时候，更感受到古人的伟大，更能感受到这些佛教洞窟的巨大的存在。

腹稿于 1990—2014 年
初稿于 2014 年 2 月 10 日
终稿于 2014 年 2 月 15 日
定稿于 2014 年 2 月 16 日

追寻恐龙的旅程

很早就听说河南南阳西峡有恐龙遗迹，总是没有去成，心里惦记，这次终于成行。西峡恐龙遗迹的特点是恐龙蛋很多，成串成群，有些恐龙蛋和不同时期的蜥蜴蛋、鸟蛋、蛇蛋混在一起，大大小小，数量之多令人称奇。南阳西峡农村中甚至很多人用恐龙蛋砌院墙，说明恐龙蛋非常多。恐龙遗迹中心区有一处巨大的圆洞，有二十多米深，可以下到最底部，向上看去，不同地层上有不同时期的恐龙蛋，间或地埋在不同的土层中。土层有十三层之多，几乎每层都有恐龙蛋，如此多的恐龙蛋，表明这里曾经生活着大量的恐龙。西峡位于秦岭的东部，伏牛山与秦岭的交界处，由于处在太平洋暖流与贝加尔湖暖流的交汇处，温度、水分、土壤适合各种植被生长，为恐龙的生存创造了条件。同时，必须有足够的、合适的泥土，其颗粒度、酸碱度、黏度等等都要合适，能够掩埋恐龙的遗骸并生成化石，才能造成如此众多的恐龙蛋化石。

几乎每个人都会或多或少地思考一个问题：人是从哪里来的？不管人是不是从猿猴演变过来的，是不是上帝造的，有一个问题像一座大山横亘在人们面前，那就是恐龙的存在。在人类唯一家园地球这个硕大的星球上，曾经存在着众多的恐龙，肉食的、草食的、杂食的，恐龙曾经是地球的霸主，是唯一一个生活于地球的物种，具有巨大的食量以及巨大的力量。可以想象，地球上如果有恐龙存在，人是不可能存在的，甚至今天世界上的各种动物都不可能存在，都会被恐龙消灭。换句话说，只有恐龙消失了，为人类腾出生存的空间，人类才有可能登上历史的舞台。这不仅是假设，而且是确定无疑的事实。正是由于这样的原因，使得恐龙成为各国很多的学者竞相研究的课题。在因为恐龙而感到恐惧的同时，我们也应该为有恐龙而庆幸，因为恐龙的存在，证明我们生活的地球，能够长时间养育类似恐龙的巨大的动物，那么，地球长时间供我们人类生存，应该是没有问题的。恐龙的食量远远大于人类，恐龙的存在有力地证明了地球的能力。这一点着实令人类欣慰。

河南西峡的恐龙生活在秦岭东部的丘陵地带，丹江口的水库表明这里周边有足够的降雨，从而有足够的植被生长。而在中国的其他地区，同样可以看到恐龙的遗迹。在浙江东阳看到了精美绝伦的木雕，非常精致，难以想象，从木雕博物馆出来，看到东阳市博物馆，以为还是介绍木雕技艺，便进去参观，完全没有想到，居然是完全的恐龙博物馆，介绍了东阳周边恐龙遗迹的发掘情况，令人难以想象，浙江中部的山区曾经同样是恐龙的家园。

驾车走了几百公里的草原，来到边境城市内蒙古二连浩特，竟然在路边看到巨大的恐龙雕像，小小的脑袋，矗立在道路两侧，在城边有巨大的恐龙遗迹，现场建有博物馆，展示了恐龙遗骨开挖时的情况。要知道，二连浩特是广阔的草原，很难见到高度一米以上的植物，巨大的风以及肆虐的严寒，只有顽强的草能够生存。而在恐龙的年代，这里植被茂盛，提供给恐龙足够的食物，大量的恐龙才能得以生存。某一处发现恐龙化石是很难得的，需要大量的遗骨才能在极其特殊的情况下，生成一点点化石，恐龙遗骨变成化石的概率相当低，可见有恐龙化石的地方，当年会有多少恐龙生存。在二连浩特的荒原上，很难想象恐龙生存时的情况，也很难想象当时的地球是什么样子。

二连浩特的恐龙是超乎想象的，而在适合今天人类生活的四川盆地南部边缘的自贡，有很多恐龙化石，应该是可以理解的，是很自然的。自贡几乎是中国恐龙化石最多的地方。四川盆地在三峡没有开通前，很可能是巨大的湖泊，而那时自贡刚好位于湖泊的边缘地带，良好的自然环境，可以为恐龙的生存提供良好的条件，可以供大量的恐龙在自贡生活。

而在山东半岛东端的诸城，不管怎么想，也很难想象曾经有众多的恐龙存在，但是这确是事实。诸城恐龙博物馆中展出了巨大的恐龙化石，令人难以置信，诸城并没有大量开阔的土地，并不适合大量食量巨大的动物的生存，为什么还有如此多的恐龙化石？甚至让人怀疑，山东半岛在古代是否存在，今天的胶州湾是否曾经是巨大的海洋？因为只有这样，才能够提供诸城恐龙的生存环境。沧海桑田，世界的变化是超出人们想象的，什么都是有可能的。

还有一个问题，总是想不明白，为什么众多的恐龙集中在同一个地点变成化石？难以回答。沙特阿拉伯盛产石油，关于石油的起源，有一种说法是起源于动物的尸体，也就是说有很多的大象，或者是鲸鱼、鲨鱼，集体聚集在同一个地区，死亡、腐烂，演变成储量巨大的石油，这可能是事实么？如果石油不是矿物质的演变，不是外来星体的演变，或许还是可能的，但是如此众多的动物莫名其妙地聚集于同一地区，实在有些匪夷所思。但是在很多恐龙化石存在的地区，比如诸城，确实是聚集了大量的恐龙，令人难以置信。

与诸城不同，辽宁朝阳由于辽阔的陆地，山林、丘陵、草原，更适合大量动物的存在。辽宁地区存在的红山文化，显示人类在八千年前，曾经在这里生活，形成原始的氏族社会，母系社会。而在朝阳，有众多的动植物的化石，堪称化石博物馆，原始的树林、鸟类，最早的始祖鸟、鱼类、昆虫都留下很多的化石，同样恐龙也留下很多的化石。曾经的红山文化的朝阳，很可能是水草丰盛、植被茂盛的地方，生活着众多动物，当然在这之前，是巨大的，数量众多的恐龙。

我们应该相信，有恐龙的地方，一定是适合植物、动物生存的地方，因此更加对自己的家园充满信心。人类与恐龙一样，只是这个家园的过客，是在同样的地方，与恐龙一样生活在地球上。如此说来，若干年之后，沧海桑田，使得人类成为曾经，甚至成为众多的化石，但愿这种情况永远不会发生。面对恐龙众多的化石，面对曾经统治地球的恐龙，这样的想法多少有些令人不寒而栗，有一点害怕，当然，也许人类有足够的能力，能够躲过恐龙的命运，或者人类足够幸运,永远不会出现恐龙灭绝的境况。

不管怎么样,恐龙的遗迹与化石,真实而广泛地存在着。这就是本学者追寻恐龙足迹带来的超越时空的思索,并以此告慰安睡于地下的巨大的地球生物的前辈,恐龙。

2019 年 2 月 12 日

梵净山游记

以前总以为贵州的路很难走,所谓"地无三尺平",实地一看正好相反,由于贵州的山不是很高,比较容易修建高速公路,经过不断努力"县县通高速"成为现实。晚上在石阡温泉享受完玄武岩缝隙中的泉水,已经是晚上九点了,还是开车上路,在完全漆黑的夜晚开了两个小时,摸黑来到梵净山脚下。

早上起来一看,浓重的白雾笼罩山头,雾气非常浓,对面的房子都完全看不清,高一点的树几乎看不到树梢,空气中充满浓郁的水汽。非常犹豫上不上山,南方的雾气很难消散,而遥远的梵净山更是难以涉足,千里迢迢来到贵州,最有名的山峰不去爬一下,着实遗憾,但是大雾笼罩,逡巡不前。犹豫再三终于决定还是要爬一下梵净山,至少打一下卡,不留遗憾,毕竟梵净山对于北京太遥远了。进山门之后乘观光车,没有人,下车上缆车还是没有人,身上穿的薄薄的雨衣已经几乎粘在了身上,眼镜一次次被水汽弄湿。感觉梵净山最大的特点是植被茂盛,山坡上、山沟里到处都是植物,密集地遮住山坡上的每一块空间,植物盘根错节,密集地生长着,每一片叶子都饱满、密集,呈现出勃勃生机。贵州最大的特点是降雨充沛,而大量的降雨更为绿色植物提供了良好的生长环境,茂密的植被几乎覆盖梵净山整个山体。梵净山是横亘于湖南的武陵山脉的最高峰,坚硬的岩石,陡峭的山峰,加之充沛的降雨,在武陵山构成特殊的地貌。张家界巨大的高耸的山峰就是武陵山的代表,从湖南北部隆起,延伸到梵净山,像交响乐一样达到高潮,形成武陵山脉最高的山峰。

下缆车沿着几乎在密林中用石块铺砌的台阶,一步步向上走,脚下几乎全是积水,即使没有明显的降雨,浓重的水汽也汇集成水流,覆盖在台阶之上。两旁全是茂密的树林,粗大的藤条缠绕在树干上,倾倒的枯树树干上长满厚厚的青苔,很多植物从没有见过,更叫不上名字,好在沿路立着很多科普栏,详细介绍各种植物的情况。贵州是生物物种的基因库，各种植物在这里得以保留，一些濒临灭绝的植物也在这里找到栖息地得以存活。看着植被茂盛的密林，感觉很恐怖，密林里很可能有各种蛇类出没其间，这与北方的大山完全不一样。降雨是植被生长的基础，而植被是动物生存的基础，正是南方充沛的降雨为各种动植物提供了生存的条件。

梵净山最出名的是两座孤耸的山峰，可谓独树一帜，而走到山峰脚下的时候已经筋疲力尽。空中飘飞的小雨把一切都变得湿漉漉的，只能戴上手套抓住岩壁上的钢制扶手，手脚并用地才能向上攀爬，已经有点想打退堂鼓了，这时前面几个年岁很大的人也在攀爬，一问，他们是来自上海的游客，已经八十二岁了，一定要爬到山顶。几个老人弯着腰，吃力地向上攀爬，从天而降的雨滴落在身上，脚下是湿滑的台阶，看到前面几个老人依然坚持，也就打消了退却的想法，咬着牙坚持向上攀爬。四周笼罩在浓厚的大雾之中什么也看不见，完全感受不到孤耸山峰的陡峭与风险，置身在雾霭当中，看到的只有眼前的阶梯，一直爬到了山顶，看到了两座小房子，一座连廊桥，周围依然是什么也看不见，完全没有看见山河的壮阔，没有看见森林的茂盛，甚至看不到山峰脚下的地面，完全是浓雾，厚重的浓雾，遮挡一切。尽管什么也没有看见，但毕竟登上了梵净山的孤峰，也算是有所收获。

在同样浓雾之中走下梵净山，结束了梵净山雾中之旅。

2018 年 10 月 5 日

泡温泉的记忆

中国地域宽广、幅员辽阔，地理、地质情况变化很大，令人惊讶的是很多地方都有温泉。暖暖的热水从底层深处涌上来，带出地层中蕴含的各种微量元素，使人的皮肤光泽，轻盈而舒服。尤其是在冬季，天寒地冻，滴水成冰，这时泡在温暖的泉水中，彻体舒畅，享受大自然的恩赐，实在是人生难得的享受。

较早享受温泉的可能是唐明皇，在骊山脚下建造华丽的华清池，成为大唐奢华生活的象征。"温泉水滑洗凝脂，侍儿扶起娇无力，始是新承恩泽时"，在尽情享受着人间快乐的同时，也为大唐王朝的覆灭埋下了伏笔。同样会享受温泉的还有遥远的罗马君主，罗马人洗温泉是有名的，罗马最高权力机构元老院甚至泡在温泉中讨论决定国家大事。普通人远没有指点江山的激昂，但也在奔波忙碌之余，努力着，步唐明皇与罗马元老院的后尘，漫步千里江山，品味温泉带来的享受，感受大地的馈赠，不免陶醉。

北京附近原来有很多温泉，比较著名的是小汤山温泉，曾经是皇家御用温泉。但由于开采过多，温泉已经不能自然涌出，而是靠打进去的水加热后再抽出来，才有热量，严格意义上讲已经不叫温泉，而只能叫地热水，但依然是不错的去处。房山有一处温泉，但面积很小，农民办的温泉不成规模。

北京南边的河北霸州，有较好的温泉，距北京市区大约一百公里。霸州的温泉润滑、柔软，水温很高，有明显的地层气味，尤其是室外温泉，相当不错。北京北边的赤城有相当不错的温泉，在两山之间，狭长的山沟中，两边尽是温泉旅馆，是相当不错的温泉之乡。再往北，到承德附近，有宁城温泉。宁城曾经是契丹大辽国的陪都，宁城的温泉曾经为辽的宫廷提供服务，著名的萧太后就曾经在宁城泡温泉。据说康熙帝在从沈阳到北京的路上也在宁城泡过温泉。宁城的温泉在宁城西边的热水镇，只是不大的一个小镇，由于距离遥远，来的人少，也没成气候。在革命圣地西柏坡附近，据说有一处温泉，还建了很多疗养院，但住进以后，没有发现室外的池子，只是房间里的热水，说是温泉的，感觉一般，居然没泡。

在辽宁大连与鞍山之间，有几处温泉，这里的温泉在冬季最能体现特色，室外的温度很低，几乎滴水成冰，从温暖的屋子里跑到温水池中，也就几步路，也要有很大的勇气，待跑到池子边，人几乎冻僵了，赶紧泡在池子里，才能抵御寒冷。在大地降雪以后，漫山遍地大雪覆盖的时候，泡在这里的温泉里，别有风味。

吉林长白山天池由于经常有雾，带给人以神秘、飘渺的感觉。而令人吃惊的是，在冰雪覆盖的长白山下，竟然有能够煮熟鸡蛋的热泉。滚烫的热水逐渐降温，从高处流下来，积存在池子里，人泡在温水里面，依然是暖洋洋的。泡在温暖的水中，可以望见云雾飘渺中的长白山，以及从山顶的缺口中流出的飘逸的瀑布，带给人无边的畅想。

东北大地，辽阔而寒冷，很难想象，在黑龙江齐齐哈尔扎龙丹顶鹤的保护区，大片的湿地上，居然有相当好的温泉。齐齐哈尔以北大约六十公里的林甸温泉，可以说是黄河以北最好的温泉，泉水蕴含几十种微量元素，贴在皮肤上光滑、柔顺,手感极佳,有明显的黄颜色。更难以想象的是,居然有几十个室外温泉,为抵抗室外的寒冷,用封闭的玻璃走廊联结室外池子,是冬天里难得的享受之处。内蒙古北边的阿尔山,景色十分优美,阿尔山特有的浑黄的大兴安岭落叶松,以及优美、挺拔的白杨林,把秋天的阿尔山变成油画般的模样。阿尔山的半山腰,有几处温泉,镶嵌在茂盛的落叶松与白杨的混交林中,很有气势。

与长白山温泉一样,位于四川雅安的贡嘎雪山脚下,也有相当出色的温泉。贡嘎雪山是四川南部最高峰,海拔 7200 米贡嘎雪山脚下的海螺沟冰川,长度达到 13 公里,是世界上纬度最低的冰川。从冰川走下来,在贡嘎雪山的半山腰,有一处冒着黄色硫黄烟雾的温泉,像梯田一样的池子,层层叠叠,散布在陡峭的山腰上。泡在池子里面,面前是顶部覆盖积雪的山峰,以及山坡上一望无际的粗大的树木,"满目青山翠,一池热汤涌",海螺沟温泉被评为中国十大温泉之一。

四川地势起伏很大,还有很多温泉。重庆附近的北碚,紧邻曲折的嘉陵江,在江边有大片的温泉,温泉建在房间外边,临近河岸的坡地上,泡在河边的温泉中,可以望见山间有如飘带般绵延的嘉陵江,江面上飘摇的渔船,微动的涟漪,甚至可以穿着睡衣,走到江中的渔船上,品尝一尾新鲜的江鱼。在雨城雅安城边,山沟中有浓郁的温泉,蕴含浓厚的矿物质,水的颜色几乎不透明,呈胶状,硫黄味道很大。而在成都西边的西岭雪山脚下,有一处叫作"花水湾"的温泉,同样充满浓厚的硫黄味道,就是臭鸡蛋的味道,但洗在皮肤上,格外光滑,柔软。在重庆武隆的乌江边上,也有临江的温泉,只是水量较小。

南国之城广州附近的清远,有大量的温泉,尽管广州并不寒冷,这里的人也很喜欢泡温泉。清远的温泉带有浓厚的热带风味,叶子宽大的阔叶树,茂密的竹林,遮挡住温泉池,隐隐约约,在夜晚的月色中,透出神秘而飘渺的感觉。福建省会福州有很多温泉,据说多数旅馆中都是温泉水直接使用。福州的温泉装饰精细,非常讲究,来这里不仅仅是泡温泉,还有休闲和饮食,在装修精美的温泉房间里休息,交流,是福建商人的上佳选择。即使到了遥远的青藏高原,也居然有温泉,热水穿透厚厚的地壳,涌出地面,喷出浓厚的蒸汽。羊八井的温泉,是西藏温泉的代表,露天的温泉边上,不远就是厚厚的,常年不化的积雪覆盖的山峰,粗犷而威严,而脚下就是冒着浓厚热气的温泉,周围的狂野，空旷而荒凉，让人清楚地感受到青藏高原的野性，真正地感叹造物主巨大的力量。

古人说：行万里路，读万卷书。而仅仅走路，是难以理解与体会大自然的，置身温泉池中，与大自然零距离地接触，才能真正地领略大自然的精髓，才能与大自然融为一体。在山间、河边，泡在温暖的温泉中，品味身边流逝的岁月，感慨生命的力量，回味曾经的岁月，带给人无边的遐想，更能够消除疲劳，增添无尽的力量。

2014年12月6日

追寻温泉的旅程

中国地大物博，山川河流众多，阶梯形地形差异很大，构成丰富的地质、地貌资源，河流、沙漠、瀑布、沟壑、河谷、绝壁等等，数不胜数，在这些地质存在之中，温泉更是精彩纷呈，独树一帜。隆冬时节，当你自驾车在大地上漫游的时候，当克服艰难困苦之后，你总可以找到各地各式各样的温泉，形形色色，各具特色，从遥远的大兴安岭，到温暖的广东，都可以享受到大自然无私的馈赠。泡在温泉池中，享受大自然的美景，感受自身的存在，非常惬意，尤其是在长途驾车之后，得到片刻安静的休养，更是彻体的舒适，可以说，冬季的温泉，是对长途自驾车的奖励，也只有经过长距离的行驶，你才能享受到难得一见的温泉景色。

从汉中出发，自驾车翻越秦岭，沿着古老的褒斜道，可以开到秦岭山脉的顶部太白县。很难想象，太白县是很大的山间平地，非常开阔，秦岭顶峰之一的鳌峰，就在太白县，山顶有厚厚的积雪。太白县是夏季避暑的好地方，正在建设慢城，慢节奏生活之城。从太白县沿眉太线一路下山，下到渭河边的平地，你便可以来到太白山脚下的凤凰温泉。太白山脚下沿线有很多温泉，盛产玉石的蓝田附近也有属于太白山的温泉，以至蓝田、眉县有两个叫作汤峪的地名。唐玄宗、杨贵妃喜欢的华清池在骊山脚下，骊山也是属于秦岭的一部分，"温泉水滑洗凝脂，侍儿扶起娇无力，始是新承恩泽时"，就是发生在骊山脚下温泉池中的动人故事。

太白山脚下的凤凰温泉，建在半山腰上，水量很大，含有较多的矿物质，泡在温泉中，隐约可以看到太白山的山峰，更是一种享受。陕西人很挂相，脸长得很圆润，男人有点像兵马俑，女人有点像唐朝壁画中的盛唐妇女。温泉池中泡着很多的陕西人，让人有点穿越时空，回到大唐的感觉，非常有意思。从汉中进入四川，在广元武则天的老家，剑门关大山的脚下，有相当不错的温泉，很难想象在嘉陵江的大山边上，也有温暖的温泉。广元是进入四川的必经之地，"金牛道"的要道。当年进入四川的官吏、商人、军队都要经过艰难的栈道，在山脚下艰难地行进，跨越"蜀道难，难于上青天"的蜀道，才能到达成都。不知道那个时候，这些人能不能在广元泡上温暖的温泉，不管怎样，在武则天的老家泡温泉，是很有纪念意义的事。

从广元一路向南，走到成都西部的西岭雪山，就是杜甫"窗含西岭千秋雪，门泊东吴万里船"的西岭雪山脚下，有一处著名的花水湾温泉，这里的泉水硫黄味十足，满是臭鸡蛋的味道，温泉池中蒸发的气体几乎不透明，弥漫着浓厚的硫黄的味道，躺在室外的温泉池中，甚至可以看到"窗含千秋雪"的西岭雪山，面前是辽阔富饶的成都平原，各种美味的川菜，身边是硫黄味浓重的温泉，历史与山脉交会，构成精美的图画。从成都继续向南，走到雨城雅安，一年之中有二百天下雨的雨城，可能是海拔七百多米的贡嘎山阻挡了成都平原温湿的暖空气，造成雅安的降雨。雅安边上的青衣江水温很低，生长着低温的雅鱼，而在雅安边上的蒙顶山，生长着汉代便种植的茶树，"蒙顶山上茶、扬子江中水"，由于盛产茶叶，雅安成为成都方向"茶马古道"的起点，向西藏地区源源不断地输送着大量的茶叶。在雅安边上，有一处周公山温泉，周公山相传是诸葛亮南征孟获时梦见周公施计，便取名周公山。在山脚下有一处著名的温泉，周公山温泉。同西岭雪山脚下的温泉一样，周公山温泉同样水质厚重，但有点发绿、发暗，显然矿物质丰富，泡在水中，凝重而湿滑，不知道当年诸葛亮泡没泡过这里的温泉。

在雅安通往康定的路边上，拐到泸定，便可以到达摩西古镇，便可以来到贡嘎山。贡嘎山海拔7000米，是四川省最高峰，远高于峨眉山。贡嘎山拥有多条宽大的冰川，长达十余公里，从山顶浩浩荡荡地冲向山脚，构成精美的图画。这些冰川并不是固定不变的，每天中午，随着阳光的照射。冰川温度上升，局部开始融化，整体向下滑动，导致断裂，发出巨大的声响，令人震惊。很难想象在贡嘎山的半山腰，竟然有一处温泉，而且出水温度很高，从高处流下来的温泉，逐渐降温，滋润肌肤，带给人美妙的享受。贡嘎山温泉位于半山腰，泡在温泉池中，可以看到皑皑的白雪、茂密的松树林，可以看到深深的沟壑，以及巨大坚硬的岩体。就山势与环境气势而言，贡嘎山温泉可以说是全国第一，无出其右者。经过艰险而遥远的路程，来到贡嘎山，泡一泡独特的高山温泉，人生难得如此，非常的难得。

从雅安出发，沿着山间著名的雅西高速公路，高度便一路上升，首先经过西昌再到丽江、大理，经过保山，便可以来到全国著名的腾冲温泉。腾冲是在火山喷发之后的土地上建设的城市，城市周围有很多大大小小的火山，与遥远的黑龙江五大连池的火山非常相似。腾冲的温泉位于一处断裂带中，在越来越低的山谷中，喷涌出很多的热浪，喷出很高的蒸汽形成壮观的景象。这其中最著名的是大热锅温泉，据说可以煮熟鸡蛋。在腾冲泡温泉可以领略很多热带植物，茂盛的阔叶植物，给人以南国风光的景象。

在重庆的嘉陵江边上，有著名的北碚温泉，温泉在半山腰，面前是宽阔而曲折的嘉陵江，气势森然，江水婉转，温泉掩映之下的墨绿色的河水，构成独特的风景，泡温泉赏风景，是北碚温泉独有的特色。尽管南方很热，并没有太大的泡温泉的需要，但是广东、福建的温泉也很有特色。广州附近有很多温泉，大都集中在广州北部从化、增城一带的山边。从化温泉泉眼众多，就在生活区内。由于广东人特有的细致，温泉建得很整齐，很干净，还可以享受到正宗而精细的粤式美食。而在增城，有建在半山腰的温泉，大约有三百米高，山间的树林掩映着个个温泉，别具特色。在增城还可以吃到风味独特的荔枝木烤鸡，有点像新疆的烤馕，用厚厚的炉壁均匀地烘烤腌制好的鸡，味道极其鲜美，甚至可以超过北京烤鸭，非常好吃，实在是天下美食。

在广东还有一处泥矿温泉，梅县五华热泥矿温泉，甚至是全国唯一的泥矿温泉，极其细腻的黑泥，带着六十度的温度，从地下冒出来。刚刚看到泥矿温泉，完全不知道如何泡，感觉无从下脚，而一旦坐在泥矿中，浑身的热，从里到外，从头到脚，非常的均匀，非常的深刻，像针一样深深地刺进身体中，与水中温泉完全不同，让人感到彻体的欢娱，实在是难得的享受，这种感觉，非亲身亲历不能有所体验，不能有真实的感觉。福州城处于坚硬的基岩中，而且距离大海很近，难以想象的是福州也有很多的温泉，而且就在福州城中，非常方便，实在是福州人的福幸。在福州城中泡过著名的源脉温泉，从有福州城的时候人们便可以泡温泉。温泉成为福州城中人们聚会的场所，城市的中心。源脉温泉位于树林之中，山坡之上，配有清凉的茶水，浓烈的姜汁，还有黑衣美女，抚弄古琴，琴声悠扬，泡在温泉中，聆听美妙的古典音乐，实在是难得的享受。

　　从广东往北，便到了江西，游览了浩大的仙女湖之后，便可以到宜春泡宜春天沐温泉。这是一处完全位于山谷中的温泉，从山峰高处流出的温泉，沿着山沟点点滴滴地流下来，形成一个个温泉池。这些温泉池掩映在茂盛的树林中，背后是高耸的山脉，构成绝美的景色。山林温泉有别于其他的温泉，在众多的温泉中别具特色。从江西经武汉到河南大别山一带，误打误撞，在完全不知道的情况下，找到了一处位于大山之中绝美的温泉，信阳商城明阳温泉。从百度中找到这处温泉，从高德地图上沿着导航线路走，越走越窄，山区的小镇完全是农耕社会，让人难以想象会有很好的温泉。随后山穷水尽疑无路，柳暗花明又一村，转过弯之后，竟然有一处绝美的温泉。明阳温泉建在半山腰，面前是一座巨大的水库，四周是环绕的山脉，山泉水质清澈，温暖舒适，面前是山水画一般的风景，泡在温泉中，如同在山水画中徜徉，实在是难得的享受。

　　同样是山，在黄山、庐山、泰山边上，同样有绝美的温泉，令人叫绝。黄山温泉位于半山腰，完全掩映在山林中，晚上泡汤的时候，若隐若现，若即若离，带给人绝美的享受。黄山的美景完全在眼前，怪石、奇松、山峰，为黄山温泉镶嵌上优美的图画，在真正的山水中泡温泉更是难得。庐山温泉位于著名的庐山西海，在著名的松林寺边上，庐山温泉舒适、平滑，可以享受美食，置身其中十分惬意。庐山周边有巨大的水面，庐山西海风景开阔，含浦口处更是可以俯瞰浩荡长江的气势。在这样真正的山水之间的庐山温泉，给人难得的享受。泰山温泉并不在泰山脚下，而在徂徕山，这是一座仅次于泰山的山脉，由同样的岩石组成的山，山林之中涌出股股温泉。木屋建在山坡上，泡温泉的同时，可以欣赏到泰山的秀色，可以领略阳刚之美，与平地上的温泉有完全不同的感觉，阳刚之美油然而生。陶冶情操，非山地温泉莫属。看介绍说徂徕山温泉在唐代就是八大温泉之一，皇家赐封，历史悠久。同样是山，位于浙江宁海的天名山温泉，温文尔雅，体现出浙江人的精细。宁海的山并不高，远不如雁荡山，但是山高林密，而宁海温泉位于茂盛的山中，树林茂盛。浙江人精细，温泉修得小巧玲珑，毛巾、拖鞋、茶水等一应俱全，细致入微，浙江人的精细处处可见。

　　山东半岛不仅有泰山温泉，还有水乡聊城的温泉。聊城是著名的水城，京杭大运河在聊城留下巨大的水面，把聊城古城包围其中，而聊城在水面的掩映下，竟然也有水量很大的温泉。聊城是孔繁森的故乡，建有规模很大的纪念馆，同时聊城还是著名的阿胶的产地，历史悠久，在中国历史上留下浓重的色彩。在山东半岛的东端，莱阳与栖霞之间，有一处巨大的温泉，建筑规模浩大，功能齐全，很多来自韩国、日本的游客不远千里来此泡温泉。莱阳是苹果的产地，漫山遍野的苹果树，郁郁葱葱，硕果累累，还有著名的莱阳梨，围绕着温泉，构成优美的图画。

河北环绕北京，也有不少的温泉，有代表性的是保定附近的温泉，在京港澳高速边上，可以看到很大的温泉的指示牌，但是当找到温泉，实在是惊讶，竟然如此之简陋，而且池子很小，人泡下去，不能伸腿，伸腿就要碰壁，实在是难以下池。与之类似的是赤城温泉，在北京到张家口的路上，据说康熙的祖母孝庄皇太后曾经泡过。赤城温泉没有室外的池子，当地人不说泡温泉，而是说洗澡。在河北霸州也有很多温泉，比较著名的是茗汤温泉，有很多室外池子，泉水温润、滑润，非常舒服。霸州地势平坦，能够有如此清澈的温泉实在难得。河北的遵化有一处汤泉宫温泉，据说是清朝皇帝的行宫，很多王公贵族来此泡温泉，这是一处建在山坡上的温泉，树木森森，给人很好的享受。

北京地区最著名的是小汤山温泉，曾经是皇家温泉，应该说还是可以的，只是大量的开发，泉水已少，只能向地下注入水，再开采出来，真真假假，让人难以相信是真实原始的天然温泉。在昌平的莽山下，同样有温泉，建有体型巨大的建筑，众多的度假村连在一起，只是游人过多，熙熙攘攘，有些拥挤。从北京向北，在赤峰一带，有几处温泉。克什克腾温泉位于草原的边缘，大风将岩石吹得面目狰狞，红山文化的遗址赫然屹立。赤峰温泉矿物质很浓厚，只是环境委实简陋，当地人把温泉说成洗澡，价格非常便宜，设施非常简陋。同样在赤峰，还有敖汉温泉，同样简陋，当年蒙古、匈奴、鲜卑、女真人等进入北京时都曾经在此泡温泉，金戈铁马为柔软的温泉染上狰狞的色彩。

继续向北，在辽宁可以去泡抚顺的温泉。辽宁人大气，温泉池直径十米，两个人躺下都碰不到脚。巨大的大厅，大盘的菜肴，还有山间林地的东北大饺子，明显的东北特色。在辽宁鞍山同样有露天的温泉，冬季严寒之时，甚至要披着大衣走到温泉池边，才能不至于寒冷，赶紧把身体泡在池子里，只有脑袋露在外面，好在泡一会儿，便暖和了，便可以站在严寒之中，这时的身体，满身上下都是蒸发的热气,人被热气包裹着,朦朦胧胧,时隐时现,这是在东北泡温泉的最大特点。继续向北,在长白山滑雪场滑完雪之后,可以在雪场里泡一下温泉,这时室外温度零下二十多度,滴水成冰,把水泼出去瞬间结成冰,池子周边全是冰凌,泡在被冰包裹的温泉中,可以看到挂在山腰上的雪道,像白练一样,挂在眼前,空气几乎冻住,而身体温暖,面前的雪道上不时滑下点点人影。长白山雪场温泉风景极佳,与滑雪构成绝配。在长白山西门,有一处引自长白山山脚下涌出的热水的温泉,长白山天沐温泉,通过十公里的引水管,构成温泉,外面是皑皑白雪,松树枝头挂满了白雪,置身其中,风景优美,远处是长白山巍峨的身姿,置身其中恍若仙境。辽宁往北,走到大庆,是一片湿地,丹顶鹤的老家,曾经的油田,大庆的温泉具有明显的东北特色,温差极大,在众多温泉中,笑傲江湖,似乎在说只有在东北泡温泉,才是正宗的温泉。继续向北,便来到阿尔泰山,在茂密的森林中,有一处自然的温泉,泉水自然涌出,温度合适,非常舒服,只是环境实在简陋,只是一个小小的木屋,简陋之极。

走遍大江南北,从东北的山脉,到四川盆地,再到热带的广州,到云贵高原的边缘腾冲,你可以领略中国优美的山河,同时可以享受地球的馈赠,享受愉悦身心的温泉。曾经是贵族专有享受的温泉,如今走进百姓生活,"昔日王谢堂前燕,飞入寻常百姓家"。自驾车行驶万里,意气风发,在严寒与艰辛之中,享受温泉带来的快乐,用温泉洗去疲劳,滋养身心,感受古人的曾经,体会人在历史中的位置,身心得到抚慰,精神得到愉悦,温泉带给人难得的享受。即使你再顽强地努力,在辽阔的中国土地上,穷尽一生之力,你也不可能把中国的温泉全部泡完,但是泡一个是一个,泡一个少一个,感受环境,感受山川地貌,感受不同的水质、水温,温泉成为自驾车千里之行的动力与目的,成为旅途的驿站,为长距离的旅行增添动力。

长途自驾是泡温泉绝好的时机,也是很好的消除疲劳的方式,有机会在祖国各地泡一下温泉,十分难得,十分难忘,不时还能记起哪些曾经泡过的温泉。

2019 年 2 月 13 日

体验滑雪的旅程

之一：又到一年滑雪时

严寒的冬季，本是万物萧条之时，但滑雪可以带给人很大的乐趣。飞驰在白雪之上，纵横驰骋，潇洒飘逸，轻盈而富有动感，能感受到自身的能力，体会到自身的力量。速度、力量、灵敏是滑雪的主题，经过不断的努力，反复的训练，便可以驰骋在茫茫雪原之上，领略山舞银蛇原驰蜡象的意境，真是冬天难得的享受。

万龙滑雪场在张家口以北60公里，距北京300公里，有9条雪道，缆车宽大，非常舒服。最出名的是俗称的"大奔头"，就是一面接近50度的坡，从上面滑下来，有如天降，非常刺激。一般可以滑到80到100公里每小时，奥运会高山速降最高速达到213公里每小时，几乎是人体在没有车的情况下可以达到的最高速度。因为是从山上下来，比滑冰要快得多，不是一个数量级。

滑雪最大的问题是伤害，如果发生冲撞，由于速度快，会造成严重后果。在高速运动的情况下，人体就像鸡蛋一样脆弱，稍微一撞就很严重。轻的是骨折，重的是脊椎受伤，颅骨受伤就十分危险了。在滑雪场上，规则是后面的人撞上前面的人，后面的人负责。但如果前面的人摔倒了，正在雪道上后面的人再撞上，就是前面的人负责，所以当你摔倒的时候，一定要先往后看，防止别人冲撞。一般要滑10~15次，每次两小时才能学会，每年滑五次，就要学三年以上。还有间隔时间，因为身上的肌肉要生长，滑雪用的肌肉一般人身体上是没有的，需要时间，这也是很多人滑雪总摔跟头的原因。肌肉、骨胳、反应、平衡感等都很重要。很多人没滑几次就放弃了，没有学会，也就没有享受到滑雪的乐趣。滑到一定程度，就不用费脑子了，就像骑行车或是游泳，成为条件反射，变成简单的事，再也摔不了跟头了。

刚开始学滑雪的时候最好请教练，或者是找高手教，自己学一是慢，二是危险，但教练的费用比较贵，一般一小时150元。滑雪最好小时候学，儿童的平衡能力、肌肉再生能力、记忆能力都很强，学几次就能会，还不容易受伤。大人就很麻烦，过了一定年龄，骨胳变松，反应迟钝，记忆力下降，学起来就很难，一般超过四十岁就不要再学了，也危险。北方尤其是东北是中国滑雪的天堂，哈尔滨的亚布力是中国最好的滑雪场，雪道长达十三公里，雪厚，雪期长。吉林的北大湖是新建的滑雪场，引进奥地利高速轿箱，保温且速度快。长白山滑雪场是最大的天然树林雪场，雪道建在树林中，没有点技术是不行的，要撞树，但可以欣赏到长白山天池冬季优美的风景，也是很好的享受。

承德围场的赛罕坝林场滑雪场也很精彩，雪厚，树林风景很好，距北京350公里。成都附近的西岭雪山是连绵的高山雪场，风景优美，极具诱惑力，在茫茫山顶欣赏风景也是不错的选择，只是太远。丽江附近有玉龙雪山雪场，海拔2600米，是中国最靠近赤道的滑雪场。张家口万龙滑雪场是距离北京最近的雪场，距北京300公里，很方便。此外长春、沈阳、济南、石家庄都有新建的滑雪场，北京郊区有十几个滑雪场，但比较初级。

滑雪对健康很有好处，人体的八大系统锻炼了七个。通过滑雪不仅可以锻炼身体，还可以治疗很多疾病，坚持滑雪，身体各部位都感觉良好，很有精神头，走道还快，脚下生风，爬楼也不累，眼神也好。骨骼系统：由于滑雪对全身的骨骼有冲击力，可以防止骨质增生，防止骨软化等疾病；血液循环系统：滑雪可以促进血液循环，对降低血脂，防止静脉曲张，防止痛风都很有好处。血脂高、血红蛋白偏少、血液黏稠等病都可以通过滑雪治疗；呼吸系统：由于滑雪是在露天寒冷的环境中进行的，可以刺激肺的呼吸，增加肺活量，改善呼吸质量；内分泌系统：可以促进分泌，增加体液分泌，新陈代谢增加；神经系统：滑雪速度很快，对神经系统要求很高，脚的神经得到锻炼，反应灵敏，整个身体神经都得到锻炼。老花眼、青光眼、眼压偏高等可以治愈。滑完雪感觉反应很快，灵敏，记忆力得到提高，思维速度加快；消化系统：滑雪很冷，很容易饿，吃什么消化什么，慢性肠炎、轻度脂肪肝等可以治愈；肌肉系统：滑雪对肌肉有很高的要求，腿部肌肉尤其重要，不自觉中，肌肉就得到锻炼，身体很结实。全身的肌肉，尤其是腿部、腰部的肌肉得到锻炼，小腿两侧长出新的肌肉，感觉很有力量。

可见滑雪对人的锻炼是很有好处的，甚至是其他运动不可替代的，所以有人说：不滑雪就不是完整的生活。滑雪是要有一定经济基础的，房贷没有还清，或是身体有病，是没有心情去享受滑雪的乐趣的。大约学会滑雪要花费2万到3万元，滑雪板、滑雪鞋6000~8000元，德国VOILK沃克的比较好；滑雪衣1500~2000元，奥地利AOSOK奥索卡牌的比较好，滑雪衣一定要买好的，滑雪裤可以相对一般，200元即可；雪镜800~1000元，必须买，还要买好的，不好的一磨就看不清楚。法国BOSHI博士佳牌的比较好。雪帽、手套,一般的即可。滑雪的装备不能凑和,要结实、保暖、方便、鲜艳,也是增加自信心的手段。滑一次雪,门票、缆车票要500元,要是租板还要150到200元。

只要不受伤,交多少钱都不算多,因为一旦受伤,造成的费用就太大了,撞了别人也要赔钱,医疗费、误工费,数字惊人,因此滑雪安全最重要。滑雪据说起源于欧洲,但中国的东北和新疆的阿尔泰地区很早就有用木板滑雪的,只是没有发展成运动。工业化进程之后,高山缆车的使用为滑雪提供了支柱,人们可以轻而易举地上到高山之上,利用地球引力产生的势能,享受从山上向下滑动的乐趣。

大概在五六年前,中国开始有滑雪场,随着人们生活水平的提高,越来越多的人尝试滑雪,在严寒的冬季享受户外活动的乐趣。近两年滑雪场自备滑雪板的人越来越多,能占到一半以上,衣服也很鲜艳,非常漂亮,赏心悦目。北京的滑雪场周末人满为患,要排很长的队,可见滑雪的乐趣有多大。本人经过五年的艰苦努力,已经成为高手,要努力走遍中国的滑雪场。争取滑到六十岁,退休以前不上医院,把看病、治病的钱用于滑雪,不仅锻炼身体,还可以增加生活的乐趣。本人可以从任何角度的滑道上滑下,可以在任何位置急停,可以伸手救人,没有问题,甚至可以当滑雪教练,一小时150元的收入,也是很诱人的。

2010年10月25日

之二:正月初三雪上飞

北京城笼罩在巨大的春节特有的节日气氛中,道路上畅通无阻,让开车的人在享有堵城称号的北京,享受了难得的顺畅。而空气中弥漫着浓浓的烟花的火药味,像是刚刚结束战斗的战场。拂去落在车身上的火炮的纸屑,驱车上路,直奔240公里外的张家口崇礼。由于春节,路上没有货车,高速公路成为名副其实的高速路,两侧的山峰几乎是呼啸着掠窗而过,而路上跑的小车可能有一半都是去滑雪的。

由于修建了张承高速张家口到崇礼段,从张家口开出的六十公里几乎没有感觉就到了万龙滑雪场的脚下。由于全球气候变暖的影响,使原本雪量很大的崇礼黄花梁,也只是有薄薄的一层雪。山坡上在寒风中挺立的是一棵棵白杨,在积满雪的山坡上坚强地生长着。由于天然雪远不能够达到滑雪的要求，人们发明了造雪机，顽强地造出了铺满山坡的白雪。由于气温低，造出的雪完全不融化，满满地铺在雪道上。停车场已经没有了车位，更多的是豪华的SUV，北京车要占七成以上。持续几年的经济的发展，汽车的普及，使得农耕民族出身的中国人得以享受来自工业国家的先进生活方式。汽车、高速路、缆车、造雪机、滑雪板，现代工业革命的成果，成就了人们在冰天雪地的雪道上纵横驰骋的梦想。

更多的人是自带雪具，穿着很鲜艳的滑雪服，尤其是女孩子，甚至穿出时装样式的滑雪服，鲜艳的服装在洁白的白雪的映衬下显得格外耀眼。万龙雪场有10多条雪道，最长的要有近十公里，换两次缆车才能到达山顶，几乎要半个小时，而纵身而下，最长的雪道也不过三分钟，几乎可以滑到一百公里的时速。从山顶下来，一路呼啸，风甚至把人向后推，脚下的雪板同样呼啸着，激起白雾一般的雪粉，身体上下颠簸着，左右摇摆着，几乎飞起来一样地冲下山坡。眼前的山坡坡度很大，以至于面前的山体几乎平面地矗立在面前，有点要撞上去的感觉。数百米前的树木，转瞬即到，真正体会到说时迟那时快的感觉。据说即使从100米高的高楼上跳下来，掉到地上时的速度也远小于滑雪的速度，换句话说，就人体本身而言，滑雪几乎是人的身体可能达到的最大运行速度。

在高速运动的情况下，不仅掌握平衡非常重要，而且腿部、腰部的肌肉要承受很大的压力，膝关节更是承受巨大的压力与震动。还有就是人的视觉系统，眼睛对前方物体的观察，大脑的判断要非常快，要达到与运行速度相匹配的精确度，对人的能力是巨大的挑战。而经过快速运动的锻炼，在滑雪中人的身体得到最充分的锻炼，人体的八大系统中，滑雪可以锻炼呼吸、消化、血液循环、肌肉、骨骼、消化、神经七个系统，而且是高强度的运动，可见滑雪魅力的所在。

对于最初的滑雪者，很难想象在陡峭的坡道上驰骋飞舞的可能，严寒的气温使人的身体变得僵硬，沉重的雪靴、雪板又让人感觉寸步难行，而只有经过艰苦的锻炼，经过痛苦的摔跤，经过心惊肉跳的加速，面对危险艰难的转弯之后，才能逐渐找到在雪上滑行的感觉。同时，身体的肌肉、骨骼、关节得到调整，长出新的肌肉，适应高速的滑行，这时才能在宽广的雪道上驰骋。面对皑皑白雪覆盖的山峦，身旁是挂满白雪的松树，嘴里呼出升腾的白气，脚下飘起纷飞的雪花，正是：江山如此多娇，引无数英雄竞折腰，山舞银蛇，原驰蜡象，风景这边独好。

在雪道上飞舞，靠的完全是自身力量，是自身能力的展示，是自身能量的释放。远不是坐飞机头等舱，或是挎着LV包所能替代的。在大自然面前，在松软的白雪面前，在倾斜的山坡面前，只有依靠自身的能力，才能在雪地上飞驰。当你自由自在地脚踩滑雪板，像哪吒、孙悟空、哈里波特一样飞驰的时候，真有一种神奇的感觉，仿佛就像在高空中翱翔的鸟，像在山顶上盘旋的鹰一样，呼啸着就要振翅高飞，这也正是滑雪魅力的所在。也许人只有在回归自然的状态下，在大自然的怀抱中才能找到自身真正的存在，才能感受到生命的惊人的力量。不管怎样，雪道上缤纷的彩色的人影，左右摇摆，飞快而下，疾驰的身影，像是在群山之中弹起悠扬的交响曲，弹起轻盈的回旋乐章，那音乐清晰而明亮，飘摇而回荡，铿锵而激昂，奏出精彩的生命的咏叹调。

2012年10月12日

之三：长白山万达滑雪场滑雪记

来长白山滑雪的梦已经做了几年了，以前到长白山是夏天，但见遍山青翠，白桦林森森然，便想着冬季白雪皑皑之后的迷人风光。甚至有一次春节期间，贸然闯到吉林市，但终于没有滑上雪。东北地区三个比较大的滑雪场，亚布力去过了，北大湖去过了，只有长白山，总是放不下。

年复一年，日复一日，终日忙碌，终于咬咬牙，下定决心，实现长白山滑雪的梦想。飞机大约飞过抚顺一带，便看见大片的雪，山沟中的雪积得像白面似的树干枝叶，平铺在大地上，村庄、山沟，笼罩在白雪之中，空气格外清澈，一眼望去，大地尽在眼前，所谓的山舞银蛇，原驰蜡象。飞机降落的时候，全是雾，浓雾弥漫，笼罩在山峦之上的白桦林，仿佛要触碰到机翼，树枝似乎触手可得，非常惊险。山顶及山沟全是雾，非常的幸运，三天前的一场大雪，覆盖吉林的东北部，长白山地区尤其雪大。尽管非常危险，飞机终于摇摆着，降落在长白山机场。跑道上的雪已经清开，但道路两侧有一米深的雪，明显而清晰，完全的北国风光。地面温度零下16度，从飞机的舷窗便可以看到像白链般挂在山坡上的雪道，清晰地悬挂在覆盖着森林的山坡上。走出机场，便有来接的大巴，一辆大巴只有五个人，汽车转个弯便看见山脚下的万达小镇，由于前几天下过雪，整个小镇完全包裹在白雪之中，屋顶上的雪有半米厚，把曲折起伏的屋檐的边缘明显地表现出来，更凸现出曲折的棱角。

滑雪的流程设计得很好，雪具大厅就在缆车前面，换上实名的滑雪卡，可以租用滑雪板、头盔、雪镜，晚上还可以把雪板锁在大厅里，非常人性化。房间入住520元一天，便可以两个人免费滑雪，八点半到四点半，不考虑飞机票的价格，滑雪的价格实在不贵。长白山的雪，有点像东北人的性格，多、大、粗犷，遍地都是雪，大大方方。一场雪覆盖整个大地，东北人粗犷、豪爽的性格，在大雪覆盖的山峦中得到淋漓尽致的体现。

缆车速度很快，在缆车上便可以看见真正的原始森林覆盖的厚厚的白雪，树林里满是雪，铺天盖地，随着地面起伏凹凸，树林里黑色的树像是从雪地中钻出来的，直刺蓝天。这里的雪道是曾经设计过冬奥会的设计师设计的，总共有27条雪道，其中8条雪道坡度很陡峭。也许东北的雪场才真正叫雪场，尤其是在刚刚下过雪之后，北京的人造雪只能说是类雪，或是雪状物。东北的雪柔软而松软，雪板滑过有明显的沙沙的声音，急停的时候可以搓起一片白雾。在这种雪质的雪道上滑雪，可以随意停车，任意拐弯，尽情驰骋。雪道很长，从上边滑，完全看不到尽头，很多地方雪道很宽，可以轻松地拐弯，滑出大S形曲线，来回地拐弯，非常惬意。滑过陡坡，在较平缓的地方便可以冲坡，一泻千里，飞驰而下。

雪道很多，开始滑的时候，有点搞不清方向，晕头转向，滑过几次便可以分辨方向，三个山头，三条缆车，汇集到山脚下的小镇边。通向三个缆车的滑道可以更换，很方便换道，各个雪道完全没有重复，没有视觉审美疲劳，总是在全新的雪道上滑行，周围风景不时变化，引人入胜。最多的时候三条雪道相交，交汇点形成大坡，非常刺激。从山顶的观景平台，可以看到周围有如火山般的小山头，长白山一带是火山活跃的地带，长白山本身就是一座休眠的火山，火山地貌一览无遗。站在山顶，遥遥地可以看见被朝鲜人称作白头山的长白山主峰，风景极佳。

在东北滑雪才可以真正体会到滑雪的乐趣，北京的雪场充其量只是练习场。东北的雪场除去雪质好以外，山高坡长，周围浓密的原始森林，真正是在林海雪原中滑雪，体力、技术，得到充分的发挥。学习、锻炼滑雪的努力，在这里得到回报，得到体现。在陡峭、漫长的雪道上飞驰，才可以真正体会到滑雪的乐趣，才可以感受到自身力量的释放，甚至是自身的存在。滑雪不像观光，什么年龄的人都可以，滑雪也不像按摩、泡温泉，只要花钱就可以享受。滑雪是在危险中获得快乐，是在不断的不平衡的过程与转换中获得平衡与速度。滑雪需要自身的力量，需要长时间的锻炼，滑雪是工业文明带给人的乐趣，是建立在工业文明上的高质量的生活享受，只有少数人才能享受到滑雪带来的乐趣。

  清新的空气中，浓密的森林中，在绵长的雪道上驰骋，通过肌肉的收缩，通过神经的控制，享受飞驰的乐趣，在将要冲撞的一瞬间，化险为夷，在寒冷的冬季实在是难得的享受。还要感谢社会的发展，工业的进步，没有一定的基础，滑雪这样的享受是不可能的。夜晚的万达小镇，灯光阑珊，再加上凹凸造型的建筑，颇有几分欧洲小镇的风情，走在两边堆满白雪的路上，脚下的路依然湿滑，方才意识到这是在东北的雪乡。小镇的设施完备，完全是滑雪者的乐园，各种东北风味的炒菜、韩国烧烤、大馅饺子、人参酒、鹿茸酒、熊胆酒，应有尽有。脱掉滑雪服，在满是星空的明亮的月光下享受山林特色的东北美食，特有的林蛙，实在是难得的享受。更令人拍案叫绝的是露天的温泉，采自地下2000米，出水温度竟有60余度，露天的池子里水温还有40度。要知道此时室外是零下15度的严寒，巨大的温度反差，从池子里泼出的水，在地面上很快变成冰，甚至从池子走到屋里，身上便披上薄薄的冰衣。东北人做什么都很猛，搞温泉也搞到反差极大，可以说东北的温泉才是真正的温泉，才能体会到冰天雪地洗凝脂的感觉。泡在温暖的水池中，望着灯光闪烁的雪白而蜿蜒的山坡上的滑雪道，头脑里似乎还在回映着在雪道上飞驰的感受，这种感觉实在妙不可言，难以言表。

  躺在房间的大床上，轻松地褪去一身的疲劳，第二天重新披挂上阵，赶早去滑雪道上的"处女"雪，带着小棱刮刀的压雪机压出的雪棱，清脆的声音伴随着飞速下滑的曲线，在寂静的森林中留下美丽的回声。应该感谢改革开放，才使我们知道了世界上还有滑雪这样一种工业文明带来的享受，而不是面朝黄土背朝天地终其一生，也应该感谢建设滑雪场的人，开飞机的人，尽管我们花了钱，但也正是他们的劳动，才使我们得以享受置身林海雪原飞驰的乐趣。蓝天白云、森林、雪海，耳畔的风鸣，脚下的青烟以及似隐似现的长白山主峰，随着夜幕中飞机的轰鸣，成为美好的回忆。很快，四十分钟后飞机降落在灯光辉煌的北京，重新投入到车水马龙之中。生命的宽度就这样在雪道上拓展，应该说，有能够滑雪的身体与心情，也是苍天的赐予，也是对辛勤与努力的回馈，应该真心地感谢上苍。

在对上苍的感谢中结束了此次长白山的滑雪之旅。

2013 年 1 月 10 日

之四：再滑长白山万达雪场记

最初想去长白山滑雪只是想去一次。东北有三个比较大的雪场，哈尔滨的亚布力、吉林的北大湖、长白山的万达。前两个已经去过了，只有长白山没有去过，至于长春的莲花山、沈阳的棋盘山滑雪场，因为比较初级，到跟前甚至没有换滑雪板。

由于坚持不懈地练习了五年以上的滑雪，感觉技术不错，想把东北的滑雪场走一遍，应用一下自己的技术，也就了却了心愿。对于国外的滑雪场，并没有强烈的欲望，毕竟太遥远了，难以企及。在滑完北大湖、亚布力之后，只剩下长白山雪场没有去过，心里总是一块病，挥之不去。大前年的时候，因为看雾凇，已经跑到吉林了，但到长白山没有公交车，包车又害怕，终于没有成行。前年，下决心了却这件事，独自乘飞机到长白山滑了一次雪。完全的出乎意料，中国竟然有这样好的地方，首先是雪道一流，长度、坡度、缆车，都十分满意，更难得的是环境，完全按照滑雪要求设计的建筑格局，休闲建筑，有如欧洲滑雪胜地，夜晚的灯光更是点染雪景，还有就是带有东北特色的美食，令人留恋。宽大的旅馆床铺，直接到滑雪道的方便，让人感觉不是在滑雪，而是在享受生活。飞机加滑雪，让人充分地感受到工业文明给人带来的快乐，享受到经过艰苦练习带来的愉快。滑雪和其他消费不同，并不是花钱就可以消费的，需要有技术，有体力，有胆量，需要几年的练习，属于参与性的消费，属于自我体验性的消费，只有自身的技术与健康，才能享受到这样的快乐。

深深地为长白山滑雪场所陶醉，计划着一年来这里住上几天，远离尘世的喧嚣，远离纷繁的闹市，体验一把仙境一般的感觉。我们这代人，赶上好时光了，国家开放，经济发展，才能有良好的体验，还有就是身体，趁自己身体尚好，得以享受愉快，体验工业革命下生活的快乐。只是志向虽然高远，终于难以实现，去年将近一年的犹豫，到底没有成行，感觉非常的遗憾。一晃又过了一年，今年面临同样的情况，平时没有时间，春节又家里事多，还有就是春节找不到同伴，路途也过于遥远，1200 公里，路况也不是很明确等等，犹豫，再犹豫，直到最后一刻也没有下定决心。一年的遗憾，不能再过去一年，于是坚决地出发。

好在春节期间没有货车，道路非常顺畅，还有就是高速公路免费，通行不是问题。就是英国原装的路虎，真是好车，150公里的巡航速度，平稳舒服，让人并没有感觉远途的劳累。北京到沈阳670公里，好像没有什么感觉就到了，随后是沈阳北环，直接上了辽吉高速，到抚顺120公里，相当顺畅。过抚顺便开始翻山，而且山越来越高，过新宾满族自治县之后，便开始拐弯，周围的山林田野开始积雪，大块的庄稼地满是积雪，厚厚的白雪。路上几乎没有车，匀速前进，非常的舒服。过通化之后便没有了高速，大庆到鹤岗的高速公路，从通化到抚松段没有通车，全是大山，在通化还走错了路，走向通往吉林长春的方向，重新掉头，沿着201国道往白城、抚松方向。道路越发崎岖，过6点以后天就完全黑了，道路狭窄，弯道很多，不时地还有积雪和冰块，168公里，将近走了4个小时，到抚松的时候已经将近晚上十点。抚松老城很破旧，完全是自然经济，狭小的铺面，大街上全是冰。住在温泉宾馆，泡上一个澡，消除劳苦。

第二天，一早七点出发，沿着松花江边拐弯，沿老路向松江河镇，旁边是新修的高速，基本同一走向。大约三十公里，见到群山之中的松江河镇，相当不错的小镇，在群山之中的一块平地，周围满是白雪覆盖的雪山。抚松是中国人参之乡，大块的人参地以及大块的人参广告，特殊的地理位置造就了人参的产地。从松江河镇到万达长白山滑雪场很近，但指示牌很不清楚，问了几个人，才沿着外环路走到雪场。

曾经非常熟悉的建筑，曾经滑过的雪道，换上滑雪装备，很快坐缆车来到山顶。天很阴，看不清远处的长白山，雾蒙蒙的。由于是春节，来的大多是家庭，高手并不多，初级雪道人满满的，而高山雪道并没有很多的人。在长白山滑雪，实在是一种享受，足够长的雪道，宽阔而平坦，雪柔软而厚实，可以很容易地拐弯、加速、冲坡。在雪道上驰骋的感觉，让人感受到速度带来的快感，也感受到勇敢与技术带来的愉快，风驰电掣，转瞬即到的感觉实在是太有吸引力了。高速运转的缆车，很快又到山顶，没有间隔，可以选择各种滑道，变换雪道，变换坡度，两边飞驰而过的树木带给人在原始森林滑雪的感受。

没有工业化的生产，汽车、缆车、造雪机、压雪机，以及旅馆、装备，是不可能享受滑雪带来的乐趣的。还有就是艰难的锻炼，多次的摔爬滚打，才能享受到滑雪带来的乐趣。对于中国这样的农耕文化的国家，能够赶上发达国家的生活，相当的不容易。即使有了以上所有的一切，没有了身体，也享受不到。有了健康与体力，才能发挥技术，没有身体，什么也谈不上。在雪道上驰骋，在严寒中泡一下露天温泉，在灯影阑珊的小镇上享受一下朝鲜烤肉，实在是难得的享受。滑雪是对勇敢者的奖励，也是对能力的奖励，没有足够的能力，享受滑雪的快乐是不可能的。

人，本来应该在二十岁以前学会滑雪、游泳、滑冰、弹琴、作画，随后的工作不应为生存而忙碌，而是应该享受生活，享受生命带来的乐趣。而这，只有在工业革命之下，在生产力足够发达的情况下，才有可能实现，中国人距离世界良好的生活质量还差的很远。生命不应该是承受痛苦，不应该是艰苦的劳作，而应该是努力工作，享受生命带来的快乐。53岁虽不算耄耋之年，却也过了知天命的年龄，能够滑雪，已经是上天的眷顾了。还好上天保佑，赶上了好时光，通过努力，达到了这样的享受。但是去日无多，即使一年滑一次，也就滑上10次，随后这个世界就与你没有关系了，想起来很令人心寒。

不管怎样，毕竟今年的愿望实现了，尽管1200公里长途自驾，劳苦与危险，艰辛与困难，克服了，完成了，实现了。人活在世界上，想到并且能办成的事并不是很多，更多的事情是想到，但是办不成的。因此，想到的事，能办成多少是多少，能办成一件是一件。毕竟，经过顽强的努力，今年来长白山滑雪的愿望实现了，多少也是新的一年的一个收获，应该说是相当了不起的收获。

2014年2月10日

之五：北大湖滑雪记

虽然很爱滑雪，并从中体会到挑战自然的乐趣，但对于东北的严寒天气，还是很畏惧，加之路途遥远，难于成行。但终究还是禁不住白雪的诱惑，还是硬着头皮踏上东北的滑雪之旅。

到吉林市就明显感到寒冷，街道上空寂无人，冷清而孤寂。车窗外很快就结上了厚厚的冰层，嘴里呼出的气白雾样随风飘散，裸露的皮肤上很快感到穿心的寒冷。从长春到吉林市都是高速公路，虽然两边积着没有融化的雪，但路面上没有积雪，也还好走。在吉林市看到了特有的雾凇，由于松花江上游电站排放温水的原因，松花江的江面上升腾着薄薄的雾气。飘升而起的雾气在河两边的树枝上结成网状的树挂，使树枝变成洁白的冰枝，而整个树冠洁白一片，晶莹剔透，更是难得的景观。吉林雾凇、黄山云海、峨眉佛光、威海海市蜃楼、钱塘江江潮，都是特殊地理条件、特殊地质条件形成的独特的自然景观，难得一见。

由于召开东亚运动会，从吉林市到北大湖新建了宽敞的一级路，两侧尽是白雪，山坡、田地白色一片，屋顶上也是厚厚的一层绒布样的白雪，再加上房顶烟囱中升腾的取暖的白色烟气，一片安童生童话世界的景色。路的尽头就是北大湖滑雪场，穿过一处不大的村庄，北大湖滑雪场坐落在三面环山的凹地上，三面的山上都有雪道。由于天气寒冷的缘故，这里的雪飘下来就不会融化，虽然雪道上也是人工造的雪，但雪的颗粒坚硬、均匀而饱满，雪不融化也就结不了冰，很陡的坡道上也能用滑雪板搓起雪，也能稳稳地停在雪道上。

缆车是奥地利的，包厢式，可以坐六个人，雪板放在外面，缆车有变速系统，进站慢，出站快，出站后就变成高速缆车，速度很快，坐在包厢内很暖和，可以摘掉帽子、手套休息一下，欣赏一下四周的风景。山顶上有很高的松树，树龄很长，树冠上披着白色的冰挂，颇有几分林海雪原的感觉。转个弯就是雪道，从山顶上看还是很高的，雪具大厅只能看到很小的屋顶，门前的人几乎看不清。

沿雪道滑下去，才感到这里的雪好，雪质均匀，雪层很厚，雪道很宽，有足够的回旋余地，滑起来很从容。顶部有几处凹凸不平的山坡，起伏错落，速度很快的时候有飞一样的感觉。再下面就是宽长的回转坡道，顺直而平整，可以尽情地加速、拐弯，体会雪上飞的乐趣。滑到雪道中部，腿就有很累的感觉，有点使不上劲，需要停下来休息。有一段很长很宽的雪道，白茫茫一片，有头晕目眩的感觉，不戴雪镜完全是不行的。

可以在半山腰换缆车再上山，免得从头排队，尽情享受高级道的乐趣，是高手的权利与自豪。这样的雪道没有点技术与体力是绝对不行的，稍不注意会摔得人仰马翻，而且很危险。但掌握了技术，就可以左右逢源，轻松自如地驰骋在山坡上，有一种飞翔的感觉，充分享受滑雪的乐趣。放眼望去，群山尽染，白色一片，道路像一条黑色的飘带，蜿蜒曲折地回旋在山林之间，村庄中升腾而起的白色的烟雾，在这寒冷空寂的大地之上涂抹出点点生机。

太阳快落山了，深感不虚此行，也是难忘的经历，拖着疲惫的身躯，走下山，结束了这次北大湖的滑雪之旅。

2014 年 3 月 15 日

之六：重滑北大湖记

人的一生中，很多事情是要靠运气的。投胎、疾病、灾难、婚姻等，很多时候并不是个人努力的结果。运气不错，赶上了东北地区二十五年最大的雪，沈阳出动所有力量铲雪，路面上没雪了，但房顶上依然是厚厚的雪。人已经到了沈阳，不滑把雪是不认的，但要在沈阳附近滑，又怕不过瘾，下午四点，一咬牙坐上到吉林的列车。晚上九点到吉林，感觉很冷，直接找出租车，二百元包开到北大湖。开始还担心路上有冰雪，反复叮嘱司机注意安全，但路上很好，一级路，上下分道，雪铲走了，很安全。晚上十点半到北大湖滑雪场前的小屯子，散落着几十户人家。直接住到农民家，双层窗，火炕，屋里很暖和。走出屋门，感觉到真正的寒冷，测一下温度，零下 17 度，脚下是厚厚的雪，路上全是白色坚硬的雪。

抬头看，繁星灿烂，由于没有污染的原因，天是湛蓝的，很透明，可以看到很远的星星，大城市根本没有这样的感觉。嘴里呼出的哈气都是白色的热气，像周围房子上面升腾的白烟。感觉彻骨的寒冷，远不是想象得出来的。但睡在火炕上很暖和，身子下面是热的，被窝里是暖和的，但空气中就很冷，团成一团，很快就鼾声如雷了。早上起来，依然是惊讶，尽管已经有了思想准备，山上全是白雪，黑色的树冠上也是星星点点的白色，蔚为壮观。没有多少人，很快就换上滑雪板，也还算满意，由于没有带自己的板，还担心质量差，但北大湖的雪板质量很好，上乘。

屋外的条幅上写着"中国的达沃斯，世界的北大湖"。满目皆雪，银色世界。乘奥地利产的六人包箱式缆车，速度很快，缆车一点点升高，视野更加精彩。可以清楚地看到来时的路，像黑色的链子，蜿蜒地撒在白色的大地上。晚上住的小屯子，被厚厚的白雪覆盖，一家家的屋顶冒出一缕缕白烟，所谓"遍地银雪罩夕烟"，完全是诗的意境。近处的树林里是绒一样的雪，平展展地铺在茂盛的树林里，树从白雪中钻出来，树冠上披着点点的雪。很快就到了山顶，林海雪原的景色呈现在眼前，雪的连绵，雪的晶莹，蓝色的天，黑色的树，白色的云彩，构成色彩艳丽的图画，有如童话世界。

驰骋在雪道上，爽得不亦乐乎，由于几年的努力，滑雪技术有很大提高，几分努力几分收获，在高山的雪道上如履平地，胜似闲庭信步。坡度大的地方，撒一下坡，有飞翔的感觉。宽的地段，玩大回转，从左到右，从右到左，为所欲为，心到身到，自己成为自己世界的主宰，成为自己的皇帝。北大湖的雪绝佳，由于气温低的缘故，雪下来不化，依然保持原来的形状，呈晶状体，晶莹而有质量感。双板急停时脚下激起的雪粒打在脸上，生疼，身后是云状的雾墙，蔚为壮观。

滑累了，便可以躺在柔软的雪地上，脸上是太阳的温暖，身子下面是雪的柔软，确实有飘飘欲仙的感觉。举目远望，山舞银蛇，原驰蜡象，江山如此多娇，生命多么的美好，真不虚此生。几圈下来，人工的雪道已经滑一遍了，便去山林中寻觅野雪，走出 500 米，才见到平生最厚的雪，一米长的雪仗居然插到底了。由于风吹的原因，这里的雪有一米多厚，人踩在上面，陷到屁股，两只腿叉开骑在雪上，有骑马的感觉，年过半百，还从没见过如此深的雪。

在雪地上爬，在雪地上打滚，在雪地上伸开四肢，写下大写的"大"字，身上满是雪，但这里的雪不融化，没有污染，晶莹而干净，稍一掸就全掉了，非常的友好，不粘、不黏，很有自身的尊严，但又给人带来友善，真应当以歌咏之。野雪就不是很容易滑了，崎岖不平，凸凹的路面，对雪板带来很大的冲击，腿生疼，疼得腿都罢工了，重重地摔在地上。如此反复，经过艰苦的努力，才下得山来，非常的痛苦，远不像在人工雪道上纵横驰骋的感觉。欣赏说不出的美景，拍摄精彩的照片，一次次上，又一次次下，感受速度，感受生命的极限，感受人的力量的存在，感受精彩的人生。缆车轿厢里有几个观光客，很惊讶地看着底下的人飞驰而过，感到很不可思议，便问我们"这事真的那么有意思么？"

登山、潜水、帆船、攀岩、翼装飞行，世界上又有多少精彩、激动人心的事，一般的人根本无法享受，甚至无法想象的事。怎样活着都是一生，但又是多么的不同。生命的价值不在于生命的长短，而在于生命的价值。还好，在厚厚的白雪中找到了生命更有价值的表现形式，非常高兴。

在自我陶醉与享受中结束了北大湖的滑雪之旅。

2015 年 3 月 10 日

之七：春节北大湖滑雪记

大约十年前，曾经来过一次北大湖，但是记忆已经模糊，甚至完全没有了印象。正月初一一大早，从北京出发，走上京沈高速公路的时候，几乎没有车，非常轻松地就到了山海关，进入辽宁，更是空旷寂寥，到沈阳的时候，感觉一点也不累，从沈阳六十九公里到了铁岭。原本计划在铁岭看二人转并住下，但是晚上在人民剧场演出的二人转已经彻底的绿色了，甚至还有了魔术、表演等并不是二人转的内容，与记忆中的铁岭二人转风格迥异，似乎变了味道，因此，没有看完就连夜从铁岭奔向北大湖。

查看了地图，没有走长春、吉林方向，而是走辽源、梅河口、永吉方向，似乎近一些，晚上走了近二百公里，住在辽源。早上起来，便感觉出东北的寒冷，村庄的烟囱中喷出的烟雾，似乎被凝结在空气中，纹丝不动，构成非常优美的图画。从辽源行驶将近二百公里，便到了北大湖滑雪场。这是一个三面环山的滑雪场，滑雪道的山峰是周围最高的山峰，由于三面环山，滑雪场背风，是理想的滑雪场所。半天的滑雪票270元，春节最贵，平时是180元，一整天360元，应该说也是能够接受的价格，只是路途遥远，路费、吃住，花费很大，使得从北京到北大湖滑雪成为很困难的事。

滑雪场的两座山上都装有缆车，直通山顶，坐在缆车上才能感觉滑雪场的开阔与巨大，只有足够的高度，才能满足高山滑雪的需要，只有足够的温度，才能保证山坡雪道上雪的质量，而北大湖具有得天独厚的条件，成为吉林乃至全国最著名的滑雪场。乘坐缆车上山要二十余分钟，中间缆车停留一下，可以下缆车，也可以上缆车非常方便。山顶是一片原始树林，粗大的树木在这里生长了很长时间。四周全是雪，雪很厚，覆盖在山坡、树林之中，这是真正的雪，由于温度低，从下第一场雪开始就不会融化了，山坡的雪道上，也只是人工造一次雪，便可以使用一整年。山顶是一块很小的平地，要用滑雪板自行走一段路，随后就是连续的陡坡，稍微平缓之后，又是六十五度的陡坡，非常危险，好在雪道上的雪很柔软，且雪道很宽阔，有双板平行斜滑降技术的话，可以停在雪道的任意位置，只要速度不是很快，并没有太大的危险。

北大湖的雪道是顶级雪道，可以举办国际高山滑雪比赛，没有足够的技术是不能享受的，而有了足够的技术，便可以轻松地在雪道上穿行，可以享受滑雪的乐趣。北大湖雪道的特点是非常的长，长距离的滑行让人感觉到雪道尽头很遥远，人很累，这与北京的滑雪场感觉完全不同，甚至张家口崇礼的雪道也只能甘拜下风，这也是很多人千里迢迢来到北大湖滑雪的原因所在。即使你不冲破，不放开速度，在很陡的坡道上，有时也很可能摔个大跟头，由于雪道很陡、很滑，一旦摔倒很可能滑下去很远，控制不好很容易摔伤，滑雪确实是危险的户外运动。但是如果你掌握了滑雪的技术，便可以享受风驰电掣的感觉，几公里的雪道，一分多钟便可以轻松降下，风在耳边呼啸，树林在身旁闪过，非常精彩与刺激。

相对于夏季奥运会的项目而言，冬季奥运会的项目更趋近于工业化，夏季奥运会的田径、游泳等项目，并不需要工业化的设备，甚至非洲的国家也能取得好成绩，而滑雪、滑冰是工业化的项目，需要工业化的成果来支撑，汽车、缆车、造雪机、滑雪装备，都是工业化的产物，没有足够的工业化的支撑，滑雪是不可想象的，即使在欧洲国家，滑雪也是高消费的项目。感谢改革开放，感谢工业革命，使得我们能够享受工业文明的成果，能够亲身享受滑雪的乐趣。滑雪需要循序渐进地锻炼，尤其是到北大湖这样的高山雪道，不仅需要神经系统的锻炼，还需要肌肉系统的支撑，需要在受到刺激之后，肌肉的更新，肌肉的生长，才能够逐渐适应滑雪，有效控制住滑雪板。同时大运动量的活动、高寒的气候条件，对人体的心肺功能、呼吸、消化功能提出严格的挑战，身体的功能被发挥到极限，同时身体的各个组织得到锻炼，呼吸大量新鲜空气，提高了视觉系统的灵敏度，提高了反应能力，滑雪以后的感觉实在好极了。

北大湖的山顶有一个两层的木屋，视野开阔，在木屋之中，可以欣赏山林雪景的同时，品尝咖啡，欣赏音乐，领略时光的流逝，凭窗而望，高高在上，山舞银蛇原驰蜡象，树林披着厚厚的白雪，雪道上星星点点的彩色身影，远处的村镇星落散布，犹如一幅优美的油画，置身林海雪原之中，心旷神怡。两座山头之间有联络滑道，从山顶直接滑到另一座山头的缆车处，绵长而曲折的雪道，以及雪道旁边的树林，给向下滑行增添了很多的乐趣，体现出技术与力量的存在。逐渐地滑下去，犹如起伏的过山车，滑雪板在雪道上滑出丝丝声响，清晰而流畅，带给人难得的享受。由于时间、身体的原因，并不是很容易享受到滑雪的乐趣的，需要坚持，需要努力，需要持之以恒地锻炼。在滑雪的过程中能够体会到自身能力的存在，能够体会到置身大自然之中的感觉，远离大城市，远离水泥森林，远离车水马龙，远离喧嚣，凭借自身的力量，与大自然亲密接触，并享受其中的乐趣，冬季滑雪是很好的选项。

我国成功申办 2022 年冬奥会，是个机遇，冰雪运动在提高人们生活质量的同时，能够带动一个新的产业的发展，人们在享受滑雪、追求滑雪带来的乐趣的同时，创造了一个全新的产业。装备制造、旅馆服务、饮食服务、雪场设施，等等，带动经济发展的同时，可以大幅度提高人们的生活质量，使人更多地享受到生活的乐趣。克服了道路遥远、时间安排、身体调整之后，在冰天雪地之时来到北大湖，享受到高级滑雪道飞驰的乐趣，也是 2018 年春节之中难得而值得纪念的享受。

2018 年 2 月 12 日

之八：圆梦亚布力

一个人一生当中真不知道有多少梦要破灭。当科学家，走遍全世界，写书，演讲，像孙悟空一样想要什么就变什么等等，都是梦想，最终很多都破灭了，甚至可以说一个人很可能破灭的梦想比能够实现的梦要多得多。

由于学会了滑雪，始终有亚布力的梦。还是在吉林的北大湖，听雪友说起亚布力，说是比北大湖好得多，便萌生了去亚布力的梦想。冬季太冷，害怕适应不了东北的低温，好不容易开春了，北京已经鲜花盛开，但又不知道亚不利还能不能滑了。还有就是国事家事都离不开，好像一离开天就塌下来了，几个星期都蠢蠢欲动，终于没有成行。算了，没有实现的梦也太多了，也不在乎更多一个。突然听新闻说东北降温了，大雪甚至封闭了高速公路。打电话到亚布力雪场，说零下 3 度，雪况很好，终于禁不住诱惑了，好像比亚当夏娃偷吃禁果的力量更猛烈一些，赶紧订机票，终于踏上亚布力的滑雪之旅。

早上 8：07 到哈尔滨站，8：58 便出发去亚布力，一路上景色慢慢变化，可以看到皑皑的白雪，覆盖着田野，白茫茫一片。几乎看不到人家，村庄像雕塑一样立在白色的田野上。11：00 到亚布力南站，新建的车站，有点俄罗斯风格，高耸的尖顶，高站台，全新的建筑。一出站就可以看到白条般的滑雪道，像白布挂在高高的山上。道路很整齐，两边是新建的建筑，很现代，但没有人，空荡荡的。换上滑雪板，登上缆车，感觉就完全不一样，缆车很宽大，可以坐八个人，很舒服，速度很快，向下望去，满山全是白色的雪，真没想到有这样大的雪，覆盖着整个的山。到山顶更加吃惊，厚厚的雪，松软而洁白，树叶上也全是雪，地上、房顶上有五十公分厚的雪，均匀而厚重，穿雪板走在地上，沙沙的声音非常清楚。雪道两侧都是原始森林。森林茂盛，但全是雪，像雪中长出的盆景。雪道上也是雪，没有人滑，因此地上是厚厚的雪，开始还有点不习惯，北京的雪道上有堆积的雪就是坚硬的冰，而这里大堆的雪都是松软的，可以直接冲上去。雪道漫长，看不到头，滑一会儿就没有了体力，在北京滑雪，总感觉没滑过瘾雪道就到头了，在这里只有你自己没有力量的感觉，雪道依然足够的长。

终于非常艰难地到了终点，重又坐上缆车，很快又到了山顶。不是技术问题，是体力的问题，腿部的肌肉不听摆布，没有继续增加力量的能力，很快摔倒在雪地上，好在这里的雪很厚，很柔软，很舒服的感觉，干脆四仰八叉地躺一会，真是舒服。雪与森林是没有见过的，真正的原始的感觉，完全的滑野雪的感觉，在北京是不可能的。后面的滑道都是"处女"雪，就是没有人滑过的雪道，于是尽情享受，纵横驰骋，在平整洁白的处女雪道上留下自己滑雪板的清晰的印记。下午，竟然飘起了满天白雪，山笼罩在厚重的雪片中，朦胧而羞涩，森林变得更加可怕，狰狞而阴森，身上的雪和地下的雪连成一片，笼罩在完整的雪的世界中。

虽然很快就筋疲力尽了，但是想到这么远来亚布力，还是使劲地滑，惟恐浪费难得的时间，更加累。三锅盔总共有五条雪道，只有一条是中级的，稍微平缓一点，在中级道上滑就是很大的享受了，高级道实在是困难，要不是雪厚还不知道是什么结果。居然下雪了，都说珠穆朗玛峰上风云变幻，这里的高山也是这样，刚才还是晴空万里，转眼间就大雪弥漫。在纷飞的大雪中滑雪别有风味，真难以相信所看见的精彩的雪景，绝不是人造景观可以媲美的。晚上回到亚布力镇，腿已经不是自己的了，像灌了铅一样，艰难得很，躺在床上几乎动弹不得。滑雪是很费体力的运动，不仅仅是技巧性的运动，没有体力是不能享受的。同时滑雪也是很好的锻炼身体的方式，八大系统除去生殖系统没有锻炼，其他系统都得到了非常好的锻炼。洗澡桑拿后，饱餐一顿，喝一大杯老酒，深深地睡了一觉。早上赶紧起来，赶早滑体委比赛专用的滑道，也就是大锅盔道。刚刚结束的大冬会就是在这里举行的。明显的比三锅盔高，笔直的一条道，像从天而降，由于很高，要换乘两次缆车，先是吊椅，后是轿箱，但速度都很快，东北太冷了，不封闭是不行的。

山顶景色又是不一样，应该有六百米高，视野开阔，晚上住的亚布力镇显得很小，高速公路像飘带，平铺在山前面。滑道非常开阔，可以做各种回转动作，只是这里都是高手，速度非常的快，风驰电掣，从耳边呼啸而过，很让人害怕。走走停停，看看后面有没有人，才敢往下滑，非常的谨慎。来的都是高手，所谓的发烧友，穿戴齐全、整齐，很少将就的。偶尔也有几个观光客，看着高山，感到很惊讶。亚布力的滑道，没有几分技术是不敢滑的，都滑不到底，体力也很重要，滑到后来摔跟头，主要是体力问题。难得的享受，很刺激的享受，不虚远行，开始还担心春天雪况不好，而又赶上降雪，正是滑雪的好时光，天道酬勤。滑雪的哲学意义在于感受过程的快乐，起点终点并不重要，重要的是过程，在不断变换的平衡中体现运动，体现运动带来的感受，从一个新的平衡过渡到另一个平衡，这就是滑雪的乐趣所在。下午三点重又坐上返回哈尔滨的列车，人很多，更多的是观光的人，晚上七点回到哈尔滨，赶紧找大巴到机场，很快就飞翔在黑暗的天空中，一个多小时后降落在北京，早已是万家灯火。

中国人，一个普通百姓能够打"飞的"去滑雪，也是社会进步的标志。

2017 年 2 月 10 日

之九：五十有一，滑军都山高级道记

出身于宦官之家，可能是宦官抱养的曹操，在五十一岁的时候，完成了对辽宁北部朝阳一带乌桓部落的征讨，斩杀其首领，俘虏降徒 20 余万，凯旋而归。曹操走到今天的秦皇岛海边，见大海苍茫辽阔，乃赋诗一首，《观沧海》诗云：东临碣石，以观沧海。水何澹澹，山岛竦峙。树木丛生，百草丰茂。秋风萧瑟，洪波涌起。日月之行，若出其中；星汉灿烂，若出其里。幸甚至哉，歌以咏志。

而今本人刚好五十有一，且别说挥师辽北，就是去一趟辽宁朝阳、满洲里、阿尔山、额尔古纳、漠河，也相当之艰难，更别说气吞山河，指点江山，激昂文字，吟诗作赋，只能朝晖夕阴，因前循而守旧制，以度岁月。却刚好等到一场久违，由南方飘来的晚雪，覆盖山河。赶紧驾车出德胜门而北上，直奔昌平之军都山，体会游走军都高级道的乐趣。军都山高级道，在滑雪圈里很有名气，即使在全国也是几乎最陡的雪道。长度大约 1200 米，宽度 10 余米，平均坡度有 38°，也就是说最陡的地方有 50°~60°。更为艰险的是雪道坡面上有很多坑洼的大坑，最深的有将近一米深，还有就是大块的冰面，掩藏在薄雪之下，使得摩擦系数骤然降低，雪板难以控制，十分危险。

据说在将近2000万人的北京，能够上军都山高级道的人也不足2000人，没有经过五个以上雪季的锻炼，没有一定的技巧与体力，上军都山高级道是不可能的，即使勉强上去，也是相当危险的。站在山下向上看，军都山高级道非常陡峭，有直上云天的感觉。而坐吊椅上去，更是一览众山小。从山顶上望去，田野阡陌点点如画，雪场上滑动的人影有如洒在雪地上的芝麻粒，渺小而几乎可以忽略。头顶上不时有呼啸而过的飞机，带给人"手可摘星辰"的感觉。从山顶向下望去，雪道陡峭，几乎看不见坡面，更有表面凹凸不平的雪面，令人发怵。腿与脚都有点不听使唤，逡巡不前，咬咬牙滑出去，前面尽是坡坎。要集中精神，全神贯注，还要用雪板的外刃压紧雪面，急速抬起，又急速下降，平衡很难掌握。最要命的是回转，搞不好雪板就陷在坡底，无法回转。好不容易回转过来，前面又是高坎，让人应接不暇，稍不留意，就摔个人仰马翻。好在今天下了一层雪，摔在雪道上，软软的，并不很疼。转过弯，便到了最陡峭的地方，将近60°的坡面，深不见底，一旦摔倒，便丢盔卸甲，很难停下来。只能找到坡面，颤抖地停下来，实在不敢大意，不是顶级的高手，不敢连续滑行，更不敢冲坡，十分危险。

最初上军都山高级道，几乎不敢向下滑，而几乎要返回，坐吊椅下山，但还是坚持着，一点一点地滑行，好几次摔在坡面上，四脚朝天。为了不摔倒，便沿斜线停在雪道边缘，再慢慢调转雪板，反向斜线滑行，呈之字形，逐渐走下陡坡，随后，便是风驰电掣的速滑，一路冲向终点。征服了军都山高级道，可以说，几乎没有什么雪道不能滑行了，剩下的只是找机会，在各处白雪皑皑的雪场中飞驰。

滑雪是典型的工业文明的享受，雪板、造雪机、压雪车、缆车以及汽车，都是工业文明的结果，没有一定的工业，是不能享受滑雪的乐趣的。小的时候，正是中国贫瘠的年代，吃肉还要有票，花生也要数着粒吃，有件屁股上没有补丁的衣服就不错了，自行车是家庭的奢侈品，最大的资产。物资的短缺，使我们只能享受所谓乒乓球的乐趣，全然不知滑雪为何物，由此而论，今天我们能够轻松地开着私家车，驰骋在几百公里外的雪场，跟随工业文明享受生活的乐趣，应该说是十分难得的。我们的后代可能在二十岁以前，就轻而易举地学会滑雪，能够像世界上发达国家的人们一样，从高山滑雪中体会自身的力量，感受速度与高度带来的寒冷中的乐趣。

毕竟五十有一了，这个年龄的人，很多已经"修身养性"了，更别说享受滑雪的乐趣。柳宗元《捕蛇者说》这样写道：向吾不为斯役，则久已病矣。自吾氏三世居是乡，积于今六十岁矣。而乡邻之生日蹙，殚其地之出，竭其庐之入。号呼而转徙，饥渴而顿踣。触风雨，犯寒暑，呼嘘毒疠，往往而死者，相藉也。曩与吾祖居者，今其室十无一焉。与吾父居者，今其室十无二三焉。与吾居十二年者，今其室十无四五焉。非死即徙尔，而吾以捕蛇独存。悍吏之来吾乡，叫嚣乎东西，隳突乎南北；哗然而骇者，虽鸡狗不得宁焉。吾恂恂而起，视其缶，而吾蛇尚存，则弛然而卧。谨食之，时而献焉。退而甘食其土之有，以尽吾齿。盖一岁之犯死者二焉，其余则熙熙而乐，岂若吾乡邻之旦旦有是哉。今虽死乎此，比吾乡邻之死则已后矣，又安敢毒耶？"

将《捕蛇者说》中的蛇，换成雪道，正是"吾久居于京都，已历三世，惶惶乎，身边殚竭之人不可胜数，而吾以孱弱之躯，得以滑此滑道者，何不乐乎？雪道虽险，却正孕育无限风光。虽坎坷而多磨难，却风驰而电掣，领略山峦险峻，大河柔美，岂不乐哉。虽顶风而翻滚，仰面而生疼，却一望蓝天，见雄鹰之翱翔，岂不快哉。品滑雪而想人生，感时光之荏苒，叹人生之短暂。朝晖夕阴，沧海桑田，却无人知晓，谁人永主江山？唯雪道犹存，待后来勇者，一展身手。以五十之高龄，尚能滑行，廉颇老矣，尚能饭否？登军都雪道，一望山河，亦谓足愿矣。

在飘飞的柔软的白雪中滑下军都山高级道，重新驶上高速公路，回到拥挤的城市，开始重复而平凡的生活。

长途自驾的旅程

之一：享受自驾车的乐趣

经济的发展以及道路的修建，使得自驾车成为可能，可以自己驾车在大自然中享受美景，享受生活的乐趣。自驾车最大的好处是自由，想去哪里就去哪里，想停就停，随心所欲，尤其是在人迹罕至的地区。大的组团，临时拼团，以及搭乘社会车辆等旅游方式，都无法和自驾车相比，尽管自驾车是最费钱的出行方式。

时间、金钱、身体、心情，四者都具备，构成自驾车的基础，缺一不可。

大约每天一个人1000元的花费，包括油费、过路费、门票、住宿费、饭费，以及购买土特产、旅游纪念品的费用，1000元是长途自驾车的基本花费。即使有了钱，没有胆量也不行，自驾车要面临道路情况、车辆甚至治安等诸多风险，想去看没有看过的，就要面临陌生的道路，甚至是危险的山路，尤其是人迹罕至的地区。身体也很重要，发烧、拉肚子、晕车、头疼等等，都难以成行。还有就是心情，工作缠身，面临考试，家里有病人，便难有心情去看远处的风景。

差异美是旅游的基础，寻找并欣赏差异，是旅游获得乐趣的重要原因，长途自驾，可以去到遥远的，完全陌生的地方，从而可以看到地理、地质上的巨大差距，生活方式、生产方式上的巨大差距，可以让人了解辽阔的广泛的世界。了解不同地域人的饮食差别，品尝当地的特产，也是长途旅行的重要乐趣。

历史的遗迹，如古人的建筑、古人的生活痕迹，可以帮助人更全面地了解各地区历史上曾经发生的事，以及历史事件与地理地质的关系，了解历史是旅游的重要条件。长途旅行可以看到风格迥异的风景，高山大川、河流、湖泊、沙漠草原等等，摄影成为旅游的必需，不同的风景，沿途的见闻，构成旅游摄影的内容，也成为旅行的记录与痕迹。

长途旅行，要做好准备，要了解路线、沿路的景点，要了解曾经去过这些地区的人的经历，要有比较详细的、大比例的当地地图，对路线要做规划，出行前的准备工作是非常必要的。细节很重要，长途旅行，身体上的细小问题被放大，衣服要柔软，要勤换，带的东西要放好，不要找不到，要喝热水，总之，各个细节都很重要。出门赶路，赶早不赶晚，要行动快，要尽早赶路，路上有很多不能预料的情况。跑长途的休息很重要，休息好，才能消除身体的疲劳，最好洗热水澡，不要吃太多，很容易不消化，要多喝水以排毒。路过一些景点，哪怕绕一些路，也要去看一看，不能凭想象，很多景点可能出乎想象。要收集资料，买一些当地的说明、介绍，可以帮助理解当地的情况、景区的情况等。一天下来，要及时做路书记录，记录经过的地名、路线、参观的景点等，由于变化很多，很容易记不起来。参观景点要果断，不要犹豫，跑很远的路，经过的景点一定亲眼看看，而且要记录景点的文字介绍，对于地理位置、体量、历史沿革等有所了解。不要走回头路，可以多看一些自然风景。

长途自驾的风险是存在的，路况与车况是最重要的，安全是第一，晚上天黑以后，一定不要赶路，要就近停下来休息，不要住大城市，要住三线城市，不堵车，旅馆房间大还便宜，吃饭还有特色。治安问题也很重要，不要走小路，尽量走大路，走人多的地方，住宿要靠近城市中心区，靠近繁华街道。

中国地域辽阔，各地区差异很大，为自驾车出行创造了很好的条件，每个省都有很多自然、人文的风景，穷其一生，甚至都很难全看完，有些大山、高原之中的风景，是很难看到的。行万里路，读万卷书，是相辅相成的，没有一定的历史、文学的基础，旅游的乐趣也会降低，因此一定要读书，读各种书，甚至是杂书，了解一个地区的历史与自然情况，才能获得更多旅游的乐趣。汽车是工业化的产物，而中国更多的是农耕文化的痕迹，汽车与传统的农耕文化相遇，可以带来跨越时空的感觉，这与在大城市开车是完全不一样的。

自驾车可以在2000~3000公里的范围内行走，以北京为例，向北可以到内蒙古草原、锡林郭勒、二连浩特，甚至阿尔山；向东可以到大连、长白山，甚至丹东；向西，可以到大同、五台山、黄河；向南可以到泰山、青岛、威海。可以看到诸如乔家大院、王家大院等深宅大院，泰山、恒山、五台山、长白山等名山，可以看到白洋淀、兴凯湖、达里诺尔湖等湖泊，可以看到黄河、辽河、滦河等大河，可以看到金山岭长城、箭扣长城、老龙头长城等长城，可以看到青山关、娘子关、雁门关等著名关隘，可以看到红旗渠、云台山等风景，可以看到曲阜、平遥、山海关等古城，可以看到悬空寺、云冈石窟、龙门石窟等古代艺术品，可以参观展览馆、博物馆，可以在北戴河下海，在锡林郭勒骑马，在克什克腾泡温泉，在嶂石岩观瀑布，在崇礼滑雪，同时可以品尝各地美食。

能够有时间、有身体、有心情，自驾车领略祖国壮美的山河，体会历史的厚重，感受生命的存在，是难得的享受。

2014年9月10日

之二：长途自驾车旅游心得

有机会能在全国各地旅游，饱览名山大川、历史古迹，品味不同地区的文化，真是很好的享受。历史上的名人、文人墨客无不以天下为足迹，所谓"读万卷书，行万里路"。

但旅游需要条件：

（1）时间：必须有时间，最好是充足的时间，因为路途遥远，在当地还要游览，很费时间，而现代人挣钱都很忙，家庭又有很多事，最缺的就是时间，没有时间旅游，质量是不行的，走马观花，照张相，是最低层次的旅游。

（2）金钱：出门旅行必须要花钱，俗话说"穷家富路"，因为到陌生地方，情况不熟悉，肯定要花冤枉钱，还要享受美食，买特产等等都需要钱，现在门票很贵，恐怕全国景点玩下来门票要几万块。没钱是不能旅游的，也很没意思，很难受。

（3）身体：身体很重要，吃不好要拉肚子，就什么也玩不成了。到外地，总想多走走，多看看，休息的时间很紧张，身体很疲惫，还要登山、下海，都需要身体，要吃什么都行，像骆驼一样能储存能量，这样才能旅游。

（4）心情：心情也很重要，家庭有事，事业不顺利，身体有病，没有好心情，再好的美景也没有意思欣赏。

（5）文化：文化也很重要，没有历史、地理知识，文化水平很低，看什么都一样，就没有审美乐趣，也就不喜欢旅游，这也是文人更喜欢旅游的原因。

以上五条是旅游所必备的。

2009 年 12 月 6 日

之三：长途远距离自驾车经验谈

长途自驾，可以领略山河壮丽，可以看到很多平时难以看见的景物，体会不同文化的存在，带给人精神的享受。同时，长途自驾风险很多，没有经验容易造成不愉快，甚至造成事故。以下是本人长途自驾的经验之谈。本人曾自驾车六次入川，曾自驾到过满洲里、二连浩特、漠河、珲春、丹东，穿越山东、山西、河北、山西、内蒙古、吉林、辽宁、四川、湖北、安徽、河南、江西、江苏、广东、广西、贵州、云南等地。

（1）驾驶技术很重要，要逐渐加大距离，首先在 300 公里半径内练习，逐渐加大到 1000 公里，再加大到 3000~5000 公里，最后达到 10000~20000 公里。

（2）车最好要好车，穿越大兴安岭、秦岭，一定要越野车；进入西藏，一定要四驱车。不管什么车，出发前要做保养、检修，不要图省钱。

（3）要做好路书，查各种资料、网站，下载别人的路书，要选择路线，确定每天的行车距离、经过的景点等。

（4）在沿途上经过高速公路不远的景点，三十公里之内的，可以顺路看看，以增加乐趣，增加收获。

（5）要注意细节，在长途驾驶时，有一点不舒服，将被放大，比如衣服硬、袜子湿等等，将带来很大的不愉快，在临近极限的时候，更是容易产生蝴蝶效应，因此，一点不愉快就要消灭掉。

（6）要做好记录，行驶里程、拐点、道路编号等等，最好随时记录，每天晚上在旅馆要把一天的经历记录下来，避免遗忘。

（7）在不能确定的岔路口，一定要小心，不要轻易选择，一旦错过，将要走很远的路。

（8）问路时要问几个人，看一看答案一致不一致，如果一致，可以相信，不一致还要再问。

（9）身上不要带过多的东西，尽量简单，避免遗失。车钥匙、手机一定要保管好，很容易遗失。

（10）不要吃冰箱中存的酱牛肉等，要吃炒的韭菜，避免有细菌。要吃生蒜，最好带一些预防拉肚子的药。

（11）汽车油箱三分之一时便要加满，避免找不到加油站的麻烦。

（12）沿途如果有温泉，可以在晚上入住，既泡温泉，又休息，很划算。

（13）最好不走回头路，走新的路很可能带来新的惊喜，欣赏到全新的景观。

（14）如果不是高速公路，晚上天黑以后一定不要开车，很危险，且看不见风景，很不划算。

（15）如果有车载摄像装置，最好安装一个，在车行驶的时候，可以拍摄前面的风景，很有意思。

（16）最好要带一部摄像机，很多当时看起来没有意思的景物，先拍摄下来，回家后可能感觉很有意思，而且脑子的记忆很不够，用摄像机可以弥补。

（17）当地的特产小吃，没见过的一定要品尝，不要错过，可能有很多惊喜，很多还可能是非物质文化遗产。

（18）尽量不要在大城市住，一是拥挤，二是贵，还有就是吃不到地方特色，要选三线城市，在中小城市住，比较划算。

（19）即使很认真地安排线路，也只能有一半正确，很多时候要根据当时的情况进行调整，而且很容易有错误路线出现。

2015 年 3 月 29 日

之四：自驾车入川记

说起四川，脑海里总是浮现起李白《蜀道难》的阴影。由于连绵大山的阻隔，四川成为仅次于西藏的最难进入的省份，即使是日本军队，也没有涉足四川。横亘于四川北部的秦岭，甚至成为中国南北方的地理分界线，秦岭从关中平原突然兀立，几乎垂直升起，随后迅速升高到海拔 4300 米，连绵不断，从天水一带连绵到西安、华阴，一直到三门峡附近，秦岭阻隔了四川平原的水蒸气，把四川北部变成了湿润之地，而使得陕北变成一片黄土高原。四川东部有三峡江水能够通过的山脉，同样是连绵不断，而西部是岷山、四姑娘山、贡嘎山等海拔将近 7000 米的高山，几乎一整圈的山，把四川盆地围得严严实实，实在难以进入。

从陕西入川，有传统的金牛道，翻越秦岭主峰太白山，是川陕路的老路。而从汉中穿越米仓山的米仓道，曾经瘴气遍地，难以逾越。在没有西汉高速的时候，从宝鸡翻越秦岭，要走两天，还经常堵车，冬季山顶有雪，夏季大雾，道路曲折难以通过。而今，西汉高速公路开通，220 公里的距离，将近 180 公里是隧道、桥梁，成为中国公路中桥隧比最高的道路。秦岭西汉隧道的建设难度与重要性都十分大，属于国家级重点工程，在国家的历史与发展中占有举足轻重的地位。

近几年开通的西安到安康到重庆的包茂高速公路，开通了进川的又一条坦途。从西安出发 159 公里后便可以到安康，安康是秦岭与大巴山交会处的城市，两山间夹出的一片很大的空地，发源于天水的汉江，经过安康，向下流向丹江口，最后经武汉与长江汇合，成为长江重要的支流。距离西安 20 公里的终南山隧道，是中国最长的公路隧道，18 公里的距离，让人头疼，在隧道内开车，感觉很单调，很枯燥，没头没尾，令人心烦。但正是西汉、包茂高速公路的开通，彻底改变了四川蜀道难的情况，在高速公路上驱车行驶，可以开到 80~100 公里，几个小时就可以进入四川了，实在是难以想象。从汉中经宁强的棋盘关，便可以到达川北门户广元，经过明月峡便可以看见嘉陵江，以及江边的皇泽寺这一武则天时代的建筑，随后就一路下降，经过绵阳、江油、德阳到达成都。最近正在修建的穿越汉中正南的光雾山的高速公路隧道，将开通进入四川的又一条道路，穿过光雾山，经巴中、南充比走广元更便捷地进入四川。从安康出来不久就要穿越大巴山，大巴山是陕西与重庆的界山，随后的山就不再陡峭，气温也明显升高，山坡上逐渐有了人家，有了田地，有了绿色植物。

从北京到西安，1100公里，大约有三条路，一条是走京港澳高速，到焦作，拐向洛阳，到三门峡，随后经潼关到达西安，这样可以少走一些大车较多的连霍高速，但里程比较长。从北京走G5京昆高速，过保定后，可以转向西，经阜平过五台山，到忻州转向南，60公里便可以到达太原。还可以从保定向南，经石家庄西，沿石太线到达太原。从太原后，就走大运高速，向南到临汾后，可以向西，经韩城到西安，也可以继续向南，到达运城，再拐向西，经过风陵渡，上连霍高速，经潼关到西安。

由于高速公路的存在，从北京到西安1100公里，一般情况下，可以当天到达，比较轻松，只是比较单调，沿途只是五台山有一些山，山西境内基本是平原，而过西安之后，便全是山，景色壮观，不会觉得单调。北京到成都距离1850公里，大约两个白天便可以到达，实在是难以想象。进入四川后，便可以感受到完全不同的南方生活，气候、雨水使得成都平原物产丰富，适合植物生长，也适合人类生活，四川盆地造就了闲散、悠闲、追求享乐的四川人。

不管怎样，自驾车进入四川，是很好的享受。

2015年2月15日

之五：京西山路自驾游

如果不是行驶在山路上，很难相信北京的西边是一片巨大的山脉。从房山的潭柘寺便开始翻山，连绵而高大，最高处甚至是连绵的山峰。山路曲折蜿蜒，在巨大的山峰下行驶，很多时候下面是深渊，很难想象距离北京竟然只有一步之遥。从潭柘寺走，是108国道，曲折经过银狐洞，经过房山的百花山，最后经过霞云岭（红歌唱响的地方）。霞云岭是个非常有气势的地方，霞云岭政府在山脚下，并不起眼，但随后向上，可以到山的最高处，这里三面大山环绕，中央一块凸起的高地，一处山峰上面有一只雄鸡的雕塑。向东便是北京城的位置，但什么也看不见，一片的山，浩浩荡荡。

经过霞云岭以后，便开始下山，甚至是很陡的下山路，过鱼斗泉后，在九龙便开始分路，向南便是通往河北涞源的山路，向北走省道张马路，便可以与109国道相遇，这是一段风景很好的山路，蜿蜒曲折，两边是茂盛的树林。在张家庄与109国道汇合，向西便是通向灵山以及河北蔚县的山路，向东便是门头沟的百花山，一路有很多景点，比如斋堂水库、双龙峡、百花山、珍珠泉、等等，其中双龙峡的火村，有着北京地区最好的杏树，在慈禧的年代，这里出产的白杏是皇帝的贡树。

109国道在雁翅后，在下马岭分路，向北的路，经过南口，可以到达昌平，但路很曲折，拐个大弯，很遥远。109国道两边有很多水塘，已经开发建设成度假村，用堰塘蓄起的水，在山脚下构成很好的风景。从109国道下路，16公里，便可以到达百花山，百花山海拔2200米，是北京西部仅次于灵山的第二大高峰，山上有大块的山脊地，长满鲜花形成高山草甸的美景。如果沿109国道向西，可以到达爨底下村、小龙门森林公园，以及京西最高峰灵山，翻过灵山便是河北。

京西一带的大山，可能也是当初选择北京作为首都的原因，一种可能是走到山脚下便不能走了，于是建都，另一种可能是根据风水原理，选择有山的地方，作为防守的屏障，总之，古人选择了几乎三面环山的北京，作为偌大中国的首都。可以说，不自驾在京西的大山中行驶，就难以理解北京的地理面貌。反之，亲自在崇山峻岭中行驶了，便会清晰地印刻出北京的地理位置。在山区驾驶，要有一定的技术，还要有一定的心理承受力，陡峭的山路、急转弯给人带来很紧张的感觉，而漫长的看不到头的山路，也多少有些恐惧。不到长城非好汉，很多绝美的风景，不身临其境，是难以体会的，也难以用文字来记述与表达。

2015年6月21日

之六：丰宁沽源张北自驾游记

从北京出发，经怀柔去往丰宁，由于111国道进行了改造，建成了双车道，上下行分行，非常好走，从怀柔怀北滑雪场开始便开始进山，111国道新建了穿山的隧道，减少了翻越云蒙山分水岭的艰难，使得行程变短，变得很容易。随后便经过云蒙山，几乎是京北的最高峰。经过怀柔最北的喇嘛沟门乡以后，距离丰宁就不远了，也就四十公里。丰宁县城并不是完全的草原，而是山间的平地，这里的烤羊排味道鲜美，而羊杂碎汤更是肉量丰富，鲜嫩可口。

从丰宁向北有两条路，偏东的方向是围场，也就是塞罕坝森林景区，而向西北便是通向沽源的省道。出丰宁不远便看见巨大的石头山，应该叫巨石山，山石体型巨大，几乎一座山就是一个整体的巨石，颇有黄山的风采，有很强烈的野性粗犷的感觉。山间的凹槽里，有代表了冰河时代的石臼遗址，巨大的石坑显示了冰河时代巨大的存在。在山间辽阔的河滩地上，建有一座大觉寺，没有一个人，荒凉而孤寂，佛塔是鲜明的藏式风格，塔四面风格一样，呈阶梯状，安放的是端坐的佛像。2009年来自西藏的高僧带领信众，在荒原之上建了这座造型奇特的佛塔。

再往西便上山，山并不陡峭而是大片的缓坡，因而形成巨大面积的草原，所谓的"京北第一草原"。但这里的草原和呼伦贝尔草原相比，实在是小巫见大巫，甚至算不得草原，只能说是小草甸。由于自驾车领略过呼伦贝尔草原的雄浑博大，曾经沧海难为水，看到所谓的"京北第一草原"竟然没有惊讶的感觉。由于草原禁牧，在草地上几乎看不到牛羊，过度的放牧可能造成草原的沙漠化，因而只能圈养，于是，风吹草低见牛羊，只能是想象中的美丽的草原。接近沽源的时候，指路牌上标有元中都遗址，由于不知道距离，无法前往，但元朝神秘的都城，大漠之上消失的城池，很有吸引力。沽源以北有一处很大的水塘，位于地面最低之处，水面宽大，与周围的大草原连成一片，形成优美的图画。只是湖水边上有很多污染物，漂浮在水面上，破坏了景观的美感。

沽源县城和很多草原边缘的县城一样，房屋低矮，道路宽阔，沿街道两侧有很多各色的餐馆，蒙餐与羊肉很有特色。从沽源出发，向东偏南，往赤城方向，大约十公里，有一片开满鲜花的草场，叫五花草甸，主要是金银花，鲜艳的黄色，很是诱人。只是被旅游部门用栏杆拦上，收门票八十，很是煞风景，其实草原与地质景观应该是开放的，是属于自然的，属于全体人民的，不应该被圈起来，成为某些人的财产，适当收一些费用也是应该的，但不应牟利，而是应该少收钱，为更多的人服务。从沽源向西，便是崇礼方向，基本是丘陵地带，没有高山，稍高一点的山包上，长有松树、杨树，低矮的地方则更多的是灌木与杂草。很远的距离才有一个村庄，低矮的房屋，没有更多的人，似乎也没有看到更多的羊群，只有少量圈养的羊。靠近崇礼的地方，山势逐渐加高，明显地有了森林，松树、桦树连接成林，茂密而遮阳。距离崇礼不远的地方，是桦皮岭景区，大片的树皮白色的桦树，茂密地生长着。从桦皮林开始，向张家口方向，便是刚刚开通的"草原天路"，这是一条建在山头草原与森林间的旅游路，道路曲折而蜿蜒，坡度很大，由于在高山之上，两侧风景很好，可以看到大片的山林、开阔的草场，以及山间盆地的农庄。

停下车来，草甸上是鲜艳的花，全是野生的。草原上的花，生命力很强，尽管这里的风很大，但依然坚强地挺立着，顽强地绽放开鲜艳的花朵。山峰顶上，建起了巨大的风力发电站，三角形的风车，在空中旋转着，划出美丽的弧线。近一百公里的草原天路，甚至把森林、草场、白云、蓝天看得有点审美疲劳了，满眼望去，全是风景，在这样的路上开着车，本身就是一种享受。在几片森林的开阔地上，有一些席地而坐，搭帐篷宿营的人，在安静地享受生活。在自然环境中宿营，第一需要安全的社会环境，人为的灾难可能把优美的自然风光破坏殆尽，第二是个人的心境，没有静心的心情，没有休闲的状态，再优美的环境也难以享受。

经过一百公里起伏的行驶，来到一座叫野狐岭的山峰，终于走出了草原天路，位置大约在张北县的南面，路边的山头上立着一个巨大的纪念碑，园区中空无一人，四方的纪念碑已经有相当的历史，走进去看，是苏蒙烈士陵园，1953年为纪念苏联、内蒙古红军在张北野狐岭为击败日军而牺牲的六十位烈士而建。"二战"期间，日本人在张北修建了大量的要塞，杀害了数以千计的中国百姓，而在苏联对日本宣战之后，苏蒙军队在张北与日军激战，阵亡六十名士兵，为此，中方建立了纪念碑。从纪念碑向北，大约十公里，便到了昔日的野狐岭日军要塞，这是一条建在山头上的曲折的地道，由钢筋混凝土构成，隧道宽一米五，高两米，曲折地建在山坡的土下面。隧道中有横向支洞，里面有弹药库、卫生院、休息室，厨房等设施，由于地下潮湿，混凝土的墙壁上挂满水滴。隧道有两个出口，与地面的壕沟连通，构成防御工事。在遥远的年代，这里曾经是战火纷飞、硝烟升腾的战场，肃杀之气，至今依然。张北再往北便是浩瀚的草原，元中都就在张北、沽源以北的草原上，只是时间关系，没有前往，但领略了同样的地形、地貌。

从张北南上高速往北，很快便到了张家口，随后向东走宣化，张家口一带的高速，没有规划好，G6京藏、G7京新，两条高速在这里交叉，很难搞清方向，尽管有指示牌，依然提心吊胆，总怕走错路。终于走京藏高速，在下花园下高速，又走了二十公里国道，到了涿鹿县。涿鹿是很古老的地方，是传说中的炎帝的故里，而据说炎黄二帝会盟就是在涿鹿。大块的山间平地，与不远的官厅水库遥相呼应，在古老的年代，确实是王者之地。在涿鹿南面，建有纪念炎帝的皇帝城，巨大的龙型雕塑柱，代表三十六个民族的图腾柱，构成巨大的雕塑。三千年前，农耕的炎黄二帝，统一了各个部落，建立了初期的国家意义上的社会组织，并发展生产，促进农业、养殖业的发展，奠定了秦朝统一中国的基础。

从涿鹿往南，走张涿高速，很快就接近灵山，巨大的分水岭把流向易水河、桑干河的水流分开，形成两个流域。穿越分水岭的隧道长7985米，这在中国北方已经是相当长的隧道了。过了分水岭，便是一片山间低地，随后便从109国道上山，走到最高处，便是北京与河北的分界线，从山顶上向下遥望，山势陡峭，山间的高速公路，像一条丝带，蜿蜒而曲折。在崇山峻岭中修建高速公路，工程艰难，而建成的高速公路，把巨大的山峰变成财富，变成人们休息、观赏的乐园。

从山顶的垭口下来，植被明显迥然，由于是山的阳面的原因，植被非常茂盛，可能与降水和岩石土壤有直接关系，山阳的植被茂盛，几乎没有空地，遮天蔽日。山路在茂密的森林中蜿蜒，又是另外的景象。广义地讲，地理包括气候、植被、土壤、河流、降水，各种自然因素的叠加、集合，构成整个地理环境，而人只是这种环境的产物，只是适应这种环境而得以生存的智慧生物。对于地理环境，只能了解、适应，有限地、局部地改善，在大自然面前人还是非常渺小的。

下山不久便是一处叫"小龙门"的森林公园，在两山间的山谷中，林木茂密，沿山间小径曲折上山，尽管北京城里是接近40℃的高温，这里依然凉爽宜人，是避暑的好去处。继续下山，经过灵山景区的岔道，一路沿109国道，见岔道，通向百花山山谷，曲折的山路直接通向百花山。百花山海拔将近两千米，是北京西边的高山，与灵山并列，四周群山环抱，高耸入云，随着云的飘舞，山似乎也在移动，有明显的动感。

沿着109国道，有很多景点并不是很出名，十八潭、珍珠湖、爨底下村、双龙峡、斋堂水库，还有京西妙峰山，几乎都是在永定河上游的山间开阔地，这一地区好好规划一下，是个不错的休闲去处。从怀柔开始，经过云蒙山，到丰宁，再到崇礼，再翻越灵山回到北京，才对北京这个风水宝地才有了明确的认识，三面的高山，构成天然屏障，同时也为北京提供了难得的空间。在城市平面的基础上，四周的高山增加了立体感，也使得那些只有平原的城市，或是只有山的城市相形见绌，这也是中国古代风水理论在城市建设上的具体实践，同时也是古人给我们留下的丰厚的礼物。

2014 年 7 月 21 日

之七：自驾车从北京到二连浩特

自驾车从北京到二连浩特总行程 674 公里，北京到张家口全是高速，张家口到集宁，也就是乌兰察布域内，也几乎是高速，只是由于土地多，上下行分行的。中间有一段是山路，但不很陡，山顶上有残破的烽火台。到集宁几乎都是平地，集宁很小，并不多的楼房，过集宁，奔二连浩特，还有 40 公里的高速公路，随后就是国道，在经过苏尼特右旗后下高速，建有很宽大的广场，有成吉思汗的雕塑，令人奇怪的是，成吉思汗的雕塑是用手扶着狮子的，还没有见过。建筑有很浓的内蒙古特色，高楼顶上甚至还有蒙古包的造型。随后便进入牧区，但这里的牧区正在实行"舍饲养殖"，就是不放牧，而是割草，原因是羊啃草根，容易造成草地沙化。经过一段火山遗址，很明显的像帽子式的火山顶，有很多黑色灰烬。再经过一段山路，就全是平坦的草原了，只有高压电杆，一排排挺立，有一些散布的羊群，但没有见到什么蒙古包，仅有的两处还是旅游点。内蒙古的地名很难记，像赛罕里塔拉，确实很难记住。

从塔拉到二连浩特，全是平地，非常平，甚至没有电线杆，完全是平地，真正的内蒙古草原。一片云彩就有一阵雨，路上下几阵雨，过去就是艳阳天，非常明显。很快到了二连浩特，街道很宽，有俄文的标志，宾馆的说明都有俄文的，说明来这里的蒙古人、俄罗斯人很多。有一些卖蒙古、俄罗斯商品的商店，主要是酒、巧克力、奶酪等，街上有烧烤大排档，烤羊肉有明显的膻味。

一路上路况很好，只有一小段坑洼地。草原的路实在是平，笔直而没有转弯，开起来容易犯困，而且感觉走得很慢，没有参照物，没有变化。

2012 年 7 月 6 日

之八：APEC 会议旅游杂感

由于北京召开 APEC 会议，放假七天，安排了一次回顾历史的旅游，足迹涉及赵、殷商、晋、秦、大顺、匈奴、鲜卑等古老先民生活的地域，行程 3200 公里，领略了历史的悠远，地域的辽阔，地理、地质的差异，生活方式的迥异以及壮观的自然景观，感触颇丰。

从北京出发，向南是一片平原，中间经过白洋淀、衡水湖，几乎是河北的最低点，号称"河北之肺"。到邯郸，完全是平原，只是河北的建筑完全没有规律，有点混乱。邯郸曾经是赵国的都城，赵国建都邢台，迁到邯郸，在邯郸短暂的几年，终于被秦所灭。邯郸的学步桥、黄粱梦，是邯郸历史的代表，几乎一半的成语都是赵、齐、鲁时期的，历史的悠远在邯郸得到体现。尽管赵武灵王努力学习鲜卑人的优点，倡导胡服骑射，但终于没有抵抗住强大的陕西人，当秦大将白起把近三十万赵国人在大坑中活埋的时候，赵国彻底覆灭了，白起坑赵军的主要原因，或许并不完全是因为仇恨，而是当时没有足够的粮食供养如此多的军队，赵国短暂的辉煌，并没有在历史上留下更多的痕迹，平原上的民族，在强悍的秦军以及凶悍的鲜卑人面前，显得无能为力，只能束手待擒。

邯郸西面的娲皇宫，是中国最早的母系氏族的遗存，女性作为主导的社会，在人类最初的阶段，是很常见的，出于对生殖的崇拜，女性在一个家族中居于主导地位，而成为统治者。娲皇宫有点像绵山的建筑，依山而建，背后是几乎直立的峭壁，三层的宫殿，面前是开阔的田园，气势险峻。以母系氏族为崇拜对象，在中国是很少见的。邯郸南面的响堂山石窟，建于北齐，有点斑驳，相对于云冈石窟、龙门石窟、大足石窟，确实有点小，但岩石坚硬，三层山体，气势壮观。只是当地人对曾经的辉煌，保护甚少，有点令人遗憾。

从邯郸出来，向南不远便到了曾经的殷墟故地安阳殷墟，在中国历史上占有举足轻重的地位，原因是殷墟的文字，秦始皇统一中国后，实行车同轨，书同文，统一了度量衡，从而为直到今天的中国大一统奠定了基础，而秦始皇命李斯制定的汉字小篆，便发源于殷墟的甲骨文。从曲阜迁移到安阳的殷墟人，选择了在河边的空地建立自己的宫殿，进而用乌龟壳占卜，并认真地保存了大量的乌龟壳，从而为今天的我们留下了宝贵的历史遗迹。汉字的统一为中国的统一奠定了基础，由此而论，殷墟在中国历史上有着相当的地位。

从殷墟向西便到了林州，在群山环抱的林州，由于红旗渠而出名，还有西边狭窄的太行山大峡谷，红旗渠为林州解决了短缺的水源，解决了一代人的生存问题。靠近林州的漳河，是西门豹治邺的地方，多少年前的古人，就在为水利而努力，直到今天。从林州向西，便进入太行山腹地，在辉县万仙山景区，有著名的郭亮村，为了躲避战乱，躲避官府的追杀，在大山顶上生活的村民，硬是在几乎垂直的山壁上开凿出一条岩石中的道路，尽管只有1200米长，依然是十分险峻，与周围的山谷交相辉映，不到现场是难以体会其巨大的气势。在如此艰苦的地方生存，体现了人追求生活的力量，也体会出生活的艰难，别的地方如果不是生活过于艰难，也不会有人到这个地方生活，只有在郭亮村的挂壁公路上，才能体会出生活的艰辛。

从郭亮村向西，便要翻越太行山，道路越发艰难，甚至完全开凿在峭壁上，不时可以看见悬挂在山间的瀑布，以及山间的水库，只有走这样的路，才能体会出太行山的雄奇。过了太行山，山势便变得平缓，可以见到耕种的土地。王莽岭是太行山的最高峰，是河南与山西的分界山脉，气势险峻，大约是西汉的王莽聚啸山林而得名，令人惊奇的是，这里竟然是中国围棋的起源地，巨大的山体碎裂成为围棋的棋子，令人称奇。

从王莽岭向西，便是一路下坡，到晋城时几乎是一片平地。在晋城西边大约十五公里的阳城，有一片硕大的院落，就是著名的皇城相府，是清朝康熙皇帝的老师陈廷敬的老家，因为把围墙涂成黄色，又当过宰相，得名皇城相府。很难想象，在如此的地方，竟然有如此浩大的一片院落，高大的城墙，鳞次栉比的院落、祠堂，连绵而浩瀚，南北坐落的城墙，与东西坐落的院落构成高低错落的建筑，蔚为壮观。很难理解，一个宰相，清廉的宰相，靠自己的俸禄，就能够建起这样大的院落，令人称奇。精致的建筑可能与山西人的精细有关，做事认真，追求细节，是山西人的特点，这些特点在皇城相府中体现得很明显。经过多年的动荡、战乱，如此的建筑能够保留下来，实属不易。皇城相府的下面是天宫王府，是陈廷敬老丈人的老家，像更多的山西村庄一样，古老的石块建筑，在河边的山地上一层层地展开。

从晋城向西，开始见到黄土高坡，十分的荒凉，什么都不生长，一直到曲沃的时候，可以见到大片的耕地，正是在这样的耕地中，坐落着晋国的古墓遗址。晋国，在春秋时期，也就是公元前五百年前后，是非常强大的国家，甚至可以与秦抗衡，位于汾河的土地，滋养了晋国人，在晋文公的治理下，越发强大，从遗存在曲沃的车马坑中，可以感受到晋国的辉煌，数量繁多的车马，大量精美的青铜器，把晋国的强大表现得淋漓尽致，深埋在黄土下的晋国，曾经相当辉煌。

从曲沃向北，临近襄汾的时候，可以看到丁村遗址，丁村文化与仰韶文化、龙山文化、良渚文化、大汶口文化同时代，是七八千年前的人类文化，尽管至今已经没有了痕迹，但七八千年前古人曾经生活的地方，依然令人浮想联翩，很难想象那时的人是怎样生活，又是怎样一代代传承到我们的今天。今天的山西人，扩展到各地的山西人，是不是丁村人的后代，很难考证，但丁村人肯定与今天的山西人有着一定的联系。

从襄汾向西，便是吕梁山脉，经过很多隧道，一路下坡便来到了黄河壶口瀑布，不亲身到壶口，很难想象水流的巨大，宽大的河面在壶口汇聚成狭小的缝隙，也就不到二十米，水声震撼，浪花滚滚，构成精美的画面，两侧巨大的山体，上游宽阔的河面，与浪花翻滚的瀑布，构成优美的画面，长年累月的冲刷，在岩石上留下几公里长的深槽，把黄河变成一条细线，只有在壶口才有如此的奇观。从壶口向上，很快便翻上只有陕西才有的黄土高原，巨大的沟壑，完全是黄土，构成陕北特有的景观，在黄土高原顶部的公路上，可以看到两侧的沟壑，深不见底，公路连续的拐弯，两侧可以看见窑洞以及窑洞前面晾晒的金黄色的玉米。

接近延安的时候，可以看见南泥湾，歌声动人的南泥湾显得很小。延安有三条河，河中已经没有多少水，宝塔在山顶闪着明亮的光。延安是红色的摇篮，散布着大量的遗迹，最大的是延河边上的延安革命博物馆，体型巨大，展览着大量历史上的图片。曾经在延安发生的事，改写了中国的历史。

从延安向北，全是黄土坡，沟壑纵横。经过河涧小镇，出产当地特产煎饼，用红薯面做饼，卷炖肉，味道非常的柔软，是收录到《舌尖上的中国》的美食。河涧是陕西作家路遥的故乡，建有路遥纪念馆，路遥娶的媳妇是北京插队知青，而到陕北插队的知青有一千六百多人，这代人用青春书写了一代人的历史。沿着河岸与黄土高坡的山谷，便到了绥德，所谓"米脂的婆姨、绥德的汉"，据说是吕布是绥德人，貂蝉是米脂人，也可能是绥德的男人很彪悍。绥德也是由三条河汇聚而成，人很多，山坡上都是建筑，十分密集。绥德埋葬着秦大将蒙恬以及秦始皇的儿子扶苏。不知道蒙恬是不是绥德人，是不是因为绥德人砌石头出名而被任命去修长城的，而公子扶苏因为劝谏秦始皇不要焚书坑儒而被贬到绥德，监督蒙恬建长城，最后葬在绥德。不管怎样，这些传说都可以证明绥德历史的绵长。

绥德往北二十公里便是米脂，河边的小镇，米脂是李自成的家乡，镇中心有李自成行宫，是建在岩石上的庙宇建筑，据说李自成曾经住过两次。在农民军攻下西安并建立大顺农民政权后，李自成的起义军一路攻到北京，崇祯皇帝在景山上吊身亡后，李自成便成了紫禁城的主人，但好景不长，在清军强大的攻击下，李自成的农民军很快瓦解，李自成逃到湖北九宫山后被当地人杀害，农民起义便画上了句号。

从米脂往佳县，便是陕北最典型的地貌，黄土的沟壑，一道连一道，十分荒凉，陕北的荒凉是由地理位置决定的，这里缺乏降雨，土地贫瘠，生活条件非常艰苦，或许也是经常有人起义的原因。临近佳县的时候，可以看到巨大的岩石，水平节理，破碎得很严重，形成巨大的裂隙。佳县的地形很奇特，坐落在一块巨大的山体上，顶部是古城，周围是深渊。佳县的一侧是黄河，在古城脚下将近一百米深的深沟里，两座跨省的长桥，连接陕西与山西，黄河在这里拐了一个很大的弯。佳县的香炉寺极具特色，这座明朝万历年间建设的寺庙，位置极佳，坐落在黄河岸边的一块孤石上，险峻而狰狞，面对的是浩瀚而开阔的黄河，气势森森，给人十分难忘的印象。

从佳县到榆林有高速公路，很快便可以到榆林。榆林是北部边疆的重要城镇，建有很大的榆林城。榆林的地势，有点像乌鲁木齐，从山坡向下，是整个城市，建在山顶的古城有四个门楼以及中央的钟鼓楼，典型的古城结构，至今依然生活着居民。在榆林北边三公里的地方，是长城的重要关隘，矗立着像金字塔的镇北台。镇北台是一座小城的西南角的城楼，这座小城叫"款贡城"，是明朝为了缓和与匈奴人的矛盾，建设的与匈奴人交易的城池，款贡的意思是明朝皇帝用更多的金钱来买匈奴人的商品，算做对匈奴人的恩赐。如今已经没有了城池，只有高耸的镇北台。登上镇北台，向北望去，便是浩瀚的毛乌素沙漠，匈奴人便生活在这样的地方。长城的连线，很凑巧与年平均降雨400毫米的降雨线吻合，而400毫米的降雨线正是农耕民族与游牧民族的分界线，历史与地理与降雨神奇地重合。

从榆林往神木全是高速公路，道路两边是寸草不生的荒山，再加上冬季的寒冷，使人难以生活。但正是在这里，有大量的煤矿，建有电厂，巨大的烟雾升腾而上，把空气变得昏暗很多。到府谷下了高速便可以看见黄河，这时的黄河还不是很浑黄，水量似乎也不是很大，但河谷开阔。从府谷到保德，便开始翻山，全是运煤的大车，多得难以想象。道路十分曲折，路面被煤车压得支离破碎。经过遥远的弯路，来到山西的最北端偏关。

偏关是长城的重要关隘，在山谷的低洼地上，山顶建有一座宝塔，环顾周围起伏的土地。从偏关向西四十公里，全是曲折的山路，便到了黄河万家寨水利枢纽，一道大坝耸立在两岸峭壁之间，挡住上游的黄河水，形成巨大的水面。这里的黄河完全不是黄的，而是清澈的蓝，纯净而清澈。从万家寨向北十五公里，便到了老牛湾，很远就可以看到山顶的高塔，以及观光的凉亭，但只有登上观光台，才可以看到老牛湾精彩的画面。曲折的山体在峭壁中蜿蜒，拐出一个近三十度的大弯，随后还是连绵的弯。坚硬的岩石构成几乎垂直的岩壁，而曲折的河道，实在是鬼斧神工。老牛湾是天然与人造的结合，正是由于万家寨水库的修建，抬高了黄河水面，才构成壮观的河道景观，而正是由于曲折蜿蜒的河道，才增加了万家寨的汇水面积，构成水库巨大的库容。坚硬的岩石，曲折的河道，清澈的河水，蜿蜒曲折，构成十分难得的景观，形成天造人和的画卷。还有就是这里的比例，巨大的尺度，构成壮观的画卷，巨大的尺寸与山水形成完好的映衬，摆在人的面前，才显出蔚为壮观的画卷。不是亲临其境，很难相信世间有如此精美的景观，而能够身临其境，才体会出旅游的乐趣所在。从老牛湾出来，向北，道路非常漫长，巨大的起伏、弯路，以及难以想象的运煤车，使得行路十分艰难。临近准格尔煤矿的时候，走上109国道，依然如此。在山谷中，清水河镇傍河而居，大约是因为镇旁边的清水河而得名，这里在呼和浩特的最南部，距离呼和浩特已经不远了。

从清水河向东，便接近山西，山西与内蒙古界线是连绵的只剩下土岗的明长城，依然是黄土高坡，很大的风，气温很低，海拔大约1500米，少量的村庄都建在山坳下面，背风的地方。进入山西后，有一处名叫凤凰城的小镇，建在一处山坡下，是边关的小城，城边的山坡上是北固山寺院。寺院最奇特的是左边是道教的寺院，右边是佛教的寺院，平行修建，相安无事，这大约体现了山西人的信仰，拿来主义，信仰为生活服务的理念。

经过凤凰城，便可以看到耕种的土地，进入长城，便进入了农耕民族的地域，海拔逐渐下降，树木逐渐增多。到左云便已经是很汉化的城市，坡顶的建筑没有了窑洞的痕迹。左云北边长城的关隘就是著名的"杀虎口"，过去晋商去欧洲做贸易，走的就是杀虎口，相当艰辛之路。

　　接近大同的地方，地势便十分平缓，大片的树林，完全的农耕景象。临近大同，是著名的龙门石窟，从辽宁朝阳迁移到大同的先辈人，首先把佛教从遥远的印度引入中国，在大同开凿了龙门石窟。如今大同在北魏都城的基础上，在原址上1∶1重建了曾经的北魏都城，近八平方公里的城墙、城门巍然耸立，似乎把人带回到遥远的过去。从大同出来可以看见几处火山的遗迹，圆圆的山顶，孤零零地耸立，两山间大块的平地，这可能也是大同称为平城的原因。向南，翻越同样荒凉的山峰，曲折之后，便到了河北的蔚县。蔚县是古老的城市，建有四方的城墙，南北两侧都是高山，地势险峻，曾经是拱卫北京的重镇。

　　从蔚县出来沿京张高速公路，经过怀来、官厅水库，翻过八达岭便到了昌平，华北大平原豁然展现在眼前，开阔而一马平川，温度适宜，北面是高山的拱卫，实在是难得的帝王之地，北京就坐落在平原之上。借助现代工业的汽车，借助高速公路，今天的人们，可以很轻松地跨越历史上遥远的地域、辽阔的岁月，可以体会在历史中各地方人们的生活，以及为适应生活而做的各种努力，地理、地质、植物、各个阶层的人，在同样的地形上生活着，创造着各种痕迹，在岁月中存在，而后消失。

　　回到刚刚开完APEC会议的北京，道路很空旷，天湛蓝，作为中国首都的北京，由于地理位置而幸运地成为首都，八百年帝都持续至今，而必将在历史的长河中留下深深的痕迹。

2014年11月12日

青冢吟

自序：本人游走于浩瀚无垠的内蒙古草原上，在呼和浩特附近拜谒了葬有王昭君的青冢。但见草原辽阔，土丘浑然，孤零零，悲泣泣，荒荡荡，苍凉凉。随着草原上回旋的劲风，隐约中似乎听见低婉的吟唱，时隐时现，似有似无。忽然记起曾经到过的王昭君的故乡，湖北神农架脚下的小村"香溪源"，山清水秀，阳光明媚，流水潺潺，绿草茵茵。伴着溪水欢快的歌声长大的王昭君，带着对美好生活的憧憬被无情的命运抛到寒风笼罩的内蒙古草原。饮羊血，食马肉，伴着星光下对故乡的思念，将头上的青丝熬成白发，最终身葬于荒凉孤寂的青冢之中。生死硝烟的战火中，柔弱的女人也难逃厄运，忍相思，侍单于，熬严寒，耗青春，以生命之余韵使青冢在劲风中传出低鸣的吟唱。有感于此，特作长诗一首以为此时所思所感的印记。全诗凡104行，724字，语涩言塞，词不达意，只记一时之兴，是为序。

　　荒草无垠秋风吼，青冢无语葬哀愁；雪压冰封寒夜长，春去秋来无尽头。
　　异乡僻壤梦难圆，凤眼微睁望天边；寒夜孤狼伴犬吠，冷风残雪罩炊烟。
　　绿水青山溪水流，石板青苔洗忧愁；笑语欢歌童音脆，绿袄红鞋梳头油。
　　爹疼娘爱有兄长，粗衣浓脂染花香；满目青山映星空，斑点依稀月光浓。
　　群山连绵向天边，溪流婉转人未还；朝朝暮暮天下事，明目清心自得鲜。
　　远离尘市无杂音，青春年少梦境新；鹰飞千里天地阔，金銮秋梦荡春心。
　　十八少女出芙蓉，粉面桃花掩娇容；回眸一笑众花醉；万绿丛中一点红。
　　青春年少志高远，辞别乡邻出青山；溪流千转汇长江，战马嘶鸣见边关。
　　中原沃野鱼米香，薄绸青瓷美名扬；长袖飞舞弦音脆，红绸锦帐伴娇娘。
　　荒漠无垠秋风急，寒风呼啸野狼啼；弯弓在手握长刀，虎目圆睁望京畿。
　　歃血为誓人结盟，蜂拥而入掠边城；美女在手得珠宝，酒醉如泥梦升腾。
　　宝座微颤边关急，群臣无语后宫泣；合亲为策罢兵燹，九乡八里觅稀奇。
　　快报千里得美人，青山绿水有山珍；圣旨颁诏百官乐，锦衣玉食自脱身。
　　可怜青春少女梦，一觉醒来上征程；京城远遁无人迹，野漠荒原景不同。
　　山峰不在无溪水，风吹草低荡枯灰；奶茶油厚烤肉香，毡帽皮衣换长靴。
　　皮鞭在手跨骏马，草原漫步映晚霞；弯弓搭箭射孤狼，大漠深处造新家。
　　几番风雨几多愁，静心凝神度春秋；长夜遂尽千滴泪，苍天有命万事休。

生逢乱世无耐何，望眼欲穿隔天河；薄命红颜无穷尽，金钗玉簪又如何。
岁月无语染青丝，北雀南飞寄相思；青山绿水难入梦，寒风残雪染冰河。
大帐灯火宴群臣，肉香酒美伴天音；羽衣轻舞荡篝火，余音婉转马头琴。
轻车简从阅牧场，羊群如云奶飘香；万民朝拜单于乐，草肥水美人欢畅。
时光飞逝日升落，茹毛饮血度蹉跎；入乡随俗求生存，心语如泣空自说。
沧桑暮年病缠身，软榻锦被梦深沉；心高气盛成往事，天国高远梦成真。
天涯芳草花开落，万里征途一望收；绿水青山不得见，孤灯余烟伴残火。
气息咽咽弃人寰，万事皆休命高远；荒漠天边筑高台，孤冢深处心自宽。
风吹草低得新生，生死轮回命不争；大地星空草原阔，青光闪过有流星。
青冢空寂无人语，风吹草动秋风急；烟消云散千古事，酒余茶后道稀奇。

2009 年 3 月 22 日　初稿于济宁江南春宾馆
2009 年 3 月 23 日　终于淮南新锦江大酒店
2009 年 3 月 25 日　定稿于合肥万豪酒店

谒武侯祠记

"蜀相祠堂何处寻，锦官城外柏森森。出师未捷身先死，常使英雄泪满襟。"杜甫的名诗早在心中留下清晰的印记，初春之时，携妻带子谒见了蓉城西南的武侯祠。

汽车在街道中穿行，两旁尽是高高的楼房，铝合金的门窗、玻璃幕墙不时映入眼帘，不多时便遥遥望见了武侯祠。岁月沧桑，成都的锦官早已不知去向，武侯祠前也完全没有了森森的松柏，逐渐发展扩大的城市，把古老的祠堂团团围住，很难让人认出这就是赫赫有名的武侯祠。

在中国漫长的历史长河中，知识分子的地位并不如人所愿。刀光剑影、烽火狼烟之中，胜者王侯败者寇，烟尘飞扬、杀气腾腾的战场上，并不需要更多的语言，更美的文辞，便是像徐敬业《讨武曌檄》一般的惊世檄文，也不过象征性地宣布一下，最终解决问题的依然是力量，是实实在在的武力。当强者征服世界之后，知识分子便只有侍君为幕，修史编传，铭记住"伴君如伴虎"的警训，转过身去，小声发一些"长铗归来兮食无鱼"的议论。当封建社会的统治者把科学技术归结为"巫医乐师百工之人"以后，所谓知识分子的数量更加所剩无几，在寥若晨星的知识分子中，诸葛亮无疑是最为杰出的人物。

武侯少年大志，熟读兵书，遍观天下，他审时度势，在纷争的战火中，把自己的力量投入最有希望的刘备。出茅庐火烧新野，渡江东舌战群儒，借东风火烧赤壁，闯蛮夷七擒孟获，统精兵攻取巴蜀，战司马六出祁山，直至力竭志枯，魂丧五丈原，羽扇纶巾，运筹帷幄，上演了一场轰轰烈烈的剧目。抚今追昔，屈原位为大夫，但志盛而不扬，心高而命薄，终至自沉江心；李白、杜甫斗酒诗百篇，但不过是文辞之艳，远没有挥洒江山；韩信，挺身事主，乱世之中尽显英雄本色，虽功成名就，但最终难逃厄运。更有无数文字狱下的冤魂丧鬼，让读书运笔之人心惊胆战，遍观舞文弄墨之人，虽洋洋洒洒，岂有位武侯之左者。学识与胆魄，理想与成就，一把羽扇调动千军万马，一缕纶巾荣登万人之上，为历代后人景仰，诸葛武侯无疑成为亿万中国知识分子可望而不可即的偶像。

武侯祠建在成都西南，原址是刘备的坟茔，因刘备死后谥为"昭烈皇帝"，故名"昭烈祠"。诸葛亮的坟并不在这里，杜甫诗中描写的"蜀相祠堂"也不在这里。诸葛亮死后虽也建有庙堂，但远没有这般气派，斗转星移、历经沧桑之后，武侯祠移建于刘备墓旁，建成今天这个模样。虽然"秦时明月汉时关"，但诸葛亮为一代代人所敬仰，历经多次兵燹、劫难，武侯祠耸立至今。走在石子铺砌的曲曲折折的甬道上，穿过气势威严的大殿，绕过漂满浮萍的水塘，在武侯祠墙边，见到据称为刘备墓的一座小小的土丘。虽然刘备为一代枭雄，但不知不觉之中，武侯祠的名气远远大于刘备的坟茔。诸葛亮生前谨小慎微，上表奏明"鞠躬尽瘁死而后已"，他处处小心时时留意，唯恐功高盖主，君臣猜疑，谁料想百年之后，名高誉盛，高居于君王之上，恭迎着众人的敬拜。

游罢武侯祠，目睹历代诗文碑刻，在树荫密布的庭院中摆上竹椅，淡淡地沏一杯竹叶青茶，静静地体会在无限的时空与天地之间的感觉，在脚下这片英雄辈出，惊心动魄的土地上，屏心静气，用心去感受一下三国名相的气息，的确别有一番意味。

庭院里坐满饮茶品茗的人们，成都平原湿润、温柔的空气无声无息地滋润着人们面带微笑的面颊，云缝中钻出来的淡淡的光亮，轻描淡写地斜挂在摇摇摆摆的树梢上。身旁，妻子悠闲地嗑着瓜子，漫无目的地四处张望，年幼的儿子爬在地上聚精会神地玩着回力小汽车，他们全然不去理会这深深的庭院、川流不息的岁月，仿佛坐在时间静止的宇宙飞船上，完全没有乱云纷扰的世界。

时间一点一点地流逝，在永不停歇的时间长河中，恋恋不舍地离开武侯祠，森森然的相祠越来越小。

1996 年 2 月 29 日写于成都

游寒山寺记

"月落乌啼霜满天，江枫渔火对愁眠。姑苏城外寒山寺，夜半钟声到客船。"张继的诗写得实在太精彩了，情景交融，如诗如画，轻描淡写地勾画出一幅意味深远景状幽深的画卷，诗情画意集于一身，千百年来为世人称颂，几乎达到中国诗歌的顶峰，堪称扛鼎之作。山不在其高，有仙则灵，寺不在其大，有诗则鸣，随着张继动人的诗篇，寒山寺的名气越来越盛。

盛名笼罩之下，来到江南名城姑苏，哪怕再累，时间再紧，寒山寺一定是要去的。于是游完精美的苏州园林之后，拖着疲惫的身躯来到寒山寺。首先看到的是一个暗红色的寺门，进门是一个小院，院子不大，正中放着一尊显然是后人作品的张继的雕像。正房之中挂着铭刻在画板上的张继的那首诗作，屋子中央摆放着寒山寺以及周围城市街巷的微雕模型，就像是立体的清明上河图。寺后有一座高塔，大约三十米高，檐牙高琢，直刺青天，威风凛凛，颇有些气势。看到这些，就以为是大名鼎鼎的寒山寺了，但转过侧门，方才知晓刚才看到的寺和塔都是新建的，并不是真正的寒山寺。继续前行，穿过街巷，走出好远，转过弯才见到真正的寒山寺。这寒山寺只是不大的一个小院，寺内回廊曲栏，倒是颇有几分"曲径通幽处，禅房花木深"的意境，只是看上去十分狭小，虽然檐柱上涂抹了油漆，但依旧显得很残旧。寺院中一棵歪斜的古树边，孤零零地立着一座两层小楼，六角形，黄色外墙，小小的尖顶，与新建的高塔相比，显得非常的矮小，是那么的微不足道，这便是飘荡起寒山寺著名钟声的钟楼。

大失所望，原来如此！在真正的寒山寺中驻足回顾，感觉远没有月落乌啼与江枫渔火那种浓重的诗意，尤其是那个矮小的不起眼的钟楼，很难想象如何飘起如歌如泣的夜半钟声。这时，忽而记起报纸上有一篇文章讲张继写诗以前并没有到过寒山寺，这首诗是他凭借想象写成的。如果真是这样，想来当想象力十分丰富的张继吟诵着自己写的著名的诗篇走到寒山寺时，像许多人一样，他也会感到十分失望，感到寒山寺"名不副诗"。尽管这样，他的作品依然流传于世，为历代文人、骚客所吟咏，这的确是一件很奇怪的事。根据想象，而不是简单地描摹看到的景物，也许是一种有效的创作方法。无独有偶，范仲淹著名的《岳阳楼记》流传千古，"先天下之忧而忧，后天下之乐而乐"的诗句名闻天下。可是，偏偏史书上明明白白地记载着范仲淹没有到过岳阳楼，那篇名篇是他根据友人的叙述，根据想象而作的，只是状景之中加入了他的思想，这是千真万确的事实，这样说来，张继没有来过寒山寺而写出《枫桥夜泊》也是很有可能的。

不管张继是怎么写的诗，也不管他是否来过寒山寺，他的诗作的确给寒山寺涂抹上几分迷人的色彩。岁月流逝，寒山寺以及《枫桥夜泊》依然盛传于世。走出山门，见寒山寺后面两条小河，交汇而西去，河汊中有一座圆形的拱桥，便是诗中描写的"枫桥"。枫桥一侧，有一个小小的港湾，据说就是张继"枫桥夜泊"的场所。在张继的年代，姑苏城城墙威严，这里是城外郊野，河边小寺孤寂冷清，虽然周围景物没有诗中描绘的那样精彩，但风吹草动之中也还是有几分诗意。通过寺庙中枯树枝杈的摇曳，可以联想到乌啼霜飞的情景，而通过小河中河水漂荡的微波，也似乎朦胧地听到寺庙中夜半的钟声。景物与诗意，仿佛远行的诗人真的夜泊于幽静的岸边，真的看到落下的月亮，听到寺庙中传来的悠扬的钟声。

当年名叫"寒山"的僧人主持小寺，吃斋念佛，诵经布道，他苦思冥索，顶礼膜拜，到底也没有增加寒山寺的名气，不料想，张继想象中的一首诗，使寒山寺名声大震，持久不衰，天下读书之人，闻诗而至，这实在是寒山寺的荣幸，也是姑苏的荣幸。不管有没有啼叫的乌鸦，有没有飘飞的霜叶，不论渔火是否明亮，钟声是否清脆，寒山寺始终披挂着赫赫的大名，在盛名之下，静静地伫立在姑苏城外。

1996 年 10 月 5 日

坝上游记

　　承德往北，沿着山间的河滩地以及蜿蜒曲折的盘山公路，走上大约二百公里，是有名的"木兰围场"，这里曾经是清朝皇帝以及八旗贵族秋天围猎的场所。每到秋季，牧草繁茂的草场上，旗幡招展，号角声鸣，全副武装手持各种兵器的八旗清兵，从四面八方呐喊着，挥舞着手中的兵器，围拢上来，驱赶、猎杀四处乱跑的猎物。随后举行隆重的庆功会，载歌载舞，火把通明，美酒飘香，人声鼎沸，篝火烘烤着冒着油的猎物，散发出阵阵诱人的香气，八百里木兰围场，好一派热闹景象。

　　穿过围场，继续向北，四周的景物便慢慢地发生了变化，村庄越来越稀少，种植的农作物逐渐失去了踪迹，取而代之的是一片片错落的树林，再往前走，便完全是树林，四周看不到人家，看不到庄稼。很快汽车便开始爬山，时宽时窄的山路曲折地披挂在长满树木的山坡上，像一条丝带在林间穿行。汽车开了好一会儿，吃力地爬上山坡，驶上一块比较平坦的开阔地，前面立着一个木制的门楼，钉满黑褐色的树皮，上面写着几个大字：塞罕坝国家森林公园，这时便来到了坝上。

　　"坝上"是当地人的俗称，大约是指在高台之上的意思，坝上是一片群山突兀在河北与内蒙古交界处，方圆数百平方公里。这些山峰海拔高度在1600~2000米之间，山峰连着山峰，虽然是山，但是山顶却是大片的平地，形成一块高台，在台地上，一座座山峰像是一个个土丘。来到坝上，感到景物与气候明显变化，眼前的天格外的清澈，一眼望到底，仿佛没有一点尘埃，半边天湛蓝湛蓝的，像是一块倒扣过来涂满油墨的调色板。蓝蓝的天似乎没有厚度，像一张薄薄的纸平展而纤弱，又像是一池清水，清澈见底，晶莹而透明。道路两侧尽是树林，像两堵长长的墙，树林中有松树、桦树，一棵棵枝干笔直地挺立着，肩并肩、背靠背，连接成茂盛的树林。虽然是晴空当日，树林中依然黑漆漆的、阴森森的，树枝紧密地交织在一起，遮挡住浓重的日光。树林里积满厚厚的树叶，杂乱地堆在地上，好像那一棵棵挺立的树木生长在厚厚的树叶上。

　　树林里建有一座瞭望塔，用于森林防火，登上瞭望塔，举目四望，视野之中尽是深绿色的树林，仿佛高高低低的山峰长出薄薄的一层头发，阳光照射下，朝着阳光的一面闪着明晃晃的光亮，阳光透过树叶照射，呈现出透明的绿色，背阴的一面树色昏暗，树叶表面一片深沉的墨绿色。

这片林场名叫"塞罕坝机械林场"，是二十世纪五十年代以复员军人为基础组建的，林业工人来自全国各地。俗话说：十年树木，百年树人，当年开垦山地的林业工人恐怕很难看到那些树苗长成参天大树的样子。听林场工人介绍，当年林场老场长病逝后，留下遗嘱，把自己的骨灰撒在这片曾经洒下汗水与辛劳的土地上，这段故事听起来令人肃然起敬。

在树林中，有一片片积满雨水的水塘，或大或小，塘水纯净，没有一点污染，透过塘水可以清楚地看见池塘里积存的枝枝杈杈，有若池底的脉络，捧一把塘水在手里，冰凉而清澈，阳光下闪着明亮的光泽，这才是真正天然的纯净水。水塘四周是浓郁的草地，草叶肥厚，密密麻麻，像一层松软的草甸，草地上开满各色鲜艳的花朵，红的、黄的、粉的、紫的，花朵高高地长在挺立的枝干上，随着微风，枝干与花朵不停地摇曳，花朵间不时飞舞几只欢快的蜂虫，它们不停地忙碌着，在寂静的森林与草地间涂抹上几丝跳跃的生机。蓝天、森林、绿草、碧水、飞虫，构成一幅生动优美的风景画，随便哪个角度，都是一幅精彩的画面，置身于这画一般的世界，呼吸着纯净而清新的空气，耳边一片寂静，除去微风之外没有一丝声响，眼前的一切，纯洁而透彻，没有一点杂物，甚至没有一点人为的痕迹，完全的纯天然。这时真有一种超凡脱俗的感觉，似乎全然想不起那喧嚣的闹市，拥挤的人群是什么模样。天然去雕琢，这里是一片自然的世界，这里是大自然随心所欲的杰作。

沿着山间小路颠簸着驶出森林，眼前又是另外的一番景色，同样高低起伏的山上，没有森林，没有树木，遍地长满厚厚的青草，抬眼望去，不见人烟。汽车开出去好远，才看见几个牧羊人懒散地赶着一群白色的羊群，他们骑在马上，懒洋洋地赶着羊群，不时抬起头，惊讶地望着我们这些远方的来客，深感异样。浩瀚、宽广、无垠、广袤、无边无际，这里才是这些形容词的天地，又感觉用尽这些形容词，也难以准确而详尽地描述眼前的景物，置身天地之间，肺腑之中充满了清新的空气，平生出一股天宽地阔的感觉。森林边便是河北与内蒙古的交界，草地之中流淌着一条若隐若现的小河，跨过界河，再往北走，便是"天苍苍野茫茫"的内蒙古草原，那里又是另外的一番模样。

夜晚住在坝上，再一次体会到这里的宁静，彻底的宁静，四周只有草丛中夏虫的吟唱，除此之外，没有一丝声响。远处，伫立的森林像是执勤的战士，一动不动地挺立着，抬头仰望，清澈的天空，挂满闪闪发光的星星，明亮可见，布满天空，争先恐后地闪着各色光亮，一片"星星点灯"的景象。坝上的宁静是深沉的宁静，坝上的宁静是永恒的宁静，在宁静中才能清楚地领略坝上的韵味，在宁静之时才能更加肯定地感受到坝上的存在。

太阳重新爬上头顶，驶过草地，绕过水塘，穿过森林，驱车离开坝上，辽阔、美丽而宁静的坝上留在远远的身后。

2016 年 9 月 12 日

精美的苏州园林

早就听说过"上有天堂，下有苏杭"，且羡慕已久，这次取道上海，着急忙慌地游走苏杭，虽然仅仅是走马观花，但是也清晰地感受到苏杭醇美的韵味，在所有感受当中，最为精妙的要算是苏州园林。

"留园"坐落在一条喧嚣的街巷之中，门口迎面是一堵高大的白墙，平平展展只有一个很狭小的门洞，完全不像是大宅院，这大约也体现了中国传统的风水理念，不显山不露水。走进拱门便豁然开朗，面前是一条曲折的游廊，一边是平展的白墙，另一边是形态各异的漏窗，漏窗有圆的、扁的、尖的、菱形的、双圆的，各种形状，透过漏窗可以看见庭院中漂满绿草的水塘，水塘上一座尖顶的小亭，小亭用曲桥与假山相连，沿着游廊，慢慢向前走，不管从哪个窗户望去，都是一幅精美的图画。

走过游廊，是一片院落，有翠竹、古树、嫩草、山石，北面正房有几扇雕刻精美的木门，穿过小院，走出侧门，便是怪石堆砌的假山，不是很高的假山上山路曲折弯转，古树参天，古树之中竟然有一棵水桶粗的大树，笔直坚挺地冲向蓝天。树枝轻轻地垂下来，随风漂浮在绿色的水面，抽打着山坡上兀立着的假山怪石。站在假山顶上向下望去，庭院中又是另外的模样。伴着水中的倒影，曲桥与尖顶静静地伫立在水塘中央，抬眼望去，水塘边上，一边是窗影暗淡的墙壁，另一边是平展展挺进水面的平台，平台见棱见角，靠近塘水的边上是雕刻精美图案的立柱，台面背后，是一片檐顶高耸的厅堂，弯弯曲曲的游廊与平展的台面交相呼应，在静静的塘水边构成另外一幅优美的图画。

走下假山，顺着曲折的碎石铺砌的甬道，转个弯便走到厅房前的平台上，曲桥与小亭面对面立在塘水中,背后是形若屏障的假山,水塘四周歪斜地长着几棵低垂的柳树,水面上投射着曲桥、小亭以及假山、绿树的倒影,在微微浮动的水面上若隐若现,从这里望去,又是另一番模样。从平台转过去,走出大厅,又是一个小小的院落,院子中央有一处小水塘,水塘中立着一块玲珑的太湖石,那石块像一棵圆柱,挺直而侧弯,石块四周的表面上凹陷着大大小小的空洞,这是一块有名的太湖石。北宋末年,昏庸的宋徽宗偏爱太湖石,以石作为税收,名叫"生辰纲",朝廷大肆搜刮民间财富,民众不堪重负,终于爆发了有名的"水泊梁山"起义,留园中的这块巨石就是宋朝运送"生辰纲"时的遗留物。

走出小院旁的圆形月亮门,七转八转,不知怎么走的,便出了留园,门前是车来车往的街道,四周是房舍林立的院落,简直不敢相信刚刚看到的园子就坐落在这样喧嚣的闹市之中。

"留园"是建于清朝的园林,而"狮子林"与"拙政园"分别是建于元朝、明朝的园林,可见苏州园林历史之悠久。相对于留园,拙政园显得宽大而大方,有点郊野园林的感觉,进门是面积很大的水塘,水塘之中甚至有一处岛屿,岛上建有亭台楼阁,在一大片水塘之外,是一处小巧的庭院,与留园略有相似,进门为厅,侧门成景,向前走几步,便又是一景,所谓"移步成景"。曲折的游廊环湖而建,时而有一座宽大的厅堂伫立在曲廊与假山之中,厅堂古朴威严,呈现出闹中取静的意味。狮子林则是以假山取胜的园林,湖边空地上,用各种形态的太湖石叠成上下几层、环绕曲折的假山,沿石子铺砌的甬路而行,时而洞天扑簌,时而迷茫而不知所归,狭路陡桥,岩洞水流,别有一番风味。

这些庭院虽然经过修葺,但远不是昔日的容颜,想当年,雕梁画栋,藕荷鸟鸣,秋风与白雪之中,山水厅堂不时呈现出新奇的画卷,又是怎样的情景。苏州地处江南富庶之地,鱼米之乡,物华天宝人杰地灵,诗书礼乐盛行,历朝历代许多人入朝为官,当他们衣锦还乡之时,便在这山清水秀的江南水乡建苑造屋。良好的气候条件,精细的工匠艺人,文雅的审美情趣,充足的金钱,便构成一代代发展的苏州园林,成为中国文化宝库中的一块瑰宝。当年,没有现代化的娱乐设备,没有打开电源就可以洞观天下的电视与网络,文人墨客、士大夫只能在这精美的园林中,品茶赋诗,纵论天下之事,也是很好的享受。

在文学名著《红楼梦》中,在江南生活多年的曹雪芹为人们描绘了大观园的胜景,想来他也是在这样精美的苏州园林中获得了灵感,根据自己的经历加上想象,平添了人物情节,使情景交融,如诗如画的园林与如歌如泣的故事交织在一起，构成不朽的名著。清朝皇帝几番游历江南，禁不住江南园林的诱惑，调动人力、物力，在颐和园挖湖建山，在圆明园造园修桥，建造颇有江南氛围的皇家园林，而这诱惑的来源，便是眼前这样的苏州园林。

时光飞逝，精美的苏州园林已经成为历史的遗迹，同时，也成了中国文化宝库中的一块瑰宝。

1996年10月15日

临淄古车

临淄位于山东省中部，是一座具有悠久历史的文化古城，远在遥远的周代，炎帝的后裔被赐姓为姜氏，建都于临淄，成为齐国之祖。姜氏的子民一代代生息、繁衍，开发建设这块富饶的土地，创建了早期的齐文化。据说齐地之人最早发明了弓箭，取箭头的形状得名"齐国"。公元前1605年，善于直钩钓鱼的姜太公辅佐周武王讨伐商纣王，灭商兴周，建立了周代的齐国。至公元前685年，敬贤纳士的齐桓公尊管仲为仲父，委以国政，振兴经济，发展军事，短短数年，齐国成为战国七雄中最为强盛之国。

岁月流逝，古老的烽烟演变为遥远的历史，曾经旌旗密布的土地上，生长着茂盛的庄稼，厚厚的史册，一页一页地慢慢翻到今天。在古老的齐鲁大地上，在历史悠久的临淄城边，一条现代化的高速公路擦城而过，由省会济南通向"红瓦绿树，碧海蓝天"的青岛，宽阔的路面上疾驶着一串串飞驰的车辆。就在这条高速公路下面，紧邻着曾经养育了临淄的淄河，修筑高速公路时发现了一处春秋中期大型殉葬车马坑，人们精心构筑，在高速公路下面建造了古车博物馆，展示这难得的历史遗迹。

从高速公路旁的入口拾阶而下，转个弯，便来到大厅，中间排列着两排刚刚露出地面的古代战车，年代久远，木质的车轮、车厢早已腐朽，只剩下从泥土中剔出的轮廓，一半埋在土中，另一半露出地面，驾车的白马早已硬化，呈现出累累白骨，只是马头上依然拴着皮制的绳套。从精心剔凿的痕迹上，可以清楚地分辨出车轮、车厢、车轴，在马的骸骨旁，有许多散落的铜质、骨质的饰品。

殉葬的车马分为两排，第一排有战车10辆，马匹32匹，车与马间隔排列，整齐有序；第二排有战车3辆，马匹6匹，车与马上下分葬。虽然年代久远，这些酣睡于地下数千年的车马，依然不屈不挠地向人们诉说着它们的存在。

曾几何时，它们昂首阔步，带着马蹄激起的滚滚尘土，浩浩荡荡地行驶在古老的齐鲁大地上。它们时而披挂战袍，呐喊着征战远方，时而兴高采烈地载回人辛劳的收获。它们有时高傲地穿过满是人群的街道，挺起头，迎接人们艳羡的目光，有时神采飞扬地驮回年轻貌美的新娘。在那个遥远的年代，战马是力量的象征，是生活的保障，是生活的依靠，是人们追求的目标，它们是人们的创造，同时它们也创造着人们的生活。

我们的祖先，中华民族两千年的祖先，用他们的聪明才智，用他们勤劳的创造，用他们艰辛的劳作，试图向我们这些后人昭示着他们的存在。他们小心翼翼地将这些车马深埋于地下，完完整整地保存起来，形成今天令我们吃惊的遗迹。"左骖殪兮右仞伤""雷庭乍惊，官车过也"。也许我们只有在电影中，才能看到这些古代战车冲锋驰骋的雄姿，而眼前，只有这一半埋在土中，让人们引发无限联想的车马的残骸，因为这些残骸埋得比较浅，高速公路位置不能更改，这样，车马坑的大厅非常矮小，甚至要弯着腰才能过去。头顶之上便是车轮飞驰的路面，疾驰的车辆不停地驶过，隐隐地传来声响。这静卧地下数千年的古代车马，与头顶上高速公路飞速疾驰的现代化车辆构成一幅鲜明的历史画卷，数千年历史积存下来的遗迹与沉淀，在这里巧妙地交汇，像一新一旧的两颗珍珠，串联起历史长卷永无尽头的项链。

从临淄古车博物馆中出来，脚下是古代战车曾经驰骋的土地，眼前是车辆飞速通向现代化的高速公路，我们这代人，将代表古老的中华民族，迎来二十一世纪的曙光，而同我们一道步入未来的，还有酣睡于地下的，这些具有数千年历史的临淄古车。

1996 年 5 月 5 日

千山游记

千山位于辽宁省鞍山市正东，连绵不断的长白山脉浩浩荡荡地从吉林挺进辽宁，横穿全省，遥遥地穿向渤海，巨大的山脉在鞍山市东边擦城而过。这里东面是广阔的平原，南边不时吹来海洋季风，山脉起伏，山峰林立，空气湿润，树木葱郁，得天独厚的自然条件，构成千山独特的风景。

从鞍山市穿城而过，继续向东，不多会儿，便来到千山，迎面耸立着一座三个门洞的门楼，中间门洞上雕刻着两个大字"千山"。步入山门，便明显地感觉情景异样，山势突然变陡，树木愈发葱郁，路边的水沟中不时跳跃出欢快的水流。千山最大的特点是山多，据说数得上山峰的有九百九十九座，山多便沟壑纵横，眼前的小路不时分出一条条岔路，钻进山间的夹缝，若隐若现，扑朔迷离。山沟中大都流淌着清清的溪水，水量很大，水底的岩石上布满暗绿、暗黑色的青苔。欢快的溪水带着细碎的声响在山沟中曲折地流淌，跃过岩石，撞击石壁，不时散乱地漂起一阵阵晶莹的白色浪花。偶尔有几片散落的树叶平躺在水面上，被溪水托举着，顺流而下，在水流转弯处积存下来，满满地连成一片，就像是轻轻地盖在水面上的一床丝被。

顺山而上，见到的第一个古迹是一座道观——无量观，依山而建，在山间开出一块很大的平地，背后是高耸的山峰，面前是低矮的山坡，颇有几分气势。道观两侧，左右山脊上各有一处建筑，以小路相连，相互呼应，有若一双张开的手臂。道教是中国土生土长的宗教，相对于士大夫学习的儒教，道教起源并根植于民间，同时又更多地作用于民间，所谓"进则为儒，退则为道"。当官场失意、家道败落，感到力不从心、无能为力的时候，便会进入道教，从中寻找精神支撑与慰藉。痴迷的古人在幽静的山中建起这座遥遥俯瞰着眼前的城市，俯瞰着广阔大地上芸芸众生的道观。时光飞逝，随着社会的发展与进步，曾经烟云缭绕的道观，随着时代的发展已经成为文物，成为人们追思历史，品味人类精神沉淀的存在。

顺着山路继续向上，树木愈发浓郁，遮天蔽日，树林间生长的绿色杂草以及树枝上飘落的枯黄的树叶，在山坡上铺盖上厚厚的一床棉被，点染上更为浓重的绿的色彩。抬眼望去，山沟中星星点点地散落着一栋栋建筑，白色的屋顶，红色或者灰色的墙壁交错在一望无边的墨绿色的山坡上，显得格外耀眼，茫茫绿色之中，在静静的单调的山坡上，呈现出几点生机。

走到最高的一座山峰，迎面是一座山门，随后是曲折回转的盘山路，盘山路用条石铺砌，时而倾斜向上，时而弯曲环绕，有些地段，山路两侧便是悬崖，非常陡峭，这段上坡路很长，很难走，但依然有很多人，弯着腰，背着手，嘴里喘着粗气一步步地向上走，原来在山顶上有一尊弥勒佛像，成为善男信女的朝拜之所。

沿着山坡路向上走了好一会儿，也没有见到佛像，心理念叨着"心诚则灵"，继续向上走，几近筋疲力尽之后，终于见到了立在对面山顶的佛像。初看，并不觉得像，只是一面竖着的石壁上面散落着几块巨大的石块，仔细端详，越看越像，正中的一块大石块，像是弥勒佛像的脑袋，而两边细碎的石块则像是张开的手掌，更有石块后面生长的矮树，恰似佛像头上长的几根头发。隔山而望，巨大的人形石壁，在周围绿树的映衬下，还真有几分佛的模样，向前走一段，摆放着一些名人前来朝拜佛像的留影。为了向大佛顶礼膜拜，善男信女们在大佛对面的山壁上用粗大的木柱支搭起突兀的平台，站在平台上，大佛正在面前，抬头仰望，刚好看到大佛的全身。山路上朝拜的人络绎不绝，面前的香炉中不时投入一束束点燃的香烛。佛像是现实世界在人脑海中的反映，在物质发达的今天，还有不少人在佛的世界中找寻精神寄托，千山大佛在巍峨的高山之上，在时光的风雨之中，一动不动地迎候着人们的敬拜。

看完大佛，顺山路原路返回，身边依然是跳跃不停的溪水，轻轻摇动的树木，飘舞落地的树叶，曲折回转的小路。走不多时，便回到雕刻着"千山"大字的山门，走出山门，回身远望，清秀的千山留在远远的身后。

1996 年 5 月 5 日

威风凛凛九门口

万里长城是中华民族的象征，据说长城是从月球上可以看到的屈指可数的几个人工构筑物之一。经历几朝几代，数万人艰辛劳动建设的庞然大物，在日转星移的岁月长河中巍然屹立在浩瀚的沙漠、高耸的山峦之上。长城从中国西部遥远的嘉峪关，穿过沙漠，越过大河，翻过高山，跨越平原，不远万里来到山与海的交汇处，一头扎进波翻浪涌的渤海，这便是人们非常熟悉的著名的"老龙头"。

老龙头作为万里长城的起点，自豪而骄傲地屹立在渤海之滨，它枕山面海，面对辽河冲击出的广阔平原，迎接着黑土地上吹来的阵阵强风。无数高官大吏、文人墨客以及数不清的普通百姓，从山南海北来到山海关，人们观山望海，带着内心的兴奋与感慨，留下不尽的畅想。曾经到过山海关的人，在回到灯火辉煌的闹市之后，在紧张的奔波忙碌之余，也许会在不经意之中，遥遥地回想起山海关的雄姿，山海关总会在人们脑海里留下深刻的印记。

像无数游客一样，自己也曾经在山海关前感叹山海相连的气势，这一次，经人介绍，来到山海关以北，长城之中又一处重要的关隘，鲜为人知的"九门口"，又一次领略了长城的壮观。九门口距离山海关只有五公里的路程，翻过山海关旁边的角山，再向前走不远，便是九门口。这是两山之间的一处关隘，一高一低的两座山峰高高地耸立着，中间夹着一条宽阔的大河。河中没有水，只有河水流过之后，冲刷而成的圆滚滚的河卵石，成片的卵石杂乱地排列着，显示出洪水的汹涌。就在这两山与河滩之上，长城威风凛凛地俯身而下，跨过大河，又勇敢地跨上河边高高的山峰。在宽宽的河面之上，耸立的长城墙身之下，有九座半圆形的拱门，宽阔而高大，拱圈两侧是坚硬的条石，拱门下面的地面上铺满同样坚硬的条石，这九座过水的拱门构成长城独特的景观，这便是长城著名的"九门口"。

在山海关陆地通道之外，这里是关外通向关内的又一条必经之路。河边的两座山峰高高耸立，山势陡峭，难以攀登，只有穿过两山之间河水冲刷出的水道，千军万马才能长驱直入，从关外奔向中原腹地，这雄关水道，成为历朝历代兵家的必争之地。明朝末年，觊觎中原已久的多尔衮率领八旗彪悍的铁骑在这里与李自成的大顺农民军展开激战，民国初年，直奉军阀在这里硝烟四起，解放战争后期，解放军也正是从这里挥师进入中原。伴随着战火硝烟，历史在这山水之间留下一道道清晰的印记。

苍山如海，残阳如血，雄关漫道真如铁。

据说九门口奇特之处在于横跨河水之上的九座半圆形的拱门，长城在它绵延万里的旅程中，总是中断在河水之边，只有在这里，在这不得不设防的山水之间，才呈现出"遇山不断遇水断"的奇特景观。这里山势陡峭，难以逾越，而河面宽阔平坦，正是进兵的通衢大道。古人为了阻挡长驱直入的敌军，同时又宣泄掉汹涌的河水，费尽心机地修建了这段山水之间有着九座拱门的长城。

苍山如海，残阳如雪，雄关漫道真如铁。

当群山之间暴涨的河水汹涌地顺流而下的时候，九门口巍然耸立着，当大队的铁骑带着滚滚的烟尘浩浩荡荡地通过时，九门口同样巍然地耸立着，当刀枪相撞、火炮轰鸣的时候，九门口还是巍然耸立着。不管是大地遍布着皑皑白雪，也不论天空中飘满淅淅沥沥的雨滴，横卧而镶嵌在两山之间支撑起横亘长城的九门口总是那样一动不动、结结实实地耸立着。从喧嚣嘈杂的闹市之中，看到万里长城的起点老龙头之后，再来到这始终耸立在河水之上的九门口面前，面对雄伟的景观，对万里长城之中蕴含的历史不免增加了几分理解，平添了几分感叹。

虽然前面是干涸的河道，没有一点水的动静，但看着那裸露的、冲刷的石块圆滚的河道，似乎隐约地听到奔涌而下的水浪的冲击声，又似乎看到汹涌的河水与九座拱门的撞击。在水声与撞击声中不时还夹杂着时隐时现的军号的高鸣，听到阵阵战马嘶鸣，那长城之上彷佛有无数战士的身影，而那河道之上又似乎显现出一片片鲜血殷红的暗影。

在人类活动的土地上，在人类生存的空间中，人们不断努力，出于各种目的，总会留下许多难以磨灭又让人引发无限感叹的痕迹，长城正是这样的一个痕迹，而这威风凛凛的九门口正是长城中一处难得的奇观。

耳畔隐隐地又飘荡起那段著名而经典的诗句：苍山如海，残阳如血，雄关漫道真如铁。

1998 年 12 月 5 日

微山岛散记

"西边的太阳快要落山了，微山湖上静悄悄，弹起我心爱的土琵琶，唱起那动人的歌谣。"一曲《铁道游击队》插曲，在那个战火连天的年代，在硝烟弥漫的氛围中涂抹上几分浪漫的色彩，同时把微山岛推上历史舞台，成为中国几乎家喻户晓的地方。

微山岛地处山东南部，西临沛县，南接徐州，原本是丘陵地带，没有山，没有湖，也没有岛，历史上黄河数次改道入海，在这里积存下一片片的水塘。金兵入侵，宋高宗下令掘开黄河水由泗水郡入海，用以阻挡金兵，结果金兵没有阻挡住，造成黄河夺道入海，携带泥沙，逐年积存，将山东东北部冲成平原，河水积存，湖泊逐渐形成，地势较高的微山渐渐成为岛屿。

知道微山湖的人很多，但是为什么叫微山湖，便知之甚少。这次来微山岛，才弄得清清楚楚。微山岛上有两座古墓，一座是汉代留侯张良的墓葬，名叫张良墓。张良从小具有反叛心理，曾经用大铁锥刺杀秦始皇，后三次纳履，师从黄石公研习《太公兵法》，随后辅佐刘邦，打败项羽，建立汉王朝，被封为"留城侯"，功成名就之后，张良隐退，居住于陕西汉中附近的深山之中，死后葬在家乡微山岛。另一座墓是年代更为久远的殷商时期殷微子的墓地，微子原名启，微是其封国，子是其爵位，故称微子。他是殷纣王同父同母的兄弟，其母原是帝王的妾，做妾时生了殷微子，后来受宠加恩被封为皇后，当上皇后之后生子名辛，就是后来的商纣王。微子生于其母为妾时，大臣认为"帝王有妻不能立妾生之子"，决定由微子的同父异母弟商纣王即位。

商纣王即位后暴虐无道，沉湎酒色，他制造炮烙，建造鹿台、酒池肉林，激起民愤，国势日益颓废，微子愤而出走。随后周武王兴兵伐纣，得胜之后，封微子于此地以安抚殷商遗民，微山湖便是微子的封地，由微子管辖。微子勤政爱民，发展生产，振兴经济，得到百姓的爱戴，微子死后葬于微山岛上，这便是微山岛名称的由来。虽然历史久远，但是一旦踏上先辈生活过的土地，又倍感亲切，仿佛那遥远年代的历史又一幕幕活灵活现地展现在眼前。中华民族遥远的祖先，在脚下这片土地上，在他们生活的同时，创造着灿烂的文化。

微山岛是微山湖中的一个岛屿，面积有9平方公里，最高处海拔92米，微山湖东西宽25公里，南北长70余公里，岛上大约有3000居民，著名的京杭大运河由北向南，穿湖而过。湖边有大型渡船，行人、车马甚至汽车都可以登船而渡，岛上各种货物与外面大同小异。登上微山岛，乘坐玻璃快艇，环湖而绕，风声伴着水滴声从耳畔掠过，在身后激起一阵阵浪花，湖面宽阔，渐渐地微山岛变成一个黑点。湖面上不时有大型船队慢慢驶过，平底驳船激起成片的浪花，湖面之上有大片的荷花荡，渔民们赤着脚驾驶着小船在湖中悠闲地撒网捕鱼。登上微山岛，眼前是起伏的山丘，山丘之上，成片的田地种植着各种庄稼，农民的房屋大多用石块砌筑，地面上晾晒着干硬的鱼片以及用来制作卷烟的平展的烟叶。

微山岛的最高处，伫立着铁道游击队的雕像，正中是一座类似帆船的纪念碑，两边是拿着手枪、弹着琵琶的人物雕像。铁道游击队在日本人入侵家园时，挺身而出，扒火车、炸桥梁，在宽阔的微山湖湖面上与敌人周旋，写下可歌可泣的篇章，同时又为微山岛增加了几分骄傲与自豪的色彩。站在微山岛上，极目远眺，微山湖波光潋滟，偌大的湖面宽阔平展，荷花荡在微风之中，在水面留下长长的波纹。湖水四周的地面线隐隐地露出湖面，像一圈镶嵌在湖面上的黑边，湖面之上，星星点点，有许多零散的捕鱼船，又像是不经意间撒在湖面上的一些墨点，村庄、湖面、渔船、荷花荡，一幅富足祥和的图画。

离开微山岛，在湖边的一处渔民家吃饭，渔民全部的家当都在船上，这是一条水泥壳的船，有两层木质的房屋，渔民夫妻与他们的一儿一女都住在船上，大船周围有四条平底的小船，就像电影里打鬼子的那种船，家里的两个孩子划着小船到湖边的学校上学。渔民每天生活在船上，随着鱼群四处飘荡，这船是他们全部的家当，也是他们的家，渔民捕到鱼放在渔网里，挂在船的四周，有鲤鱼、草鱼、鲢鱼，各种鱼欢蹦乱跳，鲜嫩而味美，在摇摇晃晃的水泥船上，吃了一顿全是鲜鱼的饭，别有特色。

从遥远的殷商时代与民为善的微子，到汉代不服输的张良，再到挺身而出的铁道游击队，时光荏苒，微山岛上上演着一幕幕精彩的历史大剧，更为这湖光山色的微山湖，增添了几分迷人的色彩。

1998 年 7 月 19 日

谒包公祠、包公墓记

在中国历史上，有着难以数计的官吏，按照品行分类，有清官、贪官、昏官等等，在这些官吏中，以清正廉明而传世久远的当属宋朝都城开封之"京官"包拯。由民间传说、历代的宣传、拍摄的电视剧，包拯的名字可谓家喻户晓，妇孺皆知。这次来到合肥，工作之余抽时间拜谒了包公的祠墓，也算是乍暖还寒之际的一件暖心的事。

包公祠坐落在合肥东南角，合肥市扩建城市，将环城的护城河改建在开放式的河道公园，取名"包河"。包河环城而绕，在包公祠前面留下很大的一片水面，包公祠便坐落在这片水面中的孤岛之上。跨过小桥，越过包河，便走进包公祠，这包公祠原是明朝合肥太守建立的"包公书院"，太平天国期间，包公祠毁于战火。清朝末年，合肥籍的直隶总督李鸿章捐银重建，直至今日。包公原籍合肥，二十九岁考中进士后，放弃做官，在家侍奉双亲，至三十九岁才重登仕途，官至监察御史、龙图阁大学士、开封知府等职，病逝于开封，终年六十四岁。包拯为官清正廉明，刚直不阿，秉公执法，不畏权贵，伸张正义，深受人民的爱戴，对驸马陈世美的一铡，更使他登上历代中国清官的顶峰。

包拯于公元 399 年出任扬州天长县令时，曾赋诗曰：清心为治本，直道是身谋。这实际上是他一生立身处世的座右铭。在包公任职期间，正史以及民间野史都记载了包公很多正直无私的故事。在千里之外的包公祠，同样也有许多善意的附会的传说，包公祠位于孤岛之上，四面环水，人们便说包公铁面无私，在包公祠墙面刻有："一水绕荒祠，此地真无关节"。在包公祠右边，有一眼水井，名叫"廉泉"，据说曾经有一位太守来此游玩，饮廉泉之后，头痛不已，原来这个太守是个贪官，喝包公的水得到检验，从此廉泉水成为验证官吏是否清廉的"试廉泉"。在包公祠环岛而绕的水面上，生长着一种很奇特的莲藕，这种藕切断以后，藕心无丝，一反所谓的"藕断丝连"的定式，据说是受了包公的影响而铁面无私，原本丝丝相连的莲藕，也改变了本性。以上传说无据可考，但在包公祠旁，与包公在人们头脑中的印象相映成辉，相得益彰，倒也为肃静的包公祠增添了几分雅趣。

由包公祠出来，沿着河边向东，不一会儿便来到包公墓，包公墓气势宏伟，正门是明显的宋式风格的"子母双石阙"。更为奇特的是，在后院的一处地宫，青石砌顶，条石铺地，大约二三十米长。地宫尽头，有一石砌墓室，里面置放着包公的遗骨。走到这里，不禁想起在成都看到的蜀后主王建墓，大约也是这样的一处地下宫殿，于是甚为不解，包拯何时营造了这样的墓穴？走出墓穴，在门口买了一本《墓园简介》，才明白原来包拯病逝于开封后，安葬于合肥东郊，建有墓园。宋金交战之时，墓园损毁，至1973年对包公墓进行了发掘，受各界呼吁，于1997年建成眼前的包拯墓。明白之后，感到这样的墓穴，很容易让人搞不清年代，误以为是包拯去世时所建，而且明显有违于包公的清廉，就纪念意义而言，倒不如建一座现代式样的更好。

游毕包公祠与包公墓，想到这样一个问题，在中国历史上相当长的封建社会，社会等级相当明显，官员们有养廉银，养尊处优生活得很好，为什么还有那么多的贪官？记起一位历史学家讲的，中国封建统治是为了维护王权而存在，这样，在忠与贪的官员中，皇帝更看重忠，因为贪只是损害老百姓的利益，而不忠则要威胁统治者的统治，宁可用贪而勿用不忠，成为统治者选人用人的标准，这也是历朝历代贪官滋生的症结所在。从包公身上可以看出，对这种情况下的管理，自我约束是贪与廉的根本，只有自我约束，像包公那样清心、直道才能成为为官清廉的可能。

岁末年初之时，漫步绿水环绕的包公祠，眼前依然是披挂绿草的嫩叶，遥想一千多年前，在京城威名声震的历史人物，不免从内心深处涌出敬佩，不管岁月怎样流逝，技术如何进步，物品如何更新，包公那清正廉明的形象永远是人们称颂的对象，不管廉泉之水是否能够检验出贪官，不管包河中的莲藕有无毫不相连的藕丝，人们始终不能忘记的是曾经秉公执法、刚正不阿的包公。

1997 年 11 月 15 日写于合肥

承德避暑山庄游记

在中国偌大的版图上，最为富庶之地当属江浙一带，这一地区土地肥沃，气候适宜，物产丰富，人民勤劳、聪颖，自古便有"上有天堂，下有苏杭"之说，杭州西湖与苏州园林成为江南建筑的瑰宝。良好的自然条件，一定程度消磨了人的斗志，偏安于江南的南宋皇帝被金兵追杀，秦淮河的桨声与灯影带给人柔情与浪漫，却在漫不经心中消磨了人的斗志。沉湎于享乐生活，使得江南的才子远多于战将，在北方浩瀚沙漠的游牧民族与白山黑水中的女真族轻而易举地把温柔之乡变成他们的胜利果实，然而在他们得胜之后，放下战刀的他们惊讶于江南的富庶与文明的程度。元世祖忽必烈也尝试着吟唱汉文的诗词歌赋，曾经彪悍的八旗对于江南园林格外钟情，不远万里将著名的西湖与苏州园林移植到北方，在北京的西北郊建设了举世瞩目的颐和园与圆明园，而在距离北京两百公里扼守北京通往内蒙古、东北要道的承德兴建了列入世界文化遗产的避暑山庄。今日颇有几分颓废、残旧的避暑山庄在工业化、市场经济的大潮中，早已失去了往日的繁华，然而那粗犷与精美的结合，山水田园相得益彰的气势依然透出浓郁的古典美。

避暑山庄依山势而建，园区背后是起伏褶皱的山脉，像影壁一样护卫着偌大的园林，山脚下是一片面积很大的开阔地，牧草繁茂，山风掠过之后，颇有几分"风吹草低见牛羊"的景象，这里的山与田野体量非常巨大，不像颐和园堆土成山的万寿山显得有些狭小，有些做作。山势粗犷而自然，山形天然，只在山脊与峡谷间点缀了几处房舍，山脚下的平地中有一大片水面，水面之大，一眼看不到边，站在水边完全看不到周围的山峰，似乎置身于水乡泽国之中，这自然的山与偌大的水面构成山庄的主角，只在山庄的西北角有几座皇帝办公的行宫。

在中国传统文化中，山、水、人的自然结合是核心内容，天然去雕琢，顺其自然，在没有工业化的年代，人们只能从自然界，从山水之间获得愉悦，自然地山水成为文人墨客、官员追逐的对象，这一点在中国的诗歌与山水画中得到清楚的体现。"采菊东篱下，悠然见南山""古道西风瘦马，断肠人在天涯""大漠孤烟直，长河落日圆""野渡无人舟自横""曲径通幽处，禅房花木深""借问酒家何处有，牧童遥指杏花村"。对于有机会云游四方的诗人，自然可以享受真山真水的野趣，而对于贵为天子身居宫殿的皇帝，只有采用"拿来主义"，将他们认可的风景搬到身边，慢慢欣赏，康熙盛世修建的避暑山庄便成为这搬山造景的集大成者。水波微动的湖面上断断续续地绵延着长长的围堤，堤坝很矮，将将高过水面，远远看去，时断时续，似有似无，岸边的堤坝上点缀着几座有大有小的石桥，有的圆拱高翘，有的亭台伫立，在水面上留下暗黑的斑影。湖面垂柳依依，树影婆娑，掩映在树影之中的是一个个似隐似现的庭院，有的庭院檐角高耸，有的则小巧玲珑，曲曲折折，从对岸望去，水边掩映的庭院有如海市蜃楼一般，映现出几分神秘与朦胧。也许康熙皇帝对江南的美景印象太深了，竟把大名鼎鼎的金山寺搬到园中，造园师巧妙地把园中最高的金山寺放在远离山峰的东南角，刚好能够俯瞰湖面的一个视角，在三面环水的山石之上，耸立着三层的木质塔楼，四角用连廊环绕，从楼顶观望，山庄湖面尽收眼底，湖水清澈，树影迷离，房舍掩映，微风徐徐，好一幅江南园林的美景。

在避暑山庄中信步游览，移步成景，转到湖对面，金山寺浮在水面之上，楼塔泛着明晃晃的光亮，而周围水面微动，扑朔迷离，似影似梦，湖中央有几座小岛，大多孤零零地直立在湖中，只有一座小岛用曲桥与湖岸相连，岛上依然是垂柳依依，树影背后是参差的房舍。小岛很小，在硕大的湖面上犹如一只小船，飘摇不定，湖汊之中，种植着一大片嫩绿的莲藕，荷叶在水面上来回摆动，与婆娑的树影一道，为湖面挂上一丝丝生机。湖边的建筑名叫"观莲阁"，想来在下雨时分，雨滴击打在张开的滚圆的荷叶上，大珠小珠落玉盘，水声、风声交织在一起，又是一幅难得的图画。在中国园林中，大量使用回廊、漏窗，将纷飞的白雪与飘飞的雨滴融为园林的一部分，用动感与变化为风景注入新鲜的活力，这也是享受自然、融合自然的一种高超手法。

由于年代久远，避暑山庄中的一些建筑早已坍塌，大多数建筑年久失修，透出斑驳与苍茫，时代在发展，这种山水之中的建筑只是那个时代人们的追求，远不能满足现代人的要求，只是从现代化的生活中回到古老的建筑，有点穿越时空的感觉。在清朝几百年的历史中，避暑山庄发挥着巨大的作用，在风光旖旎之中上演着一幕幕动人心魄的剧目。从白山黑水中挺进中原的清朝，始终眷恋着他们的故乡，在北京建都之后，多次回东北祭祖，承德成为必经之地。满族与蒙古族有着紧密的联系，甚至有一定的血缘关系，这样在通往蒙古的要道上修建一座宫殿，成为上佳的选择。当清朝皇帝在这里避暑赏景之时，他们可以一步之遥控制京师，又可以退回到围场狩猎，还可以回到他们的故乡东北，越过坝上便是辽阔的内蒙古草原，只有在这样的位置，他们才会感到心情舒畅，感到放心，才有闲情逸致去欣赏江南的风景。康熙于公元1703年修建了热河行宫之后，康熙、乾隆、嘉庆、咸丰四代皇帝在避暑山庄度过他们大部分的时光，甚至在八国联军攻陷北京之后，咸丰皇帝死在山庄之内的烟波致爽殿中。在乾隆年代，乾隆正是在避暑山庄中指挥了对新疆准格尔部的围剿，维护了国家的统一。随后，当土尔扈特从沙俄的铁蹄下不远千里回归到中国后，乾隆在避暑山庄召见首领并刻碑纪念。在八国联军之前，日不落帝国的特使从遥远的朴茨茅斯乘军舰来到中国，在避暑山庄与乾隆皇帝会谈，而西藏的班禅从遥远的西藏来到避暑山庄，便住在山庄之外的外八庙，在大清朝摇摇欲坠之时，慈禧正是在热河行宫策划了宫廷政变，不失时机地夺了八个顾命大臣的权，杀了权臣肃顺，从此登上垂帘听政的宝座。可以说，避暑山庄与辉煌而屈辱的清朝，与中国近代史有着非常紧密的联系。

岁月流逝，如今的避暑山庄早已失去了政治中心的地位，只有其中的园林向人们展示着迷人的魅丽，南来北往的人们置身其中，品味与欣赏中国古典园林的意境，体会历史的幽深，成为一处难得的去处。

2017年4月10日

颐和园雪景

杭州西湖俊秀俏丽，名闻天下，苏轼"欲把西湖比西子，淡妆浓抹总相宜"的诗句，更是给美丽的西湖披上一层优美的面纱。对杭州西湖，有"雨西湖、雾西湖、雪西湖"之说，而在雨、雪、雾之中，又尤以雪中西湖最为美丽，最为珍贵，成为罕见的，绝年少见的美景。

远在北国京城，很难有机会领略雪中西湖的美景，然而在纷飞的白雪之中，漫步北京颐和园，美妙的银色山水之间，大约也可以想象出几分雪中西湖的景色。

入冬以后的第一场大雪，将颐和园变成了雪白的世界。迎面的门楼上戴着一顶松软的白色礼帽，两边侧墙上淡淡地挂着几点依稀的白丝，犹如脸颊上涂抹的几丝色粉。庭院中的假山石上，积存着厚厚的一层白雪，随着山石的轮廓起伏跌宕，在假山石上镶嵌上一圈明晃晃的白边。坚挺的松树与张牙舞爪的槐树上，零零散散地披挂着白色的雪花，绿叶掩映在淡淡的白雪之下，似隐似现。远远望去，高高挺立的万寿山上落满了白色的雪，山坡上的雪平滑整齐，树枝上的雪散乱而起伏，亭台上的雪见棱见角。在万寿山脚下，空旷而开阔的昆明湖平展地铺在面前，湖面像一张展开的白纸，曾经波光潋滟的湖面上结着厚厚的冰，冰面上同样积着厚厚的雪，那雪松软而轻盈，又像是盖在冰面上的毛毯。走在宽阔的冰面上，完全置身于一片洁白的世界，上上下下，左左右右，前前后后，都是彻底的白，没有一点其他颜色，遍天飞舞的雪花与脚下积存的白雪，把人们满满地裹住，构成无边无际的白色世界。人们在冰面上行走，远远望去，只是一个个移动的黑点，又像是一片片散落的砂砾，洒在洁白平展的冰面上。人们走过之后，身后留下一连串深深凹陷的脚印，脚印相连，形成一道淡淡的曲线，很快，脚印重新被飘飞的雪花所覆盖，只在冰面上留下阴暗的一道暗影。

走出湖面，沿着曲折的山路走上万寿山，便完全是另外的模样。山路上积存着满满的雪，一片洁白，只是挺立的岩石两侧与一阶阶石梯边缘露出星星点点暗黑的色彩。山坡上的松树上，路边的草丛中全是雪，棵棵松树像一座座形态各异的浮雕，挺立在山坡上。依山而建的殿堂、院落同样积满了雪，屋脊上、矮墙上全是雪，院落、厅堂、庭院笼罩在此起彼伏的白雪之下，边角清晰，轮廓分明，静静地伫立在四周洁白的山坡上，寒冷之中显露出寂静、肃穆与庄严。

站在万寿山顶，俯瞰昆明湖，偌大的湖面像一只洁白的盘子，而十七孔桥、湖心岛以及环湖的长堤，既像是晶莹的雕塑，又像是一串跳动的音符，散落在洁白的湖面上。这是一片雪白的世界，这是一篇雪的作品，这是一幅雪的图画。从天而降的白雪，用它轻盈的身躯装点大地，装点大地上起伏的高山、宽广的湖面，纷纷飘落的雪花把日常世界变换了模样，把一个娇美、轻盈、飘逸的世界呈现在人们面前，带给人们一个洁白的世界。

白雪皑皑之中，颐和园骄傲地挺立在人们面前，看看眼前的雪景，不由得想起难得一见的雪中西湖，大约也是这样一幅优美的景色。在中国辽阔的大地上，颐和园与西子湖一南一北，遥相呼应，奉献给人们大自然美丽的画卷。

1998年5月10日

虎丘怀古

  虎丘坐落在苏州城北，苏州城地处江南水网密集的平原，四周尽是平展的田地、密布的水网，偏偏姑苏城北有一座不高的石山，山势形状特异，山岩上沟壑纵横，洞穴云集，有若盘龙卧虎，形成所谓"虎踞龙盘"之势，这座山得名"虎丘"。距今两千多年前，在中国的版图上炎黄二帝的子孙建立了若干个古代国家，颇受上天垂顾的吴王在苏州建立吴国，雄踞江南，称霸一方。江南土地肥沃，气候温和，人民勤劳聪慧，吴国很快成为一方强国，吴王夫差为葬其父，在虎丘山下修建雄伟的墓地，成为虎丘最早的古迹。

  随后在距今一千多年前，后人在虎丘山山顶修建了虎丘塔，为虎丘增光添色，虎丘塔与西湖边上的雷峰塔称为江南双塔，在雷锋塔倒塌之后，虎丘塔越发显得弥足珍贵。在一望无际的江南沃野上，孤零零地伫立着非常醒目的虎丘山，山顶上直直地挺立着更加醒目的虎丘塔，这样便有了人们说的"先见虎丘塔，后见姑苏城"。

  虎丘的闻名，更得益于春秋战国历史的辉煌，吴王金戈越王剑，那遥远的金戈铁马着实令人引发无边的联想，勾践卧薪尝胆，咬紧牙关，把原本属于自己的美人西施进献给吴王夫差，很快吴王沉湎于西施美丽的笑容与优美的舞姿，忘却了周围的烽火狼烟，歌舞升平极尽享乐之后，越王重新集结了自己的军队，一举取胜，在旌旗与战鼓尚未消退之际，精明而钟情的大夫范蠡带着自己企慕已久的美人西施远远地藏进深不可测的太湖，一把稻米，一尾鲜鱼，你挑水来我织布，过起了轻松而与世无争的田园生活，这又是在虎丘山下一段自古吟唱，回味无穷，荡气回肠的故事。

  使虎丘闻名的还有孙武斩二妃的故事，出生于山东滨州的孙武饱读兵书战册，决心依靠武力建功立业，辅佐君王，在虎丘山旁，在吴王面前，孙武子面对讪笑而不听指挥、不守号令的两位吴王的宠妃，毅然挥舞他的长剑，无情地将二人诛杀，树立起自己的威严，同时也训练了部队，随后孙武与伍子胥一道，打败楚国，建立起强大的吴国。时至今日，孙子练兵的孙武亭依然屹立在虎丘山上，站立在孙武亭前，遥想孙武演练红粉佳丽的情景，不免让人浮想联翩，仿佛看到那个红粉与金戈交相辉映的动人场景。

在中国漫长的历史长河中，有许多名人与虎丘结下不解之缘，以修筑西湖白堤而闻名的诗人白居易，在苏州担任刺史期间，整修了通往虎丘山的道路，为后人称颂。唐朝大书法家颜真卿为虎丘题写了"虎丘剑池"四个大字。明朝著名画家唐寅登临虎丘，观景赋诗："举头红日白云低，五湖四海皆一望"。前来虎丘观景赋诗的还有贾岛、康熙、苏轼、范仲淹、范成大等等，这些名人的诗词歌赋，给虎丘增光添色，留下深深的印记。

"古往今来"这四个字写起来非常容易，但其中蕴含着巨大的内容，却是难以言表。站在虎丘塔前，像站在无数历史遗迹面前一样，深深感受到中国历史文化的博大，在数千年历史古迹前不免感觉到自我的渺小，同时又深深地为自己能够成为这历史项链中的一环，能够站在这千年古塔前感到骄傲与自豪，在自豪之中隐约地感到悠悠历史产生的巨大推力，令人振奋而继动，激动兴奋之余更加品味到幽幽的怀古之情。

1996 年 9 月 16 日写于苏州

东北黑土地

在科尔沁沙地以东，龙首山、千山山脉以西，辽河平原静静地平卧在中国东北广阔的大地上，驻足四顾，映入眼帘的尽是黝黑的土地，这里的田地大都是微微的丘陵，地表起伏变化不大，但依然高低错落，田野、河道、村舍散落在高高低低的土丘之上。

铧犁驶过之后，田地里翻裂开黑漆漆的泥土，这里的泥土质地细密，土粒均匀，被铧犁剥离之后见棱见角，乌黑的表面不时反射出一点点明晃晃的光亮，握一把泥土在手里，能够感到沉重的分量，潮湿、黏稠的泥土通过它们的体温，透过散发的湿润，向人们诉说着它们的存在，用力握一把，黑色的泥土不情愿地挤压变形，从手指的缝隙中挤出一条条不愿分离的土条，恋恋不舍地与大块泥土紧紧地连在一起，间或有几颗水滴挤出泥土表面，像是黑土块辛酸而悲哀的泪珠，握在手中的黑土散发着温暖的热气，又仿佛散发出一股温馨的香气。

这是养育人民的土地，人们俯身弯腰，虔诚地面对黑土地，在一点点流逝的光阴中，奉献出自己的劳动，用自己的汗水埋下希望。黑土地默默地承受着人们奉献给它的一切，它遥遥地接受着太阳的能量，努力着把人们的劳动转化为成果，转化为人们生存、成长、繁衍、发展的能量，它一丝不苟地完成着自己的使命，它大公无私地评判着每个人在黑土地面前的表现。

东北平原之上，辽阔无垠的黑土地，背负着上面的男男女女、老老少少，凝视着数不清的恩恩怨怨，在漫无边际的历史长河中永无尽头地飘荡。当幼小的生命降临人世时，黑土地不禁露出欣慰的微笑；当年迈的躯体走完生命旅途时，黑土地敞开它宽广的胸怀，义不容辞地成为人们永恒的归宿；当欢歌笑语在喜庆的宴会上飘逸时，黑土地上回荡起欢快的笑声；当金戈铁马在黑土地上驰骋，滴滴鲜血滴在黑土地上时，雄浑的黑土地不免响起辛酸而悲鸣的震颤。

黑土地目睹了人们的生离死别，黑土地耳闻着旌旗之下的号角声鸣，黑土地目睹了人们的悲欢离合，黑土地感受着人们胜利的喜悦，黑土地品味着人们失败后的悲哀。伫立在黑土地面前，仿佛是无知的顽童面对睿智的长者，又像是远行的游子辞别依依的双亲，黑土地无私地、一刻不停地向人们做着奉献，却决然缄默地远离人们对它的回报。

黝黑的黑土地在悠悠的岁月中静静地平卧在辽阔的大地之上，举目四望，视野中到处是无边无际的黑土地。

1996 年 6 月 2 日写于辽宁铁岭

沈阳怪坡与四星级饭店

俗话讲"靠山吃山，靠海吃海"，在沈阳附近有一处怪坡，这里的人却是"靠坡吃坡"。沈阳怪坡位于沈阳以东十公里的清水台，背后是半圆形的鸡鸣山，怪坡前面是一个坡度很大的土丘，陡陡地立在山坡下，登上土丘，前面是一条七十米长的下坡路，肉眼看上去，明显是下坡。开车走上去，挂上挡开到坡底，摘挡，熄火，然后放开刹车，慢慢地明显感到汽车在倒退，一点点地向后走，慢慢地走到坡顶，非常神奇。骑自行车下坡，越往下面走，越觉得吃力，倘若不用力，自行车会慢慢停在半路，甚至明显地感到有一股向后拉的力量。如果你走到坡底，调转车头，由坡底朝向坡顶，依然摘挡，熄火，奇怪的是，仿佛有一股无形的力量，推动着汽车，一点点地驶向坡顶，如果你骑自行车，会越来越快，逐渐加速走向坡顶。来到怪坡的游人们甚是惊奇，睁大眼睛仔细观察，看来看去，也没有看出什么名堂，只能称奇。

　　天下之大无奇不有，沈阳怪坡一经发现，便名声大振，上至官员，下至平民百姓，纷纷来到怪坡，实地体验怪坡的怪味。也许是人们在日常生活中希望人往高处走，对怪坡格外珍惜，不愿破坏怪坡的神奇，至今为止对怪坡的解释，也还没有一个令人满意的结果。庐山之美，更多地在于看不清山峰的本来面目，倘若大雾散尽，人们面对前后左右看得清清楚楚的山峰，反倒没有了雾中的味道，同样，倘若怪坡的谜底完全揭开，明明白白，怪坡也就失去了魅力，人们反倒失去了一处快乐的体验场所。

　　山不在高，有仙则灵，地不在偏，有怪则灵。沈阳怪坡被发现之后，怪坡周围的土地身价倍增，周围林地中修建了别墅、度假村，举办各种演出活动，好不热闹，靠坡吃坡，靠怪吃怪，也是一个很有意思的结果。怪坡的原理其实很简单，就是一个不大的土坡，一半下坡，一半上坡，中间略略凹陷，由于视差的原因，看上去是一个从上到下的下坡，从中间变坡点划分，成为"怪坡"，这是很简单的事情，如果用仪器把怪坡周围的地势进行测量，完全可以在其他地方复制一模一样的怪坡，似乎也没有什么神奇的，但是沈阳怪坡捷足先登，摘取了"怪坡"的名称，至少可以成为"天下第一怪坡"。有些人原本也是人，一旦成为名人，一举一动就显得与众不同，甚至下意识的动作也成为人们推崇的榜样。怪坡在众多的山坡中，就像是一个成名之人，带着阵阵怪味，巍然静卧在沈阳以东，鸡鸣山的山腰上，等待着人们的到来。

　　与怪坡相仿，跨过山海关，走进东北的土地，你会发现一件很特别的事情，每家餐馆前都挂着红灯笼，其实也算不上是灯笼，有的就是用红布包成圈，缠上布条，中间也不放蜡烛，只是个红桶。大约悬挂灯笼也是一种标志，就像看到红十字就想到医院。但仔细观察，发现灯笼有很大的区别，有时灯笼挂一只，有时挂两只，最多的挂四只，为什么会有差别，感到很不明白。一日到饭店吃饭，仔细询问方才明白，那灯笼是饭店的幌子，灯笼越多，饭店的品级越高，挂四只灯笼就像大城市的五星级酒店，表明饭店的水平和实力。听饭店老板这样讲，似乎还有疑问，这饭店的等级是怎么评定的？老板解释：这四星级酒店做什么菜，是有规矩的，倘若你挂四只灯笼而做不出四星的饭菜，客人是不答应的，是要吵架的，东北人好动手，后果很严重，不够级别的饭店是不能挂四只灯笼的。可见四星级饭店的标准是装在人们心中的，大家约定俗成，标准的检验者就是众多的食客，民心不可违，不能赚的钱不赚，这样的观念充斥着人们的脑海，左右人们的行动，尽管没有明文的法律规定，没有专人检查，人们自觉遵守，执行着统一的标准。事实上，法律与制度原本就应该是民众中自发产生的，而不应该是人为增加的，只是人们的共同需要才形成法律与制度，这才是法律与制度的根本。

沈阳的怪坡依然散发着神奇的力量，而东北的餐馆外，依然悬挂着一串串红红的灯笼。

1996年9月15日写于铁岭

飞机上读诗

飞机静静地、一动不动地停在青岛流亭机场，原定起飞时间早已过去，有两位换完登机牌的旅客没有登机，乘务员按照规定要把他们托运的行李找出来，又过了好一会儿，旅客姗姗来迟，但由于耽搁了时间，航路紧张，飞机依然一动不动地停留在原地，无限期地等待。

坐在狭小的机舱座椅上，虽然空姐不停地解释，但随着时间的推移，心中不免涌起无名的烦躁，这烦躁一浪浪涌来，又被一次次地压下去，越积越多，涌上心头，冲上脑际。百无聊赖之中，从机舱座椅的背袋中拿出一本航空画报，随手翻开，见画面是一片逶迤的山脉、一池微动的涟漪，画面左半部是介绍唐朝诗人杜牧的两首诗的文字。《山行》诗云：远上寒山石径斜，白云深处有人家，停车坐爱枫林晚，霜叶红于二月花。《秋夕》诗云：银烛秋光冷画屏，轻罗小扇扑流萤，天阶夜色凉如水，卧看牵牛织女星。

随着铅印体的文字一行行地映入眼帘，烦恼的情绪渐渐远去，精神与情绪进入一种空灵、清新的状态。远离繁华都市，青山之中雄健的山脉掩映在郁郁葱葱的树木之下，一条倾斜的小路弯弯曲曲地披挂在同样倾斜的山腰上，在绿树与青草之中，时断时续地裸露星星点点的白色、灰色的石板。一片片白云飘然而过，拦腰横跨在高耸的山脉上，将曲折的小路以及葱郁的绿树完全地遮挡住，只在飘渺的白云之上，淡淡地露出一点尖尖的山顶。如絮的白云轻轻地摇摆，仿佛那坚若磐石的山峰也在微微地震颤，眼前的一切扶摇飘移，有若神秘的海市蜃楼。主人沿着小径，穿云而上，低着头，背着手，弯着腰，不时抬起头望向白云尽头，一点点地走进庭院人家。他慢慢地顺着山路而行，注视着身边火红的枫叶，凝望着凋敝飘零的树叶，回忆着自己曾经辉煌的历史，品味着记忆中早已消逝的岁月。他感悟着人生的真谛，在大自然的美景中漫步流连，这是一幅多么诱人的画卷。

就在老人踽踽独行之际，在一个静静的房间中，伫立着一扇雕刻的画屏，一盏蜡烛闪着忽明忽暗的光亮，不时滴下一串串暗红的蜡油。画屏前面，一位身穿锦丝的少妇，斜着身躺在摇摇摆摆的竹床上，她一只手撑着脑袋，另一只手握住丝扇，轻轻地扑打飞来飞去、闪着点点亮光的萤火虫，此时天色昏暗，天空有若一口大锅，严严实实地罩着其中的一切，昏黑的夜色更显得四周的寂静与冰冷。少女侧着身，歪着头，望着漆黑的天空，她睁大如水的双眼，凝望着黑暗夜色之中，一点点闪亮发光的星星，她仔细地看着，努力地分辨着曾经熟悉的牵牛星与织女星，望着天空，默默地想着自己无人知晓的事情，这又是怎样一幅动人的图画。

未曾想到，在这现代化的客机上，在这激烈竞争的市场大潮中，在这难熬的烦恼之中，竟是古人的诗篇注入一片清新，带来一阵快乐，抵挡恼人的情绪，使人进入一个新奇的境界，获得难得的精神享受。诗意冲淡了烦恼，思绪凝聚成想象，在这暂时忘却烦恼的想象中，飞机轰鸣着，逐渐加速，腾空跃起，飞上天空。透过舷窗，机翼下面万家灯火，星星点点，一幅富足祥和的景象。不免吟诵以下文字："飞机轰鸣跃上天，白云深处把路赶，无边烦恼潇潇下，俯瞰灯火亮阑珊。""灯光柔暖电视明，侧身半卧看不停，大千世界眼前过，轻捻罗裙到二更。"与古人相比，实在难登大雅之堂，只是记录一下瞬时的感觉，留存一下短暂的记忆。

1997 年 9 月 5 日写于青岛

游河北满城汉墓

满城位于保定以西,紧邻著名的太行山脉,满城汉墓是满城最知名的古迹。公元154年,汉景帝封其子刘胜为中山靖王,刘胜统治中山国,保定与满城是中山国的属地,刘胜死后与其妻子葬于满城城西的南陵山。20世纪60年代,在开挖国防工程时,爆破发现石山下面的墓室,进一步发掘,发现了展现在后人面前的汉代古墓。

这是一座石头山,只是零零散散地长着几棵低矮的松树,石头山在太行山脉随处可见,并不稀奇,只是这座山的前面,左右环抱,有两个低矮的小的石丘,就像太师椅旁的两个扶手,静静地护卫在古墓坐落的石山。古人非常相信风水,对择墓选陵之事煞费苦心,找到这样如意的墓址,也不很容易。

刘胜的墓穴位于山体中央偏上的位置,将坚硬的岩石开凿出硕大的墓室,走进洞中,是一条只有两米左右高的通道,稍微有点向下倾斜,满目之中尽是黑漆漆的石壁,再走几步,左右两侧各有一条四长五米的甬道,摆放着雕塑的马车以及盛酒用的很大的石桶。继续向前,是一个大厅,大约有六米高,呈正方形,有四五十平方米。据导游介绍,这个石厅中间原有木制的厅堂,年代久远,早已腐烂,大厅正面石壁上开凿了一个较小的墓室,便是刘胜的墓室。环绕墓室有一个半圆形的石洞。这座巨大的墓室从整体上看,好像一只伏卧的乌龟,大厅是乌龟的腹部,进门的通道是颈部,而四条甬道刚好是乌龟的四条小腿,古人以乌龟比喻长寿,大约想住进这样的墓穴而求得长生不死。这座体积巨大的石穴,在现在看并不是十分庞大,但在汉朝那个久远的年代,没有现代化的机械,没有炸药,完全靠人力,靠火烧岩石冷水浇开,一点点开凿出如此巨大的墓室,应该说是非常的不容易。

刘胜墓的西侧,有一个很小的墓室,是刘胜夫人的墓穴,在里面出土了著名的"长信宫灯",而刘胜墓则出土了著名的"金缕玉衣",几乎都是中国的国宝,陈列在中国国家博物馆中。金缕玉衣用极细的金丝缝制玉片制成,构思精妙,工艺精制,是难得的历史文物,而长信宫灯,构思奇妙,应用了热气流上升的原理,体现了古人的智慧。

刘胜的墓穴虽然精美、坚固,但似乎刘胜的名气并不大,并没有彪炳史册，倒是他的后代，汉景帝玄孙刘玄德更有名气。家道没落，织履贩席出身的刘备，依靠汉景帝玄孙的"金字招牌"，提出振兴汉室的口号，随后，桃园结义，三英战吕布，火烧新野，大战赤壁，定都川蜀，六出祁山，终于天下三分有一，在中国历史上重重地写下一笔。刘备死后被封为"汉昭烈皇帝"，葬于成都，但刘备的坟墓只是一个小小的土丘，祭祀刘备的庙堂还因为诸葛亮的巨大名声而更名为"武侯祠"，虽然刘备轰轰烈烈，却与这石山之上的刘胜墓形成鲜明对比，由此，更显出满城汉墓的珍贵。

游罢刘胜墓，站在山上，俯瞰面前宽广的华北大平原，只见河流曲折环绕，阡陌交通往来如画，建设发展中的满城县城静静地伫立在平原上，完全是一幅优美的图画，由此看来，有刘胜墓护卫在满城边上，也算得上满城的一件幸事。

1998年3月30日

游文殊院记

夜幕低垂，迎着夺目的灯光，汽车驶进成都。街道两旁灯火辉煌，霓虹灯闪着各色的光亮，店铺大开着店门，炉灶间的蒸笼里钻出阵阵诱人的蒸汽，玻璃橱窗的模特身上的时装反射出明亮的光彩。汽车继续前行，拐个弯，驶进一条灯火通明的街巷，在一盏盏低垂的灯泡的照射下，清晰可见街巷两旁摆满了大大小小的花圈，定睛细看，还有寿衣、烛台、香炉等丧葬用品，这条街很长，汽车开了好一会儿，满街尽是烛台与花圈，这到底是怎样的一条街道？令人迷惑不解。

第二天，慕名去游文殊院，据说文殊院是西南地区影响最大的佛教寺院，原建于隋大业年间，明朝末年毁于兵燹，清朝康熙时"慈笃禅师"发愿重建，因禅师德行远大，众人称其为文殊菩萨的化身，官民踊跃捐款，进而建成这座五重殿宇、三套院落的"文殊院"。

朋友领着走进文殊院，猛然间从侧门看见昨晚那条迷而不解的街巷，街巷中涌动着拥挤的人群，祭祀用品满满地摆在道路两旁，令人奇怪，又一次走到这里，沿着与这条街巷相通的甬道向前走，不多时就看见久慕盛名的"文殊院"。

文殊院大门并不高，远没有常见的古代县衙那样宽大，但门槛很高，两个灰衣的僧人低着头，面无表情地收着门票，迎门的一道木制屏风，正中摆放着一尊金光耀眼的佛像。绕过屏风，便来到第一重院落，坐北朝南的大殿似曾相识地耸立着，像许多地方见过的庙宇一样，并没有什么新奇，只是大殿前的两件器物令人惊讶，一件是烛台，这烛台有一人多高，离地一米的高度支撑起一个椭圆形的大铁盘，铁盘上面有七层逐渐缩小焊成圆圈的角铁，角铁上有插放蜡烛的小孔，铁圈一层层缩小，使蜡烛滴下的蜡油一点点地滴在下面的大铁盘上，这蜡烛是红色的，有三十公分长，上粗下细，全身通红，底部插着一根竹签，红红的蜡烛滴下点点鲜红的浆液，流满宽大的铁盘。另一件令人惊奇的器物是香炉，在烛台两侧有两个大香炉，同样一人多高，这可不是装饰物，而是真正的香炉，真正的用品，人们在门外的街上买来蜡烛、浓香，点燃，诚心诚意地摆在烛台上，投放在香炉里，很快院中红光闪闪，烛光通明，香炉中香烟袅袅，院中香气环绕，络绎不绝的人们不停地秉烛进香，烛台的铁盘中积存下厚厚的蜡油，香炉里尽是暗灰色的灰烬。

　　大殿中供奉着佛像，依然似曾相识的感觉，绕过大殿，又见到烛台与香炉，同样摆放着两种器物，给人留下深刻印象。人们不远千里来到这里，从门外堆满祭祀用品的大街上买来香烛，走进院落，屏心静气，排除一切杂念，嘴中默默地叨念，在他们心中高大的佛像前敬上香，点上蜡烛，认真地完成着自己的使命。看着眼前一丝不苟，认真进香的人们，不免产生不尽的联想，世间最伟大的是人，人改变与征服这个世界，然而支配人的是精神，是人们由物质世界提炼产生的精神产物，人们心甘情愿地向自己制作的本无生机的木制、石制、泥制、陶制、铜制的雕像顶礼膜拜，进而自觉自愿地规范与限制自己的言行，甚至把自己的劳动成果，把自己的血肉之躯献给笃信的教义，这不能不说是一件神奇的事。

　　千百年来，文殊院的香火依稀不断，时盛时衰，岁月沧桑，战火连天，天下合而又分，分而又合，一代代高大与渺小的人，饱受着阳光的温暖与大地的滋润，成长壮大，生息繁衍，又纷纷化作白骨、灰烬、泥土，重新走进大地的怀抱，而宗教，就像文殊院中的香火，顽强地流传下来，燃烧至今。虽然航天飞机可以轻而易举地巡天遥看天河，虽然波音飞机把地球缩小，虽然人们可以坐着小汽车，到达遥远的地域，领略异域风情，但是头脑中的教义依然更生不断。

看着文殊院高大的殿堂，宽大的院落，想象成都市区辉煌的灯光，以及这条迷而不解的街道，似乎有些清楚，又似乎更加不明白，但不管怎样，所有这一切都实实在在地存在于我们生活的世界之中，确实地存在着，在思索中离开文殊院，文殊院深深地印在脑海之中。

1995 年 2 月 29 日写于成都

本溪水洞

本溪是座山城，四面环山，这里的山虽算不得高大，却也敦实地耸立在城市四周，忠实地护卫着辽东半岛上的这座城市。来到本溪，听说有个著名的景点，叫作"本溪水洞"，起初并不介意，大约是看到这里的山峰并不雄奇，雨水也没有南方多，因而认为水洞也不会有什么新奇。带着不经意的心情乘车前往水洞。汽车驶出本溪三十公里，但见群山环抱之中，静静地回荡着一池清水，水面浮动，微微地反射着点点亮光，似乎缥缈地升腾起一股股水汽，这水便与水洞中的暗河相连，相互补充。

走过一座小桥，便看到一个扁圆的洞口，洞口四周岩石平整，黑漆漆的洞口上写着四个大字"本溪水洞"。走进洞口，紧接着是一个向下倾斜的直洞，走过直洞，豁然开朗，迎面是一个宽阔的石壁大厅，大厅有四五米高，五六十米宽，侧面、顶面尽是凹凸不平的岩石。

大厅尽头，是一条幽深的暗河，河水昏黑，加之洞内昏暗，深不见底，给人恐惧的感觉。弃岸登船，慢慢驶入水洞，这水洞有五六米宽，四五米高，昏黑的洞体升腾起阵阵凉意，凉气弥漫在整个洞中，让人感到一阵阵的阴冷。小船沿着水流前行，水面忽宽忽窄，洞体曲折蜿蜒，在水面之上安装的各色灯光的映照下，水面上不时漂起串串的光影。抬头观望，洞壁千奇百怪，有时是面目狰狞的石块尖尖地凸现在石壁上，有时是凹陷的深坑，在石壁上映现出一团漆黑的暗影。洞顶之上不时悬垂下一串串尖细的石柱，千百年来点滴的水滴带来石屑粉尘，粘结在石笋上，一层层积存下来，发育成有粗有细的石笋。有的石笋粗大如柱，像一支削尖的巨笔，倒挂在岩石凸现的洞顶，有的石笋刚刚发育，小巧玲珑，又像是翻转过来的树林。洞水曲折，弯曲回转，时而宽阔，时而纤细，时而山重水复，时而柳暗花明。原本静静的水面，在小船的推动下，激荡起片片波浪，一波一波地推涌着，回荡在幽深的水洞中。

越往前走，越觉得阴冷，阵阵凉气袭来，让人感到彻体寒冷带来的震撼，这水洞形成于数百万年之前，大约是水滴石穿的原理，不断涌动的溪水，昼夜不停地冲击石缝，深入岩石的空隙，腐蚀、剥离，在高高的大山之中，居然穿凿出一条近三公里长的暗河，河水升腾起水汽，四处飘荡侵蚀坚硬的岩石，找寻软弱环节，风化瓦解，日复一日，年复一年，便形成这大山之中的暗河。在大山之下，幽深黑暗的水洞中，坚硬的岩石与柔弱的溪水，雾气与石壁无声无息地摩擦着，搏斗着，对峙着，结果就是形成这样罕见的自然奇观。

驾船顺流前行，水洞越发幽深，仿佛一条没有尽头的长河，积存上百年的凉气扑面袭来，紧紧地包裹着洞内的一切，越往里面走越幽深，甚至有点恐惧，彻体的寒意让人再一次感到寒冷的震颤，在震颤之余，深深地感叹大自然的奇伟，像站在无数高山大川面前一样，在这大山之中幽深的水洞中，再一次体会到自然之博大，以及人类自身的渺小与微不足道。尽管人们可以自豪于自己取得的成就，但是在这些奇伟的大自然的奇景面前，人类的声音显得多么的微弱，似乎只有这时才能体会到人与大自然的位置。

水洞幽幽，思绪无边，奇特的本溪水洞在记忆中留下深刻而难忘的印记。

1996年5月23日写于辽宁铁岭

沈阳故宫与关外三陵

清朝在中国历史上留下辉煌而屈辱的一页，清朝统治者的始祖努尔哈赤原本是明朝统治下的地方官，历经多次晋级、加封，被明朝朝廷赐为"龙虎将军"，掌管东北军事。公元1583年努尔哈赤统一女真部落，创建"大金"国，他在数次征战，用武力统一女真部落之后，将全国的人口、财产、土地全部纳入正黄、镶黄等八旗，以旗统人，以旗统兵，出则征战，归则务农，随后在朱元璋减少对东北的管理，造成东北事实上的自治之后，进一步强大，公然与明朝分庭抗礼，在李自成进入北京之后，便拉开了反明的序幕。

清朝建立之后，最初建都沈阳，在沈阳修建了精巧的故宫。沈阳故宫坐落在沈阳东南，远远望去，是一片金碧辉煌的殿堂，沈阳故宫在努尔哈赤迁都沈阳时草草建设，至皇太极去"汗"称"帝"之后，大兴土木，扩建完成，皇太极在这里承接了父皇留下的基业，不断扩大自己的军事力量，在明朝发生变故之时，在故宫的十王亭前的龙亭中发布了清军进军山海关的命令，以"七大恨"为借口，八面军旗席卷中原，中国两千年厚重的历史，被强行翻到清朝一页。

　　沈阳故宫与北京故宫布局相似，只是没有那么庞大，皇太极登朝理事的崇政殿只相当于北京故宫的一个配房，崇政殿前面只铺着烧制的青砖，而没有使用石材，相当简陋。皇太极的寝宫清宁宫只有两间小房，大间用于接待宾朋，待客议事，小间用于睡觉。清宁宫两侧对称地建有四个妃子的住房，房子很小，院子也不大，倘若皇太极与其中某一位妃子吵架，四位妃子一定能够听得清清楚楚。皇帝与后妃们居住的小院前，建有一座四层的木楼，相当高大，名叫"凤凰楼"，其地基高度及建筑高度远大于崇政殿，很有些功高盖主的意味，这是北京故宫所没有的，"凤凰楼"是当年沈阳最高的建筑，被称作盛京十景，名叫"凤楼晓月"。

　　沈阳故宫除去小以外，最大的特点就是细，非常精细，不管是宫殿的殿堂布置，还是门洞地面、屋面檐脊、窗棂装饰，处处精雕细刻，精细入微地体现出满族建筑艺术的特点。想当年努尔哈赤与皇太极苦心经营，建造这座故宫的时候，大约也没有设想尽心尽力地去侵占中原，虽然皇太极以"七大恨"作为反明的理由，但似乎只是借口，他们有自己的土地，有自己生活的地域，并不是像越王勾践或是孙武那样下定决心报仇雪恨。皇太极起兵推翻明朝，只是在他势力强大之后，试图获取更大的利益，并不是想去夺回自己失去的江山，也许正是这样的原因，在外国列强侵袭之时，割让土地，赔偿白银，得之容易失之亦然。虽然得胜之后皇太极在北京建设了规模与气势都更加庞大的宫殿，在明朝的大殿中管辖与治理着中国更为广大的疆域，但是他心中依然念念不忘他的老家故居，以至于最终皇太极死于沈阳故宫的清宁宫。"树高千尺，落叶归根"，一向视"祖制"为镇国之宝的清朝皇帝，不断拜谒沈阳故宫，从关内运来大量建筑材料，大加修缮，把沈阳故宫扩建成今天的模样。

　　在沈阳故宫东侧，有一个长方形的宽阔的院落，建有著名的"十王亭"，院落北端是皇太极专属的龙亭，两侧对称是左右翼王与八旗各旗主的十个亭子。清朝朝中议事之时，十王分坐于十王亭中，商议军政大事，清军进军山海关的命令，就是在这里发布的。这十王亭虽然与龙亭有所差异，但毕竟是一间亭子，可以落座品茶，可以遮风避雨，不像北京故宫太和殿前站立的大臣，曲膝跪在皇帝面前，风吹日晒，这大约也体现了清朝建国之初生死与共、同生共难的君臣关系，可能也是清朝最初的"民主政治"的体现。十王亭只是清朝君臣关系的一段故事，随后清兵入关之后，十王亭逐渐演变成北京城内至今尚有遗迹的一座座王府，王公贵族的深宅大院，甚至是红楼梦中的大观园。

在沈阳故宫大门旁，有一个不大的院落，里面祭祀着皇太极祖先的牌位，这便是太庙。太庙建于沈阳东大街，后移建于此，太庙不大，只是些祭祀的牌位，没有特色，倒是发生在太庙中庄妃劝降洪承畴的故事非常吸引人，历史少见。庄妃是中国许多杰出女人中的一位，真的可以与武则天并列，她原来是皇太极的妃子，后下嫁多尔衮，殚精竭虑地为巩固大清政权立下汗马功劳。明末大将洪承畴被俘后关押在太庙，开始拒不投降，软硬不吃，只求一死，皇太极甚至已经动了杀掉洪承畴的想法。这时年轻貌美的庄妃轻装简从，孤身一人夜半来到太庙，软言细语，推心置腹，竭尽所能地劝说洪承畴，没有人知道那一夜太庙中到底发生了什么，最终硬汉洪承畴投降了清朝，拱手称臣。万马千军中叱咤风云，刀剑丛中视死如归的战将，在摇摆的钗裙与脂粉面前像是变了一副模样，此情此景，不免给沈阳太庙涂抹上几丝神秘的色彩。在中国历史上，清朝占据相当重要的位置，而沈阳故宫，在清朝的历史上，同样拥有非常重要的地位，成为历史中巨大的存在。

努尔哈赤死后，葬在福陵，福陵位于沈阳城东二十里的天柱山，是一座依山而建的陵园，园内古树参天，百年古松厚厚的树皮上镌刻着沧桑的岁月，路边的石像上锈迹斑斑，风雨剥蚀的面容，仿佛在默默地向人们诉说着他们看到的一景一幕。努尔哈赤的坟茔建在高高的山腰上，一百零八级台阶让人仰望不见其顶，封建帝王大都把坟墓修建在高山上，一方面是预防洪水的侵袭，更重要的是给人高大、宏伟的感觉，让人不由得肃然起敬。弯腰爬上台阶，便见到福陵，像清朝的其他陵墓一样，福陵前面是一座置放功德碑的碑亭，巨大的石碑上刻满歌功颂德的文字。再往后面走，是护卫坟墓的方城，正中一座巍峨的门楼，四周是小巧的角楼。走进方城，正面是供后代祭祀的"隆恩殿"，宽屋阔脊，大殿前汉白玉栏杆上花纹锦簇，殿内供奉着努尔哈赤的牌位，隆恩殿后面，是一座圆形土丘，厚厚的泥土下面，埋葬着叱咤风云的努尔哈赤的尸骨。

皇太极是努尔哈赤的第八子，曾经是八旗旗主之一，他多次随父征战，立下赫赫战功，努尔哈赤死后，他继父位称"汗"。1636年，他改后金国号为"大清"，登位称帝，1643年皇太极死于沈阳故宫的清宁宫，随后移葬于昭陵。

昭陵位于沈阳城北，陵园面积很大，如今已经开辟成水上乐园，儿童们在其中游玩嬉戏，昭陵与福陵大同小异，大约是依清朝"祖制"而建，半圆形的土丘下酣睡着"大清国"开国之帝。

永陵是大清皇帝爱新觉罗氏的祖陵，位于沈阳以西新宾满族自治县永陵镇。相传努尔哈赤起兵之际，有一次被敌人打败，落荒而逃，他背着父亲的骨骸来到苏子河畔的烟囱山下，见到一棵大榆树，枝繁叶茂，便将父亲的骨骸埋于大榆树之下，随后在树下招兵买马，起兵创业。他事成之后，在这棵大树下修建了祭祀祖先的永陵。1734年乾隆皇帝祭祖回到永陵，见到这棵大槐树，大加赞赏，封此树为"神树"，喜欢四处题诗留字的乾隆皇帝甚至不惜笔墨，撰写长篇《神树赋》，并命人雕刻在石碑之上。

辽阔的东北平原滋养了女真族的后裔，科尔沁沙漠彪烈的劲风培养了他们雄奇、彪悍的性格，他们在广阔的土地上厉兵秣马，雄心勃勃地虎视着更为广阔的中原腹地，终于在大明朝岌岌可危之际，高举起八面大旗乘虚而入，轻而易举地席卷中原，建立清朝，成为中国历史上最后一个封建王朝。

曾几何时，女真族威风凛凛地驰骋在山海关以外辽阔的田野，用骏马与战刀创建着属于自己的辉煌，然而时过境迁，在外国列强侵袭之时，腐败无力的清政府只能把大片江山拱手相让，更多的中国人呻吟在外国列强的铁蹄之下。时光飞逝，硕大的地球载负着巨大的山川河流，无声无息地绕着太阳旋转，在更为广大的银河系中飘荡。大清朝在经历了数百年的辉煌与耻辱之后，早已成为遥远的历史，只有这一座座耸立在大地之上的陵墓，与沈阳故宫一起，在时间的长河中，无声地向人们述说着曾经的历史。

1996年6月23日写于辽宁铁岭

胶州、胶莱河怀古

胶州城很美，据说曾经请过德国规划师帮助规划，街巷整齐，道路两侧全是树影婆娑的法国梧桐。漫步在胶州街头，忽然记起胶州历史上的一位人物，中原霸县农民的儿子韩复榘，在军阀混战的年代，割据山东，拒国共两党于门外，独霸一方。有一天，韩复榘以省主席的身份带着手枪营巡视当时的胶县，太阳升起老高了，县衙上仍无人上班，韩复榘非常生气，这时走来了一个衙役，这个人本是个赌徒，嗜赌成性，昨夜赌了个通宵，输得精光，唯恐回家被老婆责骂，便迷迷糊糊地来到县衙，冷不丁一抬头，撞上韩复榘，早已吓得体似筛糠，却没想到韩复榘看到他是县衙中第一个上班的人，大喜，当即任命他为县长，把上班迟到的县长革职拿问，这就是在胶州小有流传的"赌徒当县长"的故事。

由此联想到历史上的人物，很难用一时一事的行为来评价一生，倘若把上面的韩复榘说成是韩青天，岂不是大错特错。历史上的人物，远不是用"好与坏"能够概括的，往往历史人物既有这一面，又有那一面，只有综合分析全面把握，才能了解历史人物。

从胶州出来，环顾山东半岛，正像是一把短剑，斜伸着插入海面，分割成渤海和黄海，在山东半岛的东端，可以看到一条连接渤海与黄海的长河，名叫"胶莱河"。胶莱河的得名大约是一端连接着渤海的莱州湾，另一端连接着黄海的胶州湾，常言道水往低处流，可是胶莱河由黄海流向渤海，两边的海是平的，岂不有点奇怪？为修建济南到青岛的高速公路，来到胶莱河畔安营扎寨，脚下就是养育胶莱河的土地，眼前就是胶莱河流淌的河水，看着眼前真实的景物，越发奇怪。有一天，看到一本地方志，茅塞顿开。现状胶莱河全长二百余公里，由南向北穿越山东半岛，沟通黄渤二海，早期的胶莱河是互不相通的，自平度姚家村分水岭南北分流，分别叫南胶莱河、北胶莱河，分别流向黄海、渤海。元世祖灭宋统一全国之后，定都北京，每年都要到南方江淮一带调运大量稻米和其他物资运到北京，当时的漕运主要是京杭大运河，但是因为年久失修，大运河经常淤塞，而陆上运输跋山涉水，运输困难，采用海运，要绕过山东半岛烟台的成山头，巷道迂回，海滩多礁石，还有海上经常有海盗出没，难以保证安全。于是在1280年，莱州地方官员姚演奏请开凿新的胶莱河，以利运送货物。元世祖准奏，命姚演为总管，发官兵一万人，雇民夫数万人，开凿胶莱河。当时的技术水平有限，遇到坚硬的岩石，只能用柴火烧，然后浇上冷水，令岩石炸裂，逐渐开凿出运河的河床。经过数万人三年的努力，终于修凿成连接渤海与黄海的胶莱河，这以后，胶莱河经过不断的整治，在明朝社会中发挥着巨大的功效。史载胶莱河每年过船逾千艘，发运粮米六十万石，运输船队有水手两万余人，运粮场面蔚为壮观。

时光流水，岁月飞逝，金戈铁马的忽必烈早已融化在厚厚的泥土里，成为遥远的历史人物，只有数万民众历尽艰辛开凿的胶莱河，依然在历史的长河中静静地流淌，永恒地存在着。而今，我们这代人，将在古老的胶莱河上架设现代化的桥梁，让高速公路在河上飞驰而过，古老的胶莱河与现代化的济青高速公路，两个时代人类智慧与劳动的成果，交相叠加，相映成辉。

也许若干年后，我们的后人也会像我们凝视胶莱河一样，思索悠悠的岁月，遐思历史上的情景，那时新建的大桥将像古老的胶莱河一样，在历史的坐标上呈现着它的存在，思绪无边，只有这胶莱河的河水，依然静静地、默默无语地流淌着。

1995 年 9 月 10 日

铁岭龙首山游记

铁岭在沈阳以北，距离沈阳七十公里，铁岭两边靠河，辽河、柴河在铁岭交汇，冲积出一大片开阔的平地，铁岭就建在这片平地中。铁岭附近的地下水发红、发涩，或许是含铁较多的缘故，而且这里的水越烧越红，烧开的水呈现浓重的红色，这或许是铁岭得名的原因。

铁岭地处丘陵地带，高山之间夹杂着起伏的丘陵地，地势变化不是很大，但是高高低低，错落有致，除去极少的水田，大都是一年不用浇水的旱田，这种旱田完全靠天吃饭，所谓的"望天收"，春天播下种子，不除草、不施肥、不浇水，随它去，秋天打多少粮食是多少，尽随天意。铁岭雨季降雨很多，七月份甚至要闹点水灾，这里多下阵雨，雨量集中，天晴得好好的，半空中忽然飘来一片云，便稀里哗啦地下起雨来。有时隔着一条沟，沟这边下雨那边晴，故而有"这边旱死，那边涝死"的说法。雨量集中时，山间的积水冲下来，居高临下，很快汇集成大股的水流，称作"牤牛水"，也许正是因为"牤牛水"的存在，这里的水渠很少治理，往往顺其自然，听之任之，河道里常常积满从山上冲下来的砾石。

铁岭的商店关门很早，下午四点半就关门大吉，很多时候走进商店，空空荡荡，有点像北京的"精品屋"。铁岭附近有很多教堂，每到星期日便会有牧师传经布道，教民们正襟危坐，洗耳恭听，这也算是东北独特的一景。铁岭明显地分成南北两个城，北边是老城，房屋矮小，人口稠密，南边楼房林立，以火车站为中心，对称地排列着几座高楼，显出几分气势。

龙首山是铁岭著名的风景区，由东北向西南横卧在铁岭市东侧，大约是受到中华民族古老图腾的影响，这座山脉形象地命名为"龙首山"，有龙自然就要有龙头，山脉最北面的山峰就是"龙首"。山顶建有一座明清两代的佛塔，听村里的"半仙"讲，正是这座佛塔把龙王的眼睛压住了，故而铁岭很难出大人物，最大的官员只是个正师职的干部。但是佛塔压住了巨龙，使得它不能兴风作浪，保佑铁岭风调雨顺，政通人和，国泰民安。

沿着环绕龙首山的小路顺坡而上，周围的草木愈加繁茂，不高的榆树、槐树以及叫不出名的树木密密匝匝地长在路旁，把视线遮挡得严严实实。龙首山并不很高，走不多远就登上山顶，站在亭子上，四下望去，铁岭城市与龙首山周围的山川河流尽收眼底。东面的柴河静静地卧在山脚下，正在建设中的高速公路像一条黄色的彩带，披挂在绿色的大地上，西面的铁岭市大大小小的房舍像模型般地摆放在两山之间的空地上，远处铁岭市电厂巨大的冷却塔，不时喷发出一股股白色的热气。

龙首山有几座山峰，建有四望亭的是其中一个，另一座山峰上，建有一座清代的佛塔，十三层塔檐，四角挂着随风飘荡的风铃，这座佛塔建在靠近山边一侧陡峭的山岩旁，站立塔边，公路以及公路上穿行的车辆就在脚下，确实有一种居高临下的感觉。在龙首山另一座山峰上，建有一座明代的佛寺"慈清寺"，三重大殿，面西朝东，时至今日依然香火不断，香客如云。建在山间高地的佛寺，一方面体现出高大的威严，另一方面远离城市与人群的喧嚣，同时免受兵燹的损坏。尽管寺院建在山上，远离人群，但是从精神上连接着山下的人群，在历史的长河中长久地存在。

伫立龙首山山顶，感到脚下的土地就像英俊的小伙子，护卫着山脚下静静的柴河，山与河，构成均衡的统一体，山阳水阴，构成滋养人们生活的土地。

1996 年 5 月 5 日

游长白山天池

长白山山顶终年云雾缭绕，很难看到全貌。据说一位职位很高的官员，四次来到长白山，都没有看见神秘的长白山"天池"，其中一次在山顶上有人值班，看到没有雾，可以看见天池了，官员便开车上去，到了山顶，大雾弥漫，依然没有看见天池，可见亲眼看见天池的困难程度，很幸运，这次到长白山，清清楚楚地看见了天池。从小镇二道白河出发时还下着星星点点的小雨，搞不清山顶上面有没有雾，不远就到了山门，过山门之后尽是树林，高大而茂密，只有不宽的公路在树林间穿过，先是乘坐大轿车，在半山腰还要更换四轮驱动的越野车，才能开到山顶。

长白山主峰是一座圆锥体的山峰，山顶是巨大的火山口，四边的山脊是坚硬的火山岩，山脚下有一些红红绿绿的花草树木，再往高一点海拔就全是曲折而斑驳的桦树林，据说这种树是长白山特有的树种，叫作"美人松"，很可能是适应这里火山灰质的土壤，得以存活。这种树树形曲折而优美，老态龙钟，树皮凹凸不平，斑驳陆离，像是品味了多少世态炎凉，历经了多少沧桑岁月，高海拔、严寒、多风、多雨、冰冻等严酷的气候条件，造就了长白山美人松这一独特的树种。

海拔再升高，就完全没有了树木，只是矮草或苔藓类植物覆盖在坚硬的地表，有点像西藏的地貌，很快升到半山腰，可以清楚地俯瞰辽阔的白山黑水的大地，山间偶尔飘来一缕缕淡淡的白云，似乎触手可得，大地连绵不断地匍匐在山的脚下，地面上长满郁郁葱葱的树木，像是在大地上铺上薄薄的一层绒毯，又像是刚刚理过发的顽童的脑袋。

很快车在曲折而颠簸的山路上爬到山顶，首先看到的是涂满标语的部队曾经的营房，车便不能开了，只能下车，慢慢地徒步走到山顶，非常幸运，不一会儿便看到了天池。很难想象在如此高的山顶竟然有这样大的一片水面，像是蓝天抠出来的一部分，倒扣在地面上，天池的水湛蓝，水面没有一丝波纹，一动不动，平展展静静地镶嵌在周围的山峰中。天池四周山峰环绕，高低错落的山峰严严实实地围住水面，山峰黑漆漆的，有点狰狞，湖面并不很圆，有些边角还是直线，没有规律，高耸的山峰紧紧地环绕着一池清水。

天池对面是朝鲜的山坡，国界线在天池中央划过，山坡对面有朝鲜人修建的栈道，此时天空蔚蓝一片，湖面上反射着星星点点鱼鳞状的波光，尽管湖面很大，但是有周围山峰的环绕，水面依然平静如镜，一波不兴，转身回顾四周，可以清晰地看出周围更多的隆起在地面上的火山喷口的形状，这些近乎椭圆的火山口并不规整，山峰直立，犬牙交错，有几座凸起的山峰，岩石呈现暗黑的颜色，黑乎乎的，岩石上有大量的空洞，展示着火山岩典型的地貌特征。山顶上的游人纷纷以天池为背景照相，山与水的蓝色背景中间夹杂着黑色的山峰，景色异常优美，极目远眺，苍茫大地之上耸立着眼前奇妙的景色，实在是大自然的杰作。

长白山天池的奇特之处还在于天池的水面远高于地平面，但池中的水位从不下降，反而还总是有水流源源不断地从山峰间的缺口处以瀑布的形式流淌下来，飞流直下，水流很大，说不清流出来的水是从哪里来的，完全是空中补给水？水量似乎不够，而如果是从火山口地下冒出来的，如此高的山上怎么会有如此大水量的水流？实在是个迷，让人想不明白。

不管怎么样，第一次来到长白山天池，就清晰地看到了天池的全貌，应该说已经是十分幸运了，毕竟仅仅来到天池已经很不容易，又有上佳的运气，看到了完整的天池，清清楚楚，实在是庆幸，在庆幸之中走下山，告别了难得一见的长白山天池。

2008 年 6 月 10 日

澳门、香港印象

进入澳门首先要办通行证，在珠海等了一整天，过澳门边检的时候，澳门海关人员例行询问。同行的一位江西人，标准话发音不好，面容黝黑的澳门当地海关官员本来就听不清普通话，又是江西土话，更是听不清楚，抬眼看一眼，干脆盖个直接拒绝进入澳门的章，这位老兄只能返回江西，懊恼不已。入住酒店之后，感觉酒店宽大、豪华，明显的欧美风格，电视频道很多，有很多付费节目。

澳门跨海大桥很有特色，有点像罗锅桥，中间一个高大的通航孔，很有特点，澳门最大的建筑肯定是赌场，地标性建筑灯光闪耀，只是进去参观了一下，没有操作，也不会操作。赌场装修非常豪华，人很多，大都坐在桌子前面，不声不响地赌博，在电影上经常看到的赌场的情景展现在眼前，活灵活现，发牌的小姐确实很漂亮，还有很多洋人的面孔。

澳门赌场吸收了很多地方的财富，有点像度假村，并不是本地创造的财富，通过赌博带来财富积累，娱乐业与服务业是澳门的经济支柱。在街上逛了一圈，各种酒店星罗棋布，很有特色的威尼斯酒店，把运河放在了建筑之中，很有特点，酒店建筑有明显的葡萄牙特色，黄色曲线，体量不大，造型夸张。

在澳门可以看到各种肤色、面孔、衣着的人，有钱人居多，衣着华丽，路上的豪车很多，车身锃亮，有很多叫不上牌子的豪车。在香港、澳门，只是感到钱少，好东西很多，娱乐很多，服务很多，只是都需要花钱，灯红酒绿都是钱在支撑，这时想起那句著名的话，钱不是万能的，但是没有钱是万万不能的。短短两天时间走马观花，只是感受了一下澳门，并不能全面了解。

进入香港，首先的印象是狭窄，道路狭窄、商店狭窄、酒店狭窄，尤其是看到商店角落里兑换钱币的人，蜷缩在难以想象的狭小空间里，一整天待在那里，非常难受，更是觉得压抑。毕竟作为海岛城市，远没有大陆城市土地宽大，其次是人多，感觉到处都是人，人挤人、人挨人，街道上、商店里，甚至公司的办公室全是人，人们急急匆匆，着急忙慌地赶路，如此多的人拥挤在狭小的空间中生活和工作着。

电视只有几个台，可能是住的廉价酒店的缘故，远没有国际大都市之中的感觉，也没有什么好看的节目。酒店房间很窄，两个人住在一起，甚至要蹭到身体，很不舒服。街上的餐馆很多，但是很贵，在一间档次不高的餐馆，两个人吃的仅仅是包子就要七百元，实在太贵了，这还没有去更高档点的酒店。

维多利亚港实在是好看，尤其在山顶，向下望去各种游船星罗棋布，建筑、轮船点缀其间，风景很好，只是打出租车上来很贵，有点不划算。香港曾经是英国殖民地，街道上的车是左舵的，与大陆不一样，很不习惯，似乎好车更多，据说是因为车位贵，车位甚至比车还贵，因此买车的人一定买好车，这也是香港豪车很多的原因。回程的时候买飞机票，港龙航空居然是国航的六倍，也不知道香港的机票是怎么定价的，也太贵了，只能买国航的航班。

只是在香港简单走了一圈，应该说基本没有了解到香港。

2010 年 5 月 10 日

走进西藏

李娜的音调在众歌星中可以称得上是高的，也许只有她更适合用高得不能再高的声音唱出青藏高原"是谁带来远古的呼唤，是谁留下千年的期盼……我看见一座座山，一座座山川，一座座山川相连，呀啦索，那就是青藏高原"。雄浑的歌词的作者，虽然也写有呼唤、期盼，但最终还是被由一座座高山构成的青藏高原折服了。最后，歌词的收笔是简单的平铺直叙，是清淡的白描。

乘飞机从成都飞向拉萨，虽然飞机的高度是一万一千公尺，但稍一会儿，飞机便一步跨上青藏高原。从飞机舷窗向下望去，不知怎的，耳畔似乎响起李娜高亢的歌声。

跨上青藏高原之后，看见的全是山，巨大的无边无际的山。虽然在内地也见过秦岭的雄奇、华山的险峻，但只有西藏才是山的家园，只有登上西藏，才真正称得上"一览众山小"。连绵不断的山脊、山梁、山坡、山峰、山沟，构成一片立体的世界。长时间望去，似乎很难记起广袤的平原是什么模样，甚至让人觉得世界本来应是山的世界、山的模样，而平原只是这巨大世界稍不留意的偶然。

对遥远的、高高在上的，被称作"世界屋脊"的西藏，以前只是从图片、文字里知道它的存在。虔诚的佛教徒用写有经文的石片堆成"玛尼堆"，他们手握转经筒，围绕玛尼堆，一圈圈地转个不停，更有深信"五体投地"的信徒，在苍凉的雪山上，一次次卧地长拜不停。青稞酒伴着酥油茶，长着厚厚长毛的牦牛在山坡上游荡，厚厚的雪山，一点点融化，化成涓涓细流，点点滴滴从山顶流向山脚，从群山之中向遥远的远方流去。经幡飘飞在民居之上，升腾起牛粪燃烧冒出的烟气，山坡上的喇嘛庙里传来阵阵低重的诵经声。喜马拉雅山骄傲地耸立在地球之巅，神山与圣湖一年年地迎接着牧民的敬拜，然而所有这一切，都是从书本与图片上的间接认识，只有亲自来到西藏，才能真正地感受到它的存在。

飞机飞过起伏、无边无际的山脉，终于找到一块山间的河滩地，飞机盘旋几次之后，顺着山势，降落在河滩地上的贡嘎机场。也许是在西藏找到飞机的停靠地太不容易了，贡嘎机场距离拉萨竟有九十公里之遥。汽车沿着拉萨河边顺着山坡开凿出来的公路，慢慢地走着，很快，眼前的景物便变换成西藏独有的模样。首先是空旷，彻头彻尾的空旷，几乎很远都看不到人影，甚至看不到人类活动的痕迹。路边的山大都是石头山，石块浑圆，非常坚硬，只在石头上面长着薄薄的一层绿草，山脊之间不时有山泉冲毁的破裂面，裸露出坚硬的石块。水流之处，冲击出成片的石块与沙石的冲击面，有些冲击面很大，覆盖半个山坡，甚至冲下来，横向挡住公路。

路边的拉萨河很宽、很急、很清。河水宽阔，仿佛随时都可能暴涨起来，跳上路面，河水湍急，河流之中不时泛起片片闪着白光的浪花，河水很清，透过河水，隐约可以看见河床底部的脉络。走过好远，可以看到一片片藏族同胞居住的房舍，或是正在田野里劳动的藏族同胞，他们的房子方方正正，从外面明显地看出是用石块堆积而成，房子相互挨得很紧，有些还用石块堆积成矮墙围成的小院，田间的牧民大多从事着简单的劳动，大都用手工、用马驼，只是少数用拖拉机耕作。

汽车驶进拉萨，不多时便望见伫立在山顶的布达拉宫，拉萨的地势非常奇特，颇有几分"帝王之气"。布达拉宫前面是相当直顺的拉萨河，河道宽阔，雪水融化汇集而成的河水在流动中泛着阵阵波纹。布达拉宫坐落在拉萨市中心大约一百米高的石山之上，背后是一圈环绕的山脉，像一堵屏风，静静地拱卫着石山之上的布达拉宫。拉萨城的上空满是清澈透明的蓝天，飘浮着巨大的翻滚的白云。白云悬挂在蓝天之下，又像是巨大的羊群，有时像狰狞的怪物，有时像一片片翻腾的巨浪，有时像一缕缕细细的丝线，在这巨大的蓝天与白云之下，便是山与河环绕的拉萨城。

也许在多山的西藏也很难找到几处这样的空地，也许是根据灵感确定这是一片难觅的场所，于是拉萨成为西藏的中心，成为藏传佛教的中心，打上深深的藏传佛教的烙印，成为千万佛教徒向往的地方。当你漫步在拉萨，看到身穿褐色藏袍手握转经筒的藏族同胞，当你看到巨大的，金碧辉煌，装满黄金、珠宝、象牙的庙宇时，当你看到大昭寺前匍匐在地面上虔诚顶礼膜拜的信徒时，当你看到厚厚的在羊皮、草纸、绢、布上用金粉书写的经文时，当你看到庙宇帷幕后面，伴着浓烈的酥油灯一眼不眨的喇嘛时，你都会感受到藏传佛教在西藏的巨大存在。

对藏传佛教了解更多的是在书中看到的，百分之九十的藏族同胞信奉佛教，而几乎所有藏族聚居的地方都有寺院，寺院中生活着许多不婚不娶将终身托付给佛祖的喇嘛，教会还拥有大片的土地、山林，政教合一的体制从物质上增加了教会的力量。在人们把全部劳动、财产交给信仰之后，更让人感到其无所不在的力量，世界上有许多宗教，其中藏传佛教更加特殊，更加根深蒂固。

从物质的角度讲，藏传佛教有其存在的客观原因，青藏高原极高的海拔高度，恶劣的气候，难以逾越的积雪的山脉，使这里的生活环境异常艰难，在生产方式上，只能维持传统的农牧业，工业难以发展，造成人们对自身的力量非常依赖，非常脆弱，对自然、对人之外的力量越发崇拜，各种神祇接踵而至。在这种严酷的自然条件下生存，在人们依靠自身力量难以战胜自然的情况下，也只有更多地相信神秘的力量，寄希望于神来帮助自己，保佑自己。只有置身西藏，才能真正感受到神秘力量的存在，这时才能更加清楚地领悟到藏传佛教产生、发展的环境。

地理、气候的原因，使西藏很多地区保持着原始的生产方式，阳光把能量带给山坡上的嫩草，而牛羊从嫩草中获得养分，人们饲养牛羊，再从牛羊身上获得能量。依靠这种传统的方式，可以自生自养，这时宗教可以把更多的人联系起来构成整体。

西藏的气候非常恶劣，尽管拉萨海拔只有3700米，比海拔5000米的藏北高原和8000多米的珠穆朗玛峰低多了，但在拉萨，缺氧依然让人感到非常的难受。首先是头重脚轻，四肢无力，骨头关节非常疼痛，进而天灵盖、脊椎骨针刺般的疼，四肢乏力，走路难受，以致在拉萨的美景面前失去了努力观赏的勇气与欲望。由于缺氧，对再好的事也缺乏兴趣，甚至躺在床上，连看电视的精力都没有。一整天缺氧之后，疼痛难忍，反应剧烈，只有抱着氧气袋，使劲地吸氧气，吸氧之后，身上稍微舒服一些。躺在床上，更感觉生活在高原的藏族同胞的伟大，尽管他们依然依靠传统的生产方式，尽管他们虔诚地笃信着宗教，他们用特殊的方式，把周围牧草贮存的能量汇聚起来，变为自己生活的来源，维持生活。他们没有去掠夺他人的财富，也没有聚集起来，侵占更好的生活环境，假如把锦衣玉食、富饶丰满之地的人搬到西藏，他们会怎样生活，他们能够忍受住西藏的环境生活下来么？而如果把藏民移居到江浙一带的富庶地区，若干年后，他们会怎样生活？这样想着，愈发感到生活在西藏的藏民族的伟大。

西藏的巨大，非亲临不足以描绘，翻越一座大山，可能汽车要盘旋两三个小时才能到达垭口，而一旦登上山顶，才发现山脚下曾经的一大片村落是那样的渺小，小到几乎看不清楚，几乎微不足道。而登上山顶之后，面前依然是一大片连绵不断无休止的山脉。距离拉萨不远的羊卓雍湖曲折地环绕在山峰间，据说有一百多公里长，乘船在湖上行走，每小时四十公里的速度，足足走了四个小时。湖水全是融化的雪水汇聚而成，清澈见底，呈蔚蓝色，湖水映在高悬的白云之下，显得格外的蓝。孔子曾经感慨"登泰山而小天下"，而为历代人们称颂，历代帝王封禅之地的泰山，假如放在西藏，肯定排不上座次，在众山之中默默无闻，这样来说，西藏众多的山峰只能背地里暗暗地抱怨"生不逢时"了。

在西藏随时随地能够让人感到宗教的存在，经幡、玛尼堆、寺庙、转经的人流，让人感到这里的人是为了宗教而存在、而生活。在拉萨最能体现宗教存在的就是高耸的布达拉宫以及面积巨大的大昭寺，布达拉宫是拉萨的中心，耸立在山坡上，一层又一层独特的宫殿非常突出，从哪里看都是视觉中心，都占据最佳的视角，在拉萨的各个角落都能看到它的存在。在西藏这样气候恶劣的地方，几乎完全靠简单的人力修建这样庞大的宫殿，是多么的不容易。巨大的石块，粗大的木料，以及稀有的黄金珠宝，被人们从遥远的大山之中，通过崎岖难走的山路运来，有规律地放置在山坡之上，构建成一座被列为世界文化遗产的庞大的建筑。据史料记载，修建布达拉宫时动用了西藏全部的青壮劳动力，历时几十年，人们被精神的、宗教的力量驱使着，自带干粮、帐篷，从四面八方聚集而来，通过艰苦的劳动建造了这座巨大的宫殿。

依山而建的布达拉宫，分白宫和红宫两部分，红宫内供奉着历代达赖喇嘛的遗骨，放置在灵塔之中，灵塔用黄金包裹，上面镶嵌着数千颗稀世的珍珠，其中五世达赖的灵塔竟用了5.7吨黄金。

与西藏紧密的关系很重要的人物是文成公主，而文成公主用羊驮土修建的大昭寺，更成为汉藏联系最明显的证据，大昭寺内供奉的佛像成为圣物，门前总是匍匐着远道而来的朝圣者，伸直双臂，五体投地地朝拜。年老的、面容乌黑的人们在寺前匍匐着，一次次重复着简单的动作，双手、双膝把地面上的石板磨成两条深深的沟槽，给人留下深刻的印象。站在大昭寺的屋顶，透过金光闪烁的法轮，向远处望去，布达拉宫与大昭寺遥相呼应，构成一幅精美的图画。

虽然对气候、地势、山势、宗教有了一定的认识，在脑海里有了很多联想、感叹，把图片上看到的西藏与眼前看到的西藏进行了对比，但是到底只在拉萨，对于更为高远的西藏的广大地区，对于常年积雪的山峰，对于至今无人深入的无人区，依然知之甚少，尽管这样，已经被西藏巨大的气势所折服了，西藏留下的印象永远留在脑海之中。

重新回到贡嘎机场，坐上现代化的飞机，再一次向窗外看一看西藏的山、西藏的天，贪婪地吸吮着飞机上喷出的氧气，多日来缺氧造成的疼痛终于彻底地消失了，从里到外的舒服。

飞机重又飞到高空，眼前一片片无边无际的山脉，似乎只有山脉和山峰，铺天盖地的山，耳畔重又回响起李娜高亢的歌声"我看见一座座山，一座座山川，一座座山川相连，呀啦索，那就是青藏高原"。

假如有人在内地问青藏高原是什么模样，最简单的回答就是"我看见一座座山，那就是青藏高原"。

2017 年 7 月 10 日

风烟曲

自序：二零零七年四月，在有点残破的山海关老城中偶然游览了原本是盐商旧宅的"王家大院"，其中有一间东厢房，曾经是陈圆圆逃难时来到山海关的住所。回想起"冲冠一怒为红颜"的明朝重臣吴三桂，以及清军进关乃至清朝被列强欺凌的历史。如果没有刘宗敏对陈圆圆的虎视，也就不会有吴三桂的投降，也许中国的历史将要被改写。在中国历史以至世界历史上，因为某个女人而改变历史的故事屡见不鲜，西施、褒姒、文成公主、王昭君、武则天，某种程度上讲，历史的很多转折是在女人的影响下完成的。而这时拼命厮杀的男人们倒有点像被倒提着的木偶。又想起曾经发生在残破院落以及苍茫大地之上的难以计数的恩爱故事，不免颇有所感，乃摹仿白居易《长恨歌》杜撰一篇长诗，以记载曾经发生的事和自己此时此刻的感受。词不达意，点到为止，只为一时之快。是为序。

雄关巍峨立海边，秋风瑟瑟满眼帘，庭院深深日光斜，半依窗格掩愁颜。
水灾天旱饥民起，聚众揭竿立旌旗，风卷残云掠城池，箭指皇城震京畿。
收金藏银弃故宅，车轮滚滚烟尘来，惶惶奔路天昏暗，古城旧宅木门开。
斜卧雕床夜无眠，更忆帝都美容颜，千金散尽且为乐，青春飘逝舞蹁跹。
贵戚达官堂前走，公子王孙散忧愁，醉卧锦榻梦中笑，画坊酒楼拔头筹。
世事难料硝烟到，血染乱世花难俏，魂消魄散自顾命，风卷黄沙掩天娇。
委身边关遇娇郎，女貌君才夜语长，荒野千里有知己，薄命红颜命不殇。
三皇五帝开天地，女娲洛神目光斜，卿卿我我甜如蜜，女爱男欢创世界。
佳人才子说不尽，离合悲欢人相亲，阴阳交合乾坤转，情海无涯代代新。
清水洗面施薄粉，红袄绿裤镶彩边，黛眉低垂望树影，静气宁神盼君还。
秋风渐冷池水暖，薄窗轻颤寒月圆，夜静耳语枕边情，良辰美景古难全。
谁料惊雷风乍起，枪鸣人吼马蹄疾，怒目圆睁手握刀，玉陨香消魂归西。
二虎相争身难保，毫厘之念归阴曹，只恨红颜何附体，枉得娇容祸难逃。
拍案而起冲冠怒，泪飞如雨与天哭，长剑在手空悲叹，红颜归己路何图。
仰天长叹屈膝跪，城门洞开人心碎，青史留名为红粉，但得娇娘人将醉。
黄泉路上无老少，知音难觅在今朝，倾城倾国人笑痴，纸船明烛照天烧。
京城远望奔滇池，长路坎坷有相知，软语轻歌诉不尽，暮年情深不为迟。

朝辉夕阴度日月，青丝白发鬓如雪，黄土垄下得正果，鸟鸣鹰啼歌声绝。
感天悲地换江山，绝尘弃世人难还，沧桑几度山河在，恩爱缠绵葬山峦。
春风又绿江南岸，鸟语欢歌代代传，往事如烟风尘散，马蹄声鸣大路宽。
悲歌泣血向天歌，轮回再造人几多，云消烟散春光暖，岁月无痕在天河。

2008年4月16日作于香山饭店

感触地域文化

之一：在大板买巴林石

从赤峰往北的路途几乎都是荒漠，山是光秃秃的，地上只有枯萎的矮草，也许是季节不合适，满目凄凉，周围几乎没有超过一米高的物品，几乎没有黄颜色以外的任何其他颜色，除去风吹起的烟尘以外就没有任何生机。很长距离都没有村庄，没有人类活动的痕迹，好不容易有个村庄，也悄然无声，空空荡荡，内蒙古腹地的景色是想象不出来的，只有亲身体验。

巴林左旗在当地叫"大板"，如果不是亲自来怎么也不知道，大多数指示牌写的都是大板，没几个写巴林左旗的，很是奇怪。走了很远才看见城市，城市全是平房，散布在辽阔而平坦的沙漠上，一览无余，城市不大，也就有六七条街，稍一开车就走出了城市。城市中心区有一个很大的巴林石市场，里面都是很小的门面，一家挨一家。

虽然来之前也看了不少关于巴林石的资料，但还是要现场学习，于是从头开始，一间间门面看，确实大开眼界，第一是石头非常精彩，千奇百怪，非常细腻，色彩鲜艳，有各种颜色、各种形态；第二是价格贵得惊人，稍有点红色鸡血的石头就要几万甚至几十万元，就是小小的一方印，看得上眼的也要一两万元，在如此荒凉的沙漠之上，石头的价格是以万为计量单位，实在超出想象。这里有一处很长的地质断裂带，深陷在地下，里面布满沟壑，各种奇特的石块蕴藏其中。

巴林石是中国四大名石之一，古代官员用的印都要用这样的石头制作，印是权力的象征，有了印就有了生杀予夺的权力，因此很让人崇拜。中国的士大夫们崇拜玉，以玉为自己社会地位的标志，在茶余饭后便欣赏精美的石头，把玩、品鉴，成为风尚。时过境迁，人们并不那么崇拜石头了，但毕竟只有亲身来到巴林左旗，来到巴林石藏身的浩瀚的沙漠，才能有更清晰的理解和更强烈的印象，更加了解巴林石，就像"大漠孤烟直，长河落日圆"这种诗的意境，只有身临其境才能明察。

看着一块块精美的鲜红的巴林鸡血石，听着一次次攀升的惊人的价格，对只在图片上见到的巴林石有了更清晰的认识，但是实在太贵了，挑来挑去，终于捡了一块雕工很好，相对便宜的石头买下来，作为纪念，也要5000元，想不到的贵，但这块石头黄黑结合，浑然天成，着实令人喜欢，也是亲自来到巴林左旗的纪念。在惊讶中结束了自己大漠深处的买石之旅。

2008年10月31日

之二：在陕西蓝田买蓝田石

由于坚信非亲临实地而不买的原则，必须亲自到原产地买石头，不远千里来到陕西西安附近的蓝田。由于有高速公路，非常方便，从西安不到一个小时就到了蓝田。基本是平原，只在南面有一条长长的山脉，就是著名蓝田玉的产地。但没想到中国四大名玉之一的陕西"蓝田玉"价格竟这样便宜。对于玉这样的天然观赏品，价格完全由多少决定，蓝田玉因为多而不很值钱，很大的一块才一两千元。

蓝田玉以蓝、白为主，属于中硬度玉，适宜雕琢，最常见的是"白菜"，有发财的含义。买的人不多，一凑到柜台就有好几个卖的人围上来，价格压得也很低，基本六到七折就可以买下来。由于很便宜，最后买了一棵蓝田玉雕白菜，一块方砖，一块"李白醉酒"的浮雕，结束了这趟蓝田买玉之行。

2008年11月24日

之三：在寿山买寿山石

在中国历史上，石头一个很重要的用途是做印，即所谓"印石"。由于各个朝代官府都要为各级官员配发印章，作为发文件的凭证，因此，印成为权力的象征。由此而来，读书人都要拥有印，在自己的书籍、绘画上用印。而皇权的更迭，使得印石的需求量大增，随后是文人茶余饭后对石的欣赏、把玩，产生特有的"石文化"。在各种石材中，寿山石、巴林石、昌化石、青田石是最有名的四大名石。

只有寿山没有亲自去过，再困难也要去一下，原本想乘公交车，但出租车司机说车况太差，时间间隔长，只能包出租车去，150元来回。也许是刚去完辽阔的内蒙古的缘故，当车开上不高的山的时候，远没有想象的感觉，很小的山村，有一些水稻田，普通得很，山也不高，没有什么气势，但这就是著名的福建寿山石的产地。一些村民在泥水里翻石头，可能这样的石头已经翻过多少遍了，头上还搭着布棚，一堆堆的。有一些石头被挖出来，放在路边，发黄的颜色，有条纹。就在周围不大的山上，出现了色彩斑斓的寿山石。其中最著名的是"田黄"，珍贵大于黄金。颜色可能是火山喷发产生的矿物质的原因，显得灿烂而晶莹，好的石头已经有结晶体，很透亮，有点接近玉的色彩和质地。村庄中有很多小摊铺，有原石、雕刻石、印石，越好看的越贵，越精彩的越贵，彩色印石的形状很吸引人，最后买了一块三色镂雕石作为纪念，也算精彩，花费3000元，在北京估计要卖到8000元左右。

终于到过了全中国四大名石的产地，也算欣慰。

2008年11月14日

之四：在荆州的长江边上拣三峡石

来到古老的荆州古城，看到路标，便来到荆州长江桥边上，看一眼长江大桥，对跨越长江的人造建筑总有几分敬畏。回来的路上经过一个沙石场，就是从长江中央挖掘的卵石，用船运过来，堆在岸上，再运走。堆在江边的石块像小山一样，石块都不大，直径也就十公分。停下车来看，感觉石头不一样，有很多圆的石块上有很明显的纹路，是不同材质的石材的结合面，经过上千年甚至上万年的冲刷、搬运、摩擦，形成滚圆的形状，从遥远的喀拉昆仑山不远万里来到这里。于是下车爬到石头堆上拣，很多，各种形状，纹路很有特点，有的像人、动物的图案，有的像太阳系，像简单的汉字，各种颜色，各种纹路，一边拣一边感叹大自然的神奇的力量。很快就拣了很多。非常高兴，像找到了宝贝。

可见，不花钱也同样可以获得乐趣，而且很令人兴奋。

2008年6月1日

之五：雅安赏雅女

雅安是中国很特殊的城市，最大的特点雨多，一年365天之中竟有200多天要下雨，因此有"雨城"的美称。雅安有三绝：雅雨、雅鱼、雅女。雅雨是因为雨多；雅鱼是生长在雅江中的特有的鱼，由于雅江的水是由雪山的水融化而来，因而很凉，只有雅鱼生长在其中；雅女则很有特点，大凡出美女的地方大都是比较富庶的地区，因为富才有能力去打扮，才有能力去欣赏美。比如杭州、扬州、米脂、重庆等，或者是商业重镇，或者是首都，才能出美女。

出美女也是很不容易的，要经过数代的选择、淘汰，才能有美女，要有好的社会环境，要有经济条件，要有悠闲的心情，要有空闲的时间，等等，艰苦的环境、战争、灾难、贫困的环境是出不了美女的，就是有美女也会被改变而不美。某种意义上讲，美女也是社会的财富，是文化产物，是属于文化遗产的保护范围。雅安为什么产美女呢？在雅安的街道上，河边茶馆里确实看到不少美女，主要是打扮得比较好，时髦、得体、性感、大胆，还有就是比较瘦，皮肤白，还有就是都追求自我表现，互相比着美。雅安产美女的原因是雅安比较休闲，比较安逸，人们有时间去评价、去欣赏美，还有就是气候湿润、温和。人们在追求享受生活的时候自然去追求美，有人欣赏就有人打扮，这样雅安就出了美女。

这就是雅安出美女的原因。

2008年10月18日

之六：在铁岭听二人转

二人转是东北的特产，天气寒冷之时，东北人在屋里猫冬，没事干，便闲聊，逐渐演变出"二人转"。可以说最大的特点是"黄"，男女之事，赤裸裸，把最后的"底线"撕掉，把人的隐私展示出来。在大城市管得严，变成了"绿色二人转"，也逗，但不敢太过分了。在铁岭去听比较黄的二人转，确实黄，一点不犹豫，让听众从头笑到最后，但是并不脏，只是逗。比如，说一个人喝啤酒多了，大肚子挺着到医院看病，走错门了，走到妇产科，护士让躺在床上，用手摸，说：怎么小孩的脚都出来了？这就是正宗的东北二人转，特定的环境，说也就无所谓了。也是地方文化的范畴，如果放在江苏，和评弹放在一起,很不协调,只有在东北,在天寒地冻的环境中,才有二人转生存的空间。

2009 年 7 月 10 日

之七:1714 公里,内蒙古人也太猛了!

从赤峰开车去巴林右旗,将近 200 公里没有人烟,甚至几乎没有高于一米的东西,十分荒凉。路边立着一块大牌子,是那种专门标注文物旅游的黄颜色的牌子,画了一个大蒙古包的图画,旁边注着"*** 旗 ** 遗址 1714 公里"。好家伙,一下子支出去 1700 公里,在欧洲都要过好几个国家了,肯定中间没有什么大城市,没有什么遗迹,很可能也是一望无际的沙漠,只在 1714 公里之外,才有值得看的东西,内蒙古实在太大了,内蒙古人也太猛了!

2009 年 10 月 5 日

之八:老子化胡,很有意思

电视片"法门寺"栏目讲到佛教的起源,在中国历史上,佛教在唐朝达到最盛,而在汉朝,是推崇道教的,老子是道家的始祖,在老子写《道德经》的函谷关,听到一种说法,说老子紫气东来,骑青牛来到函古关著书立说,写《老子》《道德经》,但以后老子去哪里了,没有确定的结论。有一种说法是,老子去了西域,或许到了印度,老子教育胡人,进而产生佛教,就是所谓的"老子化胡"。这件事不一定是真的,但是还是说明中国道教文化历史很长,甚至久于佛教。佛教进入中国后经历了很长的本土化进程,比如儒家讲忠君——国无二君,讲传后代——不孝有三,无后为大,这与佛教都有冲突,后来有高僧对佛教进行了修改,比如说把君王神话,说成是佛的化身,慈禧就自称老佛爷,解决了忠君与礼佛的问题,还有说父母是今生佛,佛祖是七世佛等等,解决了尊佛与孝敬父母的关系。由于做了种种调整,佛教最终大幅度地进入中国,甚至在印度佛教衰败之后,中国的佛教还很昌盛。

但第一次听说"老子化胡"的说法,也很有意思。

2009 年 5 月 10 日

之九：会休闲的成都人

中国要向联合国申报"休闲之都"并举办"世界休闲博览会"。于是桂林、昆明、杭州、成都等城市跃跃欲试、摩拳擦掌，纷纷组织人员，编制文件，整修城市，希望获得"休闲之都"的美名。数月后，申报文件出台，杭州的厚厚一本，全面论述了杭州的优点、好处，政府对休闲产业的重视，投入量等等，图文并茂，而成都的文件只有很薄的一小本，内容不多。后来杭州获得了"休闲之都"的称号，为此还举办了"世界休闲博览会"。对此，成都人不屑一顾，看都不看地说"让杭州人申报吧，我们还是休闲我们自己的吧"。争都懒得争，才是成都人休闲的最佳心态，也是休闲的最高境界。当杭州人想着从获得"休闲之都"的称号中获得多少经济利益的时候，成都人想都懒得想，算都懒得算，正琢磨着找地方喝茶打麻将呐！

2016 年 10 月 15 日

凭吊历史，缅怀先人

之一：游江西吉安白鹭洲书院

江西吉安古称"庐陵"，历史悠久。在城边有宽阔的赣江流过，江中有一小岛，名白鹭洲，可能是以前曾经有过白鹭。江水从船形的小岛两边流过，把小岛修成流线形。岛上绿树茂盛，郁郁葱葱，江边甚至还躺着被水冲倒的大树。

书院是中国古代科举时代的产物，是为读书考取功名而设置的，主要是学习儒家的经典作品，灌输社会观、人生观，灌输统治社会的经验。经过艰苦学习的人，通过考试，获得一定的权力，帮助通过武力获得最高统治权的皇帝，管理国家、管理社会，并获得个人的很舒服的待遇。中国古代，在没有现代工业的情况下，科举是当官的唯一路径，无数聪明的青年努力地学习。现在的书院已经荒废，只有一座三层的木结构阁楼，还挺立在几乎荒芜的岛上，岛的大部分已经建成"白鹭洲中学"，具有近现代风格的建筑，建有吉安著名的文天祥的雕像。在因特网的时代，在哪里建校园，在哪里读书，似乎显得并不重要，随便哪个地方，无线网络可以便捷地把各种知识送到面前，在固定的地方读书已经变得没有了意义。

站在白鹭洲的顶部,浩瀚的江水湍急地流向下游、流向长江,而历史上曾经培养了无数读书人的白鹭书院,像一个年迈的老人,静静地伫立在绿树掩映的小岛上。

2012 年 8 月 18 日

之二:游吉安文天祥纪念馆

如果不是在吉安有工程,甚至不知道文天祥是江西吉安人。文天祥的纪念馆在吉安市到吉安县的路边上,不高的小山丘,有一座高大的殿堂。在中国历史上,科举制度是很有地位的制度,一方面读书人通过科举获得社会管理的权力,获得较高的社会地位,另一方面,皇帝通过科举笼络了读书人的心,也耗尽了读书人的精力,达到稳定社会的目的。实际上,几乎所有皇帝都是靠武力而不是书本来得到天下的,即"马背上的皇帝",而且统治国家也基本上最终靠的是武力。但由于统治需要知识,需要吸收历史上管理国家、社会的经验,便需要选拔读书人来协助统治,于是建立了科举制度。

文天祥就是这种科举制度的胜利者,在宋理宗期间获得状元的称号。尽管获得状元与他的名字里有"天祥"两个字有很大关系,但毕竟他达到了读书人追求的最高目的,提倡"修身、齐家、治国、平天下",文天祥按照中国读书人的传统轨迹运行着。像很多通过读书步入官场的人一样,治理社会,吟诗作赋,留取功名。然而好景不长,元军的铁蹄搅碎了他的美梦,他不得不面对刀光剑影的战争。同很多由于读书而坚信忠君的文人一样,文天祥组织抗元,辗转战斗。终于寡不敌众,被元军俘获。由于他特殊的明朝状元的身份,元军头领想利用他感化中国众多的读书人,便想尽办法利诱劝降,文天祥被带到南京、北京,受到监禁。但他终于不能屈服,保持着刚毅的气节,坚决不投降,最后在北京被杀害。文天祥"人生自古谁无死,留取丹心照汉青"的诗句成为千古绝唱,成为爱国的明言,成为很多为信仰而牺牲的人的信念。

正是这样才有了现在吉安的文天祥纪念馆,也算是来吉安做工程附带的收获。于是作诗一首,以为纪念:

游吉安文天祥纪念馆

丹心散尽浩气寸，

铁戈金马阅江山。

青史留名人未老，

诗传千古有佳篇。

2008 年 8 月 3 日

之三：观滕王阁记

虽然到过很多次南昌，但还是想去看看滕王阁。是打听着自己去的，正是下班的时候，街道上的车和人很多，大都急着回家，似乎没有人对就在他们身边的滕王阁感兴趣。由于刚下了雨，地上湿漉漉的，空气中有一股清新的味道，也还算舒服。滕王阁坐落在江边，视野非常开阔，大约也是新建的仿古建筑，管理人员都下班了，只有在外面仰面观看。好在以前去过几次，大概也可以想象一下登楼极目远眺的感觉与意境。太阳就要落山了，在流动的水面上留下一片光影，形成微动的涟漪。清风拂面，一派清凉。大凡修建楼堂，都是在朝代昌盛的时期，盛唐过后，国力强盛成为历史上少有的盛事。在这种条件下，高大的滕王阁跃然而出，成为地标建筑，成为南昌发展的象征。

也正是在这样的背景下，一代才子王勃应运而生。王勃几乎可以说是为写《滕王阁序》而出生，而造就的，因为在他写了这篇千古文章之后，在继续南下的路上翻船去世了，《滕王阁序》成为王勃的绝笔。而正是这绝笔的文章，使滕王阁名扬天下。现在的人，建这样的楼易如反掌，不管是技术，还是财力，都今非昔比，但还有多少人能够写出、能够读懂《滕王阁序》这样的文章呢？像流行歌曲里大白话一样的流水账式的歌词，或是报纸上长篇大论的文章，又怎能跟《滕王阁序》相比？指望计算机提高人们的文学修养看来是不可能的，能够用手划拉几笔字的人都是凤毛麟角，更不要说吟诗作赋。但毕竟滕王阁依然屹立着，依然面对着宽阔的河水，看着川流不息的车流与人群。落雁依然伴着白雾飞翔，而秋水依然与长天一色，唯一改变的是时间的坐标。

可以肯定的是，在王勃之后，《滕王阁序》成了永远的绝笔。

2008 年 11 月 17 日

之四：路游浔阳楼

在江西九江长江边上，偶然停车，见路边有一高楼，一看，是著名的宋江题反诗的"浔阳楼"，还是白居易著名的《长恨歌》的"浔阳街头夜送客，枫叶荻花秋瑟瑟"的发生地，便停车观看。楼不高，只有三层，二三层是通透的大厅。边上有带扶手的栏杆。楼的位置很好，立在宽阔的长江边上，不远处是拱型的九江长江大桥。宽阔的长江水呈浑黄色，水的流速很快，可以看到明显的波纹。站在楼上望着滚滚的长江水，很有几分水天一色，天宽地阔的感觉。古人非常聪明，很会享受生活，在这样的地方建一座高楼，饮酒品茶，谈古论今，真是好地方。宋江是山东郓城人，很有点雄心壮志，在九江做官感觉不很得志，有点抑郁。终于在喝醉酒之后在楼的墙壁上写下一首诗，其中有两句触犯龙庭的话，被人告发，被捕下狱，最终被迫走上梁山。如今宋江当年题的诗被人用瓷砖刻在墙上，历历在目。

楼外江水依旧，滔滔而东流，浩瀚无垠，有点像逝去的历史，川流不息，流向远方。

2010 年 7 月 30 日

之五：游荆州古城

在罗贯中《三国演义》中，荆州占有很重要的位置，在刘备得到四川之前，荆州几乎是刘备唯一的容身之地。还有就是关公为保荆州而进行的努力以及最后的殒命，都为荆州涂上浓重的色彩。荆州城不像北京、西安、平遥、大同等老城，不是方正的，是很不规则的曲线形状，这可能与南方多水的河道的曲折相关联。现存的城墙也不连续，各个城门间没有联系，只是孤立的景点。城还算大，城墙只是装饰，城中的建筑全是新的，人们生活其中，这与平遥古城很有不同。城墙外的河里水量充足，很有南方的特点，古老的城砖上也是青苔一片，体现出南方湿润的特点。在曾经发生故事的遗址上流连，总不免有怀古的幽情，让人联想起烽火硝烟的战场，产生连绵的思绪。有时间还要认真地再读一遍著名的《三国演义》。

2015 年 10 月 15 日

之六:游西安大明宫遗址

虽然曾经来过 N 次西安,但是没有来看大明官遗址。遗址景区很好找,地铁站旁边就是,非常大的遗址,外边是开放区域,市民可以在里面活动,里面的核心区是收费区,六十元票价。核心区是曾经的大明宫的遗址,玄武门以及各种大殿。在一个角落,有按照比例建造的大明宫的模型,非常真实地展示了整体的情况。在秦之后,经过汉代不断的发展,至唐朝的时候,中国的集权制度已经非常的完善,中国的国力发展到一个相当高的程度,西安的人口已经超过一百万,而此时的巴黎还是一片荒地,甚至罗马也就几十万人。农牧业、手工业的发展,使西安成为物流集散地的中心,丝绸之路的起点。而此时中国的集权制的皇权制度,家天下的制度发展到了顶点,巨大的官殿、浩大的院落建立起来,皇帝在享受统治天下的同时,也在自己的安乐窝中享受豪华的生活。由于文字的记载,唐朝的历史非常的清晰,人们很容易了解一千年前发生的事情,唐朝的生产力发达,人们已经不满足于吃饱穿暖,而是追求精神上的享受,唐诗、舞蹈、绘画、宗教,这些在农耕文化的精神享受发展起来,皇帝成为这种享受的推动者。很难想象社会差别很大,路有冻死骨的情况下,会出现辉煌的诗篇。也很难想象,饥民遍地的情况下,皇帝与大臣看着舞蹈吟咏诗篇。甚至辉煌的丝绸之路,如果没有足够的物质基础,是难以实现的。

大明宫遗址上曾经的建筑,体现出大唐的辉煌,而在这些遗址上曾经发生的历史事件,大臣、皇亲国戚、妃嫔们的悲欢离合,非常清晰地展现在眼前,历历在目。大唐盛世,在中国历史上成为很多后来的皇帝追寻的目标,甚至直到今天,复兴中华,依然以大唐作为标杆,作为对标。在世界范围内,能够达到大唐经济水平的时代、国家,也不是很多,而且很晚。西安曾经是十三朝的古都,地面上到处是汉、唐的遗址,这片巨大的大明宫遗址,在西安市区占据很大的面积,既是一种财富,也是一种负担,与此相仿的还有汉宫遗址,占地面积更大。西安正是在历史的重叠中、积存中发展起来的,历史在西安留下厚重的足迹。

有机会目睹大明宫的遗存,回味历史,令人难忘。

2019 年 11 月 2 日

感悟地理、地质对文化、社会的影响

之一：有关地理、地质于文化的案例

古希腊哲学家德漠克利特有一个名言"地理是一切国王的国王"。这句话的意思是说地理决定了文化、经济等因素。文化、习惯、宗教、政治、经济、生活方式等实际上都与地质、地理有关系，都是环境的产物。地理、地质是基本的信息，与之相联系的气候、气象是最基础的人类生存因素。各个大学研究的知识是分层次的，大概的层次可以理解为：最基本的是天文学，然后就是地质学、地理学，在此基础之上，出现植物学、动物学，然后是人类学，在人类学的基础上出现医学、文化、宗教、哲学、政治、经济、金融等，后面是化学、物理、工程技术、航天等，这就是人类知识层级的顺序，地理学、地质学是人类最基础的知识。

下面分析与地理学、地质学相关联的一些案例，大多是本人实地考察，有所感悟而体会得出的，不一定准确，但是可以增加很多旅游的乐趣。

（1）中国大一统国家的形成与地理因素：秦始皇统一六国以后中国就成为一个大一统的国家，四大文明古国唯独中国延续。为什么呢？很大原因是由地理决定的，因为中国有两条大河——长江与黄河，中国大部分版图都在两条河的范围内，脱离不了这两条河。长江的海拔落差2000~3000米，而莱茵河的落差只有200~300米，所以莱茵河沿岸形成若干个邦联制国家。

（2）中国与美国地理环境比较：有学者对比中美地理环境，美国除去落基山脉基本是平原，大西洋、太平洋隔得很远，没有相邻敌对国家，北边五大湖以北的加拿大非常寒冷，不适合大量人居住，所以对美国没有构成威胁，墨西哥有少量偷渡的，但边境很狭窄，所以美国地理、气候非常优越，很容易成为非常发达的国家。而中国周边邻国多，人口稠密，中国的青藏高原不适合居住，将近三分之二的版图地理、气候不适宜人的居住，造成历史上战乱非常多。

（3）中国与巴基斯坦的关系：与中国比较友好的国家之一是巴基斯坦，从秦朝开始之间就没有战争，原因是中巴之间隔着巨大的山脉——喀喇昆仑山、喜马拉雅山，平均海拔高度6700米，没有垭口，无法翻越，所以两个国家少有战争。"一衣带水，骨肉相亲"是一种描述，有领土纠纷、河流纠纷的就容易产生战争。

（4）黄河泛滥与地理因素：黄河是摆动河流，摆动的范围非常大，曾经的黄河入海口在山东曲阜，现在在山东东营，黄河的摆动造成流沙很大，造就了包括河南开封一带的平原。开封处黄河的河底比开封铁塔顶还要高，开封已经被掩埋过六次。黄河曾经是内陆河，在今天三门峡一代曾经有一个像青海湖一样的湖泊，后来太行山脉的岩石破碎，黄河流出，入海。

（5）长江入海后的位置：长江入海口最早在江苏镇江，长江下游的无锡、上海全是淤积起来的，所以上海的基坑支撑都要做连续墙，上海地下没有岩石，盾构全是泥水平衡盾构，就是长江淤积的原因。

（6）海洋、游牧、农耕民族的差别：中国是典型的农耕民族，农耕民族活动空间有限，有着简单重复的生活方式，对土地眷恋，对出生地眷恋。海洋民族很独立，自主思维决策，喜欢民主投票，对未知世界有征服开发的欲望。游牧民族比较适应恶劣的自然条件，身体强健，与动物有良好关系。可见，不同的生活方式导致各个国家形态发生变化。

（7）钓鱼岛的位置：钓鱼岛位于马里亚纳海沟西侧，属于中国大陆架，而冲绳岛在马里亚纳海沟东侧，是两个地理位置，太平洋板块的地震带就在海沟边缘。

（8）滑雪场的差别：哈尔滨亚布力滑雪场的温度是零下24摄氏度，而日本北海道滑雪场的温度是零上2摄氏度，这样看滑雪的人可以不用防护就可以，原因是北海道周围是海洋，蒸发量很大，所以这里的滑雪场不融化。而阿尔卑斯山滑雪场也是正温，原因是靠近地中海，海水蒸发很大，云很多，太阳光照不到地面，欧洲的太阳叫"冰箱里的灯泡"，只有光没有热量，所以欧洲人很喜欢晒日光浴。

（9）武汉热的原因：武汉很热，原因是三江平原地势低，晚上和白天是一个温度。热造成武汉人脾气很大，可能也与气候有关。

（10）杭州、米脂产美女的原因：杭州由于富裕，可以娶到比较漂亮的女人，便产生美女。而陕西米脂产美女的原因是位于交通要道，有很多来自西域的人，杂居使血缘混杂，这些深层的原因都是地质引起的。

（11）应县木塔的产生：应县木塔的高度93米，建于辽代，在有埃菲尔铁塔以前，很长时间，是最高的人工构筑物。如何施工的？当时没有吊车，是在四周堆土，堆成斜坡道，运输木材。应县木塔全是木材建的，最大的柱子直径1.5米，也就是说，在辽代大同附近很可能有非常茂盛的森林，否则不会盖起应县木塔。

（12）石油的产生：小时候都学过，石油是动物、植物的尸体变的，但仔细想一想，为什么那么多的大象跑到沙特阿拉伯去了？所以石油的产生值得怀疑。最近报道在堪察加半岛有一座巨大的钻石矿，相当于地球储量的几千倍，是陨石撞击产生的。那么石油会不会是小行星撞击地球产生的？最近美国科学家发现在墨西哥湾深海有一种厌氧菌，这种厌氧菌的排泄物就是石油，这里的石油是取之不尽、用之不竭的，因为有厌氧菌在产石油。到底石油是怎么产生的？我不赞成石油全是动物、植物的残骸产生的。石油有可能是多种因素产生的，包括岩石的变异、地层的喷发物，但是不会是单一一种原因产生的。

（13）地下溶洞：在贵州、四川有很多溶洞，最大的高度可能有200米，非常巨大，原因是流水作用，水在洞中蒸发浓度很高，达到60%水蒸气，对上面的岩石产生腐蚀，岩石剥落，下面的流水产生搬运作用，于是就产生了巨大的溶洞。

（14）长江的走向：长江现在从三峡东流。长江曾经从奉节沿天坑地缝，到湖北恩施大峡谷，经清江到宜昌。这一带山是岩溶地质（喀斯特地质），小寨天坑深720米，底下有暗河，不断剥蚀。长江的一部分水可能从这里走，才有可能冲出像恩施大峡谷的地貌。因为天坑地缝靠现在降雨的水是冲不出来的。至少长江的一部分江水是这样走的。大峡谷的景色非常的壮观。

（15）三星堆文明的消失：古蜀文明，包括三星堆、金沙遗址，出土金银器上万件，做得很精致，非常的薄。5000年前的文明，没有留下文字，没有传承下来。今天的四川人与古蜀文明没有关系，原因有可能是堰塞湖造成的，在地震的情况下两侧的山把水道阻挡了，上游的补给水源形成巨大的堰塞湖，但松散堆积物不是很结实，产生溃坝，大水倾泻而下，把古蜀文明冲没有了。

（16）恐龙的遗址：中国有很多恐龙遗址，诸如河南安阳、山东诸城、四川自贡、内蒙古二连浩特。恐龙引起学者重视，因为如果有恐龙就不可能有人类，因为恐龙的食量很大，会把地球上所有哺乳类动物吃掉。但很幸运的是，恐龙灭绝了，那么我们人类会不会成为第二种恐龙呢？这是很多学者、科学家研究的课题。

（17）羚羊角的演变：大量的化石都是在地层中发现的，羚羊的角是不是越大越好？角大可以容易获胜，但太大则跑得慢了，研究表明，羚羊的角是波浪型变化的，维持到一定的平衡状态。

（18）北京选址位置的地理因素：北京作为首都，从元朝算起，有700年历史，不算北魏陪都，北魏是公元300年左右。为什么选北京？中国的山脉大多是南北走向的，像昆仑山、太行山，很少有东西走向的，南方的山比较杂，中国风水学最盛的在南方，内蒙古没有风水学，全是平原。中国的风水学讲究背靠大山，面向平原，所以皇帝就选了燕山山脉，是东西方向的山。南面是巨大的华北平原，北边可以控制东北和内蒙古，北京远离海洋，渤海虽然是海，但是是内海，平均海深不超过10米，对北京不会构成威胁。从地理上上海是不适合做都城的，最近纽约一场雨就损失十几个亿，所以都城建在海洋边是不适合的。从地质上讲，在中国的版图上很难再找到一块比北京更适合做首都的地方了。由于皇帝选择了北京，并修建了紫禁城，北京成为全世界绝无仅有的中间低四边高的城市，武汉、上海、南京都是中间高，巴黎、伦敦老城是一般高，整个城市一样高，唯独北京，因为中间有紫禁城，周围限高七十米。这就是说由于地理的原因，造成选都城，由于都城的原因，形成北京中间碗状的盆地，这不是由某一个人决定的。

（19）丹霞、雅丹、嶂石岩地貌：丹霞是红色石头，雅丹是风化石的原因，嶂石岩是典型的海象沉积岩。

（20）福建土楼：不是福建人建的，是开封人、洛阳人建的。中国改朝换代，权力更迭，要杀前一朝的人，于是，有钱人就跑到福建，但当地人攻打他们，于是，建了围合结构的土楼以抵御战事。

（21）黄洋界：毛主席著名的诗"黄洋界上炮声隆，报道敌军宵遁"，黄洋界，很简单，黄色的杨树，其实不是，黄是客家人，杨是土著人，产生矛盾，后来县太爷立碑，两边山分别是黄姓和杨姓，避免争斗。

（22）四川人的安逸：四川盆地四周被大山阻隔，雨水很充沛，别人也打不进去，形成封闭的环境，物产很丰富，基本不会饿死人，造成四川人很安逸的特征。

（23）雅安三绝与地形：雅安三绝是雅雨、雅鱼、雅女，完全是地质的原因形成。贡嘎雪山海拔6700米，挡住了四川平原蒸发的水量，产生冰川，冰川融水产生降雨，而融化的雪水温度很低，产生低温水特有的雅鱼，而环境很好，很多贵族有钱人把家眷放在雅安，产生雅女。

（24）中国的钱塘江潮水：中国唯独钱塘江有潮水，原因是海面很宽阔，海水很浅，由宽到窄，由于水量的变化产生潮水，成为著名的景观。

（25）王昭君：由于游牧民族经常侵掠农耕民族，西汉时有著名的和亲政策，为避免战争，便把公主嫁过去，成为亲戚，以避免战争。中国最大的版图在汉朝，外蒙古均是中国的一部分。

（26）希腊神话与西藏神话的差别：希腊神很多，原因是地中海蒸发量很大，而且空气流动很大，翻滚的云朵就像两个或是若干个人在打架，看上去就产生联想，产生希腊神话。而中国西藏同样有很多的神话，原因是什么？并不是云朵打架，因为西藏的海拔很高，云朵并不动，产生神话的原因是西藏缺氧，人在缺氧的情况下容易产生幻觉，人做梦都是在晚上，可能就是缺氧造成的。可见神话的产生，也有地理的原因。

（27）水泊梁山：据说水泊梁山中的阮小五、阮小六不愿意投降朝廷，跑到越南，成为越南人先民的一部分。

（28）地理产生的特产：锁阳，王维有诗：西出阳关无故人。阳关前面有个小村，位置很重要，叫"锁阳镇"，这里产的像白薯一样的东西就叫锁阳。这样的特产包括迁西的板栗，盘锦的河蟹，宁夏的枸杞，金华的火腿，焦作的山药，都是有特殊的原因——基因、土壤的原因。特产是地理、地质作用的结果。

（29）黄山松产生的地质因素：在黄山上有著名的松树，为什么在黄山上有松树？原因是黄山的岩石可以分解，而鸟的粪便刚好可以腐蚀岩石，鸟的粪便里有树籽，便种下松树的种子。偏巧松树分泌出的油脂又可以腐蚀岩石，就把部分岩石变成土，于是产生著名的黄山松，可见很多著名的景观也是地理的原因。

（30）都江堰与地理、地质：学工程的一定要去看看都江堰，秦朝李冰修的水利工程。整个成都平原全是都江堰的成果。通过一定比例的水力，在低水位、高水位的时候，产生分流，使进入成都平原的水始终保持均等，成都平原形成网状水系，造就了天府之国。没有都江堰这一水利工程就没有成都平原。

（31）灵渠与地理、地质：与都江堰同样宏伟的是灵渠，它是连接湘江水系与珠江水系的河道。当时秦朝的首都是西安，要打广西、广东，当时没有高速公路，只有利用河道运输武器装备、兵马粮草。

（32）汉代的马王堆与土壤的关系：马王堆年代公元193年，满城汉墓年代公元113年，两者相差不多，但马王堆就形成了完整的女尸，保留了1700多年的古尸，皮肤还有弹力。马王堆是当时长沙丞相夫人（叫妇好）的墓葬。马王堆的地质是泥，采用隔绝空气的封泥，使得尸体能够保留下来。中山靖王的墓是在岩石山上开凿出的墓穴，而中山靖王喜好喝酒，在墓中存放了大量酒缸，而酒挥发，便把尸体腐蚀没有了。所以在开挖了墓之后，只发现了金缕玉衣，没有肌肉，甚至没有骨头。可以看到地质的原因，多么巨大，同样的年代，由于地质条件不同，有的就形成完整的女尸，有的就什么都没有。

（33）中国特有的石文化：中国人有特殊的玉文化，洋人不喜欢玉。还有就是中国人喜欢石，有四大名石——福建寿山石，内蒙古巴林石，浙江昌化鸡血石，浙江青田石。为什么中国有石文化？从地质上有产生石材的原因。社会原因是，中国是一个中央集权制国家，中国人一直认戳，直到现在还认章，洋人不认戳，认签字。中国的章是由中央政府采购石材，制成印章，发给官员，这样，产生很多开采石材的地方，产生了四大名石。可以看到地理、地质对社会的影响。

（34）中国的CITY与英国的CASTLE：中国有很多的古城，比如平遥古城，大同正在复建古城。而欧洲国家没有城。德国有25000座堡垒，保存下来的有800座，英国叫CASTLE，原因是中国人是种庄稼的，如果有敌人来，不可能把庄稼运进城，人跑到城里就可以了。而英国人是养羊的，敌人来的时候，要把羊赶进来，不现实，于是，就地为城，建了很多CASTLE，有敌人来把羊赶进来就可以了。而当几万人进到城里后，一定要服从某一个人的安排，于是集权制产生了。而英国的CASTLE不用，个人管个人就可以了，于是就民主了，也是有一定地理的原因。

（35）西域取经与地理因素：大家都知道唐玄宗时玄奘和尚去印度取经。而远在北魏，辽宁朝阳是首都，北魏就派僧人到西域取回了佛经，唐僧不是最早取回经书的，在辽宁朝阳建有佛塔，纪念取回的经书。

（36）殷墟：殷是殷朝，墟是废墟。在殷墟发现了甲骨文，因为殷人要占卜，把事情写在乌龟壳上，用火烧，根据壳上的裂纹判断事情的成败。小篆的前身就是这些刻在乌龟壳上的字，殷人把占卜完的龟壳收集起来，埋在大缸里，后来被发掘，产生殷墟文化。而殷墟人是山东曲阜人，由于黄河的摆动，部分曲阜人就搬到殷墟，创造了著名的小篆。

（37）中国为什么没有海洋文学：中国有很多文学作品，像《镜花缘》《三国演义》《红楼梦》，包括现在的《白鹿原》都是陆地文学，基本没有海洋文学。原因是，中国的沿海全是浅海，颜色不鲜明，没有产生海洋文学的幻想，还有就是明朝的禁海令，导致中国没有海洋文学。

在世界范围内，也同样有很多相关的案例：

（1）尼罗河三角洲：尼罗河下游是冲积平原，在尼罗河三角洲中有很多城市，像卢比索、地比斯等古代的城市已经被尼罗河掩埋了，现在纽约、悉尼的规划就是参照了被掩埋的城市的规划。尼罗河也是摆动入海口的，与长江有很大不同。

（2）地中海的产生：大家都知道，古希腊、古罗马是欧洲文明的发源地，欧洲文艺复兴就是复兴的古希腊、古罗马文化。而地中海曾经是内陆洼地，苏伊士运河是人工开凿的，很早以前，地中海没有水，像今天新疆的塔克拉玛干沙漠，而这时候罗马寸草不生，希腊就是一片荒地，DISCOVERY频道有专辑讲这个过程。后来波斯布鲁斯海峡由于地壳运动产生裂缝，大西洋的海水进入地中海，而由于岩石坚硬，海水注入的过程持续了1400年，充满海水以后，地中海产生蒸发，导致古希腊、古罗马产生植物，随后，有农耕民族和游牧民族定居，产生古罗马文明。DISCOVERY预测，若干年以后，阿尔卑斯山海拔6700米，整个罗马全在冰线以上，罗马城将不复存在。

（3）罗马发展的原因：主要是罗马的火山，最早的混凝土叫火山灰混凝土，就是火山喷发出的一些粉尘，这些粉尘遇水具有黏性，大量的火山灰为罗马建设提供了条件。当时整个地中海都被罗马占领，地中海是罗马的内海。当时世界上最大的两个国家是中国的汉朝和罗马。罗马的强盛，建国的基础就是火山灰，罗马人利用火山灰建设了大量的建筑，包括斗兽场、水桥，最著名的就是高速公路的鼻祖"罗马大道"，所谓"条条大路通罗马"。这些都是以火山灰为基础的，因为在当时人类是不会制造水泥的。可以看出，地理、地质对于整个国家都是很重要的。

（4）法国香水的起源：大家都知道巴黎香水很好，但实际上巴黎人是不抹香水的，巴黎人有点像西藏人，吃完饭把油往衣服上抹，谁的油厚谁富裕。后来罗马人占领了巴黎，但罗马人由于有温泉，经常洗澡，甚至最高权力的议会也是在澡堂里召开的。罗马人让巴黎人洗澡，巴黎人不洗，罗马人创造了香水，喷在巴黎人身上，这就是巴黎香水的起源。

（5）巴西牛肉与地理因素：由于雨量充沛，植物茂盛，巴西人只吃牛肉，不吃内脏，巴西牛吃野生的草就可以吃饱了，而由于牛肉丰富，巴西人吃饱后就去跳桑巴，就去踢足球，这也是巴西足球好的一个原因。

（6）末日情结与地理因素：日本人有很强烈的末世情结，就是很快就要全完了，甚至有神风敢死队，中国历代文学上从来没有末世情结，因为中国版图很大，没有毁掉整个国家的灾害。甚至在电影《2012》中，美国人都把中国西藏高原作为世界的避难所。日本海岸线很深，到1000米，所以海啸很高，但中国沿海海床很浅，海岸平缓，即使南沙也没有大的海啸。日本海啸很严重，经常造成巨大损失。

（7）匈牙利的地形与历史：实际上，匈牙利人是中国人的后代，成吉思汗的几个孙子跑到匈牙利，在他们的年代，可以跑到巴黎，跑到西班牙，都是荒蛮之地。最后他们挑了一片比较好的地方，就是匈牙利大平原，是欧洲最适合纵马的地方，有很多的草地、温泉。现在在布达佩斯的广场还有成吉思汗孙子的雕像。

（8）德国人到喜马拉雅山寻祖：德国人想弄清楚自己的祖先在哪里，他们认为高山的人种优越，而欧洲没有高山，"二战"期间，德国派人到喜马拉雅山寻祖，当时没有DNA技术手段，他们丈量头骨，用颅相学研究，有专门的报告。后来由于对苏战争，没有继续进行。这表明文化受地理的影响。

（9）丹麦的风车：丹麦风力很大，70%的电力来自风力。在电力满足以后，希腊人认为风车影响视线，很多人抗议。希腊政府把陆地上的风车移到海上，打桩，建基础，再建风车，还有电缆管线，是非常宏大的工程。

（10）美国的飓风：美国一侧是太平洋，一侧是大西洋，两股热气流生成，在海面上相遇就是飓风，在陆地上相遇就是龙卷风。原因是美国是平地，两股热气流相遇，产生上升气旋，形成龙卷风。而中国是没有龙卷风的，而湖北的神农架是印度洋热气流与西伯利亚热气流相交汇的地点，如果神农架是平原，也会形成龙卷风，而神农架平均海拔2300米，全是山区，在神农架汇聚成中国最大的降雨地带，是由两股热带风暴相遇产生的。而神农架有野人，原因是降雨量大，植物生长茂盛。可见，由于地理的原因，神农架产生降雨，而美国产生龙卷风。

（11）西班牙的斗牛：斗牛是西班牙的国粹，而利比里亚半岛充沛的降雨，茂盛的植被为牛的生存提供了条件，也是产生西班牙斗牛的物质基础。

以上案例大多与地理、地质相关联，表明在人类发展史上，地理、地质的重要性，以及在人类文化中的作用，当你在各地旅游的时候，当你学习历史的时候，会感受到地理、地质的巨大存在。

2016 年 9 月 10 日

之二：地理环境对人的思维观念的影响

人所生活的地理环境对人的思维观念有很大的影响，甚至影响到民族国家的思维，适应地理环境，或者说是环境的产物，是基本的情况。在人的行为中，有很多非常特殊的情况，仔细分析，很可能与地理环境相关联。在中东地区，气候干燥，人甚至没有机会洗澡，强烈的日晒和风沙，迫使妇女不得不把身体，尤其是外露的皮肤包裹得严严实实，这样才能保护皮肤，产生美感。于是中东地区便产生用黑袍包裹妇女的情况，中东地区对妇女的严格限制不能不说与严酷的气候条件相关联。而同时地中海温暖的空气，湿润的气候，以及合适的阳光，使得地中海的人非常享受海边的阳光，希腊文明、罗马文明对于裸体，很坦然，很随便，甚至认为是一种美。早期的希腊、罗马雕塑大多是裸体的，且罗马的风俗非常开放，这与地中海的气候条件有很大的关联。

同样，日本是海上岛国，还是地震频发的国家，强烈的地震产生很特殊的末日情结，在末日情结的驱动下，日本人的性观念很开放，在早期的日本文学中就有夸张的描述，在近代更极端地发展成 AV 现象。日本人的性观念，与日本的地理环境有很大的影响。中国文学中从来没有末日情结，甚至没有描写海洋的文字，没有与海洋相关的历史故事。传统的大陆文明把中国人束缚在土地上，"十亩地，一头牛，老婆孩子热炕头"，成为中国人的生活向往。在集中居住，日日相守的情况下，中国人对家庭的稳定要求很严，随之产生中国特有的家庭结构，孝顺、贞操成为中国人的特征。而海洋文明的荷兰、英国，航行在大海上，相当的分散，个性的成分很多，个人决策、表决、平等等观念和行为，成为海洋文明的代名词。航海生活的同时，造成个人生活的放开，造成所谓的解放，事实上，西方国家的性解放，和西方大量的海洋文明的生活方式密不可分，可以说是适应生存环境的结果。

中国处在中东与日本的中间，既没有中东人对礼教束缚，也没有日本人的放荡，中国人中性的、波动的性观念，恰好是中国地理环境的缩影、反应。人的各种观念、生活习惯，可以说，完全是环境因素、地理因素的产物，人只不过自觉不自觉地适应并习惯了地理环境的作用。即使是很高深的概念，比如宗教、艺术、音乐、意识、绘画等等，仔细分析，也可以从中看到地理环境的蛛丝马迹，甚至可以得出明确的结论，人的观念意识，就是环境作用的产物与结果。

2015年5月10日

之三：西藏、新疆在地理上做的贡献

西藏、新疆给人的感觉是浩瀚的沙漠、戈壁、无人区，从种植庄稼的角度，似乎没有什么贡献，实际上在地理方面，西藏、新疆有巨大的贡献。由于印度洋板块和亚洲板块的碰撞，产生了世界上最高的山脉——喜马拉雅山脉、昆仑山脉，长度两千多公里，海拔七千米以上的特高山，阻挡了大量从靠近赤道的印度洋上含水量很大的暖湿气流。这些富含水的气流在高原上降落下来，凝结成雪，产生了水量的积存。而随着春天的来临，逐渐融化，形成巨大的水流，构成黄河、长江两大水系的源头。巨大的水量，很难想象。而黄河、长江的冲积、搬运作用，几乎造就了大半个中国，河南平原是黄河搬运黄土高原上黄土的产物，而镇江以下的平原，完全是长江的作品。同样的还有四川平原、江汉平原。

如果没有喜马拉雅山的隆起，想象一下，很可能印度洋的暖湿气流就灌溉了西藏、新疆的大片地区，可能可可西里地区、塔克拉玛干沙漠地区，是湿润的良田，印度洋上的水就不可能凝结，就到不了内陆。这样的话，成都平原只有少量靠打井浇灌的田地，周围是没有水的山。河南的大部分地区可能是沙漠，寸草不生。而武汉也不会是千湖之国、鱼米之乡，而上海很可能将不复存在，淹没在海平面以下。包括安徽、江西这些不靠海的地方，只有等待东海海面上飘来的少量雨水来维持，甚至面临干旱的局面。如此说来，西藏、新疆从地理上为内地做了巨大的贡献，把水贮存，留给了内地，产生了维系中华民族的两条大河，把整个国家联系在一起，构成世界上少有的大一统的国家。

这就是西藏、新疆在地理上所做的巨大的贡献。

2012年3月24日

之四：长江可能曾经流过湖北恩施经清江到宜昌

本人曾经自驾车从长江边的奉节翻越高山到湖北恩施，目的是看世界上最大的深度七百米的小寨天坑，沿途翻越巨大的高山，实在是惊险，想起来感到后怕。在过兴隆后，在一处叫太阳寨的地方遇到巨大的塌方，只有绕路，经过大山顶过龙桥暗河景区到恩施的沐府大峡谷。沿途高山林立，山体巨大，而沿途有若干个巨大的天坑，就是地下暗河侵蚀石灰岩后形成的漏斗形塌陷，过小寨天坑后，还有长达几公里的地缝，狭窄而悠长，深藏于地下。接近恩施的时候，是深度超过五百米的下切式峡谷，直耸的山崖令人惊叹。该地区是著名的喀斯特地貌，被水侵蚀的石灰岩很容易产生地下溶洞、地下暗河，甚至坍塌成巨大的空洞。如此巨大的地裂缝，是需要很长的时间，同时还需要很大的水量侵蚀才能形成的。

最近看一位地质学者的研究文章，感到茅塞顿开，该学者指出，沿奉节到恩施的方向，有巨大的地下暗河，经现在的三峡到宜昌的长江在很早以前，曾经流过这些地下暗河，流到恩施后进入清江。清江河道的石质比较坚硬，足以承担河水，并将河水输送到宜昌。还有一点，就是四川平原曾经是巨大的湖泊，长江的回水在没有下泄的通道后，曾经积存在成都平原，形成巨大的湖泊。而当湖水冲刷开奉节到恩施大山中的石灰岩后，大量的河水流入山体中的溶洞，进入清江。正是积存于成都平原的巨大的水量，才形成近一百公里的石灰岩侵蚀通道。在流水继续侵蚀洞顶的石灰岩后，可能是掉下来的石灰岩堵塞了山体中的水路，也可能是上游水量减少，导致山体中的通道断流。可能是地震的原因，三峡地带形成通道，长江水得以从三峡中流到宜昌。以上的分析，时间跨度很长，可能要追溯到没有人类的时代，且水道在荒无人烟的大山中，无人知晓，更没有资料。但这种分析对现代工程及地质变化也有很大的作用，因为在三峡大坝建成后，奉节的长江要有很大的回水，水面也要上升，这样一来，上升的水面可能触及曾经的暗洞，产生新的溶洞通道，这些水道会有什么样的影响，还很难预料。

地理是很奇特的，是地质与气候综合作用的结果，是植物、动物赖以生存的基础，甚至是人类生存的基础，地理在很大程度上影响着人类、国家、民族、文化的存在形式。因此，认识并研究长江曾经流过的通道是很有意义的。

确实很令人震惊。

2012 年 8 月 15 日

之五：广西的天坑与喜马拉雅山的抬升

广西有很多溶洞，进一步发展，形成天坑。本人也曾经亲自驾车去查看重庆武隆的天坑地缝，还去看过奉节的小寨天坑，世界上最深的天坑，还去看过张家界的黄龙洞，看过安康附近诺水河溶洞，以及桂林漓江边的溶洞，早已被大自然的鬼斧神工震撼了，实在是令人叫绝。

看 DISCOVERY 节目，美国科学家考察广西天坑，深入天坑底部进行研究，取得惊人的成果。通过地下暗河，大量的地面补给水源侵蚀石灰岩，岩石存在裂隙，不断剥落，被水搬运，久而久之产生巨大的山体内的溶洞，最后连通到地面，产生天坑。美国科学家研究表明，巨大的溶洞，以及天坑的形成，与地面不断抬升相关联，而地面的抬升，是印度板块与亚洲板块碰撞的结果，两个板块的碰撞，产生喜马拉雅山的抬升，导致广西地面的抬升，而水面保持不变，降水不断地切削岩层，产生很深的溶洞，最后产生天坑。

2015 年 5 月 10 日

之六：铜矿与楚国的振兴

最近记录频道上映的《楚国八百年》，讲述了楚国从蛮夷之帮，振兴成实力仅次于秦的大国，其中铜矿有着非常重要的作用。

在湖北与陕西交界处，有一个地方叫竹山，当时叫大庸，此地盛产铜矿，储量大、埋藏浅，容易开挖。而在春秋时代，铜与铅相配，便可以获得青铜，青铜不仅是铸鼎的材料，更是铸造刀、剑、戟、戈的材料，还有就是加固木制的车轮，制造战车。由于楚占有了竹山，获得大量铜，制造的武器可以武装几十万人的军队，在没有火药的冷兵器年代，青铜的剑、戟就是坦克，就是导弹，于是楚国屡战屡胜，几乎可以和秦国抗衡。

可见地质矿产对于一个国家的重要性。直到今天，石油、铀矿也依然是国家的命脉，石油还是战略储备。草原游牧民族、海洋民族最终没有更好地发展的原因，主要还是环境因素，还是地理地质因素，而陆地民族，在农业以外，最大的差别就是地下储藏的矿藏，石油、煤、稀有矿产等，成为人重要的附属品，甚至成为主宰人命运的力量。山西著名的煤老板，山东招远的金矿，更有因为矿藏而发展起来的攀枝花市，可以说，很大程度上，人与国家，是被矿产所左右的。

在地理、地质方面，河流、湖泊、物产之外，很重要的就是矿藏，非常重要的地质存在。

2015 年 5 月 3 日

之七：东北洪水地理学上的分析

最近东北发洪水，百年一遇的洪水，东北因为地形平坦，洪水的特点是漫滩，时间长，造成损失大，不像南方的洪水，是山谷之间的瞬时水流。在地理上，东北有自己的特点，东北的雨水自成体系，与中国南方的水不同，中国南方的雨水是太平洋暖湿气流与孟加拉湾暖流共同作用的结果，其中孟加拉湾暖湿气流大部分作用在青藏高原，以雪的形式保存，融化而成为黄河、长江的补给水源。太平洋暖湿气流，大多以台风、热带风暴的形式降临东南沿海，少量的水汽，如西伯利亚南下的冷空气与少量太平洋气流在神农架地区形成集中的降雨。

中国大陆内地的湖泊也可能形成一定蒸发型的降雨，但数量不是很大，比较分散。特殊的像三峡造成的大量蒸发，可能影响局部气候。而东北降雨与以上情况不同，东北是独立的体系，来自日本海的气流与来自西伯利亚的气流在东北上空交汇，形成降雨过程，造成东北独特的气候环境。很多到过东北的人都惊讶于东北水量的充沛，来自长白山的雨水与来自黑龙江上游的雨水构成庞大的水系，甚至东北的富饶的黑土，也是雨水长期侵蚀、腐蚀的结果。在近年来暖冬的作用下，西伯利亚甚至北极的气候在变化，温度在上升，更多的水被蒸发，形成积雨云，形成上升的水流，这股水量与来自日本海的水汇合，便形成降雨，落在东北平原上。而东北平原平坦的地形，便形成巨大的涝地，形成洪灾，这就是东北今年发洪水的原因。

据说气温每上升一度，北极的冰融化将增加百分之三，而同时上升到空中的水将增加超过百分之五，这些水量在空中悬浮，最终降临到地面上。而大面积的冰源，将增加大量的降雨，形成洪水。特殊的地理位置，构成东北特殊的气候状况。

2013 年 8 月 30 日

之八：从北京定都位置体会中国文化

中国传统文化中的风水理论，讲究城市尤其是都城要背山面阔，还讲究含而不露，讲究留有余地。这些在北京定都的位置中得到淋漓尽致的体现。仔细研究，尽管中国版图硕大，但能够做都城的地方并不是很多，甚至没有。浩大的青藏高原以及内蒙古的广袤沙漠，明显不适合做都城。而沿海的城市，由于台风及海浪的侵袭，也不适合做都城。广西、云南有起伏的山峦，交通不方便，不适合建都。而成都平原、关中平原只是局部的平地，远离广大的长江、黄河下游流域。杭州、武汉、南京、郑州，四周完全是平原，没有山峰的屏障，无险可守，也不适合做都城。

还有一点，中国的大山脉，从喀喇昆仑山开始，到天山、秦岭、太行山，几乎全是南北方向的山脉，只有到了北京才与南北方向的燕山山脉汇合，形成东西向的山脉。而山脉的南面是广阔的华北大平原，沃野千里，一直到南京、杭州直到安徽的黄山。背山面阔，背靠雄伟的燕山山脉，面对辽阔的华北平原，两边有永定河、潮白河环绕，实在是上佳的都城之地。除此之外，北京靠近东北平原，又连接内蒙古广阔的草原，对统治巨大版图的中国有很大的方便，这样，北京在地理上成为中国绝无仅有的都城之地。尽管要背山，但是中国古代文化讲究要留有余地、留有空白，紫禁城与西山，与昌平山的距离恰到好处。在紫禁城里，完全看不到山峰，给人充分的想象的空间，也为城市的发展留下了空间。

很难为古人，早在一千多年前，在骑马交通的情况下，能够彻查辽阔的国土，掌握山川河流，选出无以替代的定都之地，奠定大国治理的格局，实在是令人钦佩。人类生活在地面上，受环境、气候的制约，只能有限度地改变自然，只能不断地适应自然，求得发展，城市位置的选择，在人类聚居的过程中有着举足轻重的地位，而一个国家，一个大国，都城的选择更是重中之重。中华民族作为在地球上为数不多的几个古老文明的发源地，作为仅存的依然发展的古代文明，屹立在地球的东方，而北京作为中国的首都，在巨大的山脉、河流之中，屹立在中国的版图上，已经，而且还将长久地扮演重要的角色。

2013 年 8 月 23 日

之九：兵马俑出现在陕西的地理因素

兵马俑出现在陕西，而不是广西，不是泰国，不是英国，不是俄罗斯，并不是偶然的，而是与陕西的地理相关联的，从某种程度讲，是陕西的地理造就了兵马俑。相对干燥的环境，大量遇水以后柔软、随后坚硬的泥土，以及相对容易获得庄稼丰收的环境，八百里秦川特殊的地理条件，使得陕西人在获得丰收之后，便无事可做，他们用雕塑来打发时间，展示自己。而在秦始皇获得全国胜利之后，便把用泥土做雕塑这一消遣方式加以利用，加以放大，发展成兵马俑的制作。

在广西坚硬的岩石以及多雨的环境下，是不可能产生兵马俑的，如果把秦始皇放到广西，在广西建立秦国，也不会制作大量兵马俑，同样在泰国、柬埔寨，也是不能用淤泥做出兵马俑的，甚至刚一做出来，就会被连绵不断的降雨冲毁。而俄罗斯严寒的天气，更难以开挖泥土，更不可能产生兵马俑。可见，陕西特殊的气候、地理、人文环境，为兵马俑的产生以及发展奠定了良好的条件，在秦始皇统一六国之后，这种地理特点发挥出来，于是便产生了举世瞩目的兵马俑。

2015 年 8 月 23 日

之十：为什么玉渊潭湖底有岩羊化石？

北京地铁施工中，在玉渊潭附近发现了岩羊化石，成为北京地区的新闻，为推断北京地区古地质的发展演变有很重要的价值。那么北京玉渊潭地区湖底为什么有岩羊化石呢？首先说，什么是岩羊？岩羊是生活在海拔 2000~5000 米没有森林地带的羊，明显的特点是头顶上有盘起来的环状角。目前我国西藏、青海地区还有少量岩羊生存。在喜马拉雅山南麓还有一些岩羊。此外阿尔卑斯山地区也有少量岩羊。由于生活在海拔较高的地区，岩羊的血管比较粗，可以供应更多的养分，岩羊的毛是中空的，有很好的保温效果。这样的羊，到低海拔地区是难以生存的。

北京的海拔 23~50 米，玉渊潭湖底也就海拔 10 米，因此，是不可能有岩羊生存的。同样，京西灵山甚至张家口一带的山，海拔也在 1000 米以下，不可能有岩羊的生存。

那么，岩羊是怎么来到北京的？这就要说起第四季冰川，地球历史上有三次大冰川期,第三次是在地质的第四季,因此叫"第四季冰川"。第一次冰川在震旦季,大约在六亿年前,那时的冰川厚度在1000米以上,地球实际就是个大冰球。第二次冰川在石炭－二叠季,大约在2~3亿年前,冰川的厚度降低了,也就几百米,且不是全部覆盖地面,很多高山裸露出来。第三次冰川就是"第四季冰川",大约在200万年前,这时的冰川已经不是覆盖全球了,只覆盖地面不到三分之一的地区。世界最高峰珠穆朗玛峰是在第四季冰川之后产生的,属于新生山脉。陕西南部的秦岭也是新生山脉,换句话说,在第四季冰川期间,秦岭还是平原,八百里秦川与宁夏天水、银川是相连的。我国第四季冰川最典型的地区是鄱阳湖地区、庐山地区,有大量的冰川飘砾。浙江的雁荡山是典型的冰川搬运的山峰,有很多巨大的石块。在北京地区,在第四季冰川期也有少量的冰川擦痕,目前在京西灵山,在延庆的海陀山还可以看到少量冰川擦痕。这些冰川很可能与越过山西、陕西直到宁夏、青海的冰川相联结,这样生活在青海高海拔地区的岩羊得以在冰川的包裹、搬运的情况下,从青海,经过宁夏、陕西、山西,不远千里来到北京,并沉淀下来,肌肉腐烂,甚至骨骼也腐烂了,只留下了坚硬的岩羊特有的盘角。这就是玉渊潭地区能够发现岩羊化石的原因。因此,在北京地区发现岩羊化石是很难得的,也是很珍贵的古地质遗产。相对于地球的历史,相对于自然界的历史,人的历史很短暂,而一个人的生命就更加短暂了,所谓的"弹指一挥间"。

2017年10月2日

之十一:为什么曲阜出孔子?

陪朋友去曲阜孔庙,感觉气势威严,又重新翻看《论语》,非常博大精深,几千年的人,居然有这样的思维,难能可贵。但为什么曲阜能出孔子呢? 到兖州,参观兖州博物馆,才知道兖州是古代九州之一,在秦以前这里就很发达,这里土地平旷,地肥而水足,很适合植物生长,没有洪涝灾害,因此很适合农业种植。衣食足而有时间去从事精神的活动,可以思考,可以表现,于是文学、艺术、表演等内容很丰富,孔子倡导的礼,实际上就是从祭祀仪式上的规矩发展起来的。在兖州,在孔子之前就有很多做学问的人,其中出名的便冠以"子",以示尊敬,如曾子、微子等,微山湖就是因为微子而得名的。长期的文化积淀,使孔子成为集大成者,成为一代大师。地理环境、物质条件是思想的基础，是精神的根源，所以曲阜出了孔子。

2013 年 2 月 4 日

之十二：中国皇家门前为什么放两只石狮子？

什么东西都是学问，孔子言：三人行必有我师，确实如此。今天参加学术会议，中午休息的时候听一位先生说起中国皇家建筑门口为什么总是有两只石狮子。说真实的情况是这样的：很多年以前，某个朝代，或者是汉代吧，冥不可考，从遥远的非洲或者印度，有人送给中国皇帝两只野生的狮子，威武雄壮，皇帝很喜欢，于是拴在皇家大门口，威风凛凛，很给皇家长气势。物以稀为贵，普通百姓一看，便知道只有皇家才有的狮子，体现了皇家风范，用现在时髦的话讲就是标识，形象识别系统。但是好景不长，由于水土不服，气候差异大，饮食也不适应，两只远道而来的狮子相继死了，皇帝很想念曾经的狮子，念念不忘，且不能失去皇家的风范，门前有狮子这一规制不能改变，于是命令石匠雕刻两只一模一样的石狮子放在大门口，以彰显皇家风范。这以后历代效仿，便出现了皇家门口屹立的两只石狮子了。

什么都是学问，总要不断学习才是。

2017 年 6 月 30 日

之十三：米脂、天水产美女的原因

对于一个地方为什么能产生美女，自从在辽宁朝阳茅塞顿开之后总以为找到了问题的答案，但陕西有"米脂的婆姨绥德的汉"之说，总不明白为什么米脂会出美女，因为米脂总不像苏州、杭州，不是个富庶的地方，不是因为富而产美女的。

这次到西安，与陕西籍的人士聊天，得到的答案很有意思，陕西朋友说，米脂和甘肃的天水都是历史上出美女的地方，原因是米脂是走西口，通往内蒙古的必经之地，而天水是丝绸之路去西域的必经之地，这样一来这个地方的婚姻，或是婚姻以外的生育有血缘比较远的因素，因此产美女，感觉很有道理。古人探"石钟山"的道理就在于此。血缘远而生的人有优越性，这是定论，犹太人就是例子，还有人养藏獒，千里迢迢送到西藏配种，也是这个道理，恐怕美女也是这样产生的，凡事都不是单一因素造成的，很有道理。

2012 年 2 月 5 日

之十四：终于明白了为什么是永州异蛇

上中学的时候，学习过柳宗元著名的《捕蛇者说》，这篇文章使永州很出名，"永州之野产异蛇，黑质而白章，触草木尽死"，当时总是不明白为什么是永州异蛇？但到底是什么原因出名？到过永州才明白，见一瓶"永州异蛇酒"，上面写着永州的蛇有二十几个生殖器，交配期可连续二十多次，于是很出名，宫里的太监拿来泡酒，给皇帝喝，提高皇帝的性能力，有很好的壮阳的功能。这才明白为什么永州的蛇出名，为什么叫"异蛇"，真是活到老学到老！

2012 年 5 月 10 日

宿水眠山的记忆

之一：游京西门头沟定都阁

在北京长安街的西延长线上，新建了一个五层楼阁，名叫定都阁，盛世修阁，是很好的事情。很难想象，当年永乐帝站在此山上，俯瞰北京平原，是怎样的心情。军师姚广孝一指江山，北京紫禁城兀立在华北平原之上。

北京作为首都的地位是很特殊的，中国境内大山从昆仑山开始，到秦岭，到太行山，都是南北向的，形成龙的图案，只有到了北京以后，燕山像龙的尾巴一摆，形成东西方向的山脉，在中国风水学中，背后是山，面前是平原，还有河，是上佳的好地方，这样北京被选作都城，面临广袤的华北平原，一望江南，形成在全国绝无仅有的都城之所。在经历了金定都之后，又经历了元的建设，到永乐帝的时候，北京成为正式的王朝之地，成为世界上少有的没有邻河的首都。历史是永恒存在的，是不可磨灭的，今天的人们在显示自己强悍的同时，更应怀念历史上曾经叱咤风云的历史人物，毕竟在那样的年代，古人有相当的见识，是很不容易的。如今，盛世修阁，在曾经辉煌的北京城西，又耸立了一处精彩的楼阁，俯瞰北京辉煌的城市，实在是百姓的幸事，国家的幸事。

2013 年 3 月 20 日

之二：北京周边的山

北京更重要的是首都符号。北京并不处于交通要道，例如武汉、郑州，也没有港口、矿山之便，更没有像西湖一样的天然美景，尤其少有的是，北京是世界上少有的不邻河的城市。定都北京，很大程度上是因为中国的地形，尤其是北京周边的山，因此了解北京的山才能了解北京在历史上的存在。

在中国传统风水学中，作为首都，有控制六合、宰割江山的要求，而对于王者之都，要求有"藏风聚气"的风水要求，面对中国的版图，青藏高原的昆仑山，横亘南北的秦岭以及像龙脉一样的太行山，面对扇面形的华北大平原，以及江淮平原、长江中下游平原，北京背山面阔，的确是难得的定都之所。北京四周群山环卫，刚好形成一条优美的弧线，左边是潮白河，右边是永定河，拱卫在两侧，城市的中心与山的距离，刚好形成似隐似现的位置，也为城市的发展预留了空间。不得不赞叹八百年前选择北京作为都城的故人的伟大智慧。在京西的定都阁上，在为朱棣定都的姚广孝曾经站立的地方，一眼望去，可以看见长安街的直线，可以看到紫禁城的轮廓。而正是站在定都阁上，才可以清楚地看见环绕北京，呈凹形的山脉痕迹，以及北京城与山的距离。

北京城向西，是高耸的西山，在较低的妙峰山、上方山之后是比较高的燕山山脉，108 国道上的霞云岭、109 国道上的百花山，是京西的最高峰，高耸的山峰，似乎让人感到了青藏高原的边缘，而忘记是在华北平原的边缘。随后是通向涞源、武当山的连绵的山峰，走 109 国道到小龙门之后，可以翻越北京与山西的界山，过垭口后，便可以看见小五台山的风景。京西的山，山势险峻，森林茂盛，百花盛开。经过山西、内蒙古一带秃山之后，翻过分水岭，进入北京，便进入到山的阳坡，便是林草茂盛的景象，带给人勃勃的生机。很难想象，在京西的山中，有像石花洞一样体积巨大的洞穴，在北方缺水的环境中，水流冲刷成的巨大的洞穴，给人视觉上的震撼，更带来难以理解的感觉。发源于河北涞源的拒马河，在京西的山峰间蜿蜒，造就了著名的十渡风景区，河流蜿蜒在山峰之中，曲折迂回，有点像桂林的山水，在北方的山中是难得的风景。同样发源于灵山的永定河,在北京的西边冲击成扇形平原,在古河道上横亘着著名的卢沟桥。北京北面的山距离北京城三十公里,以十三陵为正北的背山,庄严肃穆,随后是山势更高的大海陀山,以及燕山山脉的主峰以及天池。经过险峻的居庸关之后,是延庆平原,官厅水库横卧其中,随后又是大海坨山的余脉。向东,经过风景优美的百里画廊,与怀柔的高山密林相连。进入怀柔境内,山更多地与水相连,白河、潮河蜿蜒其间,水库、瀑布星罗棋布,更有广阔的雁栖湖水库、密云水库,烟波浩渺。再往北就是金山岭、司马台、雾灵山为代表的北京与河北的界山,高山似乎更像警卫一样护卫着北京平原。翻过密云的金山岭,便进入承德的山脉,尤其是位于丰宁北边的木兰围场,是典型的山地草原与内蒙古草原的过渡带,风景优美,牧草与羊群交相辉映,构成优美的图画。再翻过坝上,便是一望无际的草原,完全的朔漠风光。

北京正东的山,山势减缓,黄崖关、青山关一带的山脉,逐渐降低高度,与山前的平地连接,进而连接渤海。潘家口水库截断辽河,横卧在京东的群山之中。京西的山,浩浩荡荡,跨越唐山、迁西,一直延绵到山海关,与山海相连的老龙头连在一起,遥望着关外广阔的辽河平原。北京北部的山,把北京与浩瀚的内蒙古沙漠,与飞沙走石的草场分割开,更大的区别是四季分明的气候,从内蒙古广阔的草原,经多伦、丰宁、沽源逐渐下山,进入北京,林木逐渐葱郁,村舍逐渐兴盛,给人强烈的富于生机的感觉。

北京东、北、西的山峰上蜿蜒着长城,尤其在像箭扣长城那样险峻的山峰上,依然有高大的城墙。为保护北京这片王者之都,古人在险峻的山峰中付出了巨大的努力,同时留下令人震撼的历史痕迹。在北京周边的山地中驱车行进,很多时候,似乎走到南方的山中,而空间的距离,不时提醒你,与北京,与偌大国家的都城近在咫尺,更感觉到山峰的巨大的存在,这些高耸的山峰,像屏障、像卫士,拱卫与护卫着北京这片神奇而难得的土地,以及生活在北京的两三千万居民。感谢北京周边的山,把北京变成风水宝地,变成中国的都城,变成举世少有的风水首都,并繁盛、充实了北京的历史文化。

2014 年 9 月 12 日

之三:参观"辽金城垣博物馆"

尽管就在家门口,但到底没有看过,实在不应该。"辽金城垣博物馆"遗址在地面以下，清晰的条石，是金中都的南边的水关遗址。起源于黑龙江的女真人，自完颜阿骨打起兵之后，逐渐崛起，甚至灭掉了曾经辉煌的辽，随后，金主完颜亮把首都从千里之外的黑龙江阿城迁到了北京。金的辉煌还在于多次打败大宋，俘虏了宋徽宗、宋钦宗，成为边疆民族入主中原的成功者。在水关遗址，可以清楚地看到按照宋朝的《营造法式》建造的建筑，在历史上金俘虏了大量宋的工匠，并用于都城的建设。

金中都是在辽陪都"南京"的基础上兴建的，而辽的中京在巴林左旗，距离北京大约四百公里，起源于内蒙古草原的辽，似乎对中原农耕民族并没有更多的兴趣，农田并不适合放牧，也不适合战马的生存，辽在北京建的城池很小，大约也就是个边疆城市的概念，更多的是防御中原。而金是想把都城完全地建在北京，在辽南京的基础上大肆扩建，公元1153年，金开始在北京建都，大约也是借鉴了秦朝都城的概念，而且大量使用了宋的技术人员，金中都几乎完全继承了中国秦、汉、宋以来都城的理念，面南背北，前朝后宫，宫殿前面是街市。于是完全的中原模式的都城兴建起来，加上西边的莲花池，东边的陶然亭，穿城而过的凉水河，以及高大恢宏的天宁寺塔，当时的北京也应该是世界上数得上的城市，虽然没有西安、开封那样完整与辉煌。

但好景不长，仅仅过了六十二年，成吉思汗的铁骑便把金中都彻底摧毁。由于成吉思汗认为中原人的住房磨灭了将士的斗志，使得将士贪图享受，而降低战斗力，于是所到之处，成吉思汗的军队大都把宫殿摧毁，在原址上建成牧场，金辛辛苦苦营建的金中都被完全摧毁。

水关是金中都比较完整的遗迹，从地层中深埋的条石可以想象城墙、城门的巨大与辉煌，可以想到当时金中都的辉煌。而正是因为金的定都，才使得忽必烈在仓促中，决定在金中都的北边建设元大都，而正是元大都的建设，引出了镇守北京的朱棣的称帝野心，以及朱棣组织建设的大明的紫禁城以及明朝更为辉煌的北京。随后，清朝在北京顽强地经营，使得成为大一统的国家的中心，才有了今天北京近三千万人的生活。

历史浩瀚而清晰，遥远而简单，不管愿意不愿意，每个人都成为历史的灰尘，成为历史的一个短暂的瞬间，在历史曾经的痕迹前，任何人都显得非常的渺小，微不足道，而清晰可见的就是这些历史的痕迹。

2014 年 10 月 16 日

之四：游"宣南文化博物馆"

尽管就在家门口，总也没有进去，下午有点时间，进去看了一遍，还真不错。"宣南"是特有的地理历史名词，清朝入关，把北京城里的汉人轰到城外，城里全住满人，宣武门城门以南成为各省进京人士居住地的首选，成为特定的名词。各种会馆，就是现在的驻京办事处，近代史上汉族的名人几乎都来过宣南，很多人还在这里居住。鲁迅、康有为等学者，编纂《四库全书》的纪晓岚就住在虎坊桥，此外还有有著名的大栅栏商业街、护城河边金融一条街。

很多京剧名家也在宣南居住，建有很多宽大的宅院。天桥更是热闹，民间的艺人表演的相声、杂技等各种消遣都在宣南，最早引进的西方娱乐场也在这里。还有就是著名的刑场，在菜市口杀过很多人，包括"戊戌变法"的六君子。还有北京著名的寺院法源寺、天宁寺，著名道观白云观。还有著名的"八大胡同"，在清朝相当风光了一阵。还有一些老字号，一些传统的小吃等，很能代表老北京的文化。在物质不发达的农业社会期间，人们围绕着城墙，围绕着权力，艰难地生存着，形成特有的京城文化。与上海的商业、工业文化有很大的差别，与各地的生产型文化也有很大的差异，成为特有的"京城文化"的一部分。

2010 年 5 月 24 日

之五：偶游香山曹雪芹纪念馆

本是到北京植物园游览，见到一处曹雪芹纪念馆，青砖平房，环境很是幽雅。想当年，这里是八旗军队的驻地，旌旗林立，马蹄声鸣，在居高而望京城的山脚下，倒是一处写书的好场所。曾经经历接近最高权力辉煌的曹雪芹，在经过世态炎凉之后，在经历了惊心动魄的动荡，又面临巨大反差之后，来到这样一片风景优美的地区，回忆自己曾经经历的繁华，写下长篇巨著，实在是非常难得的。在封建文字狱的高压统治情况下，只能很隐晦地写，很委婉地写，但已经表现出农业社会顶级的生活、顶级的文化，写出了后人难以逾越的巨著。偶然的相遇，能够看到伟大的作品的诞生地，也是很高兴的事。

2010 年 3 月 5 日

之六：再游卢沟桥遐思录

还是在中学时代，毛主席教导我们"学生要兼学别样，要学工、学农"，我们中学生坐着部队的大卡车被拉到卢沟桥的宛平城学农，住在宛平城里的学校中，每天都要走过古老的卢沟桥。当时的芦沟桥，残破得很，有些护栏甚至残缺，很危险。桥是使用中的，大车小车，牛羊，甚至马车都从桥上过，我们每天走在桥上，甚至不知道当时使用的桥就是有将近八百年历史的文物。而在完颜亮杀掉自己的哥哥，从遥远寒冷的阿城搬到北京，并建立金中都之后，为了联系南方，控制全国，同时为了交换货物，实现通商，修建了石头的卢沟桥。那时的永定河，河水很大，甚至能漫上堤岸，冲进宛平城，整体坚固的卢沟桥，成为进出北京的必经之地，甚至成为北京的代表。从遥远的那不勒斯，经过干旱而风暴频发的塔克拉玛干沙漠来到北京的马可波罗是多么的惊讶，惊讶于眼前的城墙，惊讶于眼前的桥。

由于技术手段的原因，卢沟桥采用了没有拉应力的石拱桥，联拱之间设置了坚固的拱圈墙，看上去坚固而结实，而变半径的拱弧线，带有明显的韵律感，在水面上划出优美的弧线。正是由于像彩虹一样的桥面弧线，以及半圆的拱，使得芦沟桥像一道靓丽的彩虹，横卧在永定河上。当一轮圆月悬挂在夜空的时候，形成优美的造型，因而被评为燕京八景之一的"卢沟晓月"。

在遥远的年代，在没有机械、没有计算机的年代，建设这样的桥梁是十分艰巨的事，石料的开采、运输、吊装，都相当的困难，需要智慧，需要制造各种工具。同时，建设这样的桥梁，需要组织社会力量，调动资源，需要相当长时期的稳定的社会，所有这些才是产生卢沟桥的必要条件。尽管时至今日，长江上采用现代技术修建的大跨度斜拉桥、悬索桥、钢管拱桥已经比比皆是，从数量上中国已经成为桥梁大国，但是卢沟桥在中国桥梁历史上依然有着不可捍动的地位，依然轻盈地屹立在北京的西部，带着上面数不清的形态各异的石狮子，护卫着古老的北京城。

尽管我们拥有建筑机械、计算机，但是我们的建筑，从文化的形态来看，恐怕还没有完全超过前辈。现在有些奇奇怪怪的建筑，乱七八糟，远不如历史上诸如祈年殿的建筑，还有满街的过街天桥，呆板的造型，巨大的形体，让以卢沟桥所代表的轻盈与自信的桥梁形态消失殆尽，体现出茫然和不负责任的感觉。洋溢的文化，骄傲的自信，成为卢沟桥的体现，成为一个时代精神的体现，没有精神的超越，建筑不可能超越前辈。

在思索中离开卢沟桥，重新回到水泥林立的城市之中。

2014 年 7 月 3 日

之七：雪中游潭柘寺

很多年北京没有下过如此大的雪了，以至于全市召开紧急会，部署各单位铲冰除雪。从早晨便开始下，漫天飘着大雪花，地面上很快积了厚厚的一层雪。整个空间都笼罩在雪雾中，看不见太阳，甚至看不清远处的山峦。驾车西行，沿着莲石路，经过一条隧道便到了潭柘寺镇，随后向北，径直向山上开去，一片红墙之后，便来到潭柘寺。中国古建筑，本身就是与山水相容的，大雪过后，古建筑的轮廓，古建筑的色彩，表现得淋漓尽致。

潭柘寺的山门很小，不显山不露水，看上去很不起眼，进得山门，很快就是令人惊叹的大殿，尤其是大殿前面院落中巨大的银杏树、柘树，尽管已经是冬季，树叶已经脱落，但巨大的树冠依然遮天蔽日，把一大片空间遮住，使得地面上完全没有雪。巨大的大雄宝殿同样笼罩在厚厚的雪中，身穿布衣的僧人慢慢地清扫着院子里的雪，而大殿前的檀香似乎完全不知道雪的降临，依然青烟袅袅地升腾着。大殿后面有一个漫坡，依山而升高，上面是一排两层的建筑，同样供奉着各种佛像。拾级而上，站在高处的台阶上，整个院落清晰地展现在眼前，错落有致，层层叠叠，与高耸的树木形成精致的立体图案，而皑皑白雪，更给这个立体的画面增添了松软的银白色的边框，清新而亲切。

很难想象一千多年前的僧人，在极难得的山间选择此地建造寺庙，背山面阔，两边有矮山相围，构成精彩的宝地。潭柘寺建在这样风水之地上，与周围的山峰连成一片，浑然一体，尤其在白雪的笼罩之下，朦朦胧胧，似有非有，构成连绵、雄浑的画卷。历史在山川、河流之前，在风雪云雨之中，显得非常的短暂，弹指一挥间，而个人更是显得微不足道，只是在漫天大雪之中，面对潭柘寺这样的历史遗迹，感慨又感叹，在同样降临各个朝代的同样的漫天大雪之中，感受苍天的巨大，感受历史的浩瀚。在感叹之中离开大雪笼罩的潭柘寺，白雪之下的红墙黄瓦渐行渐远，重新回到车水马龙的城市。

2015 年 11 月 30 日

之八：游大堡台汉墓

中国的很多历史是记载在陵墓中的。汉代的墓很有特点，刘邦当皇帝以后，"非刘氏不能封王"，中国各地都是刘氏的王。在等级制很严的汉代，只有王才能使用"黄肠题凑"这种葬式。需要很多柏木，有很好的防潮作用。汉代很著名的还有"金缕玉衣"，满城汉墓有很完整的玉衣。还有著名的"马王堆"中的古尸，两千多年竟然没有腐烂，很是神奇。徐州的汉墓都是在山里开洞，凿成大墓，有点像满城的汉墓。"黄肠题凑"的墓式最出名的有湖北随州出土著名编钟的汉墓，而大堡台汉墓是距离北京最近的，也说明北京城悠久的历史、深厚的文化底蕴。墓并不大，原来只是两个土丘，但里面的墓很是精彩，很震撼，有很好的隔潮作用，分三层，里面曲折拐弯，有点像迷宫。

在辽阔的国土上还不知道有多少这样的古墓。

2013 年 5 月 5 日

之九：游密云雾灵山

"空山新雨后，天气晚来秋。"中国古代的诗人真是把文字玩到极致了。空山新雨后，完全地写出了情景，写出了意境，实在难得，而在京北密云的雾灵山，身临其境地体会到了"空山新雨后，天气晚来秋"的意境。由于夜里下了雨，山上到处是水，山洼里宽大的水库碧波荡漾，为森林防火，雾灵山不让游客进入，于是只有到旁边一处开放的景点——云岫谷。刚进去的时候没觉得什么，感觉一般得很，还要向上爬，很累，但越往里面走，风景越好，溪水从很高的山峰上流下来，见不到头，有很多没有见过的花草，开着小花。再往上走就更让人惊讶了，已经进入五月，居然看见大块的冰块，在溪水拐弯处，由于特殊的位置，温度很低，夜间溪水停留、积累下来，便形成冰，而白天冰体融化，并不会化很多，剩下来，形成精美的景观。还有几层比较高的瀑布，大约有五米高，水质很清澈。

大凡风景，一定要亲自到现场观看，才能相信，在北京生活四十多年，如果有人说有冰瀑，肯定是不相信的，《石钟山记》说的就是这样的道理，如果不是亲自来雾灵山，肯定是不能想象五月的北京还会有瀑布的，实在是令人惊奇。继续向上走，便完全是山野风景，高耸的山峰，很难想象是在北京附近，倒有点像四川、云南的大山，距离北京一百二十公里，就可以看见如此的高大山，还是很难得的。

2011 年 5 月 17 日

之十：松山森林公园游记

　　三十年前，上学做道路勘测课程设计，参与了松山林场九公里山区道路的设计，而今三十年过去了，道路依旧，而山林已经建成北京北部著名的森林公园。两山之间的山谷，溪水从山顶流下来，在山谷中汇集成流，在树林中流下来。浓密的树冠遮天蔽日，地面上是低矮的灌木，以及长在石头上的青苔。溪水极清澈，虽然暗黑的树根以及青苔的包裹，使得水流显得浑浊，但伸手捧在手里，十分清澈，完全没有污染。水很凉，甚至可以冰镇西瓜，这里的气温比北京城区要低近十摄氏度，是夏天避暑的好地方。溯溪而上，可以看见巨大的岩石，有堆积的海底沉积岩，甚至可以看见贝壳的痕迹，有巨大的断层，有水滴、冰凌形成的冰臼，大自然的演化过程，清晰地展现在眼前，让人感到造物主的伟大。各色树木交互生长，遮天蔽日，占满整个空间，让人感觉非常的阴暗，而这浓郁的树影中，是厚重的氧气，这里是天然的大氧吧，是氧气的汇聚地。继续向上，便可以看见大片的油松，这也是松山得名的由来。由于特殊的地理位置，在大海坨山的南坡，高大的山体挡住了来自内蒙古草原的寒风，使得植物得以生长。又由于高山的阻隔，产生降雨，大量的雨水汇集，便形成了湍急的、水量很大的清泉，这在干旱的北方，更是弥足珍贵。临近山顶的时候，几乎全是松树，地面上铺着厚厚的松针，软软的。沿着小路下山，感觉很轻松，富贵的氧气更消除了疲劳，满目清翠，凉风习习，更带给人惬意，很难得在北京，这样干旱少雨的地区，有这样大片的原始树林。通过修建的道路，人们可以轻松地来到曾经遥远的松山，可以近距离地感受森林、阳光和氧气，实在是难得的享受。

2015 年 6 月 30 日

之十一：颐和园遐想

　　每次到颐和园都会有不同的感受，其中有一点是相似的，就是敬畏的感觉。最初看颐和园，似乎并不知其如何，不过是湖边的山上建了一些房子，而仔细地品味、比较，从不同的角度审视，在不同的季节观赏，便有了完全不同的感受，其共同点是相似的，美轮美奂，美不胜收。

想一想，颐和园也建了有近四百年了，在颐和园以后，我们有什么园林能够超过颐和园？想了半天，似乎没有。珠海的民族园？北京的世界公园？无锡的水浒城？正定的影视基地？似乎都不行，就是奥运辉煌时建的奥林匹克森林公园，也完全不能与颐和园媲美。甚至在世界范围内，埃菲尔塔、悉尼歌剧院、迪拜塔、马来西亚双子塔，虽然都体现了现代建筑的雄伟，但从整体布局上，从构思上，从对空间尺度的把握上，似乎完全不能与颐和园媲美，甚至不能相提并论。既然没有出其右者，那么颐和园当之无愧地成为最优美的园林。还要有多少年，才能有园林超过颐和园？很难说。可以说颐和园是一个时代的标志，是一种文化的标志，是鼎盛时期中国农耕文化的标志，表现了文化取向，体现了社会组织体系的力量，从这个角度讲，恐怕不会有能够超过颐和园的建筑了。

漫不经心，似乎随意地在山边建了一些隐隐约约的建筑，随意地淡淡地在湖中画了一个堤、一座岛、一座桥，但是比例恰到好处，相互映衬，相互协调。山上的建筑与湖边的建筑相互呼应，交映成辉，更有东边山脚下的园中园谐趣园，成为点睛之笔。可以想象，来自远方的各国使节，在森严的仁寿殿见过皇帝之后，绕过假山，看到烟波浩渺的昆明湖，以及视野中心的佛香阁，该是怎样的心情。在享受了美味大餐，欣赏了精美的丝绸、玉石摆件之后，在高耸的德和楼大戏台看过京剧之后，对建设这样园林的国度是怎样的崇拜？是怎样的嫉妒！

多少年文化的传承、积淀，才能产生出精美的园林，虽然是慈禧的决策，但整个园林布局、建筑风格，建立在传统中国风水的基础上，慈禧只是做了象征性的决策，整体上仍然属于中国文化的产物。

建筑是时代的产物，建筑深深地打上时代的烙印，而又在历史长河中映衬出历史曾经的存在。

2014 年 4 月 7 日

之十二：游京西名刹"大觉寺"

在北京生活了五十年，还没有去过大觉寺。很庄重的山门，四进的院落，粗大的柏树、银杏树、海棠树，清朝的厚重殿门，记载着历史的深沉。大觉寺始建于辽代，金代时大觉寺为金章宗西山八大水院之一，金章宗名完颜璟，大约在公元1185—1238年执政。女真人建立的金朝，像鲜卑人建立的北魏一样，可能是厌倦了嗜血的杀戮，把佛教当作国教，把印度的佛教和中原的儒教结合在一起，融会贯通，用来约束上层社会以及下层普通百姓。

金章宗的时代，是金鼎盛的时代，通过调整赋税，学习汉文化，金得到长足的发展。随后与北宋的战争，金取得了胜利，获得了大量的土地和大笔赔款。金章宗四十一岁身亡，死后葬于房山的金陵，身后竟没有子嗣，随后由没有能力的叔叔继位，正是由于继位者的无能，使得在蒙古草原的成吉思汗看到了机会，挥师南下，金朝由此灭亡。正是在金章宗时代，北京的西山建设了很多的寺院，在寺院建设中，融入了中国园林的元素，把庄严的寺庙和幽静的园林结合在一起，发挥了山林的作用，形成适合居住的区域。契丹人认为东方是日出之所，他们建的寺庙的朝向是坐西向东的，给人背山面阔的感觉，尤其是高大粗壮的银杏树，一千年以上的树龄，更是给寺庙涂抹上历史的痕迹。

让人感到惊讶与遗憾的是，短短的金朝，尚在北京的山边留下如此清晰而耐人回味的痕迹，而随后的元、明、清的都城北京城，竟然没有了踪迹。偌大的北京城，以及三山五园，在大清盛世之时，是多么的辉煌，可惜几乎荡然无存。僧人是很智慧的，寺庙大多建在深山之中，并不建在城市中心区，并不占用良田，目的就是在朝代的更迭中避免毁坏，从而长久地存在下去。正是这种独具匠心的考虑，像大觉寺这样的精美的寺庙才得以保存至今，把辽代的精髓传递到现在。

2014年9月21日

之十三：游海坨山胜海寺

很难想象，在几乎杳无人烟的山里，居然有一座气势辉煌的庙堂。两山间开凿出的一片山门，几乎只能一辆车通过，进山门后是曲折的山路，让人怀疑这里面能有什么建筑。一直向前，大约两公里，赫然见到山脚下一处高耸的山体，尖顶上有一座佛塔，非常显眼。抬头看，后面是两进宽大的庙宇，气势辉煌，再仔细看，方才看清楚这座寺庙的位置。背后是一座高耸的山，又尖又圆，山的两侧，大约在扶手椅的位置，是两座几乎高度一样的稍微低矮一点的小山，形成山门，夹在道路两侧。

这座寺庙实际上是按照中国传统的风水学的理论来选址的,背后是高山,两边是左青龙、右白虎,如果前面有一座镇山,就更满意了。中国人善于把各种东西拿来为我所用,中国人的信仰也是,几乎什么都信,什么有用信什么,各种宗教在中国并存,并不冲突,也不会发生战争,相安无事。用风水理论来建设佛教寺庙,实在是中国人的奇思妙想。大殿前的一块石碑,记载了最近一次修缮庙宇的过程,这座寺庙在什么年代建的,已经杳不可考,只知道在明朝曾经重建过,可见历史之悠久。在大殿背后,有两座高僧的舍利塔,安放着曾经生活在这里的高僧。中国的寺庙与欧洲的教堂很大的不同是,中国的寺庙总是建在高山之上,险峻之处,实际上,最早的中国寺庙也是建在闹市之中的,只是很容易被战火烧毁,这使得僧人们下定决心,在荒无人烟的地方开凿庙宇,客观上保证了佛教的传承,避免了毁坏。但即使这样,像胜海寺这样完全建在荒山野岭的寺庙,还是非常的少见,也非常的难得,充分体现了佛教的力量,信徒们能够历尽艰辛,在深山之中开凿庙宇,传承自己的思想与信仰,让思想与建筑,与高耸的山融为一体,更让人感觉到佛教的力量。

　　原路下山,走出山门,回首望去,已经看不见庙宇的踪影,只见到连绵不断的深山。

2015 年 6 月 30 日

之十四:再感圆明园

　　因为下雪,想去拍残破的圆明园,便赶着去,唯恐雪融化了。终于在残破的西洋楼前看见雪中的残破的石材。又在门口看见整个圆明园的复原图,实在是惊讶。每一次到遗址,都感到震撼,感到耻辱。国家的衰败,导致精美的建筑遭到毁坏,而精美的园林是文化的产品,是文化的结果。实在是可惜。如果能够完整地保存,在世界上会是什么地位?还有比故宫大一百倍的西安的大明宫,以及被项羽一把火烧掉的阿房宫,都是历史的遗憾。

　　没有工业,没有现代工业,中国几乎是传统的农耕文明的顶点,而当我们站在工业文明的山峰上蔑视传统的农业文明的时候,我们忽然发现,圆明园中的生活,即传统农耕文明的生活才是人的个体最需要的,而蒸汽机、火药、大炮、坦克、航空母舰、核武器等,有多少是人的个体生活必需的?更多的工业文明是被迫的、是被逼的,不发展不行,更多的是因为战争的需要,而不是人的个体的需要。即使在现在，复建一个同样的圆明园，即使是仿造的，也是不错的结果。进一步地想，如果北京城墙，包括护城河，都能完整保留，该是什么样子？埃菲尔塔、悉尼歌剧院、泰姬陵、吴哥窟，哪一个能与北京城相比？还有平遥古城、西安城墙。

实在是很大的遗憾，但是像黄河一样，很难径直流入大海，总是九曲而环绕，历史就是曲折的、重复的、渐进的，中国曾经多么的强盛，唐、宋、明清，都曾经发展到何等辉煌的程度，而又有多少次毁灭得居然像一张白纸，又几乎被曾经根本被元朝官吏们看不上眼的日本所吞并，究竟是什么知道或不知道的力量主宰着这样的曲折？实在是不可思议！中国还要经历多少次辉煌？还要有多少次濒临毁灭？面对圆明园遗址，实在有很多的联想。

2014 年 5 月 6 日

之十五：在卢沟桥上为美国人讲历史

接待了一批美国桥梁工程技术人员，参加"国际交通论坛"，到我们的工地参观，参观完桥梁工程，带他们参观著名的卢沟桥，由于大家都是搞桥梁的，肯定对卢沟桥感兴趣。认真准备，带着美国人走过马可·波罗曾经走过的卢沟桥，1400 年以前，中国人已经建成了世界上最辉煌的石拱桥，而那时美洲大陆上还几乎没有人，即使有，也是几个披着兽皮的印第安人，在追逐到处跑的美洲羚羊。

曾经的辉煌，在历史的长河中烟消云散，丝绸之路以商业的形式连接了中国、两河流域、古罗马，串联起人类的文明。在最东端的中国文明，经过几番沉浮之后，又坚强地辉煌起来，与古代埃及、印度、玛雅等文明相比，中华文明历史更长、更悠久、更辉煌。如今千里之外的美国人，来到我们曾经生长的土地，来到我们曾经对美国遥不可及的土地，在听我们悠久的文化，实在感到骄傲，为我们的文化，为我们的祖先，也为我们的后代。在文化面前，经济、政治、金钱、法律、机器、武器，都失去了价值，文化成为最重要的存在，我们应该为曾经拥有的文化而自豪。

2015 年 3 月 10 日

之十六：感谢故宫

从武汉、上海、广州等城市回到北京，总感觉北京城市的位置很特殊。事实上，北京是世界上绝无仅有的中间低、四周高的城市。巴黎与伦敦，老城保护得很好，基本上是五百年前的建筑，大约四层楼，而新城却是高楼，给人一边倒的感觉，而新建的城市，包括中国改建的城市，基本上都是中间高楼。由于中间的地价高，在城市中间盖楼的人便尽量盖高楼，以获得经济上的回报，于是，城市中间大多高楼林立，在给人辉煌的同时，也让城市染上水泥森林的"城市病"。

也许在金主完颜亮建设金中都北京的时候，或是明成祖朱棣建设大明北京的同时，也没有想到北京今天的模样。斗转星移，在中国经历了帝制灭亡的巨变，又经历国内国外战火之后，安顿下来，历史的大河在北京拐了一个大弯，北京以首都的身份登上历史的舞台，政府机关、军事机构，以及住宅大量兴建，随后，以新国家标志的十大建筑相继出现，随后是改革开放以后的外来建筑粉墨登场，在北京这座八百年的古城，留下巨大的痕迹。

由于有故宫的存在，北京的建筑限高，目的是使人在故宫游览的时候，能够看不见四周的高楼大厦，从而保留远古的幽思。沿二环路八十米的限高，在北京造就了一批矮胖的建筑。尽管限制建筑高度的初衷是保护故宫，但客观上降低了城市中心的容积率，使得北京的中心远不像其他城市那样拥挤，清雅与淡静成为故宫周围的主旋律。应该感谢故宫，才没有使北京成为千篇一律的水泥森林，才使北京在众多大都市中鹤立鸡群，保留与传承了紫禁城的辉煌。如果北京的十三个城门，一整圈的城墙以及城市中金顶的院落，四合院中摇曳的柳树能够保存，将是世界上最为辉煌的人类痕迹，但仅仅保留的紫禁城已经辉煌得足以令人震撼了。

紫禁城的存在，使得北京的建筑更平和，更令人能够接受，也成为更珍贵的城市模型，而低矮的建筑，又映衬了紫禁城的辉煌，两者相得益彰，互补而互长。应该感谢紫禁城，客观上使中国的首都成为世界上绝无仅有的城市，成为富有生机而又蕴含历史根脉的城市。

2014 年 1 月 13 日

之十七：游房山地质博物馆

北京成为中国的首都，很大的原因是地理位置——北京处于控制全国的咽喉要道。另外一个重要的原因，就是北京三面环山，三面的山成为北京的屏障，拱卫北京，这在中国传统风水学中，是十足的风水宝地。在北京三面的山中，西部房山的大山地质情况最为复杂，其中的石花洞、十渡等成为难得的地质奇观，房山成为中国的地质公园。

对于地质年代而言，上千年并不算长，上亿年才可谓长。十几亿年前，才可能产生一些低等级的植物，而这时才可能产生地质上的变化，产生地层的隆起、褶皱。地质年代，仅仅小于天文数字，对于人类而言，相当漫长。

对于人造的建筑，以及人造的机器而言，地质以及地质变化的产物实在令人惊叹，第一是地质的巨大、浩瀚、辽阔等，令人叹为观止，第二是地质产物的丰富多彩，从煤炭、石油到各种稀有金属，实在难以想象地质是如何造就如此多的物质实体的。斑斓多彩的矿石实在令人目瞪口呆。在感叹地质之浩大的同时，让人感叹造物主是如何创造如此多的物质实体的。房山地质博物馆很现代，流程明确，复制了十渡山水、石花洞等房山代表性的地质构造，以及展示各种各样的矿藏标本。距离北京城如此近的地方，能够有如此多样的地质、地层变化，对于北京是上天的赐予，也使得北京称得上广大中国的首都。

世界之大，令人难以想象，世界上还有很多的地质奇观，甚至还有未被人类发现的地质奇观，在偌大的地球上，真实地存在着。

2015 年 4 月 19 日

之十八：游蓟县独乐寺

早就学过"渔阳鼙鼓"的诗句，到蓟县后才知道是古渔阳，靠近山脚的一座城市，北边就是著名的"黄崖关长城"。还是很有点古城的味道，像平遥、宣化或是兴城的古代城池，只是多了一些新建的仿古建筑，但也很有特色，有点古色古香的味道。早就听说"独乐寺"，有辽代的最高的木制观音佛，亲眼所见，还是很精彩，高大的佛像罩在高大的建筑中，显得辉煌而令人肃然起敬。人声鼎沸，倒多了很多商业的味道。挂在大殿上的匾居然是李白所写，有考证说李白是碎叶人，最后死在四川。千里迢迢，他居然也到过蓟县，真有点不可思议。就是在现代的条件下，我们要走遍李白到过的地方也是很不容易的，何况那时的人。还有就是在大殿旁边的小院里有一个小巧的四合院，清朝皇帝到东陵祭祖曾经住过这里。

独乐寺是个很精彩的寺院，能到这里也是不虚此行。有机会到盘山和黄崖关看看，也是很好的去处。

2008 年 4 月 5 日

之十九：游怀来"云中草原"

虽然就在北京边上，但也没有去过怀来"云中草原"，还是看高速公路边上的指示牌才知道有这样的景点，但标的是 4A 级景点，因此一定要想办法去看看。终于成行，晚上到黄龙山庄，周围漆黑看不清山，围着篝火唱歌，很有意思。第二天起来一看，四面都是山，山上有明显的高台。还要坐缆车，速度很慢，慢腾腾地到了山顶，山上是很大的一片开阔地，很宽，似乎看不出是在山顶，但放眼望去，四面都是山峰，云在脚下飘逸，才觉得景色不同。在草地上走很远，与内蒙古的草地大同小异，长着各种的鲜花，艳丽多彩。如果不是周围大大小小的山峰，似乎还以为是在内蒙古的草原，但远处的山峰提醒你，这是在海拔 1200 米以上的山头，更觉得视野开阔，风光无限。很多美景就在身边，无暇顾及，或是没有注意到，就像邻家的美女，也没有注意到。遗憾的是，没有太大的雾，山上的农民讲下完雨以后才能有雾，想来如果有雾的话，会是另一番风景，想是想不出来的。下山的路很长，有大片树林，有流动的水，风景也还不错。最好的是空气，清新的空气，还有很浓的树叶的味道，非常舒服，可惜只待了一天，有点不过瘾。

2009 年 8 月 31 日

之二十：游河北涿鹿炎黄二帝祭坛

如果不是当地人带领，还真不知道涿鹿有炎黄二帝的祭坛，而且如此巨大。占地面积有近十万平方米，外方内圆的巨大祭坛，非常宏伟。炎帝、黄帝，还有蚩尤都是这一带的人，而且在涿鹿建有都城，后来发生战争，炎黄二帝把蚩尤打败，进而统一了中国当时的各个部落，蚩尤所带的部落后来逃到了云南、贵州一带，演变成为少数民族。最后炎黄二帝死在陕西，现在陕西、河南都有黄帝陵。由于历史久远，只有《史记》上有一些记载，也不一定准确，但还是建立如此规模的祭坛，也是对祖宗的怀念。

中国的历史太悠久了，不像美国只有二百多年的历史。尊重先人应当是人类的优良传统，这方面涿鹿做得不错，让人真实感受到炎黄二帝的存在。

2009 年 9 月 1 日

之二十一：游滦州古城

从燕山山脉的云蒙山发源的滦河，经天津流入渤海。滦县就位于滦河出山口上，宽阔的水面，背后是起伏的山脉。在靠河的水边，全新地建了一座古城，仿古的建筑，雕梁画栋，引入滦河水，模仿江南水乡，建了横穿古城的小河，河边是低垂的柳树，两边是鳞次栉比的店铺。很难想象在北方能有像江南水乡的古镇，能够体会在遥远的历史中踱步的感觉。人总是有怀旧的情结，回忆曾经的岁月，并从中获得力量、获得满足。中国历史悠久，在长期农耕文明的环境中，创造了社会、家庭、生活的典范，建筑、衣着、饮食、节日、礼节等，达到了相当的水平，在完全没有工业的环境中生活，中国的古人达到了相当的水平。今天，在水泥森林中游曳的现代人，总想回味曾经经过的岁月、曾经的生活，各种仿古建筑应运而生，满足了人们怀旧的情结。

如此大的古城，建起来很不容易，山西大同、河南开封、陕西西安等地，都在复建古城，显示出人们在追求现代化的同时强烈的怀旧情结，毕竟，中国有灿烂的历史和文化。

2012 年 9 月 19 日

之二十二：泛舟白洋淀

去了趟密云水库，想下水划船，但水库的水面全被铁网给拦上了，下不去。没辙，驱车八十余公里，来到安新白洋淀。环境迥然不同，非常清新，风很大，有水的湿气。找到了游人码头，但要收费，进淀三十元，船要六十元，太贵，没去，又用 GPS 搜索水面，找到一处村民的水面，叫"大淀头村"。还没开张的农家院，两边是大块的荷塘。

把橡皮艇冲上气，滑船入水，非常的舒服。远处是绿色的摇曳的芦苇，天上是大块的白云，蓝色的天，完全是一幅油画。没有第二条船，可以随心所欲，只是没有马达，有点遗憾。水塘旁边有很多小河岔，掩映在绿色的芦苇中，若隐若现。水面上是星星点点的荷叶，有的还托着水珠，晶莹闪亮。船滑在水面上，轻松自如，没有方向感，四面全是路。上得岸，吃一条农家的炖鱼，味道鲜美，籽很多，很有味道。鸡蛋是完全吃河虾的鸡下的，黄色的蛋黄。农家院中是鸣叫的鸡、鹅、狗，声音很大，并不显寂寞。

远离大都市，回归大自然，感觉非常舒服。

2010 年 6 月 10 日

之二十三：夏游北戴河

当你摇下车窗的时候，从窗缝中挤进来的扑面凉气把蒙在头上的热气冲得烟消云散。下得车来，更是全身上下彻体的凉爽，这种凉爽清楚地告诉你，你已经来到了避暑胜地北戴河。虽然距离北京也就三百公里，但几乎就是两个季节。当京城的人们像在一个大烤箱中蒸烤，忍受着暑热煎熬的时候，笼罩在海边的凉气，把北戴河变成清凉的世界。

夏天的海滩，是靓丽的海滩，滚滚的热浪剥去人们身上厚重的衣服，展示出健康的身体。尤其是姑娘，更可以尽情地展示她们的身材。现在社会越来越开放，越来越进步，在北戴河海滨，可以看到很多身穿三点式的大胆姑娘，曲线优美，皮肤白皙，为夏日的海滩涂抹上青春靓丽的身影。在盛夏的海滩，实在是优美的风情，人们可以回归到原始的状态，脱掉包装，甩掉伪装，还原人的本来、真实的面貌。人是大地的精灵，是地球的主宰，雄踞于万物之上，而人的本身就是大自然最神奇的作品，精妙绝伦。能够在海滩欣赏人本身这个大自然的作品，也是很好的享受。来北戴河，还有一个好处是可以享受海鲜美食。海鲜，吃新鲜的，才有味道，最好是半夜打上来的，肉质饱满、鲜美，在海边吃上一顿新鲜的海鲜美食，也是很好的享受。吃海鲜，不要贪，一次就吃一种，吃多了会串味的，还有就是一定要喝酒，才有味道。海鲜不能多吃，多吃了会烦，但隔一段时间吃一顿，品味特殊的味道，实在是享受。

夜晚的北戴河也十分迷人，轻柔的海风，淡淡的海腥味，以及星星点点的灯光，悠闲的游人，构成北戴河独特的风景画。今年的北戴河正在改建，改造成欧洲风格的建筑，尖顶的屋面，夸张的装饰，造型优美，更带给人视觉上的享受。炎热夏季，能够到海边避暑，享受大自然的赐予，感受清凉，确实上佳的去处。

2010 年 7 月 4 日

之二十四：再游承德

从北京出发，走京承高速三个小时就可以到承德。但在清朝，这段路可能要走上一个星期。走在崇山峻岭中，就觉得古代的皇帝很了不起，能够统治如此广大的疆域，能够有雄心壮志，真是让人佩服。承德的位置很独特，向北可以通向东北辽阔的黑土地，向西可以到达内蒙古、新疆、西藏等广袤的边疆，对于硕大的中国版图，实在是上好的统治中心。承德的城市就是围绕避暑山庄而修建的，就是为避暑山庄而存在的，避暑山庄占很大的面积。进得山庄，非常开阔，山地几乎是山连着山，看不到头，所谓层峦叠嶂。周围是一道可以行走马匹的围墙，彰显着皇家的威严。

山庄依山而建，平原区地势开阔，又有远山为背景，湖光山色，景色非常优美。尽管清朝是从东北杀过来的，但对于江南文化情有独钟，几乎原样把江南的优美山水移植过来，甚至复制了著名的金山寺。江南园林点缀在北方莽莽群山之中，融合了南北的文化，更加璀璨多彩。水边的建筑在水面上留下非常清晰的倒影，又映衬在水面的花草中，摇曳缥缈，构成精彩的画面。而当年，装饰一新的园林建筑之中身着彩服的宫女穿梭其中，构成和谐盛世的美丽图画。中国皇家园林是中国建筑山水的顶峰，也是中国政治经济的缩影，通过权力集中而获得的巨大利润集结、浓缩在这山水之中的建筑上，传递着历史的信息。

在避暑山庄的山峰上，可以清楚地看到分散在山庄外边的星罗棋布的外八庙，很有点众星捧月的感觉，更有极难得的地质景观"磬锤峰"昂首屹立，直刺蓝天，成为远处的天际景观。今天的避暑山庄远没有昔日的精彩，有点昏暗的感觉，但徜徉其中依然能够感受到大国盛世的味道，依然能够品味到昔日大清帝国的辉煌。

2010 年 7 月 31 日

之二十五：游天津瓷房子

很难想象，整个一座房子全是用瓷片装饰的，而且瓷片全是真正的古瓷。建房的人曾经是富商，"文革"中把家里的瓷器砸碎了，只剩下瓷片，于是，用碎瓷片装修房子，以表示对古瓷的喜爱。原来只知道全是瓷片的房子，但不知道全是古瓷片的，亲眼一看，很是惊讶。中国的瓷器是对人类的贡献，是中国的创造，曾经在世界上独领风骚多年，既是日常生活用品，又是工艺品，融入了文化成分。瓷房子装饰很奇特，尤其是屋顶，装饰华丽，柱子更是精美，瓷片贴成的壁画更展示出中国的文化，栏杆、扶手都是用瓷片粘的，很优美，只是有点扎手。如果是用现代的瓷就不很特殊了，由于新材料的使用，现代的瓷器，即使是景德镇的瓷器，也不怎么值钱，瓷器只在很小的范围应用，更多地成为观赏品，成为摆设。

就像眼前的这座瓷房子，没有太多的使用价值，只是观赏，只是让人回忆过去的岁月，曾经有过的辉煌。

2012 年 6 月 30 日

之二十六：承德双塔山游记

承德距北京两百余公里，古称热河，可能是因为有从地下涌出的热泉而得名。承德位于东北进入北京的咽喉要道上，向北经坝上可以到达内蒙古、新疆、西藏。清朝进军北京，有两条路，一路是从山海关，走山海关或水关九门口，但那里有吴三桂为首的重兵，大约相当于明朝兵力的三分之一；另一路是从承德进入的，沿路留下很多叫作"营"的地名。

努尔哈赤进京后，依然留恋沈阳盛京，每年还要回去祭祖，还要秋天打猎，便在承德修建了行宫。生活在东北白山黑水的清朝官员，不习惯北京的暑热，夏天便要到承德纳凉，为此在承德修建了著名的"避暑山庄"，同时，康熙帝为了联络西藏、蒙古的贵族、喇嘛，在避暑山庄周围建立了外八庙。康乾雍之时，平定新疆叛乱，收归土尔扈特部落，安定西藏，大清不断扩张疆土，发展经济，成为中国历史上与大唐、大宋并称的三大盛世。为保留与传承马上民族的彪悍、勇猛，清朝皇帝每年秋天都要举行声势浩大的"秋闱"，浩浩荡荡地在坝上狩猎，借以锻炼队伍，展示强大，那时的承德呈现了恢弘的景象。

很难想象，承德、赤峰、朝阳一带古代是大海，而且是深海，故而产生了大量的海相沉积岩，沉积了大量松散的泥岩、页岩，当这些松散的岩石被雨水以及地面径流冲刷、剥落、搬运以后，其中一些火成岩便形成外露的巨大的独立岩体，形成景观。承德的"磬锤峰"就是这样的景观。与磬锤峰一箭之地，有承德著名的景点"双塔峰"，与磬锤峰一样，双塔峰是两个独立的岩体，兀立在山顶，后人在岩体上修建了两处庙宇，成为景点。

2014年2月3日

之二十七：赤城泡温泉

赤城的位置很特殊，大约处在内蒙古高原的边缘，从华北平原高度上升的山峰中。赤城周围全是山，中间一块河边的盆地，再往北，就逐渐是草原，等到了沽源，就几乎全是内蒙古草原了。

赤城出名的是温泉，不知道"赤城"的"赤"与温泉有没有关联，赤城的温泉准确地说是"热泉"，因为温泉出水的温度将近80℃，甚至有点烫手。赤城温泉历史很悠久，可能在西汉的时候就有记载，还可能在秦朝，把北京称作"渔阳"的时候，史书上就有记载，至北魏郦道元所著的《水经注》中，已经有了清晰的记载。流淌了上千多年的温泉，在山间的石缝中不停地流着。泡温泉可以促进人体的血液循环，可以对肌肉起到按摩作用，可以缓解神经的紧张，可以说，泡一次温泉，就是一次小的理疗，对人有很大的好处。尤其是在走远路或是滑雪之后，就更是舒服，消除疲劳，缓解劳顿，泡一次温泉几乎可以减少几斤重量，身轻如燕，走路都轻快很多。

不管是古罗马元老院中的元老，还是秦始皇，还是杨贵妃，都在温泉中找到自己的最爱，找到人生短暂的归宿。而一般的百姓，能够忙里偷闲，在忙碌而紧张的生活中，找到短暂的休憩时光，能够在群山环抱的山谷中，享受流淌上千年的温泉，实在是很好的享受。知足者常乐，能够开车二百公里泡温泉，已经相当不错了。

2014年3月5日

之二十八：游四川南江光雾山风景区

光雾山大名叫米仓山，当地俗称陈家山，可能是一年当中有200天有雾的原因,被叫作光雾山。光雾山主峰海拔 2500 米,是川北与汉中的分界山脉,和著名的秦岭一样高,只是没有秦岭长。前几天震惊全国的光雾山翻车事件,一次死 51 人,是新中国成立以来四川省发生的最大的交通事故,使得陈家山在全国都出了一回名。

  光雾山是国家级风景区,有植被覆盖的山峰,有漫山遍野的红叶,还有瀑布、山泉,以及变幻莫测的云雾。通向光雾山的路是沿着蜿蜒的河谷行进的,还算平坦,由于刚出完事故,路上几乎没有车辆,但过了"上两"之后就开始翻越高大的山峰,道路越发险峻,曲折而回转,几乎没有了村庄,植被也变得越来越单一,有更多的针叶松。漫山遍野全是雾,已经分不清是云还是雾,在山凹部位,集聚了大量的浓雾,浓密得看不见前面的道路,而对面陡峭山坡上的白雾被风吹得飘摇浮动,时而浓密,时而稀疏,像整个山都有一股股的白色瀑布。山实在是高大,绕过山峰还是山峰,道路几乎悬在半空的悬崖上,凌空开凿了曲折的道路,想必工程十分艰难。在最高处的山顶,有一处垭口,看一下高程表,海拔 1680 米,头上还有近 200 米高的山峰。在垭口的公路边上,立着一块碑,用红色大字写着"光雾山"。

  放眼望去,满目尽是山峦,重峦叠嶂,漫无边际。整个山峰都被厚重的白雾笼罩着,雾与云融为一体,白色一片,由于有雾,山峰看得不是很清楚,但依然可以看见一脉脉的无边无际的山峦。翻过垭口,就看见出事故的地段,是一处下坡路,护栏已经被撞坏,下面是几乎垂直的陡峭的山坡,同样被白云覆盖着,深不见底。由于雾大,就没有继续前行,据说下面还有很多风景区,像桃园、大坝等,翻过山以后,不远就是陕西的汉中,是一片平原。由于有雨有雾的原因,道路很湿滑,视线也不很好,边上就是陡峭的山崖,还是有点害怕,但不经过长途跋涉,就见不到雄奇的山峰,就看不见变幻的云雾,那种山河如画的感觉,只有身临其境才能有所体会。

  江山如此多娇,引无数英雄竞折腰,在中国硕大的版图上,还有很多难以想象的优美的风景。

2008 年 9 月 28 日

之二十九:游成都宽窄巷子

  由于大规模的城市建设,高楼大厦成为城市的主旋律。在人们看惯了水泥森林之后，可能会更怀念过去的街道、建筑，怀念过去的生活，尤其是上了年纪的人。在城市中心区，开始复建仿古的街巷。成都的宽窄巷子就是这样的地方，两条街道，一条叫宽巷子，一条叫窄巷子，两边是鳞次栉比的旧式街道，大约也就像是北京的院落，但成都的旧宅院似乎更无拘束，样式差异很大，没有什么标准，随意之间，院落高低错落，里出外进，雕花的门楣，突兀的房脊，倒是有几分韵律。

像上海的新天地、福州的三坊七巷、北京的南锣鼓巷、青岛的中山路老街，成都的宽窄巷子也翻建成了商店、餐厅，甚至有几家有西洋乐器伴奏的西餐厅。店铺中摆放的都是些有历史积淀的物品，很多是手工制作，古色古香，让人联想起曾经的岁月。曾经偏安于西南的成都，聚集了很多的文人，良好的气候，丰富的物产，精美的饮食，让文人墨客有闲情逸致品读历史，描绘风花雪月的精彩画卷，文化随着时间深深地烙印在这些建筑上。伴随着成都平原特有的湿润的空气，几乎没有风的空气，历史沉积的文化透过青砖洋溢出来，浸染着起伏的建筑，更像一首乐曲，轻柔而悠远，让人感受着历史的风味。

2012 年 5 月 18 日

之三十：在成都望江楼公园品茶

成都平原温湿的空气实在是养人，坐在望江公园宽大的竹林里感觉非常舒适，既不像北京那样烈日当头，也不像福建、广西那样一身是汗。温湿的空气滋润着皮肤，非常的惬意。几乎没有一丝的风，也没有一点的土，周围的地是湿润的，甚至竹叶上也仿佛漂着一层薄薄的露珠，晶莹而透彻。躺在竹椅上伸直腰板，舒服地享受下午的光阴。英国贵族有所谓的"下午茶"，慢慢地享受。周围的竹林宽大而透亮，点点竹影，婆娑而摇曳。好几只鸟在树冠上筑窝而居，叽叽喳喳的叫声不绝于耳，像是树林中演奏的乐曲，在绿树的飘摇中配上几分悦耳的音韵。茶叶是当地的"竹叶青"，尖尖的叶片清澈地漂浮在水面，慢慢下沉，水杯之中淡淡地飘起一片微微的黄色，轻盈而透彻，喝下去，感觉非常的清新，完全地融化在胃里，从里到外的清凉。

周围满是打麻将的老人，而一墙之外就是喧嚣的市场。忙于商海中的人们，很难得有大片的光阴能够享受静静的时光，感受柔软的空气的滋润，聆听清脆的小鸟的啼鸣。或许正是我们这些游客在成都平原，才有更多的闲情逸致，才能有别于奔忙的生活，才能有心境品味悠闲的时光。望江楼笼罩的是悠闲，充满的是悠闲，漂浮的还是悠闲，正是这满满的悠闲的空气，悠闲的竹林，悠闲的清茶，才是成都平原最鲜明的标志。

2012 年 5 月 22 日

之三十一：走西汉高速翻越秦岭

西汉高速是一项伟大的工程，传承千古的工程。秦岭横亘在四川北部已经上亿年了，成为中国南北的分界线。交通的困难，使得李白有"蜀道难，难于上青天"的感叹，深深地印在人们的脑海，虽然有铁路，但在汽车日益盛行的年代，没有穿越秦岭的公路还是中国的遗憾。在历尽千辛万苦之后，在中国大山之中最为艰难险峻的高速公路终于开通了。西汉高速有 85% 的路段是桥梁与隧道，在长度 200 公里的路段上有隧道 136 座，隧道长度竟达 112 公里，真有点不可想象。过西安附近的互通立交桥，上西汉高速，很快就开始进山，山很陡峭，几乎直上直下，两个山壁之间只有不到 50 米的间隙，道路就从山的缝隙中穿过。很快就钻入隧道，随后就全是隧道，从隧道出去后就是桥梁跨越的峡谷，随后又是隧道。在别的公路上行驶，几乎所有隧道都有名称，而这里的隧道即便是很长的隧道也没有名称，只有非常大的几条隧道才有名称。隧道有联体的，有分体的，有直的，有弯的，长长短短，随便一条隧道长度就超过 5 公里，最长的要到 13 公里长。在隧道与桥梁相连的高速公路上行驶，深感这样的工程的艰难，在没有道路的崇山峻岭之中运送物资非常的困难，在荒无人烟的山峰之中，人的居住都成为问题，还要组织施工，多么的艰难。相对而言，在大城市中施工的高楼大厦，奇形怪状的建筑，奢侈豪华的建筑，耗费着大量的钱财和社会财富，而这深山峡谷之中的道路，异常艰难，但造福无数的后代，沟通疆界，又会对国家和社会做出多么大的贡献！

2008 年 9 月 28 日

之三十二：游黑龙江建三江"千鸟湖"

如果不是身临其境，很难相信有如此广袤的湿地。大片的水域，大片的草地，无边无际。黑龙江、松花江、乌苏里江三江平原广大的土地，充沛的雨水，造就了这片东北最大的湿地。由于有充足的水源，小鱼、小虾、昆虫得以繁衍，随之而来的大量的鸟类，栖息、繁衍在这片湿地上。由于没有污染，空气格外清新，天很透彻，大片的白云沉寂地飘浮在蓝天之上，白云的倒影，清晰地映衬在宁静、幽深的水面上，构成精美的图画。进得大门，要坐电瓶车走很远，路途中两边望去，已经是相当的风景了，摇曳的草丛中，不时有几只或白或灰的野鸟飞起，在水面上激起阵阵浪花。停车场边上便是长长的木栈道，栈道很低，几乎贴着水面，走在上面，脚下是清澈的湖水，两边是浓密的水草，远处是广阔无垠的湿地，空中是飞翔的水鸟，是大朵的白云。这里没有闹市的喧嚣，没有机械的轰鸣，没有人群的嘈杂，没有拥挤的车流，没有 $PM_{2.5}$，没有总悬浮颗粒，完全的纯天然，甚至好像没有人的存在，完全的世外桃源。

人类不断的繁衍、扩张，侵占了大量本来属于其他物种的天地，高楼大厦、道路、水库把原本的田园风光变成人类的舞台。而来到这片湿地，似乎才相信可能有这样的存在，才相信真的有这样的一片净土。呼吸着湿润的空气，眼望着辽阔的水面，纯净、安详、静谧、超脱等词汇油然而生，让人忘却焦躁与烦恼。虽然没有看到大片的飞鸟，但似乎能够体会到鸟儿们欢快的生活，静思冥索，隐约能够体会到柴可夫斯基《天鹅湖》独特的旋律，以及美丽的白天鹅优雅的身姿。

确实，如果不是身临其境，实在难以体会这浩瀚湿地带来的感受。

2013 年 8 月 15 日

之三十三：在福州感洋务运动

在福州买了一本介绍洋务运动的书，便认真学习起来。福州附近有著名的马尾船厂，是中国洋务运动的发源地。可以说，中国的洋务运动某种程度上是被逼出来的。

一千多年传统的农耕文化之后，中国社会形成超稳定的金字塔结构，皇帝在上，臣民在下，君君、臣臣，虽然改朝换代，但这种结构没有太大的变化。太平天国更新了一点，又被曾国藩镇压了，又恢复了原有的秩序。即使元朝、清朝入侵中原，依然沿用了中国传统的文化，没有太大的变化。而工业革命在欧洲兴起，钢铁战舰和大炮打破了中国的田园美梦，随后开始有一些接触西洋文明的人士，呼吁变革，呼吁向西方人学习，师夷长技以制夷。

最初只是学习洋人的技术，向朝廷打报告兴建工厂，远没有到引进西方文化或是思想的程度。建工厂靠国家的力量，并不是现代企业制度下的工业，没有丝毫人文思想。管理工厂使用的是管理国家的体制，派大臣管理，拥有生杀大权，依然维持封建制度。在天津、武汉、广州、厦门、福建、南京、上海等地，相继建设了新的工厂，汉阳兵工厂、马尾船厂等在中国兴起，张之洞、李鸿章等人粉墨登场，天津的北洋大学建立，有点风风火火的感觉。福建是洋务运动的最前沿，由于地理的原因，福建、广东更多地接触到西方文化，很多人走出国门，亲自接触到西方社会。尽管最后随着清朝的瓦解，军阀混战，以及日本的侵入，中国没有顺利发展现代意义上的工业，但洋务运动在中国现代工业历史上还是留下了辉煌的一页。

2013 年 5 月 10 日

之三十四：游泉州天后宫

妈祖是中国东南沿海特有的宗教信仰，由于在海上航行所面临的巨大的难以预料的风险，渔民总要在自己的内心世界祈祷平安，以寻求精神支柱，于是，真有其人的妈祖便慢慢地被演化为神，保佑海上渔民的平安。特有的思维，特有的仪式，特有的造型，成为独特的妈祖文化。泉州天后宫就是祭奠妈祖的场所。神都是人造的，都是为现实中的人的生活所服务的，属于精神范畴。人在无望的情况下，是很容易相信神的力量的，尤其在大自然巨大的力量面前，几乎所有的人类的祖先都有对神的景仰与崇拜，只是在人类力量不断增强后，对世界的认识和控制力提高了，才渐渐淡化。但在浩瀚的大海面前，人们还是时常感到自己力量的渺小，非常虔诚地祈祷，这就是妈祖文化。天后宫呈现典型的闽南建筑风格，屋脊两端上翘，用红砖砌墙，颜色很鲜艳，与大海形成鲜明的对比。虽然天后宫不大，但香火很盛。

2009 年 11 月 29 日

之三十五：游福建永泰名山室

如果不是在福建有工程，恐怕很难有机会到福建的山区，来到永康，来到高山名山室。很难想象在海拔六百米的山上还有类似江南水乡的景色，水稻田，绿色的竹子，散落的民居，很有特色，又有几分像四川的风景。车在曲折的小路上开了很久，两边是浓密的稻田、菜田，几乎没有空地。车停在山脚下，几乎没有明显的标记，便沿着山脚的石梯上山。如果没有当地人带路，恐怕找不到这样的小路，即使找到也不敢上山。

　　走得很累，最多的一趟梯子有一百多阶，很长很遥远。两边的各色植物非常的茂盛，很多都叫不上名字。完全没有人，没有游人也没有村民，只有我们一行几个疲劳的登山者。真不晓得福建还有这样的景色，还有这样的高山，尤其是翠绿的树、竹子，更让人称奇。终于到了山顶，一块巨大的石壁，有几千平方米，上面挂着细细的一条瀑布。石壁的凹缝里有一木制小亭，据说没有用一颗钉子，完全的木榫结构，是江南最古老的木质建筑。再往上走，有一座道教建筑，但里面同时供奉着佛教、基督教的塑像。福建人处在中国文化的边缘地带，比较实际，并不在宗教上过于较真，有好处的通通拿来。走下山时见一硕大的巨石，据说是1995年山崩时掉下来的，不禁想起最近四川武隆的山崩，该是多么惊人的场景。

　　正走着，后面的人大叫"有蛇"，前面两个早吓得倒在地上，后面的人说见到一条两米长的大蛇，从上面的岩石上飞似地下来，把看到的人吓得脸都白了。再往下走，就不觉得累了。想到中国的大山实在太多了，穷其精力也很难走完所有的山山水水。远在福建深山的"名山室"又有多少人知道呢？在一番感叹中结束了福建永泰名山室之旅。

2009年6月14日

之三十六：游厦门南普陀寺

　　到了厦门，几乎到了"海角天边"，而厦门南普陀寺又在厦门的海边，更是"天边之寺"。由于在南方的缘故，生长着茂密的植物，大树遮天蔽日，蔚为壮观。寺院前面就是花园，还有一片面积很大的水面，显露出南方特有的山水风光。寺庙很大，香火很盛，虔诚的人们敬拜、上香，人声鼎沸。主要建筑和北方的寺庙没有什么区别，但大雄宝殿的窗户是用楠木做的，里面的佛像也很精致、很新，甚至里面还有扩音器，有空调，很现代化。

　　后面的院子就很特别，是个很大的花园，山边还有小路，有假山石，有林木，有花草，没有了寺庙的严肃，倒很适合人们游玩，像故宫的后花园，很有人情味。南方的信众是真正地信，并许下自己的愿望，因此很虔诚，给人很认真的感觉。在寺庙后面的山上，甚至可以看到海边沙滩的边线，很好的天际线，很美丽的景观。

走出山门，见旁边佛学院的学生穿着袈裟排成队准备进行佛事活动，都是十五六岁的孩子，很惊讶地发现有很多女孩子，居然也剃掉头发。感觉小小的年纪还是不要受精神的束缚为好，多么美好的世界，好的美食，好的风景，美好的男女的生活，都被限制住了，年轻人还是要努力学习，享受生活为好。也算是游南普陀寺的一点遗憾。

2009 年 6 月 16 日

之三十七：重游厦门胡里山炮台

以前来过一次，但这次路过，又来了第二次。比较熟悉了，面前是波涛汹涌的大海，很好的位置，可以看到整个港浮，很精彩。这次看到大炮就没那么惊讶与激动了，但还是感觉很大，德国人做事很认真、很仔细，旋转的炮身，精密的轴承，很好地反映了当时工业革命的成果。墙上有很多照片，有清朝官员穿长衫与德国人穿西服的合影，很有对比，反映出东西方文化的差别。农业文明的中国在工业革命后落伍了，挨打了，尽管也进行了一定程度的努力，但收效甚微。大炮是"蒂森克虏伯公司"制造的。巧合的是单位大厦的电梯也是这个公司制造的，依然是同样的名字，很有意思。

2009 年 6 月 30 日

之三十八：游福州三坊七巷

无心插柳柳成荫，随便地走，走到福州的南后街，见一条新修的仿古的老街，有点像北京的大栅栏，便去看，原来是福州著名的"三坊七巷"，共七条街道，平整地排列，很整齐，历史上很多名人都生活在这些街巷里。特殊的沿海位置，使福州成为外来文化的传播地，清朝末年，西方进步的人文思想传入中国，近代工业文明在中国萌芽，而随着八国联军的军舰、炮火，不进步不行了，几千年中国传统的农耕经济受到很大冲击。在这种情况下，广州、福州这些沿海城市显示出它们的力量。一些有家庭背景的人士，把自己的孩子送到国外接受现代教育，并把他们新的想法带回国。严复翻译了《天演论》，戊戌变法的六君子中有三个是福建籍，梁思成、林徽因都是从这里走出去的，著名的《与妻书》的作者林觉民也是这里人。

很难想象在身穿马褂的年代，这里的人是怎样面对发达的工业国家的。洋务运动给中国带来了新的气象，在武汉、南京、福州兴建了新的工厂，学校也从只教授八股文转向教授现代科学技术，新的工业革命开始在中国这个古老的大地上兴起，这是一个怎样的年代。在曾经古老的街巷中流连，更真切地感受到历史的存在，在遥远的福建，有这样文化深厚的地方，真令人称奇。

2009 年 12 月 2 日

之三十九：游崇武古城

崇武古城位于惠安以东的海边，是戚继光抗倭的地方，不规则的曲线城池，一边是石头，一边是土，建在海边一块巨大的岩石上，面前就是波涛汹涌的大海。这里是地理位置上黄海和渤海的分界线，古城中位置十分重要。惠安当地就产石头，因此城墙都是用石头造的，很有气势。城里住满人家，房子盖得东一块西一块，很没有规律，房子同样也是用石头建的，很坚固，但感觉不很安全。城外是公园，有很多石刻的雕像，再就是大片的海滩。海都是一样的，翻滚，海浪，海天一色，同样的画面，唯一不同的是有这座历史上的古城。

2009 年 12 月 5 日

之四十：在惠安感惠安女

惠安女是中国很奇特的历史文化，艰苦的劳动、无私的奉献、自我约束等，使惠安女成为吃苦耐劳的代名词。人类曾经经历过母系社会，现在的泸沽湖依然是女人的世界，但大多数情况下，女人是受压迫的，都是在社会的底层，中国古代对女人的压迫是很严重的，把女人当成生育、劳动的工具，甚至把女人的脚都裹成尖尖的，让男人欣赏，产生差异感，这在世界历史上是绝无仅有的。

惠安女更甚，她们承受了男人都难以承担的重体力劳动，吃得差，住得差，还要生育、抚养孩子，辛苦一辈子，得不到什么回报，一代一代，任劳任怨，循环下去。由于这里阳光强烈，又要劳动，惠安女都戴着长长的包头，有点像穆斯林的妇女，都是赤脚的，脚很大，因为要劳动，还要省鞋。惠安女结婚以后先要回娘家，待怀孕生产后才能到男方家住，不生孩子是不能到男方家住的，有点包退包换的感觉，多么辛苦。和惠安女相比，现代的女性应该满足了，同样是女人，生在不同的环境、不同的年代，差别有多大。现代的女性还不满足，还要把妻管严传播开，应该知足了。

2009 年 12 月 2 日

之四十一：北海涠洲岛游记

涠洲岛是靠近广西北海，在北部湾中相当大的一个岛屿，有上万人居住。距离大陆二十海里，但船很慢，要在海面上行驶两个小时。船行在海上，周围什么也看不见，全是茫茫的海洋，船左右摇晃，有点发晕。涠洲岛是火山喷发形成的岛屿，在岛南部的海边有明显的火山口，黑色坚硬的岩石面目狰狞，还有巨大的孔洞，透出黑色的寒光。这里的火山喷发在 100 万到 200 万年前，喷发造就了整个海岛。由于四面临海，空气非常湿润，岛上生长着茂盛的植被，最多的是芭蕉树，据说由于运输困难，岛上的香蕉吃不掉，甚至被拿来喂猪。还有就是大棵的仙人掌，一簇簇地生长在岩石上，还开出一朵朵鲜艳的黄花。

岛上广场中建有一处汤显祖的雕像，感觉很奇怪。汤显祖是河南人，写了著名的《牡丹亭》，汤显祖被贬职后，来到北海，曾经登岛视察，由于本地没有什么出名的人，能有汤显祖到访已经是很不容易了，于是建有雕像。岛上有很多峡湾，停靠着大大小小的船，甚至有大型运输船。岛的边缘是同样银色的沙滩，有大量珊瑚磨成细粒的沙子，晶莹而坚硬。远处的大海之上，就是渔民捕捞的小船，船头很尖，在海浪的推动下一晃一晃的。在傍晚夕阳的映衬下，海边的风景非常好看，一片渔歌唱晚的景象。

中国沿海有很多岛屿，涠洲岛是北部湾中最大的岛屿。

2014 年 3 月 27 日

之四十二：游北海老街

　　北海老街有点像广东开平的电影基地，带有浓郁欧洲风格的建筑，门前是躲雨的骑楼，一层用于经商，上面两层用于休息。像很多传统的街道，基本是没有人居住的，只有一些商家和老年人，卖一些当地的特色商品，还有就是大量的游人，在斑斓的房屋中找寻曾经的年代的记忆。

　　老街与背后海边的码头平行，地面是石块铺的，很容易把各种海产品运到店铺里，可以想象昔日的辉煌场景。由于临近大海，很多人下南洋，远走异乡，谋求发展，甚至跑到遥远的欧洲、澳大利亚、美国，他们带回来浓郁的欧洲风格的建筑技艺。但是建得很不规范，也不是很标准，只是简单的模仿，有些粗制滥造，而且很多还和中式风格相融合了。门口的骑楼体现了明显的南方风格，由于临海多雨，经常是一整天的连绵细雨，南方的店铺大多修建了门口的骑楼，用于遮风避雨，很有南方的特色。北海产珍珠，所谓的南珠，沿街有很多售卖珍珠的商店，更有磨细的珍珠粉出售，很有地方特色。门口坐的大多是耄耋的老人，有些荒凉。在老街中踱步，可以感觉到岁月的沧桑，可以感觉到曾经的商业味道，南方人的坚毅、忍耐、顽强，在这些陈年的建筑中体现出来，让人感觉出岁月的沧桑。

2014 年 3 月 27 日

之四十三：游北海银滩

　　广西北海的银滩很出名，全是白色的沙滩，细小的颗粒状的沙子晶莹而坚硬，因而很出名，面前是蔚蓝的北部湾，相对平静的内海。如果不是到了涠洲岛，可能还不知道为什么叫银滩？什么原因造成的银滩？由于这里是亚热带海洋气候，相对温暖的海洋生长着很多珊瑚。大量珊瑚的碎片在整日一浪一浪的海水的冲刷下，破碎，粉碎，磨成细末，逐渐堆积，形成这样壮观的白色沙滩。由于不是旅游旺季，海滩上几乎没有人影，据说在夏天几乎到了人挤人的地步。并不是各地的海滩都是珊瑚造成的，更多的海滩还是沙子磨成粉新形成的，而北海的海滩确实是因珊瑚形成的，也只有这里叫作银滩。

2014 年 3 月 27 日

之四十四：游广西北海红树林

由于去看过盘锦的红海滩，在看到北海"红树林"广告的时候，自然想到的是同样红色的海洋植物，本来有点不想去看了，但直觉还是身临其境要好一些，抓紧时间，还是去看看。世界上的事情，就是一定要亲身体察，亲身感受。北海的红树林与盘锦的红海滩完全不一样，这里是完全的绿色植物，弯曲的树，一簇簇生长在海滩的沙地里，不过是由于这种树是红树的一个族群，而被称为红树林。与盘锦红海滩类似的是，这里的树在海水完全淹没之后，同样可以生长，并且保持绿色茂盛的样子。而这里的海水并不是完全的海水，由于这里是河的入海口，河水与海水汇合，形成相对淡一些的海水，在海水下面的植物得以生存。还有就是必须有海水退潮，完全是海水淹没的环境，植物也难以生存。

由于有浓密的植物，由于河水中含有有机物，树林中有很多鸟类生存，啄食滩涂上的小虫，尤其是白鹭，白色的羽毛，腾飞起来，神采飞扬。这种神奇的白色的鸟，与远在东北齐齐哈尔扎龙的丹顶鹤非常相似，在辽阔而粗犷的大地上精灵般地生存着。海边的红树林中修建了木栈道，曲折而蜿蜒，可以近距离地观赏这种神奇的植物。大自然鬼斧神工地给我们创造了各种神奇的地貌，神奇的植物，千奇百怪的动物，带给人审美的享受。一个人能够跨越几千公里，领略盘锦红海滩遍地的红色，欣赏生长在海底的绿树，同时看到东方神鸟的白鹭，以及仙鸟丹顶鹤，纵横南北，跨越时空，也是相当难得的享受。

2015 年 4 月 10 日

之四十五：山东半岛行纪

以前从北京到青岛要走滨州，或者是济南，中间必须住一个晚上，现在高速公路开通，直接走东营，不过滨州，便可以直接到青岛，620 公里可以在七个小时以内到达。从老津京塘高速公路走上京沪高速，转过杨柳青，就横着走上保定到唐山的高速，随后是荣乌高速，山东荣成到内蒙古乌海，路上几乎没有车，道路宽阔，在荣乌高速临近滨州的地方，向东拐，就到了东营。

东营是黄河入海口，出奇的平，田地平展得没有变化。由于海水侵蚀的原因，大片的土地并不生长庄稼，除去少量盐田外，就是大量的荒地。高速公路南边是东营老城，而北边，靠近渤海的方向，是大片的新城。由于有大片的土地，又有石油资源，东营新城建得开阔而气派，广场面积很大，两边是法院，中间是类似凯旋门的建筑，有点像法国或朝鲜的广场。临近广场开挖出面积巨大的湖，湖水甚至有些海水的味道。在湖边，正在建设造型夸张、奇特的钢结构的大剧院。尽管东营城市已经临海了，但距离黄河入海口还有六十公里。黄河是巨大的冲积河，在山东大地上留下巨大的痕迹，冲积出面积巨大的平原。东营还是东北越冬的候鸟在迁徙路上休息，补充能量的地方，美丽的天鹅更为东营涂上迷人的色彩。从东营向南，大约九十公里便到了青州。青州历史悠久，所谓"冀、青、幽、并"的时候，就有青州，大约在秦始皇以前。青州位于山东半岛南北、东西相交的点上，从连云港一带来的商人、考试的举子要在青州停留，从青岛、烟台到济南，青州是必经之地。很早以前，青州就建有古城，其孕育了婉约派词人，著名的北宋女词人李清照在青州生活过，写下了优雅的花前竹下的诗词。

青州古城正在重建，在中间的低洼地建一座仿清代的古镇，清砖黑瓦，曲水穿城而过，体现了清朝的繁盛。只是，拆除了原有的建筑，全是新建的，正应了著名才女林徽因的话：你们今天拆除了古董，再建的都是仿古董。但历史就是这样，一天天地流到今天。青州的地势非常特殊，大约古代人都是很讲究风水的，建城一定要选个风水好的地方。青州南面是一圈的山，山不高但围成环，环的开口处就是青州古城。正南的山叫云门山，山上有隋朝开凿的石窟，有精美的佛像。在接近山顶的地方，有一个巨大的"寿"字的摩崖石刻，据说寿字中的"寸"要比人还高。在月光的照射下，"寿"字会反光，反射的光影照在大地上，刚好照到一个地方，这个地方因此名"寿光"。寿光是山东著名的蔬菜产地，连绵不断的蔬菜大棚有点像海洋的波浪，一浪一浪的，蔚为壮观。潍坊位于山东中部，青岛、济南、潍坊、淄博四城市距离相当，大约都是一百公里，布置得很合适。从寿光到青岛基本是平原，田野平旷，植被茂盛。往龙口要拐弯，向北，几乎走到渤海湾。接近龙口的地方，有一些起伏的小山，挡住看到大海的视线。龙口有很大的港口，可以直通天津。在龙口市老城中心区，有一处清代的地主庄园——丁氏庄园，有点像栖霞的牟氏庄园。庄园是整齐、严谨的五进院落，青石铺地，黑砖黑瓦，连接成片。院子后面还有一个精美的小园林，一处小高地，一个亭子，环绕水池。在没有工业的时代，土地是生存的根本，还有少量的依附于土地的商业、手工业，构成简单的社会结构。而地主，经过经营获得了相对多的土地，积攒了一定的财富，建成了小家碧玉的院落。

从龙口出来，沿着海边公路就可以走到蓬莱。沿着渤海的南边走，渤海并不深，因此几乎风平浪静，只有很小的船，摇曳在云雾笼罩的海面上。尽管是"五一"，但几乎没有人，很清静，只有在遥远的海边才有这样的感觉。蓬莱是八仙入海之处，主要的原因是云雾缭绕，云雾在海面上反射出各种造型，有的像城市，有的像战马，有的像大树等等，给人无边的想象。人们便把神仙与蓬莱联系起来，构成蓬莱仙境。世界上本没有神的，神是人造的，而一旦造了神，人就成为匍匐的动物，成为自己制造的神的俘虏，被自己的制造物所控制，可以看作人与动物区别的标志。

从蓬莱出来，不远就是烟台，地形变得曲折而起伏，变得没有规律。与青岛相比，烟台要小很多，只有烟台山上的灯塔提醒人们这里是烟台。从烟台到威海的路几乎就在海边，导航仪上有清楚的海岸线标志，有大块的海滩。与烟台相比，威海更小，几乎就是一个山坳，但正是三面环山，使威海成为真正的威海卫。威海很精致，简单的几条路，背后是大山，面前就是碧波荡漾的大海。威海市市政府可以说是中国最气派的政府了，坐落在高大的山脚下，面前是宽阔的街道，行人甚至车辆，在脚下几乎就是一个小点。威海城中心刚刚建了一座仿古的楼阁，起名"揽翠楼"，四角高耸，面对大海，用红铜制造，楼里有精美的雕塑，显示出盛世的痕迹。

从威海到成山头，是漫长的海岸线，岸边停着桅杆如林的渔船。成山头是中国临海的最东边，尖尖地挺进海中，天尽头的两侧，分开的是渤海与黄海。中国版图上的最东端是扶远的黑瞎子岛，而成山头是陆地的最东端。据说，还想升官的人是不到天尽头的，似乎有升官到头的隐含。站在天尽头，两侧是宽阔的大海，无边无际，实在是天的尽头，路的尽头。从成山头到青岛，是典型的胶东半岛的地形，典型的胶东半岛的农村，典型的胶东半岛的生活。丘陵、果园以及各种晾晒的海鲜品，构成胶东半岛的农村图画。青岛像镶嵌在胶东半岛的明珠，青岛的点睛之笔是环绕的胶州湾，像半月牙形，镶嵌在胶东半岛上。青岛很洋气，很多街道，尤其是临海的街道，可以和欧洲最现代化的街道媲美，毫不逊色。青岛的标志是栈桥和火车站，浓重得像明信片一般的画面，给人清晰的印记。

从青岛出来，走不远就是诸城，很难想象，这里有中国沿海最大的恐龙遗址，巨大的恐龙遗骸，闯过千万年岁月，来到今天的人们面前，诉说着过去的岁月。可以想象，恐龙生活的时代，这里曾经是茂盛的森林，甚至胶州湾可能也是被森林覆盖，只有茂盛的植物，才能提供恐龙巨大躯体生活的支撑。潍坊可以说是山东城市的标志，宽阔的街道，简单而坚固的楼房，体现出山东的粗犷、大气、豪放。来到潍坊，才能知道什么是山东大汉心目中的城市，什么是山东人的城市梦想。

行走在山东半岛，一幅幅精彩的图画，一曲曲灿烂的音符，一片片希望的田野，让人感到满足、乐观与开朗，带给人振奋与欢乐的感觉。

2013 年 5 月 9 日

之四十六：游山东诸城恐龙博物馆

人是猿猴演变而来的，大家都这样认为。但在有猿猴以前的地球上曾经有一段时间全是恐龙，巨大的、无所不在的恐龙。如果恐龙不灭绝，可以肯定是没有人类的，因为人类的祖先猿猴早被恐龙吃没了。恐龙的数量太多了，恐龙的胃口太大了，食草恐龙、食肉恐龙，到处都是龙，猴远不是对手。现在世界上最大的陆地动物是大象，而随便一只恐龙就比大象大好几倍！这就是人们对恐龙很感兴趣的原因。

也不知道什么原因，山东诸城有很多的恐龙化石，其中一只鸭嘴龙的化石，是世界上最大的。恐龙化石发掘地在诸城周围的山沟里，很难想象在山东半岛的南端，会有如此多的化石。可以想象，山东半岛在恐龙时代肯定不是半岛，而是大陆的一部分。一进展览馆就看见巨大鸭嘴龙的骨架，很苍凉，但很庞大，难以想象的巨大的骨头，拼接出高大的体形，从拼接的骨架上可以想象出巨大恐龙的存在。另一个展馆中模拟了恐龙生活的环境，有各种恐龙的模型，可以听到地动山摇的地震，听到恐龙的叫声，令人毛骨悚然。世界上有很多恐龙发掘地，中国河南南阳、四川自贡有体形庞大的恐龙，而山东诸城的恐龙遗址完全可以与之媲美。说不清恐龙是如何灭绝的，有的说是小行星撞击地球，有的说是全球降温，有的说是瘟疫等等，但有一点可以肯定的，人类是在恐龙灭绝后出生的，也就是说恐龙用自己的牺牲，为我们人类的产生腾出了硕大的地球，从这个意义上讲，生活在恐龙同样生活过的地球上的人类真应该感谢这些庞然大物，祭奠一下这些牺牲自己的生物。

在感慨中离开了山东诸城，脑海里依然还是恐龙的存在。

2011 年 2 月 6 日

之四十七：游山东章丘百脉泉

济南的泉水是出名的，据说章丘的泉水也很出名，有"济南东泉"之说。这次到济南办事，有半天时间，赶到章丘看泉。路很好走，一直向东就到了章丘。章丘产大葱，路边就有很多卖葱的农民，也是一景。百脉泉是个很大的公园，建得非常别致，有点江南园林的味道。最出名的还是泉水，几乎到处都是泉水，清澈见底。泉水从地下冒上来，还有一串串的气泡，非常好看，泉水清得可以看到一米深的湖底的小草，完全可以直接饮用，还有点甜的味道。这里有很多泉水，其中出水量最大的是百脉泉，有三个大池子，不停地向外涌水，水中还有大量气泡，一串串，晶莹而明亮，非常神奇。

大自然创造了无数奇迹，让人叹为观止，泉水给人带来希望，带来生机，格外引人喜欢。章丘是宋代著名词人李清照的家乡，李清照生在世代官宦家庭，从小受到很好的文学教育，十六岁与当时丞相的儿子赵明诚结婚，二人都有很深的文学造诣，相敬如宾。先住在开封，后赵家受到排挤，回到山东青州，后来又辗转到南宋临安，最后死在江苏。在百脉泉公园建有李清照纪念馆，展示了李清照的生平，让人很真切地感受到大词人的存在。

2009 年 12 月 7 日

之四十八：游山西太原晋祠

一千五百年前，太原附近的晋阳就是晋国的国都，周文王的儿子为纪念他的母亲——姜子牙的女儿，修建了家庭祠堂，便命名为"晋祠"。悠久的历史成为晋祠最为自豪的资本。中国的家庙有很多，最出名的是山东曲阜的孔庙，但那是后人为纪念孔子建造的，而晋祠是完全的家庙，应当是很有历史的。家天下的概念在中国根深蒂固，"普天之下，莫非王土，率土之滨，莫非王臣"。国与家的概念对于国王或皇帝是分不清楚的，因此出现了"国家"这一词汇。这样看来，晋祠是家庙也是国庙。背后的山像一扇屏风，而脚下的泉水又代表生命、生机，山前的河流把风水的含义演示得淋漓尽致，有近两千年历史的古老祠堂就坐落在这样的环境中。圣母殿前有几棵粗大的古树，有两棵两千年以上树龄的柏树，树干有一条条的沟，沧桑而斑驳，但树冠之上却郁郁葱葱。圣母殿是有点两头翘曲的大殿，两端的尖翘给大殿增加了几分气势。大殿里除了公叔虞母亲的雕像以外还有晋祠三宝之一的宋代彩绘雕像，几十个侍女雕像形态各异，面部表情丰富，表达了各种特殊而独特的感觉和神情。也不知道当时的创作者是出于什么目的，还有就是最高统治者怎样进行审查，居然让这组具有典型批判现实主义的雕像能够诞生并保留下来。

　　古树参天成为晋祠悠久历史的最好注解，在历史上，原来并不是很大的家庙被历代统治者、文人多次整修，成为今天的模样。李世民毁掉了晋阳城，却扩大建设了这座古老的家祠，倒也是历史上的奇事。在幽深、宽大、有点残破的历史建筑前，再一次感受到中国历史的深厚，真真实实地感受到由晋祠这样古老建筑所承载的历史的存在。

2008 年 5 月 19 日

之四十九：重游大同云冈石窟

　　由于经历与理解的不同，同样的景物，在不同的时期，会有不同的感受。很多年前，曾经来过云冈石窟，可能还不止一次，但记忆已经模糊了。后来又游历了洛阳龙门石窟、天水麦积山石窟、重庆大足石窟，甚至远行到了西域的库车，也就是古龟兹，游览了最早的，甚至是彩色裸体绘画图案的克孜尔千佛洞，经历了如此一番的石窟之旅后，再来到云冈石窟，有完全不同的感受。

　　北魏政权起源于辽宁朝阳，甚至起源于更远的黑龙江大兴安岭。由于古气候时期朝阳一带气候温和，适合植物生长，在朝阳、赤峰一带，甚至产生了与良渚文化、仰韶文化同样发达的红山文化，产生了氏族的社会基本结构，产生了原始的工具、信仰、图腾，产生了女神的雏形。由于气候的原因，红山文化逐渐消弱，甚至有可能被在朝阳建都的鲜卑文化所兼容。当鲜卑族在朝阳建立都城的时候，北京是朝阳的陪都，当时叫南京，辽阳是东京，也就是边疆，这与陈胜吴广起义的时候正好相反。当善于征杀的鲜卑族结束了他们习惯的游牧生活，逐渐定居下来之后，便开始寻求更完善的生活，派人远赴印度，学习佛经。远在唐玄奘西天取经之前，鲜卑人就已经派人到印度取回佛经，并在辽宁朝阳修建了佛塔。佛教的自我约束，崇尚生命、安静等理念，被草原上的游牧民族所接受，甚至推崇，成为立国之本。

随后，由于气候的变化，温度降低，海拔高的内蒙古草原，很难维持日益增加的人口的需求，于是鲜卑人便向温度适合的地方迁移，来到当时交通要道的平城，就是今天的大同。在没有高速公路的年代，从山西、陕西，到内蒙古，以及更远的西伯利亚，都要经过大同，大同是必经之路。从朝阳迁来的鲜卑人在大同建立了自己的政权——北魏政权。遵循在朝阳就已经形成的信仰与习惯，北魏人在大同开始开凿石窟，建造佛像，把自己对于生命，对于信仰，对于来生来世的理解镌刻在坚硬的岩石上。当时的气候可能更湿润，可能有更多的浮云，于是在山岩上笼罩着飘摇的云朵，被称之为"云冈"。北魏政权最大的决策是放弃胡服骑射，并全部改说汉话，放弃鲜卑语言，接受了中原文化。这与坚持自己文化的党项族形成鲜明对比，党项族固执地使用自己的文字，抵制中原文化，最后在成吉思汗的围攻下被灭绝，只留下荒原上孤零零的土丘。

全面接受中原文化的北魏鲜卑族，在后来的岁月中，逐渐融入中原社会，甚至把首都也迁移到中原的洛阳，并且把开凿石窟的习俗传承下来，开凿了位于洛阳的龙门石窟。北魏求得的佛教，与唐玄宗派玄奘求得真经并在大雁塔发展的佛教在洛阳神奇地融合，形成中国佛教文化的交响曲。在洛阳之后，残存下来的北魏石匠，甚至把开凿石窟的技能带到了东蜀的都城大足，开凿了精美的大足石刻。这可以看做是北魏全面融合中原文化的结果。由遥远的西域传来的遥远的印度佛教文化，经过浩瀚的沙漠、草原，在中华大地上开花结果，对中国文化产生深远的影响。

站在大同石窟面前，站在深邃阴冷的石窟中，面对慈祥、安静、温和而实际坚硬的石窟造像，不由得产生敬畏，产生崇高的心情，净化烦躁、嚣张、躁动、忧伤的心情，使人得到精神上的升华。

如今，云冈上空已经不再有浮云，云冈前面也早已不再有装满煤炭的车辆，只有依然安详的大佛，静静地伫立着，依然面带微笑地俯瞰着面前的河谷，凝神静思地观察着面前涌动的人流，在时间的长河中，度过长久与安宁的岁月。

2013 年 5 月 6 日　大同

之五十：游交城卦山天宁寺

交城位于吕梁山脚下，吕梁山的黄土延伸到交城，给人十分荒凉的感觉，很难想象，在交城卦山有一处古树森森、龙柏环绕的唐朝古寺天宁寺。天宁寺的风水极佳，从山外进去，一处山沟，完全看不见红墙的寺庙，满目尽是冬季艰难生长的松树，继续向前走，转个弯便可以看到半山腰的寺庙，寺庙建在山腰上，背后是更高的山峰，山顶有一处同样是红墙的庙宇。天宁寺前面是刚好与寺庙齐平的山峰，而左右也同样是不高的山峰，左右拱卫，气势威严。古人对于风水的研究实在令人叫绝，很难想象天宁寺开山鼻祖是怎样找到这样一处山沟，并在半山腰上选择了一处平坦的山地，在风水宝地上建设了庙宇。即使在技术发达的今天，也不是一件容易的事。

始建于唐朝的天宁寺，山门十分有特色，本已上升很陡的坡道，被一道拱门挡住，坡道下凹，进入一处很高且头顶有条石的凹槽，人进入凹槽，需要弯腰低头，给人以自身渺小的感觉。进入庭院，几棵上千年的古柏耸立在庭院中，衬托出大殿的幽深，至今1300年的大殿上高悬一匾，上书"佛教之源"，问过僧人，得知是佛教各种教义之源的意思，可见庙宇之悠久，这样的匾还从没有见过。正殿边一处偏殿，像很多山西的庙宇一样，供奉着佛、道、儒三位祖师，他们平等相处，共居一室，体现出山西人特有的宗教观，实用主义的精髓。天宁寺周围的山上种着数量众多的柏树，有些已经斑驳而沧桑，树皮呈鱼鳞状，一沟一沟的，依然顽强地生长着，有几株古柏的根已经让游人抚摸得光滑晶莹，向人诉说着历史的悠长。古人对于柏树的钟爱，甚至崇拜，体现出人对长寿、对漫长历史的尊敬，也让后人在古人曾经吟咏过的参天古柏前，能够感受与古人对话的意境，更能够找到自己在历史中的地位与位置。故宫前太庙中大片森森的古柏，甚至能让人感受到建筑气势的威严。

在交城北面卦山山沟中的天宁寺，又一次让人感悟到历史的绵长、悠远，以及古人对于世界，对于人生的参悟。

2014年12月29日

之五十一：游山西晋中榆次常家大院

虽然去过一次常家大院，但这次路过，还是进去看一看，震撼的感觉远没有第一次强烈，但依然是很震撼。在那个遥远的年代，交通、通信手段落后的年代，山西的商人竟建成了这样大的宅院，有点难以置信。一层层有点森严的院落，精美的雕刻，深深地打上时代的烙印。中国是农业国家，传统的地主生活方式影响了中国人，即使是经商，也还是不离故土，也还是要建设属于自己的深宅大院。传统的地主庄园，代表性的有山东烟台的牟氏庄园、四川大邑的刘氏庄园、河南巩义的康氏庄园。山西商人的院子和地主的院子没有太大的区别，但和徽商的房子不一样，表明山西商人与地主有比较紧密的联系，甚至是脱胎于地主的。

从经营贸易到开票号，山西商人走遍全国，走到欧洲，赚回大把的钱财，清朝政府甚至都没有山西商人钱多，慈禧时，全国竟有百分之七十的白银在山西人手中。有钱的山西商人就回家盖房，奢侈地享受生活，再培养孩子，继承父业，一代一代地传承。在吕梁山、太行山环绕的大山中建起了一座座森严的深宅大院，这些院落也成为一个时代的标志和象征。

2009 年 9 月 4 日

之五十二：穿越神农架

神农架素有"华中屋脊"之说，三峡两岸的山峰连绵，将近 3100 米的海拔高度，使得神农架的山峰兀立，直刺蓝天。神农架的特殊，还在于西伯利亚暖湿气流与孟加拉湾绕过喜马拉雅山脉的暖湿气流汇合，汇合之交点就在神农架，这两股巨大携雨云云团的汇合，导致神农架降雨量充沛，大量的降雨使植被茂盛，又由于神农架山峰高耸，山顶、山腰、山脚呈现不同植被的状况，甚至山顶出现了高原特有的高山草甸。

从三峡的神农溪溯流而上，溪水水量很大，在峡谷中冲刷出巨大的声响。神农溪，就是著名的裸体纤夫拉纤溪。转过山脊，见到一处岔路，一边是大九湖景区，一边通向神农架。通过神农架的路有六十公里长，串联起沿线的各种景点，向东通向木鱼镇，也是从宜昌方向游览神农架的必经之地。由于山区降雨量很大，整座山笼罩在浓厚的水汽中，路边的山壁上不时有如同瀑布般的水流，从浓密的灌木丛中倾泻而下。由于浓雾的遮拦，什么也看不清，也没有体现出华中第一高峰的雄伟。

临近山顶，有几处嶙峋的怪石，黑黝黝地耸立在山顶，与华山、黄山、庐山、泰山不同，神农架没有明显的主峰，山顶只是一块巨大的圆形开阔地，几乎没有植被，只是低矮的高山草甸，草甸边缘，海拔更低处，是生长茂盛的箭竹，郁郁葱葱。由于山高坡陡，几乎没有人烟，也只有在连绵曲折的山路上行驶，才能体会到神农架的庞大。经过近六十公里的山路，才走到同样是在半山腰的木鱼镇，从木鱼镇向南可以到达三峡峡口城市宜昌，而向北，则要翻过神农架林区，走野人谷，到达山间平地房县。

下山也基本是沿着溪水走的，道路同样曲折而回转，浓雾极大，有时一座山完全在浓雾之中，甚至山中的隧道也完全被白雾所充满，看不清方向，浓雾冲进隧道，弥漫四周。经过一处叫桃花源的山谷，这里曾经是秦始皇时代，躲避秦军逃进深山的人居住于此，由于有充沛的降雨，以及茂盛的植物，甚至在远离社会的地方，也能够生存下来，成为与世隔绝的仙境。再往前走，就是曾经发现野人的野人谷，十分荒凉，沿路有很多叫野人的地方，野人峰、野人潭、野人湖等等，设置在路边的几个电线杆上也塑造了野人的塑像。不晓得有没有野人，很有可能就是疯掉的普通人，落荒到了深山，吃野果而存活，成为野人的模样，也未可知。穿过野人谷，随后是十道拐，很大的山坡，要拐十个大弯，拐过弯，便来到一处开阔地，再往前便是平坦的房县了。

房县位于神农架北麓，有不很热的温泉，从高山上艰难地下来，泡在温泉中，洗尽疲劳，格外舒服。如果不是亲自翻山越岭，很难领略巨大的神农架，以及茂盛的植被，湍急的溪水，毕竟神农架是华中最高的山峰，所谓华中的屋脊。

在对华中屋脊的感叹中结束了穿越神农架之旅。

2015 年 10 月 19 日

之五十三：游浙江千岛湖

导游说千岛湖的水面面积和新加坡的国土面积一样大，真有点不敢相信。但在千岛湖上乘船，见到水天一色，波光粼粼的感觉，就觉得实在是一个大湖。由于修建新安江水电站的原因，形成了千岛湖，若干座山峰被水包围，变形成了若干个岛屿，据说共有 1600 多个岛屿。南方的气候很适合草木生长，于是即使是最小的岛屿上也是郁郁葱葱，从山顶上俯瞰下去，水是绿的，山同样是绿的，一片绿色，蔚为大观。由于水的上涨与下降，在山脚边冲刷出一道道裸露的黄土的痕迹，在山的绿与水的绿之间形成一个个不规则的圆环的痕迹，像一个个圆环套在山峰上，构成非常优美的图案。千岛湖最初并不出名，那一年有一个旅游团，乘坐的船遭到歹徒的抢劫，歹徒放火烧船，几十名游客被烧死在船上，这一事件震惊全国，但同时也使千岛湖的名字家喻户晓。后来派潜水队员寻找沉船，竟然发现了在水下沉睡了一千多年的淳安老城，一座完整的古城静静地睡在水下，向人们述说着古老的故事。由于湖的面积很大，鱼也很大，可以吃到大脑袋的鱼，一个鱼头就是一盘菜，味道极其鲜美。千岛湖很有地方特色。为开发旅游，停掉了周围的工厂，修建了道路，引进了最大的内河游轮，为来自全国各地的人们提供了很好的旅游环境。在千岛湖领略一下硕大的湖面，感受一下扑面而来的绿的气息，欣赏一下星罗棋布的点点绿岛的图画，再吃上一个体形巨大的鱼头，确实是很好的享受。

2014年5月6日

之五十四：又上庐山

庐山很特殊，北边是浩瀚的长江，南边是无边无际的鄱阳湖，突然地平地上出了一座山。由于周围水面环绕，水汽升腾，庐山终年雾气弥漫，所谓"不识庐山真面目，只缘身在此山中"。由于海拔高的原因，庐山上面夏天温度很低，在太阳直照的江西，低温的庐山十分难得，成为著名的避暑胜地。与其他大山不同，庐山上有大块的平地，平地大的在其上几乎感觉不到是在山上，而形成似乎在天上的村镇、街道，所谓的"天街"。由于雨量丰富，庐山上的植被非常丰富，建有中科院的植物园，笔直的松树、杉树，遮天蔽日，形成巨大的树林，像是长在山峰上的头发。地上也满是绿草，而泡水的石头上是难得的青苔"石耳"。

庐山最出名的是云海和瀑布。云游四方的李白在这里写下了名句"飞流直下三千尺，疑是银河落九天"。山势的陡峭，雨量的充沛造就了庐山特有的瀑布，真的像银链一样挂在山崖之上，只是没有李白想象得那样宏大。历朝历代，有无数名士在庐山修身养性，在庐山指点江山，在庐山感悟人生。岁月的沧桑在庐山留下清晰的文化印记。由于到过三次庐山，对地形、山势很容易就回忆起来，没有了神秘感，而更多的是深沉的思考。一山雄屹大江边，岁月沧桑数百年。在辽阔而深远的大自然面前，人类的个体显得非常渺小。

曾经引以为自豪的风云人物在历史的面前也显得微不足道，倒是这高耸的山峰，在岁月的长河中依然挺立如初，依然面对着创造历史的人们。

2010 年 8 月 3 日

之五十五：俯瞰塔尔寺

由于从青海湖回来晚了，到西宁附近的塔尔寺时已经关门了。在夕阳的余晖下看到的是山丛中金碧辉煌的塔尔寺大殿的金顶，金光灿灿。于是围着寺转了一半，见到几个悠闲的僧人，不紧不慢地走步。见寺对面有一座山峰，顺着小路爬上去，转过曲折的山路，登上顶峰，便可以看见整个寺庙。

据说塔尔寺是建在莲花宝座上的，四边的山峰就是莲花山，是佛祖的宝座。放眼望去，还真是隐约的有五座山峰，团团地围住寺庙，还真有点像盛开的莲花。塔尔寺是为纪念宗喀巴大师而建的，而宗喀巴大师是达赖、班禅的老师，可见其地位。据说宗喀巴大师生在塔尔寺前的一棵树下，死后也葬在这里，先是有了塔，而后有了寺，因此名"塔尔寺"。藏传佛教是人类文明中的一朵奇葩，在青藏高原的土地上顽强地生存了几千年，依然影响着西藏同胞的生活，而塔尔寺在藏传佛教中具有举足轻重的地位。也是有缘，上次来时，看了塔尔寺寺院内部，这次有机会登山看到在莲花山峰中的塔尔寺全貌，也是很难得的事情。

2010 年 7 月 30 日

之五十六：游兰州黄河第一桥

兰州黄河铁桥是德国人建的，大概有一百年了。黄河河道很曲折，但在兰州是直线，黄河穿城而过，把兰州城分成两半。铁桥是铆接的，几层钢板用铆钉焊在一起，承受桥面荷载。桥面距离水面不是很高，大船是通不过去的。桥墩是石砌体，迎水面是圆弧面。跨度不大，也就有三十米，是下承式拱桥，现在只通行行人。德国人在一百年前够先进的，在兰州这样偏远的城市中修建这样的桥，而且一用就用了一百年。

如今的兰州两岸都是高楼，而且还有的楼是在山上建的，土地的稀少制约着兰州的发展。长江、黄河上到底有多少座桥，一般人也很难说清楚，当年修建武汉、南京长江大桥的时候，是动用了全国的力量，而现在，修一座长江大桥就比较简单了。尽管黄河上有很多桥，但诞生于一百年前，屹立在兰州的黄河第一桥还是有它特殊的地位，有它特有的价值，并且成为一道风景。

2010 年 7 月 30 日

旅途中的五味杂陈

时下有一句很时髦的话"生活不仅有眼前的苟且，还有诗和远方"；还有一句话叫作"理想很丰满，现实很骨感"。似乎给人的感觉远方就一定是浪漫的，充满诗情画意，远方就没有苟且，而事实上，很多时候完全不是这么一回事，浪漫只是存在于想象之中，远方同样是物质的世界，并不仅仅有诗，五味杂陈在远方同样存在，甚至经常发生也只能接受，只能品味。甚至很多时候，遇到的五味杂陈的情况远多于遇到"诗和远方"，或者说五味杂陈就是诗和远方的一部分。无可奈何，也只能接受，有一句很有哲理的话：一切结果都是结果。

之一：雾中游张家界

如果评比人生中十大不幸的事件，我以为在雾中游张家界应当能够评为其中之一，和中年丧妻、老年丧子一样，都是很糟糕的事。非常不幸的是，这样的事让我遇到了。

张家界是流水剥蚀沙岩形成的特殊地貌，相对坚硬的岩石在亿万年的雨水的冲刷下保留了下来，成为孤峰，成为奇观。但我看到的全是雾。乘坐据说是世界上最快的垂直电梯上到山顶，对面的山峰依然看不见，笼罩在浓浓的白色云雾中。路在山顶，但全是茂密的植物，全然感觉不到是在最高的山顶。雾很大，甚至看不见路，但还是带有一点侥幸的心理，希望到前面山崖的地方能够云消雾散。但远没有福气，到了应该看到山景的地方还是雾，还下着雨，什么也看不清，就这样走着，遗憾地看着雾走过最精彩的路段。到天生桥时，雾气稍微有一点消散，但依然看不很清楚，但似乎已经很满意了，烟一样的云在对面直立的山峰前飘过，还可以看到一点山峰的影子。只有在想象中，根据自己看过的照片，领略一下美丽的山景。白雾轻轻地飘移，让人想起徐志摩浪漫的诗句"悄悄地，我走了，正如我悄悄地来"。但这时候的心情远没有那么浪漫，充满遗憾、懊恼，也感到没有福气享受这难得的美景。心想事成，有志者事竟成，都是没有的祝福，不是实际，满心的希望被一片云雾扫得空空如也，哭不得恼不得。有福之人不用愁，无福之人愁白了头。眼前的浓雾，至少证明自己此时也是个无福之人，或者薄福之人，不免作诗两句以为纪念：雾锁青山有人愁，空有美景没眼福。

著名哲学家黑格尔讲"世界上不是缺少美，而是缺少发现"，其实世界上的美，你就是发现了又有什么用？没有福气，就是发现了，就是身临其境了，也依然是无法享受。虽然不远千里来到向往已久的张家界，虽然经过艰苦的努力，虽然美景就在眼前，近在咫尺，但没有福气，看到的是一片白雾，带有几分讽刺、嘲笑意味的厚厚的白雾。古人云"谋事在人，成事在天""人不能跟命抗争"还是有道理的。努力了，并不一定有收获，收获的也许是个玩笑。世界上的很多事就是这样，也许这就是"四十而不惑"的道理所在。尽管也明白"随遇而安"的道家哲理，但总还希望能够实现希望，哪怕是实现一点点希望，但很无奈，美景面前有浓厚的雾，而没有福气。

就这样在感叹、哀叹、无奈、垂头丧气中离开了张家界。其实在这个世界上，在现实生活中，又有多少大大小小的各种各样的"张家界"？确实太多了，真可谓"不胜枚举"。

之二：试舟潮白河

古人云"有志者事竟成"，要做什么就要坚持，就要"锲而不舍"，于是，充气橡皮船翻沉北戴河之后，依然努力。先是找了几个修摩托的地方，船外挂都说不能修，没有零配件。又上网查，找到一个赛艇俱乐部，说能修。送去修，还真开眼，见到了真正的赛艇——摩托艇，有水平。

铃木外挂终于修好了，在铁桶中试验，一拉就着。便装在橡皮艇上，出去找水面，很困难，颐和园、北海都很好，但不让划船，北京周边没有什么水面，再远，就要到延庆的官厅水库，或是河北安新的白洋淀。忽然想起了潮白河，北京与河北的界河，应该不错。约了个有胆量的朋友，开车出去，走京沈高速，四十五公里到河边，水并不多，还有点臭，只是试试，便打气，推船下水。在房间里看着很大的船，放在水里就很小了，小得可怜，两个人还有点挤。坐好，拉发动机，也不是很容易，风门要控制，油箱进气孔要调节，还有前进挡、后退挡等，都要控制。拉绳子也很有技巧，要先拉紧，再用力，拉三下，才能着车，不能总给油，要淹缸，要停一会儿再拉。终于拉着，几分努力几分收获。船走得很快，不敢太给油，一旦加油，船头就抬起来，很危险，有可能翻船。控制着油门，船走得很平稳。在水面上胜似闲庭信步，一会儿就走出好远，用手划船是不可能的。人很聪明，发明了机械，增加了人的能力。越开越有技巧，很快就运用自如了，甚至可以玩漂了。只是河水太脏，便上岸，刚上岸，就见有旁边农家养的三千只鸭子急不可耐地下水，原来我们占了鸭子游泳乘凉的地方，"人家"意见很大。真是，北京这么大，找块水面也很不容易，要是在南方就好了，到处是水面。

不过总算成功了，可以向更宽广的水面挺进了，看到了希望，也算是进步。

之三：折戟沉沙北戴河

据说欧洲人有钱了就玩赛艇，想象一下，白色的艇在蔚蓝色的海面上，踩着朵朵浪花驰骋，再喝一杯红酒或是香槟，实在是舒服、浪漫。我国底子薄，还玩不起赛艇，但也要努力赶超欧洲，便置了一艘橡皮冲气船，在昌平水库里滑，不过瘾，加大投资，又添一个铃木外挂，2.5马力，四冲程。于是驱车300公里，来到南戴河想威风一把。

海面很开阔、平坦。费很大力气把船充上气，又装上发动机。但没想到海风非常大，一浪大过一浪，橡皮艇显得很渺小，在大海中根本不值一提。浪过来就把船里搞进水了，很多，还有就是往岸边推回很多。又怕螺旋桨碰到地面，很困难。只有推着艇到深水面，又很难爬上去。浪打过来，船里又进很多水，用手往外淘，没出去多少，又是一个浪，又进很多水。人的重量、发动机的重量，还有水的重量，集中到船后面，艇头翘得老高，启动发动机之后，翘得更高，几乎要翻掉，赶紧灭掉发动机。尽管海岸边白浪滔天，但深海里面，浪并不是很大。积累经验，换上救生衣，以防意外，把眼镜腿绑上绳，拴紧。推船出海。走到海里就很艰难，而且几个浪就把船里灌满了水。使足力气，终于远离岸边。周围的海面相对平静，尽管也有很高的浪，但小船可以随着浪上下，没有问题。用准备的大可乐瓶子往外舀水，水很多，很费力气。终于把水舀完了，船漂起来很多，几乎都在水面上了。

到船后面去启动发动机，很费力气，总是拉不起来。这时，由于人也在船后面，发动机也在后面，船头翘起，刚好来一排浪，船一下翻了过来。人落在了水里，周围浑黄，好在水性好，一下探出头。但船翻了，发动机完全进水了。船没问题，是充气的，翻了也能浮在水面上，但发动机就不行了，要沉到水面下。用力拽着，很沉。还好，水不是很深，刚能踩到沙土。但海面上的浪一会儿高一会儿低，要是不会水是不行的。十分艰难地走到岸边，把发动机拿上陆地。海上航船的伟大尝试以失败而告终。什么事都要实践，才有经验，想象是不行的，要是在静水中就好得多，或是坐两个人，前面的人可以压一下船。但必须会水，否则太危险了，还好本人会游泳，活着回来了。

之四：兵败熏肉大饼

很久没有去东北了，这次到东北想吃一下东北的名小吃"熏肉大饼"，于是找了一个挂着幌子的小店，点了一份熏肉大饼。吃上去还很香，热乎乎的，有点肥肉味，一层肉一层饼的，很细腻。就着菜，吃得还算香甜，感觉不错。一向是很相信地方特色小吃的，相信自有神奇的因素。但这次不行了，到了晚上，肚子疼得一阵抽搐，一趟趟往厕所跑，拉的稀像水一样，一股一股的，几乎一整晚都在拉，几乎一直坐在厕所的马桶上。第二天再也起不来了，预订的飞机票也退了。用旅馆里的秤一称，一天的时间居然体重降低了五公斤，真有效。想来，熏肉里的细菌都不知道繁殖了多少代了，早已严阵以待，当地人可能早有了抵抗力，而我则大败一场。

就这样，在东北大败于熏肉大饼。

之五：三门峡黄河湿地观天鹅记

天鹅是美好的象征，尤其是柴科夫斯基的《天鹅湖》，更把天鹅演绎得完美而神秘。在脑海里是关于天鹅的美好回忆，洁白、高傲、纯洁，成双飞行，想去哪就去哪，为所欲为，无拘无束，浪漫而潇洒。还有天鹅肉味道鲜美，一生也无缘享受，也想不出是什么味道，因此有名言"癞蛤蟆想吃天鹅肉"，尽管知道癞蛤蟆想吃的东西也并不一定是什么好吃的东西，但还总是想吃天鹅肉。天鹅的腿很长，出污泥而不染，很符合"选美"的标准，羽毛洁白而显得高贵，远离人群有很高的警惕性，也有孤傲的感觉。总之，所有文学作品中都把天鹅描绘成美好的象征。

由于天鹅是候鸟，冬天就要迁移到我国中部来过冬，而三门峡附近宽广的黄河滩地为天鹅越冬提供了很好的条件，水面开阔，鱼类繁多，温度适合，每年都有成群的天鹅来此过冬，积蓄能量。在这里看天鹅是绝好的机会！并不是什么人都有机会看到天鹅的，舍我其谁？不免心情激动，热血沸腾，想象着天鹅美丽的身影，甚至开始构思赞美天鹅的美好词句。感觉没白活着，活着真美好，生命是短暂的，但生活是精彩的，等等。真是难得的浪漫经历。这样想着开车走到黄河边，风很大，很冷，空旷的河边滩地没有人烟，枯黄的芦苇很懒地耷拉着脑袋。

举目远望，什么也没有，天空和水上什么也没有，空空如也，别说天鹅，就是几只会飞的鸟也没有，水面上有几只野鸭子在捉鱼，但什么也看不清楚，只是黑乎乎的小点。没有烂漫，没有精彩，没有美丽与神秘，什么也没有，在什么也没有中结束了三门峡黄河岸边观赏天鹅的浪漫之旅。

之六：集安住新婚房记

集安在祖国的边境上，有很多高句丽的遗存，从长白山到集安道路崎岖，到集安的时候已经是晚上十点了，原以为这样的边陲小镇不会有很多的游客，于是没有订酒店，到集安以后，街道上几乎没有人，随后找酒店，开车转了几条街，也没有几家酒店，一家家地问，到底也没有空的房间，再找别的城市已经不可能了，只能在集安住下来，但是确实没有酒店，走遍大江南北，第一次遇到这样的情况，不知道如何处理。

就在这时候，路边两个女子，旅馆服务员，下班回家，主动过来搭讪，其中一个女子刚刚结婚，丈夫去部队了，家里是结婚的婚房，如果住的话240元一晚。第一次遇到这样的事，还好跟着媳妇，人家也是两个女子，再加上确实没有别的酒店可以住宿了，便跟着两个陌生女子去了人家家里。

典型的东北婚房，简单的装修，墙上挂着大红的婚纱照，两个女子住在次卧，而我和老妻住的人家结婚的房间，开始还很不是滋味，怎么也没有想到，在遥远的集安，会在人家结婚的房间住上一宿，慢慢地也就睡着了，实在太累了。第二天睁开眼，半天才想起来，昨天晚上是如何睡在结婚的房间的。

确实是一次非常特殊的经历。

之七：神农架路虎扎胎

刚刚买的路虎车，发现神行英国原装，第一次跑长途，从北京到四川巴中，回来的时候，走达州、万县，穿越神农架，到襄樊、郑州回北京。以前开伊兰特、逍客的时候也跑过很多长途，那时感觉车体单薄，咬咬牙换了正宗越野车路虎，感觉要好多了。

从北京到四川巴中1600公里，很顺利，返回基本走高速公路，也没什么。经过万州，走长江边上的沪蓉高速，经过涪陵，领略了三峡的壮美，下高速，穿越神农架，看大九湖湿地公园，往相反方向。

一路上开得风风火火的，感觉路虎车就是棒，很威风。上了神农架，往大九湖方向，一个小弯道，山坡上滚下几块碎石，几根树枝，散落在地上，中间刚好一辆车的宽度，原本也想下车挪一下地面的树枝，但是懒了一下，潜意识也是感觉路虎不简单，径直向前，也没感觉什么，不一会儿车上仪表盘的胎压报警灯就闪亮，后来干脆就不闪了，全亮着。这时已经感觉到方向盘沉重，车胎已经完全没有气了，只能停在路边，下来一看，轮胎的侧壁最薄的位置，被树枝划出一条长长的裂痕，完全不能用了，只能换胎。

崭新的路虎车，没有跑过一万公里，便败下阵来。可见长途驾驶，小心谨慎是必须的，容不得半点闪失，从此跑长途更加小心翼翼了。

之八：车陷老龙头

最开始学会开车的时候还没有驾照，当时在山海关的工地，开的是四轮驱动的北京牌越野车，由于是高速公路的工地，也没什么问题，有一天，心血来潮，把车开到了老龙头附近的海滩上。下午五点多，仗着是越野车，一下子就开到了沙滩上，勇往直前，很快车就开不动了，下来查看，四个轮子陷在沙子里，当时刚学会开车，经验不足，使劲加油，前后挂挡，鼓捣半天，车轮越陷越深。

这时天色渐暗，海水已经涨潮了，一点一点地向上涨，很快就要淹到车轮子了，顿时慌了神，没了主意，赶紧跑去找人，找到附近居住的村民，拿着木板、铁锹，打着手电，把轮子底下的沙土挖开，垫上厚厚的木板，挂上四驱，猛加油，终于把车开出了沙坑，很快海水就灌满了车轮下的深坑，非常危险。还好临近村庄，要是没有别人，仅仅靠自己，是很难脱困的，海水上来只能弃车，想起来一身冷汗。以后再到海滩不敢贸然闯入了，吃一堑长一智，花钱买教训，印象深刻。

之九：失忆张家口

那一年刚刚学会滑雪，在北京的滑雪场已经可以滑高级道了，感觉技术不错，便想去张家口滑雪。周五下班后从北京出发，到张家口的时候已经很晚了，又喝酒，又涮羊肉，更晚了，可能是没有休息好，第二天赶早起来，六十公里开到万龙滑雪场，很快换上雪鞋，便上到山顶。大约记得滑了一趟，以后的事就记不得了，失忆了。

同伴说我被发现的时候，自己坐在雪具大厅的板凳上，询问已经答不出来了，身上并没有伤，也没有被撞的痕迹，只是失去记忆，问什么也不知道。还好媳妇也在，于是决定开车直接回北京。大约走到怀来官厅水库的时候，逐渐恢复记忆了，到了家里，已经能够记起来了，只是从山顶到被发现的一段，还是记不得。随后到医院检查，核磁、CT、脑电图一通查都没有问题，医生说没有见到脑损伤，头骨也没有裂痕，可能是摇晃过度了，有点像鸡蛋清，摇晃大了散黄了。想起来很后怕，真要是彻底失忆了，就要送到福利院养起来了，后半辈子就"瞎"了。随后坚持吸氧，买了家里造氧气的养立得装置，自助吸氧，又休息了十几天，好了，想起来很后怕，如果缓不过来后果很严重，还好挺过来了。

之十：大雨芦芽山

芦芽山是汾河的发源地，山林茂盛，很少有机会前来，开着车，在山间树林中行走，忽然来了大雨，豆大的雨点打在窗户上，砸得窗户砰砰作响，开到一块山间的空地，四周是环绕的山峰，这时大雨飘然而至，真的没有见过这么大的雨，用瓢泼，用滂沱，用倾盆，似乎都难以形容此时的雨量，尽管雨刷器已经打到最大的程度，依然看不清前面是什么，只能把车停在路边。周围是荒野，山间的平地，没有人家，没有人活动的痕迹，倾盆而下的大雨浇在车顶上，四周的车窗也完全看不清楚，窗户的玻璃上全是雨水，确实是真正的大雨，如果不是亲自感受，难以想象如此大的雨，甚至有些吓人，不知道会不会有山洪冲下来，感到几丝恐惧。在大雨中躲了半天，芦芽山也没有去成，只是感受了巨大的雨。

之十一：惊回首盘龙大峡谷

光雾山已经走过很多次，也算是非常熟悉了，光雾山的景点之间的距离很远，大坝、枣林、十八月潭三个景点之间，相距近三十公里，还都是山间小路，曲折蜿蜒。这次从大坝景区，往陈家山，想走一走新路，沿着峡谷走，这个峡谷叫盘龙大峡谷。光雾山多雾，大团的浓雾飘荡在峡谷中，看不到谷底，峡谷曲折，岩壁高耸，只在岩石中开凿出将将能够一辆车通过的小路，完全没有掉头的可能，而且道路曲折，要想倒车更是难上加难，只能默默祈祷对面不要来车。好在这条路实在太偏僻了，完全没有人，只有孤零零的一辆车，从车窗向下望去，盘龙峡谷深不见底，云雾缭绕，有如仙境，着实更令人害怕。曲折的小路上，很多飘落的树叶，还有山崖上滴落的水滴，只能小心翼翼地前行，依然非常的恐惧。就这样开了四十公里，将近两个小时，沿着几乎在直上直下的陡峭岩壁上开凿的小路，开到陈家山，令人沮丧的是，前面修路，用水泥墩把路彻底封住了，找到修路的人，反复解释，依然不放行，只能掉头原路返回，重新走了一趟令人担惊受怕的盘龙峡谷，回头想一想，实在惊险。盘龙大峡谷实在是难得一见的巨大的峡谷，既惊险又刺激，难得的经历。

之十二：考古失望在亳州

曹操在中国历史上绝对是个人物，挟天子以令诸侯，杀吕布，送关羽，演绎出很多故事。小的时候，最喜欢看的就是《三国演义》小人书，百看不厌。曹操在亳州留下很多故事，甚至曹氏的坟茔就在亳州附近，来到亳州，先看的是运兵到城外的地下通道，四通八达。随后便去看一下曹氏的坟墓，历史上的名人，最后的归结地往往给人很大的联想，是一个人最终的归宿。跟着导航，走出城外，道路上满是农民运输的三轮车，噪声很大。下了大路，便全是土路，在田间的土路上颠簸很远，还是没有找到。周围是大片的田地，输水的水渠，堆起来的麦秸，还有乱七八糟的杂物，完全没有大人物陵寝的味道。田地上长满庄稼，农民们忙碌着田间的农活，没有人关心曹氏家族在历史上的作用。

开车走了一圈，什么也没看到，一次寄予很大希望的考古活动以毫无收获而告终。

之十三：倒霉的安全带

自驾车在广东旅游，从广州到惠州、潮州、汕头、湛江、雷州半岛又返回广州，全程四千多公里，深度领略了岭南文化，不亦乐乎。车是租的，如果有交通违章，会有短信提示，从深圳出来，来到南海沉船的海陵岛，住在海景的五星级酒店，正在高兴，收到违章短信，一查，是安全带违章，三次被拍到，三次违章，深圳的规定很特别，副驾驶人员没有系安全带，也算驾驶者违章，很懊悔，回到广州处理违章，交罚款的钱已经大于租车的钱了，更加懊悔，领略岭南文化的同时，深刻地领会了深圳交通违章的严厉，实在太厉害了。

之十四：雾中红土地

从昆明出来往贵州方向，想去看红土地景区，一路向北，下了高速公路，便是泥泞的道路，山势越来越高，到处都是泥，路虎车艰难地在泥地上爬行，非常的困难。这里是金沙江南岸，连绵的大山，更有浓雾，完全看不清前面的道路。走在很窄的路上，边上不时是悬崖，非常的危险，找人问路，听都听不懂，没有一辆车，也没有一个人，实在是害怕，周围的土地也没有什么异样，大块的庄稼地，艰难地在浓雾中开行。终于下定决心，掉头返回，不知道是不是来到了红土地，只是什么也没有看到，只有大雾笼罩的山峦，汽车满身是泥，艰难地返回高速公路，开往贵州，结束了此次红土地之旅。

之十五：霞浦观海景

据说福建霞浦是中国滩涂最好看的地方，是出摄影大片的地方，千里迢迢来到霞浦，在海边找了半天，只有一个小渔村，完全是当地村民的住宅，甚至连农家乐的水平都够不上，实在是乱，只能从海边返回，住在市里面。第二天找到海滩，风很大，海上白浪滔天，没有渔民，也没有晾晒渔网的场面，只有大风呼啸。很冷，开到山顶，看到大片的滩涂，由于霞浦有很多岛屿，岛屿之间是非常浅的海水，渔民晾晒海带，形成很好的构图，再有阳光照射，正是摄影家梦寐以求的地方。只是来得不凑巧，雨大，风急，到处都是灰蒙蒙的，什么也看不见，也不可能在霞浦住上几天，只能看一眼曾经美丽的滩涂，遗憾地结束此次霞浦追寻大片的旅程。

之十六：车损窑湾古镇

窑湾古镇坐落在徐州骆马湖北岸，是近年来复建的景区，窑湾曾经是南北交通要道，商贾云集，非常热闹，重建的古镇完整地保留了原有的历史风貌，古色古香。到古镇的时候已经是晚上，把车停在酒店门口，酒店是仿古的，大约是古代的客栈的模样，有点穿梭历史的感觉。第二天结账后，看到路虎车的尾灯给撞碎了，周边寻找，正是在后院浇筑混凝土的车给刮坏的，非常懊悔，又要耽误一天的时间，赶紧找人，又叫来保险公司的人，开到交通队，对方的全责，出具事故鉴定书，回北京去处理，还好，混凝土罐车是上了保险的，三千多块，保险公司全额赔付，只是虚惊一场，着了半天的急。长途旅行，最担心的就是遇到交通事故，处理麻烦，费时间，还扰乱了心情，非常糟糕。还好，每次出行都小心翼翼，只有这一次不大的事故，也算受了教训。

之十七：路断大兴安岭

从根河穿越大兴安岭，遥远而辽阔，几乎一模一样的白桦树与松树的混合林，共生共长覆盖在山头，在大兴安岭中央的满归住了一个晚上，随后继续穿越，只有一条路，由于土壤冻胀的缘故，道路的路面隆起，又破碎，非常地难走。好不容易开到漠河边上，临近漠河的几十公里正在修路，更是难走，又不能返回，只能坑坑洼洼地向前行，眼看着到了漠河边上了，路上拦了一道栏杆，修路的工程队设置的，告知不让走，施工路断，没罚款就不错了，就是不让过，非常着急，二百多公里曲折的山路，已经看到漠河了再返回，实在难以接受。只能不停地说好话，说自己是中国公路学会的会员，也修过公路，套近乎，甚至想拿出几百块钱给他买烟抽，磨合半天，终于答应放行，移开了栏杆，让我们通过，终于穿过了大兴安岭，可以前往祖国的北部边陲小镇漠河了，虚惊一场。

之十八：路边被骗假王八

自驾车行驶在鄱阳湖附近，见路边有三个人招手，拿着袋子，好像有什么东西要卖，停下车一看，是卖甲鱼的，从一个布袋子里倒在地上七只甲鱼，个个活，四处乱爬，见他们其中一个人把甲鱼装入袋子中，便开始讨价还价，终于讲好五百元，感觉很不错，自以为当地产甲鱼，所以不贵。把装七个甲鱼的袋子放在车后面，给完钱，便开车上路，很高兴，还在计划着如何找个餐馆炖着吃，剩下的如何带回北京。这时忽然想起应该给甲鱼加点水，把车停在路边，有点害怕，找根树枝扒拉，但见袋子中没有动静，倒在地上，还是没有动静，仔细一看，哪里有什么甲鱼，只有几个泥饼子，这才知道上当，意识到被那几个人掉包了，与我们讲价钱的时候换了袋子，恍然大悟，但是为时已晚，那七个甲鱼，可能又被拿着去骗别的人了，只能自认倒霉，被骗了一回，印象深刻。

2010 年 6 月 20 日

抗震记忆

之一：到绵阳的第一天

最初接到北京市里的抢险令，是到地震损失最严重的北川擂鼓镇去参加抢险，相当危险，后来改在江油盖临时房，要相对安全一些。一进首都机场新建成的三号航站楼就感到温馨的气息，没有停车位，工作人员见我们是抗震队伍，直接把我们领到贵宾通道，行李托运也是专用通道，运送的全是运往地震灾区的物资。飞机的航班是临时加的，乘坐国航航班直接飞到绵阳。机场冷冷清清，颇有几分"风潇潇兮易水寒"的感觉。约两个小时的飞行，不到晚上七点，飞机从云层里钻下来，便看到江油曲折的田地，星罗的建筑，可以看到有少量房屋倒塌。很快飞机降落了，在机场看到很多排列整齐的军用直升机，有几十架，顿时感到紧张的气氛。

从机场出来就看见很多各样的临时棚子，支搭在路边，什么样式都有，有些帐篷上还印有"抗灾物资"的字样。由于上游存在唐家山水库溃坝的危险，绵阳市的市民已经接到了疏散的命令，街道上没有更多的人，只是有维持治安的人员，显得冷冷清清的。可以看到很多楼房有明显的裂纹，但好像没有倒塌的楼房，绵阳毕竟是中心城市，建筑的抗震质量还是很好的，相信这次地震后，人们对抗震的理解和重视会得到较大的提高。

住在绵阳火车站对面的王子酒店，屋顶有细小的裂缝，墙上有斜方向45度的剪切变形，墙纸上有明显裂缝。酒店里住的全是抗震的人员，甚至有俄罗斯抢险队，驾驶米26直升飞机的机组人员，还有各部门派来的专家。酒店的服务员已经把旗袍换掉，穿上牛仔裤、运动鞋，做好疏散准备。在餐厅还能吃上面条，感到很满足，毕竟是来抗灾的，来之前做好了睡在露天的思想准备。酒店里的房间上放有疏散通知，标有逃生的路线，已经没有了空调，很热，但可以洗个热水澡，已经很满足了。街上很冷清，看不到人，有大队的军车停在路边，但车上没有军人，可能乘直升飞机去灾区了。有很多搭在路边的棚子，里面有各样的床、棉被、水，但没有人住。街上还有出租车，还有商店，只是少有人。看电视直播，下午四点又有两次余震，靠近陕西方向，4.5级，但地震时我们在飞机上，地面上的人讲有很明显的震感。这次汶川地震和1976年唐山地震不同，虽然伤亡人数少一些，但震中发生在山区，还是高山区，震后很多乡镇都成为废墟，短时间内没有办法重建，有很多灾民没有地方住，还有就是地震持续时间长，余震强度大，涉及范围广，因此严重程度不亚于唐山地震。

只住了一个晚上的酒店，便搬到现场，在大街上搭起板房，住在板房里，开始了抗震的工作。

2008年5月28日

之二：绵阳江油所见

绵阳是李白的老家，尽管很喜欢而且很崇拜李白的诗，但完全没想到是在地震之后这样肃杀与凄凉的境况下来到绵阳的。

感觉的确是经历了大的灾难，境况完全不同。街道上冷冷清清，几乎没有什么车辆，只是不时有鸣着警笛的救护车飞驰而过，阴冷而恐怖，很多商店都不开门，就是开门的也没有什么人，只有灯光。由于绵阳是中心城市，建筑还是很坚固的，没有大的倒塌、坍塌，但很多建筑都有明显的裂纹，有的边角掉下很大的块，很多楼成为危楼，而且几乎每一座楼都有地震伤害。街道上人们在绿地里、广场上搭建起各种各样的棚子，各种材料，各种样子，像是万国旗。地上铺着被子、床垫，人们凑合躺着，熬时间。有一些标准的帆布棚，比较正规，蓝色的，方正，有窗户，能防雨水，都是民政部门捐赠的，还是不错的。

从绵阳向江油走的路上，看到了李白纪念馆，还有更多破坏甚至倒塌的房屋。由于公路两边乡镇的房子都是农民自己组织建造的，质量不高，因而破坏得更严重，很多屋顶都塌陷了，黑色的瓦散落在地上，朝天开了大洞，凄凉得很。在江油有更多的人住在棚子里，棚子里凌乱地放着做饭的锅碗、青菜，本来很好的城市惨不忍睹，看到这样的情景，更觉得我们建临时房屋的工作很有意义。住在这样的房子里的人没有"隐私"可言，几乎所有人都在"走光"，因为天热，男人们很多都赤着膀子，女人们也穿得很少。有的棚子里面，男男女女睡在一起，一个棚子有十几个人，横七竖八，你挨着我我靠着你，大腿、小腿、胳膊、肚皮一览无遗，多漂亮的女孩子也就站在大街上叉着腿刷牙、梳头，没有任何隐讳，没有任何美感的欲求。这时什么"性骚扰"，什么"不该看"都不存在，几乎没有性别的界限。在死亡的威胁面前，在与死亡的结果进行比较的时候，在以死亡为砝码的天平上，一切都显得微不足道，都显得没有意义，只要能够活着，就很满足了。

娇滴滴的小姐、造作的手势、精心的讲究、时髦的服饰在地震面前都显得苍白无力而没有任何意义，人的需求一下子降低到最低点，降低到仅仅生存就很满足的水平。所有人都是这样，没有区别。大的灾难可以改变一个人的人生观。有一位朋友，从来不存钱，有多少花多少，原来是有一次他乘车从开封回北京，一辆车四个人，半途撞车了，三个人死了，只有他活了，从此再也不存钱了。这场特大地震很可能在某种程度上改变很多人的价值观、人生观、世界观，也许地震之后社会消费指数会有所上升，而银行存款会有所下降。

在地震灾区亲眼看到这些场景，自己的人生观多少也有了一些改变。由于穿着印有"抗震救灾"的背心，走在江油街道上，人们都投来很尊敬的目光，给人自豪感。在街上打了一辆很破旧的三轮车，一位上了年纪的人很费力地把我们送到工地门口，给他5元钱，说什么也不要，说你们为我们建房子，我们不能要你们的钱。精神还是很感人的，也让我们有了一点成就感。晚上看电视听说还要有余震，5到6级，感觉很恐怖，不过住的酒店已经经历了8级地震和6级余震也就没什么了，往深层次想"人的命天注定""生死有命富贵在天"，还有就是高雅的"青山处处埋忠骨，何须马革裹尸还""人生自古谁无死，留取丹心照汗青""为人民而死重如泰山"等等，也就不害怕了。

还有就是晚一点睡，昨天晚上12：40就有明显的震感，床头的台灯晃了几下，真要大地震了？吓了一跳，睁着眼睛总要好一些，一整夜几乎睁着眼睛睡觉。

2008年5月28日

之三：北川归来

列车颠簸着驶过卢沟桥，很快就要驶过永定河，不远就可以看到北京城的轮廓，城市的灯光、车流、高楼即将展现在眼前。而此时的头脑里似乎依然回映着北川地震的景象。倒塌的房屋、成堆的瓦砾；山顶上撕裂开的伤疤一样的滑坡体，体型巨大面目狰狞的大块岩石；惊恐、悲伤、神情黯淡的人们。列车的颠簸又好像地面在余震中的动荡，窗边呼啸的风声又有点像地震过后电闪雷鸣的雨声，空气中仿佛弥漫着尘埃与消毒水的气味。

当人仅仅以生存为底线之后，人的其他需求都显得没有力量与地位。尊严、舒适、安逸、潇洒、仪表都显得没有价值。太大的反差，高山之间峡谷地带摇摇欲坠的房屋，大城市高楼林立的水泥森林，山区河边曲折的道路和城市纵横交错的立交桥。灾民们背着落满灰土的电视机，艰难地走出大山，而城市中积压的液晶电视堆积如山。如果套用柏杨《丑陋的中国人》的思维和语言，来审视城市人，写一篇《丑陋的城市人》，会是什么模样？

在屁股大的别墅前的空地上认真地浇灌几棵歪歪扭扭的小草；抱着头上长着长毛的癞皮狗，动情地呼叫狗的乳名；在玻璃开间的房间中一会嫌热，一会嫌冷；有事没事跑到医院里，在X光机、CT、核磁共振中消磨时光；望着商店里满眼看不到边的鞋柜、衣架，找不到自己要穿的衣服；大惊小怪地在桃园里发现了虫子或是在农家院里看到公鸡欺负母鸡；非常炫耀地向人们展示在果岭上小鸟球的技巧；拉着孩子的手，着急忙慌地从钢琴班赶到舞蹈班；泡在桑拿房的蒸汽中研究股市的跌涨。

如果不是地震，可能我们都不知道山区农民的存在，如果用欧盟的标准，考察每天摄入的维生素、脂肪的含量，以及每天消耗能源的指标，很多人即使不地震也是灾民。由于地震，让我们看到了灾民，由于地震，我们清晰地了解了他们的生活。然而，我们要求的是什么样的生活？是拥挤不堪的交通？是唇枪舌剑的起诉与辩论？是不知所措又随处不在的化工污染？是房价不断飙升又不得不买的房子？是在大款、歌星面前的尴尬与局促？是你不信我我不信你的谈判与合同？是当面一套背后一套的逢迎与恭维？是不着边际的讲话与文章？是不想看却总有挂角的"艳照"？城市孕育了很多，同时又失去了很多。人的聚居生活带给人们生活的满足，又平添了许多生活的烦恼。

从地震灾区回来，不时在想：我们到底应该追求什么？到底什么是生活的目标？到底应当怎样的生活？毕竟，经过地震灾区再回到城市，反差实在太大了。

2008 年 6 月 21 日

吟诗作赋的旅程

非常羡慕那些出口成章的诗人以及他们写的诗篇，总想自己也写出精美的诗篇，但是文化环境不同，社会环境不同，加之没有足以写出诗篇的人生经历，感觉力不从心，只能模仿着，凑合着，拼接着写下一些像诗词模样的文字，以作为游历各处的纪念。

忆秦娥　登长白山天池

序：寒冬之时，登顶长白山，一见天池真颜，实属不易，不免填词一首，以为纪念。

雪罩山，白絮盈塞树林间，树林间，天池静谧，一望苍天。
春节登顶长白山，寒风刺骨人成仙，人成仙，苍茫大地，才见真颜。

忆秦娥　光雾山

雾罩山，层峦叠嶂山无边，山无边，峰林尽染，浪涌天沿。
扶摇直上望秦川，古道沧桑几多年，几多年，英雄夕下，多少悲欢。

西江月　谒汉中留坝留侯庙

序：自驾车翻越秦岭，绕道留坝拜谒了留侯张良之庙，乃张鲁主持修建，依紫柏山而立，岁月蹉跎，略显荒凉，不免填"西江月"一首，以为纪念。

安邦定国心寒，紫柏归隐林间。九州一望君王颤，浮云掠日归仙。
岁月峥嵘何往，阡陌翠竹桑田。夕阳西下挂天边，云遮雾障不见。

贺新郎　2020春节感怀

序：又是一年春节到，百姓欢笑，未免感岁月之流逝，光阴之荏苒，不免填贺新郎一首，以为纪念。

春华秋几度。今又是、轻移仙步，光阴如沐。回首凝望阑珊路，坎坷挫折如顾。俱往矣，挥洒荡忧愁。多少英杰从兹去，越千年。魂断瑶台树。望天涯，一梦收。感怀悲切心有触。顿挫抑扬品春秋，斯人独处。更有似水流年，尽染层林如初。却几多、泪目簌簌。但得闲暇品岁月，手捧时光感天酬。有谁知，无尽头。

2020 年 1 月 24 日　巴中

忆秦娥　自驾京西霞云岭

西山望，陆虎梦断霞云路，霞云路，山高路远，别无退处。
苍山如海残阳血，一望山峦天地阔，天地阔，游龙潜水，天宽地硕。

2020 年 5 月 23 日

浪淘沙·扬州晚秋

序：自驾扬州，夜宿瘦西湖边，在山边散步，但见树影婆娑，桂花清香，不免填"浪淘沙"一首，以为纪念。

湖深雨朦朦，霜意正浓。梧桐不耐秋风冷，深夜随风飘落去，雾锁娇容。
丹桂气盈空，独自香涌。满园金色染红彤。流水落叶自相伴，秋醉苍穹。

醉花阴　扬州感怀

序：自驾扬州，夜宿瘦西湖边，在山脚散步，归来，填《浪淘沙·扬州晚秋》一首，感觉意犹未尽，乃仿李清照之《薄雾浓云愁永昼》，填《醉花阴·扬州感怀》一首，词不达意，以为纪念。

千里纵横扬州到，瘦湖在院后。丹桂又飘香，一染星空，树影映妖娆。
秋风佛面任逍遥，江南有天骄。几度人憔悴，浪迹天涯，忧愁一梦消。

2018 年 10 月 15 日

西江月　游惠山古镇

序：游罢古镇，河边饮茶小憩，眼望历史遗迹，未免诗兴大发，乃填"西江月"一首，以为纪念。

街巷曲折萦回，惠山兀立水头。唐宋遗迹一望收，潇洒轻盈无愁。
古人曾经吟诵，茗香淡染雨后，飘渺青烟洒轻柔。孤月独照危楼。

点绛唇　源脉温泉闻青花瓷

序：寒冬之际，临幸福州源脉温泉，彻体欢愉。恰一黑衣女子，抚古琴而奏青花瓷曲，婉转悠扬，飘飘悠悠，穿时空而荡岁月，令人如醉如痴，不免仿李清照之《蹴罢秋千》，填《点降唇》一首，薄以为念。

月色朦胧，青衣依稀拨弹手。葱榕依旧，汗蒸裸肩透。瓷音悠扬，似仙乐梦收。轻回首，人影婆娑，美景飘然盈袖。

2018 年 12 月 22 日　福州

卜算子　咏长江

穿山奔海流，望房舍阡陌。伴人群熙攘如注，何处洗忧愁。
愁也不停歇，只向东海头，踏遍江山天涯路，一去不回首。

西江月　滕王阁

栏外江水空自流，帘卷西风解忧愁。神鹤远遁霞无影，却只闻车笛争鸣。
街头霓虹阑珊，人影点点婆娑，又几人回首，更何人一展风流。

渔家傲　平城怀古

旷野孤寂秋风急，云遮佛面月光稀。岁月流逝故城起，人称奇，直面山峦在山西。万里寻得真经迹，故国神游人叹息。

渔家傲　谒扶苏墓

序：在人流拥挤的绥德城中寻找扶苏墓，气喘吁吁地爬上山岗，一处土丘之上，孤然立着扶苏墓，荒草环绕。望着即使在绥德也鲜有知晓的扶苏墓，不免感慨万千，乃提笔填"渔家傲"一首，以为纪念。

硕漠狼烟风尘急，边关万里狼烟起。始皇卷戟归天下，再无敌。雄心付与东流水。儒亡书烬悄无息，金殿旷寒葬天机。几度寒暑遗旧梦，有谁知，凝望黄土在河西。

念奴娇　武媚娘

序：近日电视剧《武媚娘传奇》热播，眼前似乎大唐辉煌，想万世少有之则天女王，曾经何等风光，不免提笔填词一首。

大唐晚钟，风啸啸几度凄凉声鸣。君王仙逝遗旧梦，一枕泪痕谁懂。泰山空碑，龙门慈佛，却几多心痛。燕去楼空，愁痛诉与谁说。

豆蔻年华苦短，宫墙森森，冷月望星尘。春风得意当尽欢，江山社稷与谁传。鼓鸣瑟舞，覆雨翻云，有谁人与堪。唯我独行，却任世人评说。

水调歌头　偏关老牛湾

序：朔州迤北，曲折二百公里，见奇景老牛湾。曲水嵌于山峦，蔚为壮观。不免诗兴大发，乃填"水调歌头"一首，以为纪念。

昆仑雪飞舞，孕溪水无数。几多九曲回转，河套尽风流。却见神牛腾挪，大地沟壑纵横，碧水尽温柔，白云染倩影，清风自风流。穿幽峡，跨壶口，越龙门。摧枯拉朽，扶摇千里无尽头。月有阴晴圆缺，英雄终归黄泉，此事古难全。唯见曲水湾，江河一望收。

念奴娇　蓬莱阁

序：年末登临蓬莱阁，虽然多次登阁，但毕竟记忆模糊，似乎从未来过。登阁望海，天宽地阔，不免填词一首。

海浪盈空，有斜阳如雾，重檐烟浓。仙人远遁燕归去，却人影朦胧。几多日落，春去秋来，雨燕伴飞虫。帘垂花蔽，西风半掩愁容。
　　多少英雄归去，驾鹤西行，旷野荡孤楼。又无数善男信女，云烟解忧愁。代代生灵，几度轮回，转世又重生。夕阳无限，江山掩风流。

沁园春　万龙滑雪

　　万籁俱寂，群山肃静，寒意盈身。望长城残断，雪道连绵，万千英杰，扶摇如尘。山舞银蛇，人跃翩跹，电掣驰骋我成仙。猛回头，见山峦如罩，逍遥头奔。
　　江山如此多娇，引俊男靓女展欢颜。叹汉武秦皇，妄自称仙，寡陋孤闻，难有新欢。万家寂寥，唯此惊艳，疾驰回转人自欢。谁人知，五十有六，唯有斯人。

念奴娇　滑雪

　　序：在万龙驰骋一天，雪道依然萦绕在眼前，回到温暖的家中，品读唐诗宋词，不免记起雪场之景，乃填词一首，以为念记。
　　山峦叠嶂，纤纤雪道，人舞飘荡。箭矢流星伏地去，有若曲水流觞。
　　电掣风驰，轻烟点染，个性尽张扬。寒冬无语，寂廖大地河觞。谁领风骚冬日，唯有雪场，尽情真欢畅。未若苍鹰凭空舞，只待雪板肩扛。翩跹回转，追风逐月，浸染雪飘香。
　　时光荏苒，更有几度欢愉。

2017 年 12 月 24 日

浪淘沙　秦岭太白鳌山滑雪

　　序：自驾翻秦岭，偶见太白雪场，未免心旷神怡，山坡撒欢，乃填"浪淘沙"一首，以诉衷肠。
　　穿万千沟壑，翻越秦岭。南北中国几多情。长白雪厚林密处，山峦宁静。
　　又孤车太白，波翻浪涌。雪道纵横心不停。时不我待青春逝，诉与谁听。

沁园春·岁寒咏花

序：2018年岁末，极寒笼罩京城，走在街上，彻体惊寒，回到家中，却见鲜花盛放，不免填"沁园春"一首，以抒胸意。

天罩青寒，枯枝花残，冷寂天颜。有北风呼啸，彻骨凉意，路人萎缩，一扫红颜。春归夏消，鲜花远遁，寂寞忍身欢。忽回首，望江山如画，浪迹天边。

却红花撒欢，妩媚飘逸赛神仙。如泣如歌，似诗恰赋，赶唐及宋，花好月圆。流年逝梦，时光荏苒，凭窗倚户独自看。心似箭，浪漫何必，月下花前。

贺新郎·2019年新年有感

序：不经意之间，2019年悄然而至，喜忧交杂，颇多感触，不免填"贺新郎"一首，以为纪念。

未感旧梦消，别旧岁、新年来到，谁言春早。赏花揽月人不知，惟有暮暮朝朝。叹纵逝、岁月几多，山水纵横花枝俏，人无语、何处采天娇。惊回首，任逍遥。

往事如烟随风去。漫天边、孤寂无垠，半空雾霭。无可奈何花散尽，采菊西山谁归。但怅望、烟雨朦胧，山河万里宿梦处，问仙人，又几多玉虚。耐若何，据须臾。

卜算子 万龙滑雪

序：隆冬之时，约三五好友万龙滑雪，身形如飞，风驰电掣，甚是欢喜，回到家中，意犹未尽，不免填"卜算子"一首，以为纪念。

冬寒罩山峦，万龙任逍遥。已是暮年万事休，犹有雪上飘。春梦荡无存，余生任缥缈。只待冬奥烂漫时，我在雪道笑。

贺新郎·戊戌年春节有感

序：看罢春晚，窗外爆竹声鸣，颇感时光流逝，岁月如梭，不禁填"贺新郎"一首，聊以为记。

夜艳花千树。人来往、充盈祝福，流年远逝。遥忆曾经夜与昼，时光几多峥嵘。人渐老、空遗焦灼。岁月无情送春秋，有谁知、今宵难忘曲。感悲欢，染忧愁。

夜深梦断人渐瘦。叹岁月、品天观地，斯人独住。风尘一散云烟去，薄雾浓云清秀。月阑珊、秋去春来。只争朝夕欲何往，追风逐浪有谁酷。穿时空，人永驻。

蝶恋花·京城咏雪

序：久未见雪的京城喜迎新雪，人欢马叫，好不热闹，未免随波逐流，展示雪影，微信展示之后，意犹未尽，恰饮蜀酒剑南春，不免酒后填"蝶恋花"一首，以为瑞雪之念记。

谁道京城无雪透，飘舞半空，细绒罩枯柳。炭火盈窗香醉酒，街巷浓淡一望收。

白塔依稀紫禁后，淡妆浓抹，烟云洗忧愁。遥望山川柔姿秀，雪尽天开人增寿。

菩萨蛮·万龙滑雪

序：崇礼万龙滑雪归来，右肩微痒，忙碌之后，意犹未尽，乃仿李太白之《菩萨蛮》，填词一首，以为此次滑雪之念记。

层峦硕漠冷如镜，雪罩林寂心自宁。滑道望无头，学者荡千愁。独处山风急，斯人近古稀。板震雾烟升，鹤舞人飞腾。

一剪梅·元宵月影

序：吃罢元宵，见窗外圆月高悬，月明星稀，浩宇无垠，不免填《元宵月影》一首，以抒胸意。

一轮旧月在今朝，雪迹潇潇，云散烟焦。今人古人感月潮。流年逍遥，酒酣愁消。

江山如画尽妖娆,孤舟独桥,风雨飘摇。沧桑几度逐浪涛。新符旧桃,空叹天骄。

西江月　咏花

序:早上起来,见阳台上的小花花开艳丽,格外喜人,未免诗兴大发,乃填词一首。

丝丝寒意彻骨,江山万里峥嵘。萧瑟弥漫今又是,谁言曾经江湖。
细枝花团锦簇,不输柳绿桃红。争艳不必看蜡梅,唯我独揽今古。

卜算子　咏花

序:早上起来,见阳台上的小花花开艳丽,格外喜人,未免诗兴大发,乃填词一首。

风吹烟云散,一望到天边。已是严冬绿无声,唯有霜与雪。
俏也不争鲜,凭任群芳妒。魂归泥土自成仙,美艳一瞬间。

蝶恋花　咏花

序:寒冬时节,天寒地冻,见自家小花花开艳丽,未免诗兴大发,乃填词一首,以抒胸意。

阳台台宽宽几许,红花盈面,潇洒再无度。浪漫花丛无觅处,楼台不见重归路。
苍山无影云遮暮,几多夕阳,无耐寒归处。痴人问花花不语,乱云飞过荡千古。

醉花阴　咏花

序:寒冬时节,天寒地冻,见自家小花花开艳丽,未免诗兴大发,乃填词一首,以抒胸意。

冷俏寒气愁永昼，清烟云消透。凉日又凄冷，彻体冰霜，有斯人独受。贤妻把酒黄昏后，有宋词盈袖。莫道花无语，摇曳纤枝，艳在风雨后。

贺新郎　2004 新年有感

山峦染日照，雾茫茫，一望无天，天涯在收。盛世千年今何在，悄然屹立今朝。人已醒，豪杰无数，追波逐浪揽大潮，路遥遥，远望山峰秀。酒微酣，人将醉，烟云薄雾以何愁。遍天涯，巡声问路，斯人独瘦。月影阑珊消金兽，谁人独上西楼。更何堪，年年岁岁，青丝白发人折寿，有谁知，感怀在深秋，望江河天尽头。

雾灵山赋

序：六月间，重登京北雾灵山，乃燕山山脉主峰。山势险峻，松林翠绿。俯身望去，但见华北平原烟波浩渺，风光无限，乃提笔作赋一首，以为纪念。

燕山巍峨，隆以为京畿屏障。面华北无垠沃土，挡漠北滚滚烟尘。岩石狰狞，凸兀处森森松柏，笑傲江湖。山峦折皱，白云翻滚，正所谓大地如波，翻卷起层层飞浪。白桦萧瑟，青松冷俊，又几点农舍，炊烟袅袅，几多恩爱，几番缠绵，子孙繁衍，天伦弥漫人间。风云突变，转瞬间狂风骤雨，飞沙走石，蔽日遮天，磐石屹立，山峰无痒，方显英雄本色。远望昆仑盈雪，近观太行滴翠，一脉相承，浩浩荡荡。耳闻秦腔粗犷，汉马斯鸣，眼见燕王夺权，慈禧垂帘，圆明火起，又多少悲欢离合，荣辱兴衰，浮现眼前。连天接地兮，苍山如海，时光飞逝兮，心旷神怡。吟赋抒情兮，情有独钟，感山河之壮美兮，如醉如痴。何以为记，歌以赋之。

2011 年 6 月 23 日

2012 新年歌赋

序：不经意之间，到了 2012 年，似乎没有什么特殊的感觉。看过中央电视台的新年晚会，听到了步入 2012 年的新年钟声，才清晰地意识到 2012 年真的到来了。不免有所感慨,乃作赋一首,以为纪念。

斗转星移,时过境迁。浩浩乎银河苍茫,又几点光灿,点亮智慧星球,光耀人间。群山巍峨,江河浩瀚,又多少城市,马龙车水,映衬万家灯火。

昔汉武秦皇,旌旗蔽日,鼓角声鸣,更高祖挥剑,斩白蛇而痛饮琼浆。玉环起舞,霓裳羽衣,飘飘然玉宇琼楼。昆仑昂首,秦岭垂额,太行层峦叠嶂,遥望长白天池,素裹银装。长江欢吟,群山峡谷中跳跃升腾,黄河盘桓,晋陕丘陵上展转腾挪。炎黄子民,逐水而居,结芦而屋;仓颉造字,蔡伦献纸;老子深邃,孔子宁重;李白长吟,杜甫低咏。盛唐乐舞,大宋余韵,造太平盛世。黎民欢颜,四世同乐;圣贤高歌,把酒临风。

春去秋来,岁月如梭。轻柔之中,又一个新年,悄然而至;转瞬之时,又几缕白发,爬上额头。燕南飞,春又来,正相识,又重缝。江山依旧兮,人之增岁;似曾相识兮,年之新增;对月当歌兮,闻古人之音韵;凭窗而览兮,满目灯光,一望车流;时光流逝兮,感怀不止;人之增寿兮,信马由缰;何以解忧兮,唯有杜康;何以新年兮,赋之以歌。

2012 年 12 月 31 日

2013 新年歌赋

序:不经意间,又过了一年。转瞬之间,到了小龙之年。温一壶赖茅薄酒,把酒临风,揽星望月,凭窗而望,俯瞰京城绚丽烟火,不免心潮澎湃,浮想联翩。想泱泱中华,历史悠远,浩浩汤汤,蔚为壮观。数千英雄人物,数万精彩画卷,浮现眼前。乃提笔作赋,一抒胸意。

旷宇空寂兮,独球高悬。银河浩瀚兮,为我独尊。九天层峦,浩渺无边,唯地球精灵,一息生存,孕聪颖人类,开天辟地,绵延千里,纵横天边,一展家园。

想盘古开天,三皇辟地,挥洒江山。莽昆仑,展长江,纵黄河,跃太行,造沃野千里,养遥遥先祖。红山猪龙晶莹,仰韶陶瓶浑圆,良渚玉琮,雕龙刻凤,更金沙立眼,突兀而望巴蜀山川。

周王仁义,降春雨于黎民,礼义廉耻,恩泽浩瀚。至秦王虎威,荡六国,平九州,一统江山。旌旗蔽日,战马嘶鸣,更万千铁甲,长眠夯土之下,伴秦王万世千年。高祖斩蛇，争锋咸阳城下，一呼百应，揭竿而起。叹项羽一代天骄，悲虞姬生死之恋，寒光盈面，留千古奇观。盛唐巍峨，高楼林立，宫墙森森，威震四方，万国来朝，胡乐悠扬。羽衣轻盈，飘渺如风。再几曲诗仙高歌，抑扬顿挫，展大唐雄风。至宋风悠扬，瘦金清风，伴河边垂柳，熙攘人群，清明时节红裙移步，若点染水墨丹青，绘盛世美景。

更草原雄风，衔星望月，茹毛饮血，烟尘滚滚，摧枯拉朽。战浩漠，跨深湖，纵横辽阔欧亚平原。雄风呼啸，铁骑声响，一箭定江山。燕山摆尾，京城兀立，九门雄风，一望华北平原。想明清盛世，康乾接力，创盛世家园。圆明烟波，浩渺飘逸，颐和寿山，一望皇城森森。

昆仑盈雪，晶莹秀美，舞动万千冰川。长江跳跃，破白马，过瞿塘，挥洒荆楚平川。华山雄伟，一剑封喉，万夫空叹。泰山兀立，连天接地，俯瞰齐鲁平川。黄山清秀，奇松怪石，鸟鸣猿啼，更峨眉薄云笼罩，金顶霞光，似繁星点点。

黄河九曲，迂回间，跨越龙门，呼啸间，造万亩良田。望浩漠千里，草原肥美，牛羊成群，似白云飘荡绿草之间。黑土优渥，白山绿松，孕育稻田无边。

华夏大地，五千年壮美画卷，摧枯拉朽，振聋发聩，如诗如画，如泣如歌。喜生逢盛世，国富民强，超强秦，越盛汉，再写壮丽诗篇。

辞不达意，把酒临风，赋之以歌。

2013年1月1日

观庐山瀑布赋

序：庐山登过四次，前三次均未得一见名声显赫的庐山瀑布，此次得见，甚以为快。得见李太白"疑是银河落九天"之瀑布，亦为幸事，特作赋以为纪念。

青峰直立，面鄱阳万倾碧波，白链垂天，恰一帘玉珠从天而降。起伏跌宕，攀岩附壁，带风声呼啸，引翠草鹤立，凌云之势，夺日接天。沐清风，染祥云，承接精灵之气，望苍茫尘世，观世代豪杰，一泻而下，酣畅淋漓，尽展妖娆风姿。晶莹剔透，折射点点光艳，白浪拂面，更卷起千堆雪。青山绿水，多少英杰留恋山峦，九天银瀑，几番美景光耀人间。度时光流逝，品风花雪月，万千激情销声匿迹，几多英雄远遁夕烟。一束清流，凌空面世，刺破青天，串联起盛唐强汉，品评着宋消元亡。又多少芸芸众生，臣服山前，仰而观止，感天悲地，抒豪言肺腑，叹人生短暂。山头白云飘荡，山间飞流歌唱。水天飘逸，蔽日遮天，唯一幅美景，悦人心田。

2010 年 10 月 8 日

汤泉赋

序：京城以南，百余里，有地裂而缝。遂热泉涌出，水质清澈，微黄而淡香。数九寒冬之时，白雪铺天，薄衣覆体，浸泡水中，遍体舒畅，真乃冬季一大享受也。想古人醉卧华清，罗马奢华池会，颇有所感，乃撰赋一首，名《汤泉赋》，以为纪念。

地分五洲，海联七洋，岩间炽火，夺隙而出。摧万枯而融厚岩，荡万物而欲冲天，逐层温降，直透地面。遇岩间隙水，融融而交汇，细流涓涓，乃为温泉。柔水如脂兮润之肌肤，轻波微荡兮热气悠扬；天之寒气兮荡气回肠，彻体欢畅兮唯此独扬。天地万物人为主，攻城掠地造城池。锦衣玉食酒香浓，声瑟歌舞荡轻衣。殿堂巍峨气宇轩，上天入地遍寻欢。回归自然露天体，衣襟褪去现真颜。君王乞丐同一色，天造万物人为先。连天接地卧温泉，清波柔水有新欢。血涌四脉头微昏，肤涨肌软红面颜。寒气拂面清水暖，白云轻盈罩蓝天。山高海阔丛林密，一池暖水忘新奇。光阴似箭海桑田，烟灭灰飞出新君。动车飞驰网速快，巨轮出海箭升天。千年岁月转瞬过，温泉池中亦如前。贵妃泉池青苔满，玉殒烟消无新颜。江河改道水升腾，岩间涌水浪花欢。清水微波兮人之安在，柔水余温兮何人如汤？阴阳交合兮苍天造主，冷热交替兮温水如常。握时光之长链，感天地之苍茫。唯温水彻体，惊挛舒畅，方晓古人之情商。日出东海天地暖，细雨天降绿苗生。鸟飞鹰啼有骏马，江河奔涌望海涛。谈古论今观万物，品胜评亡数豪强。静心摒气聚精神，师法自然得天机。难得浮生半日闲，安卧清池感天神。万水千山等闲事，柔水无语润后人。江山依旧人将老，清水自然有新欢。转瞬即逝难持久，但取片刻得欢颜。

2010 年 1 月 3 日

瑞雪赋

序：2010年新年伊始，京城普降瑞雪，十数年罕见。漫步街头，银装素裹。瑞雪兆丰年，国富民强，盛世无饥馁，百姓尽欢颜。不免颇有所感，乃作赋一首以为纪念。

苍天摇曳，卷漫天白雪。层峦叠嶂，罩白雾无边。晶莹剔透，折射阳光点点余辉。寒气袭人，如寂寥肃杀万马千军。山舞银蛇，恰似白浪翻滚无边。昆仑苍茫，秦岭横卧，更泰山一柱擎天。黄山妩媚，九寨轻盈，峨眉清秀，五台端庄，长白一面望青天。岩石如壁，屹立千年。一夜白雪，荡平峥嵘岁月，铺盖万里河山。群山尽染，素颜薄面，无边白絮，统领万水千山。柔雪无声，令磐石汗颜，万里河山，风光旖旎无限。层林尽染，万蕊争荣，也曾经一片嫩绿青颜。姹紫嫣红，柳绿松青，尽显生机盎然。漫天雪飞，卷席覆地，更迭一季新生。残枝托雪，枯树披肩，重塑团团白嫩绒花。雪荡枝头，素白花间。间或几叶青枝，松尖竹脆，亭亭玉立，柔雪盈身时更显妩媚妖娆。雪压青松松自骄，山罩柔雪更逍遥。风雨送春归，飞雪迎春到。瑞雪兆春，寒风中送来点点生机。柔雪无语，轻盈中渗透丝丝春天气息。雪润万物，大地复苏。沃野千里，稼穑无边，饥馁远遁，黎民欢颜，感白雪功绩如天。丰年盛世，欢歌笑语，男婚女嫁，又一代新生降临。天地沧桑，生命轮回，几番朝代更迭。今人不见古人雪，古雪曾经润今人，人生短暂，又能有几场瑞雪降临！时光飞逝，唐消宋亡，依然大雪弥漫。感天地之博大，叹时光之荏苒，江山依旧兮，大雪依旧，人之安在兮，瑞雪无边。雪有所感，歌以赋之。

2010年1月5日

琼浆赋

序：把酒一杯，不免飘飘然，几近成仙。无数古人，醉卧榻前，或仰天长叹，或呼风唤雨，正是，琼浆如此多娇，引无数英雄竟折腰。乃提笔作赋，以为纪念。

碧水盈杯，点滴间，身心摇荡；红晕拂面，回首时，飘飘欲仙。却谁人仙手，酿玉液琼浆，一醉解千愁。更无数圣贤，纵横江山，摧枯拉朽，定万世基业。或巨笔如椽，作卷席之篇。更几时，把酒临风，逐水而席，传几杯薄酒，吟几篇诗文，摇摇欲坠，缓缓将倾，随醉卧床榻，平铺直叙，一抒胸意。更哪堪，江山如画，巨匠如林，全不顾清规戒律，理学鸿篇，眠山宿水，笑傲江湖。恍惚间，嫦娥移步，洛神婀娜，扶摇凌霄白云之上，翻滚云山雾水之间。却还知，盛唐胡乐，翩跹起舞，筝鼓笙瑟，欢愉堂前。江山永固，时光如梭，王谢堂前燕，纵横阡陌间，流水浩瀚，滚滚向前。镜中白鬓，隐约黑发之间。昙花鲜艳，惊鸿一瞬，转眼枯枝败叶，不见从前。田野苍苍，唯见落日茫茫，却谁见故人身影？芸芸众生，碌碌而匆忙，却谁人不终归黄泉？叹时光荏苒，感人生凄凉，更推杯换盏，平添美酒，酒不醉人人自醉，江山依旧而斯人醉卧，一消万古愁。

2013 年 10 月 3 日

滑雪赋

序：京城以北，二百四十公里，乃塞外咽喉名城张家口，再六十公里，有一滑雪场名"万龙"。有数十条雪道，横亘于山梁之上，隆冬之际，滑荡于雪场之上，潇洒飘逸，甚是舒畅。乃撰赋一首，名"滑雪赋"，以为纪念。

苍山巍峨，恰似条条巨龙翻滚腾挪，白雪飘洒，像一面白纱，笼罩万水千山。朔风呼啸，更卷起千重无边飞絮。腾飞雪道，如飞燕轻盈飘飞，掠地而过，风声呼啸间群山凤舞，跳跃腾空，飞奔向前时如大鹏展翅。昆仑苍茫，横亘峥嵘岁月，太行雄伟，托举万千生灵。一片白雪，荡平高原平川，肃杀清寂，又怎见一丝柔弱生机。红衣粉板，飘飘然仙仙而下，越坎坷，跨高台，激起白浪一片，何似人间！更疾风掠过，平地生烟，转瞬间烟消云散，谁人成仙！攻城池，造金銮，歌舞升平，几多琼浆玉液如日中天。弯弓射雕，月夜风高，汗血宝马，驰骋天边。几番峥嵘岁月，几多剑戟刀枪，却沉眠声色犬马，轻歌曼舞，衣袖舞翩跹。唯茫茫高原，天高林阔，茂林沃野，纵横驰骋，方显英雄真颜。天地动，风声急，白雪飘，朔风起，飘逸间挥洒蹉跎岁月，轻盈中洒脱悲欢离合。人未老，青春溢，感乾坤，度沧桑，还有几多日出日落，白雪又降天边？冲豪气，战严寒，破冰雪，阅群山。驰骋中领略苍山残阳，速降中体会风月无边，似几番神乐仙舞，飘荡人间，喜迎新年。

2010 年 2 月 13 日

晨曦赋

序：清早起来，凭窗而望，见一缕霞光，扑面而来，笼罩城市田园，不免诗兴大发，乃提笔作赋，以为纪念。

晨曦如波浪，摇摇欲飞，浮云似飞絮，飘飘起舞。江山璀璨，阳光盈面，轻盈中拂荡黑夜阴霾，为苍茫大地送来明亮光辉。转瞬时，鸡鸣狗叫，田野上飘荡起袅袅炊烟。弹指间，霞光四射，映照浮云飘荡，似海浪翻滚，如万马奔腾。恍恍乎羽衣起舞，飘逸潇洒，仙音弥漫人间。云朵飘飞，光影阑珊，飞舞中隐约洛神戏水，浪花点点，暗香拂面。升腾中，红光笼罩大地，一片光明映衬万千河山。山露巍峨，水荡清波，田野间秧苗欢快歌唱，草原上牛羊轻柔低鸣。挥手间涤荡朦胧睡意，万物复苏，车水马龙，人头攒动，又是崭新一天。望霞光灿烂兮，心情舒畅，感明媚阳光兮，盎然生机。享阳光雨露，品日月星辰，望山川河流，览森林田园，朝辉夕阴，气象万千，更感慨岁月流逝，强秦盛汉，环肥燕瘦，曾经多少霞光，普照江山。今日霞光古人见，今人何曾见古人。唯江山依旧兮，山河安然，时光如梭兮，霞光永照人间。

2012 年 2 月 19 日

空城赋

序：2014 年春节前夕，北京城几近空城，徜徉其间，不免颇多感慨，乃提笔作赋。

枕燕山之巍峨兮，面冀鲁之辽阔，闻渤海之涛吼兮，听硕漠之风啸。八百年帝都，旌旗更迭，几番兴盛，几度荒芜。挟永定，扼潮白，兀立紫禁皇城。高耸城门，荡漾环河，伫立蒙辽之咽喉。观渔阳烟雨，望断天涯泥泞路。完颜铁骑，弃白山黑水，驻足回顾。莲花池水，映衬天宁古塔，卢沟虹桥，轻披晓月薄纱。蒙古铁骑，扫荡欧亚江山，鼎立大都皇城。白塔凌波，望西山晴雪，观银锭卧波，殿阁楼堂，不让大唐盛宋。至燕王挥鞭，剑指建康，回师定都，一统江山。高墙林立，壁垒森森，蓝天白云，映衬红墙绿瓦，遮天蔽日，起伏跌宕。红袄绿裙，穿行其间，马鸣鹰啼，闹市喧嚣，阡陌盈塞，黔首鱼贯其间。斗转星移，时过境迁，染古人之睿智，借前人之余晖，倾五湖而涌四海，万千九州精英，燕聚于此。

皇墙荡，高楼起，人如潮，车如海，遮天蔽日，川流不息，如煮饺之巨锅，似盛夏之泳池，放眼望去，人影如织，更无数离合悲欢，酸甜苦辣，萦绕缠绵。到大寒远遁，新春叩门，却群雁南飞北去，一梦故土，乡音未改而双鬓斑白，唏嘘寒冷，一抒情怀。回望故都，浮云依旧，而街空巷阔，人影不再，却只见树影婆娑，似海市蜃楼，恍惚而立，伴紫禁城之孤寂。叹时光之流逝，感时过而境迁，万千劳燕双飞去，几多英雄下夕烟。或雄心壮志，或怨声咒语，尽如炊烟一散而逝，只留下辉煌太和，碧池白塔，望天之天宁，浑厚之祈年，伴卢沟与银锭，静静伫立，品味流逝之光阴。街巷空寂，唯斯人独立，吟咏诗篇。

2014 年 1 月 29 日

《山河倒影录》编后记

即使在全世界范围,中国的地形、地貌都是相当了得的,不是首屈一指,也是名列前茅。与此同时,中国悠久、绵长的历史,纷繁的人物,惊心动魄的事件,更在起伏跌宕的大地之上留下清晰而久远的印记。名山大川、历史事件、名人诞生地、长眠之处,森林、瀑布、沙漠、洞穴、雪山、岛屿、悬崖、草原、湿地等等,难以数计,即使认真研究,下定决心,穷尽自己的一生,也很难全部亲身去体验。但是更多的场景、美景,只有亲身感受,只有在体验遥远的距离,感受温度、气压、雨雪、缺氧以及道路的危险之后,才能有所体会,仅仅看照片或录像是远远不能替代身临其境的感受的。

人是高等动物,有头脑、有思维,人在用眼睛或者相机记录看到的景物之后,还有很多心灵的感受,一瞬间的想法、联想、感叹、体会、结论、推理等等,是不能用照片甚至视频记录的。这时中国古老的文字便发挥了作用,因为毕竟人的思维、表达、交流是用文字进行的,并以文字为载体。文字不仅可以在同龄人中进行沟通,甚至可以与下一代、甚至很多代以后的人进行沟通交流,在各种记录方式中,文字记录有其不可取代的价值与作用,这也是历代文人皓首穷经撰写文章、诗词歌赋的原因所在。在遍览祖国名山大川之后,效法历史上难以数计的读书人、写书人、编书人,用古老的从乌龟壳上发展而来的象形文字记录下自己看到的、想到的、感受到的,形成文化人、读书人特有的文字记录。

感谢现代技术,计算机、存储器,尤其是网络,基于网络技术的博客,轻而易举地把这些文字内容永久地记录下来,并且非常便捷地传递给更多的人。本人自2007年开设博客以后,为了给博客供稿,更增加了编写文字的动力,更多长短不一,水平参差不齐的文字跃然纸上,文字信息成爆炸、井喷般出现。通过博客,可以很容易地检索、下载、保留曾经的文字,有些文字甚至忘记了曾经的存在。更多的人,可以通过博客便捷地进行交流,享受到信息社会带来的方便与乐趣。

旅游的感受，很多只有在当时的情况下才能写出来，所谓的有感而发，或者是一挥而就，很有点像王羲之挥毫泼墨借助酒性写出《兰亭集序》，或是曹植借助酒兴写出《洛神赋》，或是王勃绝笔的《滕王阁序》，很多感受，即使是本人，过一段时间竟然完全写不出来了，这也是本书起名《山河倒影录》的原因。倒影是有时间特征的，是有时间节点的，是有时间轴的。古希腊哲学家赫拉克利特说过，"人不能两次踏进同一条河"，说的就是时间轴的作用。你可以再次甚至多次重新来到同一个地点，但是你不可能复制曾经到过时的感受。范仲淹《岳阳楼记》中所说的个人心情对于景物的影响，就是时间轴发挥作用的具体体现，所谓的"时过境迁"是也。咬紧牙关坚持着，硬着头皮，把时间跨度二十多年，将近四百篇杂乱的文字整理出来，这项工作浩繁、零碎，并没有明显的条理，只是对于祖国山川河流的敬畏，对于曾经的感受的尊重，使得这本《山河倒影录》得以编辑成书。

"存在的就是合理的"，黑格尔言犹在耳。曾经的就是存在的，曾经的就是珍贵的，我们只能在曾经之上，在古人之后，甚至在自己之后，才能创建新的生活。这样看来，这本《山河倒影录》还是有相当大的价值的。

洋洋洒洒、浩浩荡荡、零零碎碎、真真实实，是这本书的基本特点。天文地理、山河植物、历史人物、历史事件等等，构成绚丽多彩、无边无际的画卷，在宇宙之中，在时间长河中轻描淡写地存在着，笔者还希望这样的存在，能够通过文字，通过头脑中神经系统的振颤，给各位读者带来一点精神上的享受、共鸣、愉悦，产生精神层面的审美享受，如果能够这样，则这番艰苦的长途旅行以及写作、编辑工作就有了价值，我想应该是会有的，只不过是大小的差别。

谨以此篇作为这本书编辑的后记。

2016年2月23日

2020年再编辑版后记

技术的进步可能导致思维的变化、行为的变化以及生活方式的变化，大约在2007年前后，社会上开始出现"博客"（BLOG），开始还是搞计算机的人，每天随手编写的流水账，后来变成一个专栏，出现在各个门户网站上。便在网络上注册了账号，开始编发博客。博客重要的特点是由计算机记录时间，也就是说你每次发博文，电脑将自动记录时间，自己不能更改，这样如果你很长时间不发博客，别人是可以看出来，这样就要经常写博客，才能引起别人的注意，才能较长时间保留在容易被人看见的位置，就是所谓的"置顶"。先在计算机里写出博文，逐渐地发，争取每天都更新内容。写博文也很难，自己不熟悉的、不了解的也不能乱说，在每次旅游之后的体验成为最好的博客内容，属于自我感受，应该没有太大的问题。这样每次旅游之后，硬着头皮把感受写下来，慢慢地积存下几百篇各种各样的文字。

2016年，下决心整理一下，收集了约四百篇大大小小的文章，也费了不少力气，终于搞出个版本，当时也想再努一努力，出版一本有书号的书，或者可以挑选一些写得比较好的文章做自选集，但是面临网络技术的发展，已经很少人看纸质版的书，纸质书传递也很不方便，再有就是出版成本，不认识的没有人买，认识的人，又不好收钱，成本都收不回来，纯粹亏本的买卖，只能作罢。好在电脑技术，可以很方便地把几十万字放在一个PDF文件中，甚至通过微信就可以简单地传递，也很方便别人再传递，如果需要纸质版，随便找个打印机打印出来就可以了，出纸质版就更没有必要，这样便把编辑好的电子版，打印出来的纸质版放在一边。

四年过去了，令人完全预料不到，2020年春节，突如其来的新冠病毒打乱了所有的安排，风声鹤唳，草木皆兵，不给国家添乱，不给自己找麻烦，只能宅在家中，躲避瘟疫。更没有想到的是，七月份，北京在经历五十六天没有新增病例，武汉全部病例清零的情况下，突然出现了新发地聚集性疫情，又是几百个确诊病例，只能重新宅在家中，断绝与其他人，与社会的联系。这时，在几乎无事可做的情况下，捡起了四年前已经编辑成初稿的《山河倒影录》。

重新编辑，按照地域、时间、类别进行编辑，校对其中的错别字，不恰当的表述，不准确的描述，还从老电脑、留存硬盘中找到一些文章，又把一些原来写在纸上的文字，敲成电子版，补充、完善，收集到大约五百篇，终于成形，先不求精、求全，也算是留存人生经历的痕迹。文字有长有短，有深有浅，有好有坏，只是记录了当时的感受，不一定很优美，但是很真实，尽量原样保留。

人的一生，应该是创造的一生，但是事实上，更多的是感知的一生，而且往往甚至仅仅感知就很困难。人从出生开始，更多的时候是在感知这个世界，感知这个世界上的山川河流、森林草原、历史遗存、人物经历、重大事件，通过书本与实物，可以更加清晰地感受世界的存在以及曾经的存在，所谓"读万卷书、行万里路"就是这样的意思。人们进行创造，只有在感知的基础上，因而感知是基础，是十分重要的。尽管从书本上也可以了解，但是身临其境，可以更清晰准确地认知。有些信息，比如道路的曲折、空气的稀薄、气候的变化、植被、土壤、沟壑的险峻，温度差异、雨雪降临、狂风暴雨等等，只有去实地才能体验，才能有确定的体验。

尽管人们可以用照片、视频影像记录看到的景物，但是个人心里的体验、精神上的反应、顿悟与感悟、疑惑与猜测，只能通过文字记载，也才更加体现文字的作用和意义。尽管信息技术很发达，可以从因特网上轻而易举地找到目的地的介绍、图片，但是自己写的文字，也还是有其独特的价值。在肆虐全球的新冠病毒的氛围中，在独自度过时光、品味岁月的过程中，坚持着把近四十万字整理出来，也算是一点点成就，或者说是对自己的生活经历，尤其经历新冠病毒肆虐过程的一点记录。

在本书编写过程中，首先要感谢毕业于四川大学历史系的妻子朱玉辉女士，帮助收集资料、安排行程，每次长途自驾，舟车劳顿之中，忙乎导航、住宿、找寻美食。从漠河到瑞丽，从二连浩特到霞浦，从长白山到泸沽湖，从霍尔果斯到硇洲岛，从额济纳到梵净山，从龟兹到舟山群岛，从黑瞎子岛到光雾山，从荔波到敦煌，从满洲里到建水，从马岭河到老牛湾，从满归到恩阳，从集安到日隆，始终陪伴左右。初稿编写完成后，几位在出版社工作的朋友提出非常专业的意见、建议,更多的朋友表示个人的支持,从小喜爱绘画,颇有天赋,三岁时上幼儿园就认识的发小王坚勇提供了画稿,自幼研习书法的朋友许新科题写了书名,一辈子担任中学语文教师的父亲,耄耋之年,对着放大镜,逐字逐段地校对文稿,还有更多各方面的朋友,在日常生活、工作中给予关照、帮助,在此一并表示谢意。

常言道,时势造就英雄,事实上,时势也造就凡人。有心栽花花不开,无心插柳柳成荫。由于种种原因,本来搁置的出版计划,想不到冠状病毒竟成了有效的催化剂,抗击疫情,宅在家中,大把的时间可以使用,多年萦绕脑际的出书的愿念得以实现。不管新冠病毒疫情怎样发展,什么时候彻底过去,这本旅游散文、杂文集《山河倒影录》终于编辑完成了,也是相当高兴的事,了却了多年的夙愿,不论水平有多高,或者有多大的价值,终于编写完成了,即将付梓,非常高兴,非常欣慰。

是以为再次编辑的后记。

2020 年 9 月 10 日
写于北京市菜市口中信沁园

"倒影"是光学上的效果,而"共鸣"则是声学上的反应。映射在个人脑海里的"倒影"能否引起诸位读者的"共鸣",会因人而异,差异很大,也许并不是当时写下某篇文字的初衷。但是想来,面对同样的高山大川、人文景物,每个人,尤其是读书人,多多少少会有一些感触,会在脑海里产生一点点"倒影",或许会产生些许"共鸣",果如是,则吾慰矣。

——作者识